Artur London

L'aveu

Dans l'engrenage du Procès de Prague

VERSION FRANÇAISE
D'ARTUR ET LISE LONDON

Gallimard

Artur London est le survivant exemplaire d'une grande génération. Né en 1915 d'une famille d'artisans, à Ostrava, centre minier et sidérurgique, il entre à quatorze ans aux Jeunesses communistes, dont il devient secrétaire régional. Réfugié à Moscou en 1934 après plusieurs séjours en prison, il s'engage en 1936 dans les Brigades internationales et combat en Espagne jusqu'à la chute de la Catalogne. Entré dans la Résistance dès le mois d'août 1940, déporté à Mauthausen en 1944, il est un des principaux artisans du Comité de Résistance dans le camp. Il vit en France depuis 1963.

Légion d'honneur, croix de guerre avec palme, médaille de la Résistance. L'ordre de la République tchécoslovaque lui a été décerné le 1er mai 1968 par le président Svoboda.

*A mes compagnons d'infortune, exécutés innocents,
ou morts en prison,*

A toutes les victimes innocentes des procès,

*A tous les camarades de combat, connus et ano-
nymes, qui ont donné leur vie pour l'avènement
d'un monde meilleur,*

*A tous ceux qui poursuivent la lutte pour rendre
au socialisme son visage humain.*

Qu'est-ce que vous voulez que je voie quand je regarde la glace? Ce monde vide, comme une chambre à la hâte abandonnée, le livre par terre, déchiré, déchiré... Qu'est-il advenu de cet univers de la Bibliothèque Rose où l'on comptait avec des sous et passait les frontières sans y prêter attention? Nous avions beau voir arriver les nuages sur l'horizon, beau prophétiser la tragédie, qui pouvait l'imaginer dans sa propre demeure, les portes enfoncées, la patience dispersée, les pauvres choses qu'on croyait acquises, et nous étions là, dans la terreur ou la révolte, nous raccrochant à ce qui semblait au-dessus du doute, trouvant encore la force de survivre dans la confiance ancienne.

Louis Aragon,
La Mise à mort.

NOTE LIMINAIRE

On a conservé l'orthographe des noms tchèques et slovaques.
Voici comment il convient de les lire :

    c correspond au français ts, comme dans tsar

č	—	—	tch	—	tchèque
š	—	—	ch	—	cheval
ž	—	—	ge	—	gentil
ř	—	—	rge ou rche		
ň	—	—	gn		

Enfin le r devient syllabique entre deux consonnes. Le nom
de l'hôpital de Krč se prononce Kretch.

PREMIÈRE PARTIE

Koloděje

I

Je n'en peux plus. Quoi qu'il m'en coûte, j'ai décidé ce dimanche d'aller chez Ossik pour lui demander de m'aider une fois encore. Ossik — Osvald Zavodsky, le chef de la Sécurité d'État — est mon ami depuis la guerre d'Espagne et la Résistance en France. Nous étions ensemble à Mauthausen. Mais depuis quelques mois, force m'est de me rendre compte qu'il m'évite et même me fuit. Il me donne l'impression de ne pas résister au déferlement de suspicion dans le Parti et dans le pays. Notre passé commun devrait être pourtant à ses yeux une garantie. Serait-il devenu lâche? Peut-être que je vois les choses autrement que lui.

Je me sens traqué depuis que Pavlik et Feigl ont été arrêtés, surtout depuis que Noël Field a disparu et que son nom a été mentionné dans le procès Rajk. Il serait pourtant si simple d'éclaircir mes rapports avec eux. On m'a interrogé. Longuement. Je pensais en avoir fini et voilà que le manège des filatures a repris, des filatures ostensibles et que plusieurs personnes de mon entourage ont en effet remarquées. Jusqu'à mon chauffeur. J'apprendrai, par la suite, que la Sécurité l'avait chargé de lui fournir des rapports complets sur le moindre de mes déplacements. Au ministère des Affaires étrangères, ma situation devient intenable.

Ossik habite dans les grands bâtiments de Letna, en face du ministère de l'Intérieur, où sont logés bon nombre des fonctionnaires. Je m'arrête d'abord chez Oskar Valeš qui travaille à la Sécurité et demeure là aussi. Nous sommes restés très amis depuis l'Espagne. Il a l'esprit large et n'est pas déformé par son travail. Je sais que je peux me confier à lui; lui parler à cœur ouvert.

Je ne me suis pas trompé. Informé de ma situation, Valeš s'offre de lui-même à m'accompagner chez Zavodsky afin que nous ayons une explication.

Zavodsky n'est pas seul. Tonda Svoboda et Otto Hromadko sont chez lui, ce dernier accompagné de ses deux petites filles. C'est le hasard, disent-ils, qui a conduit leur promenade du dimanche dans ce quartier. Alors, étant si près, ils sont montés. Mais n'est-ce pas plutôt une vague inquiétude, un certain désarroi même qui les a guidés inconsciemment ici? Le besoin pur et simple de venir aux nouvelles chez Ossik?

Zavodsky est allé chercher Pavel qui habite l'étage au-dessus. Nous voilà six vétérans de la guerre d'Espagne réunis dans cet appartement. Mais où est notre enthousiasme d'autrefois, le plaisir de nous retrouver et d'évoquer nos souvenirs de Teruel, de Madrid, de la Casa de Campo, d'Albacete?

Nous ne parlons plus que de ce qui est en train de se passer dans notre pays, c'est-à-dire des arrestations. De celle de Šling, aussi un ancien d'Espagne, membre du Comité central du Parti communiste et secrétaire de la région de Brno. D'autres que nous connaissons. Selon Josef Pavel, ce n'est rien encore à côté de ce qui menace. Il faut s'attendre à ce que nous ayons bientôt chez nous notre affaire Rajk.

Pavel, depuis quelques semaines, n'est plus vice-ministre de l'Intérieur. Il a d'abord été nommé commandant des gardes-frontières, puis envoyé à l'école centrale du Parti, comme élève. Svoboda ne dirige plus la section des Forces armées du Comité central du Parti. On l'a envoyé se « perfectionner » à l'Académie militaire. Pareillement, Otto a été muté de la direction du Parti de l'Armée à l'Académie militaire. Seuls Oskar Valeš et Zavodsky occupent toujours les mêmes fonctions. Quant à moi, je voudrais quitter les Affaires étrangères. Pavel, à l'entendre, est content de sa mutation. Et comme nous parlons de tous ces changements de poste, il ajoute : « Nous avons été rudement bien inspirés d'établir le rapport sur les anciens volontaires des Brigades et de le transmettre au Parti. Comme cela, nous aurons peut-être évité bien des malentendus et protégé les anciens d'Espagne de l'épuration qui est en cours. »

Ossik me demande s'il y a du nouveau pour moi. Il accuse le coup quand il apprend que, si son intervention a eu pour résultat de supprimer pendant quelque temps la filature dont je suis l'objet, celle-ci a repris depuis trois jours. Il se promène nerveusement : « Es-tu sûr de ne pas te tromper? Et qu'est-ce qui te fait croire que ce sont des voitures de la Sécurité? »

Je m'approche de la fenêtre. J'aperçois en bas la voiture qui m'a suivi. Je la montre à Ossik et je lui tends le feuillet où j'ai relevé les numéros des voitures qui étaient à mes trousses les jours derniers. Longtemps, il fixe le papier et se tait.

J'explique aux autres qui, sauf Oskar Valeš, ne sont pas au courant, ce qui m'arrive. Ils ne prennent pas la chose au tragique. Tonda Svoboda fait des plaisanteries sur les « flics » et leurs manies. Hromadko lance à l'intention d'Ossik : « Les cordonniers sont toujours les plus mal chaussés! »

Seul Pavel n'a pas réagi. Il garde le silence. On le sent tendu. Au bout d'un long moment, il s'adresse à Ossik: « Si ça continue malgré ton intervention, c'est grave!

Il faut absolument que tu contrôles d'où sont venus ces
ordres. Et s'ils viennent de qui je pense, prends garde,
car cela pourrait être très dangereux! »

Je l'écoute avec étonnement car je ne comprends pas
à *qui* il pense.

Ossik devient de plus en plus nerveux. La conversation
languit. Pavel prend congé le premier, suivi de près par
les autres. Je pars à mon tour. Je conduis lentement et,
dans le rétroviseur, je repère l'auto de la Sécurité. Je suis
exaspéré, et en même temps je me sens outragé. Comme
s'ils n'avaient pas d'autres chats à fouetter!

J'arrive ainsi chez moi. Puis, à la fin de l'après-midi je
reprends la voiture pour aller au Ministère chercher les
journaux. Je suis toujours suivi. Je décide alors de changer
d'itinéraire et de retourner chez Ossik.

Il est seul cette fois et n'a pas l'air enchanté lorsqu'il
m'ouvre la porte. Avant que je puisse lui dire ce qui
m'amène, il veut savoir si j'ai été de nouveau suivi en
venant chez lui. Il pâlit quand je lui dis que oui. Alors il
éteint la lumière et s'approche de la fenêtre pour regarder
dans la rue la voiture que je lui indique.

J'explose : « J'en ai marre de toute cette histoire!
Qu'est-ce qu'on me veut encore? Est-ce que je n'ai pas
répondu à toutes vos questions sur Field? Est-ce que je ne
vous ai pas remis un rapport circonstancié sur les relations que j'ai pu entretenir avec lui? Rien ne vous est plus
facile que de vérifier si ce que j'ai dit est vrai. Il ne faut
tout de même pas que vous me preniez pour un imbécile.
Je sais que Field est emprisonné en Hongrie. Qu'attendez-
vous donc pour me confronter avec lui si vous ne me
croyez pas? »

Je suis si loin, à cette époque, de me douter que la Sécurité
sait faire avouer n'importe quoi à n'importe qui, sur
lui-même et sur les autres...

Sur ma lancée, je reproche à Ossik son attitude des

derniers temps : « Tu laisses tomber tes camarades. Tu
ne te rends pas compte que si l'on s'en prend à moi, à
Dora Kleinova, c'est aussi toi qu'on vise! » Je lui raconte,
du coup, l'entretien que j'ai eu peu auparavant avec « son »
ministre Ladislav Kopřiva. Kopřiva, jusqu'en mai 1950,
était responsable de la Section des Cadres du Comité
central. On l'a nommé alors au ministère de la Sécurité
qu'on venait de créer en détachant divers services, dont
celui de Zavodsky, du ministère de l'Intérieur. Kopřiva
m'avait convoqué uniquement pour me poser des questions
sur Zavodsky, en me faisant promettre le secret. Mais en
cet instant, entre nous, cette promesse de secret ne peut
plus être de mise. « Quelqu'un t'accuse d'avoir trahi
pendant la guerre. Ce quelqu'un prétend même que tu
aurais la mort de camarades sur la conscience... »

Ossik répond qu'il a eu vent de la chose, mais qu'il
n'aurait jamais pensé qu'on attacherait de l'importance
à de telles allégations. « Et qu'as-tu dit à Kopřiva?

— J'ai rappelé que ton comportement avait toujours
été considéré comme irréprochable et que le Parti français
pouvait en témoigner. » Et j'enchaîne : « Au lieu de ne
songer qu'à prendre tes distances d'avec nous, tu ferais
mieux de nettoyer toute cette atmosphère de méfiance
autour de nous. Tu me dis que tu as donné des ordres pour
que je ne sois plus inquiété. Mais c'est tout de même toi
qui es le Chef de la Sécurité. Alors, explique-moi comment
est-ce qu'on peut passer par-dessus ta tête? »

Il n'a pas cherché à m'interrompre. Il me regarde, mais
me traverse sans me voir. C'est moi qui suis venu chercher
secours auprès de lui, mais il est aussi effrayé, aussi désarmé
que moi. Comme si, de par ses fonctions, il ne devait pas
être au courant de tout ce qui se trame...

Voilà qu'il se promène de plus en plus nerveusement
dans la pièce obscure. Seul le lampadaire de la rue nous
éclaire. Il parle avec incohérence et je n'arrive pas à suivre

le fil de ses pensées. Il a peur. Il ne cherche plus à le masquer. Au bout du compte, il me promet de revoir mon cas,
de me tenir au courant.

Je le quitte.

En prenant congé, il me demande de démarrer tout
doucement. Il veut s'assurer qu'il s'agit bien d'une voiture
de la Sécurité. Mais, d'évidence, déjà, il n'a plus de doute
sur ceux qui me filent.

Comme convenu, je démarre lentement. La voiture
noire se met aussitôt en marche. J'ai franchement peur.
Quelle force occulte s'acharne ainsi sur moi? Comment
m'expliquer que je sois suivi nuit et jour par des voitures
de la Sécurité en dépit des ordres formels donnés par le
responsable de la Sécurité d'État?

Et le désarroi d'Ossik? Je n'arrive pas à le comprendre
et c'est pourquoi cette peur me gagne, sur ce fond
d'angoisse qui ne me quitte plus depuis si longtemps.

J'ai hâte de rentrer à la maison, de me retrouver près
des miens pour échapper à mes idées noires. Les balbu-
tiements de Michel dont nous venons de fêter le premier
anniversaire, les jeux de Gérard et de Françoise, les
conversations avec ma femme et ses parents, parviennent
d'ordinaire à me détendre. Mais aujourd'hui, rien n'y
fait. J'ai le pressentiment que tout se terminera mal pour
moi. Et alors, que vont-ils devenir, eux tous, étrangers
au pays, ne parlant pas sa langue?

Le lundi matin, une voiture me prend à nouveau en
chasse quand je pars pour le Ministère. Mais à midi, le
soir, le lendemain, plus rien. La semaine se passe ainsi.
Je me calme un peu, sans toutefois parvenir à me débarrasser de l'inquiétude qui m'oppresse. Je me jette à corps
perdu dans le travail. Depuis que cette surveillance pèse
sur moi, je m'efforce de réaliser chacune de mes tâches
avec une attention soutenue, car je sais que la moindre

erreur de ma part pourrait être interprétée comme un acte délibéré d'hostilité.

Je reçois un coup de téléphone d'Ossik. A sa voix, je me rends compte de son soulagement quand je lui dis que la filature a cessé après son intervention.

Moi aussi je cherche à me rassurer, mais rien à faire. Je décide de parler à nouveau à mon chef, à Široky, ministre des Affaires étrangères depuis que Clementis a été limogé en mars 1950. Je vais lui raconter ce qui se passe et lui présenter, cette fois de façon irrévocable, ma démission. Il me connaît bien. Nous avons travaillé étroitement ensemble, en 1939-1940, à Paris. Nos contacts furent quotidiens pendant près d'un an. Il sait que je me suis acquitté consciencieusement, et avec succès, de toutes les tâches difficiles que me confia à cette époque la Délégation du Parti communiste tchécoslovaque en France, dont il faisait partie. Il connaît également toute ma famille, dans laquelle il était reçu à bras ouverts. Il est au courant de mes ennuis depuis qu'ils ont commencé, l'an passé. Je l'ai informé de toute l'histoire. Il sait comment, lors de mon séjour en Suisse, en 1947, pour soigner ma rechute de tuberculose consécutive à ma déportation à Mauthausen, j'ai connu Noël Field et touché, par son intermédiaire, des secours de l'Unitarian Service dont il était directeur. C'est également Široky qui m'a fait connaître en 1939, à Paris, Pavlik et Feigl. Enfin, il sait comment, sitôt que j'ai perçu la suspicion de la Sécurité à mon égard, j'ai demandé à la direction du Parti d'être relevé de ma fonction de vice-ministre, car je ne me sentais plus entouré de la confiance indispensable à l'accomplissement d'une semblable tâche.

Je sais bien que le comportement de Široky à mon égard n'a pas été celui que j'attendais et qu'il n'est pas étranger à mon angoisse. Mais je suis sûr que nous allons enfin régler cette question, qu'il finira par me comprendre et par m'approuver de démissionner.

Maintenant que j'ai choisi, je me sens mieux.

Puis, je calcule qu'il y a deux semaines déjà que je n'ai
pas vu Široky. Il a cessé de convoquer nos réunions habi-
tuelles des vice-ministres. Mes collègues ont été appelés
individuellement dans son cabinet afin de régler les affaires
courantes. A moi, il m'a fait dire par sa secrétaire qu'il
était débordé et que je devais passer par elle pour lui
soumettre mes dossiers. Bloqué dans mon travail, je lui ai
demandé de faire part au ministre de mon étonnement.
Sans résultat. Je me suis alors adressé à elle afin d'obtenir
une entrevue urgente pour raisons personnelles. Cette
entrevue a été remise de jour en jour. Puis, le samedi,
quand je me dis qu'il n'y aura jamais d'entrevue, la secrétaire m'annonce que Široky me recevra lundi à la première
heure.

Je ne serai pas au rendez-vous. Et Široky devait déjà
le savoir.

II

Voilà donc venu ce dimanche fatal du 28 janvier 1951.
Nous avons à la maison Tonda Havel. C'est par Otto
Hromadko que j'ai fait sa connaissance. Ancien ouvrier
agricole, il a adhéré au Parti en 1933. Il est actuellement
administrateur d'une ferme d'État. Lui, dont l'expérience
pratique des champs tient lieu de diplôme, se heurte à des
responsables locaux et régionaux qui appliquent méca-
niquement les ordres d'en haut, même si le bon sens devait
leur prouver que les conditions naturelles ne se prêtent
pas aux expériences demandées. Selon lui, beaucoup
d'incapables occupent des postes dont ils ignorent l'a b c.
Bref, il est à Prague dans l'intention de rencontrer Smrkovsky, le directeur général des fermes et des forêts d'État.
Ils étaient ensemble, avant la guerre, à la Jeunesse com-

muniste. Je promets à Havel de lui obtenir un rendez-vous
pour demain lundi. Il est tout joyeux. Smrkovsky l'écoutera, saura régler les problèmes.

Ma femme termine *Loin de Moscou*. Elle trouve ce
roman plein d'enseignements. « Chaque communiste
devrait le lire, et toi aussi », me dit-elle.

Lise a gardé toute sa fraîcheur de jeune fille : il faut la
voir s'enthousiasmer, se passionner, prendre parti et
vouloir faire partager ses convictions à tous ceux qui
l'entourent. Elle met du cœur à tout ce qu'elle fait. Prête
à n'importe quel sacrifice pour ses amis, elle est, par
ailleurs, sévère et intransigeante quand il s'agit du devoir
des communistes. Sa foi est pure dans son idéal, et sa
confiance envers le Parti et l'U. R. S. S. totale.

Pour elle, les grands principes de la vie militante s'énon-
cent simplement : « Celui qui commence à douter du Parti
cesse d'être communiste. » « La vérité finit toujours par
triompher. » Elle croit dur comme fer que nos épreuves
actuelles prendront bientôt fin. Elle me dit souvent :
« Qu'avons-nous à craindre puisque nous avons notre
conscience pour nous? »

J'ai scrupule à lui montrer mon désarroi, à lui faire part
de mon trouble, de mon angoisse, de ma peur. Mais d'un
autre côté, à qui pouvoir me confier si ce n'est à elle...

Après déjeuner, je dois conduire Havel chez Otto. Je
vais au jardin où ma femme joue avec les garçons. Françoise n'est pas là, elle est allée fêter l'anniversaire d'une
de ses amies de classe.

Appuyé sur le portillon, je contemple Lise qui tient
serré contre elle, enveloppé dans les plis de l'ample cape
bleue qu'elle porte ce jour-là, notre petit Michel. Gérard
court en faisant des cercles autour d'eux.

J'ai du mal à les quitter et je demande à Lise de venir,
avec les enfants, faire ce tour de ville en auto. Je sens
qu'elle aussi désire venir avec moi. Mais Gérard, tout à

son jeu, lui dit : « Tu m'as promis de jouer avec moi aujourd'hui. Je ne veux pas aller me promener. »

Elle me regarde en souriant : « Chose promise, chose due, va et reviens vite! »

Je l'embrasse et les quitte à regret. Cette dernière vision de ma femme et de mes garçons, je ne devais plus l'oublier.

Je suis déjà tellement habitué aux filatures que, machinalement, je contrôle dans le rétroviseur. Je constate avec joie qu'aujourd'hui à nouveau, je ne suis pas suivi.

Je passe devant le Château et j'admire une fois de plus la ville à nos pieds, émergeant d'une brume violette où se détachent les rouges ternis, les bronzes vieillis et l'or des vieux toits. Dans les rues, beaucoup de passants emmitouflés dans de chauds vêtements d'hiver. Tout à coup dans le rétroviseur apparaît une Tatra, une de ces voitures qui m'ont déjà suivi. Un pressentiment sinistre s'empare de moi. Je prie Havel de noter le numéro de la voiture. Intentionnellement, je fais plusieurs détours et demande à Havel de s'assurer que la même voiture est toujours derrière nous. « Oui, elle nous suit, que se passe-t-il donc?

— Nous traversons une époque difficile pour les communistes, des choses graves se passent qu'il faut éclaircir dans l'intérêt du Parti. Mais tout s'arrangera. »

Je ne crois pas qu'il ait saisi le sens de mes paroles. Il se tait.

Je dépasse un groupe de promeneurs, je reconnais Dora Kleinova poussant le landau de son garçon. Je l'ai rencontrée en Espagne où elle servait comme médecin dans les Brigades, puis en France, pendant la guerre, dans le groupe de langue tchécoslovaque de la M. O. I. [1]. Arrêtée à Paris et déportée à Auschwitz, elle en était

---

1. Main-d'Œuvre Immigrée, nom de la section centrale du Parti communiste français chargée du travail parmi les travailleurs immigrés.

revenue pour repartir en Pologne, son pays d'origine. Mais, après un pogrome à Kielce, elle avait décidé de se fixer définitivement à Prague où elle avait autrefois étudié la médecine. C'est ici qu'elle a connu Gisèle, femme de l'écrivain Egon Erwin Kisch qui l'accompagne aujourd'hui.

Elles m'aperçoivent, me sourient et je les salue de la main. Je sais que ces derniers temps elles ont eu, elles aussi, des difficultés. Elles aussi ont connu Field, mais je pense que, pour elles, tout est arrangé, tandis qu'en ce qui me concerne, j'ai l'impression de voguer à pleines voiles vers la catastrophe!

Havel ne comprend pas comment moi, militant de vieille date, ancien d'Espagne, combattant de la Résistance, je puisse être l'objet d'une telle surveillance. Il s'en indigne. Je lui explique comment je me trouve impliqué dans une affaire obscure dont l'issue demeure incertaine pour moi malgré mon innocence. Tout en parlant nous arrivons devant la maison de Hromadko. Elle se trouve dans une petite rue, la Valentinska, située derrière le vieux Parlement. Havel prend congé. J'ai un instant envie de le suivre pour aller me retremper auprès d'Otto. Mais j'y renonce. Je ne veux pas le compromettre.

La voiture de la Sécurité s'est arrêtée derrière moi; à l'autre bout de la ruelle une autre auto du même type, avec trois personnes à l'intérieur, se gare. Je démarre, je ne sais même plus quelle rue j'emprunte.

J'ai envie de retourner voir Ossik, mais en route je décide de lui téléphoner au préalable. Je ne peux pas alors me douter que lui, Valeš et d'autres ont déjà été arrêtés hier. Je me rends donc au Ministère.

Au moment où je pénètre dans le bâtiment, les deux voitures s'arrêtent auprès de la mienne. Je ne téléphonerai pas à Ossik, je vais aller directement chez lui. Quelques mots au concierge et je reprends le volant.

Les deux voitures démarrent derrière moi. Je vais d'abord

passer à la maison pour informer Lise de ce qui arrive. Après, j'irai chez Ossik.

Trois cents mètres plus loin, au moment où je m'engage dans la ruelle qui longe le Palais Toscan, une des voitures me double, me fait une queue de poisson et, s'arrêtant pile, me barre la route. Six hommes armés jaillissent des deux voitures, m'arrachent de mon siège, me passent les menottes et me jettent dans la première voiture qui part en trombe. Je me débats. Je proteste. J'exige de savoir qui sont ces hommes. On me bande les yeux. « Ferme-la ! Ne pose pas de questions ! Tu sauras assez tôt qui nous sommes ! »

Ce n'est pas une arrestation. C'est un kidnapping. On les décrit ainsi dans les films policiers ou les bouquins de la Série noire. Je les trouvais un peu extravagants. Et voilà que j'en suis victime, en plein jour, dans le quartier résidentiel de Prague. J'en viens à envisager le travail d'un commando de subversion. On chuchotait, ces derniers temps, que les services occidentaux avaient envoyé des groupes armés, qu'il y avait eu des échanges de coups de feu avec les hommes de la Sécurité...

Je me ressaisis un peu. Je proteste à nouveau. Je demande à être débarrassé du bandeau et à voir les papiers d'identité de ceux qui m'ont arrêté. « Ta gueule. Tu n'as rien à demander. Pour toi c'est fini ! »

La voiture roule dans la ville. J'entends le bruit des trams et des autos qui nous croisent. A plusieurs reprises, elle s'arrête. Les hommes chuchotent. L'un d'entre eux s'éloigne un moment, puis revient. Nouveaux chuchotements, nouveau démarrage. J'ai l'impression que nous tournons en rond et l'attente devient de plus en plus angoissante.

Finalement, après un arrêt, l'un des hommes dit en réintégrant la voiture : « Dans vingt minutes, nous pourrons y aller. »

Nous roulons. Les rumeurs diminuent. Puis les pneus crissent sur le gravier. Des mains m'empoignent, me sortent, aveugle, de l'auto et me poussent dans un couloir. Nous montons et descendons des escaliers, longeons des corridors. Enfin, après bien des tours et détours, on m'arrache le bandeau et me libère des menottes. Je me trouve dans une petite pièce nue, sans fenêtre, éclairée par une minuscule ampoule qui brûle dans un coin, au-dessus d'une table. Le reste de la pièce est plongé dans l'obscurité.

On m'oblige à me déshabiller, à enfiler un treillis sans boutons et à chausser des pantoufles informes. Je demande à voir immédiatement un responsable du Parti et à être entendu par lui, ce qui me vaut une avalanche d'injures et de menaces. Les quelques objets de valeur que j'ai sur moi me sont enlevés et l'on me fait signer une décharge. Quant aux bons [1] Darex que je dépose sur la table — environ 1 200 couronnes — l'un de mes kidnappers s'en empare et s'éloigne en hâte vers la porte. Un autre lui court après : « Où vas-tu avec ça, laisse-les sur la table. » Par la suite je constaterai que toutes ces choses m'ont été volées.

On me bande à nouveau les yeux avec une serviette à ce point serrée que j'en ai la respiration coupée. Je longe à nouveau des couloirs, monte et descend des escaliers sans pouvoir éviter les murs contre lesquels on me laisse me cogner. Finalement, on m'arrache avec brutalité le bandeau. Je suis dans une cellule; dans le coin, deux couvertures pliées et un matelas.

Avant de refermer la porte, un ordre : « Défense de vous asseoir. Marchez! »

Cette arrestation est l'épreuve de ma vie. Les menottes

---

1. Coupons correspondant à un équivalent en devises occidentales et permettant de faire des achats dans des magasins spéciaux où les couronnes tchécoslovaques n'ont pas cours.

passées, défilèrent dans mon cerveau les images de vingt-
deux années de Parti. Mes camarades — les vivants et les
morts — avec qui j'avais combattu en Tchécoslovaquie,
en Espagne, en France, dans les prisons et les camps nazis.
Leur confiance, leur affection dont je n'avais pas démérité.
Ma famille qui avait consenti tant de sacrifices au Parti,
mes beaux-parents, ma femme, mes enfants qui aujourd'hui
attendraient vainement mon retour.

Seul dans la cellule, je suis désespéré, mais en même
temps, de façon paradoxale, j'éprouve un certain soulagement. Après plus d'une année de suspicion, après les
affres qui ont fait de moi cet être traqué, je vais enfin
savoir ce que l'on me reproche. Je vais pouvoir me défendre.
Tout s'éclaircira. Le Parti y a intérêt. Je me raccroche à cet
espoir malgré une arrestation qui, dans sa forme, relève
plus du gangstérisme que de l'éthique communiste! Je
m'arrête un instant de marcher. Je me sens si fatigué.
La porte s'ouvre avec fracas. Deux gardiens se saisissent
de moi, me secouent et me cognent la tête contre le mur
« pour me remettre, disent-ils, les idées en place ». Ils
agiront ainsi chaque fois que je récidiverai, précisent-ils.
Ces deux gardiens portent l'uniforme et l'étoile rouge à
cinq branches sur leur casquette. Je ne peux plus en douter :
je suis bel et bien entre les mains de la Sécurité.

La nuit est déjà complètement tombée et aucune lueur
ne filtre par la fenêtre dont la vitre est opaque.

Je me demande où je me trouve. Est-ce là la prison de
Ruzyn dont on a commencé dernièrement à parler avec
un certain effroi? Le bruit des avions tout proche semble
confirmer cette hypothèse.

Je ne mets pourtant pas en doute qu'il me sera bientôt
possible de voir un des dirigeants du Parti. Peut-être
Široky? lui qui connaît et mon travail passé et mon travail
présent. Ou alors Kopřiva? dans le but de tirer au clair
cette affaire de Field à quoi il sait que je me suis trouvé

mêlé par raccroc. Je me persuade que mon arrestation a
fait du bruit, étant donné mon poste de vice-ministre aux
Affaires étrangères, et que les camarades qui connaissent
mon passé vont intervenir pour moi.

Je pense intensément aux miens. J'essaie de me représenter ce qu'ils font en ce moment. Ils ont dû croire d'abord
que je m'étais attardé à bavarder avec des amis. Puis,
ils se sont fait du souci. Lise a essayé de téléphoner de
tous les côtés pour s'assurer que je n'ai pas été victime d'un
accident.

A cette heure-ci, on a dû aviser Lise de ce qui m'arrive.
Que lui a-t-on dit?

Ce que je regrette de n'avoir pu aller jusqu'à la maison!
Déjà la visite d'Havel m'a empêché depuis hier soir de
parler à Lise. De lui confesser enfin mes torts. Connaissant
son caractère, je savais quelle blessure je ne manquerais
pas de provoquer et j'avais remis sans cesse à plus tard.
Maintenant, ce n'est probablement pas moi qui lui apprendrai. Et ce qu'elle va souffrir quand ils lui diront, ma Lise
si entière, si intolérante quand il s'agit de nous deux, de
notre amour... Alors que moi, j'ai tellement besoin de toute
sa confiance...

Bruits sourds d'objets qu'on pose à terre. L'heure de la
soupe. Tant de prisons derrière moi depuis Ostrava au
début des années 30, jusqu'à celles de France sous l'occupation, la Santé, Poissy, Blois... Partout, la distribution
de la soupe s'accompagnait d'un tumulte, chocs des
gamelles, grondement de chariot, claquement des sabots,
cris des gardiens. Ici tout n'est que silence. A l'approche de
ma cellule, je n'entends que pas feutrés, chuchotements.

J'invente un long couloir, des portes nombreuses, et que
ce silence pesant fait partie des méthodes de la Sécurité.
J'avais toujours pensé que ces méthodes devaient être
sévères pour être efficaces, mais aussi plus humaines que
dans les prisons de la bourgeoisie et conformes à la légalité

socialiste. Je suis indigné de la réalité à laquelle je me heurte·
De la brutalité. De la bestialité. De l'inhumanité. Mais
j'ignore encore tout de ce qui m'attend.

Les pas feutrés ne s'arrêtent pas devant ma porte. Pas
de gamelle pour moi. C'est d'ailleurs sans importance,
car je serais incapable d'avaler quoi que ce soit. Je ne peux
pas imaginer qu'on me torturera aussi par la faim!

Pour l'instant, ma torture, c'est la nuit terrible pour les
miens.

III

On m'autorise enfin à m'étendre sur ma paillasse. Je
fixe l'ampoule électrique. Ma cellule ne diffère guère de
celle où l'on m'a enfermé il y a près de vingt ans. Simplement, j'avais alors un lit de fer, tandis que mon matelas
est à même le sol. En ce temps-là, j'avais seize ans et c'était
ma première arrestation.

Je reviens à ma femme. Aux miens. J'ai souvent parlé
à Lise de la méfiance autour de moi, de la surveillance,
des filatures. De mes efforts — vains — pour être reçu
par le Secrétariat du Parti, et dernièrement par Široky.
Mais, au fond, j'ai minimisé devant elle mes craintes.
Je la sentais tellement dépaysée, tellement désemparée,
regrettant son travail de journaliste. Je n'avais pas voulu
qu'elle souffre, qu'elle partage ma peur. Je voulais sa
sérénité, son optimisme.

Ce coup de téléphone, en pleine nuit, à la mi-novembre.
Lise qui prend l'appareil, à moitié endormie. Et, à l'autre
bout du fil, la voix avinée : « Ah, c'est toi la Française...
Ton mari sera pendu un de ces jours... » Et Lise qui
demande : « Qui téléphone? » Et les autres qui rigolent,
parce qu'ils se sont mis à plusieurs, après boire...

Lise m'avait dit : « Il ne faut pas y faire attention. Une bande de voyous... »

Avec les heures qui passent, mon esprit bat la campagne. Mon inquiétude grandit. La lourde atmosphère de Moscou quand nous y étions en 1935-1937. Ceux qui s'évanouissaient un beau jour, sans laisser de trace. Dans nos milieux internationaux, poser des questions était impensable. Les disparitions pouvaient signifier un retour au pays pour le travail illégal. Sujet tabou donc. Une fois j'en avais parlé à Jiři Drtina, mon secrétaire au ministère des Affaires étrangères qui m'interrogeait sur ma jeunesse et mon séjour en U. R. S. S. « Et ces personnes, que sont-elles devenues? »

Nous n'en avions jamais revu qu'une : Marthe, une Polonaise élevée en France où elle avait fait ses études avant d'aller travailler en U. R. S. S. Adoptée par la colonie française, sa gentillesse ne lui valait que des amis. Elle avait disparu au début de 1937. Plus personne n'avait prononcé son nom. Nous l'avions retrouvée à Paris en 1945, peu de temps après notre retour des camps hitlériens. Lise lui avait demandé : « Toi aussi, tu étais dans un camp? » Lise, évidemment, pensait aux camps d'Hitler. Elle avait alors eu devant elle une Marthe en larmes, bouleversée, la mâchoire tremblante : « Oui, un camp, mais en Sibérie! Un camp très dur. » Pudiquement, elle avait ajouté : « Laissons ça. C'est une page noire de notre histoire, mais c'est fini. »

Avec Lise, nous avions beaucoup parlé de Marthe. Nos trois années de prison en France occupée et de camp de concentration n'étaient rien, comparées au sort de Marthe, car tomber en combattant l'ennemi ne peut se mesurer à la mise au ban des siens. Nous tentions de nous expliquer de telles erreurs et de les justifier par la discipline qu'imposait une lutte aussi impitoyable que la nôtre. Nous taisions nos doutes.

Je remonte à nouveau à ma jeunesse, à mes quatorze ans, quand je me suis jeté corps et âme dans le combat pour la révolution. Pour ma génération, ce jeune âge n'avait rien d'exceptionnel. La jeunesse communiste était vraiment jeune.

Nés pendant la guerre, nous avions été marqués par elle et par les années difficiles qui la suivirent : dans le pays, le chômage, la misère, les luttes sanglantes mettant aux prises les travailleurs et les forces de répression; à l'extérieur, le fascisme en Italie, l'instauration successive de régimes réactionnaires en Pologne, en Bulgarie, en Hongrie. Il y avait eu aussi l'affaire Sacco-Vanzetti. Mon père m'en parlait avec passion. Avec lui, je défilais dans les rues d'Ostrava pour protester contre le meurtre légal que l'Amérique s'apprêtait à commettre.

J'étais à la fois militant des Jeunesses et du Parti communiste. Les responsables m'avaient choisi malgré mon jeune âge pour travailler dans l'appareil antimilitariste. C'était un hommage rendu à mon dévouement et à mon courage, qualités indispensables pour accomplir ce travail considéré comme très important à l'époque. Pour chaque communiste, alors, le devoir suprême de la classe ouvrière et de son Parti était d'empêcher l'anéantissement du premier pouvoir socialiste. D'où la nécessité de faire, à l'intérieur des armées des pays capitalistes, un travail d'explication contre la guerre impérialiste afin d'éduquer les jeunes soldats dans l'esprit de la paix et du défaitisme révolutionnaire, dans le sens du couplet ajouté, en ce temps-là, à l'*Internationale* :

> *S'ils persistent ces cannibales*
> *à faire de nous des héros*
> *Ils sauront bientôt que nos balles*
> *sont pour nos propres généraux*

Je travaillais avec un couple d'émigrés politiques, réfugiés en Tchécoslovaquie après la chute de la Commune de Hongrie. Le Parti leur confiait depuis de longues années les tâches les plus délicates et les plus difficiles.

Je devais entreposer chez moi le matériel de propagande, puis le répartir aux groupes chargés de le diffuser dans les casernes et les trains de permissionnaires.

Il me fallait d'abord sortir les tracts de l'imprimerie clandestine. Puis, je les dissimulais dans l'atelier de mon père, aussi sous le lit de mon frère Oskar, dans notre minuscule appartement. Mon père s'aperçut de mon manège et dut se douter qu'il s'agissait de matériel illégal, mais il ne fit aucune observation. Le 1er août 1931 avait été déclaré « Journée Internationale de Lutte contre la Guerre ». Pour préparer cette manifestation, je distribuais mes paquets à des camarades dont j'ignorais l'identité.

Sur ces entrefaites, le 29 juillet, une de nos voisines téléphona à mon lieu de travail pour m'avertir que la police avait fait une descente chez nous et confisqué les tracts. J'eus à peine le temps de mettre au courant un camarade de la Jeunesse qui travaillait dans la même entreprise que moi, comme décorateur, et de lui demander de prévenir le secrétariat régional du Parti, que le flic de la maison — un ancien policier en retraite — vint me prier d'aller immédiatement faire une livraison au-dehors. Je le regardai ironiquement : « Je m'attendais à cette livraison. » Il ne me quitta pas d'une semelle tandis que je reprenais mes vêtements et partais par la sortie du personnel. Deux policiers m'y guettaient : « Suivez-nous sans histoire, sinon nous serons obligés de vous passer les menottes et de vous conduire enchaîné à la Préfecture. »

Je fus longuement interrogé dans les locaux de la police. On voulait savoir de qui j'avais reçu ce matériel et à qui je remettais les paquets.

Malgré les interrogatoires harassants et les coups, je refusais de dire d'où je tenais ce matériel. Confronté avec le camarade dont l'arrestation avait entraîné la mienne, je niais le connaître. De même je déclarais que ni mon père, ni mon frère n'étaient au courant de mon activité et que moi-même j'ignorais le contenu et la destination de ce que j'avais caché chez nous.

Je suivais en cela les directives de mes responsables : « Devant l'ennemi, il faut se taire. » Ainsi l'effort de la police pour découvrir un coupable adulte — comme mineur on ne pouvait pas me condamner — échoua. On m'envoya cependant à la prison régionale d'Ostrava, en isolement au quartier des mineurs, sous l'inculpation d'atteinte à la sécurité de la République. Là, dans ma solitude, je me fis du souci pour mes parents. Non pour moi. Et la suite me donna raison. Je maintins mes déclarations devant le juge d'instruction et il dut me remettre en liberté.

Ma conduite avait amené l'arrêt des poursuites policières. Personne n'avait été inquiété après moi et l'appareil antimilitariste put continuer son travail en sécurité. Ma détention, cependant, m'avait marqué. Les heures qui n'en finissent pas, les semaines... La faim. J'avais seize ans. Mais, rien n'entama mon moral, ma détermination de poursuivre le combat.

Je fis d'autres séjours dans la Maison d'Arrêt et le Dépôt de la Préfecture de Police d'Ostrava. Dix-huit mois plus tard, en janvier 1933, je me retrouvai sous le même motif d'inculpation, dans le quartier des mineurs de la Prison régionale d'Ostrava.

Deux fois par semaine, j'y fus conduit à l'école de la prison pour recevoir des cours d'instruction civique d'un vieux monsieur grognon. Cela me distrayait de l'isolement, d'autant plus qu'on nous prêtait des livres. Bien que ceux-ci fussent du genre édifiant et destinés à me convertir

au respect de l'ordre établi, ils m'ont été d'une grande aide
contre l'ennui de ma situation.

Un jour, le gardien-chef de l'étage me demanda :
« Vous n'êtes pas le neveu de M. Robert London ? » A ma
réponse affirmative, il m'apprit qu'il jouait souvent aux
cartes avec mon oncle, le soir au café. Il se montra surpris
qu'un homme si « bien » puisse avoir un tel garnement
pour neveu. Cependant, cette découverte de ma parenté
me valut double gamelle des haricots ou des pois cassés,
qui formaient le régime habituel de la prison. Ma faim
était si grande que cette deuxième ration fut pour moi une
véritable bénédiction.

Un jour, on me donna un compagnon de cellule : un
jeune tzigane arrêté pour vagabondage. Au début, je fus
très heureux de n'être plus seul. Mais, au bout de peu de
temps, un conflit nous opposa au sujet du nettoyage de la
cellule qui devait se faire, à tour de rôle, deux fois par
semaine. Quand il fut de corvée, mon codétenu s'en acquitta
fort mal. Le sol resta maculé. Le gardien-chef — celui-là
même qui jouait aux cartes avec mon oncle — s'en prit
injustement à moi et me battit cruellement. Après cette
affaire, je fus incapable de supporter mon voisin, toujours
en train de me raconter ses exploits dans le vol à la tire et
ses bonnes fortunes... Je demandai à être remis à l'isolement.

Comme tout cela est loin.

C'est toujours la nuit. A intervalles réguliers, rapprochés,
on lève le judas. Puis la fenêtre découpe un ciel d'hiver
gris sale. Quel heure peut-il être ? Un merle chante. Lise
tout comme moi, tu ne dois pas dormir en cette aube
triste. A quoi penses-tu ? Comment avons-nous pu en
arriver là ? Il me semble t'entendre m'encourager. Nous
sommes ensemble.

J'attends que la journée commence. Qui sait ? peut-être
vais-je enfin voir un représentant du Parti qui me rendra
ma raison de vivre ?

Enfin la prison s'éveille. La porte s'ouvre. Un gardien m'ordonne de plier mes couvertures et de me remettre en marche. Une nouvelle attente commence, pleine d'incertitude, d'inquiétude et d'humiliation.

Il me semble avoir déjà marché longtemps quand la porte s'ouvre à nouveau. Un gardien, tenant en main un cahier, me crie : « Présentez vos demandes et plaintes. » Je commence à parler : « Quand pourrai-je voir... », mais il m'interrompt aussitôt, hurlant : « Mettez-vous au garde-à-vous. Au rapport! Ici vous n'avez pas de nom, seulement un matricule. » J'ai oublié le numéro que l'on m'a donné à mon arrivée, avec la recommandation : « Vous n'avez pas le droit de dire votre nom, ici vous êtes le numéro... »

Je reprends la marche d'un mur à l'autre. A midi, je mange ma première gamelle. Je ne suis pas autorisé à m'asseoir. La lumière commence déjà à faiblir, lorsqu'on vient me chercher. On me bande les yeux. Des bras experts me poussent dans des escaliers et des couloirs. Nous descendons. Au bout du trajet, je retrouve la vue dans un cachot souterrain, sans lucarne. Ma surprise et mon inquiétude ne durent pas. On m'apporte bientôt des vêtements que je dois échanger contre ma tenue de prison. Enfin l'heure de l'explication est arrivée!

Ma déception est amère lorsque je vois la porte se refermer et que je me retrouve dans l'obscurité absolue. Je marche longtemps dans le noir, aveuglé à brefs intervalles par la lumière crue d'une ampoule puissante. Elle s'allume non seulement chaque fois que le gardien ouvre le judas afin de contrôler mes faits et gestes, mais clignote parfois, sans arrêt, pendant dix minutes, ce qui est vraiment insupportable.

Combien d'heures s'écoulent avant qu'on ne vienne me chercher? A la place de la serviette qui jusqu'ici servait de bandeau, on me met, en guise de masque, des lunettes

de motocycliste dont les verres sont remplacés par du tissu
noir. Cela me permet, du moins, de mieux respirer. On me
passe à nouveau les menottes. Je les garderai sans interruption pendant plus d'un mois.

La marche nous mène à l'air libre. On me fait monter
dans une voiture avec, de chaque côté, un gardien. Toutes
ces manières de conspiration m'intriguent de plus en plus.
Quelle est la destination du voyage? Mon impatience
d'arriver est plus forte que mes appréhensions; la boucle
va enfin se fermer et je connaîtrai bientôt mon destin.

Les bruits de la ville s'estompent. Nous roulons maintenant à vive allure en pleine campagne. Tout d'abord
j'essaie de m'orienter, mais j'y renonce vite. Inutile de
demander à mes gardiens dans quelle direction nous allons;
ils n'ouvriront pas la bouche jusqu'à l'arrivée.

Finalement, l'auto stoppe. On me conduit à travers un
labyrinthe d'escaliers et de corridors. J'apprendrai bien
plus tard que je me trouve au château de Kolodĕje situé
à environ quinze kilomètres de Prague. Il a d'abord servi
de résidence d'été à Klement Gottwald, avant que ce
dernier ne soit élu président de la République. Depuis, il
a été réquisitionné par la Sécurité pour y installer ses cours
de formation professionnelle et politique!

Des mains brutales me poussent, face à un mur. Elles
m'arrachent cravate et ceinture, resserrent les menottes
derrière mon dos. Le métal s'enfonce dans mes chairs.
On me refoule ensuite dans une pièce où l'on m'ôte mon
masque, et on m'ordonne à nouveau de marcher sans
m'arrêter.

La pièce est faiblement éclairée par une ampoule nue,
au milieu du plafond. D'épaisses planches clouées sur la
fenêtre attirent mon regard. Ce n'est pas une prison normale. La pièce où je me trouve n'a rien d'une cellule.
Elle est absolument vide. Un judas grossier a été installé
sur une porte ordinaire. Je m'approche de la fenêtre pour

essayer de distinguer entre les interstices des planches un
détail qui me permette de m'orienter, de deviner où je suis.
Mais je ne peux rien voir, les planches étant clouées sans
failles. Un coup de pied contre la porte me fait sursauter.
La même voix que tout à l'heure m'intime de marcher.

Quatre pas pour aller du mur jusqu'à la porte. Le judas
se relève, à intervalles très rapprochés. De temps en
temps, derrière la porte, un court chuchotement. Le silence
est épais et mystérieux. Il fait très froid. Je marche rapidement pour essayer de me réchauffer. Les menottes m'ont
entaillé les poignets, mes mains enflées sont complètement
engourdies et gelées.

Combien est longue cette deuxième nuit! Au bruit de
mes pas dans ma cellule, d'autres bruits répondent en
écho. Ce que j'endure, d'autres l'endurent aussi! Mais
qui sont-ils? Je marche, je marche d'un mur à l'autre,
plongé dans mes réflexions et si je m'arrête, immédiatement, une voix anonyme me rappelle à l'ordre. Ainsi,
je sais que, derrière le judas, des yeux ne me quittent pas.
Je suis épuisé, j'ai du mal à tenir sur mes jambes.

On vient me chercher. On me remet le masque et après
une nouvelle marche dans le labyrinthe, je me retrouve
dans une pièce chauffée. Le masque retiré, je suis aussitôt
aveuglé par la lumière crue d'un petit projecteur qui
concentre toute sa clarté sur mon visage, laissant le reste
de la pièce dans l'obscurité. Une voix imprégnée d'un fort
accent ukrainien ou russe dit : « Vous êtes ici pour une
raison très sérieuse. C'est le Parti qui a ordonné votre
arrestation et nous a chargés de vous interroger. Je vous
répète que l'affaire est très grave, une affaire internationale
d'espionnage et de trahison contre l'Union soviétique
et les démocraties populaires. Votre devoir est d'aider à la
vérité. Vous n'êtes pas seul arrêté. Avec vous d'autres
personnes haut placées sont impliquées dans la même
affaire. Vous ne devez compter sur l'aide de personne.

Vous êtes depuis très longtemps dans le Parti et je fais appel
à vous pour aider l'Union soviétique et notre Parti. Avez-
vous quelque chose à déclarer? »

J'entends ces paroles avec stupeur. De plus, je me
demande à qui j'ai affaire : un Soviétique? Plus tard j'ai
su que c'était Janoušek qui avait vécu pendant très longtemps en U. R. S. S. et travaillait depuis plusieurs années
au ministère de l'Intérieur. Il avait été relevé de ses fonctions par Zavodsky pour sa brutalité : il avait horriblement maltraité des inculpés au cours d'interrogatoires.
On le disait drogué et il vouait une haine terrible à son
ancien chef et à nous tous qui nous trouvions maintenant
entre ses mains. Après son limogeage, il avait été récupéré
par les conseillers soviétiques pour travailler dans le service
spécial, créé par eux, dans la Sécurité.

Je m'habitue peu à peu à la lumière qui m'éblouit et,
à côté de cet homme qui me parle, je distingue deux si-
houettes. « Avez-vous quelque chose à déclarer — reprend-
il — sur Field, sur l'activité ennemie des volontaires des
Brigades internationales? »

Je réponds qu'en dépit du choc terrible causé par mon
arrestation et des conditions qui me sont faites, je me sens
cependant soulagé de me trouver finalement devant quelqu'un chargé par le Parti de faire toute la lumière sur moi,
que je n'ai cessé de demander à être entendu par le Parti
et que je suis prêt à répondre à toutes les questions.

La même voix m'interrompt : « Très bien, alors nous
allons maintenant écrire avec vous un procès-verbal. »
Il se tourne vers l'une des deux silhouettes et ordonne :
« Commencez! » Puis vers la deuxième : « Écri-
vez! »

J'entends le bruit du papier engagé dans le rouleau d'une
machine à écrire, une autre voix m'interroge : « Depuis
quand et où êtes-vous entré en relation avec les services
d'espionnage américains dirigés par Allan Dulles, par qui

et où avez-vous été recruté pour eux? Et avec quelles
personnes avez-vous collaboré? »

Je suis anéanti. On ne m'a pas amené là pour éclaircir
quoi que ce soit. Je suis non seulement accusé, mais déjà
déclaré coupable! C'est un choc effroyable. Je crie plus
que je ne réponds : « Jamais. Nulle part. Par personne! »
Je proteste avec toute la violence dont je suis capable
contre l'inanité de telles accusations. Je saurai plus tard
que mon interrogateur est le commandant Smola. C'est
lui qu'on a choisi pour diriger le groupe de « référents »,
d'enquêteurs chargés d'interroger les anciens volontaires
des Brigades internationales.

Le première voix, celle de Janoušek, hurle : « Taisez-
vous. Je vous avertis que cette affaire fera tomber des têtes.
Nous avons toutes les preuves en main. Nous emploierons
des méthodes qui vous étonneront, mais qui vous feront
avouer tout ce que nous voulons. Votre sort dépend de
nous. Ou vous optez pour des aveux complets pour essayer
de vous racheter, ou vous vous obstinez à rester dans la
peau d'un ennemi de l'Union soviétique et du Parti
jusqu'au pied de la potence. Alors, pour commencer,
répondez à la question qui vous a été posée. »

Je persiste dans mes protestations et mon indignation.
Janoušek appelle alors un gardien et me renvoie : « Retournez réfléchir dans votre cellule. Et que cette réflexion vous
soit salutaire, sinon vous le regretterez amèrement. »

A nouveau le masque. Puis la cellule et la voix qui
m'ordonne de marcher. Je suis épouvanté. J'ai beau
chercher dans l'histoire de ma vie, je n'arrive pas à comprendre.

IV

Paris s'était habillé de blanc pour accueillir notre convoi
de déportés, évacués de Mauthausen par la Croix-Rouge

internationale. Ce rapatriement en pleine guerre n'était
prévu que pour les ressortissants des pays occidentaux,
mais la direction clandestine du camp avait décidé d'y
inclure les étrangers arrêtés en France. C'est ainsi que
Zavodsky et moi-même nous étions revenus ensemble à
Paris. Nous y avons retrouvé Laco Holdoš, un ancien
d'Espagne, aussi, rentré la veille de Buchenwald par avion.

Il neigeait ce 1er mai 45, lorsque nous avons défilé, avec
quelques dizaines de camarades rescapés comme nous,
dans l'immense cortège populaire de la République à la
Nation. Paris saluait en nous les premiers déportés rentrés
des camps de la mort. Les gens pleuraient en nous voyant
si maigres et pitoyables. Tout le long de la route, des
hommes, des femmes, des enfants s'accrochaient à nous,
certains nous montraient des photos : « N'avez-vous pas
connu mon père... mon mari... mon fils... mon frère...? »
Pour eux, nous représentions l'espoir, mais nous, nous
savions combien cet espoir était ténu! Nous serions si peu
au bout du compte à répondre « Présent! » Nous n'osions
pas dire la vérité, cette vérité si atroce qu'elle en était
incroyable! Mais il n'a pas fallu attendre longtemps, après
notre retour, pour que des voix s'élèvent du côté de ceux
qui avaient aidé les pourvoyeurs des camps : « Et alors,
comment se fait-il que vous, justement vous, en soyez
revenu? »

Dire que cette phrase, il me faudrait bientôt l'entendre
dans des prisons de mon pays!

J'avais enfin pu faire la connaissance du garçon qui
m'était né plus de deux ans auparavant dans la prison de
la Roquette. Je retrouvais ma fille, une grande fille de
sept ans, déjà; mes beaux-parents. Mais Lise n'était pas
là. Nous étions sans nouvelles d'elle. Chaque jour nous
nous rendions à l'hôtel Lutétia qui était transformé en
Centre d'accueil pour les déportés afin de consulter les
listes de survivants. Elle ne devait rentrer qu'à la fin de mai.

Avec quelle joie alors, nous avions retrouvé nos camarades de combat, Svoboda et Zina, Hromadko et Věra, Ickovič et Isabelle, Nelly Štefkova, qui avaient réussi à traverser la tourmente et participé aux combats de la Libération de Paris.

Tous s'apprêtaient à s'en retourner dans Prague libérée. Pour moi, le problème était différent : ma femme était une militante du Parti communiste français. Elle venait d'être élue secrétaire nationale de l'Union des Femmes françaises dont elle dirigeait la presse. André Marty qui, à l'époque, avait un droit de regard sur la politique des cadres du Parti, émit l'opinion qu'il me fallait retourner dans mon pays, mais que ma femme devait rester en France. Cette solution nous parut cruelle et inacceptable.

Je me rappelle encore la conversation que nous avions eue, à ce sujet, avec Maurice Thorez, au cours d'un repas chez mes beaux-parents Ricol. « Cette position d'André n'est pas juste. Le problème est mal posé. Nous ne sommes pas pour rien des internationalistes. Tu es depuis longtemps en France, tu milites dans notre Parti, tu as fait la Résistance, tu as de nombreux camarades et amis, et puis ta famille est ici. Pourquoi partirais-tu là-bas, si ton travail de communiste tu peux l'accomplir aussi bien ici? » Et à une remarque de Jeannette Veermersch sur les liens avec la mère patrie et le désir de chacun de reposer un jour en son sein, Maurice avait souri et répondu : « Demande au père Ricol s'il désire retourner un jour en Aragon dont la misère l'a chassé. Sa patrie, pour lui, c'est le pays où il a pu travailler et vivre, où il a pu nourrir sa famille. C'est dans ce sens d'ailleurs qu'il faut comprendre ce qu'ont voulu dire Marx et Engels dans la conclusion du *Manifeste : Les prolétaires n'ont pas de patrie, ils n'ont que leurs chaînes à perdre. Prolétaires de tous les pays unissez-vous!*

Le Secrétariat du Parti avait, en définitive, proposé que je reste en France, où me serait confiée la responsabilité politique de la **M. O. I.**, après le départ de Bruno-Grojno-wsky et Hervé-Kaminsky pour leur pays, la Pologne.

Mes compatriotes avaient compris ma situation particulière et ne firent aucun obstacle à mon choix de la France comme deuxième patrie. Nous avions d'ailleurs eu l'occasion d'en parler de vive voix car j'étais retourné à Prague en avril-mai 1946. J'y accompagnais Jacques Duclos qui représentait la France au VIIIᵉ Congrès du Parti communiste tchécoslovaque.

Slansky, secrétaire général du Parti tchécoslovaque, avait bien essayé, au début, de me convaincre de revenir afin de travailler à la Section des Cadres du Parti tchécoslovaque, mais il s'était vite rendu à mes raisons.

C'est au printemps 1946, à Paris, lors de la Conférence des ministres des Affaires étrangères, préparatoire de la Conférence de la Paix, que je devais renouer avec Clementis, alors secrétaire d'État aux Affaires étrangères et faire la connaissance du ministre Jan Masaryk et de Vavro Hajdu, dont j'ignorais alors que le destin devait un jour nous lier comme les deux rameaux d'une même branche. D'une intelligence très vive, d'une érudition et d'une mémoire rares, Vavro faisait autorité dans la discussion du problème allemand.

Peu après s'était créé à Paris, dans la deuxième moitié de 1946, le Bureau d'Information tchécoslovaque et le Journal de l'amitié franco-tchécoslovaque, *Parallèle 50*. A la demande de Clementis et de Kopecky, ministre de l'Information et de la Culture, j'avais accepté d'en assumer la direction politique. Au début, je faisais ce travail bénévolement. Par la suite je fus porté sur la liste des contractuels recrutés sur place.

Au début de 1947, je fis une grave rechute de tuberculose, mes deux poumons étaient atteints. Mon état exigeait des doses de streptomycine, quasiment introuvable en France

à cette époque. Il me fallait partir pour la Suisse afin d'y
recevoir le traitement approprié.

Il m'était impossible de subvenir par mes propres moyens
aux frais de mon séjour et du traitement médical. Clementis
et Kopecky, mis au courant de ma situation critique,
donnèrent immédiatement l'ordre de me porter sur les
effectifs réguliers du ministère de la Culture pour que je
puisse toucher un salaire en Suisse. Ces formalités durèrent
un certain temps, mon emploi au Ministère devant être
approuvé, au préalable, par la Commission du personnel
de la Présidence du Conseil et la sortie des devises par la
Banque d'État.

Je ne pouvais attendre la solution de ces problèmes et
j'acceptai avec reconnaissance l'hospitalité de mes amis
Jean et Ninon Vincent, qui hébergeaient déjà chez eux mon
petit Gérard, lequel achevait de se remettre d'une primo-
infection consécutive à son séjour en prison.

Qui aurait pu alors se douter que ce séjour en Suisse me
serait un jour imputé à crime? Comme je ne touchais ni
salaire ni allocation, le Parti français donna son approbation à Hervé-Kaminsky, mon camarade de la M. O. I.,
afin qu'il sollicite pour moi une aide temporaire de l'Unitarian Service, organisation de bienfaisance américaine
qui, pendant la guerre, avait secouru les réfugiés antifascistes et les Juifs. Les maisons de repos que cette association possédait en France, notamment en Savoie et près
d'Hendaye, avaient été mises à la disposition des déportés.
Les Républicains espagnols avaient aussi en grand nombre
profité de ses secours, notamment les militaires blessés qui
étaient soignés dans un hôpital près de Toulouse.

C'est ainsi que je fus amené à me présenter à Noël Field,
citoyen américain qui résidait à Genève et qui était le
directeur, pour l'Europe, de l'Unitarian Service. J'avais
une lettre de recommandation de sa collaboratrice pour
la France, Herta Tempi. Il accepta de m'aider pour une

c ourte durée. Trois mois plus tard, comme j'entrais en possession de mon salaire par l'entremise de l'attaché culturel tchécoslovaque à Genève, Josef Šup, je lui fis savoir que son aide m'était désormais inutile, mais aussi combien j'avais été touché de la solidarité dont il avait fait preuve à mon égard.

Ma rechute fut très grave et j'échappai de peu à la double thoracoplastie qu'envisageait mon médecin traitant grâce à mes docteurs parisiens et notamment au chirurgien, Hertzog-Cachin, qui s'y opposèrent.

Dans le courant de 1948, mon état s'améliora. A ce moment-là, j'émargeais au ministère des Affaires étrangères tchécoslovaques dont le nouveau ministre, Clementis, désirait que j'occupe le poste de premier conseiller à l'ambassade de Paris, aux côtés de Hoffmeister, désigné comme ambassadeur.

Les événements allaient en décider autrement. Juste à ce moment, une campagne fut menée contre moi dans la presse suisse. Cela se passait au lendemain de ce qu'en Occident on appelait « le Coup de Prague » et les attaques contre mon pays étaient fort vives. Sur ce fond, des journalistes, sans doute inspirés par des émigrés, imaginèrent que je n'étais pas venu en Suisse pour me soigner, mais pour assurer une liaison entre le Parti communiste français et le Parti suisse du Travail. En temps normal, le ridicule d'une telle assertion eût éclaté aux yeux de tous. D'autant que pour assurer cette liaison clandestine, je n'avais rien trouvé de mieux que de me faire héberger chez un des secrétaires du Parti suisse, car telle était la fonction de Jean Vincent.

Mais mes diffamateurs ne s'en tinrent pas là. Selon eux, je n'étais rien de moins que l'éminence grise du Kominform [1] pour la France et j'avais pareillement été l'agent

1. Abréviation en russe du Bureau d'Information des Partis communistes et ouvriers.

du Komintern [1] en Espagne. Ce n'aurait donc pas été
André Marty et Palmiro Togliatti les représentants du
Komintern en Espagne, mais moi, jeune volontaire de
vingt-deux ans! C'était vraiment me faire trop d'honneur.

Mais, en ces temps de la rupture avec la Yougoslavie de
Tito, la guerre froide battait son plein. Et cette campagne
stupide qui ne pouvait résister au moindre examen sérieux
eut pour effet qu'on me refusa la prolongation de mon
séjour en Suisse et, chose plus grave, que je ne pus recevoir
à temps l'accord du Gouvernement français pour le poste
diplomatique envisagé. C'est ainsi que je dus repartir pour
Prague à la fin de 1948.

Là, deux ans plus tard, d'autres faussaires du même
acabit, mais travaillant dans une direction opposée, feront
de moi un agent du Deuxième Bureau français, un espion
des services de renseignements américains. Et vingt ans
après, pour les néo-staliniens, aux yeux de qui il n'y a
jamais de fumée sans feu, je reste sujet à caution, tandis
que pour les premiers qui, eux non plus, n'ont rien oublié
ni rien appris, je reste toujours l'œil de Moscou, ce qui
explique au reste que je n'aie pas été pendu... Et dans
l'intervalle, à la prison de Ruzyn, mes tortionnaires auront
vu une preuve de ma culpabilité dans le fait que je sois
revenu vivant de Mauthausen...

Je n'étais rentré à Prague que pour y attendre le visa
français. Comme, en février 1949, il n'était toujours pas
arrivé, le Parti me proposa pour le poste de vice-ministre
aux Affaires étrangères. C'est ainsi que mon retour devint
définitif et que ma famille me rejoignit.

A peine étions-nous installés, à peine avais-je eu le temps
de m'adapter à mon nouveau travail, que le bruit courut
à Prague de l'arrestation de Rajk. Noël Field disparaissait
au cours d'un voyage en Tchécoslovaquie. Certaines

---

1. Abréviation en russe de l'Internationale communiste.

rumeurs le disaient compromis avec les hommes arrêtés en Hongrie. Au Ministère, je voyais se multiplier les échanges de notes à propos de son sort entre le gouvernement américain et le nôtre.

En apprenant ces nouvelles j'étais immédiatement allé trouver Bedřich Geminder. Responsable de la Section internationale du Comité central, il suivait l'activité des communistes du ministère des Affaires étrangères et je tenais à l'informer de mes liens avec Field. Il me conseilla d'en référer à la Section des Cadres que dirigeait alors Kopřiva et aussi à Švab et à mon ami Zavodsky qui s'occupaient plus particulièrement des problèmes de vigilance dans le Parti. Je les informai oralement puis je leur écrivis un rapport. Je crus alors en avoir fini avec cette histoire.

Mais je me trompais. Peu de temps après étaient arrêtés cinq camarades, Pavlik et sa femme, Feigl et Vlasta Vesela, sa compagne, et Alice Kohnova, que je connaissais très bien. Raison commune de leur arrestation : Field. Comme je l'ai déjà dit, Pavlik et sa femme, revenus habiter la Slovaquie après la Commune de Hongrie, à laquelle ils avaient pris part, m'avaient été présentés à Paris en 1939 par Široky afin que nous les fassions participer au travail de notre groupe tchécoslovaque.

Feigl m'avait été également recommandé par Široky au même moment. Il était en France le représentant d'une grosse société américaine de produits dentaires appartenant à un de ses cousins. Comme il gagnait très largement sa vie, il nous versait régulièrement une subvention pour participer au financement de notre travail illégal. Il rédigeait pour la direction du Parti communiste français un bulletin d'informations sur les problèmes économiques d'après l'écoute de différentes radios européennes et surtout d'après la presse internationale accessible en 1940-1941 à Paris. Sa femme, Vlasta Vesela, avait été volontaire des Brigades internationales, dans le service sanitaire. Les deux

couples s'étaient plus tard retrouvés à Marseille où ils
avaient maintenu le contact avec notre groupe tchécoslovaque. Par la suite, ils s'étaient tous les quatre réfugiés
en Suisse jusqu'à la fin de la guerre.

Alice Kohnova, ancienne volontaire des Brigades, elle
aussi, avait émigré aux U. S. A. après l'occupation allemande et développé, durant toute la guerre, dans les
milieux tchèques et slovaques d'Amérique une action de
solidarité en faveur des anciens d'Espagne — notamment
les invalides — internés dans les camps de la zone libre.
En liaison avec notre groupe de Marseille des anciens
d'Espagne, elle avait également participé financièrement
à notre activité clandestine en France.

Je fus interrogé par Švab, au Comité central. « C'est
bizarre, tous ceux qui sont arrêtés se réclament de toi. »
Je sortis ulcéré de cette entrevue où Švab s'était conduit
plus en policier qu'en camarade. C'est d'ailleurs pourquoi
j'insistai, avant de le quitter, pour que mon cas personnel
avec Field soit étudié une fois pour toutes par la Section des
Cadres et qu'un point final y soit porté. « Tu verras bien
la suite qui y sera donnée », me répondit-il, sans camaraderie aucune.

Jusqu'à mon arrestation, je verrai désormais grandir
la méfiance à mon égard; chacun de mes faits et gestes
interprété à travers la suspicion.

En août 1949, Švab m'avisa de la présence à Prague de
la femme de Field. Elle tentait de savoir ce qu'était devenu
son mari. Elle avait, à plusieurs reprises, demandé à me
voir. On lui avait laissé croire, au Comité central, que
j'étais en vacances, car on ne voulait pas que j'aie contact
avec elle. Sur son insistance, le Secrétariat du Parti accédait
cependant à son désir. Je rencontrai donc Mme Field à
l'hôtel Paris. En sanglotant, elle me fit le récit de la vie de
son mari, riche en sacrifices à la cause du communisme.
Je fus bouleversé par son angoisse et ses larmes. Mais j'étais

impuissant à l'aider. Je retournais aussitôt au Comité central afin de rendre compte à Švab de cette entrevue. Il me demanda de lui adresser un rapport écrit. Je refusai : « Non, donne-moi une dactylo, je vais le dicter immédiatement, ce rapport. J'ai les choses bien en tête. Cela vous évitera de trouver des lacunes et des contradictions avec l'enregistrement de notre conversation que vous n'avez certainement pas manqué de faire à l'hôtel. » Švab me gratifia d'un sourire ambigu : « Il serait intéressant de savoir comment tu es informé de ces choses! »

Un mois plus tard, en septembre 1949, c'était le procès Rajk! Trois faits contribuèrent à augmenter mon désarroi :

— Field y apparaissait comme un espion de grande lignée ayant joué un rôle de premier plan dans les services de renseignements américains contre les pays de démocratie populaire. L'Unitarian Service était désormais qualifié d'Officine d'espionnage, d'agence de recrutement d'agents pour les services de renseignements américains.

— Szönyi, responsable des cadres du Comité central du Parti communiste hongrois, condamné à mort au procès Rajk, avouait avoir reçu en Suisse, avec d'autres membres de son groupe, de l'argent de Field et prétendait que la quittance remise à Field avait été utilisée comme moyen de pression pour son recrutement comme agent. Szönyi déclarait aussi savoir que Field et le Centre de renseignements américains avaient constitué en Tchécoslovaquie une organisation dont Pavlik était membre. Le Yougoslave Brankov, condamné à perpétuité, affirmait de son côté que, selon Rankovitch, ministre de l'Intérieur de Yougoslavie, les agents travaillaient mieux en Tchécoslovaquie qu'en Hongrie!

— Rajk, enfin, ancien volontaire des Brigades internationales ayant séjourné dans les camps d'internement en France, avouait que parmi les anciens d'Espagne la majorité était influencée par le trotskysme que diffusaient

les Yougoslaves. Que le Deuxième Bureau français, de
même que la Gestapo et les services de renseignements
américains avaient recruté de nombreux agents parmi eux.
Que durant la guerre la Gestapo avait assuré le rapatriement de nombreux volontaires dans leurs pays respectifs
en tant qu'agents, avec des tâches à accomplir pour elle...

Comme un des responsables nationaux de la M. O. I.,
j'avais personnellement participé à l'organisation du
retour dans leurs patries de nombreux volontaires de
différents pays, yougoslaves y compris, afin qu'ils puissent
y mener le combat contre leurs gouvernements collaborateurs d'Hitler ou contre les occupants allemands. C'était
suite à une directive de l'Internationale communiste
appliquée comme telle par la direction du Parti communiste français.

Je décidai d'avoir un nouvel entretien avec Geminder
et d'obtenir de lui que mon cas soit examiné au plus tôt
par le Parti. Ne voyant rien venir, je le priai de m'organiser
un rendez-vous avec Slansky, le secrétaire général du
Parti. Chaque jour, je lui téléphonais à ce propos. Il finit
par me répondre (et sa gêne me confirma le refus de
Slansky) : « Il a énormément de travail, il t'appellera
lui-même dès qu'il le pourra. » Slansky ne le put jamais...

Lors d'un voyage de Jacques Duclos à Prague, je
m'ouvris à lui. N'était-il pas au courant de tout le travail
de la M. O. I., pendant la guerre? N'avait-il pas dirigé
l'ensemble de l'action clandestine? Il m'avoua être également troublé par la déclaration de Rajk concernant le
rapatriement des volontaires. Mais, dit-il, l'arbre ne doit
pas cacher la forêt !

V

La délégation tchécoslovaque de l'O. N. U., en automne
1949, fut conduite par Clementis. En son absence, c'était

Široky, vice-président du conseil, qui assurait l'intérim au ministère des Affaires étrangères. Du fait que nous avions travaillé ensemble dans le passé et qu'il connaissait mes activités en France, je décidai de l'informer de mes ennuis. J'espérais trouver en lui un appui, mais, comme je m'en rends compte à présent, à partir de ce jour, Široky changea d'attitude envers moi. Il se fit réservé et distant.

C'est alors qu'une nouvelle tuile m'arriva. Un de nos diplomates en Suisse, qui avait été très lié avec Field, m'adressa une lettre non cachetée qu'il me priait de transmettre au Comité central du Parti. « Il était », écrivait-il, « de son devoir d'informer le Parti d'avoir envoyé, *sur mon ordre*, par la valise diplomatique, des lettres de Noël Field démasqué comme espion dans le procès Rajk. » En fait, sa femme avait, au printemps, au cours d'un voyage à Prague, amené des lettres pour des amies de Noël Field : Gisèle Kisch, Dora Kleinova, ainsi qu'une carte pour moi où Field me félicitait de ma nomination au ministère des Affaires étrangères. J'avais mentionné ce fait à Švab et à Zavodsky, la première fois que je les avais entretenus de mes contacts avec Field.

Je transmis cette lettre en y joignant un démenti. J'appris peu après, par mon ami et collègue Vavro Hajdu, que ce diplomate et sa femme avaient été convoqués à Prague. Cet ordre aurait dû passer par mon service et je m'étonnai auprès de Široky que l'on ait agi à mon insu dans une affaire de ma compétence. Il répliqua froidement qu'il agissait comme bon lui semblait.

Quelques jours plus tard, un coup de téléphone anonyme me convoquait au ministère de l'Intérieur. On se refusait à m'indiquer l'objet de ce rendez-vous.

Je dus subir un interrogatoire très serré de huit heures du matin à neuf heures du soir, par trois inspecteurs de la Sécurité, à propos de cette affaire. Sur ma demande, je fus confronté avec le diplomate et sa femme. Il retira aussitôt

son accusation en manifestant de l'étonnement car, dit-il,
« voilà déjà plusieurs jours que j'ai reconnu qu'il s'agissait
d'une erreur de ma part ». Tout l'interrogatoire était donc
sans objet, dès le départ. Je me rendis compte que la Sécurité agissait contre moi de façon délibérée, dans un but
que je ne comprenais pas encore.

Un capitaine de la Sécurité, venu en fin de matinée pour
assister à l'interrogatoire, était intervenu à plusieurs
reprises pour calmer les investigateurs. Puis, après avoir
discuté avec eux en aparté, il me demanda d'accepter de
faire une autocritique pour mettre un terme à l'interrogatoire. Je reconnus donc, par écrit, pour en finir, avoir
fait preuve, dans le cas de Field, d'un manque de vigilance.

C'est Osvald Zavodsky, à cette époque déjà chef du
Service de la Sécurité du ministère de l'Intérieur, qui avait
dépêché, comme je l'apprendrai plus tard, ce capitaine
pour m'aider et pour empêcher mon arrestation qui aurait
dû clore semblable interrogatoire.

J'étais de plus en plus dérouté par ces conceptions et
ces méthodes de travail du Parti. Je m'étais adressé avec
confiance au Secrétariat et à la Section des Cadres pour
que mon cas soit examiné et réglé, pour que je puisse
prouver ma loyauté politique. C'est, en réponse, l'appareil
de la Sécurité qui m'interrogeait comme un coupable...

J'informai Široky de cet interrogatoire, de la confrontation et du retrait de l'accusation portée contre moi.
Je lui demandai à être relevé de ma fonction de vice-
ministre aussi longtemps que mon cas ne serait pas définitivement réglé.

Trois jours plus tard, il m'avisa que Kopřiva refusait
ma démission, le Parti n'ayant rien à me reprocher. J'insistai. Široky me confirma le refus de ma démission et
l'imminence d'une entrevue avec Kopřiva qui réglerait
avec moi tous les problèmes.

Remise plusieurs fois sous divers prétextes, cette entrevue

n'aura jamais lieu. Geminder jugea également inutile d'en discuter avec moi, toutes choses me concernant étant, selon lui, claires.

Je savais qu'il n'en était rien. Ils avaient bien pris le temps de recevoir le diplomate et de régler toutes les questions ayant trait à lui.

Au Ministère, la défiance maintenant ouverte de Široky ne se démentait pas. J'avais été proposé pour aller accueillir Clementis à Paris, à son retour de l'O. N. U. Au dernier moment, Široky s'y opposa sous un prétexte cousu de fil blanc.

Dans le même temps, plusieurs personnes furent arrêtées qui toutes avaient connu Noël Field ou son frère Herman, disparu, lui, en Pologne.

Le 5 janvier 1950, quelques jours après le retour de Clementis à Prague, son secrétaire personnel, Théo Florin, était arrêté dans la rue, en se rendant au Ministère.

Les démarches de Clementis pour connaître les raisons de son arrestation et son sort furent vaines. Même le ministre de l'Intérieur, Vaclav Nosek, déclara tout ignorer de cette affaire. Cette réponse dont Clementis nous fit part à mon collègue Vavro Hajdu et à moi nous choqua : Comment les services de Sécurité pouvaient-ils échapper ainsi au contrôle du ministre qui les coiffait? Clementis s'adressa en dernier ressort à Slansky et Gottwald, en les priant de l'aider à connaître la vérité. Le troisième jour, le président Gottwald l'informa téléphoniquement que l'arrestation de son secrétaire n'avait aucun caractère politique et que d'ailleurs son cas serait rapidement réglé. De son côté, le ministre Nosek, ayant enfin réussi à obtenir un rapport de ses services, délégua auprès de Clementis son vice-ministre Vesely et le chef de la Sécurité Zavodsky pour l'informer officiellement des motifs ayant entraîné l'arrestation de Florin. Ce qu'ils dirent allait dans le même sens que ce qu'avait dit Gottwald.

Une semaine plus tard, je fus témoin d'une scène qui
me marqua. J'étais entré, en compagnie de Vavro Hajdu,
dans le bureau du ministre. Clementis ne nous avait pas
entendus frapper et se tenait près d'une fenêtre, soulevant
avec précaution le rideau et observant la rue. Il était
nerveux et troublé. Il nous apprit que, depuis le matin,
on avait joint à sa garde personnelle un groupe supplémentaire de membres de la Sécurité. Ces hommes se
tenaient dans le couloir et dans l'antichambre du cabinet
ministériel. Ils avaient ordre de « veiller sur lui » jour et
nuit. S'étant adressé à son collègue Nosek pour connaître
les raisons de cette surveillance, ce dernier l'informa que
les mêmes mesures avaient été prises à son égard. Elles
répondaient — selon le responsable de la Sécurité — à la
nécessité de protéger davantage certains dirigeants dont la
vie était menacée par les agents de l'étranger. En répondant ainsi, Nosek était de bonne foi. Lui-même était, à
ce moment-là menacé d'arrestation comme chef de l'émigration communiste durant la guerre, à Londres. Il est
probable que c'est Klement Gottwald qui empêcha alors,
personnellement, son arrestation.

Mais ces explications n'avaient pas rassuré Clementis.
L'arrestation de Florin prenait maintenant pour lui une
autre signification. Il se sentait visé personnellement.
D'ailleurs la promesse de régler ce cas rapidement ne fut
pas tenue. A plusieurs reprises, Clementis, au cours de nos
conversations laissa apparaître son anxiété. Il reliait ces
faits avec la campagne déclenchée dans la presse occidentale, pendant son séjour à New York, « sur l'arrestation
qui le menaçait à son retour à Prague ». Gottwald, qui lui
avait toujours manifesté une grande confiance, lui avait
alors écrit personnellement une lettre, à New York, en lui
renouvelant sa confiance. Comme preuve supplémentaire,
il lui annonçait la venue prochaine de sa femme, Ludmila,
auprès de lui. Elle l'avait effectivement rejoint. Après son

retour d'Amérique, ses contacts personnels avec Gottwald continuaient d'être excellents. Et cependant, il se rendait compte que quelque chose se tramait contre lui... Il pensait que cela ne venait pas de Gottwald, mais du Secrétariat...

Pour m'expliquer ses raisons de crainte pour l'avenir il me donna, entre autres, l'exemple d'André Simone [1]. N'avait-il pas joui, lui aussi, de la confiance et de la considération de la direction du Parti et de Gottwald, pour tomber en disgrâce du jour au lendemain? Clementis m'expliqua comment cela s'était passé. Au cours de la Conférence de la Paix, à Paris, en automne 1946, Molotov, alors ministre des Affaires étrangères de l'U. R. S. S., s'était enquis auprès de Slansky, en présence de Clementis, du rôle joué par André Simone à la Conférence, sur un ton très méprisant : « Que fait ici ce globe-trotter? »

Cette remarque de Molotov fut communiquée, à Prague, par Slansky aux autres dirigeants du Bureau politique. Peu après, André Simone avait été enlevé de son poste de chef de la rubrique de politique internationale de *Rude Pravo*, organe central du Parti communiste. Bientôt, il fut obligé d'écrire ses articles sous un pseudonyme, de même que ses commentaires pour la radio.

Les craintes de Clementis trouvaient un écho dans mes propres craintes. Au début de février, les deux commissions du Comité central, celle des « Trois » (Voyages de service à l'étranger et nomination des cadres subalternes pour les représentations diplomatiques et commerciales à l'étranger) dont j'étais membre, et celle des « Cinq » (Nomination des cadres supérieurs dans la diplomatie et questions fondamentales du Ministère) où nous siégions Clementis et moi, cessèrent de se réunir dans des conditions telles qu'aucun

---

1. Journaliste et publiciste bien connu, surtout en France où avant guerre il avait collaboré à *L'Ordre*, d'Émile Buré. Il est notamment l'auteur du livre *Les hommes qui ont trahi la France*.

doute ne pouvait subsister sur les raisons véritables :
nous éliminer tous les deux.

Le 13 mars 1950, Clementis me fit venir dans son bureau.
Il venait juste de rentrer du château du Hradčany, siège
de la Présidence de la République. Il m'annonça que
Gottwald lui avait demandé de présenter sa démission, en
raison de « sa mauvaise politique de cadres ». J'écoute
ces paroles avec saisissement : « Gottwald a-t-il donné des
exemples concrets ? » Clementis fait un signe de dénégation.
« C'est donc mon travail aussi qui est en cause, puisque,
dans ce secteur, nous travaillons ensemble depuis un an ! »
Clementis hausse les épaules d'un air impuissant. Je me
sens très inquiet, d'autant plus que le motif donné, et qui
me concerne également, me semble un prétexte. Je lui
demande s'il n'a pas été question, dans sa discussion avec
Gottwald, de sa position politique, en 1939, contre le
Pacte germano-soviétique, l'occupation de la Biélorussie
et de l'Ukraine par l'Armée rouge et la guerre russo-
finlandaise. Clementis répond qu'il n'en a absolument pas
été question, mais il est d'accord avec moi que le vrai
motif doit se chercher dans cette direction...

Je le mis au courant des difficultés que je rencontrais de
mon côté, notamment à cause de mes rapports avec Noël
Field. Je lui dis aussi que le motif invoqué contre lui sera
certainement repris contre moi. Deux jours plus tard eut
lieu la réunion de la direction ministérielle, à laquelle,
en plus des vice-ministres et de Clementis, assistait Viliam
Široky. L'annonce officielle de la démission de Clementis
fut portée à notre connaissance ainsi que la nomination
de Široky comme ministre des Affaires étrangères.

Le lendemain de cette réunion, Široky me convoqua et
m'accabla de reproches : « Comment toi, as-tu pu, pendant
plus d'un an collaborer avec Clementis et couvrir sa mauvaise politique de cadres ? » Comme je lui demandais des
précisions et exemples concrets, il répondit que toute la

politique des cadres était mauvaise et que j'avais ma part
de responsabilité. Ainsi la venue de Široky au poste de
ministre des Affaires étrangères n'entraîna aucune amélioration de ma situation, au contraire.

J'ai rencontré encore plusieurs fois Clementis qui continuait à occuper l'appartement ministériel en attendant
de recevoir un nouveau logement. Celui-ci était préparé
par les soins du ministère de l'Intérieur. Frappé par ce
fait, étant moi-même fort sensibilisé par les méthodes
policières en cours, j'en conclus que c'était sans doute pour
truffer son appartement de micros et renforcer la surveillance à son égard... Lorsque je le vis pour la dernière fois,
nous en avons parlé à demi-mot : il avait les mêmes soupçons que moi.

Au Ministère, le seul auprès de qui je continuais de
trouver un soutien moral et amical dans mon travail était
Vavro Hajdu. Sa grande compétence professionnelle, ses
connaissances et son expérience m'étaient d'un grand
secours pour pouvoir m'orienter dans mes nouvelles
fonctions. D'autant que j'étais rentré à Prague après
quinze ans d'absence et que je n'avais jamais, jusqu'ici,
travaillé dans un poste gouvernemental. Ce ministère était
alors un des secteurs les plus difficiles et délicats, et cela
depuis février 1948. A côté de difficultés courantes, notamment de nombreuses défections de diplomates ayant
« choisi la liberté », j'y rencontrai une atmosphère d'intrigues et même de corruption. Il y avait, de surcroît, le
noyautage de nos services par la Sécurité qui ne manquait
pas d'entraîner mouchardages, dénonciations et suspicion
généralisée. Par exemple, des campagnes étaient systématiquement menées par les informateurs de la Sécurité,
sur le nombre trop important de Juifs ou d'intellectuels
au Ministère. Les complications dans le travail étaient
toujours présentées comme des actes de sabotage délibérés
de tels employés.

Malgré ma situation délicate, je n'ai jamais hésité à combattre ce phénomène malsain. Je suis allé jusqu'à interdire l'accès du Ministère aux employés de la Sécurité et j'ai averti les chefs de service d'avoir à refuser toute information autre que documentaire, à qui que ce soit, notamment aux fonctionnaires du ministère de l'Intérieur, si ces demandes n'étaient pas passées par la voie hiérarchique. J'avais, à plusieurs reprises, eu des heurts violents avec les représentants de l'Intérieur, à propos de ces mesures que j'avais prises. J'avais d'ailleurs eu l'appui, pour cela, d'abord de Clementis, de Geminder et même de Široky que je tenais au courant du développement de ces problèmes. A un certain moment, la discussion est montée jusqu'à Gottwald.

J'appris, en juin 1950, que la Commission centrale de contrôle du Comité central du Parti et les services de la Sécurité interrogeaient, à mon sujet, plusieurs employés du Ministère. Mon bureau était fouillé. Je trouvai même, une fois, les tiroirs forcés. C'est à cette époque que je m'aperçus que des voitures me suivaient ou stationnaient, la nuit, tous feux éteints, à proximité de mon logement. Mon téléphone était surveillé. Des appels, sans interlocuteurs au bout du fil, se succédaient... Quand j'avais des problèmes à régler avec des responsables du Parti, ces derniers se faisaient régulièrement remplacer par leurs subordonnés. Aux réunions et réceptions, ils me fuyaient.

Et voilà que l'affaire Field rebondit en République Démocratique Allemande. Plusieurs responsables du Parti et des fonctionnaires de l'État, que je connaissais d'Espagne ou de France, furent sanctionnés pour avoir eu des relations avec lui. A une réception au Château, Švab, un peu éméché, m'apostropha : « Ton dossier prend des proportions inouïes. Tu as vu en Allemagne? Ici non plus on n'a pas fini avec cette affaire! »

Comment aurais-je pu, devant cet acharnement de

Švab et son jeu cruel avec moi, imaginer que bientôt nous nous retrouverions dans la même prison...

Après l'avoir utilisé, *ils* ont choisi de l'immoler lui aussi...

Je commence à vivre une véritable maladie de la persécution. Dans chaque regard, je lis des soupçons, dans chaque phrase je découvre des allusions. Mon vieil ami Ossik, qui m'avait aidé au début, me fuit maintenant, comme je l'ai déjà dit, trahissant à son tour une grande peur. Leopold Hoffman, chef de la sécurité personnelle du président de la République, un ancien d'Espagne qui nous rejoindra bientôt, lui aussi, me rapporte une conversation qu'il a eue avec Ossik, rentrant un soir en voiture d'une réception : « Nous, les anciens volontaires des Brigades, restés en Occident pendant la guerre, nous aurons un jour bien du mal à expliquer qui nous sommes vraiment ! »

Ceci se passait à la fin de décembre, au moment où le ministre Kopřiva s'enquérait auprès de moi, sous le sceau du secret, de la prétendue trahison de Zavodsky, pendant la guerre.

Au Ministère, l'atmosphère devenait irrespirable. Malgré ma vigilance et tout le soin apporté à mon travail, celui-ci ne fut pas longtemps à l'abri des attaques.

Ayant été prévenu par son frère — haut fonctionnaire du ministère du Commerce intérieur — qu'un de nos diplomates avait l'intention d'abandonner son poste et de rester à l'étranger, nous avions espéré, ma collègue Truda Sekaninova et moi, pouvoir le faire revenir sur sa décision. A cet effet, nous avions pensé qu'il suffirait de ménager une entrevue entre les deux frères à la frontière. Mais celle-ci avait échoué. Par la suite, Kopřiva nous convoqua tous les trois — le frère, ma collègue et moi — mais je fus le seul à être mis sur la sellette. Il me renvoya à Švab, devenu son vice-ministre, pour qu'il puisse établir un procès-verbal sur cette question. Švab m'accueillit, agressif : « Tu les collectionnes, toi, les ennuis ! C'est

une vraie cascade, de l'affaire de Field à celle d'aujour-
d'hui... » Sa méfiance contre moi se donna libre cours et
il alla jusqu'à refuser d'interrompre l'entretien pour me
permettre d'aller accueillir une délégation chinoise à l'aérodrome. Il ne me « relâcha » qu'après la signature du
procès-verbal.

Là-dessus, nouvelle affaire : une lettre du Comité du
Parti du ministère de l'Intérieur enjoignait à son homologue des Affaires étrangères d'avoir à m'interroger sur
les raisons qui avaient motivé mon refus d'engager au
Ministère un certain Treister qui venait d'être arrêté sous
une inculpation d'espionnage [1]. Ce dernier nous avait
été recommandé par Josef Frank, secrétaire du C. C. du
Parti et Arnošt Tauber, alors ministre plénipotentiaire
à Berne, qui l'avaient très bien connu à Buchenwald.
L'unique raison qui avait guidé notre service du personnel
à ne pas accepter sa candidature était que, d'origine polonaise, Treister avait acquis depuis trop peu de temps la
nationalité tchécoslovaque.

Cette histoire datait de plus d'un an. On ne la ressortait
que pour « prouver » que j'étais responsable de l'embauche
ultérieure de Treister par le ministère de l'Intérieur, étant
donné que je n'avais pas informé ce ministère de nos
refus d'engager Treister chez nous...

L'organisation du Parti de l'Intérieur exigeait en outre,
dans sa lettre, que des sanctions soient prises contre moi
et qu'elle soit tenue au courant des suites données à cette
affaire.

Cela aurait dû prêter à rire, mais on en avait fait une
montagne! Et pourtant mes arguments avaient démoli
toute la construction :

Étais-je vice-ministre aux affaires étrangères ou à l'Intérieur? Étais-je astreint à rendre compte de mon travail

---

1. Cette inculpation s'est révélée fausse Treister sera réhabilité
après 1956.

au ministre des Affaires étrangères ou à celui de l'Intérieur ? Aurais-je dû m'adresser à une diseuse de bonne aventure pour savoir où Treister solliciterait ultérieurement un emploi ? A chaque rejet de candidature par notre service du personnel, devrais-je en informer par circulaires tous les bureaux de la République ?

Le Comité du Parti du Ministère fut donc mobilisé pour m'interroger, ce qui sentait la volonté délibérée d'accentuer autour de moi une atmosphère de défiance.

La Sécurité de son côté me soumit à un nouvel interrogatoire et essaya des heures durant de prouver ma responsabilité dans l'emploi d'un « espion » par le ministère de l'Intérieur.

Le filet se resserrait.

A la fin de novembre 1950, un dirigeant du Parti français en transit pour Moscou, me rendit visite. Il m'apprit confidentiellement que l'affaire Field était loin d'être terminée, qu'elle avait des ramifications dans tous les pays, qu'en France, la M. O. I. était particulièrement compromise. En le raccompagnant à son hôtel j'essayais de lui démontrer l'inanité de tels soupçons à l'encontre de la M. O. I., dont les activités pendant la guerre étaient contrôlées directement par Jacques Duclos.

De nouveau, une histoire :

Notre ministre plénipotentiaire dans un pays scandinave, M..., séjournait en janvier 1951 à Prague, invité par la Sécurité afin de l'aider à démasquer les activités « criminelles » de Šling, secrétaire régional du Parti de Brno, déjà arrêté. M... avait occupé, dans le temps, des responsabilités importantes à Brno. Šling les lui avait retirées pour incapacité. Mais comme compensation, la présidence du Parti et Gottwald en personne l'avaient fait nommer, par la suite, à son poste diplomatique.

Quatre jours après ces entretiens, M... remettait à Široky un rapport contre moi. Il contenait les accusations les plus fantaisistes. Il affirmait que des criminels du même acabit que Šling, notamment London, sévissaient au ministère des Affaires étrangères, et dénonçait également d'autres personnes comme faisant partie de « ma » clique!

Široky chargea Černik, mon subordonné, de l'enquête. Interdiction bien entendu de m'en parler! Mais Černik, indigné et convaincu de l'absurdité de ces accusations, passa outre. Je ne doutais pas que cette dénonciation avait été suggérée et inspirée à M... par les hommes de la Sécurité.

Autour de moi et de ma famille, le vide se faisait. Geminder, malgré notre très ancienne amitié — il était comme moi originaire d'Ostrava — évitait maintenant de nous rencontrer. Jusque-là, il avait toujours accepté avec plaisir de se joindre à nous lorsque nous recevions, à la maison, des amis de France, d'Italie ou d'Espagne. Maintenant, sous un prétexte ou un autre, il déclinait toute invitation.

Lise rendit un jour visite à la femme de Gregor, ministre du Commerce extérieur. En repartant elle apprit par le chauffeur qui l'avait attendue, que son entrée dans la villa avait été immédiatement suivie du départ de la femme de Slansky par une issue donnant sur le jardin. Ma femme se fit immédiatement reconduire auprès de Vera Gregorova pour lui demander la signification de ce départ précipité considéré par elle, à juste titre, comme un affront.

Vera Gregorova, très ennuyée de cet incident, demanda si elle pouvait faire part de ces observations à la femme de Slansky. Lise insista pour qu'elle le fasse, ajoutant qu'elle se réservait de demander compte elle-même de cette attitude outrageante à son égard à la première occasion.

Maintenant Lise sait que cette fuite signifiait le refus de la rencontrer. On ne fréquente pas l'épouse de celui qui bientôt sera arrêté!

Je me sentais abandonné par le Parti. Je tentais une fois de plus de me faire recevoir par un responsable. Ni Slansky, ni Geminder, ni Köhler, qui avait remplacé

Kopřiva comme responsable de la Section des Cadres au
C. C., n'acceptèrent de me fixer rendez-vous. Široky,
sous différents prétextes, m'esquivait.

Je passais des nuits sans dormir...

En suivant à la trace toutes les méthodes utilisées contre
moi pendant près de deux ans, à commencer par le refus
du Secrétariat du Parti de m'entendre, en finissant par
mon arrestation — il me semble évident qu'un plan métho-
dique a été appliqué pour me pousser systématiquement
dans la voie du découragement, de l'anxiété, du désespoir.
Ma démoralisation a été sciemment organisée jusqu'à ce
que je devienne cet homme brisé, traqué, mûr enfin pour
tomber dans le piège dressé par ceux qui avaient décidé
de ma perte.

VI

Mes pensées sont interrompues par le fracas de la porte.
Un garde-frontière en tenue de campagne, coiffé d'un
bonnet de fourrure orné d'une étoile rouge, se tient dans
l'ouverture, la mitraillette braquée sur moi. Un autre
gardien dépose à même le sol une gamelle fumante et
s'approche pour me retirer les menottes. Quel soulagement!
Mais il ne dure qu'un instant! Aussitôt mes bras sont
ramenés par-devant et les menottes remises. Les deux
hommes s'en vont sans mot dire.

J'ai soif. Je suis transi de froid. Je regarde avec perplexité
la gamelle à mes pieds. Quelques minutes passent. Des
portes claquent et déjà un bruit de gamelles vides qu'on
ramasse me fait comprendre que je n'aurai ni cuillère, ni
main libre pour manger. Je m'agenouille et porte avec
difficulté la gamelle à mes lèvres. Mais comment manger!
J'essaie de happer les morceaux de légumes. A cet instant
la porte s'ouvre. « Donnez ça », dit le gardien, en m'arra-

chant la gamelle. « Et maintenant, recommencez à marcher. »

Les bras enchaînés par-devant, la marche est un peu
moins pénible. Quelle heure peut-il être? Il me semble
qu'une éternité s'est écoulée depuis que je suis là. La fatigue
me rend maintenant difficile chaque pas. Déjà, à deux
reprises, le gardien est entré me brutaliser parce que je
m'étais arrêté pour souffler. Que faire sinon obéir, se
soumettre, faire preuve de bonne volonté et démontrer par
là mon attitude conciliante?

La douleur aux épaules et dans le dos devient lancinante.
L'impossibilité d'allonger les bras provoque des crampes
insupportables. Je n'arrive plus à penser. Mes idées se
brouillent. Dépouillé de mon tricot de corps, de mon pull
et de mon manteau, j'ai très froid. Tout à l'heure, à la
nouvelle distribution de nourriture, je ne resterai plus
désemparé devant la gamelle. J'essaierai de manger malgré
les menottes. Cela ne doit plus beaucoup tarder. J'entends
des bruits de portes et d'écuelles, mais devant ma cellule,
rien. Je cherche à me leurrer, mon tour n'est pas encore
arrivé! Mais, bientôt, plus de doute, le bruit du ramassage
des gamelles vides me parvient à nouveau. On m'a oublié!

Je marche toujours. Je n'ai ni bu, ni mangé depuis la
veille. Les premières lueurs d'un jour nouveau filtrent à
travers les planches. Je n'en peux plus, je me couche à
terre. Aussitôt, la voix brutale m'ordonne de me remettre
en marche. Comme je n'obtempère pas, le gardien ouvre
la porte et profère des menaces. Je refuse de me relever.
Je lui dis qu'on n'a pas le droit d'infliger un traitement
pareil à un homme, et encore moins à un innocent. Il
appelle à la rescousse un autre gardien qui m'abreuve
d'injures, me roue de coups : « Vous ne continuerez pas
ici à vous conduire en ennemi. Vous obéirez aux ordres
ou alors nous sévirons. » Je ne veux pas que ma révolte
soit interprétée comme une attitude hostile et je recom-

mence péniblement à marcher jusqu'au soir où l'on vient me chercher pour me conduire, les yeux à nouveau bandés, dans un autre bâtiment.

On m'enchaîne les mains derrière le dos. On me retire le masque. Je suis devant un inconnu, de taille moyenne, trapu, élégamment vêtu (plus tard j'apprendrai qu'il s'agit d'un avocat raté de Prague, Š..., qui avait offert ses services à la Sécurité). C'est le référent [1] chargé de m'interroger.

J'attends de lui des questions précises qui appelleront des réponses tout aussi précises et me permettront de me justifier. Il n'en est rien. Durant toute la nuit, je n'ai droit qu'à des injures et à cette phrase sans cesse répétée : « Avouez qui vous êtes, avouez vos crimes, des hommes comme vous ont un nom, avouez votre nom. » Je ne comprends pas le sens de ces questions. Qui je suis? Mais, Artur London! Je n'ai rien à avouer! Mon interrogateur est hors de lui de rage. Resserrant autour de mon cou le col de mon veston qu'il tord entre ses mains, il me cogne la tête contre le mur en martelant : « Avouez qui vous êtes, avouez vos crimes, des hommes comme vous ont un nom, avouez votre nom! » J'ai l'impression d'avoir affaire à un fou, mais suis décidé à garder mon sang-froid.

Et voilà que maintenant, le référent s'en prend aux miens, à ma famille qu'il traite de « nid d'ennemis ». Alors je lui fais remarquer que ce nid d'ennemis compte un membre du Bureau politique du Parti communiste français, mon beau-frère. Il hurle de plus belle : « Tous, vous êtes tous des ennemis. Votre beau-frère aussi! Nous savons aujourd'hui quel est son véritable rôle. Il ne peut rien pour vous. Vous ne pouvez compter sur personne dehors! »

1. Après leur suppression, en 1950, pour ce genre d'affaires, les juges d'instruction ont été remplacés par des hommes de la Sécurité qui conduisent les interrogatoires du détenu depuis son arrestation jusqu'à son jugement. Référent est utilisé en allemand et signifie : rapporteur.

L'interrogatoire — ce monologue hystérique — ne
s'achève qu'avec la nuit. C'est déjà, en effet, presque le
jour quand le référent appelle le gardien pour me faire
reconduire dans ma cellule. Je m'apprête à franchir la
porte, quand je me retourne pour lui dire : « On a certainement dû trouver un paquet de dollars dans mon coffre-
fort, au Ministère! Avant que vous ne vous livriez aux
hypothèses les plus abracadabrantes, je tiens à vous
informer que ces dollars sont la propriété du Comité
mondial de la Paix. Ils m'ont été confiés par ma belle-sœur,
Fernande Guyot, secrétaire administrative du Comité,
pour que je les mette en sûreté durant la quinzaine de jours
où elle se repose à la montagne. »

Le référent me regarde interloqué. Il charge le gardien
de me surveiller et quitte la pièce. Quand il revient, il me
demande de répéter ma déclaration concernant les dollars.
Il tape une note à la machine. Je le sens tout penaud, tel
un chien à qui l'on vient de retirer son os! Quelle belle
preuve de ma vénalité n'avait-il pas là!

Quand on me ramène dans la cellule, la lumière du jour
filtre à travers mon masque. Tout au long du couloir,
j'entends des portes s'ouvrir et se fermer : on ramasse les
gamelles vides. Une fois de plus, trop tard pour moi!
J'ai pourtant très faim et très froid. Je me retrouve dans
la même pièce. Et la marche harassante reprend.

Je repense aux paroles du référent. Comment faire savoir
au-dehors que je suis innocent? Je suppose que, comme
dans toutes les prisons que j'ai connues jusque-là, on
renvoie le linge aux familles pour le laver et le remplacer.
Je veux absolument avertir ma femme de mon innocence.
En m'approchant de la fenêtre, je vois un clou faiblement
enfoncé, je parviens à l'arracher. Non sans mal, je retire
du col de ma chemise une des baleines. Bien que, pour
l'heure, mes mains soient enchaînées par-devant, mes
mouvements ne sont pas faciles. Cependant, poussé par

mon désespoir, pendant les courts intervalles où le judas reste fermé, lettre par lettre, je grave sur la baleine de celluloïd : « Je suis innocent. » L'idée que Lise, habituée par l'occupation aux méthodes de la vie illégale, trouvera mon message, me rassérène un peu.

Mais la chemise et son message ne parviendront jamais chez moi. Elle disparaîtra dans le magasin de vêtements de la prison.

Je suis très fatigué, transi de froid. La faim me donne des tiraillements d'estomac. Je n'arrive pas encore à réaliser ce que je viens de vivre, de voir, d'entendre. Ce qui m'arrive.

Je frappe à la porte. A ma demande, on m'amène un seau hygiénique. Le gardien refuse de m'enlever les menottes et tient sa mitraillette braquée sur moi. C'est debout, sous cette menace, que je dois faire mes besoins. Quelle humiliation! Et je suis si maladroit avec mes mains enchaînées... Je me sens moins qu'une bête.

Tard dans la matinée on vient me chercher. A nouveau le masque! On me pousse, je me cogne contre des planches. Longtemps je reste dans le noir. Plusieurs personnes chuchotent derrière moi. Finalement, j'entends une porte s'ouvrir. Des mains brutales me font faire demi-tour, m'arrachent le masque, me saisissent et me plaquent le dos contre la paroi. Devant moi, quatre hommes dont un en civil — le commandant Smola — qui me prend à la gorge et crie avec haine : « Vous et votre sale race, nous saurons vous anéantir! Vous êtes tous pareils! Tout ce qu'Hitler a fait n'était pas bon, mais il a détruit les Juifs, et cela est une bonne chose. Trop encore ont échappé aux chambres à gaz. Ce qu'il n'a pas terminé, nous le finirons. » Et tapant rageusement le sol du pied : « C'est à dix mètres sous terre qu'on vous ensevelira vous et votre sale race! »

Ces paroles sont proférées par un homme qui porte l'insigne du Parti à la boutonnière, en présence de trois autres, en uniforme, qui approuvent par leur silence! Que

peut-il y avoir de commun entre cet antisémitisme, cet
esprit de pogrome, et le communisme, Marx, Lénine, le
Parti? C'est la première fois, dans ma vie d'adulte, que
je suis insulté parce que Juif, que je m'entends reprocher
ma naissance comme un crime. Et cela par un homme de
la Sécurité d'un pays socialiste, un membre du Parti communiste. Est-il imaginable que l'esprit des « Cent Noirs »,
l'esprit des S. S. revive dans nos propres rangs? Le même
esprit anime ces hommes et ceux qui ont fusillé en 1941
mon frère Jean, déporté à Auschwitz et envoyé à la chambre à gaz ma mère, ma sœur Juliette et son mari et des
dizaines de membres de ma famille. J'avais dissimulé ma
naissance aux Hitlériens, aurais-je dû faire de même dans
mon pays socialiste?

D'une bourrade, Smola me pousse dans un coin :
« Vous allez parler, vous allez avouer vos crimes. Nous
savons tout. Vous n'êtes pas seul ici. Les amis qui vous
protégeaient sont tous ici et ils parlent. Tenez... » Il me
tend une coupe contenant plusieurs cartes. « Vous avez été
tous exclus. Le Parti vous rejette comme des bêtes mal-
faisantes. Regardez... » Ce sont les cartes du Parti de
Zavodsky, de Valeš, la mienne et d'autres encore. « Et
celles qui manquent — ajoute-t-il — nous sommes en train
de les ramasser. Vous allez répondre aux questions que
ces camarades — il désigne les trois hommes en uniforme
— vont vous poser. La seule chance que vous avez de
sauver votre tête est de parler et d'avouer plus vite que
les autres. »

Sur ce, il quitte la pièce. Les autres prennent place derrière la table. Je connais l'un d'entre eux. J'ai eu l'occasion
de le voir au ministère des Affaires étrangères où il est venu
plusieurs fois pour régler des problèmes touchant le ministère de l'Intérieur. J'ai eu avec lui les désaccords que j'ai
déjà dits sur les ingérences de la Sécurité dans les affaires
relevant de ma compétence. Il est là devant moi, en inqui-

siteur, mais c'est le seul dont les yeux n'expriment pas la haine.

« Dimanche dernier, votre groupe trotskyste d'anciens des Brigades a tenu une réunion secrète chez Zavodsky. Vous vous saviez démasqués et étiez aux abois. Quelles décisions avez-vous prises pour vous en tirer? »

Comment peuvent-ils taxer de conspiratrice ma visite de dimanche chez Zavodsky et ma rencontre fortuite avec d'autres amis? Ils paraissent au courant de nos conversations. Qu'est-ce que cela veut dire? Et surtout, pourquoi donner à cette rencontre, cette interprétation aberrante? On ne me laisse pas parler. Les questions fusent de trois côtés à la fois, des questions qui ne demandent même pas de réponse. Mes trois inquisiteurs me lancent à la figure les noms d'anciens de la guerre d'Espagne — pour certains, je ne les ai jamais revus depuis 1939 —, les noms de volontaires de différentes nationalités, entre autres ceux des Polonais Rwal et Winkler disparus à Moscou; des Hongrois Rajk, Baneth; des Yougoslaves Copik, Daptchevitch; du journaliste soviétique Koltzov. Ils m'interrogent sur Anna Seghers, sur Egon Erwin Kisch et sa femme qu'ils accusent d'avoir organisé des réunions d'intellectuels trotskystes à Paris et à Prague. Où veulent-ils en venir? A chacune de mes tentatives de réponse, de réfutation, on me coupe la parole, on crie, on hurle les accusations les plus monstrueuses. On m'injurie. On lance des noms de villes : Paris, Marseille, Barcelone, Albacete... On évoque des rencontres avec tel ou tel, mais sans donner aucune précision.

Ils sont informés de notre vie, de nos luttes, que recherchent-ils donc? Qu'y a-t-il de criminel là-dedans sinon pour nos ennemis? Nous avons tous un passé dont nous sommes fiers. « Avouez vos crimes! » — me crie-t-on sans cesse. « Il faut tout nous dire, c'est la seule chance de sauver votre tête. Les autres avouent, faites comme eux; sinon vous êtes fichu. De toute manière, pour vous, c'est fini. Vous êtes tous ici. Vous ne réussirez pas à renverser notre régime. Chez nous le blé ne monte pas jusqu'au ciel, on le fauche à temps! » Je continue à me défendre farouchement. « Posez-moi des questions précises, je n'ai rien à cacher. Je veux m'expliquer, laissez-moi m'expliquer. » En vain!

Un des trois hommes s'en va. L'interrogatoire reprend, plus calme. Les deux autres posent de nouvelles questions sur les Brigades internationales. D'une grosse pile de papiers posée sur la table, ils sortent des feuillets : « Que savez-vous sur un tel? » J'essaie de rassembler mes souvenirs, mais on ne me laisse jamais le temps. « Nous savons qu'il a déserté. » Tel autre avait mauvais moral en Espagne. Tel autre ne s'est pas bien conduit dans les camps en France. Cet autre a critiqué le Parti et manifesté des tendances oppositionnelles, des tendances trotskystes. Celui-là a été considéré par le Parti communiste d'Espagne, ou par l'organisation communiste de son unité, comme un élément louche, hostile...

Mais de quel matériel disposent-ils donc? Au fur et à mesure qu'ils m'interrogent, qu'ils me mettent sous les yeux certains feuillets, je me rends compte que ce sont là des rapports établis en Espagne sur les volontaires par les organisations du Parti de compagnies, de bataillons, de brigades. Ces rapports ont été formulés dans l'esprit de l'époque trop souvent intransigeant, dogmatique, écrits de plus dans le feu de la guerre, dans les tranchées, au cœur des batailles. Leur sévérité tenait à la gravité de l'époque que nous vivions.

Sans doute, tous les volontaires n'étaient pas des saints. Parmi eux, il y eut quelques lâches, même des intrigants. Ces derniers se démasquèrent très vite. Et qui se targuerait dans ce combat sans merci d'avoir été sans moments de faiblesse? J'en connais qui, à leur baptême du feu, ont pris peur et abandonné le front. Mais, par la suite, ces mêmes hommes ont fait preuve d'un grand courage. Dans les années de luttes illégales qui suivirent, en France, en Tchécoslovaquie ou dans l'armée tchécoslovaque en Angleterre, la masse des volontaires s'est conduite en combattants aguerris et de valeur.

De ces rapports, les référents ne retiennent que ce qui est négatif. Bien sûr, ce qu'en jargon du Parti, nous appelions le « matériel pour les Cadres » devait comporter un jugement sans complaisance sur les défauts possibles des militants, leurs qualités étant connues par ailleurs. Mais ces rapports sont des rapports politiques, pas des caractéristiques policières. Ils appartiennent au Comité central du Parti et n'ont pas leur place ici. Qui donc les a remis à la Sécurité? Le Parti? Pourquoi? Je pense à la façon dont les uns et les autres avons porté nos appréciations pour de tels rapports. A notre intransigeance. Nous étions conditionnés par l'éducation politique que nous avions reçue, par l'exemple de rigueur implacable des Bolcheviks, et nous veillions avec un soin jaloux à garder pure notre épopée, le sens de notre engagement auprès du peuple espagnol. Nous avions à cœur de souligner chaque ombre, chaque erreur. Et voilà ce que l'on fait de notre dureté envers nous-mêmes! Tout devient brusquement petitesses, souillures, saleté. Tout est retourné. Tout le bien récrit au mal.

La porte s'ouvre brusquement. Smola jette une nouvelle liasse de papiers sur la table. Il m'empoigne à la gorge et hurle : « Ici, il y a tout. Zavodsky a tout avoué. Vous n'avez plus rien à nous apprendre. Il ne vous reste qu'à passer aux aveux et compléter ses dépositions. Nous connaissons toute votre activité antiparti. Vos activités à Marseille. Votre collaboration avec les services américains. Vos contacts avec Field. Tout est là, dans ces pages. Avouez à votre tour. »

Dans les passages qu'il me lit, je retrouve certaines
conversations que j'ai eues avec Zavodsky. Ça ne peut pas
être inventé! Mais toutes nos pensées, tout notre comport-
tement sont qualifiés de trotskysme, d'actes hostiles au
Parti, de travail de sabotage. Nos rencontres amicales
prennent immanquablement des allures conspiratrices.
Ainsi nous aurions formé depuis la nuit des temps un groupe
trotskyste organisé, déployant une activité au préjudice
du Parti? Je secoue la tête : « Non, ce n'est pas vrai. Si
certains des faits que vous mentionnez sont exacts, leur
interprétation et les conclusions que vous en tirez sont
fausses. Je ne vous crois pas quand vous affirmez que
Zavodsky a écrit de pareilles insanités. »

Les gifles tombent. Smola me cogne la tête contre le
mur.

« Non, ce n'est pas vrai, ce n'est pas vrai!

— Vous connaissez son écriture, regardez donc cette
signature. Est-elle ou non de Zavodsky? »

Et il me tend des feuillets, sur chacun, en bas de page,
la signature de Zavodsky! Oui, c'est sa signature! Je la
connais trop bien pour me tromper. Smola me met sous
les yeux une page intitulée : « Mon activité pour le F. B. I.
à Marseille. » Zavodsky y raconte comment, en tant que
trotskyste, il a pris contact avec des agents...

« Mais c'est faux! Ce n'est pas possible! » Je ne peux que
répéter ces mots. Je suis complètement abasourdi, atterré.
Je ne comprends rien à rien. Je ne cesse de répéter : « Ce
n'est pas vrai! » Smola me donne alors un feuillet manuscrit : « Vous connaissez bien l'écriture de votre complice.
Lisez vous-même ses aveux écrits de sa propre main et
confrontez avec ce que je vous ai dit. »

C'est en effet l'écriture de Zavodsky. Mais ce qu'il écrit
est un ramassis de mensonges, de récits imaginaires ou
— ce qui est encore pire — de demi-vérités. Il relate nos
conversations, notre activité. Mais son interprétation

relève de la plus haute fantaisie et va nous mener tous à la potence! Comment Ossik a-t-il pu se prêter à une telle falsification? Lui, surtout. Je l'ai connu pendant la guerre d'Espagne et en France, pendant l'occupation, comme homme loyal et combattant exemplaire.

Je le revois le jour où, dans les rues de Paris, je lui expliquais la nécessité de passer à la lutte armée contre l'occupant. C'était en 1941. Il avait été proposé ainsi qu'Alik Neuer pour être versés dans l'O. S., l'Organisation Spéciale, noyau des F. T. P. F. Deux semaines plus tard, Hervé-Kaminsky, autre membre du triangle national de la M. O. I., m'informait des difficultés d'Ossik à s'adapter à ses nouvelles activités. Il avait été convenu que je lui parlerais. Ossik avait été très heureux de me revoir. Il me fit part de ses difficultés. Son responsable militaire lui avait confié des tâches précises, mais quand Zavodsky lui avait demandé une arme pour pouvoir passer à l'action, l'autre lui avait répondu, comme le voulaient les directives, que, son arme, il lui fallait la conquérir sur l'ennemi. Comment ferait-il, en plein Paris, pour assommer et désarmer un officier allemand? Afin de lui redonner courage, je lui expliquai comment Neuer, aidé de quelques chimistes, fabriquait, avec des moyens archaïques et primitifs, des bombes explosives et incendiaires. Nous avions longtemps parlé. Lorsqu'il m'avait quitté, je l'avais senti décidé à tout tenter.

De fait, sa première arme, il l'avait conquise peu de jours après. Il avait remarqué que, dans les salons de coiffure, les officiers allemands accrochaient le plus souvent leur ceinturon avec leur pistolet au porte manteau avant de s'installer sur le fauteuil. Un beau jour, l'occasion se présenta : il entra chez un coiffeur au moment où un officier allemand était en train de se faire raser. Il s'empara du revolver et s'enfuit à toutes jambes. Plus tard, il m'avait raconté en riant que si son poursuivant avait réussi à le

serrer de trop près, c'est ce jour-là qu'il aurait dû tirer
son premier coup de feu.

Zavodsky était rapidement devenu un combattant
expérimenté et avait participé aux actions militaires les
plus audacieuses. En automne 1942, avec deux autres
Tchécoslovaques, Bukaček et Ickovič, il avait participé
à un attentat contre un hôtel allemand situé dans un quartier populaire de Paris, rue d'Alésia, qui avait fait une
trentaine de morts et de blessés parmi les officiers allemands.

Pourquoi Zavodsky, mieux placé que quinconque dans
sa responsabilité à la Sécurité, a-t-il consenti à écrire de
telles monstruosités? Il est conscient de la portée de ces
déclarations et de leurs conséquences pour lui, pour moi,
pour les autres...

Smola et un référent quittent la pièce. Je me retrouve
seul avec celui que j'avais connu au Ministère. Il me
regarde un moment.

« Tu te trouves dans une situation très grave. Ce qu'ils
t'ont dit n'est pas une plaisanterie. Zavodsky a avoué.
Il a été arrêté le samedi, vingt-quatre heures avant toi.
Une demi-heure après son arrivée ici, il a fait les premiers
aveux. Les trente pages que tu as vues, il les a écrites dans
la nuit de samedi à dimanche. Et depuis il en a écrit et
continue d'en écrire beaucoup d'autres. Ses témoignages
te coûteront la vie. Il te reste une seule issue : avouer. Je
n'ai aucun intérêt particulier dans tout cela et surtout pas
celui de te nuire. Tu t'es toujours conduit correctement
avec moi dans le passé et si j'ai un conseil à te donner :
avoue. Tu dois me croire. Il te faut passer aux aveux, et
plus vite que les autres. Sans cela, du fait que tu étais
leur chef en France, tu n'auras pas la moindre chance
de t'en tirer.

— Mais enfin, ce que Zavodsky écrit est faux! Ses
aveux, personne ne peut les prendre au sérieux. Il y a des

preuves, des documents officiels. Les autres, tout comme moi, les réfuteront. Tout peut être vérifié. Il suffit de s'adresser aux témoins de l'époque, au Parti communiste français, aux autres organisations de la Résistance.

— Tu ne peux rien contre ces aveux. D'autres également ont déjà commencé à avouer. Et ceux qui ne l'ont pas encore fait le feront un peu plus tôt ou un peu plus tard. Crois-moi : ici tout le monde avoue. Et puis, comprends une chose : ce sont les aveux de Zavodsky qui seront pris en considération, car ils ne sont pas seulement une accusation contre toi, mais ce sont les aveux de " ton " complice. Tiens — et il reprend les aveux de Zavodsky — regarde de quelle manière ils sont faits : en premier lieu, il avoue ses propres crimes : " J'ai fait de l'espionnage pour le service des Américains, dans le but de renverser le régime... Dans cette activité ennemie, j'ai été dirigé par Artur London. " Ne penses-tu pas qu'un tel témoignage sera en lui-même assez convaincant pour le tribunal? Un homme s'accuse des plus grands crimes et ajoute ensuite les avoir commis sur ton ordre. Qui sera cru? toi ou Zavodsky? Tu peux être sûr que personne ne te croira. »

Il parle avec calme, presque amicalement.

« Mais, puisque ce n'est pas vrai! Je ne peux tout de même pas m'avouer coupable de crimes que je n'ai pas commis!

— Ce qui compte ce sont les aveux. Pourquoi penses-tu que Zavodsky avoue? Pourquoi avoue-t-il des choses qui peuvent lui coûter la tête? Ce n'est pas un ignorant. Il connaît notre Service. Il sait ce que signifient de tels aveux. Il a travaillé assez longtemps dans les services de la Sécurité. Jusqu'à hier il en a été le chef, n'oublie pas. Alors pourquoi penses-tu qu'il a agi ainsi? Parce qu'il veut sauver sa tête. Il sait qu'ici il n'y a qu'une seule chose à faire : avouer, avouer le plus vite et le plus complètement possible. Réfléchis bien à ça! »

Je m'appuie au mur. La tête me tourne. Je suis terriblement las, j'ai mal partout. J'ai des crampes douloureuses
aux bras et aux épaules. Je regarde la petite pièce à côté
dont la porte est entrouverte. C'est un réduit avec une
baignoire. Rien ne rappelle une prison, on se croirait
dans un appartement. Où suis-je? Dans quelles mains,
dans quel appareil suis-je tombé?

J'ai soif et je demande un peu d'eau. L'homme me tend
un gobelet et le porte lui-même à ma bouche, mes mains
enchaînées sont tellement engourdies!

Il continue de parler, de tenter de me faire entendre
raison. A ce moment-là les deux autres reviennent. Smola
s'écrie en entendant le référent me tutoyer :

« Je t'interdis de le tutoyer. Tu n'as pas affaire à un
camarade, mais à un criminel démasqué par le Parti. C'est un
traître, un criminel, un homme destiné à la potence. Ton
interrogatoire doit être mené avec la plus grande sévérité. »

S'approchant de moi, il me saisit de nouveau à la gorge
et hurle : « Je vous interdis de prononcer ici le nom du
Parti. Je vous interdis de prononcer le nom d'aucun de nos
camarades dirigeants du Parti. Vous êtes un traître qui
n'a rien de commun avec le Parti. C'est le Parti qui vous
a fait arrêter. Autrement, comment seriez-vous ici, vous,
Zavodsky et tant d'autres? Ne sortez pas de la peau du
traître que vous êtes. Vous êtes démasqué et vous êtes là
pour répondre à nos questions. Nous utiliserons toutes
les méthodes pour mettre à nu devant le Parti et le peuple
votre trahison, la pourriture et la boue dans laquelle vous
et les vôtres vous êtes vautrés. »

L'interrogatoire se poursuit. On me lit des déclarations
d'autres volontaires des Brigades internationales. Elles
confirment celles de Zavodsky. Ils s'accusent et m'accusent.
Et toujours, dans chacune d'elles, je retrouve une part de
vérité, mais déformée ou interprétée, et des mensonges
purs et simples.

Je suis de plus en plus troublé par les « aveux » de Zavodsky et les déclarations que je viens d'entendre. Sans cesse les référents me répètent :

« Pensez-vous que si cela était faux comme vous le dites, le Parti aurait ordonné votre arrestation? »

Je commence à douter de mes camarades, à me demander si pendant la longue période où je n'ai plus eu de contact avec eux — pour certains lorsqu'ils se trouvaient dans les camps d'internement en France et en Afrique, en émigration à Londres et pour tous lorsqu'ils étaient en Tchécoslovaquie et moi à Paris — ils ne se sont pas laissé entraîner par l'ennemi.

Les référents sont prolixes de détails que j'ignore sur leur prétendue activité ennemie. Mon trouble est d'autant plus grand que des allusions de ce genre émaillent leurs dires :

« Vous ne vous êtes pas rendu compte à qui vous aviez affaire. Ils vous ont berné. Le seul moyen de prouver votre honnêteté est de dire tout ce que vous savez. »

J'essaie d'expliquer, mais je me rends vite compte que les référents interprètent mes réponses de la même manière tendancieuse qui m'a frappé dans tout ce qu'ils m'ont fait lire. Je m'élève violemment contre leurs déformations.

VII

Au début, on cherche, de toutes ses forces, à aider le Parti en répondant minutieusement à toutes les questions, en donnant tous les détails possibles. On veut aider le Parti à voir clair; on veut soi-même voir clair en soi, voir clair dans les autres. On veut comprendre pourquoi on se trouve là, quelle faute ignorée vous y a conduit. Les années de lutte et de discipline dans les rangs du Parti, toute notre éducation passée, nous ont enseigné que le

Parti ne se trompe jamais, que l'U. R. S. S. a toujours
raison. On est tout disposé à faire son autocritique, à
admettre qu'on a pu commettre involontairement des
erreurs dans son travail et qu'ainsi on a porté préjudice
au Parti.

Et puis, on s'aperçoit que les hommes de la Sécurité
retournent comme un gant, non pas une ou quelques-unes,
mais chacune de vos réponses. Qu'ils en dénaturent complètement la substance. Le résultat c'est que chacun de
vos actes, chacune de vos pensées deviennent criminels.
Pas un instant, ces hommes n'ont eu le désir de faire éclater
la vérité mais, au contraire, de fabriquer coûte que coûte
un coupable avec l'homme qu'on a mis entre leurs mains.
Et on essaie de comprendre pourquoi ils font ça. La raison
vous en échappe. Vous êtes devenu un objet impuissant
dont ils se jouent.

Avec douleur on se sent seul, abandonné de tous : du
Parti, de ses amis et camarades. On sait qu'il ne faut attendre
de secours de personne, que pour chacun à l'extérieur
— même pour votre propre famille — existe la présomption
de votre culpabilité, puisque c'est le Parti qui a décidé de
votre arrestation. Je sais tout cela par expérience. Moi-
même, j'ai réagi ainsi lorsque ont eu lieu les procès de
Moscou, ceux de Budapest et de Sofia. Car enfin, quel
communiste sincère et honnête — même membre de la
famille de celui que le Parti fait arrêter — ne serait-il pas
troublé? Comment, en effet, concevoir que le Parti — qu'il
place au-dessus de tout — puisse recourir à des procédés
illégaux, à de telles monstruosités contre des innocents
pour les faire avouer. Mais avouer quoi et pourquoi?
Ces deux questions vous obsèdent. Vous ne leur trouvez
pas de réponse. Vous ne pouvez pas leur trouver de réponse.

A un moment donné, le référent que je connais est
appelé hors de la pièce. Il ne reviendra plus. Je ne le reverrai
jamais.

Maintenant, je suis interrogé par un seul référent à la fois. Ils se relaient. Ils me demandent de parler de mes relations avec Field, de mon travail en France, de ma responsabilité au Ministère. Les questions sont toujours aussi fallacieuses; ils cherchent à m'inculquer un sentiment de culpabilité, à me désorienter, à me désarmer et à me priver de tout discernement.

Peu à peu, la violence du début de l'interrogatoire s'atténue. Le référent qui est maintenant avec moi me lit des passages des dépositions de Zavodsky, me raconte sur lui des choses graves. Il fait de même en ce qui concerne Valeš et Pavel. Il m'affirme tant et tant de choses qu'à la fin je ne parviens plus à distinguer le vrai du faux, car tout est construit sur des demi-vérités. Par exemple, sur l'activité de Laco Holdoš, d'Otto Hromadko, de Tonda Svoboda dans les camps d'internement; sur celle de Valeš en Espagne et dans l'Armée tchécoslovaque en Angleterre, certains faits me sont connus; d'autres, évidemment, sont incontrôlables pour moi, car je n'étais pas toujours auprès d'eux dans ces moments-là.

Puis, voilà qu'ils affirment que Pavel serait passé au service de la Gestapo pendant son séjour au camp du Vernet, que Valeš aurait commencé à collaborer avec l'Intelligence Service lors de son séjour en Angleterre durant la guerre... A mon refus de croire ces accusations, on oppose une foule de détails et de précisions. Selon eux, Pavel se trouvait devant le dilemme suivant : être rapatrié dans le *Protektorat* allemand de Bohême et Moravie (où il aurait été jugé et à coup sûr condamné à mort), ou bien rester en France dans un camp et être déporté en Afrique, à condition de s'engager à travailler pour la Gestapo dès qu'il recouvrerait la liberté. Quant à Valeš, il aurait été désigné par la police britannique pour être déporté au Canada. Or, peu de temps auparavant un navire chargé de prisonniers de guerre avait été coulé entre la Grande-

Bretagne et le Canada par des sous-marins allemands.
(Je connaissais l'histoire de ce naufrage.) Valeš donc
— toujours d'après le référent — par crainte de subir le
même sort, s'était engagé à travailler, après la guerre,
pour l'Intelligence Service.

Il me donne aussi de nombreux détails sur la prétendue
trahison de Zavodsky après son arrestation en France,
en 1942.

J'explique ce que j'ai déjà répondu à son ministre Kopřiva
quand il m'a interrogé sur ce sujet.

A notre retour des camps nazis, nous avions eu connaissance des interrogatoires de Zavodsky par la Brigade
spéciale antiterroriste de Paris. Zavodsky avait tenu bon,
bien que terriblement battu. A ces propos, le référent me
répond par la lecture de certains passages du manuscrit des
« aveux » de Zavodsky. La formulation est à peu près la
suivante :

« Arrêté en 1942, à Paris, j'ai trahi devant la Gestapo
plusieurs de mes camarades qui furent ensuite arrêtés et
déportés en Allemagne. Parmi eux certains ne sont pas
rentrés. C'est parce que j'ai accepté de trahir à la Gestapo
que je n'ai pas été jugé par un tribunal de guerre et condamné à mort. Sur l'ordre de l'O. S. D. (*Oberste Sicher-
heitsdienst* [1]) je n'ai été que déporté à Mauthausen. »

. . . .

« Lorsque j'ai eu connaissance que London était un
agent de Field et que j'ai eu en main les preuves qu'il
était le plus important agent résident des renseignements
américains en Tchécoslovaquie, j'ai fait le nécessaire pour
qu'aucune suite ne soit donnée à cette information. J'ai
empêché son arrestation, car je savais que London était
au courant de ma trahison devant la Gestapo et me couvrait.
Son arrestation aurait entraîné la mienne et celle des autres

----

1. Service supérieur de la Sécurité allemande.

membres de notre groupe trotskyste des anciens volontaires d'Espagne. »

Le référent prend ensuite d'autres feuillets et commence à lire certains passages de dépositions sans me dire quels en sont les auteurs, puis les rapports calomniateurs écrits par deux anciens d'Espagne, N... et M..., plusieurs mois avant notre arrestation. Avec luxe de détails tous parlent de cette trahison de Zavodsky; il aurait même été responsable de l'arrestation et de la mort d'une jeune fille qui travaillait avec lui dans la Résistance.

Plus tard, on me montrera le procès-verbal de Nekvasil, après son arrestation, où il confirme ces faits, déclarant entre autres :

« London connaissait la trahison de Zavodsky devant la Gestapo. Il avait même eu en main le procès-verbal des interrogatoires de Zavodsky où cette trahison apparaissait nettement. London me parla de ces faits lorsqu'il revint de Mauthausen. Nous nous étions rencontrés au café des Deux-Magots, à Saint-Germain-des-Prés, et c'est là qu'il m'avait montré le procès-verbal. J'avais dit à London qu'il fallait immédiatement en avertir le Parti. London m'avait répondu que, pour l'instant, mieux valait laisser tomber. Qu'il s'occuperait de cette affaire-là plus tard, lui-même. »

Là-dessus, le référent me dit que ces « aveux » constituent la preuve que je gardais en réserve ma connaissance de la trahison de Zavodsky à la Gestapo afin de l'obliger à me couvrir dans mes activités d'espionnage.

Ces « aveux » auront des conséquences terribles dans le déroulement de l'instruction et du procès. Ils constituent une des pièces maîtresses de la construction de la Sécurité sur notre culpabilité et sur ma complicité avec Zavodsky.

Les faits étaient pourtant faciles à reconstituer. A contrôler. Pourquoi ne pas s'être adressé pour vérification à la direction du Parti communiste français, comme je l'ai

6

demandé dès le début. Il aurait été si simple de déjouer, sur l'heure, cette criminelle mystification, si on avait voulu vraiment le faire!

Après ma libération, en 1956, je rapporterai à Lise ces accusations contre Zavodsky. Je lui demanderai, à l'occasion de son premier voyage en France après ma réhabilitation, de se mettre en contact avec la « jeune fille victime de Zavodsky » qui n'était autre que Régine Ickovič, sœur de notre ami Salomon. Je voulais apporter à la Commission de réhabilitation du Parti une preuve supplémentaire des mystifications et fausses accusations échafaudées par la Sécurité. Et cela dans le but d'obliger le Parti à accélérer la réhabilitation des anciens d'Espagne encore emprisonnés, et de ceux à qui l'on avait rendu la liberté, mais non leur honneur.

Premier mensonge, la prétendue mort de Régine après son arrestation! Mais Lise devait tout de même contrôler le reste de l'accusation. Elle dit donc à Régine que les camarades de la Résistance l'avaient priée de s'informer auprès d'elle pour connaître les circonstances de son arrestation et de ses interrogatoires.

Régine, très émue, crut que c'était son propre comportement devant la police qui était en cause. Elle fit le récit suivant :

« Personne ne m'a donnée. J'ai été arrêtée à la suite de l'arrestation de mon responsable, un camarade roumain de la M. O. I. Il devait me remettre une carte d'identité à notre prochain rendez-vous et quand on l'a fouillé, on a trouvé cette carte et c'est ainsi que la police est parvenue jusqu'à moi.

— As-tu été confrontée avec des camarades après ton arrestation?

— Oui, avec mon chef. Le pauvre, il avait été tellement battu que son visage tuméfié n'avait plus apparence humaine. J'ai eu beaucoup de mal à le remettre. J'ai nié

le connaître. J'ai été battue et on m'a ensuite sorti ma carte
d'identité avec ma photo. Alors il n'y avait plus à nier...
— As-tu également été confrontée avec Zavodsky?
— Non, jamais. D'ailleurs tu peux le lui demander.
(Elle ignorait le sort d'Ossik.) Il te dira que lorsque nous
nous sommes rencontrés, après le retour des camps, dans
la cantine ouverte pour les déportés, il est venu à moi
m'a embrassée et il m'a félicitée de mon comportement
devant la police. " Tu t'es très bien tenue, m'a-t-il dit. Tu
as su te taire! " »

Et une fois encore, elle pria Lise de demander à Zavodsky
confirmation de ses déclarations.

Lise établit, d'accord avec elle, un procès-verbal de leur
entretien.

C'est ce procès-verbal, signé de Régine, que je remis
en 1956 à la commission de réhabilitation, qui acheva de
réduire à néant l'accusation contre Zavodsky.

Zavodsky, le dernier exécuté de nous tous, en mars
1954, après que la grâce lui aura été refusée...

Jusqu'au petit matin, le référent me lit d'autres rapports
et dénonciations contre Svoboda, Holdoš, Hromadko et
Pavel, sans me dévoiler le nom de leurs auteurs. C'est
toujours cette même pression psychologique tendant à me
persuader que j'ai été trompé par mes camarades, qu'ils
ont abusé de ma bonne foi et de ma confiance et que c'est
ainsi que je me suis trouvé mêlé à un réseau de trotskystes
et d'espions. Cette thèse m'est suggérée jusqu'à l'arrivée
de l'autre référent.

Ce dernier, après avoir consulté les notes de son collègue, poursuit de la même façon. Il accuse l'ensemble des
volontaires de démoralisation et de trahison.

Pourtant, en chiffrant largement, il n'y a eu parmi les
anciens d'Espagne qu'un déchet de l'ordre de dix pour
cent. Ce qui, si l'on tient compte des épreuves endurées,
est remarquablement faible.

Au reste, pendant toute la guerre d'Espagne nos volontaires n'ont jamais été livrés à eux-mêmes. Ils sont restés sous le contrôle de la direction militaire et politique des Brigades et sous le patronage du Parti communiste espagnol. Rien d'important ne pouvait se passer dans leurs rangs sans que la direction de Prague n'en soit immédiatement informée et prenne les décisions qui s'imposaient.

En outre, au début de l'année 1937, se trouvait, en Espagne, un représentant du Parti communiste tchécoslovaque, Robert Korb. En été 1937, une délégation du P. C., composée de Jan Šverma, Gustave Beuer et Jan Vodička, venue de Prague, avait visité toutes les unités tchécoslovaques en Espagne et, par la même occasion, eu de longs entretiens sur tous les problèmes concernant nos volontaires avec la direction des Brigades et aussi le Parti communiste espagnol. En 1938, ce fut Petr Klivar qui occupa la fonction de Robert Korb.

J'ai beau invoquer l'existence de dizaines de témoins vivants et dignes de confiance, membres de partis communistes frères, qui peuvent répondre de nous, rien n'y fait.

Maintenant, ce sont les témoignages des mauvais éléments que nous avions très vite démasqués en Espagne ou dans les camps d'internement en France, que l'on utilise ici pour monter des accusations contre nous. On n'hésite même pas à leur décerner la palme de bons communistes et à en faire les victimes de notre bande de trotskystes. On peut s'imaginer combien il aura été facile aux hommes de la Sécurité d'obtenir d'eux des déclarations mensongères contre nous. Quelle satisfaction de se venger et en même temps profiter de la situation pour s'offrir une nouvelle virginité morale!

Ces éléments s'acharnent particulièrement contre Josef Pavel qui était commandant du bataillon Dimitrov des Brigades internationales. Ancien ouvrier, il était venu en Espagne de Moscou où il avait suivi l'École Lénine.

Énergique, compétent, courageux, il s'était vite imposé comme un chef aux hommes de son unité. En Espagne déjà, certains combattants démoralisés le calomniaient pour tenter de saper son autorité, allant jusqu'à l'accuser d'avoir été l'instigateur de l'exécution d'un volontaire tchèque. J'avais eu connaissance de cette affaire par Petr Klivar et Jan Černy. (Ce dernier était responsable au Service des Cadres tchécoslovaques à la base des Brigades internationales, à Albacete.) Cette exécution avait eu lieu à la suite d'un acte, qualifié de rébellion, sur le front dans des conditions militaires particulièrement graves.

Une enquête minutieuse avait été menée par les autorités supérieures militaires et politiques. Pavel n'avait jamais été mis en cause. Au début de 1939, il avait même été promu à un poste de commandement supérieur.

Les mêmes éléments avaient fait plus tard, dans les camps d'internement en France, des inscriptions infamantes contre Pavel : « Pavel, assassin! » La plupart appartenaient à la « Compania de Oro », refuge d'éléments démoralisés et de déserteurs, dont quelques-uns étaient devenus des indicateurs de la police du camp, et de ce fait mis en quarantaine par le collectif.

Installé devant sa machine à écrire, le référent commence à taper un procès-verbal qui est une synthèse des caractéristiques pour les cadres et aussi du rapport que nous avions rédigé collectivement, sur l'initiative de Pavel, au lendemain du procès Rajk, afin, croyions-nous, de dissiper les malentendus concernant les volontaires d'Espagne.

Je répète au référent que ce rapport que nous avons fait avec Pavel est un rapport politique, adressé à la Section des Cadres du C. C. et que comme tel, il n'a pas à servir de base à une enquête policière...

Nous sommes au mercredi midi. Depuis mon arrestation soixante-dix heures plus tôt, je n'ai mangé qu'une seule fois et bu le seul gobelet d'eau du référent compatissant. Enfin, la porte s'ouvre sur une gamelle de soupe qu'on me tend avec une cuillère. On me permet de m'asseoir.

J'ai du mal à me servir de mes mains enchaînées, mes doigts engourdis me refusent leurs services; tant bien que mal cependant je parviens à manger. Le répit est de courte durée. Me voici à nouveau debout, dans mon coin, l'interrogatoire reprend, sans autre résultat, jusque dans la nuit du jeudi à vendredi.

Toujours masqué, on me reconduit dans une nouvelle cellule. Depuis mon arrestation je n'ai pas encore dormi. Je regarde autour de moi, la pièce est entièrement nue, pas même une paillasse. Il fait un froid glacial. « Vous pouvez vous coucher », me crie le gardien. Je me recroqueville dans un coin, à même le sol, et je tombe aussitôt dans un sommeil pesant. Quand on me réveille, il me semble que je viens juste de m'assoupir. A travers les interstices des planches filtre une lumière grisâtre, c'est le petit jour. Je n'ai certainement pas dormi plus de deux heures. Le gardien m'apporte un seau d'eau, un torchon et m'ordonne de laver la cellule. Je lui demande de m'ôter les menottes. Il refuse. C'est enchaîné que je suis obligé de laver la cellule, de tordre la serpillère. Mes poignets, mes mains gonflées par les menottes trop serrées sont terriblement douloureux. Ce ne sont plus des mains, mais des boules de chair tuméfiée et violette. La douleur me ferait presque hurler. A peine ai-je terminé que le gardien me détache les menottes pour m'enchaîner à nouveau derrière le dos et, aussitôt, il m'ordonne de reprendre la marche.

VIII

Dans la matinée du vendredi, on me sort de ma cellule, aveuglé comme à l'accoutumée, et on me conduit le long de couloirs interminables et d'escaliers qui descendent sans cesse. Voilà que je respire un air humide, glacé, qui sent le moisi. Enfin, on m'ôte mon bandeau. Une voix ordonne en refermant la porte : « Marchez! »

Je suis dans une cave; un trou bordé par deux murs mi-brique, mi-terre glaise et, sur les deux autres faces, par des palissades grossières. Je dispose à peine de quatre mètres carrés. Toutes les parois suintent. Il y a tellement d'humidité que mes vêtements sont tout de suite traversés. Des glaçons de-ci, de-là. Le sol est boueux. Je marche comme on me l'a ordonné. Plutôt, je tourne en rond, tel un animal en cage. Quelle est cette nouvelle invention de mes inquisiteurs?

J'ai un moment l'idée de me jeter à terre, là où deux planches isolent du sol, et de refuser de marcher. Mais je me souviens de la remarque d'un référent, lors d'un précédent interrogatoire : « Chaque jour, nous envoyons un rapport au Parti pour l'informer du résultat de l'enquête et de la conduite des accusés. Vous pouvez être sûr que ce que nous écrivons sur vous n'est pas en votre faveur; votre refus d'avouer prouve que nous avons affaire avec vous à un criminel endurci. » Je ne dois leur donner aucun prétexte à écrire que je me révolte.

Dans ce trou, rien ne me permet d'avoir la notion du temps. Il pourrait me sembler que toute vie s'est arrêtée si, de temps en temps, je n'entendais des coups tapés, non loin de moi, sur des planches et les commandements monotones : « Marchez, vous devez marcher! »

Je ne suis donc pas seul dans ce souterrain, très grand à en juger par l'écho. Il y a, près de moi, d'autres geôles semblables. Tous les quarts d'heure, le gardien frappe un coup sur la porte. Je dois alors me placer face au judas, au garde-à-vous et répondre à voix basse : « Détenu n°..., Présent! »

J'essaie, par leurs voix, de reconnaître qui sont mes

voisins. En vain. Seul un murmure trop faible me parvient. Mon oreille ne capte que le bruit de portes ouvertes et fermées, de pas qui se rapprochent ou s'éloignent. Rien ne me permet de distinguer le jour et la nuit.

Je me déplace avec de plus en plus de difficultés. La fatigue est intense. Mon thorax, mon dos, mes épaules, mes bras, mes jambes, tout mon corps est douloureux. Je n'en peux plus. Je m'écroule. Quelques instants après, des coups de pied rageurs ébranlent la porte. La voix anonyme hurle : « Levez-vous. Marchez, marchez! » Je n'obéis pas. La porte s'ouvre brutalement, deux gardiens me soulèvent par les aisselles, me secouent, me cognent la tête contre les parois. « Vous allez obéir et faire ce que nous vous commandons. » Je refuse car je n'en peux plus. Un troisième vient à la rescousse, porteur d'un seau d'eau glacée. Me saisissant la tête, il la plonge à plusieurs reprises dans le seau. « Vous voilà réveillé, me disent les deux autres. Vous allez vous remettre à marcher, sinon nous répéterons la séance et nous aurons recours à d'autres moyens si vous persistez à faire la forte tête. »

Ils me quittent et ma marche hallucinante reprend. A un moment, j'entends des voix derrière la porte. Ils sont là à plusieurs, à se succéder derrière le judas et à se moquer de moi. Ils me lancent des injures, des plaisanteries obscènes. Ils insultent les miens. Le manège dure longtemps. Je ne réagis pas. Ils se fatiguent et finissent pas s'éloigner.

Je ne sais pas depuis combien de temps je tourne, et tourne en rond. Mon corps est un puits de douleur. J'ai tellement sommeil aussi! Je ne parviens plus à garder les yeux ouverts et peu à peu la vision de ce qui m'entoure devient floue, comme derrière un voile. Je me heurte aux planches. A la fin, je me retrouve par terre. Des mains m'empoignent à nouveau. On me bourre les côtes de coups de pied; on me fait déshabiller à mi-corps et on m'asperge avec un seau d'eau glacée. C'est leur façon de me tenir éveillé et plusieurs fois par jour je connaîtrai de telles séances pendant tout le temps que je resterai ici. Je recommence ma marche titubante. Je dors debout. Les chocs contre les parois me réveillent. Je marche, je rêve, j'entends des voix, des images défilent devant mes yeux, je ne sais plus distinguer le réel de l'imaginaire. Ne suis-je pas en train de vivre un cauchemar?

Longtemps après, dans la nuit du dimanche au lundi (je le saurai un peu plus tard en voyant le calendrier sur la table de mon inquisiteur), j'entends quelqu'un qui me dit en slovaque à travers le judas : « Qu'avez-vous fait? » Je ne comprends pas tout de suite, j'ai seulement le sentiment d'une présence derrière le judas. Des coups discrets sont frappés à la porte. Finalement je réagis et m'approche. La voix chuchote : « Qu'avez-vous fait? — Rien, je suis innocent, j'ignore pourquoi je suis ici. Je ne comprends pas ce que l'on me veut, je suis innocent. Je ne reçois ni à manger, ni à boire, on m'empêche de dormir. Je ne comprends pas ce qui ce passe. » La voix reprend : « On nous a interdit de vous donner à boire et à manger. Qu'avez-vous donc pu faire pour mériter un tel traitement? Vous êtes seul dans ce cas. Je vais vous apporter à boire. »

La soif est un supplice pire que la faim. Je dois avoir de la fièvre. Je ressens des douleurs lancinantes aux poumons. Je respire avec difficulté. Ce sont les séquelles de mes pleurésies. Lundi dernier, je devais recevoir une insufflation pour le pneumothorax. Le docteur Dymer [1] m'aura attendu en vain.

Au bout d'un moment, interminable, la porte s'ouvre doucement : devant moi un jeune gardien en uniforme, coiffé d'une « chapka » de fourrure avec l'étoile. Il tient

1. Spécialiste pour les maladies pulmonaires. Ne me voyant pas venir aux soins, il s'inquiétera de moi et fera des démarches pour qu'il lui soit permis de continuer à me soigner. Il supportera les conséquences de son intervention en ma faveur et sera mis à l'écart.

une bouteille d'eau. Il m'approche le goulot des lèvres et patiemment me fait boire la bouteille entière. Il me recommande : « Ne le dites à personne, je serais puni. Dans quelques heures vous serez sans doute appelé. Vous pourrez alors réclamer à boire et à manger. » Il repart aussitôt et referme la porte.

L'attitude humaine de cet homme, son geste charitable me redonnent confiance. Tout n'est donc pas désespéré, même ici ! Exténué, je continue à me traîner. Enfin, on vient me chercher pour un nouvel interrogatoire.

La marche aveugle recommence le long des escaliers et des corridors. J'ai du mal à monter les étages. Je n'ai pas de souffle. Je halète. Je suis prêt à m'écrouler. Mais des bras énergiques me soutiennent, me poussent, me traînent.

Les yeux libérés, j'ai devant moi un homme que je vois pour la première fois. Il me fait mettre debout, dans un coin, me regarde longuement : « Qu'avez-vous ? Vous paraissez mal en point. »

— Depuis une semaine — je viens d'apercevoir le calendrier sur sa table — que je suis ici, je n'ai presque rien eu ni à boire, ni à manger. J'ai dormi seulement deux heures. Je viens de passer trois nuits et trois jours dans une cave où on m'a obligé à marcher sans arrêt. Je suis à bout. Vous êtes en train de commettre un crime. Vous n'avez pas le droit d'utiliser de telles méthodes. Je suis innocent. Demandez-moi ce que vous voulez, mais laissez-moi la possibilité de répondre normalement et inscrivez mes réponses telles que je les fais. Je veux voir un responsable du Parti. »

Mon interlocuteur feint la surprise : « Comment vous n'avez pas reçu à manger ni à boire, vous n'avez pas dormi ! Il faut que je voie ça. C'est sans doute de la faute des gardiens. »

Souvent, par la suite, se répétera ce jeu sinistre consistant à rejeter la faute sur les gardiens. La nuit précédente, par le jeune Slovaque, j'ai eu la preuve que les ordres émanaient des hommes de la Sécurité et que les gardiens ne faisaient que les appliquer. Combien de semaines sans sommeil, de marches harassantes, de privations de nourriture et d'eau ne connaîtrai-je pas encore! Combien d'interrogatoires ininterrompus jours et nuits!

Le référent détache mes menottes, ramène mes bras par-devant et les enchaîne à nouveau. Il sort. Je l'entends donner un ordre. Un moment après, j'ai devant moi une gamelle remplie d'une boisson chaude et un morceau de pain. Je me jette littéralement dessus.

Le référent parle :

« En ce qui concerne votre demande de voir un responsable du Parti, je vous réitère que mes collègues et moi représentons ici le Parti. Nous sommes chargés par lui de vous interroger, de l'informer de votre comportement, de votre acceptation ou de votre refus d'aider à éclairer les problèmes graves qui le préoccupent. Donc, considérez-vous ici comme devant le Parti. Je ne peux pas être plus clair! Il vous faut avouer; il vous faut aider le Parti. »

Toujours debout, dos au mur, menottes aux mains, je dois répondre aux questions qui se succèdent, rapides. Ils sont bien renseignés sur notre vie, nos activités, nos contacts durant la Résistance, en France, et auparavant, pendant la guerre d'Espagne; nos liens d'amitié, nos sympathies et antipathies... Mais comme j'en avais déjà fait la remarque, le tout est enveloppé d'un tissu de mensonges, d'interprétations calomnieuses. L'image déformée qui s'en dégage est si éloignée de la vérité qu'un chat n'y retrouverait pas ses petits. Les volontaires des Brigades internationales ne sont plus, dans la bouche des référents, qu'un ramassis d'hommes dangereux, démoralisés qui, après la guerre d'Espagne, pendant leur séjour dans les camps en France, se sont vendus aux divers services de renseignements américains, allemands, anglais ou français.

Les référents se relaient régulièrement et moi je suis
toujours debout... Avant de quitter la pièce, chacun d'eux
tape une note pour son successeur, sans doute pour l'informer du déroulement de l'interrogatoire. Le nouveau référent en prend connaissance avant de recommencer à me
poser les mêmes questions.

En transcrivant mes déclarations sur tel ou tel ancien
volontaire, les référents continuent d'omettre par système
tout ce qui pourrait sembler en ma faveur.

Je me refuse à signer de tels procès-verbaux.

A un moment donné, Smola entre dans la pièce et dit :
« Ça y est : on vient juste de l'amener ici. » Et se tournant
vers moi : « Je parle de votre ami Laco Holdoš [1]. Il ne
manquait que lui; maintenant, vous êtes au complet!
Tout votre groupe est sous les verrous. Nous savons bien
maintenant ce que sont les anciens d'Espagne. Vous
savez ce qui s'est passé en Hongrie. Mais vous ignorez
ce qui se passe en Pologne, en Allemagne. Votre groupe
n'est pas un cas isolé. Toutes les Brigades internationales
sont concernées. »

Le temps dure, interminable. Mais où trouver les mots
pour décrire mon épuisement, mes souffrances, mon manque
de sommeil! A plusieurs reprises je m'écroule sur les
genoux. Je dors debout. Le référent me traîne alors vers
les lavabos, emplit la cuvette d'eau et me plonge la tête
dedans. Et de nouveau les interrogatoires recommencent,
et je ne reçois rien à manger. De temps en temps — car
ma langue devient dure et me rend la parole difficile —
l'homme me donne à boire un gobelet d'eau.

Des questions, encore des questions. En voilà qui me
rappellent celles du procès Rajk. Je m'exclame : « Mais

---

1. Après avoir été vice-président du Conseil national slovaque,
Laco Holdoš était, jusqu'à son arrestation, le 2 février 1951, secrétaire d'État aux Affaires des Cultes, en Slovaquie.

ce sont là exactement les questions posées à Rajk au cours de son procès!

— Vous semblez avoir étudié ce procès, monsieur London. Avec vous, nous avons d'ailleurs affaire à la même conspiration. A nous maintenant d'agir comme les Hongrois l'ont fait en leur temps. Ne croyez pas que, parce que vous étiez derrière les Pyrénées, nous soyons ignorants de vos faits et gestes en Espagne! Pas plus que les Alpes ne nous ont dissimulé vos activités en Suisse! Nous ne sommes pas seuls, les services de renseignements soviétiques nous aident. Nous profitons de leur expérience des procès de Moscou et du nettoyage opéré dans les rangs du Parti bolchevik. Heureusement d'ailleurs, car ainsi les Soviétiques ont pu gagner la guerre. Leurs services de renseignements nous aident à avoir une image concrète et complète de ce qu'ont été vos activités en Espagne, en France et en Suisse. »

C'est pour moi un grand choc. Derrière tout cela, il y a donc les Soviétiques et leurs services qui fournissent les informations. C'est donc à eux que Pavel faisait allusion le dimanche avant mon arrestation, en parlant à Zavodsky?

J'avais appris que des Soviétiques travaillaient à Prague comme conseillers. Je l'avais su parce qu'on avait demandé aux Affaires étrangères de fournir pour des « spécialistes soviétiques » des tickets spéciaux de ravitaillement et autres avantages réservés aux membres du corps diplomatique. Nous avions d'ailleurs refusé de donner à ces démarches une suite favorable. Mais la présence de « conseillers » soviétiques dans les secteurs clefs paraissait naturelle et découler du principe de l'aide de la sœur aînée du socialisme. J'étais loin de me douter du rôle qu'ils pouvaient jouer dans l'appareil de la Sécurité.

Mes doutes après le procès Rajk sur plusieurs des motifs d'accusation me remontent en mémoire. Les mêmes hommes qui maintenant opèrent ici étaient donc dans la coulisse du procès Rajk? Toutes ces pensées défilent rapidement dans ma tête, je n'ai pas le temps de les approfondir, car il me faut répondre, répondre sans cesse aux questions qui fusent à un rythme affolant.

« Vous ne pouvez pas nier avoir connu Rajk!

— Je l'ai effectivement connu en Espagne. Nous nous sommes rencontrés à plusieurs reprises à la base des Brigades, à Albacete, au début de 1938. »

On m'interroge longuement sur Baneth, notre ami commun en Espagne. Originaire de la Slovaquie, il était commissaire politique du bataillon hongrois Rakosi. J'avais appris par des amis qu'il s'était suicidé en se tirant une balle dans la tête, peu après l'arrestation de Rajk.

On m'interroge sur des volontaires bulgares. J'en ai connu beaucoup. On me demande de parler de mes liens d'amitié avec des volontaires yougoslaves restés fidèles à Tito. La question est d'ailleurs formulée ainsi : « Parlez-moi du Titiste Untel, en Espagne. »

On me questionne aussi sur un des coaccusés de Rajk, Maud, condamné avec lui et qui avait travaillé en France, dans la M. O. I. Après l'arrestation de Laco Holdoš, il avait pris sa suite à notre service des Cadres. J'avais eu l'occasion de faire sa connaissance en 1945 à Paris, avant son retour en Hongrie.

A bout de forces, je m'écroule. A nouveau le lavabo, la tête plongée dans l'eau et la ronde infernale recommence : interrogatoires accompagnés de coups et d'injures, de menaces à l'adresse de ma famille. Ma femme, surtout, est visée. On me menace de la faire arrêter. Je continue à répondre machinalement comme un automate. Je ne sais même plus ce que je dis. Je ne distingue plus les interrogateurs qui se relaient. Ils finissent par former un seul et unique personnage. Je ne sais plus quel jour nous sommes. Je commence à parler dans différentes langues. Je suis étonné de m'entendre interroger en espagnol, puis en français, puis en russe, en allemand et je saute d'une langue à l'autre.

Et puis ce n'est plus au référent que je m'adresse. C'est à mon ami Wagner que je parle. Nous sommes tous les deux à Moscou en 1936, au moment des grandes purges. Il travaille au Komintern. Il est venu me voir dans ma petite chambre du Soyuznaya [1]. Il est abattu, démoralisé. On vient de le chasser de son travail parce que, dans la nouvelle biographie qu'on lui a fait remplir — et c'était au moins la dixième en quelques années — une différence de détail dans la rédaction a été relevée sur un épisode lointain, de l'époque où il vivait en Mandchourie. Son père, employé des chemins de fer de la Russie tsariste, avait été muté dans cette région où il vivait avec sa famille. Wagner était un militant illégal du Parti communiste chinois. Par la suite, il avait travaillé dans l'appareil du Komintern pour assurer la liaison avec Canton, Shanghaï et autres grands centres chinois et faire passer illégalement des militants du Parti communiste coréen à travers la frontière soviéto-chinoise et sino-coréenne. Sa situation devenue dangereuse en Mandchourie, il avait gagné Moscou.

Son chef de service a été arrêté lors de la dernière épuration opérée au Komintern. Un nouvel examen des nombreuses biographies de Wagner a eu lieu. Les nuances rédactionnelles avaient été soulignées — me dit-il — de coups de crayon rouge et noir. On l'a limogé, on lui a retiré ses papiers d'identité, sa carte du Parti et on l'a chassé de sa chambre à l'hôtel Lux, où habitent la majorité des employés du Komintern. Sans argent, sans carte du Parti, sans papiers d'identité, il s'est retrouvé à la rue,

1. Petit hôtel situé rue Gorki, près de l'hôtel Lux où vivaient des jeunes de l'Internationale Communiste de la Jeunesse, des camarades pris en charge par le Secours Rouge, des employés des maisons d'édition en langues étrangères, etc.

abandonné. Il est alors venu me voir. Je tâche de le réconforter : il est bien connu et estimé, tout s'arrangera vite pour lui!

Et il est là, devant moi, dans la pièce des interrogatoires, la tête baissée, ses yeux expriment le plus profond désespoir. Nous parlons. Je lui dis : « Couche-toi dans mon lit, tu dormiras avec moi. Tu mangeras avec moi, tu n'as pas besoin de t'en faire. Tu peux facilement gagner ma chambre, personne ne saura que tu y es. Ainsi, tu pourras voir venir. Tout s'arrangera pour toi. Reprends courage. On ne peut pas laisser tomber un gars comme toi; en attendant que ta situation s'éclaircisse, on sera, pour le moins, obligé de te donner du travail et le droit de loger quelque part. »

Et puis, voilà qu'à nous se joint maintenant un de mes compatriotes, par l'intermédiaire duquel j'avais connu Wagner. Il est manchot. Il vient de terminer l'école de journalistes, à Kharkov, et attend son départ pour la Tchécoslovaquie où il dirigera le journal du Parti de la région sub-carpatique. A l'époque, nous avions de longues discussions sur l'attentat contre Kirov, les arrestations, les procès de Zinoviev et de Kamenev, les vérifications sans nombre qui s'ensuivaient, les purges qui sévissaient au sein de l'Internationale des Jeunes et du Komintern.

Nous voici donc réunis tous les trois et je ne comprends pas pourquoi le référent se mêle toujours de notre conversation. Pourquoi crie-t-il : « Parlez tchèque, parlez tchèque! Qu'êtes-vous en train de cafouiller? » Mais de quoi se mêle-t-il donc celui-là? Il n'était pas avec nous à Moscou. Et pourquoi me parle-t-il toujours de l'Espagne, des Espagnols? Je ne suis pas encore allé en Espagne. Et d'ailleurs, comment est-il venu ici? D'où me connaît-il? Pourquoi me secoue-t-il ainsi et me traîne-t-il jusqu'au lavabo? Pourquoi me plonge-t-il la tête dans l'eau? Je dis à Wagner : « Regarde donc ce qu'ils font, ils sont devenus fous! »

J'aspire tant à pouvoir m'entretenir tranquillement avec mes amis, mais on m'en empêche. Et toujours ces questions, ces questions! L'Espagne, les Espagnols... Mais je suis à Moscou, avec mes amis, je leur parle justement de mon intention de m'engager dans les Brigades internationales. Pourquoi cet homme saute-t-il les étapes? Je l'entends qui hurle, mais le sens de ses paroles m'échappe...

Comment est-il possible que je me souvienne aujourd'hui, encore aussi intensément de ces moments de dépersonnalisation et d'épuisement vécus dans cette pièce d'interrogatoire?

Quelqu'un dit : « Vous êtes en train de déménager. Vous n'avez plus votre raison. » On me passe le masque et on me conduit à nouveau dans la cave. Lorsque mes yeux sont libérés, j'aperçois la nouvelle geôle où l'on m'enferme. Elle est un peu plus grande que la première. Au milieu, une espèce de canalisation laisse échapper, à intervalles rapprochés, une eau noire, nauséabonde, qui inonde le sol. J'ai les pieds dans cette gadoue. Le gardien reprend sa rengaine : « Marchez! » — J'avance comme un somnambule. Mes yeux se brouillent, je ne distingue plus rien, je ne vois pas les murs et me heurte à eux. Je m'effondre. Tout autour de moi je vois d'immenses toiles d'araignée qui m'enserrent, j'essaie de me défendre contre de grosses tarentules noires et velues qui m'attaquent, mais une sorte de grillage noir et blanc s'interpose toujours entre mes mains et les bêtes monstrueuses. Je me relève. Je ne discerne plus les distances. Je me cogne encore contre les murs et puis c'est le noir le plus absolu.

J'ai vaguement conscience, à un moment donné, d'entendre la porte s'ouvrir et une voix dire : « Laissez-le assis, on le prendra dans un instant. » Mes vêtements dégoulinent d'eau. Je suis traîné sur les planches clouées dans le coin de la geôle. Conduit ensuite quelque part, à l'air frais, j'ai une vision merveilleuse : je suis à Monte-Carlo

7

(où je n'étais jamais allé), sur une plage très belle, illuminée
de mille feux. Dans la rade se trouvent des navires de guerre,
toute une flottille. On tire un feu d'artifice. Une musique
douce joue des valses de Vienne. Des coups de canon
sont tirés par les navires ancrés dans la rade...

Et puis je reprends conscience. C'est le matin. Je suis
couché à même le sol. La lumière filtrant à travers les
planches m'indique qu'il fait jour. Combien de temps ai-je
dormi? Quatre, cinq heures? Je reçois une gamelle de soupe
et un morceau de pain.

Au cours de l'après-midi, les interrogatoires reprennent.
Le calendrier, sur la table du référent, m'indique une fois
de plus le jour : vendredi. C'est donc une nouvelle semaine
qui s'est écoulée sans presque boire ni manger, sans dormir,
sauf ces quatre heures, constamment debout, toujours les
mains enchaînées, et soumis à des interrogatoires ininterrompus. Celui-ci durera jusqu'à la nuit du dimanche au
lundi.

Les référents deviennent de plus en plus violents. Ils
sont maintenant deux et trois à la fois à m'interroger.
Quand on me frappe à coups de poing, quand on me tape
la tête contre le mur, on prend auparavant la précaution
de me bander les yeux. Pourquoi? Pour m'empêcher de
reconnaître qui des trois s'est livré à de telles violences?
Pour augmenter mon désarroi?

Tout à coup, deux référents m'empoignent, me traînent,
masqué, dans les couloirs. Je descends des escaliers et me
retrouve à l'air frais, dehors. Je sens que l'on me passe
un nœud coulant autour du cou, peut-être avec une écharpe,
et l'on me tire comme un chien en laisse. Je m'étrangle,
mais l'on tire encore : « En avant! » On me fait courir.
Je foule de la terre molle. Je tombe, on me relève en tirant
un peu plus sur le nœud coulant. « En avant! Au pas! »
Je marche. « Et maintenant, au pas de course! » Je m'é-
croule. Finalement, deux bras puissants m'empoignent. On

me fait descendre des marches. L'atmosphère glaciale et l'odeur de moisi me renseignent : je suis à nouveau dans une cave. Une voix m'injurie en russe : « Espèce de salaud, de bandit trotskyste! Tu as déjà commencé en U. R. S. S. ton sale boulot de trotskyste. Avoue! Tu vas maintenant nous raconter quels étaient tes complices là-bas. On te fera fusiller comme trotskyste. » Ce n'est pas un Russe qui me parle. La voix a un accent tchèque. Je réponds : « Je ne suis pas trotskyste et je ne l'ai jamais été. Vous ne me ferez pas dire des choses qui ne sont pas vraies. » On me frappe. On continue de m'inventiver en russe, mais je sais que ce sont des Tchèques qui me font face. Je suis à nouveau traîné à l'interrogatoire. J'ai toujours le masque sur les yeux. A chacune de mes dénégations, je reçois des coups de poing anonymes. Je m'affale. On me remet debout, une nouvelle volée de coups et les questions fusent. On finit par m'ôter le masque. Mes yeux ne distinguent rien, tout tourne autour de moi. Je suis obsédé par une seule et unique pensée : dormir!

Dans la nuit du dimanche au lundi Smola pénètre dans la pièce pour user d'une autre stratégie. Il me parle calmement et tente de m'amadouer : « C'est tout à fait évident, monsieur London, que la direction du Parti communiste français était truffée d'ennemis. Sa politique après la défaite en témoigne et vous auriez grand mérite à nous aider à les démasquer. Ce serait pour vous l'occasion de racheter vos crimes. N'êtes-vous donc pas d'accord pour aider le Parti et l'U. R. S. S.? Êtes-vous tombé si bas que vous persistiez à nous refuser votre collaboration? » Il fait ainsi appel à mon esprit de parti, à mon dévouement envers l'U. R. S. S., à ma conscience de communiste pour obtenir de moi ce que les pressions physiques et la torture morale n'ont pu obtenir.

Après ces trois jours et trois nuits d'interrogatoires ininterrompus, mon épuisement est total. A nouveau, je suis la proie d'hallucinations, j'entends des voix, je reconnais celle de Lise et des enfants dans le couloir, je parle à des personnes imaginaires, je divague. A plusieurs reprises, je m'effondre. Je m'endors et m'écroule comme une masse. Smola pense alors qu'il peut marquer un point et m'arracher une signature. Il tape un procès-verbal sur les fautes politiques commises par le P. C. F. Malgré mon état, je proteste contre les formulations qu'il me lit. Il consent, pour ne pas faire échouer tout son stratagème, à les modifier en les atténuant : « J'ai commis dans mon travail certaines fautes découlant de celles de la direction du Parti français. J'ai eu des contacts avec Alice Kohnova, Vlasta Vesela, Pavlik et Feigl, tous déjà condamnés pour leur liaison avec Field (à l'exception de Vlasta Vesela qui s'est suicidée à Ruzyn pendant l'instruction); j'ai accepté pour le travail clandestin du Parti l'argent des impérialistes américains » (c'est ainsi que les dons que nous avons reçus de Feigl, au début de l'occupation, sont interprétés par la Sécurité).

Je ne me rappelle plus exactement de la teneur de ces déclarations, mon état d'alors m'empêche d'en garder un souvenir précis. Je suis prêt à signer n'importe quoi me concernant pour obtenir ne serait-ce que cinq minutes de sommeil!

Tout fier de ce qu'il considère comme « sa » victoire, Smola me fait aussitôt reconduire dans ma cellule où l'on me laisse dormir quelques heures. Le lendemain, à la reprise de l'interrogatoire, mon premier souci est de résilier ma signature sous le procès-verbal de la veille. Je déclare qu'elle m'a été extorquée dans un état d'inconscience, sous une contrainte physique et morale.

Smola devient fou de rage : « Parce que vous pensez que ce procès-verbal est un aveu? Il n'a pas même la valeur d'une autocritique à une réunion de cellule du Parti. Qu'avons-nous à foutre de votre déclaration! C'est seulement maintenant que vous allez commencer à parler et vous parlerez! »

Les interrogatoires succèdent aux interrogatoires, toujours plus violents. Mon état physique dû au manque de sommeil, de nourriture et d'eau est déplorable. Et pourtant nul n'ignore que je suis un grand malade! Dès mon arrestation je les ai mis au courant de mon traitement et de l'urgence à me faire insuffler mon pneumothorax. Mais je reste sans soins : « On vous soignera quand vous aurez avoué votre activité trotskyste et votre espionnage! » est la seule réponse que j'obtiens.

Le port constant des menottes a transformé mes mains en d'énormes masses douloureuses. Je continue à être interrogé sans ménagement, debout, et les référents se relaient régulièrement. Parfois ils se mettent à deux et trois pour m'assourdir de questions et d'injures. De temps à autre, on me ramène dans une cellule ou dans la cave absolument nues. Une seule différence : les menottes ne sont plus attachées dans le dos mais laissées constamment devant afin d'éviter au gardien de les détacher et de les remettre en avant au moment de faire mes besoins, en sa présence. S'il est compatissant, il m'aide à remettre mon pantalon.

La gamelle posée à même le sol, privé de l'usage des mains, je m'agenouille et essaie de manger, mais avec beaucoup de peine.

Ces méthodes, qui tendent à briser en l'homme sa dignité, sont à l'opposé de la morale socialiste. Elles sont celles, barbares, du Moyen Age et du fascisme. En les subissant, on se sent dégradé, dépouillé, de son titre d'homme.

Cependant je veux vivre, je suis décidé à me battre! J'ai résilié ma première signature. Crever pour crever, je ne me laisserai pas faire. On ne m'aura pas! Je dois me battre pour moi, pour mon passé, pour mes amis, je dois cela à mes camarades, à ma famille.

IX

Il n'y a plus ni jour ni nuit. Il n'y a que les rumeurs que je décèle : des pas dans les pièces voisines, des sanglots, des voix de femmes, des coups sur les portes, des bruits de lutte et l'ordre brutal : « Marchez! » Quelqu'un qu'on traîne.

Pendant les interrogatoires, je sais que la nuit s'achève quand le référent se met à bâiller et à s'étirer. Vers le petit matin, règne une atmosphère ouatée. J'ai le sentiment de vivre hors du temps, dans l'irréel. Ce monde cauchemardesque obéit à certaines lois. De temps à autre, la porte s'ouvre, on apporte au référent un casse-croûte qu'il déballe et déguste devant nous. Il y a aussi les moments où certains référents perdent pied, ne comprennent plus rien.

L'homme qu'ils interrogent leur fait entrevoir une époque qu'ils ignorent et qu'ils ne peuvent s'empêcher d'admirer :

« Quand avez-vous connu Oskar Valeš?

— Lors d'une de ses permissions, à Barcelone.

— Il n'est pas étonnant que des hommes comme lui, au passé incontrôlable, aient trahi. En Espagne, il a même abandonné son unité des Brigades internationales.

— Oui, il a quitté son unité régulière pour se porter volontaire pour une mission beaucoup plus dangereuse. Il est devenu l'un de ces hommes dont Hemingway parle dans son livre *Pour qui sonne le glas*. Avec d'autres volontaires de toutes les nationalités, il franchissait les lignes fascistes pour accomplir des sabotages en terrain ennemi. Un jour de 1938, son groupe de guérilleros avait eu pour mission de pénétrer de quinze kilomètres dans les arrières ennemis. Cela se passait dans le secteur de Tremp. Leur mission consistait à s'emparer de l'état-major d'une division fasciste. »

Je raconte comment, durant la nuit, ils s'étaient rapprochés du bâtiment abritant l'état-major, en dehors du village. Une partie d'entre eux devait pénétrer à l'intérieur et les autres poser des mines pour faire sauter le bâtiment. Valeš faisait partie du groupe de protection qui devait couvrir l'action et assurer la retraite. La nuit était très claire et les guérilleros étaient couchés dans un fossé, à quelques mètres du poste de garde. Au moment où une sentinelle ayant remarqué le groupe de Valeš s'apprêtait à donner l'alerte, l'attaque contre l'état-major commençait. La sentinelle et une partie des officiers de l'état-major avaient été tués. Un officier fut fait prisonnier et les guérilleros, au complet, avaient réussi à rejoindre, avec lui, les lignes républicaines.

« Valeš a participé, jusqu'à la fin de la guerre, à de semblables actions. C'est ce que vous appelez sans doute un bon chemin pour devenir agent de l'Intelligence Service?

— Comment expliquez-vous que Laco Holdoš n'ait pas obéi aux ordres du Commandement des Brigades, concernant la retraite des volontaires de tous les fronts et leur regroupement en Catalogne? Comment se fait-il qu'Holdoš soit resté en Espagne, alors que les autres volontaires tchécoslovaques étaient déjà en France? Comment se fait-il qu'il soit apparu un beau jour en Afrique du Nord?

— Laco avait accepté en 1939 la proposition de Giuliano Pajetta, adjoint de Luigi Longo, inspecteur général des Brigades internationales, d'assurer les émissions en langue slovaque à la station de radio d'Aranjuez, près de Madrid. Comme le retrait des volontaires d'Espagne avait déjà été décidé par la S. D. N. et accepté par le gouvernement républicain, Laco avait été muni de papiers d'identité espagnols. Il fut arrêté et emprisonné à Madrid sous l'inculpation d'espionnage, car l'unité mentionnée sur ses papiers était inexistante. Maintenant, dans cette ville qu'il avait défendu avec son ami Josef Majek, tombé à ses côtés, lors des combats dans la Cité universitaire, en novembre 1936, Jaime Guanter Coll — c'était son faux nom — attendait d'être fusillé car il refusait de dire pourquoi il était resté dans la zone centrale et qui l'avait muni de faux papiers.

« Il fut sauvé de justesse par un chef militaire anarchiste qui l'avait connu quand il était commandant de la batterie Gottwald, sur le front de Levante. Enfin libéré, il fut envoyé à Valence où il devint le responsable d'un groupe de quelques volontaires étrangers qui attendaient leur rapatriement.

« Le putsch antirépublicain de Casado ayant éclaté, Holdoš établit le contact avec le Parti communiste de Valence, pour aider à sauver des Cadres militaires et politiques du Parti communiste espagnol contre lesquels était organisée une véritable chasse à l'homme.

« Les troupes franquistes avaient déjà percé le front. Les drapeaux casadistes et de la Phalange flottaient déjà sur les toits quand Laco avait réussi à introduire sous de fausses identités, comme volontaires internationaux, plusieurs hommes et femmes dans la caserne qu'il occupait avec son groupe. Ils avaient atteint, dans des conditions dramatiques, le môle du port d'Alicante et réussi à s'embarquer, tous, sur le dernier bateau à partir, le *Stambroock* battant pavillon anglais. C'est ainsi que Laco et ses camarades ont quitté l'Espagne, alors que les avions italiens jetaient les dernières bombes sur le port, et qu'ils sont arrivés dans un camp d'internement en Afrique du Nord. »

Le référent écoute avec étonnement mon récit. Pour lui, l'homme qu'il a devant lui et ceux dont je parle sont arrêtés sur l'ordre du Parti et ne peuvent être que des ennemis !

Je me rends compte que certains sont persuadés, agissant comme ils le font envers nous, d'accomplir une « tâche d'honneur » : aider le Parti à nous démasquer. On les a formés et persuadés qu'avec des ennemis du Parti, tous les moyens sont bons pour arracher les aveux dans le sens exigé par leurs chefs. Les méthodes utilisées pour parvenir à ce but, la mise en scène, la mystification, les contraintes morales et physiques et même les provocations leur semblent normales. Légitimes.

Un grand nombre de référents sont des recrues de fraîche date. Certains ont été choisis dans les usines. Ils sont le produit de la formation rapide et sommaire que les « services qui les utilisent » leur ont donnée.

Comment est-il possible que des hommes qui n'étaient pas au départ de mauvais éléments aient pu devenir de tels instruments dociles et aveugles? Je pense que, pour eux, le Parti était une notion abstraite; ils n'étaient pas liés à sa vie et n'avaient pas le sens des responsabilités devant lui. Pour eux, c'étaient leurs chefs et les conseillers soviétiques qui représentaient le Parti. Ou mieux encore qui se trouvaient placés au-dessus du Parti. Leurs ordres étaient sacrés et indiscutés. Une telle façon de voir conduisait nécessairement à l'esprit de suffisance; à les faire se considérer eux-mêmes comme des surhommes avec droit de regard sur tout et tous dans le Parti et le pays.

Quand il prend la relève de son collègue pour poursuivre l'interrogatoire, le nouveau référent reçoit un morceau de papier avec une ou deux questions et la réponse qu'il doit obtenir. Des heures et des jours durant ce sera le même leitmotiv : « Vaurien... salopard... parlez... taisez-vous... parlez... taisez-vous... ne mentez pas,.. vous mentez... cochon... putain... parlez... parlez... parlez... »

Et quand, quelque part, une porte s'ouvre, il s'en échappe les mêmes cris!

Ils ne connaissent chacun qu'une seule facette de l'armature des accusations montées par leurs chefs contre nous. Coûte que coûte, ils doivent obtenir nos aveux sur ce point. Après on leur confiera un autre point, et ainsi de suite.

Si le niveau politique très bas qui les caractérise dévoile qu'on a affaire à des néophytes, certains sont carrément primitifs et bornés.

Il est difficile, voire impossible, de leur faire comprendre les choses les plus élémentaires, concernant la lutte des partis communistes clandestins et leur politique de front national :

« Pourquoi, après l'occupation de la France, avez-vous maintenu le contact avec le consulat tchèque de Marseille, dirigé par les hommes de Beneš? Pourquoi ne pas vous être adressé à cette époque à l'ambassade soviétique de Vichy pour qu'elle vous fournisse l'argent nécessaire pour votre travail clandestin? »

Quand j'évoque la formation en France du Front national des émigrés tchécoslovaques qui comprenait des Beneš-istes, des Communistes, des Sans-parti, le référent y voit un abandon des principes communistes : « Comment est-il possible que des communistes collaborent avec des Benešistes. Vous nous prenez pour des idiots! »

Un autre pique des crises de colère quand j'explique le mouvement des F. T. P. F. à Paris : « Vous ne me ferez pas croire que les partisans pouvaient opérer dans les villes, et encore moins à Paris. Ça n'existait que dans les campagnes et les forêts... »

« Où avez-vous jamais vu des partisans groupés par trois ou cinq? des attentats isolés? Comment osez-vous inventer de pareils mensonges : des actions organisées en plein Paris et en pleine journée? Vous croyez vous en tirer en nous déballant toutes ces histoires à dormir debout? »

Un autre conteste purement et simplement la valeur de la résistance armée dans les pays de l'Ouest car « la seule chose qui a compté dans cette guerre, c'est l'apport de l'Armée rouge qui, avec ou sans les mouvements de résistance, aurait obtenu les mêmes résultats ».

D'autres n'arrivent pas à comprendre pourquoi le P.C.F. n'a pas pris le pouvoir après le débarquement des Anglo-Américains.

Pour eux, tout homme ayant voyagé à l'Ouest est un homme pour le moins louche, un espion en puissance.

Ils exigent des aveux aussi absurdes que : « La M. O. I. est en France l'organe dirigeant, pour l'Europe, de la IVᵉ Internationale. »

Malgré les explications facilement contrôlables auprès du Parti français de ces initiales M. O. I. : Main-d'Œuvre-Immigrée, ils persistent à les interpréter comme le faisaient avant eux les occupants nazis : Mouvement Ouvrier International.

Rien n'est pire que de se trouver désarmé, isolé, face à la sottise et l'aveuglement. Et ce, pendant des heures, des jours et des mois entiers.

Ils restent sourds à tout argument, à toute preuve même la plus éclatante.

Je pense que l'utilisation de tels éléments par « l'appareil de la Sécurité entre les mains de qui nous sommes » est intentionnelle car on peut les manœuvrer comme des robots. C'est l'assurance que tous les arguments de l'accusé, même les plus convaincants, glisseront sur la carapace de leur ignorance et stupidité, laissant intacte la conception des « aveux » qu'ils sont chargés d'obtenir à n'importe quel prix de « leur client ». Leurs œillères ne leur permettent pas de voir plus loin que de la prison de Ruzyn à Dejvice [1].

Cet appareil ne se révélera à nous que peu à peu, au cours des interrogatoires. En voilà la structure :

Chaque groupe de référents est dirigé par un chef, ayant

1. Quartier de Prague où se trouvait alors la direction centrale de la Sécurité.

le grade de capitaine ou de commandant. C'est le lieutenant-colonel Doubek qui coordonne les activités de tous les groupes; c'est lui qui a le contact avec le ministère de la Sécurité.

Les chefs de groupe ne sont pas de simples exécutants comme les référents. Ils dirigent de façon plus habile et rusée les interrogatoires. Leur optique sur les inculpés est plus large que celle de leurs subordonnés. Ils sont les instruments dociles et obéissants des conseillers soviétiques qui les instruisent personnellement, ils connaissent de la sorte une partie de la « construction » des meneurs de jeu, celle à laquelle ils sont chargés de donner réalité avec leurs référents.

Voici ce que m'apprendra, après ma réhabilitation en 1956, Alois Samec, ancien volontaire d'Espagne qui avait collaboré, au début, avec les conseillers soviétiques travaillant à la Sécurité :

« C'est en automne 1949, après le procès Rajk, qu'ils sont arrivés en Tchécoslovaquie. Ils disaient que nous devions sûrement avoir chez nous aussi une conspiration contre l'État. Que les ennemis qui voulaient renverser le régime socialiste étaient infiltrés dans tous les rouages du Parti et de l'appareil gouvernemental

« Selon les instructions qu'ils nous donnaient, on opérait l'arrestation des personnes qui « auraient pu » avoir des activités contre l'État de par leurs fonctions et leurs relations. Les preuves, c'est après seulement qu'on les cherchait...

« J'ai reçu l'ordre d'un des conseillers soviétiques, Borissov, de lui remettre personnellement, dès la fin des interrogatoires, une copie de chaque procès-verbal établi avec l'accusé. Je lui fis remarquer que le secrétaire général du Parti recevait déjà une copie des procès-verbaux. Il me remit en place vertement et m'ordonna de ne pas discuter ses instructions.

« J'avais aussi le contact avec d'autres conseillers soviétiques, notamment avec Likhatchev et Smirnov. Ils collectionnaient des informations compromettantes sur tout le monde, surtout sur les gens occupant de hautes fonctions, y compris sur Slansky et Gottwald...

« Ils ont imposé et élargi leur pouvoir en profitant de la confiance que leur manifestait la direction du Parti qui voyait en eux la garantie d'un travail hautement qualifié et juste dans le domaine de la sécurité. Pour chaque cas sérieux, Gottwald avait recours à leurs conseils... Ils étaient les initiateurs de la plupart des mesures importantes décidées par le ministère de la Sécurité et ils en profitaient pour introduire les méthodes qui avaient cours en U. R. S. S. De plus en plus, les employés de la Sécurité, au lieu de suivre la voie hiérarchique, prenaient leurs ordres chez eux, notamment ceux travaillant dans les organes d'investigation.

« Dès leur arrivée, ils ont commencé à noyauter tous les rouages de la Sécurité par l'intermédiaire des « hommes de confiance » qui leur étaient dévoués corps et âme. C'est ainsi qu'ils ont réussi rapidement à créer au sein de la Sécurité — où ils étaient censés travailler officiellement — une police parallèle n'obéissant qu'à eux... »

A Ruzyn, j'ai eu l'occasion de me rendre compte au cours des vingt-deux mois de détention jusqu'au procès et des interrogatoires quotidiens que je subissais, de l'existence de ces hommes de confiance recrutés par les conseillers, non seulement parmi les chefs de groupe mais aussi chez les simples référents. Ceux-ci étaient chargés par leurs « véritables chefs » de tâches particulières et confidentielles qu'ils devaient accomplir en dehors de la voie hiérarchique. A plusieurs reprises, je constaterai l'antagonisme entre l'appareil officiel et l'appareil clandestin créé en son sein par les conseillers soviétiques.

Par exemple, un jour, au cours d'un de mes interroga-

toires, Kohoutek entra et prit à part mon référent. Il lui
dit à voix basse — mais mon oreille exercée réussit à capter la conversation — que le commandant (Doubek)
réclamait, pour les transmettre au ministre (Kopřiva), les
procès-verbaux de... Suivit un nom que je n'ai pas saisi. « Il
faut, poursuivit Kohoutek, que tu enlèves du dossier ce
qui... » Là encore je cessai de distinguer la suite. « Tu re-
mettras tout ça en place quand on te rendra le dossier. »

Là-dessus, le référent sortit un dossier du classeur et,
devant Kohoutek, en retira une liasse de feuillets qu'il
mit sous clef dans un tiroir. Un quart d'heure plus tard,
lorsque le commandant Doubek vint demander le dossier
de... (Cette fois, il tendit au référent un bout de papier
portant le nom), il reçut le dossier expurgé. Deux heures
plus tard, quand Doubek vint restituer le dossier, mon
référent refit son manège en sens inverse, reconstituant
l'état primitif avec les feuillets enlevés avant de le replacer
dans le classeur. Peu après, Kohoutek vint aux nouvelles :
« Alors, tout est en ordre? Il n'a rien dit? »

Deux ou trois jours avant le procès, c'est-à-dire au milieu de novembre 1952, Kohoutek entra avec précipitation
dans le bureau où l'on m'interrogeait. Il lança au référent :
« Donne-moi tous les procès-verbaux de ceux qui doivent
comparaître. Le ministre Rais est venu ici pour y jeter
un coup d'œil... »

Ainsi, soit dit en passant, ce fut seulement à l'avant-
veille du procès que le ministre de la Justice connut la teneur
des procès-verbaux établis avec les accusés!

Mais il se trouvait que lesdits procès-verbaux n'avaient
pas du tout été destinés à cette lecture par le ministre. Et
je vis Kohoutek et mon référent se mettre à chercher
fébrilement dans les dossiers de chacun des accusés des
pages et des pages qu'ils empilèrent à la hâte et enfer-
mèrent dans le tiroir du bureau. C'étaient là les pages
contenant les parties des interrogatoires qui portaient

sur la personne même du ministre Stefan Rais. Les « aveux » tendaient à prouver ses attaches avec le centre de conspiration contre l'État. N'était-il pas le ministre de la Justice? Il fallait donc posséder du matériel en réserve contre lui. D'autant que, de surcroît, il était d'origine juive...

Encore à la prison centrale de Léopoldov où je serai transféré en 1954, je reverrai les hommes de confiance des conseillers soviétiques dans la même besogne, venant interroger l'un de nos compagnons d'infortune, Oldrich Černy, condamné dans un des procès découlant du nôtre pour activité trotskyste, afin de lui faire avouer les « crimes de guerre » commis... par le président de la République Antonin Zapotocky lui-même. Zapotocky avait, en effet, commis la faute inexpiable d'être déporté au camp de Sachsenhausen et d'y avoir participé à la Résistance. Les conseillers menaçaient Černy pour réunir contre le président le même matériel qui avait servi à condamner Josef Frank et Švab dans notre procès.

D'ailleurs, à Ruzyn tous les procès-verbaux importants étaient traduits en russe et c'était cette version qui comptait. Les conseillers y apportant les modifications et corrections qu'ils jugeaient nécessaires avant de la renvoyer aux chefs de groupe qui avaient à charge d'extorquer au bas de cette mouture « conseillée » la signature de l'accusé.

Ce système permettait aux conseillers non seulement de suivre les interrogatoires étape par étape, mais encore d'établir chaque fois l'orientation des « aveux », et en outre d'organiser une émulation entre équipes, et à l'intérieur des équipes, entre chaque référent. La directive immuable, c'est que « chaque procès-verbal doit constituer un aveu de la culpabilité de l'accusé ». Mais c'est une directive à dessein vague et qui permet à tous les zèles de se déployer. Alors, c'est à qui obtiendra le plus vite les « meilleurs aveux », ceux qui plairont le mieux aux « véritables chefs ». Il ne s'agit plus seulement de réaliser le plan, pour la partie

des « aveux » qu'ils sont chargés d'obtenir, mais encore d'y
ajouter une contribution personnelle remarquable. Entre
eux, nos référents se vantent de leurs formulations avec
autant de gloriole que les mauvais poètes.

J'aurai l'occasion de m'en rendre compte presque tout
de suite, dès le début d'avril. Tandis que Smola m'interroge,
voilà qu'un référent entre en coup de vent dans le bureau,
brandissant un papier. Il rayonne. « Ça va très bien,
annonce-t-il à son chef. Il est en train de se dégonfler. Il
se met à table. Regarde quelle belle formulation j'ai ici.
Elle nous donne tout ce dont nous avons besoin... » Et,
avant de partir, il laisse au commandant Smola une copie
pour qu'il puisse prendre connaissance du texte. En partant, il répète encore : « Ah ! On peut dire que c'est bien,
que c'est réussi ! »

Une demi-heure plus tard, Smola, rendu furieux par mes
dénégations constantes, m'attrape, comme il en a l'habitude, à la gorge, et me secoue copieusement. Du coup,
il me montre le fameux passage « si bien réussi », et j'apprends ainsi qu'il s'agit d'un interrogatoire de Svoboda.
A une question, on lui a fait répondre : « C'est tout ce que
j'ai à dire sur l'activité du groupe trotskyste des anciens
volontaires des Brigades pendant leur séjour à Paris. »
Le référent considérait comme son succès personnel l'introduction de la formulation : « groupe trotskyste » dans
le procès-verbal de Svoboda. Cela d'ailleurs a le don d'en-
rager son chef Smola qui n'a pas encore réussi à marquer
un semblable beau point avec moi.

Plus tard, quand je protesterai auprès de Kohoutek qui
a pris la suite de Smola dans la direction de mon interrogatoire, pour l'utilisation qu'il fait de la formule « groupe
trotskyste » afin de désigner les anciens volontaires d'Espagne, il me répondra avec cynisme : « Ce n'est encore
rien. Dans les procès-verbaux ultérieurs, je formulerai
ainsi : *organisation d'espionnage trotskyste* et vous serez

bien obligé de l'accepter. Ne vous faites surtout pas d'illusion là-dessus! »

Une nuit entière d'interrogatoires à propos des dires d'un homme envoyé par la Sécurité à l'ambassade de Paris et rappelé à la demande du ministère des Affaires étrangères. Nous avions refusé, à son retour, de lui faire dédouaner la totalité de ses bagages comportant des marchandises neuves bien au-delà des normes permises. Il s'était vengé en écrivant un rapport de seize pages dactylographiées contre l'ambassadeur Hoffmeister et moi-même, nous accusant d'avoir entretenu des relations d'espionnage avec un nommé Lampe. Je connais en effet un Lampe Maurice, ancien d'Espagne et vieux militant du Parti communiste français. Je l'avais retrouvé à la prison de Blois, puis au camp de Mauthausen où nous avions un contact étroit, — il était membre de la direction clandestine du groupe français.

Toute une nuit de malentendus et de quiproquos pour m'apercevoir enfin qu'il ne s'agit pas du même Lampe, mais d'un « chef d'orchestre » que je connais ni d'Adam ni d'Ève! Notre homme de la Sécurité n'a pas hésité à écrire qu'Hoffmeister avait, avec mon aide, truffé l'ambassade de Paris de traîtres rêvant d'un changement de régime en Tchécoslovaquie.

Je ne tarde pas à soupçonner le beau-père de cet homme de mener lui-même cet interrogatoire absurde, me souvenant qu'au moment où nous avions demandé son retour de Paris, un camarade m'avait prévenu : « Fais attention, son beau-père est quelqu'un de très bien placé dans la Sécurité! »

De plus en plus, il apparaît que les interrogatoires sont orientés contre les anciens volontaires des Brigades. Il existe *a priori* un jugement hostile contre l'ensemble des volontaires. Tous, sans exception, sont considérés, pour le moins, comme des aventuriers et des individus dangereux.

8

Quant à nous qui sommes arrêtés, nous sommes des trotskystes, des ennemis du Parti, des agents du 2ᵉ Bureau français, des autres services de renseignements étrangers et de la Gestapo. Chaque nom d'un ancien volontaire porté sur un procès-verbal s'accompagne désormais d'un qualificatif du genre : démoralisé, trotskyste, etc. Plus tard, le mot « volontaire » devient lui-même l'équivalent de tous les qualificatifs péjoratifs. Chaque conversation, chaque fait où se trouve mêlé un volontaire, même le plus normal, le plus anodin, prend le caractère d'une conspiration contre l'État, d'un acte ennemi.

De même que pour les Juifs, l'atmosphère de pogrome existe pour les volontaires. Cette condamnation aberrante trouvera son expression encore en 1953, dans une circulaire de la Sécurité nationale adressée à toutes les administrations de l'État, où les volontaires des Brigades internationales seront assimilés aux membres de la police et de l'armée du *Protektorat* allemand de Bohême et de Moravie et aux gardes fascistes slovaques de Hlinka.

Les Brigades internationales d'Espagne sont mises tout simplement sur le même plan que les unités interventionnistes contre l'Armée rouge dans les années 1918-1922 et en 1919 contre la République des Soviets de Hongrie.

Cette attitude englobe les Brigades dans leur ensemble. Personne n'est épargné. Ainsi par exemple, je suis longuement interrogé sur un dîner que nous avions eu à Prague, en 1950 — Pavel, Svoboda, Zavodsky, Valeš, moi et d'autres encore — avec Luigi Longo, maintenant secrétaire général du Parti communiste italien et qui, en Espagne, était inspecteur général des Brigades internationales.

Il en est de même pour les contacts amicaux que j'avais avec Edo D'Onofrio, sénateur et membre de la direction du Parti communiste italien. Il me rendait visite, chez moi, chaque fois qu'il passait par Prague, car nous avions été très liés en Espagne.

Je suis aussi interrogé sur un repas que j'avais organisé pour mon ami, le ministre bulgare Dimo Ditchev, à l'occasion d'un de ses voyages en Tchécoslovaquie.

Il avait manifesté le désir de revoir quelques-uns des anciens volontaires qu'il avait connus en Espagne. A ce repas étaient également présents, de façon purement occasionnelle, mon beau-frère, Raymond Guyot, membre du Bureau politique du P. C. F., et sa femme qui se trouvaient en transit à Prague. Le référent bondit littéralement de sa chaise en apprenant ce détail. Il me confie à un autre référent en lui disant qu'il devait se rendre sur l'heure auprès des « amis » pour leur communiquer un fait très grave. A son retour, au bout d'un quart d'heure, il me frappe violemment pour tenter de me faire avouer que j'avais organisé ce repas en vue de mettre en contact Guyot avec Ditchev, pour permettre au premier de construire « son réseau d'espionnage en Europe » avec la complicité du second.

X

L'Espagne! Contre cette boue qu'ils remuent jour après jour, quand ils me laissent seul avec moi-même, j'essaie de reconstruire notre Espagne. L'Espagne que j'ai dans le cœur.

L'amnistie politique proclamée en Tchécoslovaquie, au printemps 1936, ne me concernant pas, j'avais demandé, en novembre, alors que la bataille faisait rage à Madrid, à m'engager dans les Brigades internationales. J'étais encore à Moscou, il me fallait attendre, pour partir, l'autorisation du K. I. M. [1]. C'est au mois de mars qu'un beau jour, sans crier gare, une camarade de la section tchécoslovaque

---

1. Sigle en russe de l'Internationale Communiste des jeunes.

m'annonça que je devrais partir dans une heure. Elle me recommanda de bien étudier mon faux passeport dont les feuilles, depuis que je l'avais déposé à mon arrivée, s'étaient recouvertes de visas nombreux et divers.

« Attention, me dit-elle, en aucun cas ce passeport ne doit tomber aux mains des autorités étrangères. » Elle me fait étudier sur une carte le parcours que j'allais suivre. Le billet du bureau de voyage soviétique qu'elle me remet n'est valable que jusqu'à Isberg, port danois. Après, à moi de jouer!

Personne ne doit connaître mon départ. Je m'arrange néanmoins pour prendre congé de ma belle-sœur et de mon beau-frère présents à ce moment-là à Moscou.

Je n'ai pas encore terminé de boucler ma valise que le chauffeur est déjà là pour me conduire à la gare. Le train m'emmène à Léningrad. Là, j'ai journée libre. J'en profite pour visiter une dernière fois la ville que je trouve si belle et qui m'a tant impressionné, cette ville qui a vu naître et s'accomplir la Grande Révolution d'Octobre. Ce jour-là on donne justement la Première du film *Le Député de la Baltique*. Je sors très exalté de la projection, car il m'a semblé voir dans ce film comme un symbole du combat qui se mène au-delà des Pyrénées et auquel je prendrai bientôt part.

Me voici à la gare de Finlande. Je suis seul dans le compartiment et, en arpentant le couloir, je m'aperçois que je suis le seul voyageur de tout le wagon. Nous arrivons à la frontière soviétique. Avec beaucoup d'émotion, je contemple mes deux derniers soldats à l'étoile rouge qui me sourient gentiment en me souhaitant bon voyage. Le train roule maintenant très lentement et passe sous l'arc en bois où se détache l'inscription : « Prolétaires de tous les pays unissez-vous! »

Je quitte après trois ans l'Union soviétique. Au moment de mon arrivée, le pays connaissait de grandes difficultés,

l'approvisionnement laissait à désirer, les marchandises
de première nécessité étaient rares. Moi-même, j'avais dû
souvent me contenter pour tout dîner d'un morceau de
pain bis et d'une tasse de thé et même d'eau chaude. Maintenant, l'économie marchait mieux, le pays commençait
à jouir d'un bien-être relatif, la vie était devenue plus
facile. Mais des zones d'ombre étaient apparues : une
atmosphère de suspicion et de peur s'était installée depuis
un certain temps déjà, après la mort de Kirov. Depuis il
s'était passé des événements graves.

C'est pourquoi, malgré mon émotion réelle de partir,
je ne peux, dans le même temps, m'empêcher d'éprouver
un sentiment de soulagement.

Je suis heureux d'aller vers de nouveaux combats, vers
une vie à la fois plus dure, mais combien plus exaltante.

J'avais appris depuis peu que ma femme se trouvait
déjà en Espagne où elle travaillait à Albacete, à la base des
Brigades internationales, dans le secrétariat d'André
Marty. J'allais donc la revoir bientôt...

La nuit tombait à Mamlö quand le train monta sur le
ferry-boat pour Copenhague. Nous débarquâmes dans le
port où la police vérifia nos passeports. Quand mon tour
arriva, on me pria d'attendre. Quelque chose ne tournait
pas rond. Je ne me tourmentais pas pour moi, mais de
savoir mon passeport entre les mains de la police. On m'in-
terrogea toute la nuit sur mon identité, sur les raisons
de mes nombreux voyages, sur l'endroit où j'allais. Je
n'avais pas le choix : « La Belgique. » Et ensuite que comp-
tais-je faire? Je répondis que j'avais l'intention de visiter
à Paris l'Exposition internationale. A quoi rimait ce long
détour par Helsinki, Stockholm, alors qu'une liaison directe
existe?...

Je donnais toutes les bonnes raisons que j'avais préparées
à l'avance. Le matin, tôt, un policier prit le passeport pour
aller vérifier au consulat tchécoslovaque l'exactitude de

mon identité. Je crus la partie définitivement perdue et
j'étais obnubilé par le jugement que porterait contre moi
la Section des Cadres de mon Parti pour « avoir laissé le
passeport entre les mains de la police ».

L'un des deux policiers, après m'avoir montré sa carte
de membre du Parti socialiste danois, me dit fort bien
savoir que tous ceux qui, comme moi, arrivaient d'Union
soviétique en transit par le Danemark, étaient des volontaires pour les Brigades internationales. Il avait pour nous
beaucoup de sympathie, souhaitait de tout son cœur la
défaite de Franco, mais il lui fallait tenir compte des
récentes décisions du Comité de non-intervention faisant
obligation à tous les gouvernements d'empêcher le transit
par leurs pays des volontaires pour l'Espagne. Finalement,
il me signifia que j'étais libre, mais que je devais quitter le
territoire danois dans les vingt-quatre heures.

Quelques heures plus tard, je quittais donc Copenhague
pour Isberg où j'embarquai pour Anvers. Sur le bateau,
nouvel interrogatoire, pas très méchant, celui-là. Le départ
y coupa court. J'attendais avec impatience l'arrivée à
Anvers, — dernière étape difficile de mon voyage, la police
belge se montrant assez sévère. Mais tout se passa bien.

Enfin je roulai vers Paris et ma route pour l'Espagne
était désormais libre! A la gare du Nord, un peu perdu dans
la cohue, je m'entends soudain interpeller : « Gérard!
Gérard! [1] » Les parents de ma femme, venus m'accueillir
et qui ne m'avaient jamais vu, m'ont repéré grâce à la
photographie que Lise leur avait confiée.

Deux jours après, je me présentais au service des Cadres
du Parti communiste français. Il fut convenu que j'embar-
querais à Sète. Les frontières étaient déjà très soigneusement gardées, beaucoup de volontaires avaient été arrêtés
ou refoulés au cours des dernières semaines. Trois jours

1. A partir de 1934 c'est par ce prénom que tous mes proches
et camarades m'appelleront.

après, je reçus de nouvelles instructions qui me firent rester à Paris. Heureusement pour moi d'ailleurs, car le bateau où je devais prendre place fut attaqué par un sous-marin italien et coulé au large de la côte catalane. Il y eut peu de rescapés.

Je vécus deux semaines chez mes beaux-parents, dans le XXe arrondissement — tout près du cimetière du Père-Lachaise. Mon beau-père se chargea de me faire visiter la capitale. A pied, car avec son entêtement d'Aragonais, il refusait de prendre le métro. « Si l'on veut connaître une ville, disait-il, rien ne vaut une paire de jambes! » Grâce à lui j'ai vraiment connu et aimé la rue de Paris. Je rentrais le soir émerveillé et étourdi. Mon guide me parlait un mélange d'espagnol et de français que j'eus d'abord des difficultés à comprendre. Il était tout fier de son rôle de professeur et se vantait le soir auprès de sa femme : « Morena, tu as vu los progresos qu'il fait con migo! » Et je peux dire que je fis avec lui des progrès... simultanément dans les deux langues!

Le départ arriva. A l'heure et au jour fixés, je me présentai dans un café où un camarade vint me chercher. Il m'emmena dans un hôtel où je restai vingt-quatre heures sans sortir avant de prendre le train. Le responsable du convoi m'informa qu'un certain nombre d'autres volontaires, la plupart originaires d'Autriche, se trouvaient répartis dans d'autres compartiments. Il me demanda, comme je connaissais plusieurs langues, de l'aider à maintenir le contact avec eux.

Dans mon compartiment étaient des anciens *Schutzbund* [1] qui s'étaient battus sur les barricades de Vienne contre le fascisme en février 1934 et s'étaient réfugiés en U. R. S. S. après leur défaite. Je retrouvai deux compatriotes, venus également de Moscou. Dans le convoi, il y avait, outre des

1. Organisation armée du Parti socialiste autrichien.

Allemands, des Bulgares, quelques Yougoslaves, des Anglais et des Américains.

Nous sommes arrivés sans encombre jusqu'à Perpignan. Le soir même, à cinq dans des taxis, nous fûmes conduits en rase campagne.

La nuit était belle, assez fraîche. Sur le ciel noir, irradié par la clarté argentée de la lune et des étoiles, se découpaient les Pyrénées.

Le guide, un montagnard français de petite taille, la cinquantaine, maigre, nous attendait. Nous avancions en file indienne. Je marchais immédiatement derrière le guide pour lui servir d'interprète. Nous avions été pourvus d'espadrilles pour rendre plus facile l'escalade et nos pas plus silencieux.

Dès le début, la marche fut pénible. Hors des sentiers tracés, nous avancions parmi les arbustes et la rocaille, nous traversions des ruisseaux, escaladions des rochers à une cadence telle que nous avions du mal à suivre. J'avais encore plus de difficultés que les autres car, à la fin de mon séjour à Paris, j'avais pris un coup de froid avec une pointe de pleurésie. Je n'en avais pas fait état pour ne pas retarder mon départ; et maintenant il n'était pas question d'abandonner, car les ordres donnés par le guide devaient nécessairement être traduits : « Halte! Cachez-vous derrière les buissons! Dissimulez-vous dans ce bosquet! » Notre guide connaissait à la perfection les heures de passage des patrouilles de la frontière. Il savait à quel endroit nous devions attendre que la lune passe. Je ne pouvais plus garder la cadence et mes compagnons étaient maintenant obligés de ralentir à cause de moi et de faire plus d'arrêts que prévu.

Malgré l'inquiétude du guide qui répétait sans cesse qu'au lever du jour nous devrions être sur l'autre versant, du côté espagnol, si nous ne voulions pas tomber entre les mains des gardes-frontières, je ne pouvais pas avancer plus vite. Pour alléger ma marche, j'avais déjà jeté mes affaires personnelles, ne conservant que les quelques souvenirs auxquels je tenais le plus. Les camarades me soutenaient sous les épaules, me portant presque, pour que je puisse suivre. Nous étions à mi-chemin quand un Noir américain qui faisait partie de notre groupe, s'écroula, à bout de forces, malgré tous nos encouragements. Le guide le mit à l'abri dans un bosquet avec quelques provisions, lui intimant l'ordre de l'attendre sans bouger jusqu'au lendemain où il le reprendrait vers la même heure pour le conduire en Espagne. Notre guide m'avait dit faire cette route aller-retour cinq fois par semaine!

La traversée des hauts cols fut éreintante. Les Pyrénées méritaient bien leur réputation! Nous avancions dans la brume épaisse qui s'accrochait aux hauts sommets. Bientôt une grisaille lumineuse nous enveloppa. L'aube se levait et il nous fut donné d'assister à une féerie lumineuse de coloris, annonciatrice de notre premier jour espagnol. Nous étions arrêtés pour une dernière halte dans le bois, attendant le moment opportun pour traverser en courant une prairie, entre les passages, très rapprochés et réguliers, des patrouilles.

Tout alla bien. Nous sommes arrivés, essoufflés, harassés auprès d'une petite cabane de bois d'où s'échappait une fumée teintée de rose par les premiers rayons du soleil.

Quatre hommes en sortirent le poing levé : « Salud camaradas! » Nous étions enfin en Espagne.

Nos nouveaux amis nous offrirent un bon café chaud. Notre guide prit bientôt congé. Nous l'adjurâmes de ne pas oublier notre camarade noir resté dans le bosquet. Il nous rassura; le lendemain, il aurait un nouveau convoi à guider. Effectivement, le camarade noir nous rejoignait deux jours après, à Figueras.

Maintenant, la route descendait. Mais mes forces qui avaient tenu jusqu'ici m'abandonnèrent. Les camarades espagnols furent obligés de me porter sur leurs fusils mis

en croix. C'est ainsi que j'arrivai à la forteresse de Figueras,
premier lieu de rassemblement des volontaires.

Ce fut par Figueras aussi que je devais quitter l'Espagne,
aux derniers instants de la guerre, en février 1939. La commission des Cadres du Parti espagnol nous avait envoyé à
quatre, un Bulgare, un Anglais, un Italien et moi, à Lagos-
tera où une nouvelle brigade internationale était en train
de se former. Notre tâche était d'y constituer l'organisation du Parti. C'était Pavel qui mettait sur pied cette unité.
Il avait commandé jusque-là le bataillon Dimitrov qui
comptait parmi les meilleurs. Et maintenant, en dépit des
fatigues d'une longue marche nocturne de quarante kilomètres, depuis La Garriga, il se démenait dans l'espoir
d'être prêt à temps pour participer aux combats d'arrière-
garde. Nous avons discuté de la situation, mais il nous
quitta assez vite. C'est alors que Hromadko entra dans
la pièce où nous nous trouvions. Les mains dans les poches,
son sourire gavroche aux lèvres, rien n'avait altéré son
insouciance. Et, pas davantage, le bombardement qui
commença sur ces entrefaites. Plus tard, lorsque nous le
ferons évader en mai 1941, à Paris, d'un convoi pour l'Allemagne, il sera le même boute-en-train. Il se jettera à corps
perdu dans le combat jusqu'à la Libération de Paris où
il sera un des responsables des Milices patriotiques.

Nous devions tenir la réunion le soir, mais la situation
s'était grandement aggravée. Les troupes motorisées ita-
liennes avaient percé le front et s'apprêtaient à investir le
village. Déjà les tirs de fusils, les rafales de mitrailleuses
partaient de partout. Pavel, que nous rencontrâmes, dit
qu'il avait donné l'ordre à la brigade de prendre position
à la sortie, encore libre, du village. C'est là que je tombai
sur Tonda Svoboda, près de l'église, cherchant avec sa
compagnie de mitrailleuses les meilleures positions pour
couvrir la retraite. Il avait belle allure dans son uniforme,
les cheveux déjà presque complètement blancs. On sentait

son ascendant sur ses hommes. C'est lui qui nous indiqua le chemin de Gérone où André Marty nous attendait le lendemain matin.

A l'aube, après bien des difficultés, nous arrivâmes enfin à Gerone, mais ce fut pour apprendre que Marty avait quitté les lieux. Au siège régional du Parti, le fonctionnaire de service nous prenait pour des déserteurs. Heureusement, l'estafette de liaison laissée par Marty se porta garante de nous. Nous devions retourner à Figueras l'y rejoindre. Ce fut pour nous trouver sous un bombardement épouvantable, le plus meurtrier qu'ait jamais connu la petite ville.

Peu de jours après, vers le 9 février 1939, alors que les armées fascistes étaient à quelques kilomètres de la frontière française, la Commission des Cadres du Comité central du Parti communiste d'Espagne établit la liste des cadres politiques et militaires de chaque nationalité, y compris les volontaires venus d'Union soviétique. L'objectif était de les aider à rejoindre Paris et de là leur pays respectif. La liste tchécoslovaque comportait une vingtaine de noms, ceux de Pavel, Hoffman, Knezl, Hromadko, Štefka, Svoboda, Neuer, Grünbaum... Des estafettes furent dépêchées pour les aiguiller au lieu du rendez-vous, derrière La Junquera. L'armée républicaine, déjà hors de combat, se trouvait concentrée sur une étroite bande le long de la frontière française. Les unités des généraux Lister et Modesto couvraient la retraite. Dans le désordre qui régnait, le contact ne put être établi qu'avec quelques-uns d'entre eux.

André Marty me chargea de renouer la liaison perdue avec le Comité central du Parti communiste espagnol. Ce dernier se déplaçait tous les jours afin d'éviter toute attaque par surprise de la part des unités motorisées fascistes ou de la Cinquième colonne. Il me fallait savoir dans quel ordre se déroulerait le passage de la frontière par les

dernières unités de l'armée républicaine. Je devais également prier Ercoli [1] de rejoindre Marty. Un motocycliste
fut mis à ma disposition. Nous avons dû traverser une
région où les fascistes s'étaient déjà infiltrés, des villages
où se poursuivaient les combats d'arrière-garde. Je retrouvai enfin Mije, membre du Bureau politique du P. C.
espagnol, et m'acquittai d'une partie de ma mission, Ercoli,
lui, étant déjà parti.

Au moment de m'en aller, je constatai la disparition de
mon motocycliste. Il avait eu peur d'affronter le même
dangereux chemin au retour et préféré poursuivre directement vers la frontière. Seize kilomètres me séparaient de
La Junquera. Je dus revenir à pied, pris dans un flot de
réfugiés, de soldats en débandade.

Arrivés à la croisée des chemins, personne ne s'engage
sur celui qui conduit à La Junquera. « Figueras est déjà
tombé », dit-on de tous côtés, « ils sont certainement déjà
à la Junquera ! »

Que faire? Si c'est un faux bruit, comme il y en a tant
ces derniers jours, et que je ne me présente pas, cela peut
être considéré comme une désertion de ma part. Je décide
donc de continuer sur La Junquera. De temps à autre, je
m'arrête et j'écoute le bruit de la canonnade lointaine,
pour situer d'où elle vient. Avant de pénétrer dans les
hameaux et villages, j'observe prudemment ce qui s'y
passe. Ils sont vides. Personne pour me renseigner. Je
frappe en vain à des portes et fenêtres. Pourtant, des bruits
viennent de l'intérieur indiquant que les habitants restent
terrés chez eux. Je suis absolument seul sur la route et je
crains de tomber, à chaque instant, sur une patrouille
ennemie motorisée.

Les avions de reconnaissance fascistes volent bas. Je

1. Pseudonyme de Palmiro Togliatti, alors l'un des secrétaires
de l'Internationale Communiste et, à ce titre, délégué pour l'Espagne
républicaine.

décide de renoncer à me cacher à chacun de leur passage.
Il me faut avancer le plus vite possible, c'est la seule chance
de m'en sortir!

Soudain, j'aperçois au loin des silhouettes. Je me rapproche d'elles, le cœur serré par l'angoisse. Ce sont les nôtres!
Ils disent qu'il faut avancer plus vite, car les fascistes ne
sont plus qu'à quatre ou cinq kilomètres. Il y a là des
prisonniers politiques libérés des prisons de Barcelone,
des anarchistes et des membres du P. O. U. M. Ils fuient
aussi les franquistes. Les espions et les membres de la
Cinquième colonne, eux, sont restés sur place pour attendre les leurs.

Vers le soir, j'arrive enfin vers la petite maison, derrière
La Junquera, où se trouve André Marty. Il se tient sur la
route, un grand pansement autour de la tête, exténué de
fatigue, énervé — à moitié fou. Il m'abreuve d'injures pour
mon retard. Autour de lui, il y a des volontaires de différentes nationalités, qui n'ont pu être évacués. Tantôt
Marty nous ordonne de refouler les soldats qui se dirigent
vers la frontière française et de ne laisser passer que les
civils, tantôt il nous menace de nous faire fusiller si nous
empêchons des camions militaires chargés de soldats de se
diriger vers la frontière...

Dans la nuit, il me fait appeler et m'informe que tous les
Tchécoslovaques sont déjà à la frontière. « C'est maintenant votre tour de vous en aller, me dit-il. D'ailleurs
nous partirons tous au cours de la nuit et, au plus tard,
demain dans la matinée. Vous repartez en compagnie de
Rol Tanguy et d'un camarade allemand. Vous passerez
les cordons des gardes mobiles dans une voiture avec deux
députés français, votre beau-frère qui vient d'arriver et
Jean Cathelas. »

C'est la première fois et aussi la dernière que j'aurai
l'occasion de voir ce camarade qui a été guillotiné, en
1942, dans la prison de la Santé, sous l'occupation hitlé-

rienne. Rol Tanguy recevra, le 24 août 1944, aux côtés
du général Leclerc, la reddition du général von Choltitz,
commandant de la garnison allemande du *Gross Paris*.
Je ne sais pas quel a été le sort de mon camarade allemand.

Nous avançons à pied vers la frontière dont nous étions
éloignés de quelques kilomètres. La nuit est étoilée. Les
versants des Pyrénées sont parsemés de feux de camps.
Ce sont des groupes de civils et de militaires qui font une
dernière halte sur la terre d'Espagne. Nous nous débar-
rassons de nos papiers des Brigades. Nous démontons
aussi nos armes et jetons les pièces détachées dans le ravin
que nous longeons.

A la frontière, les gardes mobiles désarment tous les
militaires. De chaque côté de la route des tas d'armes
s'amoncellent. On ne nous demande rien car nous avons
revêtu des habits civils. A toutes les questions que les réfugiés leur adressent pour savoir par où se rendre à Toulouse,
à Marseille, à Bordeaux... les gardes répondent immua-
blement : « A gauche, la grande route. » C'est cette route
qui conduira tout le monde dans les camps improvisés
d'Argelès et de Saint-Cyprien.

Notre groupe passe sans encombre et nous parvenons
dans le village où nous attend la grande voiture avec sur
le pare-brise la cocarde de député. Le camarade allemand
et moi-même sommes derrière, recroquevillés sur le plancher. Nous passons plusieurs contrôles. Les deux députés
montrent leurs cartes de l'Assemblée. Nous arrivons ainsi
jusqu'à Perpignan où nous descendons à la Maison du
Peuple. Le lendemain, la voiture poursuit avec nous jusqu'à Tarascon où nous prenons le train pour Paris.

XI

Une nuit, le référent, tout en savourant son café, me dit
qu'ils avaient reçu l'ordre de travailler jour et nuit sur

notre cas afin de donner du matériel au Comité central qui se réunirait dans le courant du mois. Le camarade Gottwald devait y expliquer et justifier l'arrestation des volontaires des Brigades devant le Parti et le pays.

Ainsi, en utilisant les « aveux » de Zavodsky, les faux témoignages, les dénonciations, les meneurs de jeu de la Sécurité entendent faire approuver par le Comité central la conception fabriquée par eux de l'existence, en Tchécoslovaquie, d'un complot trotskyste fomenté par les anciens volontaires des Brigades!

De fait, Gottwald prononça un discours au Comité central du 22 février 1951 : « ... *Aujourd'hui nous voyons encore un autre phénomène semblable. C'est le destin de nombreuses personnes qui ont combattu en Espagne. Après la chute de l'Espagne républicaine, un grand nombre de volontaires des Brigades se sont retrouvés dans les camps en France. Ils y vivaient dans de très mauvaises conditions et étaient l'objet de pressions et de chantage d'abord des services d'espionnage français, américains et plus tard allemands et d'autres encore. Ces services d'espionnage ont ainsi réussi, en profitant du mauvais état physique et moral des volontaires, à enrôler nombre d'entre eux comme leurs agents. Ceux qui étaient enrôlés par les Américains et les Français servaient directement les impérialistes occidentaux et ceux qui étaient enrôlés par la Gestapo allemande ont été, après la défaite de l'Allemagne hitlérienne, transférés, comme tous les agents de la Gestapo, aux services d'espionnage américains.* »

A ce moment-là, je me battais, et avec moi d'autres, pour essayer de faire éclater notre innocence. Mais nous étions déjà condamnés. Cette prise de position du Parti fut ensuite exploitée à fond par la Sécurité et eut les conséquences qu'on devine pour nous. L'acharnement des référents ne connaîtra plus de limites.

Les formulations fabriquées par la Sécurité dans le sinistre château de Koloděje reviennent en boomerang

contre nous, après être passées par le Comité central! Les
paroles de Gottwald sont désormais les preuves « incontes-
tables » de notre culpabilité et justifient les méthodes utilisées par les référents, puisque c'est le Parti qui le dit et
que, nous torturant, ils manifestent leur dévouement envers lui!

Si le lieu des interrogatoires change souvent, la lumière
du jour, elle, est toujours absente. Ce monde reste, dans
mes souvenirs, baigné dans les lumières tamisées ou aveu-
glantes des ampoules électriques.

Chaque interruption d'interrogatoire me vaut de changer de pièce. Le plus souvent, on me reconduit dans la
cave afin de me mettre en condition pour la suite. Quand je
suis dans une pièce avec un sol sec et un matelas dans un
coin, ce n'est pas un avantage. Il me faut dérouler le matelas de mes mains enchaînées et, en partant, l'enrouler
à nouveau, laver le sol, toujours les mains enchaînées.
La douleur me fait regretter la cave humide, où, au moins,
ce supplice m'est épargné! Jour après jour, les menottes
me semblent serrer davantage; mes poignets, mes mains
sont enflés à éclater et les menottes profondément incrus-
tées dans les chairs.

Le souvenir de ces menottes me hante encore et j'ai
conservé la manie de tâter mes poignets, de les masser.
La position toujours en avant provoque des crampes et
des courbatures aux épaules et dans le dos. Les bras engourdis avec, à leur extrémité, cette lourdeur, me cour-
bent vers le sol, pendant cette marche interminable et folle.
Ma tête baissée cogne les murs quand je m'endors tout en
marchant. Et quand le choc me réveille, je ne sais plus distinguer la fiction du réel. Je suis de moins en moins seul
dans la cave, un monde fantastique et effrayant m'accompagne et me poursuit. Les crises de *delirium tremens* doivent sans doute ressembler à cela. Quand la fatigue, la
douleur et le sommeil me jettent à terre, on m'inflige les

séances d'eau froide, les exercices d'accroupissement, les corvées dans la cellule.

Même l'heure du repas, tellement attendue, est un autre supplice : on dépose toujours par terre la gamelle qui fume dans l'air glacé. Il n'y a ni table ni tabouret. Les mains enchaînées, c'est à quatre pattes que je dois laper, et ce n'est pas facile. L'homme n'a pas les ressources de l'animal, et à l'heure où on retire les gamelles, la mienne est presque pleine. Je reste avec ma faim qui aggrave mes hallucinations !

Puis, les interrogatoires deviennent moins confus. La violence et les pressions prennent peu à peu un but précis. Je me rends compte que l'on me désigne d'abord avec Pavel, puis seul ensuite, comme chef du groupe démoralisé et trotskyste des anciens volontaires des Brigades internationales.

Plus tard j'aurai l'explication de ce changement de tactique.

En 1953, quelques mois après le procès et ma condamnation, je me retrouverai un jour dans le bureau d'un des référents qui m'interrogent actuellement. Il me dira : « Ne croyez pas, monsieur London, que c'est dès le début que vous avez été choisi comme le chef du groupe des volontaires des Brigades internationales. Vous n'aviez pas été en Tchécoslovaquie durant de longues années. Vous n'y êtes revenu qu'après 1948 et cela représentait un handicap. Nous avons d'abord essayé d'orienter notre conception sur Pavel, puis sur Holdoš, comme chef de groupe, mais cela ne donnait pas entière satisfaction. Alors c'est tombé sur vous car vous étiez resté longtemps à l'Occident, et que, là-bas comme ici, vous occupiez des responsabilités importantes, vous étiez le responsable des volontaires en France. Vous aviez des liaisons avec Field et des relations internationales très étendues. Et puis vous, vous êtes d'origine juive... Ainsi vous aviez toutes les qualités requises par notre conception. »

Je ne suis encore qu'au tout début du chemin qui me fera découvrir le sens de ce qui m'arrive. Tout en marchant en rond dans mes caves successives, j'essaie de remettre mes idées en ordre; mais je bute sur les mêmes impossibilités. Même si la situation extérieure s'est aggravée, même si une conspiration a été découverte contre notre État socialiste, en quoi, nous les anciens volontaires d'Espagne, pouvons-nous y être mêlés? Au début de mon arrestation, j'ai cru être seul en cause, étant donné mes relations avec Field, mais maintenant cela passe en quelque sorte au second plan. Les premières attaques contre les volontaires d'Espagne datent de l'affaire yougoslave. Elles se sont renforcées au procès de Rajk. Et maintenant, ce jugement préremptoire ct définitif de Gottwald sur nous tous.

Comment un homme comme Gottwald peut-il condamner d'une façon aussi grossière des centaines d'hommes qui n'ont pas hésité à laisser derrière eux, à l'appel du Parti, la chaleur du foyer, la sécurité d'un emploi, leurs amours, pour se porter sur les fronts de Madrid, d'Aragon, partout où la bataille faisait rage, conscients de défendre leur patrie en se battant pour l'Espagne?

Comment le Parti a-t-il pu se prononcer sur la base de falsifications policières, sans chercher aucune vérification? Comment a-t-il pu ne pas nous entendre avant de trancher? Comment a-t-il pu se décharger sur la Sécurité de ses obligations fondamentales envers ses militants et ses cadres? Le moindre examen aurait vite montré l'inanité des accusations contre nous. Et pourquoi y a-t-il des conseillers soviétiques derrière les référents? Des conseillers qui les manœuvrent comme un montreur ses marionnettes?

Je n'arrive pas à démêler l'écheveau de mes pensées, rien n'est pire que de ne pouvoir comprendre ce que l'on est en train de vivre!

Une fois de plus on m'emmène, les yeux bandés. A la cave? Non, au lieu de l'air moisi habituel, je respire l'air

pur et frais. Je l'aspire avidement. Nous sommes dehors.
On me pousse dans une voiture. Je ne cesse de me poser
des questions pendant que nous roulons : Où me conduit-
on? Peut-être vais-je retrouver la liberté!

La voiture stoppe. Je monte des escaliers, je suis de longs
couloirs. Le bandeau est enlevé, je me retrouve dans une
cellule de prison, une cellule normale, comme j'en ai déjà
tant connues dans mon existence. La porte est immédiatement fermée, une voix par le judas me dit : « Vous pouvez
vous coucher. » Cet ordre est superflu, je m'écroule dans un
coin et m'endors aussitôt. Des secousses me réveillent.
Deux hommes sont là, l'un m'ôte les menottes que j'ai
gardées jours et nuits plus d'un mois. Comment décrire
le soulagement de sentir mes bras libérés, de pouvoir
bouger les doigts et me redresser. Dorénavant, on ne m'en-
chaînera les mains derrière le dos qu'une fois par semaine,
lorsqu'on viendra me raser dans la cellule.

Je dois revêtir un treillis sans boutons, avec le pantalon
tenu par un caoutchouc, et chausser d'immenses et lourdes
pantoufles de feutre aux semelles intérieures en bourre de
coco tressée, dure et coupante. Je ne sais pas encore qu'un
nouveau supplice remplace ainsi celui des menottes.

Et à nouveau, ordre de marcher. Dès les premiers pas
je ressens des douleurs aux pieds. Je marche comme sur
des lames de rasoir, mes pieds se mettent rapidement à
gonfler. Cependant, après l'enfer que je viens de connaître,
le fait de me retrouver dans une prison normale me redonne l'espoir. Mon cas va s'élucider. Je vais savoir où
je suis et avoir des précisions sur mon sort et, qui sait,
des nouvelles des miens?

Je reçois une gamelle fumante et un morceau de pain.
je peux exceptionnellement m'asseoir sur un tabouret
pour manger. Je me sens revivre.

Un peu plus tard, on me conduit, toujours les yeux bandés, dans une direction inconnue. Je me retrouve en face

de Smola. Il me regarde un moment : « Si vous pouviez vous voir, vous ne vous reconnaîtriez plus. » Je ne doute pas de mon aspect insolite, avec une barbe hirsute d'un mois, sale, amaigri, marqué par des semaines de faim et de soif, par le manque de sommeil! Jamais, dans ma vie, pareille épreuve ne m'a été imposée!

Il ajoute : « Aujourd'hui, nous sommes le 1ᵉʳ mars. Vous vous trouvez dans une prison de la Sécurité d'État. Nous allons reprendre votre interrogatoire depuis le début. Le Parti nous a chargés de votre cas et de celui des autres. Nous l'informons tous les jours sur votre comportement envers nous et à l'investigation. Si vous voulez vous racheter, une seule voie : avouez tout sur vous-même et sur les autres.

— Je ne demande pas mieux que de répondre à toutes les questions que vous me poserez, mais à une condition : que le procès-verbal reproduise exactement mes réponses, et non comme on a voulu le faire jusqu'à présent.

— Vous êtes en train de jouer avec votre vie. Réfléchissez bien à l'attitude que vous adopterez. En vous dressant contre nous, vous vous dressez contre le Parti. Retournez dans votre cellule et attendez l'interrogatoire. »

Ainsi nous sommes le 1ᵉʳ mars! J'ai donc passé plus d'un mois à Koloděje!

XII

Je suis sûr que ma femme, avec toute l'énergie que je lui connais, est en train de remuer ciel et terre pour savoir ce qui m'est arrivé et exiger des explications.

J'aurai, plus tard, de sa bouche le récit de ce qui s'était passé chez nous après mon arrestation :

« Nous t'avons attendu tout l'après-midi. J'étais à la fois peinée et fâchée de ton absence prolongée car tu nous avais promis de revenir le plus rapidement possible. Vers l'heure du dîner, je commençai à téléphoner un peu partout pour essayer de te localiser. Un, deux, trois coups de fil aux Hromadko, sans résultat. Ça sonne, mais personne ne prend. J'appelle Zavodsky. Je reconnais au bout du fil la voix de sa femme, un peu voilée, triste : " Tu n'as pas vu Gérard cet après-midi? — Non, il n'est pas passé ici. D'ailleurs Ossik est absent. " A Valeš maintenant. C'est une voix d'homme qui me répond : " Qui téléphone? — Londonova. — Que voulez-vous? — Oskar ou sa femme ne sont pas là? Je désire leur parler. — Non, personne n'est là ", et on raccroche.

« J'appelai encore plusieurs de tes amis mais aucun d'eux ne t'avait vu. Nous allions passer à table quand j'entendis une voiture s'arrêter devant chez nous. Je me précipitai pensant que c'était toi qui revenais. Mais, à ta place, quatre hommes foncent en me repoussant à l'intérieur de la maison. Ils sont tout jeunes et gesticulent : " Nous venons perquisitionner!

« — Et de quel droit? Montrez-moi l'ordre écrit qui vous y autorise. "

« Ils ne l'ont pas, aussi je m'oppose violemment à les laisser pénétrer dans le salon et commencer leur fouille. Je leur dis que je vais immédiatement me mettre en contact téléphonique avec Slansky et le ministre de la Sécurité pour les informer de leurs prétentions et demander leur aide contre eux. Ils ne s'attendaient pas à une telle opposition. Mon attitude calme et énergique leur en impose visiblement. Ils ne me permettent pas de téléphoner mais, après s'être concertés, ils décident d'envoyer l'un d'entre eux au rapport. En attendant son retour, les autres sont assis sur le canapé de l'entrée.

« Mes parents sont auprès de moi. Leur désarroi, leur peine me font mal. Je décide maman, qui se sent mal, tant le choc est grand, à se retirer dans sa chambre et se coucher. Papa reste à mes côtés, il m'aide à faire front à l'adversité.

« Entre-temps, Françoise est revenue. Je lui dis que ces hommes sont des employés du Ministère, envoyés par papa. Elle ne soupçonne pas le malheur qui vient de fondre sur nous et monte se coucher avec son frère, après nous avoir raconté par le menu sa journée de jeux.

« Mon père se promène de long en large dans le salon. Michel marche d'un fauteuil à l'autre, en babillant : " Papa — papa. " C'est son premier mot. Il va vers les jeunes gens qui ont l'air gêné, il s'accroche à leurs jambes en gazouillant : " Papa — papa " et en riant. Ils me demandent : " Quel âge a-t-il? — Treize mois. — Il marche aussi bien? C'est drôle qu'il appelle toujours son père. " Je leur ai offert du café, je leur ai expliqué que papa est espagnol, qu'il est mineur de méier, que c'est un vieux militant du Parti communiste français. Je les sens impressionnés par notre attitude, ils sont devenus polis et tâchent de se faire oublier.

« Trois heures plus tard une nouvelle voiture arrive et comme un ouragan pénètre une nouvelle équipe de gorilles. Ils sont cinq au moins. L'un — le chef apparemment — me présente un papier et, sans même attendre que je le déchiffre, me bouscule et donne l'ordre de perquisition. Elle va durer une grande partie de la nuit. J'ai réussi à leur imposer le silence dans les chambres des enfants qui ont à peine entrouvert les yeux et se sont rendormis dès qu'ils ont entendu ma voix les rassurer. Chez les parents, ils ont fouillé aussi, de fond en comble, toutes leurs affaires. Maman, couchée, pleurait silencieusement. Et je leur disais : " Vous ne vous conduisez pas mieux que les policiers nazis qui nous ont arrêtés mon mari et moi en 1942! "

« L'équipe venue en second est repartie avec une valise de documents et de papiers de famille. Les trois jeunes sont restés dans le salon. Nous avons passé une nuit blanche, papa et moi, en leur compagnie. J'essayais d'avoir des explications, mais, visiblement, ils ne savaient absolument rien et appliquaient simplement les consignes qui leur avaient été données.

« Le matin, j'ai servi le déjeuner aux enfants, à la cuisine, comme si de rien n'était. Ils sont allés comme chaque jour à l'école. Un peu plus tard, un homme de la Sécurité est venu chercher ses collègues en voiture. Avant de repartir, il m'a recommandé de ne parler à personne de ce qui s'était passé et d'aller à mon travail comme à l'accoutumée.

« A l'heure habituelle, la voiture du Ministère est venue me prendre pour me conduire à mon travail. Le chauffeur a l'air mal à l'aise, mais ne me pose aucune question. Avant de partir, par la ligne téléphonique directe qui nous relie aux Ministères et au Comité central du Parti, je compose le numéro de téléphone de Široky qui a la mauvaise surprise de m'entendre au bout du fil. Je l'informe de ton arrestation et lui demande de me recevoir aussitôt. Il me fixe rendez-vous pour le lendemain matin.

« Je tente également d'appeler Geminder — c'est sa secrétaire qui me répond. Geminder n'est pas libre et ne peut prendre le téléphone. C'est cette réponse que j'aurai invariablement chaque fois que je l'appellerai. Slansky a la même attitude. C'est clair qu'ils ne veulent pas me recevoir !

« Le lendemain donc, j'ai vu Široky dans son bureau. Il semble très gêné, dit qu'il a été le premier étonné des événements. Je lui raconte comment, dans les derniers temps, tu étais nerveux, démoralisé par l'ambiance de suspicion créée autour de toi. Je lui demande pourquoi il ne t'avait pas reçu quand tu avais cherché en vain à le voir pour lui présenter ta démission et lui demander son aide. Il joue à l'étonnement. " Il a cherché à me voir ? Je ne l'ai pas su ! " Il me dit s'être informé, après mon appel téléphonique, sur ton sort, que je ne devais pas prendre les événements au tragique. Que tu n'étais pas arrêté. Qu'il s'agissait sim-

plement de t'isoler pendant le temps nécessaire pour élucider, dans le plus grand secret, certains graves problèmes.
En quelque sorte, que l'on avait besoin de ton aide pour
dévider un écheveau embrouillé d'affaires graves qui
inquiétaient le Parti. Je lui dis que, la veille, tu aurais dû
recevoir une insufflation de ton pneumothorax. Il m'a
rassurée en me disant que tu étais bien soigné. Pour finir,
il dit que la voiture et le chauffeur seraient à ma disposition
comme par le passé. Bref, après cet entretien, j'ai retrouvé
l'espoir. En sortant de chez lui, je suis passée devant le
bureau de Hajdu qui me guettait. Il avait l'air très affecté
de ton absence au Ministère et me demanda ce qui se passait. Je lui répétai les paroles de Široky. Lui aussi soupira
de soulagement en écoutant sa réponse. Il me réconforta
par de bonnes paroles, très gentiment, et se mit à ma disposition pour m'aider le cas échéant.

« J'ai continué chaque jour à me rendre au bureau.
Personne parmi mes collègues ne soupçonnait le drame
que je vivais. Le mercredi un autre chauffeur s'est présenté
devant la maison avec une vieille Škoda, en disant que le
Ministère l'envoyait à mon service en remplacement
de ton chauffeur. Je me doutais bien que c'était un flic,
mais cela m'importait peu. Il m'a accompagnée partout,
dans les moindres de mes déplacements, pendant plus de
deux mois, jusqu'au jour où il m'apprit que le Comité
du Parti du Ministère t'avait exclu... »

Dès après son entrevue avec Široky, Lise avait envoyé
une lettre à la direction du Parti. Je n'en connaîtrai le
double qu'après ma réhabilitation. La voici :
Elle date du 30 janvier 1951 :

> Au Secrétariat du Parti
> aux mains du camarade Slansky.

Chers camarades,
Je subis en ce moment une épreuve bien pénible, sans

*doute la plus pénible de mon existence qui pourtant n'a pas
été épargnée. Membre du Parti et des Jeunesses communistes
depuis 1931, j'ai toujours bénéficié de la confiance du Parti.
Vous avez à la Section des Cadres ma biographie, je ne veux
donc pas vous la retracer ici.*

*Dimanche dernier, des agents de la Sécurité nationale ont
perquisitionné chez nous, à deux reprises différentes — deux
équipes se sont succédé. Ils ont agi comme s'ils avaient
affaire à des ennemis du régime, à des fascistes. Je leur ai
déclaré que mon mari n'avait pas de bureau à la maison. En
effet, jamais il ne travaillait ici pour ne pas avoir à transporter des dossiers du Ministère. Ce sont donc mes papiers
personnels, les affaires de mes parents et de mes enfants —
correspondance, articles, documentation, paquets des lettres
que j'ai reçues de mon mari, pendant la guerre, lorsque nous
étions tous deux emprisonnés en France, lettres qu'à cette
époque nous avions envoyées à nos parents et que ceux-ci
avaient jalousement conservées — qui ont été le centre des
recherches. Les papiers et documents emportés dans une
valise par les agents de la Sécurité sont, à part quelques
papiers d'identité ou autres de mon mari, tous de mes parents
et de moi-même.*

*J'ai appris en même temps, avec beaucoup de chagrin,
que mon mari était arrêté. Le camarade Široky que j'ai vu
hier, au Ministère, m'a dit que l'on ne pouvait pas employer
ce mot — pourtant toutes les apparences sont là!*

*Je dis que c'est avec beaucoup de peine. Comment ne
pourrais-je pas avoir de chagrin de voir mon mari, en qui
j'ai une entière confiance, subir une épreuve aussi dure :
n'est-ce pas la pire chose que de penser que son Parti n'a
plus confiance en soi?*

*Mais c'est aussi avec le plus grand calme que j'attends
l'éclaircissement de ce malentendu. J'ai vécu côte à côte
avec Gérard pendant plus de quinze ans. Nous avons affronté
et traversé ensemble des épreuves bien difficiles et chaque*

fois il a réagi en véritable communiste : que ce soit durant la guerre d'Espagne, l'occupation en France, dans les prisons et les camps hitlériens.

Partout où il a travaillé, milité, il a bénéficié non seulement de la confiance entière du Parti, mais aussi de l'affection de tous ses camarades. J'ai une foi absolue en son honnêteté politique, en son attachement envers le Parti qui a été le fil conducteur de toute sa vie. C'est très simplement, très posément que je vous parle de mon mari. Je ne suis pas aveuglée, ce faisant, par l'amour. Je le juge en communiste, consciente de ses qualités et de ses défauts.

Le camarade Široky m'a expliqué que Gérard, sans être arrêté, était placé en isolement pour aider à l'éclaircissement de problèmes graves et importants.

Je suis depuis trop longtemps dans le Parti pour ne pas savoir qu'il a le droit de connaître chacun de ses militants, qu'il peut exiger à chaque instant des explications sur sa vie et ses actions. Personne dans le Parti n'est en dehors de cette règle et s'il est des problèmes que Gérard doive éclaircir, je comprends que c'est pour lui un devoir de le faire.

Mais cela dit, je considère que les procédés utilisés ne sont pas justes. Rien dans notre comportement n'autorisait que nous soyons traités de cette façon. Je vous assure que je ne me serais pas formalisée si des camarades m'avaient demandé de contrôler ce que nous avions chez nous. Mais subir de telles méthodes, c'est franchement inadmissible.

Quand il y a près de deux ans, Gérard a dû fournir à la Sécurité des explications sur la liaison fortuite qu'il avait eue, pendant son séjour de santé en Suisse, avec Field, la Section des Cadres n'a jamais daigné discuter à fond avec lui sur cette question pour y mettre un point final. C'est à mon avis une faute. Le Parti, s'il a le droit de connaître tout ce qui touche ses cadres, a le devoir d'étudier et de statuer sur leur cas. Gérard a beaucoup souffert de cette attitude du Parti à son égard.

Je suis certaine qu'à l'heure actuelle il est, lui aussi, très calme et courageux; qu'il doit s'efforcer d'aider à l'éclaircissement des questions encore obscures. Là encore, il agira en communiste conscient et ne se laissera pas aller au découragement que seraient susceptibles d'entraîner chez un être humain les méthodes employées contre nous.

Je signale en passant que, malgré mon insistance à être reçue par un responsable des services de la Sécurité pour obtenir un minimum d'orientation, je me heurte à un mur.

Aussi, c'est tout simplement ma confiance extrême en Gérard qui m'a dicté ma conduite de cacher à tout le monde, au travail et dans mon entourage, le drame que je suis en train de vivre. Car je suis sûre du retour de mon mari auprès de nous et je considère que ces événements ne doivent pas être ébruités pour ne pas faire tort au Parti. Je prie la direction du Parti de prendre, de son côté, toutes les mesures pour que cette histoire s'éclaire le plus rapidement possible.

Salutations communistes.

Lise Ricol-London.

C'est aussi après ma libération, que je trouverai, dans les papiers rendus, les lettres que ma femme et ma fille avaient écrites pour mon anniversaire, quatre jours après mon arrestation, et qui ne m'avaient jamais été remises.

Ce premier février, 22 heures.

Mon Gérard,

C'est ton anniversaire aujourd'hui. Je suis sûre que tu as pensé à nous intensément, comme nous à toi. Tu me manques beaucoup, mais c'est avec un grand calme que j'attends ton retour. Je suis calme, parce que communiste et que je suis sûre de toi. « On ne peut brûler la vérité, ni la noyer au fond d'un puits », dit un vieux proverbe russe. La vérité finit toujours par triompher et plus encore dans le Parti.

Mon Gérard, sens-tu comme je suis près de toi par mes pensées? Pas une minute je ne m'en éloigne, mais je ne suis pas affligée, je joue avec les gosses, je travaille. J'ai une confiance et une foi infinie en toi, de même que dans le Parti. Certes j'aurais préféré ne pas connaître cette épreuve douloureuse entre toutes, mais quand on est de vieux communistes, comme nous le sommes, il nous faut affronter avec courage les difficultés et lutter pour les résoudre.

Voilà mon Gérard, ce que je tenais à te dire ce soir. Je t'attends avec confiance. Je t'aime.

Ta Lise.

Prague, le 1. 2. 1951.

Mon petit papa adoré,

Je t'écris ce petit mot pour te souhaiter un bon anniversaire et pour te dire combien j'ai pensé à toi pendant ton absence. Je suis très contente de pouvoir t'annoncer que, pour ton anniversaire, j'ai eu de bonnes notes à l'école et que j'espère recevoir bientôt mon châle de pionnière. Et je pense au plaisir que tu auras en me voyant revenir à la maison avec le châle que tu désirais déjà tant de fois me voir autour du cou. Gérard a eu aussi d'assez bonnes notes. Il est fier de pouvoir dire : « Quand papa reviendra il sera bien content de moi et il me laissera aller en U. R. S. S. apprendre mon métier. » Nous pensons souvent à toi et aujourd'hui plus encore que d'habitude. C'est en soupirant que nous nous sommes mis à table. Nous pensions tous : « Si papa était parmi nous... » Maman nous a dit que tu revenais dans une semaine et qu'on fêterait alors ton anniversaire. Depuis aujourd'hui, nous sommes en vacances et nous sommes tous bien contents. Michel sait jouer au football et grimper sur un fauteuil. Maman lui a coupé les cheveux « en chien », ce qui l'a transformé en vraie petite fille... *Demain, j'irai certainement voir avec Pépé le film* Un grand citoyen *qui représente une partie de la vie de Kirov. A l'école, les maîtres sont devenus très sévères, ce qui est très embêtant parce qu'on ne peut plus faire un brin de causette avec ses voisins. Maman a fini de lire* Loin de Moscou *et c'est moi qui vais le commencer. Maintenant, je termine* La Vie d'Oleg Koche-voi *qui fut le commissaire de la Jeune Garde. Je souhaite que tu sois en bonne santé comme nous ici. Maintenant je finis ma lettre pour aller me coucher avec maman!*

    Ta fille qui t'aime.

Françoise.

DEUXIÈME PARTIE

Ruzyn

I

Jamais personne ne me dira dans quelle prison je me trouve. De vrombissements fréquents et forts de moteurs d'avions, je déduis que je suis à nouveau à Ruzyn, la prison toute proche de l'aérodrome de Prague. Ce sera mon seul point de repère. J'y passerai au total vingt-sept mois d'isolement absolu. Je ne vois que des gardiens et des référents. Pour m'emmener de ma cellule à la pièce des interrogatoires, on me bande toujours les yeux avec une serviette nouée. Le bandeau est mis dans ma cellule et ne m'est ôté qu'une fois chez les référents. A la fin de l'interrogatoire ou aux interruptions, le même cérémonial s'accomplit à rebours.

Ma cellule est petite, toute en longueur. Une double fenêtre, garnie de vitres opaques, est ouverte quelques minutes par jour, pour l'aération, non sans qu'on m'ait fait placer à l'autre bout de la cellule. Les fois où on ne me met pas face au mur, j'aperçois le faîte de deux peupliers dans le ciel.

Par la suite, quand on me changera de cellule, pour me loger dans le nouveau bâtiment, ce spectacle me sera lui aussi supprimé, le système de ventilation ayant été conçu de façon qu'on n'ait plus à ouvrir la fenêtre.

Je me souviens avec une sorte d'attendrissement de cette première cellule. Entre deux interrogatoires, elle était pour

10

moi un refuge. Des rumeurs de la vie extérieure y parvenaient : voix lointaines, jappements des chiens, piaille-
ments des moineaux, chants des oiseaux. Parfois, une
musique de marche funèbre, parce que ma cellule devait
donner sur le cimetière de Ruzyn.

La table étroite, en bois comme les deux tabourets
enchaînés au mur, la paillasse, les latrines dans le coin, tout
cela est banal. J'ai appris à connaître l'heure d'après
l'angle des rayons du soleil et des ombres, et peu à peu à
identifier tous les bruits de la prison. C'est, encore une fois
dans ma vie, le secret, mais le secret comme jamais, la
solitude comme jamais, la haute surveillance comme jamais.
Quand j'ai le droit de dormir, la paillasse doit se trouver
face au judas. La lampe du plafond reste allumée toute la
nuit, sa lumière me tombe directement sur les yeux. Il
fait très froid. Le treillis que j'ai reçu ne me protège nullement. Le soir, en me couchant, je dois le plier soigneusement sur le tabouret et, si le gardien décide qu'il y un faux
pli, il me réveillera, au besoin plusieurs fois, pour le replier.

Le mur de gauche est mitoyen d'une autre cellule dont le
détenu change souvent. Je m'en rends compte, parce que
ses occupants essaient de prendre contact avec moi en
frappant sur le mur le code morse ou l'alphabet qu'utili-
saient les révolutionnaires dans les prisons tsaristes. Je
connais seulement le second et ne peux donc répondre qu'à
certains de ces appels, toujours anonymes. Je ne révèle
jamais mon nom, ne sachant pas à qui j'ai affaire. Par
deux fois, le gardien me surprendra en train de communiquer. Pour me punir, il me fait mettre nu, m'asperge d'eau,
m'oblige à exécuter des exercices physiques, puis me fait
déplier et refaire le lit plusieurs fois de suite.

Parfois, j'entends des coups violents frappés à la porte
voisine, des hurlements épouvantables, des pas précipités
de plusieurs gardiens, des bruits de lutte, puis ceux d'un
corps qu'on traîne dans le couloir et des plaintes étouffées.

Au bout d'un instant, à nouveau, la porte s'ouvre et se referme, mon voisin a été ramené. Aux mots que chuchotent les gardiens, je comprends qu'on lui a passé la camisole de force et mis un bâillon pour l'amener sous la douche froide. Cette camisole, certains détenus la gardent vingt-quatre et même quarante-huit heures. J'aurai d'ailleurs bientôt l'occasion de faire connaissance avec cette cellule, ou plutôt ce cachot.

Je ne reçois aucune lettre. Je ne sais rien de ce qui se passe dehors. Je suis constamment seul avec moi-même et mes pensées. Tous les matins, le gardien se présente pour le rapport avec son sempiternel : « Plaintes et réclamations ». Je répète automatiquement la même demande : « Je veux écrire au Comité central. Je veux une entrevue avec un représentant de la direction du Parti. »

Bien qu'ici la nourriture soit plus régulière qu'à Koloděje, la faim me tenaille toujours : les rations sont si petites! Un référent, une nuit, remarquant mon expression avide devant son sandwich, me dit : « Vous avez faim, hein? Alors, avouez! Après, vous toucherez la ration entière. » Malgré une discussion très violente, il m'offre cependant un morceau de pain. C'était un compatriote d'Ostrava.

Le pire, c'est encore la privation de sommeil, complétée par la station debout aux interrogatoires et les marches épuisantes dans la cellule.

La prison s'éveille très tôt entre cinq et six heures. Il faut alors se lever, plier les couvertures, rouler le matelas, nettoyer la cellule, se laver. Et puis reprendre la marche...

Au début de mon séjour à Ruzyn, les interrogatoires se prolongent jour et nuit. Commencés dès le matin, ils ne prennent fin que le lendemain, entre quatre et cinq heures, sans qu'il m'ait été possible de m'asseoir. Pendant que les référents se restaurent, je suis reconduit dans ma cellule où je dois marcher jusqu'à ce que l'on revienne me chercher. D'autres fois, après m'avoir obligé à marcher toute la journée, c'est à l'heure du coucher qu'on me prend et l'interrogatoire durera de manière ininterrompue jusqu'au matin. Alors, avec le jour nouveau, sans pouvoir dormir un seul instant, je dois recommencer la marche hallucinante puisque l'heure du réveil a déjà sonné!

Quand on me permet de dormir les quatre heures auxquelles j'ai théoriquement « droit », ces heures de sommeil ne sont qu'un nouveau tourment. Je dois rester couché sur le dos, les mains le long du corps, en dehors des couvertures. Si je me retourne ou si je rentre un bras, le gardien accroché au judas me réveille aussitôt et me fait lever, plier mon lit, accomplir des exercices d'accroupissement, les bras tendus à l'horizontale, il me fait déshabiller et asperger d'eau, me contraint à marcher un moment. Ensuite seulement il me permet de me recoucher.

Il arrive que ces représailles se répètent trois ou quatre fois de suite. Si je n'en suis pas la victime, les cris d'un gardien, ses coups à la porte d'une cellule voisine où un codétenu est astreint au même genre d'exercices me réveillent. Pratiquement, ces quatre heures théoriques se ramènent à une heure et demie, deux heures.

Comme, très souvent, je suis interrogé de dix-huit à vingt heures d'affilée, toujours debout, on me laisse dormir dans la matinée. Cela se passe ainsi : l'interrogatoire commencé la veille, vers neuf heures du soir, s'achève à quatre heures du matin. Le temps de revenir dans ma cellule, de faire mon lit, de me déshabiller, il est déjà la demie. Je m'endors. A cinq heures trente sonne le réveil pour toute la prison. Donc, obligation pour moi aussi de me lever, de me laver, de nettoyer la cellule, d'attendre la distribution du jus, de rendre ensuite au gardien la gamelle, la serviette, le bout de savon et la brosse à dents. A six heures quarante-cinq, je me recouche. Mais mon sommeil autorisé jusqu'à huit heures est continuellement interrompu : à sept heures quinze, un gardien vient ouvrir la fenêtre pour

aérer; à sept heures trente, un autre se présente pour le
rapport quotidien; à sept heures quarante-cinq, le premier
revient fermer la fenêtre. A huit heures, je dois me lever;
à neuf heures, l'interrogatoire reprend...

D'autres fois, je reviens de l'interrogatoire à huit heures
du matin. Les diverses corvées journalières m'attendent.
Couché vers neuf heures, mon sommeil est plusieurs fois
entrecoupé et à onze heures trente, je suis réveillé. Je
reçois alors mon repas, et de nouveau la marche, l'interrogatoire et ainsi de suite...

Pendant toute une période, mon régime est le suivant :
toute la journée, je marche dans la cellule. A l'heure du
coucher, je fais mon lit et m'endors comme une souche,
car je suis plus mort que vif. A peine endormi, le gardien
me secoue et me conduit à l'interrogatoire. Au bout d'une
ou deux heures, je suis ramené dans la cellule. De nouveau
je me couche et m'endors pour être réveillé peu après et
reconduit à l'interrogatoire. Ainsi, toute la nuit.

Ce manque de sommeil durant des semaines et des mois
explique les crises de démence et les hallucinations dont je
continue à être la proie. Je ne suis plus maître de mon
cerveau, je crains de devenir fou. Parfois je tombe dans un
état total d'abrutissement et d'apathie; je me meus et agis
comme un automate.

Rien n'est pire que cette privation continuelle de sommeil!
J'ai été arrêté à plusieurs reprises sous la première République, puis en France pendant l'occupation. J'ai connu les
interrogatoires des Brigades spéciales antiterroristes de
Paris, célèbres pour leurs brutalités. J'ai connu les camps
de concentration nazis, et les pires, Neue Bremme, Mauthausen. Mais les injures, les menaces, les coups, la faim,
la soif sont jeux d'enfants à côté du manque organisé de
sommeil, ce supplice infernal qui vide l'homme de toute
pensée, ne faisant de lui qu'un animal dominé par son
instinct de conservation.

Sans compter qu'en même temps, les autres contraintes physiques et morales sont elles aussi portées au paroxysme. Par exemple, la marche ininterrompue. Je l'avais connue au camp disciplinaire de la Gestapo, à Neue Bremme, près de Sarrebruck ; cette méthode se pratiquait efficacement dans le cadre du système d'extermination nazi, comme préparation à la déportation à Mauthausen. Mais là-bas, elle avait duré pour moi vingt-six jours seulement. Ici, cette marche harassante se prolongera des mois, rendue plus pénible encore par l'obligation de garder constamment les mains le long du corps, à la couture du pantalon.

En outre, au bout de quelques heures de marche, grâce aux pantoufles qu'on a eu « la bonne idée » de me donner à mon arrivée et que l'on me change dès que la semelle s'est assouplie, j'ai les pieds couverts d'ampoules ; quelques jours plus tard mes pieds et mes jambes sont enflés comme si j'étais atteint d'éléphantiasis. La peau des orteils autour des ongles éclate, les ampoules deviennent plus purulentes. Je ne peux plus chausser ces pantoufles. Je marche pieds nus, ce qui me vaut d'être brutalement rappelé à l'ordre. Ce supplice, à la longue, devient aussi terrible que le port continuel des menottes.

Un jour, alors que je marche déchaussé, la vue de mes pieds difformes et douloureux d'où s'écoule une eau mélangée de pus impressionne le gardien. Il m'envoie le docteur qui, après m'avoir examiné deux secondes, ordonne... des diurétiques, en prétendant que je n'urine pas assez!

Au bout de six mois, mes pieds sont dans un tel état que le référent qui me « travaille » alors me permet, exceptionnellement, de m'asseoir deux fois, quelques instants.

Malgré ma demande de voir un médecin, on ne me soigne pas. Je crache le sang deux jours de suite. Quand, vers la fin de mars, on se décide à me conduire à l'hôpital Bulovka pour me faire insuffler mon pneumothorax, le commandant

Smola précise : « Ne croyez pas que nous le faisons par intérêt pour votre santé. Non, l'on vous soigne uniquement pour vous conserver jusqu'au procès afin de pouvoir vous conduire, vivant, jusqu'à la potence. »

Le docteur constate qu'il n'existe plus de pneumothorax. Il tente de le reformer mais n'y réussit qu'en partie. La moitié inférieure du poumon reste collée. De plus, il diagnostique une pleurésie avec épanchement.

Les interrogatoires vont crescendo. Tous les efforts de la Sécurité, comme déjà à la fin de mon séjour à Kolodeje, tendent à faire de moi le chef de file du « groupe trotskyste des volontaires des Brigades internationales » et le chef de la conspiration trotskyste en Tchécoslovaquie.

Chaque nouvel interrogatoire me vaut de nouvelles accusations. On me présente de nouveaux « aveux » extorqués à des codétenus. A ceux de Zavodsky, succèdent ceux de Dora Kleinova, de Svoboda, d'Holdoš, de Hromadko, de Pavlik, de Feigl, de Špirk, de Nekvasil et d'autres encore.

Chaque aveu contient des accusations plus terribles les unes que les autres, et aussi de ces demi-vérités qui troublent l'entendement et qui sont les seuls mensonges assurés de durer. Plus tard, j'apprendrai que le procès-verbal contenant les « aveux » de Valeš était entièrement fabriqué par ses référents et ignoré de lui. Ce n'est sans doute pas la seule mystification de cette sorte dont j'aie été l'objet.

Des dizaines de déclarations sont aussi recueillies contre nous, à l'extérieur, par la Sécurité et par les organisations du Parti, lesquelles répondent ainsi à l'appel lancé par le Parti : tous ceux qui nous ont connus doivent écrire ce qu'ils savent pour aider à démasquer les traîtres! Cette exhortation à la délation déclenche la vague d'hystérie et de psychose collective qu'il faut à la préparation publique de notre procès.

Chaque jour, je vois grossir, sur la table du référent, le monceau de lettres de dénonciation. Il me les montre complaisamment pour augmenter mon désarroi et me prouver que, quoi que je fasse, je ne m'en sortirai pas. Nombre des auteurs de ces lettres, influencés par les articles, les discours des dirigeants nous mettant au ban de la société, interprètent rétrospectivement des faits normaux comme des crimes. Les uns pour avoir le mérite d'apporter leur pierre à l'édifice, les autres sous l'influence de la peur. Beaucoup écrivent des choses qu'ils regretteront plus tard, ou dont ils chercheront à se trouver des excuses. Sans s'en douter, ils font la même besogne que la Sécurité. Que ces dénonciations soient de bonne ou de mauvaise foi, leurs conséquences pour nous sont les mêmes.

D'autres participent directement à la curée et inventent carrément ce qui plaira à nos accusateurs. Combien de carrières vont se faire et se perpétuer sur cette base!

Des gens en place, dans les ambassades ou dans l'appareil du Parti, même s'ils me connaissent à peine, fabriquent des romans-feuilletons. Certains le font pour prendre leurs distances d'avec moi et aussi une assurance personnelle! Mais quelques-uns seront cependant arrêtés en guise d'accusé de réception de leur « rapport », la Sécurité jugeant, après lecture, que leur personnalité cadre avec sa conception du « complot », et qu'ils sont mûrs pour passer eux-mêmes aux « aveux ».

La plupart de ces écrits sont adressés au Comité central du Parti. On m'en a lu plusieurs et j'en ai eu certains entre les mains. L'un annoté, en marge, par un membre de la Section des Cadres : « transmettre au ministre Kopřiva », et par une autre main : « transmettre au camarade Doubek ».

C'est ainsi que la Sécurité met l'appareil du Comité central à son service.

Durant tout ce temps, je ne puis me faire entendre du Parti. Mon sentiment d'impuissance est terrible. On refuse de rédiger un procès-verbal contenant mes réponses.

En revanche, les référents écrivent journellement de longs rapports à la direction du Parti, interprétant mon refus de signer des « aveux » comme l'attitude d'un ennemi avéré.

Quand, après le procès, je retrouverai Vavro Hajdu — arrêté quelque temps après moi — il me racontera la conversation qu'il eut avec le ministre Široky sur mon arrestation. A sa question : « Et Gérard, comment prend-il les choses? » Široky lui répondit avec simplicité : « Très mal. Il a une très mauvaise attitude! » Cette très mauvaise attitude, c'est qu'à la vérité, je ne faisais que clamer mon innocence.

D'ailleurs, je commence à me rendre compte de l'impatience des référents. A Kolodeje, déjà, l'un d'eux m'avait averti qu'ils travaillaient jour et nuit sur notre affaire. C'était pour que le Comité central se prononce sur notre arrestation. Maintenant, c'est pour qu'on juge au plus vite notre groupe, parce qu'il est devenu « politiquement nécessaire » qu'il y ait un procès public. Om me précise que ce procès devrait avoir lieu en mai ou en juin. Ils répètent désormais à qui mieux mieux que « la situation politique exige que soit dénoncée toute votre activité criminelle ». Smola, tout émoustillé, ajoute les détails : « Ce sera un grand procès devant la Cour suprême. Votre bande sera démasquée devant la classe ouvrière de notre pays. Vous savez ce que cela signifie pour vous? La Cour suprême ne vous fera pas de cadeau... »

Comme je ne signe toujours pas mes « aveux », on se met à me menacer du huis clos. « Vous paierez de votre tête! » car, « même sans aveux, le monceau de preuves que nous possédons et le nombre de témoins à charge contre vous sont suffisants pour vous faire condamner ». Smola insiste : « Nos rapports seuls sont suffisants pour cela. » Et un autre référent me précise : « C'est nous qui informons le procureur, c'est nous qui informons le tribunal. C'est nous qui serons là quand vous serez jugé et qui parlerons au Président et aux membres du tribunal. Votre condamnation sera celle requise par nous. Notre attitude envers vous, au moment du jugement, sera déterminée par votre attitude envers nous maintenant. »

Ainsi, ils pourraient me faire juger à huis clos ? Et alors, personne ne saura jamais que je suis innocent ! Cette menace est plus terrible que toutes les autres. Mais elle n'a pas son plein effet sur moi, parce que, même si mon espoir s'amenuise jour après jour comme la peau de chagrin, je me refuse encore à croire que je ne pourrai pas m'expliquer. Quel intérêt le Parti aurait-il à couvrir de tels crimes ? Cela m'est impensable. Et c'est parce que cela m'est impensable, que je tiens.

Fin mai, un référent, venu assister à mon interrogatoire, me lance avant de partir : « Quand nous vous avons arrêté, nous ne disposions que de peu d'informations sur vos activités ennemies. Aujourd'hui, nous connaissons tout de vous. Quand vous vous déciderez à passer aux aveux, vous ne nous apprendrez rien que nous ne sachions déjà. A côté de vous, Rajk apparaît comme un petit garçon ! »

Et c'est vrai qu'ils s'affairent tous à prouver que mon « groupe » travaillait parallèlement à « celui de Rajk ». Tous les aveux extorqués à mes codétenus figurent cette répétition des dépositions du procès Rajk. Les référents reprennent contre nous, schématiquement, les différentes accusations portées contre Rajk et « ses complices ». C'est dans ce sens qu'ils maquillent notre passé en Espagne et en France.

Qu'est-ce qui peut arrêter cette machine infernale ?

Cela fait déjà quatre mois que je suis dans son engrenage.

II

Les meneurs de jeu de Ruzyn sont passés maîtres dans l'art d'éveiller le sentiment de culpabilité chez ceux qu'ils

« travaillent ». Tout au long des interrogatoires, profitant de ce que l'homme en face d'eux ne comprend pas de quoi il est accusé, qu'il raconte sa vie comme un croyant à son confesseur, et cherche sans cesse ce qui a pu provoquer un tel malentendu avec le Parti dans des négligences ou erreurs qu'il a pu commettre dans son travail, dans sa vie privée, dans les incompréhensions ou les réserves qu'il a eues devant telle ou telle décision du Parti, ils savent à merveille déceler la faille exploitable. Plutôt, ils discernent la faiblesse qui peut servir à leur jeu. Ils tiendront compte de son existence pour leur construction ultérieure. Ils manieront la subjectivité et l'objectivité avec ce seul but d'amener leur victime à admettre qu'elle est coupable. Ils ont expérience et habitude, le temps de réfléchir, la distance, le recul. Ils travaillent de loin, par intermédiaire. L'homme qui est pris dans leur piège ne découvre d'abord leur existence que par recoupement. Et ce mystère qui les entoure est, là aussi, pour accroître leur autorité, leur ascendant, leur mainmise, renforcer d'autant l'angoisse de leur victime. Ces meneurs de jeu sont les conseillers soviétiques.

J'ai retrouvé sous la plume de Kierkegaard ce que j'avais vécu : *L'individu, dans son angoisse non pas d'être coupable, mais de passer pour l'être, devient coupable.*

Ce sentiment de culpabilité qui existe en puissance dans tout individu, même dans la vie quotidienne, est inhérent à la conscience humaine.

Qui n'a pas rougi, jusqu'aux oreilles, sur son banc d'écolier sans être cependant coupable, lorsque le maître, s'adressant à toute la classe, demandait à l'auteur d'une peccadille de se dénoncer?

Qui n'a pas ressenti un sentiment d'angoisse, en franchissant une frontière, même s'il ne transporte rien d'illicite, à la seule vue d'un uniforme de douanier?

Qui ne s'est pas interrogé : « Quelle infraction ai-je

commise? » quand un agent l'aborde, avant même que celui-ci n'ouvre la bouche?

Parmi les camarades arrêtés pendant la clandestinité, qui n'a pas pensé : « Si j'avais mieux suivi les consignes du travail illégal... Si je n'avais pas été voir ma mère ou ma femme... Si je n'étais pas retourné dans ma vieille planque... Si... Si... Si... »

Dans notre vie de militant, la pratique de l'autocritique, notre effort même vers la perfection, nous ont accoutumés à rechercher en nous-mêmes la responsabilité des insuffisances, des fautes, des insuccès. Nous avons été façonnés à cette discipline, sans nous douter de ce que les méthodes staliniennes, ce qu'on appellera le culte de la personnalité, ont fini par lui insuffler de religiosité inconsciente.

Mais si, en liberté, nous réagissions ainsi, nous éprouvions cette sorte de culpabilité diffuse face au Parti déifié, comment pouvions-nous résister à son emprise sous le choc d'une arrestation ordonnée par le Parti, confirmée par son Président, authentifiée encore, justement, par ces « conseillers soviétiques »?

J'ai senti sur moi l'efficacité de cette arme de la Sécurité, et si aujourd'hui j'arrive à analyser son mécanisme, à l'époque, il n'en était évidemment rien. Je subissais. « Chaque action, chaque fait, me disait-on, doit être apprécié objectivement dans les protocoles. Plus tard, on appréciera le côté subjectif. » Cela signifiait que, puisque j'avais été lié avec Field et que Field avait été dénoncé comme espion dans le procès Rajk, je devais admettre ma culpabilité « objective » du fait de cette liaison, même si « subjectivement », j'ignorais à l'époque tout du rôle de Field. Cela signifiait que, puisque mes camarades des Brigades internationales ont signé des aveux où ils reconnaissent leur culpabilité dans divers crimes contre l'État, je suis « objectivement coupable », puisque j'étais leur dirigeant.

Et la chanson de la culpabilité objective ne cessera pas,

jour après jour, nuit après nuit, protocole après protocole.

Par exemple, voilà qu'on m'interroge sur une réunion interministérielle qui avait eu lieu en 1949, dans le bureau de Clementis, avec Dolansky, vice-président du Conseil, Kabeš, ministre des Finances et Gregor, ministre du Commerce extérieur. Donnant suite à une demande du gouvernement du Pakistan, les quatre ministres décident d'envoyer, dans ce pays, un nommé Havliček comme expert industriel. Ils sont informés que cet Havliček n'est pas partisan du nouveau régime chez nous, mais ils espèrent obtenir, par son entremise, des commandes pour notre industrie. Moi, je reçois de Clementis l'ordre d'organiser le départ de cet Havliček. Ce que je fais. Je n'ai jamais vu cet Havliček, et ne le connais ni d'Ève ni d'Adam.

A-t-il « choisi la liberté » ou quoi? Voilà qu'on m'accuse d'avoir envoyé au Pakistan un homme peu sûr, « objectivement » un ennemi. Le côté subjectif, savoir que je n'ai fait qu'exécuter une décision ministérielle dans le cadre de mes fonctions, n'est pas repris dans le procès-verbal. Il n'en reste que « l'objectivité » : je suis « objectivement » coupable d'avoir envoyé un ennemi au Pakistan.

« Aux Affaires étrangères, les services des Cadres et du Personnel étaient placés sous votre responsabilité quand Brotan a été envoyé en Suisse et Kratochvil aux Indes. Tous deux ont refusé de revenir en Tchécoslovaquie lorsqu'ils ont été rappelés par le Ministère. Donc, ils ont trahi! Vous ne pouvez pas nier avoir envoyé des traîtres à l'étranger? Comment appelle-t-on une politique des cadres qui consiste à envoyer des traîtres à l'étranger? C'est objectivement une politique de sabotage et de trahison! »

Les référents affirment aussi que n'importe quelles informations — même si elles sont reprises d'articles publiés dans l'organe central du P. C., *Rude Pravo* — données à un étranger — même si c'est à un communiste — constituent selon nos lois un acte d'espionnage.

« Les conversations que vous aviez avec vos invités français quand vous les receviez chez vous — et qui vous dit
qu'il n'y avait pas des agents parmi eux? — roulaient sur
la situation dans notre pays. Donc ces conversations
avaient « objectivement » un caractère d'espionnage. »

Un des référents me fait cette démonstration lumineuse
de ce qui constitue un délit d'espionnage :

« Nous savons bien que Field ne s'est pas présenté à
vous comme un espion. Ces gens ne travaillent pas ainsi...
Il vous a demandé certains renseignements que vous lui
avez fournis : l'adresse du bâtiment de la radio à Prague,
et le nom de son directeur, Laštovička; celle de la section
des relations culturelles du ministère de l'Information et
de la Culture et le nom du responsable de cette section,
Adolf Hoffmeister. Vous l'avez informé être le rédacteur
en chef de l'hebdomadaire parisien *Parallèle 50*. Tout cela
à un homme démasqué comme espion. Objectivement
cela représente une collaboration avec un espion et c'est
ainsi que votre attitude est qualifiée par nos lois.

Et il poursuit :

« Vous avez connu Field?

— Oui.

— Vous avez maintenu des liaisons avec lui?

— Oui.

— Field a-t-il bien été démasqué comme espion américain dans le procès Rajk?

— Oui.

— Comment s'appellent des liaisons entretenues
avec un espion : ce sont des liaisons d'espionnage. N'est-
ce pas? Celui qui entretient des liaisons d'espionnage avec
un espion est un espion lui-même. Pourquoi avoir peur
des mots? Celui qui fait le pain est bien un boulanger... »

Et comme je me défends violemment contre une telle
interprétation abusive des faits, étant donné que les informations que j'avais données à Field étaient de notoriété

publique, qu'il aurait pu trouver lui-même les adresses dans le bottin téléphonique de Prague, le référent me fait cette docte réponse :

« Si un soldat vous dit que le calibre de son fusil est 7,92, c'est de l'espionnage, même si la veille la description détaillée de ce fusil a été donnée dans la presse... »

Rien n'échappe à une telle interprétation, à une telle dénaturation des faits. Une fois que par cette espèce de « logique » à la Ruzyn, et aussi par d'autres méthodes de pression, on oblige les accusés à se reconnaître « objectivement » coupables d'un fait, on change ensuite de disque. Et, à partir de cet « aveu », on commence à écrire que non seulement « objectivement » mais aussi « subjectivement », ils sont des ennemis.

« Vous-même, vous avez dit, vous-même vous avez avoué avoir eu des contacts avec des titistes, entretenu des relations d'espionnage avec l'espion Field, avoir saboté la politique des Cadres au Ministère des Affaires étrangères... Vous n'oserez tout de même pas prétendre que toute cette série de faits sont dus au hasard. Vous n'êtes ni un inconscient, ni un imbécile. Si vous avez agi ainsi, c'est parce que vous êtes un traître, parce que vous vouliez nuire au Parti et au gouvernement... »

Par un tel procédé et de telles méthodes, il est impossible de ne pas trouver dans la vie d'un homme des événements, des actions qui se prêtent à de telles interprétations et déformations. Ainsi on peut fabriquer avec chaque homme un traître, un espion, un saboteur, un trotskyste... Chaque activité honnête, loyale, dans et pour le Parti, devient douteuse ou ennemie.

La répétition de ce genre de démonstrations « objectives » suffirait à vous rendre fou, même s'il n'y avait pas le reste. D'autant que les conseillers soviétiques se manifestent directement par des questions ahurissantes et abominables qui trahissent leur ignorance des conditions de

vie en Occident et leur refus de les comprendre, comme de
saisir les situations politiques. Tout ce que nous avons
fait est apprécié et qualifié à la lumière de la situation
internationale la plus immédiate, selon des normes politiques en vigueur actuellement en U. R. S. S. C'est la géné-
ralisation de ce qui m'arrive avec Field. Si j'ai connu un
communiste yougoslave en 1937, en Espagne, on écrit
que : « déjà avant la guerre, j'étais en liaison avec le
titiste X... »

Un des chefs de Ruzyn, hommes de confiance des dits
conseillers, me dit un jour textuellement : « Nous devons
voir les choses et les activités passées à la lumière des événements d'aujourd'hui et non en les replaçant dans la
situation d'alors. Autrement, nous ne pourrions jamais
faire un procès et le Parti a besoin d'un procès. »

De temps en temps, une tactique différente est utilisée :
« Puisque le Parti affirme que vous et votre groupe, vous
êtes coupables, vous devez admettre votre culpabilité. »
Ou encore : « En tant que vieux membre discipliné du
Parti, vous devez vous soumettre à son jugement et avouer
dans le sens exigé par lui. »

Doubek, le patron de Ruzyn, exprime la même idée d'une
façon « poétique » : « Le seul moyen de prouver votre
fidélité envers le Parti, c'est de vous adapter à sa façon de
juger *actuellement* des événements *du passé.* Vous n'avez
qu'à imaginer que le Parti se trouve sur l'autre rive. C'est
à vous de vous jeter à l'eau et de nager pour le rejoindre.
L'eau froide ne doit pas vous effrayer »; et il conclut :
« De toute manière, la position du Parti l'emportera. Si
vous acceptez d'agir dans l'intérêt du Parti, nous vous
promettons qu'il vous en sera tenu compte. »

A ces arguments, je réplique : « Si je suis un bon membre
du Parti, alors qu'est-ce que je fais ici? Et si je suis un ennemi trotskyste, comme vous l'affirmez, alors comment pouvez-vous faire appel à mes sentiments de bon communiste? »

On finit par se poser la question : Quand aide-t-on le
Parti? Quand on nie, puisque c'est la vérité, les référents
vous répondent que non. Quand vous avouez des crimes
que vous n'avez pas commis? Ils vous affirment que oui.
Mais vous savez bien, vous, communiste, que les mensonges
n'ont jamais été et ne peuvent pas être le fondement sur
lequel peut se construire la société socialiste. Au contraire,
le communisme signifie l'honnêteté, la vérité, la franchise.
L'humanisme socialiste n'a rien à voir ce avec qui se passe ici !

Je rumine ce problème et je bute toujours sur le mobile
qui a pu être celui de Zavodsky pour qu'il « avoue », le
premier jour, tout ce qu'on voulait lui faire avouer, qu'il
l'écrive lui-même comme une confession... Même si on a
exercé sur lui une pression terrible pour lui prouver que
je suis un espion et que, donc, c'est grâce à son aide que
j'ai pu exercer mon activité d'espionnage et échapper à
une arrestation antérieure, compte tenu de ce que sait de
moi Zavodsky, de toutes nos conversations, cela ne peut
expliquer ni cette hâte, ni cet effondrement total.

Peut-être est-ce la dénonciation de sa prétendue trahison
à la Gestapo qui l'a brisé par le poids de son ignominie?
Mais cela non plus ne suffit pas. Et voilà qu'à présent je
comprends autrement la remarque du référent de Koloděje sur le fait que Zavodsky connaît les services de la
Sécurité. Il sait l'existence du service dirigé par les conseillers soviétiques. Je pense à l'allusion de Pavel au sujet de
mes filatures, au fait que ces filatures passaient par-dessus
la tête de Zavodsky. Ce dernier ne pouvait se faire aucune
illusion sur les conseillers soviétiques, il savait que tôt ou
tard, comme aux procès de Moscou, l'accusé entre leurs
mains « passe aux aveux ». Il a préféré prendre les devants.
Alors, c'est parce qu'il en savait plus long que nous qu'il
a cédé sans résistance?

Une nuit, le commandant Smola qui m'interroge est
appelé au téléphone. Il me laisse dans le couloir, les yeux

bandés, sous la garde du référent occupé dans la pièce voisine. Ce dernier se place dans l'embrasure de la porte entrouverte pour pouvoir me surveiller. Mon ouïe aiguisée par l'isolement perçoit alors une conversation à voix basse. Je reconnais la voix de Zavodsky. Il s'enquiert auprès du référent : « Qui se trouve dans le couloir ? — London. » Après un silence, la voix de Zavodsky : « Comme il doit être fatigué ! » Le référent lui répond que je n'ai que ce que je mérite, que j'ai la peau dure, mais que mon sort est réglé. Zavodsky demande alors quel sort lui sera réservé à lui. Le référent dit : « On vous enverra vraisemblablement vivre quelque part isolé, dans une ferme d'État, pendant quatre à cinq ans, le temps de laisser oublier toute l'affaire... »

Au cours d'un interrogatoire ultérieur, quand Smola utilise à nouveau les « témoignages » de Zavodsky contre moi, je lui réponds violemment : « Tous ces mensonges, vous les avez obtenus de Zavodsky par la promesse de... » et je lui répète ce que j'ai entendu dans le couloir. Ce jour-là, je suis absolument déchaîné, hors de moi de rage et je lui dis tout ce que je pense de leurs méthodes, de leurs mensonges. Smola entre dans une violente colère et quitte la pièce, pour aller engueuler — du moins je le suppose — le référent coupable de m'avoir laissé entendre une telle conversation.

Plus tard, après ma réhabilitation, j'aurai l'occasion de rencontrer ce référent et, à ma demande d'explication sur les aveux de Zavodsky, il me répondra que, pendant deux mois, ils avaient eu l'ordre personnel de Kopřiva, ministre de la Sécurité, d'accorder un traitement de faveur à Zavodsky, d'agir avec lui comme avec un camarade. Au bout de deux mois, sans explication, cet ordre fut révoqué.

Les « aveux » des autres ont été extorqués par des méthodes inhumaines et sous la pression des « aveux » de Zavodsky.

Ces nouveaux « aveux » doivent confirmer ceux de Zavodsky, mais aussi apporter des éléments nouveaux permettant d'augmenter la pression sur moi. On me donne lecture de longs passages de procès-verbaux, certains sont formulés avec raffinement. Par exemple, on fait dire à Svoboda qu'il a parlé devant moi de toutes les questions concernant l'armée tchécoslovaque, de sa puissance de feu, etc. et qu'ainsi London « *pouvait* transmettre ces révélations aux impérialistes occidentaux, en tant qu'agent de renseignements du groupe trotskyste ».

Dans cet « aveu », le mot « pouvait », répond à la question machiavélique du référent : « Pouvait-il les transmettre ? — Oui, il le pouvait. » Cela devient ensuite la preuve que je l'ai fait, étant donné « mes rapports d'espionnage avec Field ».

Pour combler leurs lacunes sur mes activités, par suite de mes longues années d'absence du pays, ils font « avouer » à Zavodsky que, par lettres, il me tenait au courant des activités du groupe et me faisait parvenir des renseignements d'espionnage que je lui demandais, et qu'également, par lettres, je lui transmettais mes instructions...

A Svoboda, on fait « avouer » que Zavodsky dirigeait ses activités ennemies, mais que, « le sachant en relations épistolaires avec moi », il comprenait que je dirigeais le groupe à travers Zavodsky.

On fait dire à Pavel qu'en 1944 il a reçu de moi, en France, des instructions pour mener son travail « ennemi » en Tchécoslovaquie. A ma réponse : « Comment l'aurais-je pu puisqu'en 1944, j'étais déporté à Mauthausen ! » Kohoutek qui, dans l'intervalle, aura succédé à Smola, déclarera pour augmenter mon désarroi et ma démoralisation : « Vous voyez par là comment tous se jettent sur vous, comme des loups, pour vous déchirer. »

Car c'est là la dernière arme de la Sécurité.

Diaboliquement, elle nous dresse les uns contre les

autres. Elle attise les antipathies, réveille rancunes et différends personnels, en les alimentant et les renforçant. Elle nous mystifie : « Un tel a dit cela de vous. — Il a dit cela, le salaud. — Il a dit pire encore, et vous, pauvre imbécile, vous voulez le ménager. » Elle réussit ainsi à provoquer des déclarations défavorables des uns contre les autres, à créer le bourbier d'infamies dans lequel les référents puisent sans vergogne leurs « preuves ». Ils m'en lisent des échantillons. J'y retrouve des reflets des désaccords qui opposaient Hromadko à Svoboda et Nekvasil, Nekvasil à Zavodsky, Kleinova à Hromadko. Ces désaccords sont évidemment aggravés et déformés selon la méthode habituelle par les référents qui les font passer du plan personnel au plan politique. Que ne sont-ils arrivés à faire de ces combattants loyaux, courageux, en les conditionnant comme ils l'ont fait!

On accentue la pression sur moi : « Voilà les gens que vous aviez sous votre responsabilité. Leur personnalité éclaire encore mieux celle de leur chef. »

Où est-elle la solidarité de combat qui unissait dans les prisons bourgeoises ou nazies les emprisonnés politiques et qui était un des éléments les plus importants de leur attitude courageuse et héroïque face aux policiers, au tribunal, à leurs bourreaux?

Je me revois dans la cour de la sinistre prison médiévale de Poissy, en septembre 1943, parmi quatre-vingt autres détenus politiques, tous condamnés à des peines très lourdes. Des détachements de la police vichyste et allemande, armés jusqu'aux dents, attendaient que la direction de la prison nous remette entre leurs mains. Généralement, c'est ainsi que l'on agissait pour les convois d'otages que l'on emmenait fusiller. Nous pensions tous que c'était le sort qui nous attendait. Nous chantions *La Marseillaise* et *L'Internationale*, nous criions « Vive la France! », « Vive de Gaulle! », « Vive l'Armée rouge! », « Vive Staline! », et à notre manifestation s'étaient joints, bientôt, les autres camarades politiques restés dans leurs cellules.

Tout à coup, j'entends crier mon nom : « Gérard! Gérard! » Je cherche parmi les grappes humaines accrochées aux barreaux des fenêtres donnant sur la cour et je reconnais Laco qui me fait des grands signes de la main. Je me rapproche et je le salue à mon tour : « Adieu Laco! » Il pleure et il crie : « Je veux aller avec vous! Je veux mourir avec vous! »

C'était ça nos liens de fraternité, de fidélité jusqu'au tombeau.

Qu'a-t-on fait de nous ici?

Les codétenus, dont on vous met devant les yeux les déclarations tronquées, les « aveux » calomnieux, faux, vous accusant de tous les crimes, ne sont plus pour vous des compagnons de combat mais une bande de salauds. Vous finissez par les haïr car vous les considérez comme une meute déchaînée, qui vous a transformé en bête aux abois.

L'arme de discorde est maniée ici avec une habileté sans pareille. Grâce à elle, les référents réussissent, par exemple, à dresser contre moi Dora Kleinova. Zavodsky, dans ses « aveux », mentionnait un épisode de la vie de Dora en affirmant le tenir de moi. On a ensuite fait croire à Dora que j'étais l'auteur de cette déclaration la concernant. Elle m'en a voulu d'autant plus que grandes étaient sa confiance et son amitié pour moi. Les référents ont profité de sa déception et de son désabusement pour lui extorquer contre moi des fausses déclarations. Après, c'est en exploitant ces déclarations qu'ils réussissent à lui extorquer des « aveux » sur ses propres « activités ennemies ».

De cette manière, les référents finissent par faire de chaque accusé un loup pour les autres. Ces méthodes infernales ont pour résultat de faciliter la fabrication en série des faux les plus grossiers, les plus abominables sur votre « trahison » et vos « crimes ».

Chaque jour, mon dossier s'enrichit d'une « accusation » nouvelle, chaque jour les référents m'imputent un nouveau « crime » toujours plus grave :

« Votre activité d'espionnage n'a pas commencé en 1947 avec Noël Field. Vous la pratiquiez déjà lorsque vous étiez en Espagne. La preuve... »

On la formule ainsi :

« London a rendu possible l'entrée de la Commission internationale de la S. D. N. dans les campements où se trouvaient les volontaires tchécoslovaques pour lui permettre de s'entretenir individuellement avec eux, leur faire remplir des questionnaires... C'est ainsi qu'il a pratiqué l'espionnage à l'échelle internationale... »

Je me souviens de ces jours d'automne 1938 où, sur proposition du gouvernement républicain espagnol, la Société des Nations avait décidé le retrait de toutes les forces étrangères d'Espagne. Pour vérifier l'application de cette décision par les deux parties belligérantes, une Commission internationale fonctionnait tant sur le territoire occupé par Franco qu'en territoire républicain.

Les volontaires avaient donc été retirés des fronts et concentrés dans des camps de rapatriement, en Catalogne.

Après l'enregistrement de tous les volontaires — par nationalité — les membres de la Commission avaient eu le droit de s'entretenir sans témoin, avec chacun d'eux, afin de s'assurer qu'ils n'étaient soumis à aucune pression pouvant influencer leurs réponses. La question principale était de savoir dans quel pays le volontaire désirait être rapatrié. C'était surtout valable pour les ressortissants des pays sous domination fasciste, dont le retour chez eux aurait signifié l'emprisonnement.

A cette époque, je travaillais comme instructeur du Comité central du Parti communiste espagnol auprès des volontaires tchécoslovaques. A ce titre, j'avais reçu la visite d'un ancien officier des Brigades, notre compatriote Smrčka, présentement interprète pour la Commission internationale. Il tenait à nous mettre en garde contre le fait qu'au cours des entrevues des volontaires avec les membres de la Commission, certains d'entre eux se laissaient aller, naïvement, à donner des détails sur le canal emprunté pour venir en Espagne, et notamment à indiquer les noms des personnes travaillant dans les Comités d'Aide à l'Espagne républicaine qui avaient pris part au recrutement et à l'organisation du départ des volontaires pour l'Espagne. Certains avaient même porté ces indications sur les formulaires qu'on leur avait fait remplir.

Étant donné la situation après Munich, en Tchécoslovaquie, cela était grave. D'autant plus que la majorité de nos camarades avait manifesté le désir de retourner au pays pour y poursuivre le combat contre Hitler, qui occupait déjà les Sudètes et s'apprêtait à avaler le reste de la Tchécoslovaquie.

Grâce à l'aide de Smrčka, il fut possible de retirer ces formulaires. Nous avons convaincu nos camarades d'en remplir de nouveaux, omettant tout détail préjudiciable pour les militants antifascistes et communistes de Tchécoslovaquie.

Ma liaison avec Smrčka, dont l'action en faveur de la solidarité antifasciste internationale, des intérêts de la patrie et aussi de notre Parti avait été remarquable, est transformée ici en preuve de mes « activités d'espionnage pour le compte de la Commission internationale de la S. D. N. et de collaboration avec l'espion Smrčka ».

Cet officier de carrière, venu, lui aussi, en Espagne, combattre dans les rangs des Brigades internationales, avait été affecté comme officier de liaison à l'état-major de la 15ᵉ Brigade. Certains pensaient qu'il travaillait pour les services de renseignements tchécoslovaques. C'est possible! En tout cas, c'est très ouvertement qu'il maintenait des liens amicaux avec le consul tchécoslovaque, à Barcelone. En revanche, chacun doit reconnaître que son attitude dans les Brigades a été absolument irréprochable. Sachant parler aux hommes, il jouissait d'une grande sympathie parmi les soldats. Son courage physique exceptionnel forçait l'admiration et le respect. Après une attaque de sa Brigade contre les positions fascistes, le commissaire politique d'une unité était resté blessé à quelques mètres de la tranchée ennemie. Toutes les tentatives pour le ramener dans nos lignes avaient échoué, les fascistes ouvrant un feu de barrage chaque fois que quelqu'un essayait de s'en approcher.

Smrčka s'était porté volontaire pour aller le chercher. Il avait rampé jusqu'à lui, faisant corps avec la terre et, au risque de sa vie, avait réussi à ramener le blessé.

Au cours des batailles, lui-même avait été blessé sept fois. Il avait perdu un œil...

Après le retrait des volontaires du front, il était devenu interprète de la Commission internationale de la S. D. N., et, dans sa fonction nouvelle, nous avait rendu de sérieux services.

Un peu avant la fin de la guerre, Smrčka quitta l'Espagne pour la France. En 1941, nous avions appris par des camarades tchécoslovaques, venus de Belgique, qu'il avait été aperçu dans ce pays. Il avait essayé de s'enfuir, après l'occupation allemande, en s'embarquant clandestinement sur un navire en partance pour l'Argentine. Arrivé à destination, il avait, hélas, été refoulé, réembarqué sur le même navire et ramené en Belgique.

Après la guerre, nous avons su qu'il avait été exécuté par la Gestapo en 1943-1944. Voilà l'homme qu'on m'impute à crime d'avoir rencontré.

Les référents se gaussent de mes explications.

« Ainsi vous faisiez de l'espionnage en Espagne avec

votre complice Smrčka. Mais ce n'est pas tout : à partir
de ce moment vous avez commencé à collaborer avec
Field et les services de renseignements américains... »

Je n'avais jamais entendu parler de Noël Field avant
de recevoir, à Paris, des mains de mon ami Hervé, en 1947,
cette lettre de recommandation, au moment de mon départ
pour la Suisse...

On m'impose silence. Et jour et nuit les référents se
relaient pour tenter de me faire « avouer » : « avoir été
richement récompensé par Field, après mon retour d'Espagne, pour l'excellent travail accompli là-bas pour le
compte de la C. I. A... » Ils prétendent que Field aurait
été un des membres de la Commission de la S. D. N.

Maintenant, nouvelle accusation : je suis un agent de
Tito. La construction de la Sécurité repose sur les relations
amicales et de Parti que j'ai eues avec de nombreux
Yougoslaves.

Les volontaires tchécoslovaques ont combattu, en
Espagne, dans des unités militaires mixtes où se trouvaient
aussi des Yougoslaves, la 129e Brigade tchéco-balkanique,
le bataillon Divisionario de la 45e Division et d'autres
encore. Il existait naturellement des liens d'amitié et des
contacts journaliers entre Yougoslaves et Tchécoslovaques.
Pouvait-il en être autrement? Ils étaient côte à côte dans
les mêmes tranchées, sur les lits d'hôpitaux, dans les mêmes
cantonnements et ensuite dans les mêmes camps d'internement.

Comme ici, chaque Yougoslave est désormais un
« titiste », chaque ancien volontaire est naturellement
accusé d'avoir fréquenté des « titistes » — déjà en Espagne
— et d'être maintenant agent de Tito. Par exemple, la
simple mention du nom de Bojidar Maslaritch (vétéran
du mouvement ouvrier serbe, un des fondateurs du Parti
communiste en Yougoslavie), parmi ceux des responsables
politiques et militaires de la Brigade à laquelle appartenait

Pavel, fait inscrire au référent dans le procès-verbal que
« Pavel, déjà en Espagne, était en liaison avec le titiste
connu Maslaritch... »

Quant à moi, comme j'ai travaillé avec le représentant,
en 1939-1940, du Parti yougoslave à Paris qui n'est autre
que Kidric, actuellement ministre dans son pays et désigné
par les Soviétiques comme « un des dirigeants de la clique
titiste », ma trahison titiste de vieille date s'en trouve
magistralement confirmée; même s'il s'agissait alors
d'établir de faux passeports pour Šverma et Široky,
c'est-à-dire les dirigeants du Parti tchécoslovaque en
France.

Mais c'est une autre histoire, l'histoire de mon activité
dans la M. O. I. et ce qu'en concluent les conseillers
soviétiques et les référents.

III

En dépit des traitements inhumains qui me sont infligés,
des pressions terribles qui s'exercent sur moi, de mon
affaiblissement physique, je continue à tenir tête à la meute
des référents et à nier avec énergie et parfois avec beaucoup
de violence.

Smola me menace : « Ne croyez pas que vous nous aurez
à l'usure. Nous avons suffisamment de référents pour
remplacer au fur et à mesure ceux que vous usez! Nous ne
cesserons pas nos interrogatoires avec vous jusqu'à ce
que nous obtenions vos aveux ou alors vous crèverez
comme un rat! »

Un après-midi, il me fait conduire dans son bureau,
déballe devant moi un paquet de rondelles de fromage de
tête et des petits pains blancs, sort de son armoire deux
bouteilles de bière et commence à manger. J'essaie de ne
pas voir le mouvement de ses mâchoires. Il me demande :

« Vous avez soif? Voulez-vous boire? » Je reste muet, je pense qu'il se moque de moi. Il me tend alors un verre de bière : « Prenez! » Je le saisis avec hésitation, puis l'avale d'un seul trait. Il m'invite à m'asseoir, pousse devant moi un petit pain blanc et deux rondelles de fromage de tête : « Mangez! » Tout étonné de son attitude, j'accepte cependant son offre. Il parle : « Si vous avouez, monsieur London, je vous promets d'écrire immédiatement avec vous une lettre au Comité central. Le Parti tiendra compte de votre long et excellent passé de militant. Il vous donnera la possibilité de sortir de l'impasse où vous êtes. Pensez à Merker et Léo Bauer, en Allemagne de l'Est. Compromis comme vous dans l'affaire Field, ils n'ont pas été arrêtés, mais seulement sanctionnés. Il en sera de même pour vous si vous avouez et, par là, prouvez votre attachement au Parti. Alors, êtes-vous décidé à avouer? »

La bouche pleine, je réponds : « Je n'ai rien à avouer puisque je ne suis pas coupable! »

Il bondit alors de sa chaise, fou furieux, contourne la table, me saisit à la gorge et aux cheveux, et me serrant le cou, il me secoue la tête pour me faire recracher ce que j'ai dans la bouche. Il hurle : « Salaud! C'est ça que vous voudriez! Venir festoyer ici, ça vous va! Mais faire des aveux, non!

— Je n'ai rien à avouer. Je vous ai demandé à plusieurs reprises de me confronter avec Field. Il est arrêté en Hongrie, c'est donc facile. »

Depuis mon transfert de Kolodĕje à Ruzyn, le 1er mars, chaque jour, au rapport matinal, je demande l'autorisation d'écrire une lettre au Comité central ou au président Gottwald. Je réitère la même demande aux référents et au commandant Smola, qui, chaque fois, me répondent : « Le Parti ne vous dira pas autre chose que nous. Ici, le Parti c'est nous! Vous êtes un criminel. Le Parti n'a pas à parler avec vous. Prouvez votre désir de vous racheter

en avouant vos crimes et vos espionnages et alors le Parti
vous entendra! »

Néanmoins, inlassablement, chaque jour, je formule la
même demande. En fin de compte, le 3 avril, on me conduit
dans une pièce, on m'ôte le bandeau et je me trouve devant
le ministre Kopřiva. Doubek, le commandant de Ruzyn
et Smola assistent à la rencontre. Kopřiva m'attaque avec
violence : « Alors quoi? Tu refuses toujours de parler.
Combien de temps penses-tu conserver cette attitude? —
Depuis le premier jour, je demande que l'on écrive avec
moi un procès-verbal pour pouvoir répondre à toutes les
questions qui me seront posées, mais il m'est absolument
impossible d'accepter qu'on y intègre les contre-vérités
qu'on exige de moi. »

Kopřiva est furieux : « Tu vas avouer sur l'ordre de qui
tu as réparti, à l'échelle internationale, tous les ennemis et
trotskystes de ta bande. — Je ne comprends pas ce que
vous voulez dire, je n'ai jamais fait autre chose que ce que
le Parti m'a ordonné. » Il m'interrompt, hurlant : « Tu as
répété à Zavodsky que je t'avais interrogé sur lui. » Je
veux m'expliquer. Il ne m'en laisse pas la possibilité. Fou
de colère, il me coupe la parole : « Tu mens comme tu nous
as toujours menti! Nous t'anéantirons. Avec ou sans tes
aveux nous t'anéantirons. Au tribunal, nous saurons te
confondre, tu peux en être sûr! » Et il donne l'ordre de me
reconduire dans ma cellule.

A la porte, je me retourne vers lui : « Permettez-moi au
moins de pouvoir faire parvenir à ma famille, à mes
enfants, l'argent que j'avais sur moi au moment de mon
arrestation. » Avec la même violence, il répond : « Quand
tu auras fait des aveux! »

Revenu dans le bureau de Smola, ce dernier exulte :
« Eh bien, vous l'avez eu votre entrevue avec le Parti :
vous étiez averti! Le ministre vous a-t-il dit autre chose
que moi? » Il conclut : « Et maintenant vous irez au cachot.

— Pourquoi? — Parce que vous avez été insolent envers le ministre en osant lui soumettre une requête avant de passer aux aveux. »

Je me retrouve au cachot sans couverture, sans matelas. J'avais bien deviné. C'est la cellule voisine de la mienne...

Voilà le seul résultat de tous mes efforts pour parvenir à parler au Parti de ma lutte opiniâtre pour tenter de dégager la vérité afin d'informer le Parti de ce qui se trame en son nom...

Je marche dans le noir absolu, aveuglé à intervalles réguliers par la lumière crue, chaque fois que le judas est levé. Je décide que tout cela n'a plus de sens. C'est fini pour moi. Je m'arrête et me couche par terre. Le gardien m'ordonne de me lever. Je refuse. Un deuxième gardien m'arrose d'un seau d'eau. Je ne bouge pas. Tous deux unissent leurs efforts pour tenter de me remettre sur pied. Je fais le mort et me laisse retomber comme une poupée de son. Ils menacent de me passer la camisole de force. Je continue à rester immobile par terre. L'un d'eux sort. Va et vient devant la porte. Sans doute est-il allé aux instructions. Le deuxième sort à son tour. Des chuchotements de voix s'éloignent. Je reste à terre, grelottant dans mon treillis mouillé.

Cette rencontre avec Kopřiva, membre du Bureau politique du Parti et ministre de la Sécurité, marque l'effondrement de tous mes espoirs.

Pour un communiste, être le prisonnier de la police d'un État socialiste est déjà une épreuve terrible. Maintenant, après cette rencontre, j'ai acquis la certitude que la direction du Parti a déjà statué sur mon sort. Je suis isolé, faible, désarmé devant les « représentants » de ce Parti auquel j'ai consacré ma vie, de ce régime dont j'ai aidé la gestation au cours de tant d'années de lutte et de sacrifices. Le sentiment d'impuissance, la douleur ne connaissent plus de limites quand il devient évident que, derrière les hommes de la Sécurité qui vous martyrisent, se trouve la direction du Parti. C'est un horrible tourment : Comment une telle chose est-elle possible? Mais alors où est la vérité? Où est le Parti?

Je me rends compte que les paroles et les menaces des référents n'étaient pas de vains mots et que ce procès dont on me menace se fera d'une façon ou d'une autre. Je n'ai plus rien à quoi me raccrocher, je suis un homme perdu.

Je me souviens des paroles de ma femme au lendemain du procès Rajk : « Pour une communiste, ce doit être terrible d'apprendre, comme ça, un beau jour, qu'elle a pu vivre et avoir des enfants d'un homme qui s'avère un traître. » C'est moi, cette fois, qui, pour tout le monde, pour ma femme aussi, vais être un traître!

Aujourd'hui, jour de ma rencontre avec Kopřiva, est le jour anniversaire de mon fils Gérard. Il est né, le 3 avril 1943, à la prison de la Petite-Roquette, à Paris, où sa mère était détenue.

« Ce matin à six heures, un garçon t'est né, beau et bien vivant », m'avait alors écrit Odette Duguet, arrêtée dans la même affaire que ma femme. « Il a braillé aussitôt, fallait l'entendre! Tout s'est bien passé pour Lise. Elle a été très courageuse et n'a pas cessé de penser à toi. On vient de les emmener tous les deux, sur une civière, à Baudelocque... »

Je savais, par notre avocat commun, Maître Bossin, que ma femme voulait accoucher à la prison, bien que le règlement interdise une telle éventualité. Elle avait de bonnes raisons pour cela.

Trois semaines auparavant, elle avait été prise de douleurs et le médecin de la prison avait constaté un début du travail. Immédiatement elle avait été emmenée dans une ambulance, gardée par des inspecteurs, des motards entourant le convoi. Le chef de la Brigade antiterroriste, David, et son équipe, l'attendaient à l'entrée de l'hôpital. Pendant que le docteur passait la visite d'admission, alors même qu'elle était étendue sur la table d'examen, ils l'insultaient et la menaçaient, essayant de profiter de son état de faiblesse, du lieu et des circonstances de cet interrogatoire, pour lui extorquer les renseignements qu'ils n'avaient jamais pu obtenir d'elle.

Elle avait ensuite été placée dans une petite pièce grillagée. Deux policiers la surveillaient en permanence, l'un à son chevet, l'autre dans le couloir. Le travail s'était arrêté net. Ma femme supplia le médecin accoucheur de lui signer le papier de sortie pour qu'elle puisse réintégrer la prison où — dérision — elle se sentirait plus libre et retrouverait un havre de douceur, celui de la solidarité. Par deux fois, ce manège s'était renouvelé... ambulance, flics, motards... Baudelocque et retour. Décidément, mon fils refusait de naître entre deux policiers !

A la troisième reprise des contractions, elle n'en informa pas le médecin de la prison. Avec la complicité de ses compagnes, elle décida que notre enfant naîtrait à la Roquette. Son amie, Odette, réussit à se faire hospitaliser à l'infirmerie pour être auprès d'elle dans ces instants pénibles. Des prisonnières de droit commun parvinrent à sortir de la lingerie des draps et des serviettes pour qu'elle puisse garnir son lit.

Et au petit matin du samedi 3 avril, alors que les religieuses de service à l'infirmerie assistaient à la messe, l'enfant était né. A leur retour, affolées, elles appelèrent le médecin qui arriva à temps pour couper le cordon ombilical.

Lise avait espéré pouvoir rester là avec son bébé, entourée de la chaude sympathie de ses compagnes, de l'amitié que lui portait la vieille religieuse, Sœur Sainte-Croix de l'Enfant Jésus, qui assurait la garde de l'infirmerie et avait tant pleuré les fois précédentes en la voyant partir. C'était un samedi — jour de parloir. L'après-midi, Lise devait avoir la visite de ses parents et de notre fille. Elle pensait leur

présenter notre fils. Il n'en fut rien, tous deux furent ramenés à la maternité et placés sous la garde des policiers.

Le chef de la Brigade spéciale antiterroriste lui refusa la
joie de pouvoir embrasser sa mère et notre fille, venues, le
jour de visite, avec l'autorisation signée par le juge d'instruction. Les policiers n'acceptèrent même pas de prendre
la valise contenant la layette.

Le 15 avril, elle fut transférée avec son bébé à la prison
de Fresnes. Dans la grande salle d'écrou, glaciale, elle
regarda, impuissante, l'infirmière de l'hôpital, qui l'avait
accompagnée jusque-là, déshabiller entièrement l'enfant
afin de récupérer la layette de la maternité. Elle le reçut
sur les genoux, tout nu, avec seulement la bande de gaze
autour du ventre.

Ce fut l'un des instants les plus douloureux de sa détention. Elle m'avait caché ces détails, comme toutes les autres
peines qu'elle endurait. Les lettres qu'elle m'écrivait
étaient gaies, confiantes et optimistes. Jamais une plainte...
alors que chaque nuit, elle rêvait de l'attitude qu'elle aurait
en montant sur l'échafaud!

J'étais prisonnier aussi, à la Santé, et en ce temps-là la
mort était notre compagne. Mais que notre vie était belle
et riche.

C'est le 12 août 1942 que nous avions été arrêtés, ma
femme et moi, à la suite d'une dénonciation, dans un logement illégal où la police avait installé une souricière. Ma
femme était activement recherchée par la Brigade antiterroriste depuis que s'était déroulée, en plein jour, le 1er août,
une grande manifestation patriotique dans l'avenue d'Orléans, près de Denfert-Rochereau.

Tous les murs de Paris étaient alors recouverts de ces
affiches rouges de la *Kommandantur* avisant la population
parisienne du sort qui attendait les partisans pris les armes
à la main et des représailles contre les membres de leur
famille. Madeleine Marzin et les F.T.P.F. arrêtés peu

avant, à la suite de la manifestation de la rue de Buci,
venaient d'être condamnés à mort. Des tanks patrouillaient
dans les artères parisiennes, se livrant à une manœuvre
d'intimidation...

C'est dans cette atmosphère que le 1er août, les centaines
de femmes mobilisées par les comités féminins de la région
parisienne, dont ma femme était l'une des dirigeantes,
furent présentes au rendez-vous. Un grand nombre de
ménagères faisaient la queue devant le grand magasin
Félix Potin, à l'angle de la rue Daguerre et de l'avenue
d'Orléans. Sur les trottoirs, alentour, une foule de promeneurs... Les F. T. P. F. chargés d'assurer la sécurité de la
manifestation étaient à leur poste.

A trois heures précises, ma femme grimpait sur un comp-
toir et haranguait la foule, appelant à la lutte armée contre
l'occupant et au refus de travailler pour la machine de
guerre boche. Les tracts fusaient de toutes parts et la *Marseillaise* retentissait. Deux agents, revolver au poing, ten-
tèrent de s'emparer de Lise, qui, en se débattant, réussit à
leur échapper. Les F. T. P. F. protégèrent sa fuite, abattant
les deux agents et un officier allemand qui tirait sur la
foule. Parmi les manifestants, il y eut des blessés et un tué.
Des témoins de cette manifestation firent ce commentaire :
« Ce sont de véritables femmes-chevaliers... »

La manifestation eut un grand retentissement en France
où de Brinon, dans un appel à la population, se déchaîna
contre « la mégère de la rue Daguerre », qualificatif repris
par toute la presse collaborationniste.

Radio-Londres et Radio-Moscou citèrent cette manifestation dans plusieurs de leurs émissions.

Arrêtés, nous étions restés dix jours aux mains de la
terrible Brigade spéciale. Les interrogatoires étaient menés
jour et nuit. Ma femme tenait tête aux inspecteurs; loin de
nier, elle se faisait une gloire d'avoir pris la parole à cette
manifestation. « Je n'ai fait que mon devoir de Française...

Je ne regrette pas mon acte et en assume la pleine responsabilité. Par contre, les personnes arrêtées avec ou en liaison avec moi n'y sont pour rien. Mon père et mon compagnon ignorent tout de mon activité. »

Son vieux père, Frédéric Ricol, avait en effet été arrêté
après nous, comme otage, pour renforcer la pression sur ma
femme. Mis en sa présence pour une confrontation, il
feignit la surprise en apprenant « ces choses » sur sa fille et,
tout en protestant de sa bonne foi dans son savoureux parler
franco-espagnol, il clignait imperceptiblement de l'œil à sa
fille pour l'encourager à tenir.

Moi-même, j'étais resté muet. Mon identité véritable
fut retrouvée après vérification des empreintes digitales
et la seule chose établie fut que je vivais sous une fausse
identité. Malgré les coups et les brutalités, les policiers
n'apprirent rien de mon travail illégal, ni ma qualité
d'ancien volontaire d'Espagne; je maintins m'être réfugié
en France après l'entrée des Allemands à Prague.

Pas un seul nom, pas un seul renseignement ne nous fut
arraché qui aurait permis de remonter les fils de l'organisation de la manifestation et entraîner d'autres arrestations.
Ma femme, ayant tout pris sur elle, fut inculpée comme
responsable de l' « affaire de la rue Daguerre », d'assassinat, tentative d'assassinat, association de malfaiteurs,
activité communiste et terrorisme...

Avant de quitter la Brigade spéciale pour le Dépôt, nous
apprîmes l'évasion de Madeleine Marzin, dont la peine
avait été commuée en travaux forcés à perpétuité, pendant
son transfert à la Prison centrale de Rennes. Ma femme s'en
étant ouvertement réjouie, un inspecteur lui avait dit :
« Cela n'arrange pas vos affaires. Il ne vous reste plus maintenant aucune chance de conserver votre tête sur vos épaules... »

Qui a dit que les miracles n'ont lieu qu'une fois? Prise
de malaise en arrivant à la prison, ma femme se rendit
compte qu'elle attendait un enfant.

Jugée près d'un an plus tard, le 16 juillet 1943, par le tribunal d'État, elle échappa à la mort grâce à la naissance de notre garçon qui avait plus de trois mois au moment du verdict. Elle s'en tirait avec les travaux forcés à perpétuité, mais la vie sauve.

J'avais moi-même été condamné, deux mois auparavant, aux travaux forcés pour dix ans, placé dans la catégorie des otages et plus tard déporté en Allemagne comme N. N. (Nuit et Brouillard).

Mais alors j'étais entouré de camarades, j'avais le Parti, l'espoir et j'étais fier de mes actes. Maintenant je n'ai plus rien, sauf mon désespoir sans borne...

IV

C'est à ce moment de mes pensées que je décide qu'au lieu de me laisser pendre comme un traître, je vais me suicider.

Il est très difficile d'attenter à ses jours à Ruzyn; aussi difficile que de faire éclater la vérité. Le capitaine Kohoutek me dira : « Si nous ne prenions pas nos précautions, la plupart des gens qui sont ici essaieraient de se tuer. »

Je choisis donc la seule possibilité qui s'offre à moi : me laisser mourir de faim sans que personne s'en aperçoive, car si l'on s'avise qu'un détenu fait la grève de la faim, il est nourri artificiellement. J'espère que plusieurs jours de privation accéléreront ma rechute tuberculeuse, lui donneront une forme virulente et que je mourrai rapidement. Pour hâter encore l'épuisement de mon organisme, je demande à deux reprises des purgatifs, prétextant la constipation. Pendant dix-huit jours je ne tiens que par l'eau que je bois.

Je jette avec précaution ma nourriture pour ne pas me faire prendre. Mais un jour, je me trahis. Comme je ne

pourrai pas résister à la « bonne » odeur de la gamelle, j'en
jette d'un seul coup le contenu dans les cabinets. Peu après,
le gardien regarde par le judas et entre précipitamment :
« Qu'avez-vous fait de votre nourriture? Vous n'avez pas
eu le temps de manger et cependant la gamelle est déjà
vide! » Il examine les cabinets mais ne voit rien d'anormal,
j'avais tiré la chasse d'eau. Rassuré, il quitte la cellule...

Je maigris à vue d'œil. Le troisième jour je me sens fiévreux, ma soif s'accroît. J'essaie de boire le moins possible
pour abréger mon martyre. Cependant, je suis obligé de
demander de l'eau au cours des interrogatoires car ma
langue ne m'obéit plus; elle remplit entièrement ma bouche
et me semble un corps étranger. Mes paroles sont inin-
telligibles. Je crains que les référents ne se doutent de
quelque chose, ils me regardent curieusement. Ils finissent
par me donner à boire sans restriction. J'ai en permanence,
à mes pieds, une bouteille d'eau où je m'abreuve constamment, afin de pouvoir tenir pendant les interrogatoires. Je
suis devenu très maigre, mon pantalon tombe, je me sens
très faible. J'ai des vertiges. Mes lèvres sont craquelées.
Sur les bras et les mains, mes veines, telles de grosses cordes,
ressortent. Je rêve en plein jour d'une cascade d'eau
gazeuse jaillissant dans un coin de la cellule et mélangée
de sirop de framboise dont je respire le parfum enivrant.
Plusieurs jours durant cet arôme obsédant me poursuit.

Le dix-huitième jour de ma grève de la faim, je suis
interrogé sur Milan Reiman, un des collaborateurs de la
Présidence du Conseil, arrêté pour contact avec Field. Le
référent dit : « Son suicide en prison prouve qu'il avait
beaucoup de beurre sur la tête. » Cette remarque me rappelle le discours de Kopřiva, à la séance du Comité central,
auquel j'assistais en février 1950, où il présenta le suicide
de Reiman avec ces mots précisément. Il en sera de même
pour moi. Au lieu de sauver mon bonheur d'homme et de
communiste en échappant à un procès et une condamnation

infamante par le suicide, ce dernier confirmera au Parti
et au monde que « j'avais trop de beurre sur la tête ».

Je décide donc de recommencer à manger pour conserver
mes forces jusqu'au jour où je me trouverai devant le
tribunal afin de clamer mon innocence et démasquer les
méthodes criminelles de la Sécurité. Malgré mon état
lamentable, cette décision de tenir me redonne la volonté
de vivre et de me battre encore.

Ironie du sort! Maintenant que j'ai décidé de vivre,
voilà que dès l'absorption du premier repas, je suis malade
à crever. Est-ce l'effet des deux purges que j'avais prises
les quatrième et sixième jours de ma grève de la faim qui se
manifeste seulement maintenant? Est-ce l'effet d'absorber
une nourriture grossière après ce long jeûne? Le fait est que
cette fois, j'ai bien cru mourir...

Les référents sont très frappés par mon état physique.
L'idée que je pourrai leur « claquer entre les doigts » les
inquiète. Ils tiennent à ce que la pièce maîtresse de leur
construction reste en vie... Ils alertent Smola qui vient me
voir pendant un interrogatoire. Lui aussi semble surpris
à ma vue. « Que se passe-t-il avec vous? » dit-il. « Vous avez
un drôle d'aspect. Votre tête a l'air de tenir sur un cou de
poulet déplumé. »

Ils décident alors de m'envoyer passer une visite médicale
et le docteur Sommer, de la prison, qui n'a pourtant pas la
réputation d'être sensible aux souffrances des détenus,
cache mal son étonnement devant mon état. Je pèse 51 kilos.
J'en ai donc perdu 15. Il m'ordonne sur l'heure des piqûres
de calcium. Dorénavant, je reçois, avec la ration normale
de nourriture qu'on me refusait jusqu'ici, le supplément
auquel j'ai droit comme tuberculeux.

Provocant, je jette à la face de Smola et de ses référents
ma tentative de suicide par la faim. Je leur dis aussi que si
j'y ai renoncé c'est pour empêcher qu'elle soit interprétée
comme un aveu de culpabilité. Smola m'insulte : « Vau-

rien! Vos enfants manquent peut-être d'une croûte de pain
tandis que vous, vous jetez la nourriture! Cela démontre quel
être immoral vous êtes... » Il me menace de représailles
si un jour l'envie me reprend de recommencer. A plusieurs
reprises, je passe à la radio après le repas pour vérifier
si j'ai bien mangé.

Je suis conduit, accompagné de l'infirmière du docteur
Sommer et d'un nouveau référent, une deuxième fois à
l'hôpital pour l'insufflation de mon pneumothorax. Le
médecin m'examine. Inquiet, il me pose des questions sur
mon état de santé et m'ausculte longuement. Il a des difficultés à m'insuffler et doit s'y reprendre à trois reprises.
Puis, il se retire avec l'infirmière dans la pièce à côté où
ils ont un long conciliabule.

A la différence du voyage aller, où le masque ne m'avait
été ôté qu'en arrivant au centre de la ville, le référent oublie
de me le remettre. Nous roulons en direction de Ruzyn, ce
qui confirme mes suppositions. Cette route m'est familière,
c'est celle que je prenais chaque jour pour me rendre du
Ministère à la maison. Je sais donc que dans quelques
minutes je passerai devant chez nous!

Bouleversé, j'aperçois tout à coup, débouchant de la rue
Loména, mon beau-père, voûté, l'air accablé, poussant le
landau auquel s'accroche mon petit Michel qui porte la
barboteuse rose que ma femme lui avait ramenée de Paris.
Il a ses chaussures blanches. Ses grands yeux noirs bien
ouverts, il trottine avec l'expression sérieuse qui lui est
habituelle. Vision fugace, mais combien poignante. Je ne
peux retenir mes larmes. J'éclate en sanglots.

Le référent, surpris, se demande ce qui m'arrive. J'ai
du mal à parler. Quand il comprend que je viens de voir
mon fils, il ne peut s'empêcher d'être gagné par l'émotion.
Il me donne une cigarette, m'invite à me calmer, puis il me
bande les yeux en disant : « Il aurait mieux valu pour vous
que je le fasse avant! »

Les interrogatoires continuent toujours aussi durs. Le régime amélioré pendant quelques jours redevient aussi sévère qu'avant.

Je continue à me battre. Au référent originaire d'Ostrava je crie : « Vous me pendrez peut-être, mais vous ne m'aurez pas avec vos méthodes. On a déjà connu un Yejov qui a fait fusiller beaucoup de camarades; mais il a fini par payer à son tour. Chez nous aussi, le jour viendra où les instigateurs de ce qui se passe ici paieront! » Dans ma rage, je vais jusqu'à lancer le nom de Kopřiva que je maudis depuis l'entrevue du 3 avril.

Le référent prend mes paroles comme une bonne blague. Il en rit : « J'en ai connu d'autres, aussi coriaces que vous. L'un d'entre eux a été condamné à mort... Je l'ai revu ensuite, après le verdict, se traîner à genoux devant nous. A ce moment-là, il aurait fait n'importe quoi pour pouvoir avouer et sauver ainsi sa tête. Vous ferez peut-être comme lui. La « cravate de l'État » vous ira très bien, monsieur London! »

Plus tard je saurai qu'il s'agissait d'Otto Ernest, secrétaire de Laco Novomesky, le grand poète slovaque [1]. Il avait été, en effet, condamné à mort et avait introduit un recours en grâce. La Sécurité en avait profité pour lui extorquer toutes les déclarations voulues, en échange de sa vie. Il n'apprit sa grâce qu'après avoir été pressuré comme un citron... Je rencontrerai Otto Ernest à la Prison centrale de Léopoldov où il me fera le récit de son calvaire. Ce qu'il avait enduré était au-delà des limites humaines. J'apprendrai son suicide en 1962, après sa libération. Il avait bel et bien été condamné à mort! Il avait seulement par ses « aveux » gagné le choix du moment et de la façon de mourir. Tout cela au nom de l'humanisme socialiste!

---

1. Condamné en 1954 à dix ans de prison pour « nationalisme ».

Journellement, l'équipe du commandant Smola et ses référents me menace désormais de la mort. « Pour vous, il n'existe pas d'autre fin que la corde. Montrez à vos enfants qu'avant de mourir vous vous êtes racheté en avouant vos fautes ! »

Le Premier Mai, on me permet d'écrire une courte lettre à ma femme. C'est la première fois depuis mon arrestation. Mon souci essentiel est de l'assurer qu'elle n'est pas la femme d'un traître ou d'un espion. Mais Smola me fait renvoyer cette lettre et on la déchire devant moi. Je dois me limiter strictement aux question de santé et de famille. Le référent qui me transmet ces instructions ajoute : « C'est nous qui tirerons la conclusion de savoir si vous êtes un espion et un traître ou non. Même au tribunal, vous ne pourrez pas parler à votre femme. Si vous ne changez pas d'attitude, vous serez jugé à huis clos. Votre famille ne pourra pas assister au procès. Il n'y aura là que deux hommes à nous. Ce sont eux qui informeront votre femme de votre cas et de votre jugement. »

Ils ont tout prévu, rien laissé au hasard de ce qui doit nous déshonorer. J'écris comme les condamnés à mort des prisons de la Gestapo ont dû écrire leur dernière lettre, sans savoir non plus si elle arriverait jamais.

« Ma Lise. Il y a déjà plus de seize ans que nous avons échangé notre premier baiser. J'évoque chaque jour ce souvenir et tout le temps qui s'est écoulé depuis et qui m'a révélé ton amour si pur, si fort. L'existence future de nos enfants et parents chéris repose désormais uniquement sur toi. Pense s'il ne serait pas mieux pour tous de repartir en France d'où je vous ai arrachés. C'est là-bas ton pays, ta langue. Tu pourras trouver un meilleur travail et avec l'aide de ta sœur et de ton frère, il te sera plus facile de subvenir aux besoins de la famille. Peut-être qu'au Parti quelqu'un te conseillera ! Quant à moi, je crois que ce serait la meilleure solution. Mais il m'est si difficile de te conseiller d'ici! Au revoir mon aimée. Jusqu'à une prochaine lettre. Je vous embrasse tous. »

Peu de temps après, Smola me montre une lettre de ma femme. Il en cache le texte, ne laissant apparente que la signature et une phrase : « Bien sûr, il n'est pas facile d'entretenir six personnes, mais avec l'aide du Parti, j'en viendrai à bout. » Et il m'annonce que ma femme m'a renié et qu'elle se sépare de moi. Ainsi, après avoir perdu le Parti, je perds ma femme et mes enfants. Alors que je continue de me battre, je suis renié par tous ceux que j'aime!

On me laissera longtemps dans cette croyance. Quel sentiment de détresse pour celui qui, dans de tels moments, éprouve beaucoup plus qu'en liberté les liens et l'amour qui l'unissent à sa femme, à ses enfants, à tous les siens.

C'est seulement après mes « aveux » qu'on me donnera les lettres de ma femme et de mes enfants. Je découvrirai alors combien là aussi j'ai été ignominieusement mystifié.

V

La guerre d'Espagne finie, j'étais devenu le représentant des volontaires tchécoslovaques auprès du Comité international d'Aide à l'Espagne républicaine. Cela s'était fait en accord avec le Comité central du Parti communiste français et avec Bruno Köhler qui était alors le mandataire du Parti communiste téhécoslovaque en France. De façon toute naturelle, on me demanda d'assurer en même temps la direction politique du groupe de langue tchécoslovaque de la M. O. I.

Je rappelle que ces initiales signifient simplement Main-d'Œuvre Immigrée. Après 1918, quand les travailleurs étrangers vinrent en masse combler dans l'industrie et les campagnes les vides laissés par l'énorme saignée de la guerre, le Parti communiste français et les syndicats avaient jugé indispensable de les regrouper et de les organiser, à la fois pour les défendre et pour empêcher qu'on les utilise contre le prolétariat français. La M. O. I. est née de ce besoin. La montée du fascisme en Europe apporta à la première immigration économique le renfort de nombreux émigrés politiques. Puis, l'arrivée des combattants d'Espagne et des volontaires des Brigades accentua encore l'esprit antifasciste de l'organisation.

Telle était la situation quand j'en devins un des responsables. C'était là une base solide non seulement pour une résistance clandestine, mais aussi pour le déclenchement de la lutte armée contre l'occupant.

En même temps, en ce printemps 1939, après l'occupation totale de notre pays par Hitler, la délégation du Parti tchécoslovaque en France se renforçait avec l'arrivée de Viliam Široky et de Jan Šverma. Outre mes autres tâches, j'ai dû m'occuper du travail d'organisation de cette délégation.

Vers le mois de juillet, Clementis arriva de Moscou. Il devait se rendre aux États-Unis où l'émigration slovaque est importante, mais il fut arrêté avec d'autres réfugiés par la police française en septembre 1939, au début de la guerre. Il fut relâché et mobilisé dans l'Armée tchécoslovaque en France, d'où il fut évacué en Angleterre à la défaite de juin 1940.

En octobre, ma femme loua pour Jan Šverma un logement dans le groupe d'H. L. M. que nous habitions à Ivry. Ce logement était au nom de mon beau-frère, alors mobilisé. Je me souviens de la première alerte aérienne de nuit que nous avons passée ensemble. Šverma était venu se réfugier chez nous et nous l'avions conduit dans l'abri de l'immeuble. Parmi les locataires, il y avait beaucoup de camarades. Nul ne se doutait de la véritable identité de Šverma, mais lui rayonnait, après des semaines de claustration illégale, de se retrouver enfin au milieu de camarades.

C'est alors que la délégation tchécoslovaque reçut de Gottwald l'ordre de rejoindre Moscou et qu'il fallut lui procurer faux passeports, visas de sortie et de transit et que j'eus recours pour ce faire à Kidric, représentant du P. C. yougoslave à Paris.

Šverma partit le premier pour Moscou, à la fin de l'année. Je ne le reverrai plus. A mon retour de Mauthausen, j'appris qu'il était mort en 1944, pendant l'insurrection slovaque à laquelle il avait pris une part active avec Slansky.

Široky partit à son tour en mars 1940. J'étais allé le chercher à son hôtel de la rue du Cardinal-Lemoine. Il disputait une partie d'échecs avec notre ami Erwin Polak, militant de la Jeunesse tchécoslovaque et un des responsables du K. I. M. Tous deux étaient des joueurs enragés. J'eus beau les presser, notre taxi arriva à la dernière minute à la gare. Pendant que je réglais la course, Erwin et Široky couraient vers le train. Široky monta au moment où le convoi s'ébranlait.

En me rejoignant, Erwin m'apprit que, par suite d'un changement d'horaire intervenu le jour même, Široky se trouvait dans le train pour la Suisse et non dans celui pour l'Italie. Informé à Dijon de son erreur par le contrôleur, nous le vîmes rappliquer le lendemain d'une humeur de dogue. Il repartit le jour suivant et, cette fois, arriva sans incident à Moscou. Mais aujourd'hui, son ami Erwin Polak, devenu en 1950 secrétaire du Parti à Bratislava, occupe une cellule voisine de la mienne, dans la prison de Ruzyn.

Quant à Köhler, il aurait dû partir bien auparavant, mais recevant son passeport et celui de sa femme, il avait manifesté une appréhension à s'en servir, les trouvant imparfaits. Široky jugea préférable que je lui en fournisse d'autres, en partant du principe que, si quelqu'un a peur, il se fait forcément piquer à la frontière. Le passeport refusé par Köhler fut par la suite attribué au camarade Ackerman, un des dirigeants du Parti communiste allemand. Sa femme

et lui arrvèrent sans encombre à Moscou avec ces passeports. Quant à Köhler, cette perte de temps lui coûta
cher. Il fut arrêté et interné par la police française avant
que le nouveau passeport soit prêt.

Široky est aujourd'hui vice-président du Conseil, ministre
des Affaires étrangères et président du Parti communiste
slovaque; Köhler, responsable du service des Cadres du
C. C. à la place de Kopřiva. Quand on m'interroge sur
mes activités d'alors au service de la délégation du P. C.
tchécoslovaque en France, activités qu'ils connaissent à
merveille, qu'ils ont en partie dirigées et qui leur ont facilité
non seulement leur travail mais aussi leur vie à Paris, je me
demande à chaque fois comment font ces deux-là pour
s'arranger avec leur conscience. Comment peuvent-ils se
taire? Laisser agir nos bourreaux?

Et il ne s'agit pas que de moi. On nous impute à crime
notre engagement dans l'Armée tchécoslovaque en France.
C'était pourtant une décision juste, et de plus Šverma,
Široky, Köhler ne nous avaient-ils pas donné l'exemple,
s'engageant les premiers, donnant à tous la directive d'en
faire autant? La majorité de nos volontaires des Brigades
suivit cette directive. Et rapidement, ils prirent un grand
ascendant sur leurs camarades de combat à cause de leur
expérience et de leur détermination.

Laco Holdoš devint leur dirigeant dans l'Armée. C'est
lui qui, sans contact avec Paris, après la défaite, réunit
dans les champs, près de la route Sigean-Portel, une douzaine des responsables des volontaires des Brigades pour
déterminer leur action future.

En analysant les conditions créées par la défaite et l'occupation d'une partie de la France par les armées nazies, ils
avaient envisagé de passer graduellement dans la clandestinité totale et pour l'instant de se cacher parmi la population en se fondant dans la masse de leurs concitoyens
établis en France. Ils avaient aussi envisagé pour certains

le retour illégal au pays afin d'y poursuivre la lutte. Les directives que je fis parvenir peu après à Laco Holdoš confirmèrent le bien-fondé de ces décisions.

Il était naturel que des cadres dirigeants de l'émigration tchécoslovaque en France aient été d'anciens volontaires d'Espagne et que plusieurs d'entre eux aient assumé des responsabilités importantes, y compris à l'échelon national, dans la M. O. I., les F. T. P. ou le T. A. (Travail de la Résistance au sien des armées d'occupation).

Le gouvernement de Vichy refusa la démobilisation des deux cents volontaires des Brigades. Il envisageait de les renvoyer dans les camps d'internement et de les livrer ultérieurement à Hitler.

Laco Holdoš, profitant de la pagaille qui régnait en ce temps-là au centre d'Agde, se procura une quantité de feuilles de démobilisation en blanc, munies de tous les cachets, ce qui permit de démobiliser illégalement les volontaires et aussi de donner aux plus menacés d'entre eux des identités vierges, avec lesquelles, par la suite, ils affronteront mieux les vicissitudes de la vie clandestine. Plus tard, le groupe tchécoslovaque de la M. O. I. fit profiter les autres groupes de langue et la Résistance française de ces feuilles de démobilisation et des livrets militaires vierges qu'ils s'étaient ultérieurement procurés à Paris. Et ici, à Ruzyn, mon ami Laco sera accusé d'être un voleur pour cet acte de résistance.

J'en ai assez dit pour qu'on imagine ce que toute cette activité de résistance devient, récrite par nos référents. D'autant que nos rapports avec les volontaires et les immigrés yougoslaves étaient naturellement bons, resserrés encore par le fait que nous comprenions mutuellement nos langues. Maintenant nous les faisions profiter à notre tour de l'excellent service technique pour la fabrication de faux papiers que nous avions réussi à monter.

C'est par ma vieille amie Erna Hackbart, militante alle-

mande, ancienne secrétaire de Dimitrov, qui avait échappé
au procès de Leipzig en s'évadant d'un transfert de la prison
d'Alexanderplatz à l'hôpital où on devait l'opérer des yeux,
que nous avions trouvé la manne providentielle des « au-
thentiques » fausses cartes d'identité, livrets militaires et
tickets d'alimentation.

En revanche, nous manquions de logements pour
accueillir nos illégaux. Le Parti français nous recommanda
de prendre contact avec les Yougoslaves qui eux disposaient
à Louveciennes d'une splendide villa au milieu d'un parc.
C'était la propriété d'un couple d'Américains parti vivre
sur la Côte d'Azur, laissant la villa à la garde de leur bonne,
une communiste française, compagne du responsable du
groupe de langue yougoslave. Nous avons pu loger là un
certain nombre de nos compatriotes, jusqu'à leur départ
pour notre pays.

Tels sont les faits, et voici maintenant leur affabulation
à Ruzyn, à partir du « témoignage » extorqué à un ancien
volontaire tchèque, invalide, recueilli à l'époque par nos
amis yougoslaves dans « leur » villa de Louveciennes :

« Le rapatriement des volontaires tchécoslovaques, tout
comme celui des volontaires titistes, se faisait en accord et
avec l'aide des Américains... »

Afin de corser encore ce « témoignage », on exploite le
fait que Louveciennes, comme d'ailleurs de nombreuses
villes de la France occupée, possédait une garnison allemande, pour inclure le passage suivant :

« Le rapatriement bénéficiait en outre de la complaisance de la Gestapo... » Et la preuve : « la villa se trouvait
au milieu de maisons où vivaient des officiers de l'Armée
allemande et de la Gestapo qui *pouvaient* très bien voir et
contrôler les va-et-vient dans la maison et connaître les
gens qui repartaient dans leur pays... »

Et voilà comment on écrit l'histoire à Ruzyn.

Une des tâches incombant au groupe tchécoslovaque de

la M. O. I. était de faire sortir, par tous les moyens, les anciens volontaires des Brigades encore internés : les invalides et ceux catalogués par le gouvernement de Vichy comme communistes dangereux.

Nous avions deux moyens : les faire évader ou les faire sortir légalement en leur procurant un visa pour un pays étranger. La possession d'un tel visa permettait à son détenteur de quitter librement le camp et de vivre pendant une certaine période en zone non occupée. Ce laps de temps était mis à profit pour préparer leur passage à la vie illégale.

La direction du groupe de Marseille organisa avec succès l'évasion d'un certain nombre d'invalides du camp d'Argelès, envoyés par la suite clandestinement à Paris. Selon leur état physique, ils restaient en France, où ils participaient dans la mesure de leurs possibilités au travail illégal, certains même étaient volontaires pour retourner au pays.

Sur l'ordre du Parti français, les différents groupes de langue furent chargés d'établir une liste d'invalides et de cadres politiques afin de demander pour eux un visa d'émigration en U. R. S. S. Pour le groupe tchécoslovaque, cette liste fut remise à l'ambassade soviétique de Vichy par Laco Holdoš. Personnellement, j'en remis la copie à la direction du Parti français.

Sur cette action, voilà la version « Ruzyn » :

« En application des ordres reçus par les services de renseignements américains, London a essayé d'envoyer en U. R. S. S. une partie de son « groupe trotskyste » d'anciens volontaires, sous le couvert de la direction du Parti communiste français, en demandant des visas soviétiques pour les invalides et les cadres des Brigades. »

La direction de Marseille maintenait la liaison avec les camarades internés au camp de Vernet. De Paris, nous expédiions, camouflé dans des doubles fonds de valises remplies de vêtements et autres produits de la solidarité, du matériel illégal du Parti français et des instructions.

Par ce canal, nous avions communiqué à Pavel d'avoir à solliciter un visa pour le Mexique, pays qui, à cette époque, acceptait d'en délivrer aux Républicains espagnols et aux volontaires des Brigades. La direction de Marseille devait, de son côté, faire des démarches auprès de la légation mexicaine pour appuyer sa demande.

Version Ruzyn : « Je voulais envoyer Pavel au Mexique pour assurer la liaison avec la direction de la IVe Internationale. »

« Comment osez-vous nier votre travail d'espionnage, en France, pendant la guerre, en faveur des services de renseignements américains? Qui soutenait matériellement votre groupe à Marseille? L'Y. M. C. A., par l'intermédiaire des agents Lowry et Dubina. Qu'était l'Y. M. C. A.? L'organisation de couverture des services de renseignements américains... Vos complices du groupe de Marseille ont tous reconnu avoir touché des subsides de l'Y. M. C. A. Vous étiez leur chef, vous l'avez avoué. Pourquoi dans ces conditions persister à nier que vous étiez le chef d'un groupe d'espions? »

Après 1939, le consulat tchécoslovaque à Marseille avait maintenu la liaison avec le gouvernement tchécoslovaque de Londres dont il recevait des instructions pour son travail et des moyens financiers pour le réaliser. C'est ce qui explique que Marseille, à cette époque, soit devenu le centre de l'émigration tchécoslovaque en France. Après la débâcle et la coupure du pays en deux, le consulat s'était transformé en Comité d'Aide pour les citoyens tchécoslovaques réfugiés en France. Il leur versait des allocations, les aidait à trouver du travail, à résoudre leurs problèmes matériels et procurait des visas d'émigration à ceux qui voulaient s'embarquer vers d'autres cieux.

Au cours d'un voyage de trois jours que je fis à Marseille, en automne 1940, Laco Holdoš m'apprit que le groupe des anciens volontaires touchait des subsides du Comité d'Aide. J'avais trouvé cela normal. En effet, même si les fonds provenaient à la fois du gouvernement de Londres et du Centre d'aide fonctionnant sous l'égide de l'Y. M. C. A. en quoi l'acceptation de cette aide financière par nos camarades pouvait-elle constituer le crime antiparti, le crime d'espionnage dont on nous accuse aujourd'hui? N'était-il pas normal qu'ils soient secourus comme n'importe quels réfugiés politiques?

A cette époque, la France trahie avait capitulé, les troupes allemandes campaient sur son sol. Un esprit sain ne spéculait pas alors sur de « prétendues » attaches de l'Y. M. C. A. avec l'impérialisme américain, mais réfléchissait au meilleur moyen de poursuivre la lutte, avec des méthodes nouvelles adaptées aux conditions nouvelles, pour battre Hitler. L'ennemi principal était l'Allemagne nazie, ses armées d'occupation, le gouvernement collaborationniste de Vichy et non... la future Amérique réactionnaire des Allaı Dulles et MacCarthy!

J'ai beau le dire, le répéter, recommencer dix fois, vingt fois mes explications, rien n'y fait : là est la « preuve fondamentale des activités d'espionnage du groupe trotskyste des anciens volontaires des Brigades pendant la guerre en France ».

Ils renforcent cette accusation en utilisant des procès-verbaux extorqués à Špirk, à Zavodsky et Holdoš affirmant que « durant le voyage que London fit, fin octobre 1940, à Marseille, il avait eu une entrevue avec l'espion Lowry, à Vichy, pour traiter en détail avec lui des problèmes de rapatriement » et concluent :

« Pour ce qui est du retour illégal des anciens volontaires dans le pays, pendant la guerre, vous avez menti en racontant qu'il s'était effectué sur l'ordre du Parti communiste français et du Komintern.

« Cette directive vous l'avez reçue des services de renseignements américains et de la Gestapo. Dans quel but?

D'abord pour livrer les directions illégales du Parti communiste tchécoslovaque à la Gestapo. Et aussi pour mettre en place leurs espions et agents de diversion, recrutés par vous parmi les anciens volontaires, prêts à agir ultérieurement en Europe centrale, contre les régimes de démocratie populaire... »

Je mets un référent hors de lui le jour où je lui réponds avoir été bien mal inspiré en ne consultant pas alors le fameux Nostradamus dont les prophéties nous renseignaient sur les changements de régime qui interviendraient après 1945 et 1948 en Europe de l'Est et particulièrement en Tchécoslovaquie! « Il m'aurait prévenu du sort que vous me réserveriez en 1951... »

Je répète le comment et le pourquoi de toutes ces tâches. J'en appelle au témoignage du Parti communiste français, mais autant semer du vent!

A partir de décembre 1940, les volontaires concentrés dans la région marseillaise avaient commencé à se rendre à Paris. Ils se présentaient, avec un mot de passe, dans deux logements que tenaient des camarades très dévoués, Nelly Štefkova et Věra Hromadkova.

Quand nous les jugions prêts à partir, ils s'inscrivaient au Bureau de Placement allemand qui recrutait de la main-d'œuvre pour le Grand Reich. Les papiers que nous leur fournissions étaient excellents. Le seul contrôle qu'ils passaient avant d'être embauchés était d'ordre médical.

En Allemagne, nos camarades devaient, à la première occasion, rejoindre le *Protektorat*. Arrivés sur place, il leur fallait retrouver le contact avec le Parti. Ou s'ils n'y parvenaient pas, prendre l'initiative de détecter autour d'eux des communistes isolés, des antifascistes, des patriotes, pour organiser, par leurs propres moyens, des actions et sabotages contre les occupants, éventuellement se joindre à un groupe de partisans.

Si nos camarades se voyaient dans l'impossibilité de

regagner le *Protektorat,* ils devaient revenir en France lors
de leur première permission régulière, et là nous les versions
dans un groupe de F. T. P. F.

Au début de 1941, presque tous les communistes tchèques
du groupe de Marseille avaient rejoint le pays en suivant
cette filière. Ils nous envoyaient une carte postale banale
confirmant qu'ils avaient atteint le but de leur voyage. A
partir de ce moment, tous nos contacts avec eux étaient
rompus.

C'est à cette même époque que la Commission de Rapatriement slovaque s'installa à Paris. Pour nous, c'était le
moyen de créer une deuxième filière afin de rapatrier nos
camarades slovaques, y compris les volontaires encore
internés.

Mêlés aux nombreux émigrés économiques slovaques
résidant en France et rapatriés, avec leurs familles, ils parvenaient sans encombre jusqu'à Bratislava. Par le même
canal, nous avons également envoyé des Tchèques, des
Hongrois, des Roumains, des Yougoslaves munis de papiers slovaques. De Slovaquie, il leur était ensuite beaucoup
plus facile de gagner leur pays. Parmi nos camarades slovaques, certains étaient d'origine juive. Dans le travail du
Parti, jamais aucune différence n'avait été faite entre militants juifs ou non. Eux-mêmes demandaient à partir. Ils
auraient été outragés si nous leur avions refusé l'autorisation, ils se seraient sentis des militants diminués et victimes d'une discrimination. Bien entendu, pour eux, nous
redoublions de prudence : nous leur donnions l'identité
de Slovaques demeurant en France, qui passaient à leur
place la visite médicale obligatoire, et accomplissaient
toutes les formalités auprès de la mission de rapatriement.

Maintenant, ceux qui m'ont accueilli à Koloděje avec
des propos antisémites, regrettant qu'Hitler n'ait pas
achevé sa besogne d'extermination des Juifs, les mêmes
jouant aux bons apôtres, m'accusent d'avoir rapatrié en

Slovaquie des Juifs pour les envoyer dans la gueule du
loup.

Pour récupérer les camarades encore internés au Verney,
nous leur avions donné l'instruction de se faire inscrire au
Bureau de travail allemand qui fonctionnait jusque dans
les camps. Nous devions ensuite les faire évader en cours
de route et les incorporer dans le travail clandestin. Le
premier de leurs convois passa par Paris fin mai 1941 et fut
cantonné à la caserne des Tourelles. Nous avons réussi à
faire évader tous nos camarades tchécoslovaques dont
Neuer, Hromadko, Stern, Bukaček, Klecan et tant d'autres,
de même des Roumains, des Hongrois, des Yougoslaves,
en tout une quarantaine. Le plus grand nombre quitta la
France par la filière indiquée. Les autres entrèrent dans la
Résistance française.

Je ne sais pas encore que cette action-là me vaudra
l'accusation la plus infâme.

VI

Au bout de cinq mois d'interrogatoires, je sais que même
le sacrifice suprême dans les combats de la Résistance ne
protège pas des accusations des référents. On calomnie
Sirotek que la Gestapo a scalpé pour tenter en vain de le
faire parler, Vejrosta qui a avalé du cyanure; Kuna,
Honek, Formanek, Maršalek, décapités tous les quatre;
Grünbaum, tombé dans l'insurrection du Ghetto de Varsovie. Alors, nous qui sommes revenus vivants des camps
de la mort!

Un beau jour, je me trouve en face de l'accusation qui
couronne toute la construction ignominieuse que je vois
échafauder depuis si longtemps. A partir de cette organisation de l'envoi des volontaires dans le pays, on déduit
que « j'ai livré le Comité central clandestin du Parti

communiste tchécoslovaque à la Gestapo, Fučik et Jan
Černy en tête ». Ni plus, ni moins.

C'est pour moi le pire. L'infamie qui me touche au plus
profond. En outre, j'ai bien connu Fučik et Černy lors de
mon séjour à Moscou dans les années trente. Fučik, barbu,
bronzé comme un explorateur, revenait d'une expédition,
d'un long voyage en Asie centrale dont il tira quelques-
uns de ses reportages retentissants sur l'Union soviétique.
Au cours des soirées passées ensemble, j'avais eu le privi-
lège de l'entendre raconter ses impressions.

Avec Černy j'étais allé en délégation le 1er mai 1935
à Gorki et dans la région autonome des Tchouvaches
dont l'organisation de la jeunesse communiste parrainait
celle de Tchécoslovaquie. Je devais le retrouver en 1938 en
Espagne. D'abord commissaire politique du bataillon
Dimitrov, il avait été grièvement blessé au poumon. Après
sa convalescence il devint responsable de la Section des
Cadres tchécoslovaques à la base des Brigades d'Albacete.
Pendant plusieurs mois, nous avons partagé le même appartement avec lui et Klivar, alors représentant du Parti en
Espagne. Nous nous sommes ensuite retrouvés à Barcelone vers la fin de la guerre. Černy était passé en Belgique,
puis, de là, il avait regagné notre pays par ses propres
moyens.

C'est eux que l'on m'accuse d'avoir livrés au bourreau.
Je me serais servi pour cela du rapatriement de Klecan.
Klecan était un des volontaires internés au Vernet. Ancien
dirigeant de la Jeunesse de la région minière de Kladno,
il avait eu une excellente attitude au combat. Mais, comme
nous le jugions indiscipliné, nous lui avions donné l'ordre
de ne pas rechercher le contact avec la direction du Parti
et de créer lui-même son réseau de résistance. En même
temps, dans la communication que nous faisions au Comité
central clandestin de la liste des camarades que nous rapa-
triions, nous avions répété ce jugement. Évidemment,

c'était à la direction du Parti sur place de décider en dernier ressort. Černy qui connaissait Klecan de l'Espagne l'intégra à l'appareil du Comité central.

Klecan avait été une des victimes avec Černy et Fučik de la rafle tragique qui décapita la direction du Parti. Fučik, dans son livre *Écrit sous la potence*, croit que Klecan aurait parlé sous la torture.

Voilà les faits. Mais se multiplient « aveux » et « témoignages » extorqués à mes codétenus affirmant avec force détails qu'ils m'ont entendu donner à Klecan l'ordre de livrer la direction du Parti — que je lui interdisais de contacter — à la Gestapo.

Smola ira encore un peu plus loin : « Vous êtes coupable de l'arrestation des volontaires tchèques et slovaques que vous avez rapatriés. Vous les avez sciemment envoyés à la mort... »

Et là aussi viennent les « dépositions » nécessaires.

Plus rien désormais ne peut m'étonner. Voilà que je deviens coupable de la mort de centaines de Juifs, en France. Cette élucubration s'appuie au départ sur l'ordonnance de la police française collaboratrice, obligeant les Juifs à se faire enregistrer dans les commissariats de leur quartier. Le Parti n'avait pas alors un appareil technique capable de pouvoir fournir, dans l'immédiat, des planques et fabriquer des faux papiers à tous nos camarades juifs. Pour gagner du temps et permettre aux camarades connus comme juifs de rester légaux, en attendant de recevoir une identité nouvelle, la direction du Parti leur conseilla ou bien de se présenter à la convocation ou alors de partir en zone libre.

A ce moment-là, il n'était question que d'un simple recensement des Juifs. Par la suite, l'appareil technique du Parti délivra successivement à tous les camarades juifs communistes et résistants de faux papiers. Ainsi, plusieurs mois plus tard, quand devint obligatoire pour eux le port de l'étoile jaune, nos militants juifs étaient déjà tous passés dans la clandestinité ou ils y passèrent du jour au lendemain.

Le fait pour moi d'avoir transmis à des camarades juifs ces instructions est maintenant falsifié et se traduit : « avoir envoyé à la mort des centaines de Juifs », et comme toujours cette interprétation s'appuie sur les « aveux » de Zavodsky et des « déclarations » extorqués à Štefka et d'autres « témoins » de cette période.

La Sécurité m'accuse maintenant, sur sa lancée, d'avoir voulu livrer Široky à la police française. Sa méprise à la gare m'est imputée à crime : « Votre tentative de livrer Široky à la police en le faisant monter sciemment dans un mauvais train prouve que dès 1940 vous travailliez pour le compte de la police française. »

J'ai beau tenter de démontrer que si telle avait été notre intention à Erwin Polak et moi-même, il aurait été inutile d'attendre le jour de son départ, mais beaucoup plus facile de le faire arrêter à Paris. D'autre part, nous n'aurions pas choisi un train en partance pour la Suisse, pays neutre où rien ne pouvait lui arriver. D'ailleurs, quelques jours plus tard, n'avait-il pas pris le bon train?

Mais Ruzyn est sourd à toute logique, à toutes preuves, son unique préoccupation est d'utiliser à n'importe quel prix des demi-vérités pour donner à sa construction l'apparence de la vérité!

Comme je l'ai dit, Bruno Köhler et sa femme avaient été internés en France au début de 1940. Au moment de la débâcle ils se retrouvèrent en liberté à Toulouse, et de là gagnèrent le Portugal, pour attendre leurs visas américains qu'Alice Kohnova, aujourd'hui emprisonnée avec nous, devait leur procurer.

Avant le départ de Köhler et sa femme du Portugal pour Moscou, via les U. S. A. et le Japon, la direction du Parti communiste français envisagea de m'envoyer à Lisbonne

pour les ramener en France où leurs visas soviétiques les
attendaient à l'ambassade de l'U.R.S.S. à Vichy. Les
difficultés et risques que présentait un tel voyage amenèrent
le Parti à renoncer à cette idée. Par l'intermédiaire d'un
camarade émigrant en Amérique, via le Portugal, je fis
parvenir à Köhler, dans une valise à double fond,
10 000 francs (somme qui à l'époque représentait pour
notre groupe un sacrifice considérable), quelques exemplaires de notre presse clandestine, un rapport sur nos activités et la proposition de la direction du P.C.F. Dans la
réponse qu'il me fit parvenir peu après, il refusait de revenir
en France. Du Portugal, et plus tard des États-Unis,
Köhler, à deux reprises, me proposa d'émigrer en U.R.S.S.
Je refusai : ma tâche était de poursuivre en France la lutte
où j'assumais déjà des responsabilités importantes dans la
Résistance.

Cette affaire Köhler me vaut une nouvelle accusation :
je suis non seulement responsable de son arrestation et de
celle de sa femme à Paris pour leur avoir fourni des passeports « inutilisables », mais encore d'avoir tenté de les
faire revenir à Paris pour les livrer à la Gestapo.

A Ruzyn, je suis donc l'agent de la police française et
de la Gestapo.

Pour la première accusation, l'une des « preuves » avan-
cées est que « les services de renseignements généraux de
la Préfecture de police, à Paris, possédaient une liste de
tous les anciens volontaires internés dans les camps ».

« Nous savons même, me dit le référent, que ces listes
comportaient des notes avec l'appartenance politique de
chacun et leurs caractéristiques : communiste, socialiste,
inorganisé, trotskyste, élément démoralisé, etc.

« Votre collaboratrice N. Š... », m'affirme-t-il, « nous
a déclaré avoir vu cette liste, de ses propres yeux, aux
Renseignements généraux, lors de la prolongation de son
permis de séjour. N... Š... a ajouté que vous alliez aussi

dans ces mêmes services pour prolonger le vôtre et que la police française n'avait pu obtenir cette liste que par vous, étant donné que, de par vos responsabilités en Espagne, vous étiez le seul à connaître si bien le profil politique et moral des volontaires tchécoslovaques.

« D'ailleurs pour vous récompenser de vos services, vous n'avez été condamné qu'à dix ans de travaux forcés alors que votre femme échappa difficilement à la condamnation à mort. »

Cette accusation ignoble peut paraître ridicule, mais appuyée sur de semblables « témoignages », que les référents me font lire, obtenus par chantage, menaces et toutes sortes de moyens illégaux de codétenus ou, comme c'est le cas ici, de témoins libres, elle est très grave pour moi. La foule de détails « concrets » et de « précisions » donnés l'accrédite.

Je réplique que la police française n'avait nullement eu besoin de moi pour dresser la liste des anciens volontaires internés, l'une des tâches du commandement français des camps étant de l'établir et de la communiquer au ministère de l'Intérieur afin de détecter les évadés s'il leur prenait envie de se présenter au service des étrangers pour obtenir un permis de séjour. J'ai beau leur expliquer que la police française avait toute facilité d'obtenir des caractéristiques (justes ou fausses) sur chaque interné par ses indicateurs, toutes mes tentatives sont évidemment vaines !

J'insiste : Pour quelle raison aurait-elle trouvé opportun de montrer cette liste à ma collaboratrice N... Š..., et comment se fait-il alors que cette dernière n'ait pas communiqué tout de suite ce fait au Parti communiste français. Réponse : Parce que, comme vous, elle était trotskyste. Elle nous l'a d'ailleurs avoué.

Je demande encore : Pourquoi la police française m'aurait-elle fait arrêter en 1942, au lieu de continuer à m'utiliser comme un agent au sein du Parti français, surtout

nanti des hautes responsabilités que j'assumais à l'époque?
Réponse : « La police voulait vous conserver pour des
tâches plus importantes après la guerre quand serait instauré, en Tchécoslovaquie, le régime de démocratie populaire. Pour vous créer une auréole de martyr et augmenter
votre crédit et prestige, elle a jugé préférable de ne plus
vous utiliser pendant un certain temps, et plus rentable de
vous faire arrêter en 1942, tout en prenant les mesures
pour vous récupérer vivant. »

C'est toujours selon ce même schéma que la Sécurité
interprète mon évacuation de Mauthausen, fin avril 1945,
dans un convoi de la Croix-Rouge internationale!

Les référents affirment : « Maints et maints documents
prouvent qu'il existait, déjà pendant la guerre, une liaison
entre les services de renseignements américains et allemands.
C'est pourquoi il a été facile aux Américqins d'organiser,
par l'intermédiaire de la Gestapo, votre départ de Mauthausen, dans un des convois de la Croix-Rouge. Leur
but était de vous faire rentrer au plus vite en France pour
vous permettre de reprendre votre collaboration avec leurs
services contre notre République. »

Je rétorque : « Mon rapatriement en France dans un
convoi de la Croix-Rouge a été décidé par la direction
du Comité international clandestin du camp. » Le référent,
aussi imperturbable, répond : « Qu'est-ce qui nous prouve
que ces gens-là n'étaient pas eux aussi des agents de la
Gestapo agissant sur son ordre? »

A tous mes arguments : les mauvais traitements que j'ai
subis après mon arrestation à Paris et durant mes années
de détention, ma classification parmi les otages, mon envoi
comme N. N. dans le camp disciplinaire de Neue Bremme
et de là à Mauthausen, la grave maladie contractée pendant ma déportation, mon activité dans l'organisation
clandestine de la Résistance dans les prisons et les camps,
une seule réponse : « Justement le fait que, bien que Juif,

vous soyez revenu vivant est, à lui seul, la preuve de votre culpabilité et nous donne *donc* raison. »

A quoi bon continuer l'énumération des crimes qui me sont imputés? Je me sens écrasé sous une pyramide de faux, de mensonges. Nuit et jour, les spécialistes travaillent à faire de moi le chef de la conspiration trotskyste qu'on leur a demandé de présenter.

Je découvre que Ruzyn pratique plusieurs degrés d'interrogatoires selon le rôle attribué à l'homme qu'on y « travaille » dans l'échiquier du futur procès. Plus tard, après le procès, par conversations avec les autres rescapés, j'établirai la classification suivante : tête de groupe, complices, comparses, témoins. Le « traitement » allant décroissant selon cette hiérarchie, aussi selon le fait qu'il s'agit d'un grand procès public ou d'un procès escamoté. J'ai donc droit au traitement le plus pénible et à l'acharnement des référents.

Les référents s'efforcent d'obtenir de mes coaccusés, ainsi que d'autres détenus laissés en dehors du groupe et même de témoins libres, des déclarations corroborant le rôle qui m'est ttribué dans leur construction.

La technique de la Sécurité veut que ces déclarations, pour être plus convaincantes, et constituer un témoignage irréfutable contre moi — la tête — doivent commencer par l'aveu par mon coaccusé de sa « propre » culpabilité.

Dans le cas où la Sécurité ne parvient pas, rapidement, à un tel résultat qui est le couronnement des interrogatoires, elle s'efforce dans l'immédiat d'obtenir des déclarations contre moi. Pour y parvenir les référents affirment que le Parti a toutes les preuves que l'homme contre qui ces témoignages sont demandés est un ennemi dangereux, et qu'en acceptant de les faire, les coaccusés aident grandement le Parti à le démasquer; ce qui ne manquera pas de jouer en leur faveur quand il sera statué sur leur propre sort.

Ces arguments sont efficaces. Des camarades commencent à croire qu'ils ont été les dupes, dans le passé, de la « tête du groupe ». Que celui-ci est la cause de leur malheur actuel. Si chacun est sûr de sa propre innocence, les mystifications dont il est l'objet l'amènent à douter des autres. Il commence alors à trouver des arguments pour étoffer ses témoignages contre d'autres.

On leur promet aussi de ne pas retenir contre eux les déclarations qu'ils feront contre la « tête du groupe », et qui pourraient être compromettantes pour eux-mêmes. « Le Parti tiendra compte de votre bonne foi et vos dépositions ne seront utilisées que dans le cours de l'investigation... »

Évidemment, ceux qui se sont laissé prendre à cette argumentation découvrent un jour, mais trop tard, qu'aucune de leurs déclarations n'a été oubliée et ils se retrouvent devant le tribunal en dépit de toutes leurs tentatives de révoquer par la suite leurs déclarations. La Sécurité ne laisse jamais échapper ses proies.

Elle a l'atout de ceux qu'elle a brisés physiquement ou moralement. Sans compter ceux qu'elle a convaincus. J'ai parlé du complexe de culpabilité que j'avais éprouvé sur moi-même. Je rencontrerai plus tard à la Centrale de Léopoldov des camarades qui, encore après leur condamnation et la comédie des procès, se considéraient comme des coupables. L'un disait : « J'aurais mérité peut-être six ans au maximum. Mais dix-huit ans, c'est vraiment injuste! » Un autre affirmait : « Objectivement, nous étions des trotskystes et des ennemis en puissance étant donné nos relations pendant la guerre... » Le plus souvent, ces psychoses de culpabilité partent d'imprudences ou de fautes réelles, mais hors de rapport avec les procès qui nous ont été faits : ne pas s'être rendu compte qu'on était filé dans la clandestinité, avoir été arrêté avec un papier portant des noms, avoir porté une appréciation politique dif-

férente de celle du Parti... Mais ce sont devenues de véritables psychoses. Et dans son discours du XXᵉ Congrès,
Khrouchtchev parlera de ces camarades condamnés depuis
huit, dix ou quinze ans qu'il a fallu ensuite convaincre
qu'ils étaient innocents...

Un de mes amis me racontera, après notre réhabilitation, avoir nié pendant des semaines, des mois, même sa
propre signature, son propre nom... parce qu'il pensait
que c'était une mise à l'épreuve pour vérifier s'il était vraiment apte à remplir le poste important qu'il occupait —
avant son arrestation — à la Sécurité. En riant, il me dira :
« Et quand j'ai été mis au cachot, je me frottais les mains
en pensant : c'est la dernière épreuve. On est mardi, c'est
le vendredi qu'on libère. Il ne me reste donc que trois
jours à faire... »

C'est seulement lorsqu'il s'est trouvé devant le tribunal,
qu'il s'est entendu gratifier d'une peine de vingt-deux ans
de prison... qu'il a vu que son calvaire n'avait rien d'une
mise à l'épreuve!

VII

Un jour un référent inconnu qui assiste à mon interrogatoire me dit : « Pensez-vous que vous pourrez encore
continuer longtemps à nier. Vous êtes ici parmi les types
les plus endurcis, les ennemis les plus acharnés que nous
ayons jamais eus. Alors que les autres ont déjà fait amende
honorable devant le Parti en reconnaissant leurs crimes,
vous, vous persistez dans votre attitude cynique. Prenez
donc exemple sur Holdoš : par ses aveux et son attitude,
il a prouvé qu'une étincelle vivante d'esprit communiste
subsiste en lui; qu'il suffit de souffler dessus pour ranimer
la flamme. Vous avez déjà usé pas mal de référents. Quand
vous aurez usé ces deux-là qui vous interrogent mainte-

nant, d'autres les relaieront. On verra bien qui se fatiguera
le premier. Un homme comme Radek a tenu trois mois.
Après il a fini par tout avouer. Vous, vous tenez depuis
bientôt quatre mois. Vous croyez que ce jeu-là va encore
durer longtemps? Vous ne perdez rien pour attendre. Vos
activités criminelles sont d'une telle ampleur qu'une seule
corde sera insuffisante. Il vous en faudra au moins quatre! »

Toujours les mêmes menaces. Seule l'allusion à Radek...
Ainsi j'ai deviné juste. Cette remarque me confirme, en
effet, combien est étroite la collaboration des référents avec
les conseillers soviétiques qui sont les seuls à pouvoir connaître le comportement de Radek avant son procès.

Voilà que maintenant les référents s'acharnent sur un
thème que l'on m'avait déjà fredonné à Kolodĕje, dès mes
premiers interrogatoires. Les accusations les plus miro-
bolantes, les plus injurieuses sont proférées à l'encontre
de dirigeants du Parti communiste français et de sa politique pendant la guerre. Toutes les mesures d'intimidation,
les coups sont utilisés pour essayer de m'extorquer des déclarations compromettantes contre les dirigeants communistes
français. Ainsi ils auraient entretenu durant toute la guerre,
au sein du Parti, un organisme dirigeant du trotskysme
européen, la M.O.I., section de la IVᵉ Internationale,
ramassis de sionistes, dont les trois responsables étaient
juifs. Ainsi la Gestapo et les services de renseignements
auraient eu leurs hommes dans la direction du Parti et
c'est pourquoi l'ordre avait été donné de rapatrier, dans
les pays occupés, les membres « trotskystes » des Brigades
internationales et autres ennemis du Parti de la même veine.

Lorsque je rétorque que c'était Jacques Duclos personnellement qui suivait et contrôlait le travail de la M.O.I.,
on me répond : « Qu'est-ce que cela change? Švermova
était aussi une secrétaire du Parti. Où se trouve-t-elle maintenant? Dans le même trou que vous et pour la même rai-
raison : c'est une vieille ennemie. »

On m'interroge sur l'adjoint de Duclos pendant l'année 1940, Maurice Tréand, dont on veut me faire dire qu'il était en France un des dirigeants du trotskysme européen et un agent de la Gestapo.

Les référents veulent transformer les fautes et erreurs du début de l'occupation en France, par exemple la tentative d'obtenir la parution légale de *L'Humanité*, en une complicité délibérée des dirigeants d'alors avec les nazis. C'est une histoire de fous! Mais ces fous se déchaînent contre moi et me font subir les pires violences.

En mai et en juin, cette attaque en règle contre le Parti communiste français et ses dirigeants se poursuit. On veut me faire absolument « avouer » que le beau-frère de ma femme, Raymond Guyot, est un agent de l'Intelligence Service. Que c'est par les soins de cette organisation qu'il avait été parachuté en France pendant l'occupation allemande. Qu'il est au courant de mon activité trotskyste qu'il a couverte et aidée; qu'il est le chef d'un réseau d'espionnage pour l'Europe. Le commandant Smola qui mène ces interrogatoires de sa façon la plus brutale, affirme que « nos amis soviétiques possèdent tout le matériel concernant ces faits, que leurs services de renseignements ont tout dévoilé ». Il prétend agir en leur nom.

Il me montre, en outre, des « aveux » de certains de mes coaccusés contre Raymond Guyot et Jacques Duclos, allant dans le sens de ces accusations et me déclare avec tranquillité : « Attendez qu'il y ait un changement de régime en France, vous verrez ce qu'on en fera de votre beau-frère et de ses pareils! »

Encore aujourd'hui, je ne comprends pas quel était le but de ces attaques contre le Parti communiste français. Leurs inspirateurs n'étaient pas les hommes de Ruzyn, ni même les meneurs de jeu. L'initiative venait certainement de beaucoup plus haut, directement de Béria. On peut en voir la preuve dans le fait que les conseillers soviétiques, en

même temps qu'ils faisaient accuser les dirigeants du Parti
communiste français de trahison, donnaient aux référents
l'ordre d'orienter les interrogatoires sur ce sujet, en fonction de l'activité de Desider Fried. Ce dernier avait été,
à la fin des années 1920, un dirigeant de la jeunesse et
membre de la direction du Parti tchécoslovaque. Je suis
très étonné d'être interrogé sur lui. On veut me faire avouer
que la source de mes déviations politiques criminelles —
anarchisme, trotskysme, antisoviétisme — découle de la
mauvaise influence sur moi des positions politiques de
Fried. On veut me faire déclarer qu'il a été éliminé en 1929
de la direction du Parti pour de grossières déviations
politiques et sa position anti-parti. C'est ridicule! J'avais
quatorze ans quand il avait quitté Prague pour Moscou où
il était devenu instructeur du Komintern pour la France,
sous le pseudonyme de Clément. Je l'avais personnellement peu connu, à peine si je l'avais rencontré à deux ou
trois reprises à Moscou, en 1935, l'année du VIIe Congrès
du Komintern. Par contre, c'est à cette époque que Maurice
Thorez m'a parlé pour la première fois de lui — « ton
compatriote! », comme il disait — avec beaucoup d'affection et d'estime. Après ma rhéabilitation, lorsque je ferai
une cure dans le midi de la France, en février 1964, Thorez
a évoqué devant moi, avec beaucoup d'émotion, son souvenir. Il en parlait vraiment comme d'un frère. Il me
disait que Clément avait mérité la reconnaissance du mouvement ouvrier français pour la part qu'il avait prise à
l'élaboration d'une politique d'union, une politique large
qui a permis au Parti communiste français de devenir une
grande formation politique nationale, jouant un rôle de
premier plan en France.

Pourquoi ces interrogatoires sur Fried? Il avait quitté la
Tchécoslovaquie depuis plus de vingt ans. Il y avait déjà
huit ans qu'il avait été abattu en Belgique, pendant l'occupation, dans des conditions restées pour moi mystérieuses.

Les attaques portées contre lui, les accusations contre lui
— mort — que l'on extorque aux accusés n'ont rien à voir
avec la construction de Ruzyn concernant la Tchécoslovaquie. Étant donné que, dans le pays, personne à peu
près ne sait ce qu'il est advenu de lui, sa mise au pilori
dans le procès ne peut avoir pour but qu'une attaque contre
le Parti français lui-même et contre les dirigeants qui avaient
travaillé en contact étroit avec lui...

Voilà ce que l'on fera dire à deux accusés de notre procès,
sur Fried. D'abord à Geminder :

Le procureur : « Vous vous êtes uni, vous aussi, avec
ces éléments ennemis dans la ligne anti-parti? »

Geminder : « Oui, avec ces gens chargés d'un passé
bourgeois, je me suis lié et je me suis mis à collaborer
étroitement. En 1925, je me suis lié à Alois Neurath, qui
fut démasqué comme trotskyste et exclu du Parti. Par la
suite, en 1927, j'ai rencontré Desider Fried et je me suis
lié avec cet homme qui, en 1929, fut éliminé de la direction
du P. C. de Tchécoslovaquie pour ses grosses déviations
politiques et sa position anti-parti. »

Le Procureur : « Ainsi votre passé capitaliste bourgeois
et votre liaison avec des éléments ennemis dans le P. C.
de Tchécoslovaquie ne vous ont pas permis de devenir un
vrai communiste? »

Geminder : « C'est ainsi... »

Le deuxième accusé à parler de Fried est Reicin :

Le Président : « En quoi se manifestait alors votre activité néfaste dans le Parti ? »

Reicin : « En automne 1929, avec d'autres membres du
C. C. du Komsomol (jeunesses communistes), j'ai participé
à la prise de position fractionnelle du groupe ultra gauche-
trotskyste de Fried qui était en désaccord avec la ligne de
la nouvelle direction gottwaldienne du C. C... »

En France, nous avions beaucoup d'amis, ma femme et
moi. Lorsque certains venaient à Prague, ils avaient plaisir

à nous voir. Presque chaque semaine nous avions la visite
de l'un ou de l'autre. J'ai beau expliquer aux référents que
tous ces visiteurs étaient des membres du Comité central
du Parti communiste ou des militants connus d'organisations de masse, ils prétendent que ma maison est à
Prague le repaire des trotskystes et espions du Deuxième
Bureau. Ils accusent ma femme de leur servir d'agent de
liaison avec moi.

Presque chaque jour, maintenant, on me menace d'arrêter ma femme si je ne me décide pas à avouer. Le commandant Smola s'arrange pour me faire croire que son arrestation est imminente. Un autre jour, il m'annonce même
que c'est fait.

Je pense qu'à une époque, la Sécurité a réellement tenté
d'obtenir de la direction du Parti communiste tchécoslovaque l'arrestation de ma femme. Les référents s'acharnent
sur elle, la déchirant à belles dents. Ils m'interrogent sur
ses collègues de travail que je ne connais même pas. Ils
me lancent des noms inconnus de personnes dont ils prétendent qu'elles sont en contact avec elle. Pendant les
interrogatoires se déroulant dans des pièces petites et où
je me trouve peu éloigné de la table du référent, je réussis à
lire à l'envers certaines lignes des papiers qui y sont étalés.
Je me rends compte que ce sont des rapports concernant
ma femme et venant du ministère de la Sécurité. Elle est
donc constamment sous surveillance. On me présente aussi
des déclarations extorquées à certains de mes coaccusés
contre elle. Ils l'accusent d'avoir joué un rôle agissant
dans notre « groupe trotskyste » et eu d'autres activités
anti-parti. On me montre également des procès-verbaux
la calomniant. Un de mes camarades a « avoué » avoir été
son amant.

Lorsque je le rencontrerai, plus tard à Léopoldov, il
m'expliquera l'origine de cet aveu. Interrogé sur ma femme,
il avait dit la connaître de Paris. Au cours d'un voyage de

Lise à Prague, en 1948, elle avait été lui rendre visite dans
le bureau qu'il occupait au siège du Comité central du
Parti. C'était justement au moment où avait été publiée
la résolution du Kominform concernant la Yougoslavie.
Ma femme, appuyée sur l'épaule de mon ami, écoutait sa
traduction du texte. A ce moment, une porte s'était ouverte
et un employé du Comité central était entré pour transmettre
un dossier. Mon ami lui avait présenté Lise. C'est sur la
base d'une dénonciation de cet homme que les référents
posèrent la question ainsi : « Puisqu'elle s'appuyait sur
votre épaule, c'est que vous aviez des relations intimes avec
elle. — Mais non, pas intimes, très amicales. — Oui ou non
s'appuyait-elle sur votre épaule? — Oui. — Donc, cela
prouve que les relations étaient intimes. C'est le mot juste
dans le dictionnaire. — Bon, allez-y pour intimes! »

Et par une nouvelle déformation, cela était devenu dans
le procès-verbal : « était sa maîtresse ».

On m'affirme que Švab aurait déclaré qu'elle était la
maîtresse de Geminder...

A Ruzyn, il est fréquent d'interroger les détenus sur ces
histoires « intimes », en affectant une vertu austère. D'une
part, pour accentuer la pression morale sur eux et renforcer
leur complexe de culpabilité, d'autre part pour les faire
apparaître dans les rapports pour le Parti et les procès-
verbaux comme de mœurs relâchées.

En général, les accusés cèdent sans résistance sur ce
terrain, qui leur offre un certain répit dont ils profitent
pour récupérer leur énergie afin de se défendre contre les
accusations capitales.

Il y a à Ruzyn l'exemple d'une jeune fille dont une
bonne douzaine d'accusés ont « avoué » avoir été ses
amants. Cependant, soumise plus tard à une visite gynéco-
logique, il s'avéra qu'elle était vierge.

Tous les prétextes sont bons pour compromettre ma
femme. C'est ainsi qu'on lui fait grief d'avoir connu et

entretenu des relations amicales avec Hilda Synkova, députée de Prague, qui s'est suicidée en été 1950. La Sécurité interprète ce suicide comme la preuve d'une activité anti-parti sur le point d'être découverte.

Hilda Synkova était une femme intelligente, pleine d'énergie et d'une grande humanité. Déportée depuis deux ans, c'est elle qui initia ma femme, quand elle arriva à Ravensbruck, au début de 1944, à la vie concentrationnaire.

Toutes deux avaient réussi à conserver, par miracle, la photo de leurs filles, Françoise et Hanka. Elles avaient projeté de les réunir plus tard, ce qui se réalisa pendant les vacances de 1946. Hilda parlait souvent à ma femme de son mari Otto Synek et du frère de celui-ci, Viktor, tous deux membres du premier Comité central clandestin du P. C. tchécoslovaque, et qui avait été torturé à mort par les nazis. Elle disait : « Le plus dur, c'est quand nous nous retrouverons libres. C'est alors que nous sentirons le vide. »

Quand nous avions emménagé à Prague, elles continuèrent à se fréquenter et nos filles à se voir. Hilda s'était suicidée en été 1950, à la suite d'une dépression nerveuse. L'avant-veille de sa mort, elle était venue nous voir et me demander conseil à propos de sa nomination au poste de vice-ministre de la Santé publique. Elle nous avait semblé déprimée. A l'époque il y avait des difficultés entre la direction centrale du Parti et le Comité de Prague dont elle était l'une des secrétaires. A plusieurs reprises, elle avait évoqué la fraternité, l'amitié qui animaient les communistes avant la guerre. Elle se plaignait que ces sentiments aient fait place à l'indifférence, et même à la suspicion, que les dirigeants soient devenus une caste fermée coupée du Parti et du peuple.

Ma femme l'avait beaucoup pleurée. Et voilà que maintenant on impute à crime cette amitié. Je ne comprends pas, mais qu'y a-t-il à comprendre ici, dans cette fabrique de faux et de monstruosités ?

Ne sont-ils pas maintenant en train de créer de toutes pièces une affaire Danh! En été 1949, Danh, qui représentait la République du Viet-nam, en France, était venu s'installer à Prague avec sa femme Lien. Nous les connaissions de Paris et continuions avec eux nos relations d'amitié. C'est ma femme et Kopecky, ministre de la Culture d'alors, qui avaient été choisis comme marraine et parrain de la petite fille qui leur était née et qui avait reçu le nom symbolique de Pra-Ha, Petite Vague en vietnamien.

Le ministre de la Culture avait accordé une bourse à Lien pour lui permettre de terminer ses études au Conservatoire de Musique, à Prague. Il avait pris en charge leur séjour et les soins médicaux nécessités par la santé de Danh, gravement malade depuis son long séjour dans les bagnes français. Ce dernier était reparti dans son pays peu avant mon arrestation. Mort en 1952, il aura droit à des obsèques officielles comme militant émérite du Parti vietnamien. Mais ici, la Sécurité fait de lui le chef du trotskysme vietnamien et m'accuse d'avoir introduit « mon complice » dans les milieux officiels du Parti et du Gouvernement.

Ce complexe d'accusations, ces tentatives acharnées et systématiques, dès mon arrestation, d'extorquer des accusations compromettantes contre le Parti communiste français et certains de ses dirigeants me persuadent de plus en plus que ce n'est pas là l'initiative d'un quelconque Smola et encore moins des autres référents, trop primitifs en général pour imaginer un tel plan, mais une ligne préméditée par les meneurs de jeu de l'appareil auquel nous a livrés la direction du Parti. Pour moi, il devient de plus en plus évident que ce sont des services soviétiques qui non seulement « conseillent » mais fixent la ligne générale de tout ce qu'on nous inflige.

Comment comprendre, sinon, que la Sécurité ait le pas non seulement sur notre propre parti mais sur la direction

d'un Parti étranger, comme le Parti français. Tout ce qui
fait l'objet de ces accusations les plus graves a été connu,
contrôlé, le plus souvent directement ordonné par les
directions de ces deux Partis! Voilà par exemple un passage
des « aveux » de Svoboda : « Après notre retour de France,
en 1945, nous avons trompé Slansky en nous présentant à
lui comme de bons communistes et en lui dissimulant notre
activité trotskyste. » Je comprends pourquoi on a forcé
Svoboda à cet « aveu » qui vient apporter une petite touche
de vraisemblance supplémentaire à l'édification de notre
conspiration imaginaire. Mais comment Slansky peut-il
l'admettre? Slansky, secrétaire général du Parti, suit le
déroulement de toute cette enquête. Il connaît notre passé
à tous, en Espagne comme en France. Comment peut-il
ne pas réagir? Laisser faire? Déjà, avant mon arrestation,
il n'a pas levé le petit doigt quand j'ai fait appel à lui pour
éclaircir devant le Parti mes rapports avec Field...

Quand je cite, à ma décharge, le nom de Slansky, comme
d'ailleurs celui de Gottwald, de Široky, de Geminder, de
Kopecky, de Köhler, c'est toujours la même indignation
véhémente : « Un criminel comme vous n'a pas le droit
de prononcer dans ces lieux le nom vénéré de Slansky! »

Mais si ce nom était si vénéré, ou celui de Gottwald,
comment oserait-on baptiser criminelles les activités que
j'ai eues sur leur ordre personnel? à commencer par certaines nominations diplomatiques? Ou alors il faut croire
que le Parti a délibérément choisi de nous sacrifier? Cela
expliquerait l'attitude de Široky au moment de mon arrestation, celle de Kopřiva lors de notre entrevue... Mais
pourquoi et par qui avons-nous été choisis comme victimes?
Même si la fin justifie les moyens, à quelle fin nous immole-
t-on de la sorte? Aucun parmi nous n'a jamais fait partie
d'une quelconque fraction. Nous sommes des militants
fidèles, disciplinés. Et j'en reviens toujours à cette consta-
tation que la Sécurité placée sous la direction des conseillers

soviétiques a le pas sur le Parti. Les référents utilisent les dossiers des Cadres pour fabriquer leurs accusations contre nous.

Quand on peut s'imaginer être la victime d'une erreur judiciaire ou des intrigues d'une fraction, on trouve en soi la force de lutter. Mais ici, prendre conscience que c'est le Parti qui a décidé votre perte, voir son sort réglé par une mécanique, vous écrase du poids de votre impuissance. L'illusion qu'il reste quelque part un recours, une justice me soutiendrait. La lucidité sape mes forces.

VIII

La porte de la cellule vient une nouvelle fois de se refermer avec fracas sur moi. Je me mets automatiquement à marcher. Surmontant la douleur de mes pieds, je m'efforce d'accélérer le rythme de mes pas pour essayer de me réchauffer. Bien que nous soyons déjà à la fin juin, j'ai toujours froid. Les référents sont en manches de chemise et moi je grelotte.

Un silence sépulcral règne dans la prison, coupé seulement par le bruit des judas qu'on soulève et les chuchotements furtifs des gardiens.

J'essaie de m'imaginer mes amis dans des cellules semblables, torturés par les mêmes pensées, en proie au même désespoir. J'imagine ce que cette détention injuste, ces méthodes inhumaines et criminelles ont pu faire d'eux, leur enseigner la haine, leur faire maudire la vie. Leur adhésion au Parti répondait à leur aspiration à une vie plus fraternelle et plus juste. Ils avaient combattu pour cela sans répit jusqu'au jour où...

Je les imagine, cherchant, tout comme moi, à fuir le présent en se réfugiant dans leurs souvenirs, ce trésor qui n'est qu'à nous et que personne ne peut nous voler.

Quatre pas jusqu'au mur, demi-tour, quatre pas jusqu'à l'autre mur... Les fissures des murs sur lesquelles retombe invariablement mon regard prennent peu à peu figures humaines. D'abord par jeu, intentionnellement, je m'applique à recomposer les traits de mes camarades de combat. Et puis la folie bouscule la fiction! Les lézardes s'élargissent jusqu'à leur livrer passage. Comme dans un accouchement, d'abord leur tête apparaît : ils me sourient; puis sort leur corps. Ils sont là auprès de moi, ils emplissent ma cellule; ils marchent avec moi et nous discutons longuement.

Notre combat, son but inlassablement recherché, conservent-ils leur valeur? Nous les confrontons avec ce que font de moi, de mes coaccusés, les inquisiteurs de cette prison. Ils hochent la tête. De même que tu ne peux te dégager de ton passé où tu te réfugies sans cesse pour oublier le présent, de même tu ne peux renier ta vie avec tout ce qu'elle a comporté de courage, de luttes, d'amitiés...

Ainsi, entre les interrogatoires, ma cellule est devenue un asile où je retrouve mes compagnons. Il doit m'arriver de parler à haute voix car la porte s'ouvre parfois et un gardien agacé m'interpelle : « Vous n'avez pas fini de déconner et de parler aux murs! » L'un d'eux fera même un rapport sur mon étrange conduite.

Pourtant, malgré ma hantise de la folie qui me guette, c'est avec joie que chaque fois je me retrouve entouré de mes camarades...

Richard! Je ne me souviens plus comment je suis entré en relation avec lui. C'était à Paris, fin 1939. Je savais qu'il était allemand, qu'il avait occupé des fonctions importantes à l'Internationale communiste, qu'il était sans papiers, sans aucune liaison, dans une situation très difficile. C'était la guerre...

Lorsque je l'ai vu la première fois, sa large carrure, sa tête léonine, sa chevelure épaisse striée de cheveux blancs, son menton volontaire, l'expression énergique de son

regard bleu et pénétrant, tempéré par une expression amicale et un air de grande bonté, m'impressionnèrent fort.

Il devait quitter l'appartement où il se cachait. Pour
autant son sort ne l'inquiétait pas. Il en avait vu bien
d'autres! Par contre, sa vie de reclus, seul des journées et
des semaines entières, son inaction complète, lui qui
depuis sa jeunesse avait fait preuve d'une activité débor-
dante, l'éprouvaient.

Rapidement nous nous sommes trouvé des amis communs, d'une époque encore récente : l'Espagne. J'apprends
que c'est lui, le fameux Richard, dirigeant des guérilleros
de l'Armée républicaine, de tous les groupes de sabotage
qui se rendaient en zone franquiste pour des reconnais-
sances, des actions politiques aussi...

Je lui promets de m'occuper de lui et de le revoir très
vite. Le Parti communiste français ignorait son existence
et, d'abord méfiant, refusa de prendre le contact avec lui.
Donc, j'ai dû l'aider, par mes propres moyens, lui four-
nissant un peu d'argent, des informations sur les événements, car il ne parlait pas un seul mot de français, ce
qui rendait sa situation plus pénible.

Je le déménageai dans le XIVe arrondissement, chez un
couple de postiers. Il ne pouvait rester que très peu de
temps : le logement étant très petit, de plus ces camarades
militaient eux-mêmes et les rafles et les arrestations nombreuses à l'époque rendaient précaire sa sécurité.

Le Parti français ayant pu vérifier l'identité de Richard
fut d'accord pour le prendre en charge, mais, dans l'immédiat, ne pouvait le loger, ni lui procurer les papiers nécessaires. Il me demanda donc de continuer à m'occuper de
lui jusqu'à ce que soit trouvé le moyen de lui faire rejoindre
le Komintern.

Il n'était pas facile de lui trouver une planque. Beaucoup
de camarades étaient alors illégaux. Et puis une planque...
pour un Allemand! Finalement j'en trouvai une, chez un

métallo français de chez Renault, vivant seul dans une
baraque en planches dans la zone, près de la porte de
Saint-Ouen.

Ses conditions de vie étaient très difficiles — il ne devait
pas faire de bruit, ne jamais mettre le nez dehors. Personne
ne devait s'apercevoir de sa présence. Ainsi il ne pouvait
même pas allumer le poêle, la fumée aurait dénoncé une
présence humaine quand la baraque devait être vide. Même
le soir, avec son hôte fatigué de sa journée de travail, il ne
pouvait pas parler, étant fort peu doué pour les langues.
Le dictionnaire franco-allemand acheté par son hôte était
d'un faible secours : sa prononciation des mots allemands
les rendait incompréhensibles à Richard — les mains et les
regards étaient seuls éloquents. Le camarade qui le logeait
était d'un dévouement admirable. Il s'occupait de lui
comme d'un enfant. Le soir en rentrant il faisait la cuisine
et lui préparait le repas pour le lendemain, Richard ne
pouvant, sans feu, ni cuisiner ni réchauffer la nourriture.

C'était l'hiver et il faisait un froid du tonnerre dans cette
baraque. Le vent passait à cœur joie à travers les mille
interstices des planches. Je lui faisais la lecture des journaux ou nous jouions aux échecs tant qu'il faisait jour.
Après nous restions dans le noir, assis, une bouteille de
cognac — dont il était grand amateur — à nos pieds. Il
me racontait des épisodes de sa vie, une vie incroyable-
ment riche, vécue sous des cieux différents aux côtés de
différents partis communistes. Il avait activement participé à la Commune de Canton qui restait un des grands
moments de sa vie; il évoquait son travail illégal dans les
pays balkaniques et tant et tant d'autres missions qu'il
avait accomplies comme délégué de l'Internationale communiste.

J'étais son seul lien avec le monde. Il supportait cette
situation avec une incroyable patience : jamais un moment
d'énervement, jamais une parole de mauvaise humeur.

Il attendait calmement le dénouement de sa situation. Enfin un jour je lui remis un passeport, un billet de voyage, de l'argent, des vêtements neufs, du linge, une valise. Le lendemain il partait enfin pour Moscou.

Ce n'est que plus tard que je saurai que c'était le mari d'Erna Hackbart.

Erna, surnommée Clémence, qui dans Paris occupé, presque aveugle, se riait des nazis... En 1942, après une nouvelle intervention chirurgicale à l'œil, elle avait gagné la zone sud. Après l'occupation par les armées hitlériennes de la France entière, elle avait été arrêtée et identifiée par les services de la Gestapo, grâce aux empreintes digitales. C'était pour eux une belle prise! Elle fut immédiatement envoyée à Berlin. Elle s'était une fois encore évadée à la faveur d'un bombardement. Erna avait alors erré durant des nuits dans les ruines de Berlin « en me mêlant aux clochards », comme elle devait nous le raconter plus tard en riant.

La fin de la guerre l'avait retrouvée dans un village de Bavière où elle vivait légalement sous une fausse identité. Elle s'était un beau jour présentée à la mairie comme sinistrée totale d'une localité détruite à près de 100 %, ce qui rendait tout contrôle impossible. Le sel de cette histoire est que le *Führer* local des nazis s'était porté garant d'elle devant les autorités de la ville, la voulant pour gouvernante de ses enfants. Pensez donc, une vieille dame si cultivée... Elle cadrait bien avec le nouveau standing de ces parvenus nazis!

J'évoque d'autres amis. Ils tournent autour de moi, comme une farandole de l'amitié...

Stanislav et Edvin, les plus anciens. C'étaient avec eux que je voulais faire sauter la Préfecture de police de ma ville natale. Ensemble, nous avions préparé et tenu tant de réunions, tant d'actions... Stanislav, peu de temps après mon départ d'Ostrava, en été 1933, était entré dans un appareil clandestin travaillant pour le Parti communiste allemand. Il transportait à travers les frontières des tracts et des journaux illégaux devant être diffusés dans le Reich hitlérien. Il avait été condamné à dix années de prison qu'il passa dans une cellule d'isolement à la forteresse de Breslau. Il fut abattu par les S. S., aux derniers jours de la guerre, au moment de l'évacuation de la prison.

Edvin, à la suite de son travail illégal à Ostrava, fut exécuté par les nazis pendant la guerre dans des circonstances que je n'ai jamais connues exactement.

Puis, je revois mes camarades habitant à Moscou avec moi, dans cette chambre de la Soyuznaya. Nous y étions habituellement douze, parfois on installait des lits supplémentaires et nous y avons couché jusqu'à dix-huit. Que de discussions dans cette chambre! sur tous les problèmes, tous les pays, le mouvement révolutionnaire mondial et l'actualité soviétique...

Boris avait pris part, en septembre 1923, avec Dimitrov et Kolarov, à l'insurrection de Sofia. Il avait fait dix ans de prison pour cela. Alberto arrivait d'une prison d'Italie et se faisait l'interprète de José et Ramon, sans arriver à suivre leur débit rapide, quand ceux-ci racontaient toutes les péripéties de la bataille des Asturies.

On parlait toutes les langues dans la grande chambre n° 18. Et nos deux camarades chinois qui avaient été si horriblement torturés par les geôliers de Tchang Kaï-chek... Et le Coréen silencieux et mystérieux... Et mon ami polonais surnommé malicieusement par Lise et ses amies « Sécotine ».

Dormir pour nous était un péché! Nous sortions ensemble la nuit, parfois vers une-deux heures du matin, quand le blizzard soufflait dans les rues de Moscou. C'est par ce temps-là, lorsque des nuages de neige sèche sont soulevés en tourbillons, que nous aimions nous promener sur la Place Rouge. Il nous semblait alors que les ombres du passé allaient se remettre à vivre dans ces lieux et que nous y reverrions s'y dérouler des scènes de la grande Révolution d'Octobre.

Nous nous exaltions en pensant que nous foulions le sol de la métropole mondiale de la Révolution. C'est sur cette place que Lénine entraînait les foules! C'est ici qu'avaient défilé les vainqueurs de Denikine, de Koltchak, de Wrangel et de Petlioura et des interventionnistes de tous les États capitalistes coalisés.

Nous vivions alors une période exaltante, extraordinaire. Le passé révolutionnaire était encore tout proche, et partout dans le monde des luttes se déroulaient... En Autriche, les barricades; en France, des combats de rues; en Espagne l'insurrection des Asturies... Nous étions pleins de foi et remplis d'optimisme : demain, partout la révolution!

Chaque fois que je rentre de l'interrogatoire, je me retourne vers le mur et j'attends que mes amis m'apparaissent.

Un sourire émouvant, des yeux légèrement bridés, les cheveux crépus... Mais c'est maintenant Erna qui est là! La femme de mon ami Erwin Polak... Elle me regarde gentiment, comme elle le faisait quand j'entrais dans sa chambre de notre Soyuznaya dans laquelle elle recevait, une fois par semaine, notre petite colonie de la jeunesse tchécoslovaque. Elle se détache de la partie gauche de mon mur, écran de mes souvenirs. Autour d'elle se groupe maintenant Brunclik, qui sera exécuté par les hitlériens; Heinz, parachuté pendant la guerre en Tchécoslovaquie et décapité à la hache; Schönherz, pendu à Budapest par les fascistes hortistes; Krejzl, mort dans les camps hitlériens... Et voici de nouveau Erna qui me regarde avec une infinie tristesse. Alors qu'elle s'apprêtait à rejoindre Erwin en France, elle a été arrêtée par la Gestapo, à Prague. Déportée à Auschwitz ainsi que sa petite fille, elles ont été gazées...

Parmi les amis bulgares, je revois Pavlov, commandant du bataillon Divisionario. Nous avions passé toute une nuit à Tortosa, dans une cave, à cent cinquante mètres des positions fascistes, de l'autre côté de l'Ebre, en buvant le vin capiteux de là-bas. Il nous parlait des dix ans de prison qu'il avait passés en Bulgarie, après les combats de 1923.

Et Gregor Wiesner? Ce jeune Bessarabien, réfugié politique en Tchécoslovaquie, qui travaillait plus tard au Comité mondial de la Jeunesse pour la Paix, à Paris. De là, il est venu en 1937 à Valence, en Espagne. Je me souviens de nos conversations, avec Lise, sur la place Emilio Castellar, pendant des nuits si claires qu'il était possible de lire le journal à la clarté de la lune et des étoiles. Et lui, Wiesner qui nous chantait en sourdine cette chanson populaire à l'époque :

> *Tant qu'il y aura des étoiles*
> *Sous la voûte des cieux*
> *Y'aura dans la nuit sans voile*
> *Du bonheur pour les gueux...*

Nous rêvions à haute voix de notre avenir, de l'avenir révolutionnaire de l'humanité. Ah! lorsque partout aura triomphé notre idéal...

Je l'ai revu sur le front de Catalogne et puis j'ai perdu sa trace. J'ai appris qu'il avait été évacué du camp de Vernet, où il était interné, à Djelfa, en Afrique du Nord, avec d'autres membres des Brigades et qu'il avait été rapatrié en U. R. S. S. après la libération de l'Algérie. La Bessarabie était devenue partie intégrante de l'Union soviétique. Deux ans après la libération, j'avais appris qu'il avait trouvé une fin héroïque en combattant, dans une unité de l'Armée rouge, les troupes japonaises.

Pourquoi est-ce Winkler-K. Cichocki qui m'apparaît maintenant avec l'expression tendue qu'il avait la dernière

fois que je l'ai vu en Espagne! Aristocrate, un des diri-
geants-fondateurs du Parti communiste polonais, nous le
surnommions « le baron ». Il était d'une grande culture
et avait une personnalité très attachante. Rappelé par
Moscou, il était reparti avec beaucoup d'angoisse. C'était
au moment de la dissolution du Parti communiste polonais
par le Komintern. Il nous avait recherchés à Valence,
où je me trouvais alors avec Lise, pour nous dire adieu.
Il avait le pressentiment que rien de bon ne l'attendait
là-bas, il est quand même parti vers le destin qui l'attendait,
comme bon nombre d'autres communistes polonais...

Ils sont si nombreux à venir près de moi, mes amis
d'autrefois...

Après l'entrée des Allemands à Paris, nous nous rencontrions souvent avec Poulmarch qui était notre voisin à
Ivry et plus tard se joignait aussi à nous Pierre Rigaud.
Tous deux furent ensuite fusillés à Châteaubriant parmi
les cinquante otages.

Oskar Grossmann, mon ami autrichien de Moscou, mort
dans des tortures atroces, après avoir été arrêté par la
Gestapo, à Lyon. Et Paula, la jeune Autrichienne, dont le
bébé avait dix-huit mois, et qui s'était suicidée en se jetant
d'une fenêtre, par désespoir. Arrêtée et suppliciée par la
police pétainiste, à Lyon, elle avait lâché une adresse —
croyant l'appartement déjà vide. Hélas, ce n'était pas le cas!

Je revois maintenant l'arrivée à Mauthausen, le 26 mars
1944, de notre convoi de cinquante déportés N. N. Nous
arrivions du camp de représailles de Neue Bremme, après
un long voyage de quatre jours sans manger ni boire.
Nous sommes à bout de forces lorsque après une marche
forcée de six kilomètres nous distinguons, sur notre droite
la masse sombre d'une espèce de forteresse dont les hautes
tours et les murailles sinistres se découpent sur un ciel
d'ardoise. Les flocons de neige qui tourbillonnent, le vent
hululant sur ce haut plateau surnommé la Sibérie autri-

chienne, donne au paysage un aspect irréel. Nous restons
alignés près du portail, au garde-à-vous, face à la place
d'appel pendant plusieurs heures. Le vent glacial des Alpes
nous transperce. Quand le jour se lève, nous observons les
premières allées et venues des prisonniers. Tout à coup,
mais est-ce l'effet d'une hallucination, je crois reconnaître
dans un groupe de trois prisonniers qui se découvrent en
croisant un S. S., un vieil et cher ami de ma jeunesse. Malgré
ses cheveux courts et le coup de tondeuse au milieu du
crâne, je le reconnais. Oui, c'est bien Gabler que j'ai connu,
quelques années auparavant, à Moscou, où il représentait
la jeunesse communiste autrichienne au K. I. M. Nous
étions alors très liés. Il passe une deuxième fois non loin
de moi. C'est toujours son même visage franc et son regard
dont un léger strabisme accentue encore l'expression mali-
cieuse... Je croyais ne jamais le revoir, on m'avait dit qu'il
avait été décapité à Vienne par les nazis.

Je le fixe intensément pour essayer d'attirer sur moi son
regard. Il est déjà passé trois fois devant notre groupe,
mais je n'ai pas réussi à capter son attention.

Quelques heures plus tard, dans le bloc de quarantaine
où notre convoi a pris place, un jeune Espagnol de dix-neuf
ans, Constante, après qu'il m'a posé adroitement deux ou
trois questions, reconnaît en moi un ancien volontaire des
Brigades internationales. Il est le premier à me manifester
ici la solidarité et la fraternité communistes. Malgré son
jeune âge, il est « un ancien ». Il a été déporté de France
en 1940! Grâce à lui, j'ai pu, le jour même, prendre contact
avec des camarades de différentes nationalités, dont j'appre-
nais par lui la présence au camp.

Le lendemain il m'a amené Gabler. Nous sommes
tombés dans les bras l'un de l'autre, très émus. Dans les
semaines qui ont suivi nous évoquions tous les camarades
que nous avions en commun. Il me parlait beaucoup de sa
femme Herta que je connaissais bien aussi et dont il était

depuis très longtemps sans nouvelles. Il m'a raconté son parachutage en Autriche pour reprendre son poste dans la direction du Parti communiste autrichien clandestin. Il a été envoyé au camp sans être jugé et nous espérions la fin de la guerre et la libération avant son jugement. Ensemble, nous avons participé à la création du Comité international clandestin de résistance et de solidarité dont il a été responsable jusqu'à son transfert à Vienne. Car il y a eu hélas jugement! Il savait qu'il allait à la mort mais il nous a quittés, serein. Lorsque nous nous sommes embrassés pour la dernière fois, nous n'avons pas prononcé un mot... Je l'ai suivi du regard jusqu'à ce qu'il disparaisse, entre les deux S. S. qui l'escortaient derrière le portail du camp. Peu de temps après, son exécution à Vienne nous était confirmée...

C'est le soir même de mon arrivée que j'ai retrouvé Leopold Hoffman. Il avait été l'un des premiers volontaires des Brigades, en France, à retourner au pays, malgré tous les dangers que cette décision comportait. Il avait repris à Prague le combat illégal contre les nazis. Après des mois d'activité intense il avait été arrêté et déporté ici. Grâce à ses qualités et son courage mes compatriotes l'ont choisi comme l'un des responsables de leur comité national clandestin. Après l'exécution de Gabler et ma grave maladie qui nécessita mon transfert au *Revier*, en septembre 1944, la direction du Comité international fut réorganisée. C'est Hoffman qui fut désigné pour prendre ma place. Gabler fut remplacé par Razola, camarade espagnol, intelligent et courageux auquel me lie une grande amitié. Je me revois maintenant au bloc 5, où était l'infirmerie du camp. Mon beau-frère était alors couché, à quelques mètres de moi très grièvement atteint de gangrène. Razola et Hoffman venaient me voir journellement, m'apportant, avec le réconfort de leur présence, des nouvelles et parfois quelques douceurs qu'ils arrivaient à se procurer pour moi.

Parmi toutes les rencontres que j'ai faites à Mauthausen,
l'une des plus poignantes a été celle avec Conrad. Originaire de ma région natale, il avait quitté Ostrava pour
devenir instructeur du K. I. M. Je l'avais perdu de vue
depuis 1937. Et c'est ici, en 1944, que je devais le retrouver!
Un jour, deux détenus du *Bunker* — la prison du camp —
avaient été sortis sur la place d'appel, encadrés par les
S. S. Je l'ai tout de suite reconnu. Je devais le revoir deux
fois encore dans des circonstances identiques. Nous échangions de loin un regard amical, un sourire, un discret salut
de la main. Il ne verra pas la libération du camp. Il sera
abattu dans le *Bunker*, par les S. S., quelques jours avant!

Tant d'hommes ont donné leur vie à notre cause! Est-elle
en train de nous trahir?

La révolution ne serait-elle grande qu'à son avènement?

C'est ma ronde de l'amitié, la ronde de nos espoirs
d'autrefois. La ronde de ma folie entre deux interrogatoires.
Et cette folie m'est douce. Elle m'aide à tenir. Il faut être
fou pour tenir à Ruzyn.

IX

Soudain, la clef tourne dans la serrure. Le gardien me
tend la serviette pour que je me bande les yeux. J'avais
espéré qu'on me laisserait tranquille jusqu'à l'heure du
repas. Mon illusion n'a pas duré longtemps. Aujourd'hui,
vendredi, ce sera une distribution de gruau, infect bien
sûr, mais chaud. Moi qui pensais pouvoir calmer quelque
peu ma faim et surtout me réchauffer.

Arrivés à la porte grillagée du couloir, le gardien me
lâche et une autre main me saisit. C'est une main que je
connais déjà, mais elle n'appartient pas à mon référent.
J'essaie de deviner qui me conduit et vers quel bureau il

me dirige. Ça y est, maintenant je sais : Smola! Je l'ai reconnu à sa façon de me pousser contre le mur pendant qu'il ouvre la porte.

La serviette enlevée, je me trouve, en effet, face à lui. Il est assis derrière son bureau. D'une voix très calme il me dit : « Nous allons écrire un procès-verbal sur Fritz Runge. Inutile de souligner que vous devez absolument dire tout ce que vous savez sur lui. »

Je suis ébahi. Jusqu'ici il a toujours refusé d'écrire un procès-verbal sur moi! Alors pourquoi un procès-verbal sur Runge, qui est un des collaborateurs de la section de presse du ministère des Affaires étrangères. Et puis ce ton tranquille, poli... que cache-t-il?

Smola commence l'interrogatoire : d'abord les données d'état civil. Et maintenant, comment ai-je connu Runge? Il écrit. Tout paraît normal et la procédure régulière. Je réponds consciencieusement et avec précision. Mais, voilà que, maintenant, Smola formule lui-même, à haute voix, le texte qu'il tape : « Il a collaboré de longues années au service de presse de l'Internationale communiste... » Puis suivent des considérations qui n'ont rien de commun avec ce que je lui dicte. Ses formulations sont toutes en défaveur de Runge. Je l'interromps : « Jamais je ne signerai un tel procès-verbal! »

Il entre alors dans une fureur sans nom et commence à me frapper violemment. Puis, me saisissant aux épaules, il me cogne contre le mur. La séance de brutalités dure longtemps. Smola ne s'arrête que lorsqu'il me voit cracher le sang. Il semble alors un peu inquiet et me fait me laver dans le lavabo et nettoyer les taches de sang qui maculent mon treillis. Le lendemain, la même séance recommence, accompagnée des mêmes violences. C'est mon dernier interrogatoire par le commandant Smola. Il a échoué dans sa tâche de me faire « avouer », alors que nous entrons dans le sixième mois de ma détention et de ma mise en condition.

D'où, sans doute, son dernier déchaînement de haine
contre moi...

Je suis transféré au groupe du capitaine Kohoutek.
En guise de bienvenue, ce dernier me dit : « Vous avez
liquidé une bonne douzaine de référents. Nous avons
décidé de reprendre avec vous les interrogatoires depuis
le début. Nous ne sommes pas pressés. Nous avons un
nombre suffisant de référents pour se relayer, même si cela
doit durer encore un an et plus. Un jour ou l'autre vous
finirez par avouer ce que l'on veut de vous. Nous sommes
loin d'avoir épuisé toutes nos méthodes. Vous ne vous
doutez pas du carrousel qui vous attend ! »

Smola avait une cinquantaine d'années, tempes gri-
sonnantes, menton en galoche, regard gris métallique et le
comportement d'un fanatique. Il me traitait constamment
en ennemi, avec des excès de haine et de violence sans frein.
Quand il pratiquait la manière douce — faisant appel à
mes sentiments de communiste — je me suis vite aperçu
qu'il récitait une leçon. C'était pourtant le seul moment
où il sortait un peu de son comportement de machine à
obtenir des aveux. Le reste du temps il ne manifestait
jamais une opinion personnelle, restant sourd à tout ce
qui ne cadrait pas avec sa mission.

J'avais une telle aversion pour ce personnage obtus et
cruel que s'il avait continué mes interrogatoires, je pense
que j'aurais refusé de signer, à en crever, quand ce n'eût
été que pour lui faire front jusqu'au bout.

Kohoutek était exactement à l'inverse de Smola. Un
peu plus jeune, portant beau une quarantaine qui s'empâ-
tait un peu, mis avec élégance, qu'il fût en uniforme de
capitaine ou en civil. Il y avait en lui du vendeur profes-
sionnel indifférent aux qualités de la marchandise qui
n'entrent pas dans la transaction. Jamais grossier ni brutal
que ce soit en paroles ou en gestes, il ne marquait aucune
animosité, posant même des questions de politesse sur

votre état d'âme, votre santé, votre famille. Je m'aperçois bientôt qu'il ne croit pas du tout à son travail et qu'il s'explique les choses avec un cynisme cru. A ses yeux, l'affaire constitue une étape politique; le parti doit faire table rase des fautes et des insuffisances qui le gênent. C'est à quoi servira le procès. Il permettra en même temps d'effectuer un bond en avant en débarrassant le Parti de certaines catégories d'hommes qu'il éliminera du pouvoir et des postes responsables.

Kohoutek n'a probablement pas en vue une véritable liquidation physique. L'élimination est politique. Ce n'est probablement pas précaution de langage, mais sa manière de justifier ce qu'il fait. « Si vous étiez resté en France, me dit-il par exemple, vous auriez continué, dans ce pays capitaliste, à être un militant de grande valeur. Mais des hommes comme vous, avec votre passé, vos idées, vos conceptions, vos relations internationales, ne sont pas faits pour un pays qui construit le socialisme. On doit vous écarter. Quand le moment difficile sera passé, le Parti pourra revoir votre cas et trouver une solution qui vous permettra de vivre, sans, bien sûr, que vous jouiez un rôle politique... »

Mais Kohoutek a plus d'une corde à son arc. S'il sait faire patte de velours, il sort des griffes acérées. Il y a en lui vraiment du chat qui joue longuement avec la souris. En tout cas, d'entrée de jeu, le carrousel, comme il dit, commence. Les interrogatoires durent vingt, vingt et une heures d'affilée. Je reste toujours debout. Ramené dans ma cellule, il ne m'est pas permis même de m'étendre, alors ne parlons pas de dormir. Après plus de cinq mois d'un régime inhumain, le carrousel de Kohoutek m'achève.

Mais, plus gravement encore, c'est son cynisme qui m'atteint. Ce qu'il laisse entendre d'une opération politique manigancée sur notre dos...

J'apprendrai plus tard que Kohoutek aurait été commis-

saire de police chargé de la répression anticommuniste,
justement dans ma ville natale d'Ostrava. Il continuait
donc sous deux régimes différents le même travail contre
les mêmes gens... Il devait s'en donner à cœur joie!

Je comptais jusqu'ici, d'une certaine façon, sur ce fameux procès contre le « groupe ennemi des anciens volontaires trotskystes des Brigades internationales », dont
Smola et ses référents avaient fixé la date approximative-
ment pour mai-juin. Toutes mes forces tendaient à mettre
à exécution mon intention de clamer, à cette occasion, mon
innocence et de démasquer les méthodes criminelles utilisées par la Sécurité contre nous. Celui qui s'imagine qu'il
peut encore être sauvé par un miracle commence à y croire.
Je me suis déjà convaincu que la multitude des camarades
qui connaissaient nos activités ne se laisseraient pas mys-
tifier, qu'ils demanderaient des explications et ne per-
mettraient pas notre condamnation... qui serait également
la leur!

Et puis, de toute façon, ce procès aurait marqué la fin de
la vie abjecte et dégradante que l'on me fait mener depuis
près de six mois et qui peu à peu me transforme en une
bête humaine. Or, maintenant que j'arrive à l'échéance,
Kohoutek ne parle plus de la tenue d'un tel procès. Le pire,
c'est lorsqu'on sait que plus rien ne peut vous aider. C'est
mon cas maintenant...

D'autant que toujours, toujours revient la menace de me
faire juger à huis clos avec comme seule issue la corde! Cela
signifierait être liquidé dans l'ombre, et porter à jamais la
marque infamante du traître, sans espoir que la vérité éclate
un jour, car les morts ne parlent pas!

Dois-je donc accepter une telle mort en niant jusqu'au
bout? Qui peut accepter de mourir ainsi. C'est seulement
quand l'homme fait le don de sa vie à une cause exaltante,
consciemment choisie, que son sacrifice a un sens.

Pour celui qui reste en vie, il subsiste la lueur, faible sans doute, mais la lueur quand même, de pouvoir un jour faire éclater la vérité et son innocence. Car, dans le plus profond de vous-même il y a l'espoir que les choses n'en resteront pas là et qu'un jour les conditions seront données pour rétablir la vérité.

Le dilemme qui se pose à moi est atroce : je me suis trouvé, avant la guerre, devant la police et les tribunaux tchécoslovaques; pendant l'occupation face à la Brigade spéciale antiterroriste et le Tribunal d'État français. J'ai aussi connu les camps de concentration nazis. Mais ici, je suis dans mon pays, dans la République populaire, démocratique, de Tchécoslovaquie ; les hommes qui sont devant moi agissent au nom du Parti, au nom de l'Union soviétique. Il est facile de lutter contre l'ennemi qu'on connaît. Dans la bataille contre l'ennemi de classe ou les occupants nazis, l'héroïsme est naturel. Dans ma jeunesse, en Espagne, durant la clandestinité, devant la police, dans les prisons et les camps de concentration, j'ai toujours fait preuve de courage, je n'ai jamais hésité devant le danger, c'est ce qui m'a valu la confiance et l'affection de tous mes camarades.

Mais je me trouve ici de par la volonté de mon Parti. C'est un membre du Bureau politique qui m'a dit : « On t'anéantira avec ou sans tes aveux! »

Contre un tel adversaire peut-on se battre? Chacun de mes gestes, chacun de mes refus de passer à des « aveux » est interprété comme la continuation de ma lutte contre le Parti, comme l'attitude d'un ennemi acharné qui, même après son arrestation, refuse de faire amende honorable en avouant. Dans de telles conditions, pour un communiste, vouloir prouver son innocence n'est pas seulement impossible mais pose ce cas de conscience, ahurissant, absurde, mais contraignant : vous acceptez de signer les « aveux » : vous entrez aux yeux du Parti sur la voie de votre rédemption! Vous refusez de les signer parce que vous

êtes innocent : vous êtes un coupable endurci qu'on doit
liquider sans merci.

Kohoutek sait jouer avec mes sentiments de fidélité au
Parti, comme avec la culpabilité que j'éprouve depuis que
Field a été dévoilé comme espion au cours du procès Rajk,
du seul fait de l'avoir connu, d'avoir bénéficié de son aide
financière. Il argumente : « Monsieur London ! Vous savez
que Szönyi a été condamné à mort comme espion dans le
procès Rajk. Lui n'avait touché que 300 francs suisses de
Field ! Et vous, combien en avez-vous reçu ?... »

Il m'enferme dans ses syllogismes : « Quelqu'un qui cuit
du pain, c'est un boulanger. Vous qui êtes à la tête d'un
groupe d'hommes qui s'avouent coupables d'une activité
trotskyste, qu'est-ce que vous êtes objectivement ? Responsable d'un groupe de trotskystes ! Le responsable d'un
groupe trotskyste, qu'est-ce qu'il est ? Un trotskyste lui-
même ! »

Il tire un trait sous l'addition : « Ne soyez pas naïf. Vous
connaissez les aveux de Zavodsky, Svoboda, Holdoš, Dora
Kleinova, Hromadko, les témoignages accablants de Nekvasil et Štefka ainsi que le monceau de lettres d'accusation
que nous avons reçues contre vous. Même si vous n'avez
rien fait, vos coaccusés ont avoué s'être rendus coupables
d'un long travail ennemi dans les secteurs les plus décisifs
de l'État : Parti, Sécurité, Armée. Vous êtes leur responsable, ils l'affirment tous. Vous-même ne pouvez pas le nier.
Donc les crimes qu'ils ont commis retombent sur vous,
même si subjectivement vous n'êtes pas coupable. Votre
seule issue et votre devoir est de vous en remettre à la grâce
du Parti. Jusqu'ici, votre attitude est celle d'un ennemi
endurci, vous devez en changer ! »

« Votre seule issue... » J'en suis arrivé à un tel point
d'épuisement physique que ce terme d'issue n'est plus pour
moi un terme figuré. Mais surtout Kohoutek a su m'user
mentalement. Il a su m'enfermer dans une opération poli-

tique, m'ôter tout espoir de pouvoir me battre. Peut-être que lui ou les meneurs de jeu ont calculé que c'est en ôtant tout sens à ma résistance qu'ils la mineraient et non en voulant la briser. Je ne vois vraiment plus d'issue nulle part. Quand vous découvrez que votre effort est sans but, c'est là que la lassitude vous accable. J'en viens à penser que mon obstination prolonge inutilement mon supplice.

Un jour de juillet, à bout de forces, j'accepte de signer mes premiers « aveux » :

« Puisque les anciens volontaires des Brigades internationales reconnaissent être des trotskystes et des traîtres, le fait d'avoir été leur responsable me met sur le même plan qu'eux. »

« Puisque Field est un espion et que j'étais en contact avec lui, je suis objectivement coupable... »

X

Persévérante, ma femme avait continué de m'écrire. Déjà, lors de notre arrestation commune, en 1942, alors que le juge d'instruction avait interdit toute correspondance entre nous, elle avait passé outre et au bout d'un mois, le juge avait mis les pouces, me donnant la joie de recevoir tout le paquet des lettres gardées. Cette fois, ce fut après mes premiers « aveux » que je récupérai la lettre dont Smola m'avait extrait un paragraphe et deux autres qui la complètent. Les voici :

4 mai 1951.

Gérard,

J'ai reçu ta lettre hier. Je l'ai relue plusieurs fois pour essayer de trouver entre les lignes une réponse à toutes les questions que je me pose depuis ce 28 janvier où tu quittas

la maison pour ne plus revenir. *Comme nous t'avons attendu!*
Chaque fois que nous entendions un bruit de voiture, nous
pensions que c'était toi qui nous revenais. Mais les jours, les
semaines, les mois ont passé et tu n'es pas revenu.

J'avais une telle confiance en toi, mon Gérard. Est-il
possible que tu en étais indigne ? Je t'aime Gérard, mais tu
sais qu'avant tout je suis communiste. Malgré mon immense
douleur, je saurai t'arracher de mon cœur si j'ai la certitude
de ton indignité.

En t'écrivant ces mots, je pleure comme une Madeleine,
nul mieux que toi ne sait combien je t'ai aimé, combien je
t'aime. Mais je ne puis vivre qu'en accord avec ma cons-
cience.

J'espérais toujours, jusqu'au reçu de ta lettre, que tu
allais nous revenir, réhabilité, et que notre vie reprendrait à
la page où nous l'avions laissée. Mais ta lettre semble écrite
sous le signe de « Toi qui entres ici abandonne toute espé-
rance! » Je ne peux me faire à cette idée, quand on m'expli-
quera, quand je verrai clair, ce me sera plus facile.

Je vois combien tu te fais de soucis concernant notre situa-
tion matérielle. Bien sûr, il n'est pas facile d'entretenir six per-
sonnes, mais — avec l'aide du Parti — j'en viendrai à bout.
Car si tu es coupable, Gérard, nos enfants et parents n'y
sont pour rien et ils n'auront pas à en supporter les consé-
quences. J'entends du point de vue matériel. Car moralement,
il en va autrement, tu peux bien te l'imaginer. Mes parents
ont souffert et continuent à souffrir autant que moi. La pensée
que toi — la personne la plus aimée — tu étais indigne
d'appartenir à la grande famille communiste nous torture.

Jusqu'à présent je travaille, j'écris, je m'occupe des enfants,
je lis beaucoup, pour essayer de meubler mes heures au maxi-
mum et laisser le moins de place possible aux pensées obsé-
dantes qui tournent toujours en rond.

Françoise et Gérard travaillent assez bien en classe,
d'après leurs notes. Gérard est un vrai diable, et j'aurai du

mal avec lui. Françoise a beaucoup mûri au cours de ces derniers mois, beaucoup trop! Petit Michel a maintenant huit dents et perce quatre molaires d'un coup, ce qui le fatigue et le rend grognon. Il a pour moi une véritable adoration; dès que j'arrive à la maison, plus personne ne compte. Je lui ai coupé les cheveux comme à un garçon et ses grands yeux noirs paraissent encore plus grands dans son visage dégagé. Combien je suis heureuse de l'avoir mon petit Michel. Te souviens-tu de mon retour de la maternité? Mon hypersensibilité d'accouchée me donnait-elle une double vue? J'ai eu en cet instant la prémonition des malheurs qui devaient s'abattre sur nous.

Papa et maman ont été fatigués. Heureusement que je les ai ici. Que serais-je devenue sans eux! Nous sommes encore dans la même maison mais nous devons déménager bientôt.

En terminant Gérard, je veux te rappeler les paroles de Jan Huss : « La vérité vaincra! » Si tu es innocent, bats-toi, lutte pour le prouver. Sinon, il est juste que tu paies les conséquences de tes actes.

Donne-nous de tes nouvelles. Les trois petits t'embrassent. Au revoir, mon Gérard.

Fin mai 1951.

Mon Gérard,

Ma première lettre t'a peut-être semblé dure, mais comment t'expliquer tout ce que je ressens. J'attends ta réponse avec tant d'impatience, mais hélas jamais rien de toi au courrier. J'espère qu'elle me confirmera ce que mon cœur sent : il est impossible que tu aies commis des actes hostiles au Parti, contre ton pays. Je me refuse à le croire car alors que signifieraient ces seize années de vie commune. Je crois bien te connaître : tes qualités et tes faiblesses. Il est exclu que j'aie

pu vivre auprès d'un être malfaisant sans m'en être aper-
çue!

  Ta lettre m'a fait beaucoup de peine car elle est affreu-
sement triste et sans perspective. D'un autre côté elle est
tellement remplie de ton amour, des soucis que tu te fais pour
nous. Tu n'aurais pas osé écrire une telle lettre si tu te sentais
coupable devant moi, les enfants et les parents. Tu sais notre
attachement pour le Parti et que nous pourrions tout te par-
donner, hormis la trahison envers lui.

  Je me torture le cerveau pour essayer d'y voir clair, mais
autour de moi c'est la nuit noire. Et toujours, partout, je vois
ton visage si franc, tes bons yeux, ton sourire si affectueux.
Je crois entendre ta voix me dire : « Ne doute pas de moi ma
Lise ! » Je ne doute pas de toi, Gérard, mais j'ai également
foi dans le Parti; et si le Parti a autorisé de telles mesures,
je me dis qu'il doit y avoir quelque chose qui les légitime.
Cependant, j'espère que tout s'éclaircira et que tu nous
reviendras. Surtout, ne te tracasse pas pour notre situation
matérielle. Avec les prodiges d'économies que sait réaliser
maman, nous arriverons toujours à vivre. Pense seulement à
éclaircir tes problèmes, à te laver de toute accusation. Je
crois en toi, sois courageux. Tu le dois non seulement à nous,
mais aussi au Parti.

  Michel est chaque jour plus beau et gentil. Dire que tu ne
le connaîtras pas dans cet âge le plus attachant. Mais tu
le reverras bientôt, Gérard, car si, comme je le crois, tu es
innocent, la vérité éclatera vite, surtout qu'il y a le Parti et
que je crois en son équité.

  Les parents et les enfants t'embrassent. Je t'aime, mon
Gérard. Et si tu m'aimes aussi, alors tu trouveras les forces
pour faire triompher la vérité qui, je le crois, ne peut que
t'être favorable. C'est bien vrai cela, n'est-ce pas?

                                                    Ta Lise.

15 juin 1951.

Mon Gérard,

Nous sommes déjà installés dans le nouvel appartement.
Nous habitons à Dyrinka, n° 1, Prague 19ᵉ. Nous sommes
sur une hauteur qui domine toute la ville et de notre fenêtre,
le panorama est magnifique. Je me plais beaucoup ici, parmi
nos meubles d'Ivry qui me rappellent les années passées,
lorsque nous étions heureux. Dans ce nid douillet, tu nous
retrouveras bientôt, j'en suis sûre.

Derrière la maison il y a un petit jardin et devant une place
qui me rappelle celle d'un village. Je ne regrette pas que nous
ayons déménagé. Je me sens ici davantage chez moi qu'à
Střešovice. Les enfants terminent l'année scolaire. Françoise
continuera de fréquenter son ancienne école, qu'elle refuse
de quitter. Petit Gérard ira en classe tout près de la maison.
Les enfants vont très bien. Michel a été malade pendant une
dizaine de jours, avec une angine. Il va déjà mieux. Maman
s'est beaucoup fatiguée pendant le déménagement. Ma santé
est bonne. Gérard, je suis persuadée que tout s'éclaircira
pour toi et que bientôt tu nous reviendras. Il ne peut pas en
être autrement. A partir de juillet, je travaillerai à l'usine.

Surtout ne te fais aucun souci pour nous, Gérard. Nous
sommes en bonne santé, et nous t'attendons avec une con-
fiance absolue. Pourquoi n'as-tu plus écrit depuis le premier
mai? Je t'en prie, écris-nous. Si tu savais avec quelle impa-
tience nous attendons de tes nouvelles.

Nous nous inquiétons fort de ta santé.

Toute la famille t'embrasse. Je t'aime, Gérard.

Lise.

Quand j'ai lu ces trois lettres, j'ai été d'autant plus
bouleversé que j'ai compris à quel point Smola m'avait

mystifié. Du passage de la lettre de Lise que Smola m'avait
lu, détaché de son contexte, j'avais conclu qu'elle m'avait
renié. Je connaissais sa foi candide dans le Parti. Et surtout, sans doute, il y avait eu ma propre culpabilité à son
égard. Le jour de mon arrestation j'étais décidé à tout lui
dire, dans le pressentiment qu'on utiliserait contre notre
couple ce qui avait été davantage, de ma part, un abandon à
ma démoralisation qu'une infidélité. Je savais ce que les
polices font de telles aventures, mais je ne connaissais pas
encore les méthodes de persuasion de Ruzyn. En mai,
quand Smola m'avait mystifié, je n'avais plus aucun doute
sur le parti que la Sécurité avait pu tirer de ma faute envers
Lise, pour lui faire admettre que si j'avais pu lui mentir
sur le plan personnel, pourquoi n'en aurait-il pas été ainsi
sur le plan politique.

Voilà maintenant que je suis aussi coupable d'avoir
manqué de foi en Lise! Lise se tient courageusement à mes
côtés. Elle me manifeste une confiance intacte. Elle a seulement vacillé le temps d'une phrase de sa première lettre,
sous le choc, mais elle s'est aussitôt reprise...

Malgré sa situation si difficile d'étrangère, avec toute
une famille à sauvegarder, elle n'a jamais songé à prendre
ses distances avec moi pour mettre à l'abri ses parents et
les enfants. Au contraire, elle m'encourage. Elle me rassure
sur le sort des nôtres, afin que je puisse me concentrer
entièrement à la clarification de mes problèmes concernant
le Parti et mon travail... Cette confiance dans notre réunion
prochaine, c'était sa façon de me dire : « Bats-toi, tiens le
coup, je suis avec toi! »

Plus tard je saurai par ses récits la vérité sur ses conditions
de vie qu'elle peignait de couleurs roses dans ses lettres,
sur ses difficultés de chaque jour, sur la lutte âpre qu'elle
devait mener pour l'existence de notre famille.

Et ces lettres, on me les a données maintenant, après que
j'ai signé mes premiers « aveux ». Je m'imagine le choc

terrible qui sera le sien quand elle saura que son attente
est vaine. La tragédie que cela représentera pour elle et
toute la famille, combien toute sa vie en sera marquée
dans ce pays où d'ores et déjà, elle est traitée en paria...
Jamais je ne me suis senti aussi proche de ma Lise et je me
prends à regretter de ne pas avoir été fusillé comme otage,
d'être revenu vivant du camp. Ce sort actuel lui aurait été
épargné et elle aurait conservé à jamais une image pure de
notre amour, la fierté de son compagnon, du père de ses
enfants. Je me fais de violents reproches de les avoir entraînés dans mon malheur. De ne pas les avoir mis en sécurité,
renvoyés à temps, en France, au moment où j'ai compris
que mes difficultés pouvaient me conduire à la catastrophe.

Le fait aussi qu'elle m'avait fait joindre quelques lignes
de Françoise, de Gérard, auxquels elle avait raconté que
j'étais en sana — montrait plus que tout la confiance qu'elle
avait en l'avenir, puisqu'elle mettait ainsi les enfants à
l'abri du drame affreux qui se jouait, afin de leur préserver,
intacte, l'image de leur père qu'elle était sûre qu'ils retrou-
veraient bientôt.

Et puis sa naïveté, sa foi farouche dans l'esprit de justice
et d'équité du Parti...

En cela, il y a une espèce de rupture — la première —
entre sa conception communiste de confiance illimitée dans
LE PARTI QUI NE PEUT JAMAIS AVOIR
TORT et celle dont je fais ici l'apprentissage, depuis près de
six mois, et qui me montrait la puérilité d'une foi inconditionnelle dans une idée abstraite du Parti, amenant à une aliénation de la pensée. Le Parti, oui on peut avoir confiance
en lui quand on le considère tel qu'il doit être, c'est-à-dire
une émanation de la masse des communistes, mais en aucun
cas quand il s'agit d'un appareil étroit, bureaucratique,
qui abuse des qualités de dévouement, de confiance, de
sacrifice de ses membres pour les entraîner dans une voie

pervertie, qui n'a plus rien de commun avec les idéaux et le programme d'un Parti communiste.

Je n'ai maintenant qu'une seule pensée : la persuader de partir avec les parents et les enfants pour la France. Là-bas elle se retrouvera dans un milieu sain, loin de la boue et à l'abri de l'arbitraire et des représailles que ne peuvent manquer d'entraîner le soutien qu'elle m'apporte dans l'adversité, son amour qui éclate dans chacun des mots qu'elle m'écrit.

Retournée dans son pays, parmi les siens, ses camarades, ses amis, la douleur qu'elle aura en apprenant ma condamnation sera plus facile à supporter.

19 juillet 1951.

Ma Lise,

J'ai reçu tes dernières lettres et celle de Françoise à laquelle tu as ajouté quelques lignes. Tu ne peux t'imaginer le bonheur qu'elles m'ont procuré et combien je suis heureux de pouvoir y répondre et de te donner de mes nouvelles. Je suis en bonne santé, je reçois les soins médicaux que mon état exige. Il ne me manque rien que la liberté, toi et la famille. Ces trois éléments qui sont pour moi un tout. Je suis maintenant un peu tranquillisé en ce qui concerne votre sort, car mon inquiétude était grande. Je peux m'imaginer dans quelle situation morale et matérielle épouvantable je vous ai entraînés...

Depuis le premier jour de ma détention, sans cesse mes pensées sont auprès de vous... Jamais encore, dans ma vie, je ne me suis senti aussi proche de toi... et jamais je ne t'ai autant aimée que maintenant... Et cela, en dépit du fait que je me suis mal conduit envers toi... Pourquoi ai-je agi ainsi? Il m'est impossible aujourd'hui de me l'expliquer. Ce fut le résultat d'une grande démoralisation. Tu ne peux t'imaginer quels sont mes remords et mes regrets.

Peux-tu, je t'en prie, oublier ma faute ou alors tâcher de ne pas y penser. Si tu savais combien, moi aussi, je me souviens de notre logement d'Ivry où s'abritait un tel bonheur, et quand mon amour, sans être plus grand, au contraire, était sans ombre...

J'étais décidé à tout te raconter et te demander pardon. J'avais honte depuis longtemps déjà et je ne pouvais te regarder en face. Et quand je t'ai vue, ce dimanche, dans le jardin, avec notre Michel qui faisait ses premiers pas sur cette terre, alors j'ai eu l'intention de me débarrasser d'Havel et de revenir le plus vite possible pour tout te dire. Malheureusement, mon arrestation l'a empêché.

Comment feras-tu à l'usine? Tu n'as pas de métier manuel et ta santé n'est pas si bonne! Tu devrais envisager votre retour en France, où vous vous trouveriez dans un milieu familier et où, avec l'aide de ta sœur et de ton frère, il serait plus facile aux parents, à toi et aux enfants de franchir l'étape si dure qui est devant vous. Réfléchis à cela, ma Lise. Je t'aime. Embrasse les enfants et les parents pour moi.

J'ajoutai un mot pour l'anniversaire des parents — soixante-sept ans :

Soyez prudents avec votre santé. Ma Lise et les enfants ont besoin de vous et il faut que vous restiez très longtemps encore auprès d'eux. Pardonnez-moi le chagrin et le malheur dans lesquels je vous ai entraînés malgré que je désirais tant vous faire une vieillesse heureuse. Je vous embrasse. — Votre Gérard.

Un mot aussi à ma fille :

Françoise, ma blondinette! Tes lettres me procurent une grande joie. Tu ne dois pas seulement être une gentille fille mais aussi commencer à être une amie pour ta mère qui est en train de vivre des moments très difficiles. Tu es déjà grande et raisonnable et tu dois beaucoup l'aider. Je te demande de

prendre exemple sur elle et de devenir une femme aussi cou-
rageuse, avec un caractère pur comme le sien. Tu ne peux
pas avoir un meilleur exemple dans ta vie et je ne peux pas
te faire une meilleure recommandation. Dis à Gérard qu'il
soit sage. Embrasse-le ainsi que notre petit Michel et reçois,
ma chérie, les meilleurs baisers de ton père.

22 juillet 1951.

Mon Gérard,

Une lettre de toi après de si longs mois! Je suis contente
de te savoir en bonne santé. J'ai eu par contre beaucoup de
peine en lisant ta confession. Tout aurait été si facile, si simple,
si tu t'étais confié à moi. J'aurais pu t'aider, j'étais ta cama-
rade autant que ta femme.

Tu me demandes d'oublier ou au moins de ne pas y penser.
Cela est difficile pour moi, avec mon caractère. Mais c'est
de grand cœur que je te pardonne le mal que tu m'as fait,
Gérard. Pour ce qui me concerne je puis tout te pardonner.
Je ne pourrais en faire autant concernant le Parti. J'ai tou-
jours l'espoir que tu n'as commis aucune faute grave et que
ta démoralisation s'est bornée à chercher des distractions
en dehors de ton foyer.

Tu me demandes d'envisager notre retour en France. Mais
Gérard, ce retour est lié à ton sort! Il n'aura lieu que si la
suite des événements me prouvait que je ne peux plus, avec
honneur, continuer à te considérer comme mon mari.

Mon Dieu Gérard! Comme tout cela est bête et triste!

Les parents ont pleuré quand je leur ai lu le mot que tu
leur as envoyé. Combien ils sont courageux, mais c'est dur
pour eux!

Françoise a recopié les lignes que tu lui as consacrées et
elle les conservera soigneusement. Notre fille est une bien
brave petite, c'est vrai qu'elle comprend beaucoup déjà,

mais elle est encore bien jeune pour que je puisse m'appuyer sur elle.

Gérard demande souvent après toi, ces derniers temps. Il veut savoir quand tu reviendras à la maison, quel travail tu fais maintenant, pourquoi tu écris si peu. Mais il passe la majeure partie de ses journées dehors, à jouer, et ton absence ne le fait heureusement pas trop souffrir. A cet âge on est vraiment insouciant et heureux.

Petit Michel est très affectueux mais aussi coléreux et impulsif. Il adore son Pépé qui le promène beaucoup.

Je dois aller travailler dans une usine de Karlin, « Autorenova », spécialisée dans la réparation des appareillages électriques des moteurs d'autos et d'avions. Le travail est intéressant et n'exige que de l'habileté. Je n'en manque pas et le travail manuel ne me fait pas peur! Donc, ne t'inquiète pas pour moi. D'autre part, travailler me sortira de la maison et de mon cercle d'idées.

Au revoir, mon Gérard, les parents et les gosses t'embrassent. Comme je souhaite pouvoir, un jour, reprendre avec toi notre route en avant, après la période si pénible que nous vivons. Car c'est vrai, je t'aime, Gérard.

Je sens combien Lise, dans chacune de mes lettres, quête le moindre mot ou allusion de ma part qui justifiera sa confiance en moi et son espoir en notre avenir. Ce mot, je ne peux pas le lui dire, au contraire, il faut que je la prépare au drame sinistre qui se jouera bientôt, lui faire comprendre que je suis perdu, lui faire croire que je suis coupable. Sans cela elle refusera de m'abandonner et je veux qu'elle parte bien loin d'ici avec toute la famille.

Le 7 août, je peux de nouveau lui écrire :

« ... En ce qui concerne mon amour pour toi, je te prie, ma Lise, de ne pas en douter et de me croire quand je dis que je t'ai touujors aimée et que je t'aime.

« Autrement, ma Lise, ta confiance n'est pas justifiée.

Je suis coupable et je dois en répondre. J'ai le devoir de te le dire pour que tu puisses prendre les mesures qui en découlent pour toi et les nôtres. Je ne veux plus mentir et je commence avec cette vérité, la plus pénible. Je sais que la douleur que je te cause sera grande. Mais plus tôt tu regarderas les choses en face, mieux cela vaudra. Je sais combien tu es courageuse et forte et que chaque décision que tu prendras sera juste. Crois-moi, chaque mot que je t'écris m'arrache un morceau de mon être, un morceau de ma vie qui fut si belle à tes côtés. Je suis courageux, comme tu me le demandes, mais mon courage ne serait pas suffisant dans ce cas s'il n'y avait pas la raison, beaucoup de raison et beaucoup d'amour pour toi. C'est pourquoi te dire la vérité est ma première obligation. Écris-moi, ma Lise, ce que tu as l'intention de faire.

Maintenant, tu comprendras certainement pourquoi je t'ai posé la question de retourner en France. Penses-tu qu'autrement j'aurais pu me décider à m'imaginer la vie sans toi, sans les enfants et sans les parents?... »

Malgré cela Lise s'obstine à rester à mes côtés, elle me répond aussitôt dans deux lettres :

9 août 1951.

Mon Gérard,

J'ai reçu ta longue lettre avant-hier et je l'ai lue et relue bien des fois. Ta façon de poser le problème n'est pas très claire, aussi je veux l'être beaucoup plus car il ne doit subsister aucun malentendu sur le problème, le plus grave, qui doit décider de nos relations ultérieures et de l'organisation de mon existence à venir.

Gérard, tu me dis avoir commis des fautes dont tu dois répondre. Mais, il m'est impossible de me rendre compte de la gravité de ces fautes. Je ne pourrai prendre une décision conforme à mon honneur communiste que lorsque je saurai

exactement de quoi il retourne. Staline nous a enseigné que
l'homme est le capital le plus précieux, que si un homme se
noie on doit l'aider à sortir de l'eau et non l'abandonner.

Chaque communiste peut commettre des fautes durant
une période de sa vie, il doit en répondre, d'accord, mais il
y a la vie qui continue et lui permettra, s'il y a du bon en lui,
et s'il sait tirer les leçons de ses fautes, de se racheter et
d'avancer. Si c'est ton cas, Gérard, je serai encore d'accord
pour t'aider dans cette voie, cette attitude de ma part me
semble compatible avec mes devoirs de communiste.

Si tu étais un traître, alors il n'y aurait pas matière à dis-
cuter. On ne parle pas avec un traître. On lui crache à la figure.
Ma position est très claire...

J'ai confiance en l'homme. Je sais qu'il y a du bon en lui
et que ce ne sera pas de ma part du temps perdu, surtout
après la dure leçon vécue, qui portera ses fruits, j'en suis
sûre.

Voilà, Gérard, ce que je voulais te dire aujourd'hui sur
ce problème fondamental.

A part cela, mon travail me plaît toujours. J'ai appris le
métier en six jours alors que j'avais un mois pour le faire.
Le vieux contremaître se plaît à répéter que je suis habile,
très habile! Je suis contente de moi et le temps passe bien plus
vite maintenant. Françoise et Gérard sont à la campagne.
Les parents se portent bien et le petit Michel est de plus en
plus charmant.

J'espère que je puis encore te dire : je t'aime, Gérard.

Prague le 12 août 1951.

Gérard,

Aujourd'hui, dimanche 12 août. T'es-tu souvenu de ce que
représente cette date dans notre vie? Il y a neuf ans que nous
étions arrêtés à Paris et que commençaient les trois années

de séparation. Comme ce temps écoulé, qui fut pourtant une si dure épreuve, me semble resplendissant, comparé à la triste période que je vis aujourd'hui. Et pourtant, alors que nous échangions ce long baiser dans l'auto qui nous transportait à la Préfecture je croyais que c'était notre adieu définitif. J'en suis à penser qu'il en aurait été mieux ainsi. Ma grossesse en prison, mon accouchement à l'infirmerie de la Roquette, l'attente de la mort, la déportation qui me sépara de mon petit Gérard, l'idée que jamais je ne te retrouverai, étaient des épreuves douloureuses, mais combien elles me semblent faciles comparées aux souffrances actuelles.

J'attends ta réponse à ma dernière lettre, réponse qui doit me faire savoir si les fautes dont tu t'es rendu coupable sont de celles qui peuvent se racheter ou si elles sont telles qu'elles ont fait de toi un homme perdu à jamais pour le Parti et sur lequel je dois faire une croix.

Gérard, il n'est pas possible que tu m'aies également trompée sur ce point comme sur l'autre, il n'est pas possible que tu aies agi criminellement contre le Parti, contre l'idéal de toute notre vie. Ce serait trop affreux. Mais non, ce n'est pas possible! Et toujours en moi vit l'espoir qu'un jour tu sauras racheter les fautes que tu as pu commettre dans une période de démoralisation et qu'un jour mes gosses pourront de nouveau être fiers de leur père.

Je te répète ce que je t'ai écrit dans ma précédente lettre : je ne me refuserai pas à t'aider et à aller de nouveau de l'avant si tes fautes sont de celles qui peuvent se racheter.

J'étais ce matin sur le lit tellement triste et abattue que je ne pouvais retenir mes larmes qui coulaient sans arrêt. Petit Michel était près de moi, me regardant tout étonné. Il ne comprenait pas que sa maman avait mal car lui, quand il souffre, et qu'il pleure, il crie bien fort. Alors, il pensait que c'était un jeu et disait : « Eau », et de sa menotte il me barbouillait tout le visage. Et il essayait, en vain, de faire également couler de l'eau de ses yeux dont il ouvrait et fermait *drôlement les paupières en arrondissant sa bouche mignonne. Mais lui n'avait pas mal et l'eau ne coulait pas.*

Aujourd'hui, comme il y a neuf ans, le ciel est bleu, sans un nuage. Il fait beau. Autour de moi la vie est belle... pour les autres. Le sera-t-elle encore un jour pour moi?

Hier petit Gérard a écrit. Sa lettre est amusante, je te l'envoie, elle te distraira un moment. Combien il te ressemble ce gosse!

La semaine dernière j'ai rempli la norme qui nous est imposée à l'usine à plus de 200 %. Pendant les deux prochaines semaines, le travail sera moins intéressant car mon partenaire a pris ses vacances et j'en serai réduite à faire des travaux mineurs, démontage et nettoyage. De toute façon il faut que tout se fasse et démonter avant de remonter... alors patience!

Au revoir Gérard. J'espère te lire bientôt. Baisers du tout-petit, des parents, de moi-même.

Lise.

Fin août 1951.

Gérard,

Encore un dimanche couronnant une nouvelle semaine sans toi. Et ainsi file le temps même avec ses peines. Ce matin, j'ai promené le petit, nous avons accompagné Pépé au petit jardin où il va chaque jour porter du grain aux quatre poules qui nous restent; en ramener des haricots et maintenant, aussi, les premières tomates. Cette promenade journalière lui est une distraction, un but.

Cet après-midi, je suis restée allongée sur mon lit et j'ai lu. Petit Michel a dormi longtemps mais son sommeil a été interrompu par une chute douloureuse sur la bouche. Il a la lèvre encore tout enflée. Il a beaucoup pleuré mais a fini par se rendormir. Quand il s'est réveillé, nous sommes allés, avec maman et lui, jusqu'au jardin d'enfants qui se trouve près de la maison. Michou s'est bien balancé et il était tout content.

De retour à la maison je me suis remise au lit. J'ai relu tes trois lettres et me voilà t'écrivant ma lettre hebdomadaire.

J'attends impatiemment ta réponse Gérard. Je ne prendrai une décision concernant l'organisation ultérieure de ma vie que lorsque je saurai exactement ce qu'il en est avec toi. Je me souviens d'une intervention de Maurice Thorez à un Comité central au sujet des méthodes de direction, de la pratique de la critique et de l'autocritique. Il a eu cette image si juste : « Mais quand vous critiquez un camarade, faites-le avec le souci non pas de l'écraser davantage mais avec celui de l'aider à voir la racine du mal pour mieux y remédier. Quand on nettoie un enfant on fait attention à ne pas le jeter à l'égout en même temps que l'eau sale. »

Non, Gérard, je ne jette pas l'enfant avec l'eau sale. L'enfant reste propre, sa crasse seule, qui est restée dans l'eau ira à l'égout !

Bien entendu, si chez toi c'était autre chose que de la crasse, si tu étais un salaud, alors je ne discuterais pas ainsi. Je te rejetterais bien loin car toute l'eau serait incapable de te laver jamais. Et il ne me resterait que la honte d'avoir été la femme d'un salaud. Cette certitude je ne l'ai toujours pas.

Les gosses n'ont pas encore écrit la date de leur retour et la rentrée est proche ! Je les attends au début de la semaine.

Bonsoir Gérard. Il est vingt-deux heures, j'ai sommeil ! Demain réveil à cinq heures. Mon partenaire sera de retour et je recommencerai à remonter mes magnétos, ce sera plus intéressant.

Michel dort déjà au pied de mon divan, dans le petit lit que la mère de Pra-Ha m'a donné avant son départ. Allez, bonne nuit !

XI

J'ignorais tout des batailles que menait Lise, auprès du Parti, pour moi, comme pour assurer la vie des siens. Ces batailles je ne les connaîtrai qu'une fois que tout sera fini. Mais il me les faut faire figurer ici parce qu'elles montrent l'envers de ce que nous vivions à Ruzyn, les responsables du Parti aux prises avec notre affaire et contraints d'y réfléchir, contraints de mettre leur nez sur leurs méthodes, parce que Lise, avec sa foi de charbonnier dans le Parti, dans le communisme...

Voici la lettre qu'elle a écrit à Slansky le 15 mars 1951, six semaines donc après mon arrestation :

« Il y a déjà plus d'un mois que je vous ai demandé un entretien. Votre secrétaire m'a répondu par téléphone que vous étiez très occupé en raison de la préparation du Comité central et que vous me feriez savoir vous-même quand il vous sera possible de me recevoir. Le temps passe. Ne voyant rien venir je me permets de vous écrire pour me rappeler à vous.

Il y a déjà vingt ans, camarade Slansky, que je porte avec fierté le titre de communiste. Je n'ai jamais démérité. Mon père, qui vit ici avec ma mère, est membre du Parti depuis 1921. A plusieurs reprises Maurice Thorez l'a cité comme l'exemple du vieil ouvrier, honnête, fidèle à sa classe et à son Parti. Si je vous rappelle cela c'est pour que vous puissiez comprendre combien est douloureuse pour nous l'épreuve que nous subissons actuellement, d'autant plus que nous sommes toujours dans l'ignorance absolue du sort de Gérard et de la raison qui a motivé la mesure contre lui.

« Camarade Slansky, je comprends que vous ayez une tâche écrasante comme secrétaire du Parti, mais je crois que dans certaines circonstances il est aussi de votre devoir de recevoir et d'entendre un membre du Parti... »

Au mois de mars, Lise, toujours gardée par son chauffeur-ange gardien, attaché à chacun de ses pas, apprit par lui qu'une réunion plénière de l'organisation du Parti au ministère des Affaires étrangères, présidée par Viliam

Široky, avait donné prétexte à un véritable déchaînement contre moi. Quelques jours après, elle écrit à nouveau au Secrétariat du Parti et à Bruno Köhler :

« ... Ayant interrogé un camarade, il m'a appris qu'il y a même eu une demande d'exclusion contre Gérard. J'ai tenté d'obtenir les éclaircissements auxquels j'ai droit comme sa femme, comme communiste et aussi comme chef de famille. Je suis en effet seule maintenant à assumer la subsistance de six personnes et selon les nouvelles qui me seront communiquées il sera de mon devoir d'envisager l'avenir en tenant compte de ces facteurs. Je n'ai pu obtenir audience ni du camarade Široky, ni du camarade Köhler. Par contre j'ai reçu la visite d'employés du service-logement du Ministère pour m'informer que nous devions vider les lieux.

« Ne croyez-vous pas, camarades, qu'avant de me poser ce problème il aurait été juste, au préalable, de m'informer des raisons qui le justifient? Je vous répète que rien ne m'a été dit jusqu'ici qui puisse m'aider à voir clair.

« Il m'en coûte d'avoir à vous poser des questions de ce genre; je me trouve devant des problèmes matériels et financiers très difficiles, depuis le départ de mon mari je n'ai touché que 6 000 couronnes [1].

« L'argent que nous possédons est bloqué à la banque. Personne n'accepte de m'aider à régler ces problèmes. Il me faut pourtant continuer à payer le loyer, à faire vivre ma famille. N'y a-t-il pas moyen que je perçoive, à mon nom, les allocations familiales? N'ai-je pas droit aussi à une allocation pour mes parents? Peut-être avez-vous l'impression que je pourrais me dispenser de vous entretenir de ces questions terre à terre. Il me faut pourtant les résoudre, et croyez que ce n'est pas facile, partout où je m'adresse, je me heurte à un mur...

1. D'avant la réforme monétaire, c'est-à-dire 1 200 couronnes d'aujourd'hui, soit environ 360 francs actuels.

« Et à qui m'adresser, sinon au Parti! N'oubliez pas combien nous sommes isolés ici, ce qui rend encore plus pénible notre situation.

« Jusqu'à preuve du contraire, je ne puis admettre que Gérard soit un ennemi du Parti. Qu'il ait commis des fautes dans son travail, subi de mauvaises influences, peut-être... Mais qu'il soit un ennemi, non, je ne le crois pas.

« Je sollicite à nouveau une audience et j'ose espérer que vous ne me la refuserez pas. »

Cette dernière lettre vaut à ma femme d'être convoquée, le 21 mars, par Bruno Köhler, responsable de la Section des Cadres du Comité central du Parti. Elle le connaissait très bien, depuis les années 1939-1940, du temps où je travaillais, à Paris, avec lui.

Voici le récit, par Lise, de cette entrevue :

Il me reçoit dans son bureau, mais avant que nous n'ayons commencé à parler, sa secrétaire introduit un homme aux yeux bleus, grand, assez charpenté, il me semble vaguement reconnaître en lui un ancien d'Espagne [1].

« Tu m'apportes de nouvelles informations?

— Oui, il en arrive chaque jour davantage! »

Il tend à Köhler une grande enveloppe bourrée de papiers.

« C'est très bien, mais il nous faut encore accélérer le mouvement. »

Köhler a l'air tout excité. Il emmène son visiteur dans un coin reculé de la pièce où ils tiennent une messe basse. Ce dernier parti, nous nous retrouvons face à face.

« Que se passe-t-il avec mon mari?

— C'est moche pour lui. Il semble mouillé jusqu'au cou.

---

1. D'après la description il doit s'agir d'Alois Samec, ancien d'Espagne, chargé alors de recueillir du matériel contre les anciens volontaires. Il collaborait avec les conseillers soviétiques.

Tu as vu le matériel qu'on m'a apporté, ça le concerne
aussi et j'en reçois un tas comme ça tous les jours.

— Mais enfin, est-il arrêté ou non? Si oui, j'ai le droit
d'en connaître les motifs, d'abord comme sa femme et
aussi comme membre du Parti.

Köhler me répond qu'il n'y a pas d'inculpation contre
toi, mais que tu es mêlé à un tas d'affaires plus louches les
unes que les autres et qu'il ne voit pas comment tu t'en
sortiras. Il me fait ensuite des allusions perfides à notre
vie privée.

— Tu ne peux pas dire qu'il se soit bien conduit envers
toi, il te délaissait. Il rentrait à des heures indues...

Et de me plaindre!

Je me rebiffe : « C'est vrai qu'il s'attardait souvent le
soir. Mais il avait le moral très bas, il se fuyait lui-même. Il
peut avoir eu des faiblesses comme tout un chacun. Mais
j'ai confiance en lui. Je l'aime et je suis sûre de son amour
pour moi et ses enfants. Et puis tu touches là à un problème
qui nous concerne uniquement tous les deux! Ce n'est
sans doute pas cela qui a conduit le Parti à le faire arrêter,
ou pour parler comme Široky, « à l'isoler ».

— Pour le moment il n'y a pas encore d'inculpation
contre lui. Široky a eu raison de te parler d'isolement. Mais
si j'ai un conseil à te donner, c'est de repartir le plus rapidement possible en France avec tes enfants et tes parents.
La vie, désormais, sera trop difficile ici pour vous.

— Partir? Mais comment le pourrais-je? Cela signifierait
que nous nous désintéressons du sort de mon mari. Plus
encore, notre départ prendrait la signification d'une condamnation. Je n'ai aucun motif de le faire, je resterai ici.
Si tu me fournis les preuves que Gérard est un ennemi,
alors je reconsidérerai ma décision.

— Réfléchis bien. C'est un conseil amical que je te
donne. Tu n'es pas seule, tu as charge d'âmes. Crois-moi,
ce ne sera pas facile pour vous. Et d'abord j'ai la tâche

pénible de t'informer que tu dois quitter, dans un bref délai, ton travail à la radio.

— Pourquoi? A-t-on des reproches à me faire? La direction vient justement de me désigner comme le meilleur reporter pour les émissions en français que j'ai réalisées au Congrès de la Paix, à Varsovie. Je ne parle pas le tchèque couramment, où pourrais-je trouver à m'employer utilement ailleurs?

— Il est impossible que tu puisses continuer de travailler à la radio, ni d'ailleurs dans aucune administration. La seule possibilité, pour toi, est de te trouver un emploi à l'usine.

— Le travail manuel ne me fait pas peur, mais je n'en ai aucune expérience. Je serais beaucoup plus utile dans une profession que je connaisse.

— Le problème n'est pas là. En Union soviétique, c'est ainsi que se règlent de tels cas!

— C'est un drôle de procédé. D'abord, même si mon mari est coupable — ce qui d'après tes dires n'est pas encore prouvé — suis-je responsable de ses actes? En deuxième lieu, je trouve un peu bizarre d'envoyer quelqu'un travailler à l'usine pour le punir ou le rééduquer. Considérerait-on le travail en usine comme des travaux forcés? C'est une appréciation drôlement vexante pour la classe ouvrière!

— Je n'y puis rien, ce n'est pas moi qui décide! » Et pour me rendre la pilule moins amère il ajoute : « Ce ne serait pas si mal si tu pouvais te faire valoir dans une usine, une filature par exemple [1]. Le travail n'y est pas tellement pénible; et tu as bien entendu parler des sœurs Filatov, les fameuses stakhanovistes! Qui sait si tu n'en seras pas une toi aussi... »

1. Les filatures se trouvant loin de la région praguoise, la proposition de Köhler présageait du sort qu'on réservait à ma femme : l'éloignement de la capitale, comme ce fut le cas pour de nombreuses autres épouses de détenus.

Je lui expose toutes mes difficultés : manque d'argent, ton compte en banque bloqué, l'ordre du Ministère de quitter le logement... Pour ces affaires matérielles, il me conseille de m'adresser au ministère des Affaires sociales qui m'attribuera une allocation pour les parents.

De nouveau, j'oriente la conversation sur toi. Je lui parle de toutes les difficultés que tu as rencontrées au cours de l'année écoulée, de ton impuissance à te faire entendre et à régler tes problèmes par le Parti. Je lui rappelle dans quelles circonstances tu as été en liaison avec Field, que le Parti communiste français est au courant de toute l'affaire et qu'il est donc facile de vérifier aux sources.

Je lui dis encore que je m'explique ton arrestation comme la suite possible d'une provocation de certains ennemis camouflés au ministère de la Sécurité. Pour détourner d'eux l'attention ils sont intéressés à faire beaucoup de vent autour du « cas London » et à brouiller au maximum les faits te concernant, pourtant clairs et facilement contrôlables.

Je lui dis fonder mon sentiment sur le fait qu'un journal suisse avait publié, au moment où la Sécurité t'interrogeait — encore en 1949 — sur Noël Field, un article sur « un prochain procès en Tchécoslovaquie », posant la question : « Artur London y figurera-t-il comme principal accusé ou principal témoin? » Cela ne peut-il pas être la preuve que toute cette affaire est une provocation?

Köhler me conseille d'écrire au ministre Kopřiva, ce que je fais, dès le lendemain. J'adresse le double de cette lettre au Secrétariat du Parti.

Dans cette lettre, datée 22 mars 1951, ma femme reprenait les arguments qu'elle avait exposés la veille à Köhler, notamment la question de Field. Elle terminait par une critique concernant les méthodes utilisées par le Parti dans mon cas :

« Permettez-moi, chers camarades, comme communiste consciente et responsable, de formuler maintenant une critique sur le travail de la Section des Cadres du Parti, en relation avec cette question. Peut-être la jugerez-vous injustifiée, mais puisque telle est mon opinion, je crois de mon devoir de vous la formuler.

« Après que mon mari eut été longuement interrogé par les services de la Sécurité d'État, les problèmes semblaient être éclaircis. Mais il restait ensuite à les régler définitivement avec le Parti. Mon mari a posé la question à Geminder : « Je veux maintenant que mon cas soit étudié et classé par la Section des Cadres! » Geminder lui a répondu que le camarade Kopřiva et lui-même avaient justement l'intention d'en parler avec lui dès le lendemain. Mais le lendemain, les jours et les semaines sont passés sans que le Parti tire le trait sur cette affaire. La situation de mon mari est devenue de plus en plus difficile et il en a beaucoup souffert.

« Je lui reproche de n'avoir pas fait preuve d'assez d'énergie pour exiger d'être entendu, pour poser les questions de fond au Parti, étant donné sa conviction profonde que le Parti commettait une erreur en se déchargeant uniquement sur les services du ministère de la Sécurité pour étudier et régler une question litigieuse avec un militant du Parti, surtout occupant une fonction aussi importante que la sienne. Il voyait dans cette manière d'agir du Parti, une contradiction flagrante avec une juste politique des cadres...

. . . .

« Excusez-moi, chers camarades, si j'ai été un peu longue, mais je ne crois pas inutile de vous avoir écrit cette lettre. Je vous répète ce que je disais hier au camarade Bruno Köhler : ma confiance en Gérard repose sur le fait que toute sa vie, toutes ses activités sont contrôlables. Nos seize années de vie commune m'ont permis de vérifier, au cours de périodes souvent très difficiles, son attachement indéfectible au Parti, sa grande honnêteté, son courage et son dévouement...

« J'ai tout de même une requête à présenter au camarade Kopřiva. Étant donné la maladie de mon mari, et le fait que je redoute toujours une rechute de tuberculose, serait-il possible que j'obtienne une information sur son état de santé?

« Agréez, chers camarades, l'expression de mes sentiments communistes. »

Le 27 mai, le ministère des Affaires étrangères envoyait un camion pour déménager ma famille dans un nouveau logement où ne se trouvait même pas un fourneau pour cuisiner. Ma femme opposa une résistance inébranlable et refusa de quitter les lieux dans de telles conditions. Elle renvoya les camionneurs et les employés du Ministère chargés de faire exécuter les ordres. Comme elle devait l'écrire le lendemain au ministre Široky :

« ... De Paris nous n'avons emmené que les livres, le linge de maison et les meubles de ma chambre. Nous devions payer le mobilier qui se trouve actuellement chez nous avec l'argent déposé au compte en banque de mon mari, dès que la fin de l'inventaire serait terminé.

« Or, ce matin, les envoyés du Ministère m'ont informée que je ne pourrais emmener ces meubles que si je les réglais, au comptant, avant même de quitter le logement...

« Ainsi l'on trouve normal de me faire partir avec deux personnes âgées et trois enfants dans un logement vide, sans même une cuisine, sans aucune possibilité de l'aménager, notre argent étant bloqué à la banque et moi-même ne disposant que de mon salaire de la radio jusqu'à la fin de juin...

« Camarade Široky, devais-je, crois-tu, accepter de faire coucher mes enfants et mes parents sur le plancher? Je crois que ce n'est pas sérieux et c'est ce que j'ai expliqué aux employés du Ministère. Je demande que toutes ces questions matérielles soient réglées avant mon départ d'ici. Je te signale, en passant, que j'ai réglé mon loyer jusqu'au 30 juin. Je ne pense donc pas que mon attitude puisse être considérée comme mal fondée.

« J'ignore toujours ce qui est reproché à mon mari. J'espère encore que les questions s'éclairciront, surtout que le Parti est là et que j'ai foi en lui. Personnellement, rien ne me permet de douter de l'honnêteté et de l'innocence de Gérard. Mais de toute façon, ainsi que j'ai eu l'occasion de le dire au camarade Bruno Köhler, quoi qu'il ait fait, ni les enfants, ni les parents, ni moi-même ne devons payer pour lui. J'ai conscience de n'avoir jamais démérité de la confiance du Parti et c'est la tête bien haute que je continue de porter mon titre de communiste même, et encore plus dans la période si douloureuse et si difficile que nous traversons.

« Voilà, cher camarade, ce que je voulais te dire. Excuse-moi de t'avoir importuné mais il faut bien que je m'occupe et assure l'existence des cinq personnes qui sont à ma charge... »

Ainsi le combat que j'avais tenté de mener en réclamant jour après jour une entrevue avec un des responsables du Parti, ma femme l'avait mené de son côté. Elle avait informé le Parti de tout ce qu'elle savait, de tout ce qui choquait son idéal de communiste. Personne des responsables ne peut invoquer l'excuse toute faite : je ne savais pas. Les lettres et démarches de ma femme auraient dû les alerter. Simplement, Široky et Köhler, comme Kopřiva et les autres, ne voulaient rien entendre, ni rien voir.

TROISIÈME PARTIE

Changement de conspiration

I

C'était au bout d'une nuit. Après des heures et des heures d'autres questions. Tout à trac, le référent me dit : « Parlez-moi de votre passé, de votre travail d'autrefois dans la jeunesse. Enfin, racontez-moi votre biographie. »

Je suis d'abord surpris. En quoi ma biographie peut-elle intéresser ce référent, étant donné l'image qu'ils veulent présenter de moi, toutes ces accusations abracadabrantes dont ils m'accablent? Je soupçonne le référent d'être fatigué et de chercher par ce biais à récupérer un peu. Je me trompe. Je vais découvrir qu'il s'agit d'une nouvelle tactique — comme un travestissement et une caricature de cette méthode de contrôle employée par les responsables des cadres du Parti qui consiste à provoquer la répétition du récit d'une période contestée, afin, par confrontation, de découvrir les altérations éventuelles de la vérité. Là, deux semaines durant, jour après jour, vingt heures d'affilée, je devrai raconter ma vie, de mon enfance à ce 28 janvier 1951 où deux voitures m'ont bloqué et où j'ai été kidnappé dans la rue, en plein Prague. Deux semaines durant, cette répétition. Cela fait six mois que je suis entre leurs mains, mais je n'ai pas encore saisi que je suis entré dans le monde de la répétition fastidieuse, jusqu'à la nausée, des protocoles, des procès-verbaux, de la paperasserie, des signatures. J'ai commencé d'avouer, mais en donnant à ce mot son sens commun, même si le contenu de mes aveux n'a pas le sens commun. Je ne sais pas quel échelon j'ai franchi. C'est mon apprentissage en quelque sorte. Mon apprentissage d'une activité absurde, dévorante, destructrice : la fabrication des aveux.

Cela commence comme une fatigue de mon inquisiteur et comme un soulagement pour moi. Raconter ma vie, cela doit m'éviter, pendant quelques heures au moins, peut-être plus, d'être harcelé, sans trêve ni répit, de questions odieuses, idiotes qui m'écartèlent, m'abaissent, me désarçonnent et qu'en même temps je ne peux ignorer. Je vais parler de moi. Me retrouver. Sortir de ce chaos qui me mine. Être moi. Et non plus ce puzzle de mensonges, de moitiés, de quarts de vérités monstrueusement raccordées, rabibochées, mariées en une image ignoble.

Je commence mon récit. L'homme ne paraît pas me prêter attention. Il somnole, paupières baissées, manifeste un instant de l'intérêt puis, à nouveau, s'enfonce dans son demi-sommeil, tout à fait comme s'il s'agissait seulement pour lui de passer le temps.

Je me plonge dans mon passé avec une sorte de dévotion comme si la ronde de mes souvenirs quittait les lézardes de ma cellule pour m'accompagner en ce lieu des interrogatoires. Je m'abandonne à ce monde de lumière et de fraternité qui me fait si cruellement défaut depuis que je suis entre les mains des référents. Je ne parle pas pour répondre à la question, mais bien pour moi-même, pour Lise et mes enfants, pour les miens, pour mes camarades, mes amis les plus proches, les plus chers. Comme si l'occasion, après tous ces mois, m'était enfin donnée de m'expliquer à l'aide de ma propre vie.

De cinq frères et sœurs, nous sommes deux à survivre au massacre de ma famille par les hitlériens. Mon retour au pays inquiétait ma sœur Flora qui vit à New York. « Le jour où à Prague on pendra, il y aura bien un lampadaire pour toi... » m'écrivit-elle alors.

J'ai sans doute, aussi, en parlant des miens, cette émotion d'être un des deux survivants, peut-être pas pour longtemps, comme si une dernière chance m'était offerte de me justifier...

Mon père, Émile, était le cinquième des huit enfants d'un employé de chemins de fer, en Moravie, au temps de la monarchie austro-hongroise. La misère dispersa très tôt la volée de ses enfants « dans le monde », comme on disait alors. Quand je raconte cela, je cherche la source de ce que je suis devenu. Et cette source est d'eau claire. Les premières choses que je savais de l'âge adulte de mon père, c'est qu'il travaillait comme compagnon à Vienne et qu'il avait donné son adhésion au Parti socialiste. Cela se passait dans la fin des années 90. Par la suite, il vécut en Suisse où il noua des liens d'amitié avec quelques réfugiés politiques russes. Il y fréquenta aussi des cercles anarchistes avec lesquels il sympathisa, les jugeant plus authentiquement révolutionnaires que les social-démocrates. Il respectait le courage physique de Bakounine et éprouvait de la considération pour Kropotkine, dont il connaissait tous les écrits. Cependant, il ne partageait pas l'idéologie fondamentale de l'anarchie.

Au début du siècle, il s'embarqua pour l'Amérique où il retrouva deux de ses frères aînés. Il maintint là-bas un contact fraternel avec des ouvriers anarchistes, bien qu'il soit devenu membre actif des groupes socialistes.

L'Amérique l'émerveilla : un pays jeune, en plein essor avec des perspectives fantastiques et un pouvoir stupéfiant d'absorption et d'amalgame de tous les émigrés du globe.

Après avoir supporté le joug de pouvoirs réactionnaires ou souffert mille et une vexations et misères dans les ghettos de la vieille Europe les hommes comme mon père, à leur arrivée là-bas, se sentaient des hommes libres, décidés à

combattre pour leurs droits. A cette époque existait aux
U. S. A. un puissant mouvement ouvrier socialiste. Mon
père apprit très rapidement l'anglais et, sa soif de connaissances aidant — il restera jusqu'à la fin de sa vie un auto-
didacte — il étudia la littérature, la poésie et l'histoire du
pays. Je me rappelle qu'il pouvait réciter par cœur des
poèmes de Whitman, des passages de discours ou d'écrits
de Paine et de Jefferson. De son poète préféré, Heinrich
Heine, il gardait avec amour les œuvres complètes dans sa
petite bibliothèque.

A New York, il connut ma mère venue avec sa sœur aux
U. S. A., du fin fond de leur province slovaque.

Elle était, le jour, femme de chambre dans un hôtel et,
la nuit, employée de cuisine dans un grand restaurant. C'est
là que mon père la rencontra quand, en chômage à la suite
d'une grève chez Ford, où il était tapissier et sellier, il se fit
embaucher comme plongeur en attendant de retrouver du
travail dans son métier.

Ils se marièrent à New York et peu après naissait ma
sœur Flora. Elle bénéficia ainsi de la double nationalité
et put solliciter et obtenir un passeport américain après
l'entrée des Allemands à Ostrava, en 1939. Elle se réfugia
alors aux États-Unis et échappa ainsi à la mort dans les
camps nazis.

Ce fut ensuite le retour — si souvent regretté par eux —
de mes parents au pays. L'Amérique devait rester la grande
époque de leur vie. Sans cesse, ils évoquaient en les enjo-
livant leurs souvenirs d'alors, bien que leur vie, remplie
de labeur et de luttes, n'ait pas été toujours facile.

Ils s'entretenaient toujours en anglais sur les sujets
importants dont ils voulaient exclure les enfants. C'est
dans cette langue de leurs amours qu'ils se sentaient le
plus proches l'un de l'autre.

A la déclaration de guerre, mon père partit pour le front.
Ma sœur Flora et mon frère Jean étaient déjà nés. Oskar

vint au monde au début de la guerre, moi-même et Juliette fûmes conçus lors de permissions.

Mon père fut affecté comme brancardier sur le front russe. A cause d'une blessure et de sa vue faible, il fut versé à la fin de la guerre comme infirmier dans un hôpital. Au contact des prisonniers russes, en faveur desquels il organisait des actions de solidarité, il se familiarisa avec des éléments bolcheviks. Il prit fait et cause pour la Révolution d'Octobre, en devint un ardent propagandiste. Fiché sur les listes noires de l'armée austro-hongroise, comme suspect politique, il traversa néanmoins, sans encombre, la tourmente.

La guerre fut dure pour nous. Nous étions déjà cinq enfants en 1916. Mon seul souvenir de cette époque date de peu avant l'armistice, quand j'avais trois ans et demi. Un soir que nous étions couchés, côte à côte, mon frère et moi atteints tous deux de la varicelle, les cheveux rasés à cause des poux, couverts de croûtes, mon grand-père, le cheminot, nous rendit visite. De sa sacoche, il sortit trois morceaux de sucre pour chacun. C'était la première fois que je dégustais quelque chose d'aussi bon et j'ai toujours gardé le souvenir de la blancheur de ces petits rectangles et de la saveur du sucre grignoté petit à petit pour faire durer le plaisir.

L'après-guerre ne fut pas facile non plus. Mon père travaillait comme ouvrier. Il avait sept bouches à nourrir. C'était beaucoup pour un petit salaire. Nous occupions un logement de deux pièces et une cuisine minuscule à Ostrava.

C'était déjà un centre industriel très important avec des dizaines de mines de charbon, des usines de coke, des fabriques de produits chimiques, des usines sidérurgiques, certaines comptant parmi les plus grandes d'Europe.

Depuis son retour de la guerre, mon père consacrait tout son temps libre à l'activité politique. Souvent en

conflit avec ses patrons, il perdait son travail, ce qui le
décida à s'établir à son compte. Il loua une petite échoppe
située dans la cour d'une maison proche. Il pensait, deve-
nant artisan, être plus libre. Et il se mit effectivement à
militer davantage encore. Il prenait souvent la parole dans
les réunions publiques, écrivait des articles dans la presse
socialiste. C'était l'époque de la grande bagarre pour
l'adhésion des Partis socialistes à la IIIe Internationale et la
constitution des Partis communistes. Depuis longtemps
membre de la gauche socialiste, il se retrouva tout naturellement parmi les fondateurs du Parti communiste dans
sa ville et dans le pays.

   Boycotté par la bonne société et par la communauté
juive qui le considérait comme un traître parce qu'athée
et militant des organisations antireligieuses, mon père ne
trouvait que difficilement du travail. Et ce travail lui
rapportait bien peu : il réparait les matelas, sommiers et
divans des travailleurs. La plupart de ses clients, financièrement gênés, le payaient par des versements irréguliers.
Chaque fin de semaine, la même scène se répétait chez
nous : maman, grondant, se fâchant et ne sachant comment boucler son budget. La famille de mon père le considérait comme un illuminé qui gâchait la réputation de tous
les siens. Ses frères, moins impécunieux, étaient peu enclins
à l'aider, à part mon oncle Zigmund avec lequel il était le
plus proche, et ne manquaient pas de lui faire de la morale
avant de consentir à prêter la somme qui lui permettait
de retirer du clou son unique machine à coudre gagée ou
saisie par l'huissier pour non-paiement de dettes.

   C'est par mon père que j'entendis parler pour la première
fois de Bebel, Liebknecht, Rosa Luxembourg, des Spartakistes, des bolcheviks russes, de Lénine, de Lounat-
charsky, de Trotsky, de John Reed, de la Commune de
Canton, de Shanghai. C'est par lui que j'ai connu les vétérans du mouvement socialiste aux U. S. A. : il aimait à

évoquer Tom Munley. Je participai à ses côtés aux premières manifestations de rue, ma petite main d'enfant s'agrippant à la sienne.

Il me fit lire Heinrich Heine. C'est lui qui me montra, tout jeune, à treize ans et demi, le chemin conduisant à la Jeunesse communiste. A cet âge, je commençais à travailler car, dans notre famille, un seul des enfants pouvait étudier et encore avec beaucoup de sacrifices. Notre étudiant fut Oskar, d'un an mon aîné. Il ne devait pas terminer ses études. Il mourut à vingt ans.

Très populaire dans la ville, mon père était surnommé le vieux bolchevik. Chaque soir, devant notre maison autour de lui, un groupe de personnes débattaient des problèmes de l'heure : des adversaires, des socialistes, des communistes. Et ces débats étaient très animés!

Malgré son activité, mon père n'avait eu de difficultés avec les autorités qu'à deux reprises : la première, au cours d'un meeting en plein air, lorsqu'il avait refusé de se découvrir en écoutant l'hymne national. Il avait alors déclaré que le seul hymne pour lequel il retirerait son couvre-chef était l'*Internationale*. La deuxième fois, à cause de moi. Par une nuit d'hiver, en février 1932, vers les deux heures du matin, la police fit irruption dans notre logement pour procéder à mon arrestation. M'étant habillé, avant de sortir, j'enfilai, sous les yeux étonnés de mon père, son pardessus à la place du mien. Mais il ne dit rien. J'avais agi ainsi car dans le mien se trouvait encore une quantité de tracts, dont la distribution me valait d'être arrêté. A la préfecture, lorsque je dus vider mes poches, les inspecteurs comprirent bien vite, à la vue des objets hétéroclites que j'en tirai, que ce manteau ne m'appartenait pas mais était celui de mon père. Ils repartirent rapidement chez nous pour en ramener le mien, mais mon père avait compris et, après mon départ, avait débarrassé les poches de tout matériel compromettant. La police opéra une perquisition en règle, tenta de l'intimider par des menaces, mais en vain.

J'ai vu mon père pour la dernière fois à Moscou, l'été 1935, après la mort de mon frère Oskar. Ne connaissant pas la date de son arrivée, ce jour-là nous étions justement, ma femme et moi, au meeting de l'aviation qui se déroulait à l'aérodrome de Touchino, nous avions été obligés de revenir à pied, faute de moyens de transports. Et nous l'avions trouvé, endormi, assis sur une banquette, dans l'antichambre de notre hôtel. Il avait beaucoup vieilli. Sa joie de me retrouver, de faire la connaissance de ma femme, éclatait dans son sourire. Pour nous voir, il s'était inscrit à un voyage organisé. Tout l'intéressait. En arpentant les rues, il fallait que je réponde sans cesse aux mille et une questions que provoquait chez lui la découverte de ce monde qu'il ne connaissait, jusqu'ici, que par ses lectures et sa propre imagination. J'avais souvent du mal à trouver des réponses.

« Pourquoi encore aujourd'hui, dix-huit années après la révolution, tant de personnes portent, malgré la chaleur torride, des bottes de feutre ou des laptis? Pourquoi l'orange coûte-t-elle un dollar à mon hôtel de l'Intourist? »

Et muni d'un crayon et de son calepin, il voulait tout noter : les prix des loyers, les salaires des différentes catégories de travailleurs, le prix des billets de théâtre, des livres, les possibilités offertes aux enfants pour l'instruction supérieure.

Je revois encore l'image du jeune propagandiste du stand du Birobidjan [1], dans le Parc de Culture Maxime-Gorki, débordé par toutes les questions que mon père lui posait et suant à grosses gouttes : « Pourquoi ce Birobidjan? Étant donné que le communisme ne reconnaît pas le judaïsme comme une nationalité et que nous sommes

1. Région autonome de l'U. R. S. S. où l'on tentait de concentrer tous les Juifs.

contre l'émigration vers la Palestine, pourquoi faire ici la même chose avec le Birobidjan? Et quelles sont les conditions là-bas... »

A la fin, le jeune homme pria mon père de revenir le lendemain, il lui donnerait alors, par écrit, la réponse à tout : des livres, des journaux... Mais mon père n'était pas satisfait.

Il se préparait consciencieusement à faire, à son retour à Ostrava, des conférences dans le cadre de l'Association des Amis de l'U. R. S. S. pour rendre compte, objectivement, de ce qu'il avait vu au cours de son voyage.

C'était l'accomplissement d'un grand rêve : fouler de ses pieds la Place Rouge, aller voir Lénine dans son Mausolée, contempler les murs du Kremlin avec les tombes des grands révolutionnaires, connaître Moscou, respirer l'air du pays qui avait réalisé la première Révolution...

Tout ne lui avait pas plu. Il y avait des choses qu'il ne comprenait pas. Mais dans l'ensemble, il était content. Lorsqu'il prit congé de nous, il était triste. Quand nous retrouverions-nous? Ma femme devait le revoir une fois encore, lorsqu'elle s'arrêta à Ostrava, en 1936, sur son chemin de retour pour la France, afin de faire connaissance avec ma famille. Quant à moi, je ne le reverrai plus jamais, ni lui, ni maman, ni Jean, ni Juliette...

II

Nous n'étions pas nombreux, au cours de ces années 1928-1933, dans nos organisations de la Jeunesse communiste, mais notre combativité y suppléait. Nous débordions d'activité. Nous faisions tout : la distribution des tracts, les inscriptions sur les murs, le collage des affiches. Nous participions aux réunions publiques, aux manifestations, vendions les journaux, organisions la propagande et l'agitation parmi les jeunes des usines, des mines, nous recrutions et formions d'autres groupes de la jeunesse...

Mes stages dans les prisons. La grève de la faim que nous avions déclarée dans les cellules de la préfecture de police, où nous étions vingt-cinq jeunes enfermés à la suite d'une manifestation. Et puis cette veille de Premier Mai, dans la prison du district où nous avions été bouclés à quelques dizaines de camarades, raflés, comme moi, quelques jours avant la manifestation. Nous avions hissé le drapeau rouge sur une fenêtre de la prison. Libéré à dix heures du matin, j'avais été délégué par mes compagnons pour aller saluer en leur nom le meeting en plein air qui groupait 20 000 personnes.

Les manifestations chargées par la police montée qui nous dispersait à coups de cravache et en nous frappant avec le plat des sabres; les réunions des fascistes que nous brisions, les bagarres que nous avions avec eux...

Je nous revois, quatre jeunes camarades dirigés par notre secrétaire fédéral, une nuit devant le consulat polonais. Après avoir écrit de notre sang, sur un papier blanc : « Nous vengerons nos frères polonais assassinés », nous avions brisé les vitres à coups de pierre et envoyé par la fenêtre notre message accroché à un poignard. C'était à la suite d'une fusillade contre des grévistes, en Pologne. Notre internationalisme était alors très vigoureux!

Les grandes grèves dans ma région, celles sur lesquelles la police tirait, les blessés s'écroulant à mes côtés. Dans la révolte et le romantisme de notre âge, nous avions décidé, à trois, de répondre à la terreur policière en dynamitant la préfecture. Avec les cartouches que nous avaient données les mineurs, nous avions fabriqué une bombe minutée. Nous nous apprêtions à réaliser notre projet. Mais un de mes camarades ayant joué au fanfaron, notre projet était parvenu aux oreilles du secrétaire fédéral du Parti. Il eut vite fait de nous ramener à la raison. Il nous mit en garde contre les dangers présentés par la pratique anarchiste.

J'évoque mon activité à la direction de l'organisation des jeunesses communistes et de la jeunesse des Syndicats rouges de la région d'Ostrava.

Et aussi le voyage réalisé avec un groupe de camarades pour nous rendre à la Spartakiade de Berlin, en 1931. Et comment, n'ayant pas obtenu de passeport, nous avions passé la frontière illégalement.

C'était ma première pénétration clandestine en Allemagne. La Spartakiade ayant été interdite, nous nous étions retrouvés à Chemnitz, en Saxe, pour assister à une manifestation contre cette interdiction. Autour de nous, pour nous protéger, il y avait, en uniforme, des membres de l'organisation' d'autodéfense du Parti communiste allemand « Union de combat antifasciste [1] ». Nous étions très nombreux à avoir pénétré en Allemagne sans papiers : Suisses, Autrichiens, Italiens, Tchécoslovaques...

Je raconte aussi cet autre voyage clandestin accompli peu de temps avant l'arrivée d'Hitler au pouvoir, en automne 1932, pour assister au déroulement d'un plébiscite... Et aussi les deux rencontres syndicales frontalières contre le nazisme, où nous nous étions retrouvés fraternellement unis Allemands, Polonais, Tchécoslovaques. J'étais alors secrétaire pour la jeunesse des Syndicats rouges de la région d'Ostrava.

C'est au début de janvier 1933 que la police avait fait irruption, à la suite d'une délation, dans un local où je faisais un exposé à une trentaine de jeunes communistes sur le défaitisme révolutionnaire. J'avais été arrêté.

Après trois mois de détention préventive, je fus remis en liberté provisoire à la suite de ma grève de la faim, des grandes manifestations de solidarité de la jeunesse en ma

---

1. *Antifaschistischer Kampfbund.*

faveur et des interventions de notre député Kliment auprès des autorités.

Je rappelle comment, par la suite, j'avais réussi à échapper aux policiers chargés de m'arrêter pour me faire comparaître au procès où je devais être jugé pour atteinte à la sûreté de la République, et la décision du Comité central du Parti de me faire passer dans la clandestinité afin d'échapper à un nouvel emprisonnement de deux à cinq ans.

C'est ainsi que je m'étais retrouvé, illégal, à Prague. Je devais prendre, au moment opportun, la direction régionale de la Jeunesse syndicale rouge. Pour l'instant, j'étais recherché activement par la police et, les derniers temps, ma sécurité était compromise. Les perquisitions se multipliaient dans les sièges du Parti et des syndicats ainsi que le contrôle des papiers aux abords des locaux ouvriers. Les papiers d'identité dont on m'avait muni n'auraient pas résisté à un examen sérieux. Il fut donc décidé que je partirais pour Moscou.

Un matin, vers neuf heures, un camarade m'apporta un passeport, de l'argent et me dit de me préparer immédiatement à partir. Le parcours prévu m'obligeait de transiter par la Pologne. Il me faudrait donc traverser Ostrava, où j'étais très connu. Je lui fis remarquer que cela pourrait être dangereux pour moi. Il me rétorqua : « Tu dois t'en tenir strictement à toutes les instructions que te donne notre appareil qui sait comment s'organisent les voyages à l'étranger. Si tu t'écartais de ces instructions et que quelque chose arrive par ta faute, tu en porterais la pleine responsabilité. »

Une heure et demie plus tard, ce même camarade me rattrapa dans le hall de la gare où je m'apprêtais à acheter mon billet pour la Pologne. Au dernier moment, il avait transmis ma remarque au responsable de l'appareil technique rencontré par hasard après m'avoir quitté : dans

aucun cas je ne devais partir par là! Il me fixa un autre
rendez-vous, à quatre heures. Je devais m'y rendre muni
d'une valise contenant mes affaires personnelles, je partirai
le soir-même.

Je le rencontrai dans un café. Il me remit un billet pour
Berlin, de l'argent pour le billet Berlin-Moscou, et une
feuille volante sur laquelle se trouvait le visa soviétique.
Il me recommanda de bien cacher le visa, de ne le sortir
qu'au contrôle, à la frontière soviétique. Je le dissimulai
dans la visière de ma casquette. Je me rendis rapidement
à la gare. Le train était déjà à quai. Je déposai ma valise
dans un compartiment et gagnai les toilettes pour prendre
connaissance de ma nouvelle identité : un passeport
tchèque avec un nom allemand, Gerhard Baum. Je parais
un peu âgé pour ce passeport, n'ayant pas eu le temps de
me raser. La barbe noire me vieillit. Dans quelques jours
j'aurai dix-neuf ans. Sur le passeport, j'en ai à peine dix-sept.

Nous sommes à la mi-janvier. Le train roule à travers
la campagne hivernale en direction de la frontière allemande. Assis dans mon compartiment, je me répète mentalement ma nouvelle identité, la justification du voyage au
cas où je serais interrogé et toutes les instructions reçues.
Des voyageurs, en face de moi — un homme et une femme
— me regardent curieusement. Nous approchons de la
dernière station avant la frontière. Ils se lèvent et s'apprê-
tent à descendre, tout en continuant à me fixer. Je ne
comprends pas pourquoi. Tout à coup, l'homme me dit :

« Vous ne descendez pas?

— Non, je continue.

— Vous continuez, et vous n'avez pas peur?

— Peur, et pourquoi aurais je peur?

— Mais vous allez pourtant en Allemagne, nous sommes
tout près de la frontière.

— Je le sais bien, je vais à Berlin, et de là, encore plus
loin. »

Je réalise alors que mon aspect physique, mes joues bleuies par une barbe de deux jours accentuent mon aspect sémite, cause de leur crainte et de leur étonnement de me voir pénétrer en Allemagne.

Il y a un an que j'avais appris, pendant un séjour en prison, à Ostrava, la venue d'Hitler au pouvoir, par des camarades journalistes bénéficiant du régime politique. Incarcérés dans une cellule voisine et recevant la presse, ils me « téléphonaient » par la tuyauterie des w.-c., chaque matin, les nouvelles du jour. Nous passions de longs moments à discuter des perspectives politiques et nous étions persuadés qu'Hitler ne tiendrait pas plus d'un an. D'ici là tout serait fini et l'Allemagne se trouverait devant un nouveau choix qui ne pouvait être, à notre avis, que celui d'une république socialiste.

Me voici, un an plus tard, prêt à franchir la frontière, Hitler est toujours au pouvoir.

Le contrôle des passeports à la frontière, côté tchèque, se passe sans histoire. Côté allemand, les policiers occupés à fouiller sévèrement un homme sur qui ils ont trouvé des journaux socialistes interdits par les nazis, ne prêtent aucune attention à ma personne. Tard dans la nuit, nous arrivons à Berlin.

Dans toutes les gares traversées, des uniformes nazis, des saluts hitlériens : c'est la première fois que je vois l'Allemagne depuis qu'elle est sous la botte nazie, et se dérouler un spectacle que je ne connaissais qu'au travers des bandes d'actualité filmée.

A Berlin, je dois changer de gare et acheter mon billet. Devant le guichet, une longue queue de civils, de militaires, d'hommes en uniforme de S. A., d'autres encore arborant des insignes nazis. Mon tour arrive. A ma demande d'un billet pour Moscou, la caissière étonnée me fait répéter la question : « J'ai dit un billet pour Moscou ! » Elle s'éloigne et reste absente un long moment. Les gens derrière moi rouspètent, car l'heure de leur train approche. Finalement revenue, elle s'excuse à haute voix prétextant que l'établissement d'un billet pour Moscou exige plus de temps que celui d'un billet ordinaire. Cela donne lieu à des discussions dans la queue. Les gens regardent avec étonnement et curiosité ce jeune voyageur, qui, en janvier 1934, prend un billet — à Berlin — pour Moscou.

Les camarades de l'appareil technique n'étaient sans doute pas au courant du prix du billet! J'ai dépensé tout l'argent, il ne me reste plus que 50 pfennigs, un demi-mark! Il ne suffirait pas, au cas où je me heurterais à des difficultés, à payer le timbre d'une lettre, encore moins d'un télégramme! Je n'ai pris aucune provision de bouche, mais que faire? Continuer.

Tout heureux, je retrouve dans un compartiment l'homme qui a été fouillé au passage de la frontière. Je suis content d'être avec un compatriote. Il est technicien d'une entreprise de textile, il se rend, pour un stage d'un an, en Lituanie.

Nous roulons toute la nuit. J'évite toute conversation et prétend ne pas bien comprendre l'allemand pour ne pas avoir à converser avec les autres voyageurs.

Le corridor polonais franchi, le matin, nous arrivons à Koenigsberg. Le train se vide. Il reste très peu de voyageurs dans le wagon. Mon compatriote m'a abandonné durant la nuit pour un compartiment couchette. On approche de la frontière lituano-allemande. Les douaniers et des hommes en civil montent pour le contrôle des passeports et des bagages. Le contrôleur s'enquiert de ma destination. Selon les instructions qui m'ont été données, je réponds aller à Riga rendre visite à une tante qui m'a offert le voyage.

« Vous avez pourtant un billet pour Moscou!

— Oui, car j'en profite pour visiter également Moscou. »

Il me regarde un bon moment avant d'aller chercher le

douanier. Ce dernier s'étonne de ma valise presque vide.
Ils s'éloignent et reviennent avec deux hommes en civil
qui commencent à m'interroger. Je leur répète exactement
la même chose. Ils veulent connaître l'adresse de ma tante.
Je leur donne sans hésitation celle apprise à Prague, relevée
dans le bottin de Riga, à la poste principale. Ils m'interrogent sur mon père, sur ce que je fais. Avec un luxe de détails
je raconte : ce voyage est la récompense pour un examen
passé brillamment au Lycée. Mais ce qui les intrigue le
plus c'est pourquoi je me rends à Moscou, alors que ma
tante habite Riga et pourquoi j'ai acheté mon billet à
Berlin, au lieu de l'acheter après mon arrivée à Riga.
Mes réponses, visiblement, ne les satisfont pas. Ils me font
déshabiller complètement, tenant des propos obscènes et
provocants que je fais semblant de ne pas comprendre.
Ils fouillent soigneusement ma valise, mes chaussures
(semelles et talons compris), les coutures de ma veste. Je
commence à avoir peur : « Pourvu qu'ils ne découvrent
pas le visa soviétique. » La scène devait être vraiment
cocasse! Tout nu, dans le compartiment, mais avec la
casquette sur la tête. Et pas un n'aura l'idée de me l'ôter
pour la fouiller! A la frontière, ils descendent du compartiment en me lançant une dernière bordée de remarques
désobligeantes, entremêlées d'injures en yiddish.

Je pousse un ouf de soulagement et me détend en regardant défiler le paysage. Nous traversons une campagne
triste et monotone recouverte d'un tapis blanc. Je suis en
Lituanie. Le train semble tout à coup galoper à toute
vitesse. Plus tard, dans le couloir, un voyageur, après
m'avoir dévisagé, s'adresse à moi :

« Vous fumez des cigarettes tchèques? »

Il parle yougoslave. Je lui dis être tchèque, comme mes
cigarettes. Il en a l'air heureux et nous lions connaissance.
Il s'installe dans mon compartiment. Il n'a pas un sou en
poche et me demande une cigarette. Tout en fumant, il me

raconte qu'il est yougoslave, qu'il a travaillé un certain temps en Tchécoslovaquie, qu'il est parti ensuite pour le Canada d'où il vient d'être expulsé pour activités communistes, que le Secours rouge lui a procuré un passeport à Vienne, où il a été envoyé par le Parti communiste canadien, et qu'avec ce passeport, il se rend maintenant en Union soviétique comme réfugié politique. Je l'écoute étonné et méfiant, car je crains la provocation; je trouve que cet homme a une façon bien légère de parler de ces choses! Il est pourtant d'âge mûr, grand, fort, on sent qu'il a l'expérience de la vie. Il s'informe de ma destination. Comme à tout le monde je réponds : « Riga... »

Nous passons la frontière lettone sans difficulté. Nous arrivons à Riga. Décidé à semer mon compagnon de voyage, je descends avec les autres voyageurs et monte dans un autre wagon. Le soir, à Daugavpils, je gagne le wagon pour Moscou qui se trouve au bout de la voie.

Entrant dans le compartiment, la première personne sur qui je tombe est mon Yougoslave. Il me regarde stupéfait : « Mais que faites-vous donc ici, vous m'aviez dit aller à Riga? Et d'ailleurs, je vous ai bien vu descendre à Riga. » Je lui donne des explications embrouillées. Je me suis trompé et en fin de compte j'ai décidé de me rendre d'abord à Moscou et ensuite, seulement, chez ma tante à Riga.

Des Russes se joignent à nous. Les formalités frontalières lettones sont brèves, le train roule maintenant à petite allure. La nuit est tombée. Bientôt, les contrôleurs soviétiques remplacent les Lettons.

J'ai réussi à sortir habilement, sans me faire remarquer, mon visa de la visière de ma casquette, et à le placer dans mon passeport.

Mon premier soldat de l'Armée rouge, un grand gaillard avec un long manteau d'hiver qui lui arrive aux chevilles, la casquette de Boudienny avec l'étoile rouge sur la tête, demande les passeports. On m'avait dit qu'il devait revenir et me rendre mon visa soviétique plié; que ce serait là le signal que tout allait bien et que je pourrais continuer tranquillement mon voyage. En effet, un quart d'heure environ plus tard, il me rend mon papier plié et fait le salut militaire.

Quand mon Yougoslave voit ça, il se met à sauter de joie, à parler, très excité. Une parole revient tout le temps : « Komintern, Komintern! » Je hausse les épaules : « Je ne sais pas ce que vous voulez dire! » Je n'arrive vraiment pas à comprendre le manque de discrétion de mon compagnon. Les deux voyageurs russes me regardent à leur tour attentivement. Nous continuons sans parler jusqu'à Bugossovo. Là, nous devons descendre du train, nous soumettre à la fouille des bagages. J'ai perdu les clefs de ma valise, mon ami yougoslave, dans son enthousiasme, fait sauter les serrures disant qu'il ne faut pas faire perdre de temps aux soldats soviétiques. Installés au restaurant de la gare frontière nous buvons... avec mes 50 pfennigs, du thé. C'est assez pour boire un verre de thé, pas assez pour manger. Lui a encore moins d'argent que moi, il n'en a pas du tout! Il doit rester à Bugossovo où il n'a pas trouvé le visa qui devait l'y attendre.

Je devais le rencontrer quelques jours plus tard, dans l'escalier du Komintern. Il m'accabla de reproches pour ne pas lui avoir dit la vérité. Par la suite, je l'ai revu encore plusieurs fois à Moscou et plus tard, en 1937, après l'avoir perdu de vue, retrouvé à Albacete, à la base des Brigades internationales, en Espagne. Il était capitaine. Nous nous sommes alors rappelé avec beaucoup d'amusement nos souvenirs communs.

Pendant le voyage qui dure encore bien longtemps, mes deux compagnons de route russes me nourrissent, se montrent très généreux avec moi. Ils parlent allemand et notre conversation animée fait paraître moins long le temps jusqu'à Moscou.

Ce voyage m'avait beaucoup ému et impressionné, non seulement parce qu'il était mon premier grand voyage à l'étranger, mais parce que j'allais en Union soviétique, ce pays autour duquel, depuis mon enfance, tournaient toutes mes pensées, toute mon activité politique. Je me rendais dans le pays dont j'avais entendu si souvent parler par mon père, par des camarades qui y avaient vécu ou étudié, par ceux qui l'avaient visité en touristes. Je connaissais également l'U. R. S. S. à travers mes lectures, et je l'aimais. Maintenant, j'allais personnellement faire connaissance avec elle et son peuple.

Le froid devenu très rigoureux me saisit à ma descente à la gare de Moscou. Mon manteau de demi-saison tchèque n'est pas fait pour braver les températures de l'hiver moscovite! Je me sépare de mes deux compagnons soviétiques, attendus par leur famille, et me dirige vers la salle d'attente, où Mirko Krejzl, alors représentant de la Jeunesse communiste tchécoslovaque au K. I. M. doit venir me chercher. Je regarde avec curiosité les gens qui m'entourent, les soldats revêtus de différents uniformes qui vont et viennent. Je tâche de saisir des bribes de leurs conversations. Un long moment s'écoule. Personne ne vient. Je commence à m'impatienter, et à faire les cent pas. Tiens, voilà mes deux voyageurs accompagnés de leur famille! Ils m'aperçoivent et, marquant un temps d'hésitation, se dirigent vers moi. « Qui attendez-vous? »

Je leur explique que la personne que je devais retrouver à la gare n'est pas venue. Après s'être concertés, ils me disent se rendre au buffet. Dans un moment, ils repasseront pour voir si je suis encore là et si personne n'est venu entretemps, ils se chargent de me conduire à l'adresse que je possède.

Je suis un peu ennuyé : les instructions sont formelles.

Elles m'ordonnent de ne confier à personne le but de mon voyage. Cependant, quand, une demi-heure plus tard, je les vois revenir j'éprouve un grand soulagement, je me sentais perdu dans la foule inconnue. Ils me proposent de me conduire d'abord chez eux pour me restaurer

Dehors, une tempête de neige. On devine plutôt qu'on ne la voit une grande place noyée dans l'ombre épaisse de la nuit. A une trentaine de mètres, une lampe à acétylène accrochée à un lampadaire balance au gré du vent une lumière blafarde. Des traîneaux glissent rapidement dans un bruit de cris et de coups de fouet. J'ouvre tout grands les yeux : ce sont là les troïkas telles que je me les représentais, avec les *izvochtchiks* gantés, enveloppés dans leur grande houppelande, portant leur toque de fourrure. Le vent glacial nous souffle au visage de gros flocons. Nous montons dans un traîneau et dans la rue obscure du Moscou d'alors, filons en direction de l'appartement de mes nouveaux amis. Là, pour la première fois, je fais connaissance avec la gentillesse, l'hospitalité des Russes. Je ne me sens pas étranger au milieu de toute la famille qui m'entoure, bien que je comprenne peu de chose à ce qu'ils disent. Je fais un vrai repas à la russe, avec une abondance de hors-d'œuvre et de vodka et, quand arrive l'heure de partir, je le regrette presque. La fille aînée, qui parle un peu allemand, s'est proposée à m'accompagner. Elle me demande : « Où dois-je vous conduire? » Bien que contrarié d'avoir à le leur révéler, je n'ai pas d'autre alternative : « Au Komintern! » Ils se montrent surpris, mais paraissent comprendre ma discrétion. Nous prenons un tram, changeons deux fois en cours de route et finalement nous nous retrouvons place du Manège. Elle sait que c'est près d'ici mais ne connaît pas l'immeuble. Elle se renseigne à un milicien en faction devant l'entrée d'un bâtiment. Haussant les épaules, il répond : « Je n'en sais rien! » Nous insistons, mais lui ne sait que répondre : « Nieznayou! Je ne sais pas! »

Nous demeurons un instant interloqués, puis, juste derrière le milicien, nous apercevons sur une plaque l'inscription « Comité Exécutif de l'Internationale Communiste ».

J'ai atteint le but de mon voyage.

III

La légende est entrée dans ma vie à Moscou!

A deux reprises, la veuve de Lénine, Kroupskaya, nous a reçus et longuement entretenus de son mari et de ses compagnons. Nous avons rencontré les vieux bolcheviks qui avaient connu Lénine, Trotsky, Kamenev, Martov, Plekhanov..., qui avaient été au cœur de la Révolution à Léningrad, à Moscou, à Odessa et ailleurs; les communistes allemands qui avaient combattu dans les rangs des spartakistes, aux côtés de Rosa Luxemburg et de Karl Liebknecht, les communistes italiens avec Gramsci contre Mussolini...

Dans les couloirs du Komintern, j'ai croisé Bela Kun. Je me suis entretenu avec les combattants de la Commune de Hongrie, ceux de l'insurrection de 1923, en Bulgarie...

J'avais vu et entendu Manouilsky, si attirant, si sympathique avec sa crinière grisonnante, en bataille ; et puis les grandes figures du mouvement communiste international d'alors : Maurice Thorez, Marcel Cachin, Ercoli-Togliatti, la Pasionaria, José Diaz, Wilhelm Pieck, Browder, Pollit, Prestès et tant d'autres.

J'ai entendu Dimitrov prononcer son rapport au VIIe Congrès du Komintern sur l'unité ouvrière et antifaciste; et à la même tribune écouté avec autant de passion le récit, par le représentant chinois Van Min, de la longue marche de Mao Tsé-toung et de Tchou Te, nous montrant sur une grande carte le chemin suivi...

J'ai vu Gorki. L'annonce de sa mort par les haut-parleurs nous a surpris alors qu'avec Lise, nous étions en train de canoter sur la Moskva...

Je me suis entretenu avec les bâtisseurs de Magnitogorsk, de Komsomolsk, enthousiasmé avec ceux qui avaient fait de Novossibirsk une métropole sibérienne.

Avec passion, j'ai suivi la transformation des contrées mystérieuses, connues surtout par les légendes sur Gengis Khan, Batouchan... entendu les jeunes Uzbeks nous parlant des vestiges ancestraux et religieux chez eux, où les caravanes croisaient les premiers tracteurs, où nombreuses les femmes continuaient à porter le voile alors qu'elles travaillaient déjà dans de grandes usines textiles...

Quand à l'occasion des anniversaires révolutionnaires, des enterrements de Kirov, de Gorki, d'Ordjonikidze... je défilais avec la foule des Moscovites, je cherchais et dévorais des yeux notre idole Staline. En le voyant mon cœur battait à tout rompre... J'étais en extase pendant sa courte apparition au VII° Congrès du Komintern. Lorsqu'il donnait des interviews, je trouvais génial le simple oui ou non sortant de sa bouche... Comme le mouvement communiste international dans son ensemble, je pratiquais avec ferveur le culte de sa personnalité!

Ainsi, jour après jour, je dois raconter ma vie jusque dans ses moindres détails. D'un récit à l'autre, des souvenirs anodins ou importants surgissent du fond de ma mémoire et reprennent leur place dans le chapelet de ma vie que j'égrène, cette vie qui s'achève si misérablement. Le référent n'écoute plus depuis longtemps. Quand je termine avec les mots : « Et le 28 janvier 1951, j'ai été arrêté », il dit alors : « Recommencez! »

Deux fois, dix fois, cent fois! C'est vraiment de la folie! Alors qu'au début, cette évocation avait le pouvoir de faire évader mon esprit de ce lieu abject, d'oublier la présence de mes inquisiteurs, au bout de quelques jours je n'en puis plus! Je finis par me détester, détester mon passé, détester tout ce qui fait partie de ma vie, car à l'évoquer sans trêve, ici, face à ces types obtus, qui ne savent qu'obéir aveuglément aux ordres reçus, n'écoutent même pas et ne savent qu'ordonner, le moment venu : « Recommencez! » comme des automates, c'est ma propre dérision que j'appelle, comme si l'on me crachait à la figure. Je me sens déjà si diminué, sale, mal peigné, la barbe hirsute, malodorant, avec le pantalon qui me glisse sur les hanches, et voilà que maintenant je suis comme une mécanique, un phonographe dont on remonte le mécanisme et qui débite sans arrêt la même rengaine. Si l'écoute prolongée d'une rengaine met les nerfs à vif au point de vous faire hurler : « Assez! », que dire de moi maintenant?

Qui sont ces hommes? Qu'ont-ils à voir avec mon passé ? Pourquoi dois-je leur raconter ce qui n'appartient qu'à moi?

Je sais maintenant qu'il s'agit de m'user, mais j'ai beau le savoir, les référents ont beau marquer qu'ils ne prêtent aucune attention à ce que je dis, il s'agit tout de même de ma vie. De moi. Et ce n'est pas seulement de l'usure, pas seulement de l'humiliation, vraiment une partie du carrousel de Kohoutek, comme pour dévaloriser à mes propres yeux ce qui appartient à ma vie et me pousser à accepter qu'on y ajoute, qu'on y taille, qu'on me fasse endosser ce personnage de traître.

J'aurai d'ailleurs bientôt la preuve que Kohoutek et son équipe, quand ils ont vraiment besoin de se référer à ma biographie n'ont même pas l'idée de se reporter à ces récits, mais bien à la biographie que j'ai écrite à mon retour en Tchécoslovaquie pour le Comité central.

Heureusement, à la longue, cette épreuve va se défaire plus vite que ma propre résistance. Les deux référents qui se relaient pour mener ce drôle d'interrogatoire sont aussi fatigués de m'entendre que moi de me raconter, probablement plus même, parce que ce carrousel n'a pas de sens pour eux non plus; il les transforme en pures machines. Et voilà que ces machines connaissent des défaillances. Voilà que, par moments, ils en ont marre, ne m'écoutent plus, s'endorment... Et alors je jouis de quelques instants de répit, pourvu que des sons sortent de ma bouche... car le silence les réveille.

Je parle de n'importe quoi, de tout ce qui me passe par la tête. Je récite l'alphabet, des poèmes. Une nuit, un référent, réveillé en sursaut, me demande : « Racontez de nouveau ce que vous venez de dire sur Holdoš lorsque vous étiez ensemble à Strasbourg? — Mais je ne suis jamais allé dans cette ville, ni seul, ni avec Holdoš! » Il est furieux et exige que je répète ce que j'ai dit. Je ne sais pas lequel de nous deux devient fou à ce jeu-là!

Mes pensées se reportent sur mon ami Laco Holdoš. J'évoque son image, le souvenir de notre amitié forgée au long des années dans un combat qui nous a conduits des mêmes champs de bataille aux camps de concentration. Il y a deux semaines qu'on m'a lu de longs passages de ses « aveux ». Quelle souffrance ce doit être pour un homme si bon et si honnête! De notre amitié, on fait une complicité dans nos crimes. Pourtant y a-t-il rien de plus noble pour l'homme que l'amitié? Elle n'est nullement en contradiction avec l'éthique communiste.

Le référent s'est rendormi. J'en profite pour m'appuyer au mur, puis, avec des ruses de Sioux, pour rapprocher un tabouret sur lequel je m'assois.

J'ai repris mon débit monotone en décrivant ce qui m'entoure : « une armoire de fer dans le coin, elle est laquée de gris, avec deux battants, la clef est dans la serrure... »

Le référent ronfle consciencieusement. La porte s'ouvre subitement et Doubek rentre. Il me voit assis! Il voit le référent ronfler!

Il le secoue brutalement et ordonne ! « Ramène-le en cellule et présente-toi chez moi! »

Cette aventure m'a valu quelques heures de sommeil.

Le lendemain le deuxième référent m'accueille par ces mots de bienvenue : « Vaurien, à cause de vous, mon collègue a attrapé huit jours de punition... »

Et me voilà en train de recommencer à débiter ma rengaine : « Je suis né le 1er février 1915, à Ostrava... »

C'est la nuit, le silence, le vide. Plus rien ne me concerne. C'est le passé, tout est fini. Je suis maintenant dans un autre monde où je n'existe plus.

J'attends, dans le silence de la nuit interrompu seulement par les cris et les coups venant de pièces voisines, j'attends l'apparition à la fenêtre de la grisaille du jour nouveau qu'accompagne l'indicatif du pic-vert, suivi bientôt par le concert matinal des oiseaux.

« C'est le pic-vert que vous guettez? » me dit le référent, aussi soulagé que moi de voir enfin se lever le jour. Il regarde sa montre. Je sais à quelques minutes près qu'il est quatre heures. Lui aussi n'en peut plus. Dans quelques instants, il me bandera les yeux et, dans ma cellule, je serai accueilli par le piaillement des moineaux, derrière la fenêtre, et le sifflement des merles.

Pour moi commencera alors un nouveau jour de désespoir.

IV

Comment ai-je été assez naïf pour croire un seul instant que mes inquisiteurs se satisferaient de mon « aveu » de culpabilité concernant le « groupe trotskyste » des anciens volontaires et le contact que j'avais eu avec Field! J'avais cru que cet aveu serait suffisant pour me faire un procès. Maintenant je sais qu'il n'a servi que de tremplin pour me projeter plus loin!

Désormais, les référents qui se succèdent renforcent leur pression sur moi pour me faire avouer que je n'avais pas attendu d'être en France pour développer une activité trotskyste. Qu'en Espagne déjà, j'étais un agent de Trotsky.

« De même qu'il n'existe pas de génération spontanée, de même votre conviction trotskyste ne s'est pas manifestée du jour au lendemain. Quel meilleur terrain de culture que l'Espagne pour vous! Avouez que vous étiez déjà trotskyste en Espagne, car si vous aviez été là-bas un bon communiste, vous le seriez resté. Et surtout ne me dites pas que c'est ce que vous étiez. Vous avez déjà avoué votre responsabilité pour votre groupe trotskyste en France, et puis vous avez reconnu avoir été en contact pendant la guerre avec Pavlik, démasqué comme trotskyste et agent américain dans le procès Rajk... »

Un jour, Kohoutek continue la démonstration de ses référents : « Ce n'est pas en Espagne que vous êtes devenu trotskyste, vous l'étiez déjà durant votre séjour en U. R. S. S... »

Comme il se rend compte, malgré les prodiges d'imagination qu'il déploie pour me le faire avouer, qu'il n'y parviendra pas, alors, il me déclare cyniquement : « C'est ainsi que nos amis soviétiques jugent votre cas. Je dois donc, nécessairement, inclure quelque chose dans ce sens dans le procès-verbal... »

Il sait que j'ai habité quelques semaines l'hôtel Lux, à Moscou, au moment du premier procès contre Zinoviev et Kamenev, en 1935. Plusieurs arrestations y avaient été opérées à cette époque. Il écrit donc : « Déjà à Moscou, j'habitais dans un hôtel où ont été arrêtés beaucoup de trotskystes. »

Cette déclaration me paraît tellement bête que je la laisse passer avec une certaine satisfaction intérieure. Le ridicule tue! Aucun des responsables qui liront de telles déclarations ne pourra les prendre au sérieux. En effet, dans les mêmes années 1934-1937, et plus tard encore, ce ne sont rien de moins que Gottwald, Slansky, Kopecky, Geminder et d'autres dirigeants du Parti qui ont habité ce même hôtel. Est-ce la preuve de leur trotskysme? J'espère qu'en lisant ce passage, ils seront amenés à se poser des questions sur la valeur de tels « aveux ».

Pendant toute une période, je vais m'efforcer d'utiliser cette tactique pour discréditer les procès-verbaux, car je compte — et c'est ce que l'on m'affirme journellement ici — que mes « aveux » seront examinés par un organe responsable du Parti composé des camarades les plus qualifiés du Bureau politique et du Secrétariat.

Un jour, je reconnais par exemple être le responsable de la nomination de Kratochvil, comme ambassadeur à New Delhi; de Fischl à Berlin et d'autres décisions de ce type, qui étaient directement de la compétence de Gottwald et du ministre, en me disant qu'il était impossible que Gottwald, par là, ne se rende pas compte de la mystification à laquelle se livraient les hommes de Ruzyn.

De même comment aurais-je pu supposer que Köhler, Široky, laisseraient passer des « aveux » où me sont imputées à crimes les actions que j'avais réalisées en 1939-1940 en France, d'après leurs directives, leurs ordres directs. Je croyais qu'ils auraient le courage de le dire et de réfuter de telles accusations.

Chaque examen objectif de mes « aveux » aurait dû faire comprendre qu'il s'agissait là de faux, écrits sous la contrainte.

J'espérais qu'ainsi le Parti serait alerté et se ressaisirait. Hélas, je me suis trompé. Les dirigeants du Parti ne peuvent pas bénéficier, comme circonstances atténuantes, de l'adage : « Plus le mensonge est gros, plus il a de chance d'être cru! » car eux ont su pertinemment, dans ces cas-là, que mes « aveux » étaient des contrevérités dont eux possédaient la clef.

Voici, par exemple, ce que l'on fera dire à Margolius, dans sa déposition au procès :

Le procureur : « L'enquête a également prouvé que vous avez aussi commis des actes subversifs en négociant, en 1949, l'accord commercial et politique avec l'Angleterre. »

Margolius : « Oui. J'ai conclu cet accord, en 1949, selon les instructions que j'avais reçues de Löbl. Le caractère nuisible et subversif de cet accord résidait surtout dans le fait que nous procurions de grands avantages aux capitalistes britanniques. »

Le procureur : « Dans cet accord, vous avez également consenti au paiement d'anciennes dettes contractées avant Munich ? »

Margolius : « Au terme de l'accord de compensation, j'ai engagé la République tchécoslovaque à payer des dettes contractées avant Munich et pendant la guerre, d'une part par le gouvernement d'avant Munich, d'autre part par le gouvernement émigré de Londres. J'ai également consenti, en outre, à ce qu'on paie aussi à des capitalistes privés des dettes pour lesquelles il existait une garantie du gouvernement d'avant Munich. Ces dettes devaient être payées surtout par des exportations de produits de cuir et de textiles fabriqués avec des matières premières importées et payées en livres sterling. Cela signifie pratiquement que les produits fabriqués à base de ces matières premières importées, étaient livrés gratuitement à la Grande-Bretagne... »

Concernant cet accord et tous ses aspects, ainsi que tous les à-côtés s'y rattachant, j'avais, comme vice-ministre des Affaires étrangères, eu l'occasion de prendre connaissance des différents télégrammes échangés entre Margolius (par l'intermédiaire de l'ambassade de Londres) et Gottwald, Dolansky, vice-président du Conseil, Gregor, ministre du Commerce extérieur, et vice versa. De cet échange de télégrammes étaient encore au courant les autres vice-ministres des Affaires étrangères et de nombreux fonctionnaires de mon ministère ainsi que de celui du Commerce extérieur.

Dans ce cas, Margolius n'avait fait qu'appliquer les ordres reçus de Gottwald, de Dolansky et de Gregor, pour arriver à la conclusion de l'accord commercial avec la Grande-Bretagne, dont il est ici question. Cependant, tous trois ont laissé baptiser « crimes », par les conseillers soviétiques et les hommes de Ruzyn, les pourparlers menés par Margolius, accuser et condamner à mort ce dernier sans opposer le moindre démenti...

On peut trouver des faits semblables dans l'accusation portée contre les quatorze accusés...

Ce fut une tactique des conseillers soviétiques de désigner comme « crimes » des tâches, des traités, des pourparlers, des activités réalisées par les plus hauts dirigeants du Parti et de l'État, ou sous leur directive, d'en rendre responsables les accusés et ainsi de tenir suspendue l'épée de Damoclès sur Gottwald et les autres, de leur faire craindre pour leur propre sort et ainsi les transformer en instruments dociles liés par leur parjure.

Maintenant les référents s'acharnent à remonter aux sources de mon trotskysme. Ils ont trouvé : c'est parce qu'avant j'étais anarchiste...

Ils se servent à cette fin du récit que j'avais fait, par esprit de probité, dans ma biographie écrite pour le Comité central, après mon retour à Prague, fin 1948, de ma tentative — à seize ans — de dynamiter, avec mes copains, la préfecture d'Ostrava. Comme je l'ai déjà raconté, elle en était restée au plan des intentions grâce à la vigilance du secrétaire local du Parti. Ils brochent sur cette histoire de gosse un véritable passé d'anarchiste. Je suis vraiment entré dans un autre monde où plus rien n'a ni le même sens ni la même valeur.

Les efforts conjugués de Kohoutek et de Doubek vont produire la formulation suivante qui est en soi un petit

19

chef-d'œuvre d'infléchissement d'une vérité partielle en un énorme mensonge : « Mes tendances anarchistes continuèrent en Espagne. Je me sentais beaucoup plus proche et j'avais davantage d'estime pour les dirigeants anarchistes que pour ceux du Parti... »

Comme je me rebiffe, Kohoutek et Doubek répondent à l'unisson : « Étant donné votre activité anarchiste durant votre jeunesse, il est exclu que vous ayez pu avoir une autre position en Espagne », ou bien « Quand une fois, dans sa vie, on a professé des opinions anarchistes, on les conserve toute sa vie. Avouez donc qu'en Espagne, vous vous sentiez plus proche des anarchistes que des communistes! »

Et il ajoute : « C'est d'ailleurs purement formel, ce que nous vous demandons là. Simplement pour compléter le tableau sur vous. Vous ne pourrez d'ailleurs pas être jugé sur cette base, car au regard de notre loi, ce n'est pas un délit répréhensible. »

Parce que l'important, ils le savent, est de minimiser la gravité de l'aveu qu'ils veulent m'extorquer. Alors, leur argument dernier est celui-ci : « D'ailleurs, ce n'est là qu'un procès-verbal administratif, et pas celui destiné au tribunal. » Parce que, selon eux, il y aurait des procès-verbaux purement matériels, des feuilles de papier signées uniquement pour le dossier, pour la paperasserie. Pour laisser trace que tel jour, telle chose a été écrite. C'est vraiment le royaume de la bureaucratie.

Mais de procès-verbal administratif en procès-verbal administratif, peu à peu les formulations tournent. S'infléchissent. Se détournent de leur sens initial. Il ne s'agit plus du tout des faits, ni de la vérité, mais simplement de formulations. Le monde de la scolastique et des hérésies religieuses. Là aussi, il y a des formulations hérétiques, et il s'agit d'obtenir du coupable désigné qu'il en vienne d'aveu en aveu à admettre les formulations qui feront de lui un coupable. Ainsi les équipes de Ruzyn, faites d'hommes cyniques, souvent primitifs, parviennent-elles, par leur entêtement de mécanique, répétant jour après jour les procès-verbaux administratifs, « améliorant » jour après jour leur rédaction à la suite d'une infinité de retranscriptions, à user votre résistance. Vous cessez de vous battre sur un mot, parce que le reste de la phrase a cessé pour vous d'avoir un sens. Et ce mot que vous concédez va entraîner une autre phrase, un autre mot qu'on vous proposera, qu'on vous imposera.

C'est de la sorte que va prendre corps mon passé anarchiste et trotskyste. Lequel ne pouvait conduire qu'à une activité d'espionnage, selon l'exact gabarit des procès de Moscou.

Mais il est un terrain où cette bataille des formulations cesse tout de suite de paraître innocente, c'est celui de l'antisémitisme.

Au début de mon arrestation, quand je m'étais trouvé devant un antisémitisme virulent, proprement hitlérien, je pouvais penser que c'était le fait de quelques individus. Pour un aussi sale travail, la Sécurité ne devait pas recruter des saints. A présent, je sais que cet esprit, s'il se manifeste de façon sporadique au cours des interrogatoires, atteste une ligne tout à fait systématique.

Dès qu'un nom nouveau apparaît, les référents insistent pour savoir s'il ne s'agit pas d'un Juif. Les habiles posent la question ainsi : « Comment s'appelait-il avant ? N'a-t-il pas changé de nom en 1945 ? » Si la personne est réellement d'origine juive, les référents s'arrangent pour l'inclure dans un procès-verbal sous un prétexte ou un autre, qui peut très bien n'avoir absolument rien affaire avec les questions traitées. Et devant ce nom, on place le qualificatif rituel de « sioniste ».

Il s'agit d'accumuler dans les procès-verbaux le plus grand nombre possible de Juifs. Quand je cite deux ou trois noms, s'il en est un qui « sonne juif », on ne trans-

crira que celui-là. Ce système de la répétition, pour pri-
maire qu'il soit, finira par donner l'impression voulue, à
savoir que l'accusé n'était en contact qu'avec des Juifs,
ou du moins une proportion remarquable de Juifs.

D'autant qu'il n'est jamais question de Juifs. Par
exemple, quand on m'interroge sur Hajdu, le référent va
me demander crûment de préciser pour chacun des noms
qui va surgir dans l'interrogatoire s'il s'agit ou non d'un
Juif. Mais chaque fois, le référent dans sa transcription
remplace la désignation de juif par celle de sioniste.
« Nous sommes dans l'appareil de sécurité d'une Démocratie populaire. Je mot Juif est une injure. C'est pourquoi
nous écrivons : « sioniste ». Je lui fais remarquer que
« sioniste » est un qualificatif politique. Il me répond que
ce n'est pas vrai et que ce sont les ordres qu'il a reçus.
Il ajoute : « D'ailleurs, en U. R. S. S., l'utilisation du mot
Juif est également interdite. On parle d'Hébreux. » Je lui
démontre la différence entre « hébreu » et « sioniste. »
Rien à faire. Il m'explique qu'hébreu sonne mal en tchèque.
Il a l'ordre de mettre « sioniste », voilà tout.

Jusqu'au bout ce qualificatif de sioniste restera ainsi
accolé à des noms d'hommes et de femmes qui n'ont
jamais rien eu de commun avec le sionisme. Car lorsqu'ils
établiront les procès-verbaux « pour le tribunal », les référents refuseront toute rectification des procès-verbaux
administratifs. Ce qui est écrit est écrit.

On en fera par la suite une chasse aux sorcières. On mul-
tipliera les mesures discriminatoires contre les Juifs sous
prétexte qu'ils sont égrangers à la nation tchécoslovaque,
puisque cosmopolites, puisque sionistes, et donc plus ou
moins compromis dans de louches affaires de trafics et
d'espionnages.

Les premiers temps, c'est à qui, parmi les référents, se
montrera le plus antisémite. Un jour, je réplique à l'un
d'eux que même en me plaçant à son point de vue, je ne

vois pas comment l'appliquer au groupe des anciens volontaires qui, à part Valeš et moi, ne compte pas de Juifs. Il me répond avec le plus grand sérieux : « Vous oubliez leurs femmes. Elles sont toutes juives et cela revient au même. »

Toute une théorie existe à ce sujet à Ruzyn et je l'ai entendu souvent exposer par Kohoutek et les autres référents : « Dans un ménage, c'est toujours la femme qui domine. Si celle-ci est aryenne et le mari juif, ce dernier perd son caractère originel pour s'adapter à celui de sa femme. C'est votre cas, monsieur London !... Si par contre un aryen épouse une Juive, il tombe immanquablement sous son influence et devient philosémite. Ceci joue d'ailleurs un grand rôle dans l'affaire que nous intruisons, car parmi nos compatriotes émigrés pendant la guerre à l'Ouest beaucoup sont revenus au pays nantis de femmes juives... »

« Svoboda n'est pas juif. Mais sa femme ? C'est une Juive bessarabienne !... Hromadko n'est pas juif, mais sa femme ! Zavodsky, Pavel et tant d'autres sont dans le même cas... Qu'est-ce que cela prouve ? Que là où la Juiverie n'a pas réussi à pénétrer directement, elle l'a fait indirectement : en vous accrochant des épouses juives... »

Quand on écrira mon procès-verbal pour le tribunal et quand on inscrira : « nationalité juive » (ainsi que pour dix autres accusés sur quatorze), je demanderai à un référent comment on était arrivé à une telle définition, d'autant plus que mon père et moi étions athées. Il me répondra doctement en invoquant l'œuvre de Staline sur le problème national, dont il me cite les cinq conditions et il conclura en affirmant que ça correspond à la définition de « nationalité juive » ! Plus tard, cette formulation deviendra « d'origine juive », je ne sais à la suite de quelle intervention, et ainsi figurera dans les actes du Procès.

V

Comme un moulin, le manège broie mon corps et mon
cerveau... Tourne... Tourne... La pyramide de mes crimes
s'élève. Ce n'est pas un seul homme qu'il faudrait pour la
soutenir, mais une bonne demi-douzaine.

— Activité trotskyste en Espagne et collaboration avec
la Commission internationale de la Société des Nations,
ainsi qu'avec Field et les services de renseignements américains.

— Collaboration en France avec la police française, la
Gestapo, les services de renseignements américains.

— Rapatriement des trotskystes en Tchécoslovaquie
et dans les autres pays de démocratie populaire, pendant la
guerre, dans le but de livrer les organisations illégales du
Parti et leurs dirigeants à la Gestapo et préparer des positions d'avenir.

— Envoi de Mirek Klecan en Tchécoslovaquie, durant
l'occupation, dans le but de livrer Fučik et le Comité central illégal à la Gestapo.

— Formation d'un réseau trotskyste, appuyé sur un
réseau d'espionnage, dans tous les pays de démocratie
populaire.

— Être le délégué de la IVe Internationale pour les pays
de l'Est.

— Avoir entretenu des contacts et collaboré avec les
groupes Rajk et Kostov.

— Avoir eu le contact avec un groupe d'espionnage
important opérant en Hongrie (dont j'ai oublié le nom).

— Être le chef du réseau trotskyste en Tchécoslovaquie,
au noyau central constitué par les anciens volontaires des
Brigades internationales.

— Être le chef-résident du réseau d'espionnage américain en Tchécoslovaquie, sous la direction de Field, collaborateur direct d'Allan Dulles.

— Avoir été en contact avec les hommes de Tito et préparé le renversement du gouvernement en Tchécoslovaquie.

— Être responsable de la mort de centaines de Juifs en France durant la guerre.

— Collaboration avec la Gestapo à Mauthausen...

Au mois de juillet, le commandant Kohoutek me menace de nouveau de l'arrestation de ma femme. Il me dit que la Sécurité a depuis longtemps déjà l'intention de le faire. Qu'elle ne sera d'ailleurs pas la première femme d'un accusé à se trouver dans cette prison. « Ne croyez surtout pas que sa nationalité française soit un empêchement, au contraire. Il n'est pas difficile pour nous de dire qu'elle est un agent du 2ᵉ Bureau, qu'elle a été branchée par lui sur vous, croyez-moi si je dis qu'il se trouvera assez de témoins pour l'affirmer. »

On s'acharne aussi contre mes beaux-parents, gens simples et honnêtes qui ont consacré leur vie à leur famille, au Parti. On les accuse d'être des cosmopolites anti-parti. Si, à Ruzyn, ce qualificatif est communément attribué aux Juifs, aux intellectuels, aux camarades ayant séjourné pendant la guerre à l'étranger, il est encore plus absurde de l'accoler aux parents de ma femme. Ils étaient venus d'Espagne en France, au début du siècle. Ils avaient dû fuir les rudes régions d'Aragon, dont la terre, trop pauvre, se refuse à nourrir tous les enfants d'une famille paysanne. Son père se fit mineur. Il avait adhéré au Parti communiste français, lors de sa fondation, en 1921, alors qu'illettré il s'apprenait à lire en ânonnant péniblement les articles de son *Humanité*. Sa mère est catholique, mais chez elle le communisme fait bon ménage avec son idée du Christ. Frédéric Ricol, mon beau-père, avait élevé ses enfants dans un esprit de confiance et une foi candide et inconditionnelle à son idéal communiste. Pour toute la famille, l'U. R. S. S. et Staline étaient l'incarnation du bien, la garantie d'un avenir de bonheur qui libérera l'homme de sa servitude. Leur vie s'identifiait avec celle du Parti et de l'U. R. S. S.

Le frère de ma femme est également accusé d'être un exclu du Parti, un espion du 2e Bureau, alors que depuis son adolescence il est un militant estimé en France.

Ces menaces continuelles contre ma femme m'affectent beaucoup. Je connais déjà suffisamment les méthodes pratiquées à Ruzyn, je sais qu'il n'est pas difficile à la Sécurité de fabriquer de faux témoignages et mettre sa menace à exécution. Je sais qu'il y a des femmes dans cette prison, je me suis déjà demandé si Lise n'est pas du nombre.

Je suis d'autant plus impressionné par cette menace que ce jour-là, justement, j'ai réussi à lire à l'envers, sur la table de Kohoutek, une information contre ma femme qui commençait par ses mots : « La camarade London m'a dit hier... » J'en déduis qu'elle est entourée de mouchards qui font des rapports suivis contre elle à la Sécurité. J'en aurai la preuve plus tard.

En fait, il s'agit là d'une nouvelle préparation psychologique, d'une nouvelle mise en condition. Je ne comprendrai que bien plus tard la nature du tournant dans mes interrogatoires. Dans l'immédiat, tout se passe comme si l'on allait monter une accusation plus grave contre moi que celle d'*être responsable de la IVe Internationale pour les pays de l'Est*, IVe Internationale dont *le groupe trotskyste des volontaires des Brigades internationales est le noyau dirigeant en Tchécoslovaquie.*

On ne parlait plus d'un tel procès. Mais voilà que Kohoutek se met à prétendre que je n'ai pas tout avoué. J'ai passé sous silence des faits très importants. Mes « aveux », de surcroît, ne servent qu'à couvrir les vrais coupables et à détourner d'eux le glaive de la justice.

Il m'accuse d'avoir cette attitude parce que, les sachant très haut placés dans l'appareil du Parti et de l'État, je compte sur eux pour me sortir de là. Il conclut : « Vos interrogatoires ne prendront fin que lorsque vous aurez tout avoué. »

Et le carrousel de tourner, et les interrogatoires de se poursuivre à une cadence infernale.

Vers la fin de juillet, Kohoutek vient me chercher dans la pièce où je suis interrogé par l'un des référents. Il m'emmène dans son bureau. Là, il m'informe qu'il vient de recevoir des instructions de ses supérieurs sur mon cas. Après s'être entretenus avec la direction du Parti, ceux-ci l'ont autorisé à me parler non seulement en leur nom mais au nom du Parti.

Le Parti, me dit-il, a découvert l'existence d'un vaste complot contre l'État, dirigé par l'un de ses plus hauts dirigeants. Il se met alors à énumérer les noms de tous les membres du Bureau politique : « Ce n'est pas celui-ci, non plus celui-là... A la fin il ne reste plus que le nom de Slansky : « Vous avez déjà compris de qui je parle? » demande Kohoutek. — Vous voulez dire Slansky? — Oui, c'est bien de Slansky que je parle. »

« Vous serez interrogé sur tous les contacts que vous et les autres anciens volontaires de votre groupe avez eus avec lui; vous devrez dire absolument tout ce que vous savez, dans les moindres détails. »

Il ajoute : « Vous n'êtes pas le premier que le Parti nous a chargés d'interroger sur Slansky. Nous avons déjà de très nombreuses dépositions sur lui, certaines datent d'il y a longtemps. »

Et pour me convaincre, il me lit une déposition volumineuse contre Slansky sans m'en nommer l'auteur.

Devant mon ahurissement, il me lit une deuxième déposition très détaillée et pour finir de me convaincre il me fait voir la date : mars 1951, et la signature : Eugen Löbl.

Kohoutek feuillette encore deux autres dossiers et m'en lit des passages. Il ajoute : « Et ce n'est pas tout, il y en a beaucoup d'autres. D'ailleurs vous-même, vous avez déjà

mis en cause Slansky. » Je le regarde absolument effaré :
« Moi? — Mais oui. Ne nous avez-vous pas maintes fois
déclaré que vous n'étiez pour rien dans la promotion de vos
complices après leur retour de France? N'avez-vous pas
dit que c'est Slansky lui-même qui leur a ordonné de hâter
leur retour à Prague, qui les a accueillis personnellement
à leur arrivée, et par la suite leur a confié des tâches importantes dans l'appareil du Parti et de l'État? »

Mon effarement s'accroît : « Alors pourquoi jusqu'ici
m'avoir toujours empêché de faire valoir, pour ma défense,
de telles explications et même de prononcer le nom de
Slansky? » Il répond : « C'est parce que vous persistiez à
nier être le responsable du groupe trotskyste, ainsi que vos
rapports d'espionnage avec Field. Maintenant que vous avez
signé vos premiers aveux, le Parti pense que nous devons
aller plus loin. »

Kohoutek, pour terminer, me souligne sentencieusement :
« Monsieur London, réfléchissez. Qui, croyez-vous, a donné
l'ordre de vous faire arrêter, vous et les autres volontaires?
Sans l'ordre de Slansky nous n'aurions pas pu le faire! Il
vous a sacrifiés, parce qu'il pensait qu'en vous jetant par-
dessus bord, il se sauverait lui-même. »

Revenu dans ma cellule, je reste longtemps sous le coup
de la surprise que m'a causé ce renversement de la situation. J'ai toujours pensé que Slansky, comme secrétaire
général, porte la responsabilité majeure, parmi les autres
membres de la direction du Parti, de mon arrestation et
de celles d'autres anciens d'Espagne. C'est pourquoi il
avait refusé systématiquement de me recevoir lorsque, dans
le passé, je m'adressais à lui pour qu'il m'aide à éclairer
devant le Parti mes rapports avec Field! C'est pourquoi je
me suis heurté, près de deux ans, à ce mur de méfiance
infranchissable et que, délibérément, il m'a abandonné à la
Sécurité en tentant de me faire passer pour un ennemi.

C'est pourquoi il a laissé passer, sans réagir, nos demandes de témoignage et nous a laissé tranquillement accuser pour des décisions dictées par lui-même ou son appareil du Secrétariat. C'est pourquoi il a accepté, sans les démentir, les monstrueuses déformations faites par la Sécurité de nos activités véritables dans notre jeunesse, en Espagne, en France et qui lui étaient connues.

Si Slansky est maintenant arrêté [1], cela peut signifier que le Parti s'est rendu compte de l'odieuse machination dont nous avons été les victimes mes camarades et moi-même? Serait-il possible que maintenant soit enfin arrivé le temps des explications, que soit revenu le temps de la confiance? Le Parti s'est-il enfin ressaisi, va-t-il arracher leur masque aux contrebandiers du fascisme qui opèrent dans ses rangs et dont j'ai rencontré un bel échantillonnage ici, à Ruzyn; qui pratiquent des méthodes inquisitoriales dignes de la Gestapo?

Cependant, dans mon raisonnement il y a une faille importante. Kohoutek, tout en me suggérant que nous sommes les victimes de Slansky, laisse déjà entendre que nous étions aussi ses complices. Kohoutek et ses chefs n'essaient-ils pas de trouver ainsi un alibi à ce qu'ils ont fait avec nous?

Mais cela n'enlève rien au fait que c'est Slansky le responsable de l'action entreprise contre nous et beaucoup d'autres. Les questions m'ont appris l'arrestation de la plupart des secrétaires régionaux du Parti, qui n'ont pu être sanctionnés qu'avec l'accord du secrétaire général;

---

1. Je me trompais. Slansky était encore, à cette époque, secrétaire général du Parti. Un peu plus tard, le 31 juillet 1951, son cinquantième anniversaire sera célébré avec éclat. Il recevra des mains de Gottwald la plus haute distinction de l'État. Le 6 septembre, au cours du Comité central, il prononcera une autocritique concernant le travail du Secrétariat du Parti. Sur proposition de Gottwald, le C. C. décidera sa désignation comme vice-président du Conseil. Il ne sera plus secrétaire général mais maintenu comme membre dans le Secrétariat politique du Comité central. Il ne sera arrêté que dans la nuit du 23 au 24 novembre 1951.

l'arrestation de Švermova, veuve de Šverma, et secrétaire du C. C. à l'organisation... En outre, ces premiers interrogatoires que Kohoutek m'a montrés et qui mettent en cause Slansky ne datent-ils pas à peu près de la date de mon arrestation? Est-ce que cela ne confirmerait pas l'idée que j'avais, dès avant mon arrestation, que l'ennemi est camouflé dans la direction même du Parti? L'arrestation des anciens d'Espagne, le procès qu'on a tenté de faire contre nous devait leur servir de diversion, leur permettre de continuer à se camoufler..

D'ailleurs, si notre procès n'a pas eu lieu, comme prévu, si leur plan d'une réédition du procès Rajk a échoué, n'est-ce pas parce qu'ils n'ont pas obtenu mes « aveux » en tant que chef du groupe aussi rapidement qu'ils l'escomptaient, qu'il l'aurait fallu pour la réussite de leur dessein? Tout cela me confirme qu'il y a du vrai dans les propos de Kohoutek.

Je m'accroche à l'idée que si le Parti a pris la décision de faire arrêter son secrétaire général, c'est qu'il a compris qu'il y a bien de la pourriture dans le royaume du Danemark! Comme chaque prisonnier, coupé de la réalité et du monde, j'échafaude des châteaux en Espagne, sur la plus fragile lueur d'espoir qui peut apparaître.

Avec tout ce que j'ai subi depuis six mois, mon cerveau n'est plus capable de penser rationnellement. C'est dans un monde à l'envers que je vis. Mes pensées, mes déductions sont à l'image de ce monde de la folie.

                              VI

Maintenant, c'est par Kohoutek lui-même que je suis interrogé chaque jour. Je pense qu'il va m'être enfin possible de placer le problème des anciens volontaires des Brigades sous son vrai jour. Je continue de répondre de la manière la plus franche, la plus véridique. Je parle de faits et d'événements que je connais bien pour les avoir personnellement vécus ou pour en avoir été informé, au cours de mes activités, par les camarades intéressés.

Un jour, Kohoutek me remet du papier et un crayon et m'ordonne d'écrire, à la main, tout ce qui concerne mes contacts et ceux des autres volontaires avec Slansky. « Tout sera méticuleusement vérifié par la direction du Parti et Gottwald », ajoute-t-il. J'écris en détail comment s'est passé, en juillet-août 1945, le retour des anciens volontaires ayant pris une part active à la Résistance française.

C'est pendant que j'étais au repos dans une maison des F. T. P. F. que j'avais appris, par une lettre de Tonda Svoboda, qu'un télégramme signé de Slansky était arrivé, demandant le retour rapide des Cadres communistes tchécoslovaques à Prague, notamment Holdoš, Svoboda, Zavodsky, etc.

Leur départ eut lieu avec l'accord du Parti communiste français dont ils étaient membres jusque-là. Sous la signature de Jacques Duclos, une lettre fut expédiée au Secrétariat du P. C. tchécoslovaque confirmant leur appartenance au Parti français pendant la guerre et jusqu'à leur départ.

Lorsque je revins à Paris, tous étaient déjà à Prague, sauf Svoboda qui partit quelques jours plus tard.

Ce n'est qu'au printemps 1946 que je suis entré en contact avec Slansky. Pendant une interruption de séance, au cours du VIIIe Congrès du Parti communiste tchécoslovaque, je fis l'interprète, pour une courte conversation, entre Jacques Duclos et lui. Ce dernier me demanda si j'étais London. A ma réponse affirmative, il dit avoir beaucoup entendu parler de moi et qu'il serait désireux que je lui rende visite, à son bureau, avant de repartir pour la France.

J'étais allé chez lui, la veille de mon départ. Il m'avait reçu en compagnie de Dolansky, membre du Bureau poli-

tique et, à ce moment-là, responsable de la Section internationale du Comité central.

La conversation dura près d'une heure. Elle porta sur
différents problèmes dont le Parti communiste français
avait informé Slansky par lettre. Ce dernier voulait avoir
des détails sur les divergences qui avaient existé, après la
libération de la France, en 1944, entre la direction du
P. C. F. et certains camarades tchécoslovaques.

C'était à mon retour d'Allemagne, en 1945, que j'avais
eu connaissance du désaccord politique manifesté par
quelques anciens volontaires des Brigades, membres de la
direction du groupe de langue tchécoslovaque du P. C. F.
Sous l'influence de la direction de l'émigration communiste
tchécoslovaque à Londres, ils avaient commencé à mettre
en place en France, notamment dans le Nord et le Pas-de-
Calais, où existe une forte émigration économique, des
organisations du Parti communiste tchécoslovaque.

La direction du P. C. F. avait condamné cette action :
les émigrés économiques et politiques organisés dans le
P. C. F. sont soumis à sa discipline et doivent appliquer ses
directives comme n'importe quel adhérent français. Nul n'a
le droit de s'ingérer dans les affaires intérieures du P. C. F.,
et surtout pas de créer des organisations d'un Parti communiste étranger en France.

Par la suite, ce différend avait été réglé. Néanmoins le
secrétariat du P. C. F. en avait informé son homologue
tchécoslovaque en réitérant sa position de principe sur ce
problème.

Slansky me parla ensuite de trois camarades sanctionnés
par le P. C. F. pour leur conduite pendant la guerre, et qui,
malgré la mise en garde contre eux, occupaient en Tchécoslovaquie des fonctions importantes. Comme j'en exprimais
de l'étonnement, Slansky avait répondu que toutes ces
histoires appartenaient au passé, qu'il fallait donner à
chacun le moyen de faire ses preuves, aujourd'hui, dans la

nouvelle situation du pays, surtout que le Parti manquait de Cadres expérimentés.

Abordant le problème des anciens d'Espagne rentrés au pays, Slansky me dit qu'à son avis, certains n'occupaient pas les fonctions correspondant à leurs capacités. Il espérait que dans l'avenir proche ils seraient promus à des postes plus importants où ils rendraient de plus grands services. Il m'avait nommé notamment Pavel, Hromadko, Svoboda, Zavodsky, Nekvasil...

A la fin de la conversation, Slansky me demanda si je n'accepterais pas de revenir à Prague pour travailler dans l'appareil du Parti. Je refusai en lui expliquant, d'une part, ma situation de famille et, d'autre part, mes liens avec le Parti communiste français au sein duquel je milite depuis déjà de nombreuses années et où je me sentais bien assimilé. Slansky insista, disant que si je revenais, je pourrais travailler à la Section des Cadres du Comité central, comme adjoint du camarade David. Ce serait, avait-il ajouté, un excellent renforcement de cette section car Gottwald et lui-même considéraient David comme un incapable qu'il fallait songer à remplacer. En réalité, ce serait moi qui dirigerais pratiquement le travail de cette section.

Il m'informa encore qu'il avait placé Nekvasil comme adjoint de Vodička, à la section militaire, où la situation était identique à celle de la Section des Cadres. Il reprochait cependant à Nekvasil de perdre son temps à chercher querelle à Vodička et à tenter de lui démontrer son incapacité, plutôt que de travailler au renforcement de la section.

Pour terminer, il m'annonça que, dans peu de temps, devait se tenir à Prague un Congrès européen des Partisans. Il espérait que Prague serait choisi comme siège de la future Fédération européenne des Partisans, ce qui renforcerait, selon lui, la position du Parti dans le pays, étant donné son rôle de premier plan dans la lutte des Partisans. Il me pria de parler de ce projet à Paris et de revenir, le lendemain,

prendre chez lui la lettre qu'il allait écrire à la direction de
l'Association des F. T. P. F. sur ces problèmes. C'est ainsi
que je l'avais revu une deuxième fois un court instant, juste
avant mon départ.

A cette époque, j'avais été assez étonné de la façon désin-
volte dont se traitait le problème des Cadres. Cependant,
habitué depuis longtemps aux méthodes de travail dans le
Parti français, éloigné depuis de nombreuses années de la
Tchécoslovaquie dont je connaissais mal la situation
actuelle, je me disais que je n'étais pas en mesure de porter
un jugement correct.

En automne 1946, je m'étais rendu à Prague pour
consultation avec les ministères de la Culture et des
Affaires étrangères, sur des problèmes relatifs à l'hebdomadaire *Parallèle 50* et au Bureau d'Information tchécoslovaque, à Paris.

C'est à cette occasion que j'avais revu Slansky une troisième fois. Je l'avais prié de me recevoir pour lui faire part
de mon indignation contre une utilisation abusive de mon
nom par le ministère de la Défense dans une lettre adressée
à l'attaché militaire tchécoslovaque à Paris, Mikše. C'était
ce dernier qui m'avait d'ailleurs alerté. Nous nous connaissions bien d'Espagne, où il avait combattu dans les
Brigades internationales. Il m'avait vivement conseillé de
me plaindre quand j'aurais l'occasion d'aller à Prague et
suggéré de m'adresser à Slansky, qui comme député,
membre de la commission parlementaire de la Défense
nationale, pourrait se faire l'interprète de ma protestation.

Au cours de cette entrevue, Slansky m'avait donné raison
et promis de faire le nécessaire. Il avait tenu parole.

Avant que je ne le quitte, il m'avait interrogé sur la situation politique en France, en présence de Geminder, qui
maintenant dirigeait la Section internationale du C. C.

Tous deux regrettaient vivement que Prague soit si mal
informé de la situation en France. Ils me demandèrent si

j'accepterais d'être le correspondant de la revue de politique internationale *Svetove Rozhledy* éditée par le C. C. Je leur donnai mon accord.

C'est ainsi que je relate les conversations et les contacts que j'ai eus dans le passé avec Slansky. Mais lorsque Kohoutek prend connaissance de ce que j'ai écrit, il se fâche et quitte la pièce en disant qu'il doit consulter ses « véritables chefs ».

Lorsqu'il revient, une heure plus tard, il dit que ses chefs refusent mes formulations. Il déchire les pages que j'ai écrites.

« C'est au nom du Parti que je me suis adressé à vous et vous trouvez le moyen d'écrire un mauvais feuilleton. Si vous persistez dans une telle attitude, ce sera la preuve que vous tentez, encore maintenant, de mentir au Parti et de couvrir des hommes, dont nous savons pertinemment qu'ils sont coupables, car nous tenons entre nos mains tous les fils de la conspiration contre l'État. Vous pensez bien que ce n'est pas moi, simple capitaine de la Sécurité, qui peux me permettre de vous interroger sur le secrétaire général du Parti! Vous pensez bien que si je n'avais pas l'ordre des plus hautes instances du Parti, il me serait impossible de le faire! Je vous ai déjà montré du matériel contre Slansky dont une partie date déjà de plusieurs mois. Si le Parti a décidé maintenant de mener cette affaire jusqu'au bout, malgré la personnalité de Slansky, c'est qu'il a en sa possession des preuves graves et irréfutables contre lui. Il faut que vous fassiez confiance au Parti et vous laissiez guider par lui. Ce n'est pas en tant que capitaine de la Sécurité que je vous parle, je vous le redis encore une fois, mais au nom du Parti. Si vous refusez de vous laisser guider par l'intérêt du Parti, nous utiliserons des méthodes dont vous n'avez pas encore l'idée. Et il se pourrait bien qu'alors vous ne sortiez pas vivant d'ici! »

Il ajoute ensuite qu'en aucun cas on ne reviendrait sur

mes « aveux » antérieurs et ceux des volontaires, mes
complices, qui sont signés et d'ailleurs bien loin d'être
complets. Slansky connaissait l'existence du groupe trotskyste dont j'ai déjà avoué être le chef. La preuve ? C'est
qu'il connaissait l'activité ennemie des anciens volontaires
contre lesquels aucune mesure disciplinaire n'avait été
prise. Au contraire, il nous avait tous couverts sciemment,
y compris moi et mon histoire d'espionnage avec Field, et
promus à des postes très importants dans l'appareil du
Parti et de l'État parce que nous étions ses complices...

Les jours suivants, et cela jusqu'au début du mois d'août,
Kohoutek agit avec moi comme le pêcheur qui a réussi à
ferrer son poisson et le ramène lentement, centimètre par
centimètre, malgré ses bonds, ses soubresauts et la défense
désespérée qu'il oppose, jusqu'à son épuisette.

L'envoi du télégramme de Slansky à Paris, en 1945, demandant le retour urgent des anciens volontaires à Prague,
ma conversation avec lui, en 1946, où il me parla de son
intention de promouvoir certains d'entre nous à des postes
plus importants, constituent maintenant la « preuve » de la
complicité criminelle entre moi-même, les anciens volontaires emprisonnés et Slansky.

Maintenant Mikše devient le complice de Slansky et la
fameuse lettre dont il m'a donné connaissance à Paris, un
moyen de pression pour me faire accepter une participation
aux plans criminels de Slansky.

Les quelques articles envoyés pour *Svetove Rozhledy* et
d'autres périodiques du Parti deviennent : « Sabotage et
espionnage pour le compte de Slansky dans le mouvement
progressiste français. »

La lettre que je devais transmettre à l'Association des
F. T. P. F., à Paris, proposant le choix de Prague comme
siège de la future Fédération européenne des Partisans
constitue la preuve de ma complicité avec Slansky « dans
le but de renforcer sa position personnelle en Tchécoslova-

quie, en exploitant, en sa faveur, le mouvement des partisans », « dont il s'estimait l'organisateur en se basant sur son court séjour en territoire tchécoslovaque au cours du soulèvement national slovaque... »

Quand, au début, on m'interroge sur la conversation que j'aie eue, en 1946, avec Slansky, je déclare que celle-ci s'est passée en présence de Dolansky. On a commencé donc par inscrire cette circonstance. Le même procès-verbal, retranscrit un peu plus tard, n'en fait plus mention.

Comme je souligne que Dolansky était témoin de tout l'entretien avec Slansky, Kohoutek dit qu'il n'est pas question de mentionner le nom de Dolansky dans le procès-verbal; qu'il n'est pas chargé de m'interroger sur ce dernier, mais sur Slansky, et c'est pourquoi il formulera la chose ainsi : « Profitant d'un moment où Dolansky avait quitté la pièce, Slansky me demanda... »

Dans les procès-verbaux suivants, le nom de Dolansky est complètement supprimé et il ne reste que la conversation entre « deux complices ».

D'une conversation d'une heure environ, et d'une visite d'adieu de cinq minutes, le lendemain, Ruzyn fait : « Une conversation qui dura deux jours, avec des intervalles... »

C'est ainsi que, peu à peu, grâce aux acrobaties de langage, aux interprétations tendancieuses, aux faux purs et simples, prend corps le procès-verbal sur « mes activités ennemies et ma complicité avec Slansky ».

Par ce tour de passe-passe, le groupe trotskyste des anciens volontaires des Brigades internationales, première conception de la Sécurité et première étape, devient partie intégrante du « centre de conspiration contre l'État ».

Ainsi « notre groupe », d'abord indépendant, et qui devait donner lieu, originairement, à un procès similaire à celui de Rajk, n'est plus maintenant qu'une ramification du « Centre », et si moi, comme tête de groupe, je deviens un des quatorze dirigeants du « centre de conspiration contre

l'État, dirigé par Rudolf Slansky », « mes complices » eux,
seront intégrés et jugés dans d'autres affaires découlant du
Grand Procès; sauf Pavel qui sera jugé seul. Quant à Laco
Holdoš, il permutera de l'accusation de « trotskysme » à
celle de « nationalisme bourgeois slovaque » et sera
condamné comme tel, en 1954, avec le groupe de Novomesky, Husak, etc.

Au moment où j'avais signé mes premiers « aveux »
j'étais déjà dans un état d'épuisement physique et moral
lamentable. La poursuite du « carrousel » m'a conduit au-
delà de la limite de la résistance humaine. L'idée que cette
vie misérable va encore durer est insoutenable. Je n'en peux
plus, je suis à bout. Je n'ai plus la force, ni physique ni
morale de continuer à me battre pour nier et moins encore
de rétracter mes premiers « aveux ».

Et pourtant quelque chose en moi continue à se battre.

VII

Kohoutek commence à rédiger des « procès-verbaux
administratifs partiels ». Partant du principe que deux précautions valent mieux qu'une, Kohoutek prétend que, non
seulement les procès-verbaux administratifs ne sont pas
« déterminants », mais encore qu'à ces procès-verbaux
« partiels », il faudra une synthèse, et que, lorsqu'elle sera
établie, avant d'en arriver au procès-verbal « pour le tribunal », l'accusé aura toute latitude de s'expliquer, d'apporter
les précisions et éclaircissements qu'il jugera nécessaires à
sa défense. Ces procès-verbaux administratifs ne servent
qu'à « faciliter le travail courant ».

Puis, il éprouve le besoin d'ajouter des explications
complémentaires. Il doit s'agir vraiment d'une grosse partie,
à ses yeux, et pour obtenir les formulations orientées dans
le sens de la nouvelle conception, imaginée par les conseil-

lers soviétiques, lui non plus ne ménage pas sa peine. Voilà
donc ce qu'il m'affirme : « Dans votre procès-verbal pour
le tribunal, il y aura deux parties : l'une à votre charge,
l'autre à votre décharge. Dans cette seconde partie, vous
pourrez faire inclure tout ce qui est en votre faveur ou
constitue, selon vous, des circonstances atténuantes. Il est
donc normal que nous n'écrivions ici que les côtés négatifs
vous concernant. Ce n'est pas à nous d'écrire votre défense!
Vous aurez d'ailleurs un avocat, avec qui vous mettrez celle-
ci au point. »

C'est simplement une monstrueuse escroquerie. Quand
on en viendra au procès-verbal « pour le tribunal », l'ordre
sera donné qu'en aucun cas les formulations écrites par les
référents ne devront être adoucies mais au contraire durcies,
aggravées. Et plus jamais il ne sera fait mention de cette
deuxième partie, de cette contrepartie...

On appelle cela, dans tous les pays civilisés, une extorsion
de signature. Mais ici l'extorsion de signature est érigée en
théorie. Une fois que, par les tortures des mois durant, on
est arrivé à casser la résistance de l'accusé sur un point,
cette théorie permet d'élargir la brèche, d'obtenir signature
après signature, procès-verbal après procès-verbal, la montagne de papiers qui, dans ce système de la bureaucratie
criminelle, sert de vérité et de faits. En effet, pourquoi
l'accusé poursuivrait-il ce combat du pot de terre contre le
pot de fer, si possibilité lui est offerte, par la suite, dans le
procès-verbal SEUL destiné au tribunal, de faire valoir sa
défense... Mais à ce moment-là SEULES les signatures
extorquées feront foi, la montagne des signatures extorquées.
Et comment faire croire alors qu'on vous a extorqué non pas
une, mais une montagne de signatures? Comment ne pas
être accablé par cette montagne même de signatures entéri-
nant vos « côtés négatifs »... D'autant qu'au début, vous ne
compreniez pas tout le projet des conseillers soviétiques et
des référents, vous laissiez passer comme peu importantes

des formulations légèrement infléchies, parce que vous ne saisissiez pas vers où on les infléchissait. Vous l'auriez saisi, si vous aviez été coupable. Mais là, comme vous étiez tout à fait étranger à ce roman-feuilleton, encore plus éloigné si possible de ce personnage qu'on vous y réservait, au départ vous ne voyiez tout bonnement pas où l'autre voulait en venir. Et l'autre profite de tout, de votre lassitude, de vos inattentions, de vos distractions. De votre ignorance. De votre bonne foi.

Je me bats parfois un jour entier sur un mot; des jours et des nuits, interminablement sur une phrase. Mais rien n'arrive à faire dévier Kohoutek de son but. Quand je tente encore de me rebiffer, soit qu'il ait ajouté des interprétations politiques tendancieuses, soit qu'il ait carrément fait sauter un passage entier de mes explications, il me dit très sérieusement des choses de ce genre : « Vous êtes un homme politique et vos dépositions doivent être rédigées en conséquence. Vous ne faites rien de cela. D'ailleurs, vous êtes arrêté depuis si longtemps déjà que vous ignorez tout de l'évolution de la situation à l'extérieur. Dans votre texte, il y a trop de choses inutiles et sans intérêt. Mais nous, qui sommes au courant de la conspiration tramée contre l'État, nous savons ce dont le Parti a besoin. »

Ce serait à n'en pas croire ses oreilles si je n'étais, depuis si longtemps déjà, en effet, entre leurs mains. Plus rien n'existe. Il n'y a plus de vérité objective. Plus de faits. Être un homme politique pour eux, c'est simplement savoir mentir comme il faut, dire ce dont le Parti a besoin. Plier les faits, plier ma vie, plier mes idées, mes convictions les plus profondes à ce qui les arrange ce mois-ci, cette semaine-ci, ces jours-ci. Et toujours, comme une incantation magique : « Vous devez faire confiance au Parti, vous laisser guider par lui. C'est dans votre intérêt. » Et pour finir le sempiternel : « C'est moi qui vous parle au nom du Parti. » Moi, Kohoutek, l'homme du carrousel des tortures, l'homme des formulations du mensonge, l'homme des signatures extorquées.

Il ne se gêne pas le moins du monde devant moi pour me montrer le peu de cas qu'il fait de tous ces textes qu'il accumule, dès lors qu'ils gênent la nouvelle formulation au lieu de l'épouser, de la préparer, de l'accréditer. Il laisse tomber nombre des accusations et « aveux » de mes coaccusés du « groupe trotskyste » des anciens volontaires des Brigades. En revanche, il introduit de nouvelles accusations capables de donner consistance à ce nouveau personnage qui m'est imparti dans la conspiration de Slansky. Il doit en effet faire « la preuve » que « pendant une longue période de temps, jusqu'à mon arrestation, soit à Prague, soit en d'autres lieux :

— Je me suis concerté successivement avec les autres chefs de la conspiration (Slansky, Geminder, Frejka, Frank, Clementis, Reicin, Švab, Hajdu, Löbl, Margolius, Fischl, Šling, Simone), ou avec d'autres personnes pour tenter d'anéantir l'indépendance de la République et le régime de démocratie populaire garanti par la Constitution; d'être entré, dans ce but, en contact avec une puissance étrangère et avec des autorités étrangères...

— Je suis entré en contact avec une puissance étrangère ou avec des autorités étrangères dans le but de leur découvrir des secrets d'État; d'avoir commis cet acte bien que la préservation de ces secrets m'était expressément imposée ou était impliquée dans les devoirs de ma fonction; d'avoir trahi ces secrets d'État, particulièrement importants, d'une manière particulièrement dangereuse, sur une vaste échelle et pendant une assez longue durée de temps [1]...

Mon rôle comme chef du groupe trotskyste des anciens

1. Inculpations pour lesquelles je serai jugé et condamné. Voir le livre : *Procès des dirigeants du centre de conspiration contre l'État dirigé par Rudolf Slansky* publié par Orbis, Prague, 1953.

d'Espagne s'estompe. Il n'est plus au premier plan. Ce qui maintenant dominera dans mes procès-verbaux, c'est ma participation active — en tant qu'un de ses quatorze dirigeants — au Centre de conspiration contre l'État. C'est le secteur des Affaires étrangères qui m'est dévolu, en collaboration avec Clementis, Geminder et Hajdu.

Le groupe trotskyste aux Affaires étrangères, à la tête duquel est Geminder, devient une des branches du centre de conspiration. J'en suis, avec Vavro Hajdu et d'autres, un membre actif et j'assume la liaison entre ce groupe et Geminder...

De plus, j'accomplis mon travail ennemi au ministère des Affaires étrangères, de concert et avec la complicité du nationaliste-bourgeois Clementis...

Je suis l'intermédiaire dans les rapports d'espionnage entre Slansky et Zilliacus...

Je suis un espion américain à la solde d'Allan Dulles, en contact direct avec Noël Field...

Pendant plus de trois semaines, infatigablement, en ce mois d'août, Kohoutek va remettre son ouvrage sur le métier. Chaque fois qu'il rédige une page ou deux, remodelant mes dires d'après les notes que lui ont remises les conseillers soviétiques, il me quitte pour aller montrer son travail à ses « véritables chefs », comme il les nomme en se rengorgeant. Quand il revient, il récrit devant moi ces pages en les modifiant selon les ordres qu'il a reçus. Ou bien, il me rappelle crûment que le texte de mes « aveux » ne sera définitif que lorsque, après traduction, il sera approuvé par ses chefs.

Cet acharnement, cette obstination ont quelque chose de confondant. Jamais je n'aurais pu imaginer que, si longtemps, avec tant de méticulosité, quelqu'un pourrait se livrer à un tel travail de fourmi sur des formulations. Kohoutek retape le texte à la machine, fragment par fragment, m'extorquant à chaque nouvelle mouture ma signature. De retouche en retouche, d'extrait en extrait, de formulation en formulation, le sens s'éloigne de plus en plus de l'original, tout en conservant avec lui un certain air de famille. Mais cela m'échappe. Tout ce travail a pour but, sans doute, de faire que cela m'échappe, que les mots cessent de m'appartenir, que la description de mes actes, la définition de mes pensées deviennent peu à peu extérieures à moi. Pas trop, toutefois, pour que ma révolte n'interrompe pas le processus d'usure, de fatigue, lequel exige, semble-t-il, de la continuité. Mais sur le moment, je suis trop pris, trop constamment occupé, trop las, trop broyé physiquement pour prendre ce recul qui me permettrait d'en saisir la signification.

Il faudra un incident imprévu, un accident de parcours pour que se précise l'image de ce moulin où Kohoutek veut me broyer.

Vers la fin du mois d'août 1951, quand lesdits procès-verbaux administratifs commencent de former une masse impressionnante, j'ai la surprise de voir rentrer dans la pièce où Kohoutek rédige si laborieusement ses formulations, Kopřiva, le ministre de la Sécurité, accompagné de Doubek.

« Tu t'es tout de même décidé à parler. C'est ta seule voie de salut », dit-il en guise d'entrée en matière.

Il écoute un moment l'interrogatoire puis se met à me poser des questions. Le souvenir de notre première entrevue est toujours vivant dans ma mémoire, et le « Avec ou sans tes aveux, on t'anéantira! » qui en avait fourni la conclusion.

Comme il avait refusé de me croire alors que je n'avais encore rien signé et que je me battais pied à pied pour faire éclater devant le Parti la vérité et dénoncer la persécution dont j'étais l'objet, je sais qu'il ne croira rien de ce qui ira contre son jugement préconçu.

Si, le 3 avril, il a rejeté d'emblée ma défense comme une

tentative de tromper le Parti, ma seule chance de me faire
écouter de lui consiste à aller dans son sens, mais à profiter
de sa présence pour répondre le plus objectivement possible à ses questions. Autrement dit, à ne pas discuter la
question de la culpabilité en général, pour pouvoir dire la
vérité sur chaque question particulière et lui apporter la
preuve de la différence entre mes réponses véritables et ce
qu'elles deviennent une fois « traitées » par Kohoutek et
ses « véritables chefs ». Kopřiva ne pourra pas ne pas s'en
rendre compte, puisqu'il a débarqué dans cette pièce avec
mes « procès-verbaux administratifs » en main. Et d'ailleurs,
il s'y réfère pour poser ses questions.

Tout de suite, cela prend, en effet, figure d'une sorte
d'interrogatoire de contrôle : Kopřiva me demande qui
dirigeait en Tchécoslovaquie le groupe des anciens volontaires d'Espagne. Je réponds qu'à l'origine c'était Pavel,
et qu'après mon retour au pays j'ai partagé cette responsabilité avec lui. A sa question : « Qui a élu ou désigné Pavel? »
je réponds « Personne! Il n'a été ni élu, ni désigné. Il était
considéré par tous les volontaires comme une autorité,
du fait qu'en Espagne il avait le grade militaire le plus élevé
et avait toujours été un cadre dirigeant des Brigades internationales. » J'ajoute : « Quant à moi, il en était de même.
En Espagne et en France, j'ai toujours occupé des fonctions
politiques importantes, ce qui fait que j'ai conservé de
l'autorité parmi les anciens volontaires. »

Kopřiva semble surpris de mes réponses. Il me demande
si Pavel m'a parlé de sa collaboration avec Slansky. Je
réponds que non. « Alors, comment sais-tu qu'il travaillait avec Slansky? » Je réponds, ce qui était d'ailleurs de
notoriété publique, que Pavel faisait partie d'une commission de travail dirigée par Slansky et qu'en février 1948,
il avait été proposé par celui-ci comme chef des Milices
ouvrières. J'explique aussi qu'en 1946, lors de notre rencontre, Slansky m'avait parlé de Pavel en bons termes et

confié son intention de mieux l'utiliser, de même d'ailleurs que d'autres anciens d'Espagne. J'ajoute que Slansky connaissait bien les problèmes relatifs aux anciens volontaires en France, dont il avait été informé par la direction du Parti et aussi par moi-même au cours de cette conversation qui s'était déroulée en présence de Dolansky.

Je le vois feuilleter le procès-verbal qu'il a en main, sans doute pour y retrouver le nom de Dolansky qui a disparu, comme je l'ai déjà dit.

Kopřiva semble irrité. Il me questionne : « Alors pourquoi les anciens volontaires se soutiennent-ils mutuellement? — Par esprit de camaraderie. » Il poursuit : « Pourquoi les avoir placés partout dans l'appareil de l'État, comme toi-même tu l'as fait aux Affaires étrangères? — Parce que je les connaissais. D'ailleurs ce ne sont pas de mauvais éléments! » Il demande avec rudesse : « Cite des noms! — Bieheller, Laštovička, Farber, Veivoda, Bukaček, Ickovič, Hosek, Ourednicek... » mais Kopřiva me coupe la parole : « Ha! parce que tu considères que ceux-là valent mieux que vous? C'est du pareil au même! »

Je me rends compte que son jugement sur les anciens volontaires n'a pas changé. Il insiste de nouveau : « Pourquoi et dans quel but avez-vous placé les anciens volontaires dans les rouages de l'appareil d'État? » — Je réponds : « Nous n'avions aucun but! » Et comme il commence à insister avec véhémence et brutalité, je réponds par un bla-bla-bla confus et entortillé : « Nous n'avions aucun but, mais si cela est objectivement considéré comme un affaiblissement de l'appareil de l'État, et que comme chaque affaiblissement de l'État est dans un certain sens un sabotage et que chaque sabotage conduit en définitive à un affaiblissement du socialisme et à un renforcement des forces qui vont dans le sens de la restauration du capitalisme... »

Kopřiva m'écoute d'un air ahuri. Il me parle maintenant d'Hašek, beau-frère de Slansky, que j'ai connu en Suisse, où il était correspondant de la Č. T. K. (Agence de presse tchécoslovaque.) Il me rappelle les termes d'une conversation que nous avions eue ensemble après février 1948, sur Slansky, conversation sur laquelle Kohoutek a rédigé des procès-verbaux. Revenant d'un voyage à Prague, Hašek m'avait dit que Ruda (Slansky) devrait maintenant supporter tout le poids de la direction du Parti, le Président (Gottwald) devant se consacrer dorénavant, comme c'était le cas de Dimitrov, à sa fonction représentative.

Il arrive alors que Kopřiva, pris peu à peu par mes réponses, commence à polémiquer avec moi comme s'il s'agissait d'un échange de vues. Parlant d'Hašek, il me dit que c'est un homme qu'on ne doit pas toujours prendre au sérieux. Je réponds qu'Hašek voyait le problème ainsi et que je ne fais que répéter ce qu'il m'avait dit dans le temps.

Kopřiva donne l'impression d'être à la fois mécontent et désarçonné par mes réponses. Malgré la crainte que j'éprouve quant aux conséquences de mon acte, je suis satisfait d'avoir, cette fois, réussi à me faire écouter de lui. J'espère ainsi avoir pu faire germer le doute sur ce qui s'élabore, ici, à Ruzyn. D'autant que durant tout ce dialogue, Kohoutek, placé derrière Doubek et Kopřiva, ne cesse de mimer à mon égard des gestes de menace.

Après le départ de Kopřiva et de Doubek, Kohoutek, furieux, me prend violemment à partie. Il me dit que mon attitude devant le ministre a été des plus mauvaises. Que les autres inculpés interrogés par lui avant moi avaient répondu d'une manière satisfaisante, très différente de la mienne. Que mon attitude peut avoir de graves conséquences pour moi. Sur ces mots, il me fait reconduire dans ma cellule.

Plus tard, dans la soirée, Kohoutek me fait ramener dans son bureau. Il est furieux et me dit qu'il s'est fait très sévèrement réprimander par « ses » supérieurs à cause de moi; qu'il ne m'avait pas assez « travaillé »; que mon attitude et mes réponses ont en effet troublé le ministre et l'ont fait douter un moment de la véracité de mes « aveux ». Mais il ajoute que les « amis » lui avaient parlé et réussi à le convaincre et qu'ils espéraient qu'il fera « un bon rapport au Président, malgré la mauvaise impression que lui ont donnée vos réponses ».

Kohoutek se lance ensuite dans de violents reproches. Il me dit de « bien m'enfoncer dans le crâne que je dois maintenir « mes aveux » en toute circonstance et devant n'importe qui, car autrement il en ira de ma tête, ainsi que de l'existence de ma famille ».

Les jours suivants, Kohoutek poursuit la rédaction de ses « procès-verbaux administratifs ». Avant de la terminer, il me dit : « Les parties du procès-verbal faites jusqu'ici avec vous ont été soumises au président Gottwald. Il a exprimé sa satisfaction et ajouté qu'il fallait continuer dans ce sens avec London... »

Ainsi, quoi que je fasse, je dois me rendre à cette évidence : ce sont les conseillers soviétiques et leurs hommes de main de Ruzyn qui auront toujours le dernier mot avec Gotwald et la direction du Parti.

A plusieurs reprises, Kohoutek me répète encore que mon attitude devant Kopřiva m'a été très préjudiciable. Et que je dois bien faire attention à ne pas récidiver dans ce sens, si un tel cas venait à se représenter. Et surtout maintenant après l'avis donné par le Président.

Après avoir achevé cette première mouture générale de « mes aveux », Kohoutek m'annonce au début de septembre qu'il s'absente pour ses vacances. Il tient à m'avertir encore une fois : « Si vous tenez à la vie, et surtout si vous tenez à laisser à l'écart de tout cela votre femme, tâchez de ne pas profiter de mon absence pour revenir sur vos aveux. Pensez à vos enfants ! »

Je n'ai plus aucune raison de douter des menaces de Kohoutek. Le retournement de Kopřiva, la satisfaction

de Gottwald ne peuvent pas être inventés. Je me rends
compte de tout le prix qu'a ma résistance et en même temps
de l'impossibilité absolue de la manifester à quelqu'un qui
me croirait, à quelqu'un qui ne serait pas, lui aussi, partie
prenante au carrousel des conseillers soviétiques. Je suis
devant l'abîme et jamais encore je ne l'avais cru si profond.

VIII

Pour la première fois, depuis plus de sept mois, je reste
dans ma cellule sans être interrogé. Pour la première fois,
j'ai obtenu l'autorisation de fumer et réussi à cacher
soixante-dix cigarettes dans ma cellule. Pendant le dernier
interrogatoire avec Kohoutek, j'ai dérobé des allumettes.

Mes pensées se tournent vers Lise, les enfants, les parents. Plus que jamais, j'ai peur pour eux. Que cette tragédie
se termine le plus vite possible pour moi, mais que les miens
soient épargnés! Qu'ils puissent m'oublier et continuer à
vivre! Mais les laissera-t-on tranquilles?

Aujourd'hui, c'est samedi. Que font-ils en ce moment?
Leur réunion hebdomadaire ne doit plus être, comme autrefois, lorsque nous étions ensemble, remplie de cris joyeux
et de rires. C'est la tristesse qui doit y présider, avec quand
même des lueurs d'espoir. Les lettres de Lise expriment
tant de confiance! Elle est sûre de me revoir bientôt. Elle
m'attend. Les enfants aussi. Et dire que je ne peux rien
leur communiquer; qu'il ne m'est pas possible de les préserver du choc terrible que seront pour eux mon procès et ma
condamnation.

Mes lettres ne peuvent laisser filtrer aucun message. La
censure est bien faite. Quand un passage semble suspect,
on me rend ma lettre pour que je l'écrive à nouveau.

« Ma Lise, mes lettres doivent te sembler très ennuyeuses
et monotones, mais je n'y peux rien. Je peux très bien

m'imaginer et je comprends ton désir de savoir ce qui se passe avec moi et de connaître ma situation, comme tu le demandes, parfois avec impatience, dans tes lettres. Mais je ne peux rien écrire sur mon cas et tu comprendras certainement que, dans ma situation, la correspondance ne peut que se limiter aux choses les plus personnelles. Et sur ma vie actuelle, que t'écrire? Les jours se ressemblent tant et sont si monotones. C'est pourquoi, ma Lise, ne me demande plus dans tes lettres ce qu'il en est avec moi. Écris-moi plutôt ce que font Michel, Françoise et Gérard... »

Combien sera dure pour eux la réalité qui les attend, d'autant plus dure que grande est leur foi en moi, et que grand est leur espoir! Comment pourraient-ils se douter que l'adieu entre nous est déjà dit! Ils me croiront coupable... Mais si un jour ils devaient affronter la vérité, la souffrance serait encore plus grande pour eux. Alors qu'ils restent prisonniers du mensonge et m'effacent de leur mémoire.

Le grondement sourd du tonnerre, la lumière aveuglante des éclairs me font tourner la tête vers le ciel, maintenant d'un gris-noir, zébré des reflets verdâtres que laisse le tracé des éclairs. Le vent humide est rabattu par rafales et s'engouffre dans ma cellule. De grosses gouttes tambourinent les vitres. L'odeur des prés humides donne à l'air que je respire une saveur sucrée.

Il ferait bon, sous cette pluie, sentir son visage fouetté par le vent, les gouttes couler le long des cheveux, du front, du nez, des joues... Vivre avec ceux que j'aime : ma Lise, les enfants. Pourquoi dois-je finir misérablement? pourquoi cela dure-t-il si longtemps?

Ce sont des larmes qui coulent le long de mes joues, de mon nez, de mon menton. De désespoir, je me saisis la tête entre les mains et la cogne contre le mur : en finir, bon Dieu! en finir tout de suite!

La porte de la cellule s'ouvre avec fracas. Le gardien pénètre, l'œil haineux et hurle : « Vous ne savez pas vous conduire en prison! C'est votre mauvaise conscience qui vous travaille. Il est trop tard maintenant! »

Il me pousse vers le lavabo, m'arrache brutalement la chemise et me tient la tête et le torse sous le jet d'eau froide du robinet.

Je décide que le mieux est encore de mettre à profit le départ de Kohoutek pour en finir avec la vie.

Je commence par rester quatre jours sans manger ni boire afin d'affaiblir mon organisme. Je n'ai pas le courage de prolonger au-delà le supplice de la faim, et je passe à la deuxième phase de mon suicide : j'ai conservé cinquante cigarettes que j'émiette dans ma soupe. J'ajoute les têtes des dizaines d'allumettes dérobées. Je mange le tout en espérant que mon organisme affaibli par ce nouveau jeûne, détraqué par le régime bestial que j'ai enduré si longtemps et ruiné par la longue grève de la faim que j'avais fait peu auparavant, ne résistera pas à un empoisonnement à la nicotine et au soufre...

J'ai été très malade. J'ai bien cru que cette fois ma tentative était réussie. Avec des efforts immenses je parvenais à masquer mon état aux gardiens. Je souffrais de douleurs terribles et j'étais sûr que la mort ne m'épargnerait pas! Inutile de raconter tous les détails de mon supplice... je n'ai pas réussi cette fois non plus!

C'est à cette époque que le docteur Somer ordonne mon transfert dans une cellule à l'infirmerie. En effet, mon état physique est tel qu'il considère que, pour que je puisse continuer à subir les interrogatoires, des soins me sont nécessaires. Je reçois des piqûres et des médicaments dont j'ignore la composition et les effets. Bien entendu, je continue à être à l'isolement, et je ne quitterai l'infirmerie que pour être conduit au procès.

Quand je recommencerai à être interrogé, il me sera permis de m'asseoir sur une espèce de tabouret d'angle.

IX

Je saurai, bien plus tard, que Lise n'avait toujours pas abandonné la partie.

Vers la fin septembre 1951, ses efforts pour se faire entendre du Parti et des organes de la Sécurité pour aider à éclairer mon problème n'aboutissant pas, elle écrivit une très longue lettre à Klement Gottwald :

Cher camarade,

Je m'adresse personnellement à toi, comme président de notre Parti, pour te soumettre tout ce que je sais du cas de mon mari, Artur London, auquel je suis unie depuis seize ans, et qui depuis huit mois se trouve en détention préventive.

Avant de rejoindre mon mari, à Prague, au début de 1949, j'étais membre du Parti communiste français, où je remplissais des fonctions importantes. Élue au Xe et réélue au XIe Congrès à la Commission centrale de Contrôle du Parti; depuis le Ier Congrès de l'Union des Femmes françaises, en 1945, secrétaire de cette organisation de masse. Je suis communiste depuis 1931 et n'ai jamais démenti la confiance du Parti dans aucune fonction, aucun travail qui m'a été confié avant, pendant et après la guerre. Je m'adresse à toi, cher camarade, en tant que communiste consciente de mes devoirs et de mes responsabilités, afin d'essayer d'éclaircir le cas de mon mari.

J'ai lu avec beaucoup d'attention et de réflexion les critiques que tu as formulées, lors du dernier Comité central, sur le travail du Secrétariat du C. C. et notamment sur le choix des cadres et l'attention que l'on doit porter aux camarades ayant des responsabilités. Je veux rapidement porter à ta connaissance dans quelles circonstances et situation

London a été placé à la direction des Cadres et du Personnel
du ministère des Affaires étrangères.

Ma femme retrace ensuite ma biographie depuis mon
départ, en 1933, pour Moscou, en soulignant que « pendant
l'illégalité, London a travaillé sous le contrôle direct de la
direction du P. C. F. à des postes de la plus haute responsabilité ». Elle parle de la décision prise par le P. C. F.
afin que je reste en France pour diriger la M. O. I., de ma
maladie, de mon séjour en Suisse... pour en venir à ceci :

Lorsque mon mari a été nommé vice-ministre aux Affaires
étrangères, le Secrétariat du Parti ne lui a pas donné une aide
et des conseils suffisants pour son travail. Après sa nomina-
tion, il a essayé à plusieurs reprises d'être reçu, mais en vain,
par Slansky pour discuter avec lui de son travail. Si je ne me
trompe pas, après sa nomination, il n'a même pas été convo-
qué par Kopřiva qui alors dirigeait la Section centrale des
Cadres...

J'ai appris qu'à la réunion de l'organisation du Parti du
ministère des Affaires étrangères, mon mari a été accusé
d'avoir saboté l'école des Cadres ouvriers. Je peux témoigner
devant le Parti et devant toi, cher camarade, de l'enthou-
siasme avec lequel il a préparé cette école, et aussi de l'aide
insuffisante accordée par le Secrétariat du Comité central à
son organisation, notamment en ce qui concerne le recrute-
ment des Cadres. L'école était prête à fonctionner, il ne
manquait que les élèves! Les propositions du Secrétariat
du C. C. se faisant toujours attendre, mon mari a décidé de
mettre en pratique le conseil de Staline aux bureaucrates :
« les chaises n'ont pas de jambes pour se déplacer... » et il
a envoyé des employés de la Section des Cadres dans les
régions afin de recruter, sur place, les élèves, avec l'aide des
Comités régionaux du Parti. Il a ensuite soumis à la Section
centrale des Cadres du C. C. les candidatures ainsi recueillies
pour les faire ratifier. Si je me souviens bien, le camarade

Geminder avait été d'accord avec son initiative. C'est ainsi qu'a pu être inaugurée la première école. Je sais que mon mari a, par la suite, été fortement critiqué au cours d'une réunion de la commission des Affaires étrangères du C. C. Je crois que ce fut par Slansky lui-même qui avait repris à son compte les reproches de Šling, secrétaire régional de Brno, contre les méthodes de travail de mon mari qu'il qualifiait de « partisanes ». Par la suite c'est la section des Cadres du C. C. qui a toujours recruté les élèves. Mon mari se plaignait des difficultés découlant du choix des Cadres...

Elle poursuit : « En ce qui concerne les faits sur lesquels tu as attiré l'attention dans ton discours, et la façon dont les employés de l'appareil du Parti s'immisçaient dans les affaires des Ministères, en passant par-dessus la tête des ministres et vice-ministres, en donnant des ordres qui ne correspondaient pas à la ligne fixée par les ministres pour le travail dans leur ministère, j'attire ton attention sur le fait que London a souligné, depuis déjà plus d'un an, à Geminder et aussi à Široky ce grave défaut dans les méthodes de travail. Comme exemple, je veux te mentionner le fait suivant, que tu peux facilement vérifier : le camarade Černik, responsable de la Section des Cadres du ministère des Affaires étrangères, était en contact avec le camarade Pechnik, de la Section des Cadres du Comité central, dans toutes les questions concernant la politique des Cadres. Le camarade Pechnik voulait que le camarade Černik utilise des méthodes de travail en contradiction avec les directives données par Široky. London donna l'ordre à Černik de travailler comme par le passé et d'en informer Pechnik. Ce dernier dit à Černik de ne pas écouter ce que disait London mais de suivre les directives du Parti que lui — Pechnik — lui transmettait. Mon mari, sur ces entrefaites, demanda à Geminder la convocation d'une réunion entre Pechnik, Černik, Geminder et lui-même pour discuter sur ces problèmes et mettre fin à ces méthodes inadmissibles.

Une autre question que je voudrais te mentionner, sont les interventions inadmissibles des organes de la Sécurité d'État dans la vie du ministère des Affaires étrangères (je suppose qu'il en est de même aussi dans d'autres ministères et administrations), interventions qui concernaient notamment le domaine des Cadres. En abusant de leurs fonctions de membres de la Sécurité, ces gens s'adressaient directement aux employés du Ministère, en passant par-dessus la tête des chefs hiérarchiques, en leur demandat toutes sortes d'informations. Ces méthodes de travail ont créé une atmosphère de méfiance, d'incertitude et de peur parmi les employés du Ministère. London a porté plainte contre ces méthodes auprès de Zavodsky. Il en a informé aussi Široky, qui lui a donné raison et dit qu'il en parlerait avec Kopřiva et aussi avec toi-même afin que cela cesse.

Il est certain que ces méthodes de travail et toutes les difficultés qu'il rencontrait, ont déprimé London.

Lise expose maintenant, dans le détail, toute l'affaire de mes relations avec Field et explique de nouveau sa certitude que j'ai été victime d'une provocation et qu'il y a dans le sein du Parti et à la Sécurité des ennemis cachés qui « tentent de faire derrière un cas London beaucoup de bruit pour détourner d'eux l'attention du Parti ... »

Elle met Gottwald au courant que le 26 mars, deux mois après mon arrestation, elle a informé d'abord oralement Bruno Köhler, puis le lendemain, par écrit, le camarade Kopřiva ministre de la Sécurité de tous ces problèmes susceptibles d'aider à éclairer mon cas.

J'avais pensé qu'en tant que femme de London depuis déjà seize ans et communiste depuis vingt ans, il serait logique et tout à fait normal qu'après l'arrestation de mon mari je sois interrogée car je connais bien sa vie et son travail ainsi que ses pensées politiques. Il va de soi qu'en tant que communiste

*consciente je ne peux agir et parler que dans l'intérêt du Parti
sur tout ce que je sais, même si cela devait être en défaveur
de mon mari. Je pensais que mes déclarations pourraient
contribuer à éclairer le cas London. J'ai écrit en juin dernier
à la Sécurité d'État pour demander à être interrogée. Le
camarade à qui je m'étais adressée promit que je le serais
prochainement, ce qui ne s'est pas produit. En juillet, j'ai
écrit au camarade Köhler, en tant que responsable de la
Section des Cadres, pour renouveler ma demande d'être
interrogée afin de pouvoir informer le Parti de tout ce que je
savais. J'insistais aussi sur ma certitude de l'innocence de
mon mari et aussi sur ma confiance dans le Parti qui finalement
saura découvrir la vérité et élucider l'affaire à laquelle mon
mari se trouve mêlé. Et si cette vérité devait lui être défavo-
rable, comme communiste je ne pourrais que m'incliner devant
la réalité. Et, dans ce cas-là, nos seize années de vie commune,
et même le fait qu'il est le père de mes trois enfants, ne pèse-
raient pas lourd dans la balance de ma conscience.*

*A cette dernière lettre, écrite dans un esprit de franchise
et d'honnêteté, j'ai reçu, à ma grande stupéfaction, la réponse
que je reproduis ci-dessous, textuellement :*

*Parti Communiste Tchécoslovaque
Secrétariat du Comité Central
Réf. : IV/Ba/Ka-809   Prague, le 13 juillet 1951.*

*Camarade Lise Ricol-Londonova
Na Dyrince 1
Prague XIX*

Camarade,

*A ta lettre adressée au camarade Köhler, qui est actuelle-
ment en vacances, je te réponds ce qui suit : tu veux communiquer tout ce que tu sais sur ton mari, mais au ton de ta
lettre il est évident que tu t'apprêtes de nouveau à le défendre.*

D'une telle attitude, on dit chez nous — « agir en faveur de l'accusé » — et nous ne pouvons pas être d'accord avec cela. Je te conseille de te conduire comme un membre discipliné du Parti et de communiquer tes opinions au tribunal, quand ce dernier jugera bon de te demander de le faire.

Avec mes salutations de camarade.

Baramova.

Permets, camarade Gottwald, qu'à cela je réponde comme voilà :

1° Lorsque je me suis adressée à la Section des Cadres du Comité central, je l'ai fait en tant que membre du Parti, convaincue de m'adresser à l'organisme du Parti chargé d'aider ses membres à résoudre leurs problèmes personnels et de Parti. La réponse que j'ai reçue est écrite de telle façon qu'elle ne semble pas émaner de la Section des Cadres du Comité central, mais plutôt du bureau du Procureur d'État, et s'adresser à un faux témoin.

Je porte mon titre de communiste avec fierté et j'ai conscience que toute ma vie, tout mon travail et mon attitude me donnent le droit de marcher la tête haute et je ne peux permettre ni à la camarade Baramova, ni à personne d'autre d'agir avec moi de cette façon.

2° De ce que la camarade Baramova m'écrit : « Une telle attitude s'appelle chez nous tentative d'agir en faveur de l'accusé », il en découlerait qu'il n'est pas admissible pour un communiste d'exprimer son opinion au Parti, si celle-ci ne concorde pas avec l'opinion généralement admise à un moment donné. Cela signifierait ni plus ni moins, bâillonner la critique et contribuer à créer une atmosphère empêchant par la peur, de prendre des responsabilités personnelles.

3° Selon mon opinion, une telle attitude est directement opposée à ce QUE TU DIS ET ENSEIGNES, *à savoir que chaque membre du Parti doit s'adresser avec foi et en pleine*

confiance au Parti et lui soumettre tous ses problèmes et pen-
sées. Une attitude comme celle de la Section des Cadres à
mon égard rend impossible aux communistes de se confier
franchement au Parti.

Je te prie, cher camarade, de faire le nécessaire pour que je
puisse être entendue par le Parti afin de pouvoir dire tout ce
que je sais sur le cas de mon mari.

Dans les derniers temps avant son arrestation, mon mari
a mené une vie personnelle dont j'ai eu à souffrir. Malgré
cela ma confiance politique en lui n'est pas ébranlée. Cette
confiance repose sur le fait que toute son activité politique
est contrôlable et que seize années de vie commune m'ont
donné la possibilité de vérifier, dans des périodes souvent très
difficiles, sa fidélité inébranlable envers le Parti.

Je suis sûre que je ne me suis pas adressée à toi en vain,
et j'ai pleine confiance, surtout maintenant que la direction
du Parti est concentrée pleinement dans tes mains, que le
Parti réglera d'une façon juste toute l'affaire.

Salutations communistes sincères.

Lise Ricol-Londonova.

La dernière phrase de Lise faisait allusion au départ de
Slansky du Secrétariat général du Parti pour la vice-
présidence du Conseil.

Il est difficile, avec le recul, d'imaginer quelle pouvait
être la réaction de Gottwald à la lecture d'une telle lettre.
Il savait déjà lui quelles sortes d'accusations pesaient sur
Slansky, sur Geminder. Et d'une certaine façon, cette lettre
franche, naïve, aurait dû lui mettre la puce à l'oreille s'il
avait été capable de la lire objectivement. Elle aurait dû
lui montrer l'inanité de la conspiration dans laquelle on
voulait m'engager, et dont Lise, ignorant tout, démontait
presque les rouages. Mais Gottwald était déjà trop lié à
tout le processus de répression pour entendre la moindre
analyse « en faveur de l'accusé ».

Une dizaine de jours après que Lise eut déposé personnellement cette longue lettre au Secrétariat du président Gottwald, au Hradčany, elle était convoquée au siège du Comité central. Reçue et introduite dans une pièce par le signataire de la convocation, dont elle a oublié le nom, un deuxième personnage était arrivé quelques minutes plus tard pour s'installer derrière le bureau. Son premier geste avait été d'allumer une lampe et d'en projeter la lumière sur le visage de ma femme. « Vous avez demandé à être entendue. Parlez. Qu'avez-vous à dire? » Malgré la surprise que lui cause un pareil accueil, Lise a cependant un moment de fol espoir : l'accent de l'homme qui lui fait face est russe. (Quant à moi, j'ai l'impression, d'après la description que m'en a faite Lise, que ce pouvait être Janoušek). Ma femme pense que les Soviétiques, ayant eu vent de toutes les mauvaises choses qui se passaient dans le pays, avaient décidé de faire une contre-enquête et que grâce à eux la vérité se fera enfin jour. N'avait-elle pas essayé d'alerter la direction du Parti communiste bolchevik quelques mois après mon arrestation en remettant un rapport comportant ma biographie, mes différentes activités en Espagne, en France, au camp de concentration et depuis mon retour à Prague? Elle avait parlé de l'affaire Field en la plaçant sous sa véritable lumière. Ce rapport elle l'avait remis à une jeune fille qui avait été élevée en U. R. S. S. et travaillait dans un service du ministère des Affaires étrangères. C'était par un ancien d'Espagne que Lise l'avait rencontrée. Elle prétendait être en contact direct avec l'ambassadeur soviétique... Ma Lise était si heureuse d'avoir trouvé cette filière... qui aboutissait directement — c'est certain — aux conseillers soviétiques!

Voilà donc ma femme récapitulant les différents points de sa longue lettre à Gottwald. Elle ajoute certains détails ou faits complémentaires. Elle parle avec toute sa conviction, il est si facile de vérifier aux sources toutes mes acti-

vités! L'homme impassible et immobile comme une statue
ne dit pas un mot. Quand Lise s'arrête, attendant qu'il lui
pose des questions, il ne bronche pas : « C'est tout? »
Déroutée, Lise recommence ses explications, tâchant de
s'en tenir aux points qu'elle juge les plus importants pour
moi. Mais se heurtant au mutisme de son interlocuteur
dont pas un seul muscle du visage ne bouge et dont le
regard inexpressif fixe, sans ciller, les yeux de Lise, elle
finit par s'arrêter. Elle lui pose alors la question : « Pourrez-
vous enfin me dire ce qu'il y a avec mon mari. De quoi
est-il accusé? Voilà près de huit mois qu'il est arrêté et je
n'en sais pas plus que le premier jour. Les trois lettres que
j'ai reçues de lui ne disent rien. Vous devez bien savoir
s'il est coupable ou innocent, et moi j'ai le droit de connaître
la vérité comme sa femme et aussi comme communiste. »
L'homme répond alors : « Il n'y a pas d'accusation contre
votre mari. Il est toujours en détention préventive et l'enquête n'est pas terminée. Il n'est pas impossible qu'il soit
relâché. Tout ce que vous avez à faire c'est de patienter, de
continuer de lui écrire. Si les choses devaient s'aggraver
pour lui, le Parti vous informera et vous aidera. »

Lise qui s'accrochait au plus petit fétu d'espoir, ne se
tient pas de joie. Après huit mois, je ne suis pas considéré
comme un accusé. Rien n'est encore perdu : les véritables
responsables seront démasqués. Tout finira par s'éclaircir.
Et sa confiance naïve était d'autant plus grande qu'à ce
moment-là des changements importants étaient intervenus à la direction du Parti. Et puis, pour la première fois,
elle a été entendue!

La dernière rencontre de Lise avec André Simone, vers
la fin du mois de novembre 1951, illustre bien les illusions
qui persistaient encore chez de nombreux camarades. Ce
dernier habitait, avec sa femme, non loin de ma famille.
Lise et ses parents le rencontraient quelquefois au hasard
d'une promenade ou d'une course. Loin de les fuir, comme

le faisaient, hélas, la plupart de nos anciennes connaissances, il leur manifestait sa sympathie et trouvait toujours à leur dire quelques mots d'encouragement. Un soir — c'était après que la nouvelle de l'arrestation de Slansky, intervenue le 23 novembre 1951, eut été rendue publique — ma femme, montant dans le tram à la place Venceslas, s'était trouvée dans le même wagon que lui. Il l'avait appelée et elle avait pris place à ses côtés.

« Bientôt tous tes malheurs prendront fin », lui dit-il d'emblée. « Avec l'arrestation de Slansky les choses deviennent claires. C'est lui qui porte la responsabilité de l'arrestation de ton mari et de très nombreux autres camarades. S'il a été arrêté, c'est que Gottwald a enfin vu clair dans son jeu. Je viens d'ailleurs d'écrire un long rapport pour Klement Gottwald, avec de nombreux faits à l'appui, qui contribuera à démasquer la politique néfaste pratiquée par Slansky et son équipe. Tu es au courant que Gottwald a stigmatisé la politique des Cadres du Secrétariat du Parti durant les dernières années. Moi-même, j'ai été littéralement persécuté. Mais maintenant, je suis sûr que la période noire que nous avons connue trouvera bientôt son dénouement. Aie confiance, Lise, tout s'arrangera bientôt pour nous tous ! » Il lui avait ensuite expliqué les brimades qu'il avait subies pendant de longs mois, la discrimination dont il était l'objet. « Il était ce soir-là — me raconta ma femme — très gai, optimiste, rajeuni de dix ans. Il me donnait l'impression du lutteur qui s'apprête à descendre dans l'arène... »

Nous étions pourtant tous des militants de vieille date, ayant accumulé une expérience riche et variée dans différents secteurs du mouvement communiste international. Nous nous voulions marxistes, sages et réalistes. Et cependant nous vivions en dehors de la réalité, dans nos rêves. Dans les moments difficiles, nous raccrochant à nos illusions, nous attendions un miracle, nous fermant à la vérité dont nous avions peur et que nous voulions ignorer...

C'est quelques mois après cette ultime rencontre avec Lise qu'André Simone fut arrêté à son tour. Un an plus tard, il sera l'un des quatorze accusés dans le *Procès des dirigeants du centre de conspiration contre l'État*... aux côtés de Slansky et comme son complice.

X

Cela fait près de neuf mois maintenant que je suis arrêté. J'ai déjà connu Koloděje et ses cachots, les tortures physiques et psychiques insupportables, les colères de Smola et le carrousel de Kohoutek. Et pourtant, si l'on m'avait dit, lorsque Kohoutek rentra de ses vacances, que pendant douze autres mois, les interrogatoires se poursuivraient journellement et qu'il me faudrait vivre un nombre incalculable de fois la retranscription des procès-verbaux administratifs, cela m'aurait semblé incroyable.

Je devine maintenant certaines des clés de cette tactique. L'arrestation de Slansky, en novembre, celle de Geminder et d'autres, leurs interrogatoires, leurs «aveux» ne pouvaient pas ne pas entraîner des formulations nouvelles dans les procès-verbaux administratifs de ceux qui, comme moi, devaient être inclus dans le procès. Mais moi, du moment que j'étais interrogé sur eux, et de la façon dont Kohoutek me les dépeignait, traîtres au Parti depuis toujours, je les croyais arrêtés depuis longtemps déjà. Je pense qu'aucun homme normal n'aurait pu imaginer que des dirigeants du Parti puissent laisser s'amonceler de telles accusations contre d'autres dirigeants, à l'insu de ces derniers, laissés en liberté, à leurs postes, des semaines, des mois durant.

Slansky ne passa qu'en septembre du Secrétariat général du Parti à une vice-présidence du Conseil, une disgrâce certes, mais tout de même dorée. En effet, ce qui se passait

avec nous illustre de façon aveuglante le procédé de fabrication de tels procès. On fabrique les accusations, les crimes,
le cadre du procès et ensuite, seulement, on arrête les victimes, les coupables désignés.

Mais du fond de mon isolement à Ruzyn, malgré ce que
j'ai déjà compris du mécanisme des procès-verbaux, de
l'extorsion des aveux et des signatures, de tout le côté pré-
fabriqué de l'affaire où l'on m'inclut, je n'ai pas pu inventer
une telle cause à ces mois de retranscriptions. Douze mois
de cuisine sur ces procès-verbaux du mensonge, de l'ignominie. La fin de l'automne, un long hiver, tout un printemps
et un été et de nouveau l'automne...

Inclure des fragments, les fondre, les refondre. Passer
des « procès-verbaux administratifs » aux « procès-verbaux
préparatoires » et au procès-verbal pour le tribunal ».
Écrémer les procès-verbaux des autres accusés des passages
qui peuvent figurer dans mes propres procès-verbaux, bien
qu'il n'y ait aucune sorte de lien entre nous, et inclure ces
passages, détachés de leur contexte, dans mes procès-
verbaux. Transformer ces passages en déclarations personnelles de ma part contre mes coaccusés. Entendre des passages de mes propres procès-verbaux soumis à ce même
traitement et placés dans la bouche de mes coaccusés.
Découvrir des noms nouveaux dans les questions, dans mes
réponses, dans les affirmations des coaccusés. Voilà ce que
me font subir Kohoutek et son équipe durant ces douze
mois. Et cette valse de noms se poursuivra jusqu'au procès,
et même pendant le déroulement du procès.

Cela s'appelle : « faire la synthèse du matériel que nous
possédons sur le procès ».

De cette période, il surnage dans ma mémoire quelques
épisodes de ces retranscriptions. Peut-être ceux contre
lesquels je me suis le plus longuement battu, peut-être ceux
qui m'ont le plus frappé, le plus humilié. J'ai le souvenir
d'un long, d'un interminable combat dans la nuit. Peut-être

n'en ai-je gardé que ce qui m'était le moins obscur.

Par exemple que la technique des retranscriptions, à force de pratique, fait des progrès dans la fraude. La suppression d'un seul nom aboutit à des merveilles. Je répète pour la nième fois : « En 1940, j'ai été mis en contact avec Feigl par Široky. Široky m'ordonna de demeurer en liaison avec lui, de lui confier certaines tâches du Parti et d'encaisser les dons qu'il versait chaque mois pour le Parti. Jusqu'en 1940, Široky lui-même maintenait la liaison et touchait cet argent. Široky m'informa alors que Feigl avait été exclu, en 1937, du Parti autrichien, mais qu'il s'agissait là d'une décision erronée. Il me dit connaître personnellement les données de cette affaire qu'il se faisait fort de faire réviser après la guerre. En effet, en 1945, Feigl fut réintégré au Parti communiste tchécoslovaque par une décision du Comité central. »

Voilà comment ces faits sont interprétés dans mon procès-verbal :

« En 1940, je suis entré en liaison avec Feigl, bien que j'aie su qu'il avait été auparavant démasqué comme ennemi du Parti et exclu du Parti autrichien ; malgré cela, j'ai chargé Feigl d'accomplir différentes tâches pour le Parti et accepté de lui des versements mensuels alors que je savais que l'argent provenait des capitalistes américains. »

La façon de formuler les questions et de transcrire les réponses aboutit invariablement à prouver notre culpabilité. Ainsi :

Question : « Quand et où avez-vous établi vos liaisons d'espionnage avec l'agent américain Noël Field ? »

Réponse : « En 1947, dans son bureau de l'Unitarian Service, à Genève. »

On refuse d'inscrire les faits, dans toute leur complexité, sous prétexte qu'ici « on n'écrit pas votre défense ».

Question : « Il est connu que le Service d'aide aux Tchécoslovaques, à Marseille, était une filiale des services de renseignements américains et que pendant la guerre elle a soutenu financièrement votre groupe trotskyste des anciens volontaires des Brigades internationales. Nommez les membres de ce groupe trotskyste qui ont reçu de l'argent. »

Réponse : « Holdoš, Zavodsky, Svoboda, etc. »

Les référents refusent d'inscrire autre chose que les noms.

La répétition continuelle du même mot, de la même phrase, et cela pendant des heures, des journées, des nuits, des semaines entières... jusqu'à ce qu'elle finisse par vous pénétrer la cervelle, remplace ici la goutte d'eau du supplice chinois.

Quand le référent m'interroge sur le groupe « trotskyste » des anciens volontaires, à Marseille, il me demande :

« Quel groupe, monsieur London ?

— Le groupe des anciens volontaires, à Marseille.

— Le groupe trotskyste, monsieur London ! Répétez : Quel groupe ?

— Le groupe des anciens...

— Non ! Le groupe trotskyste. »

Au fur et à mesure, le référent devient plus hargneux et brutal. Il interrompt l'interrogatoire pour m'infliger une punition. Et le disque recommence...

A propos de Noël Field, je raconte :

« Je suis entré en contact avec Noël Field, à Genève, en 1947... »

Il m'interrompt.

« Quel contact, monsieur London ?

— Des contacts !

— Non ! Des contacts d'espionnage. Recommencez en appelant les choses par leur nom. »

Et comme je me refuse à baptiser d'espionnage des contacts qui ne l'étaient pas, il me punit et à nouveau le disque...

A force d'entendre sans cesse rabâcher pendant des semaines, des mois, des années les mêmes mots, les mêmes expressions, vous finissez vous-même par répéter automatiquement, comme une machine, les mots qu'on vous a suggérés. Il n'existe plus sur terre un seul individu sans étiquette : « trotskyste », « nationaliste-bourgeois », « sioniste », « ancien d'Espagne », « espion »... Et si l'on vous interroge sur votre dernier-né, vous êtes fin prêt pour déclarer : « Mon fils, le petit trotskyste Michel, vient d'avoir un an! »

Lorsqu'un interrogatoire laisse apparaître une faille dans le personnage abject que l'on veut me faire endosser et montre, contradictoirement, des aspects positifs dans mon travail, aux Affaires étrangères par exemple, les référents en attribuent le mérite à « la commission des Cadres », « au ministre », « à l'organisation du Parti », ou à toute autre personne en place.

Ainsi, j'avais détecté des éléments douteux parmi les cadres ouvriers recrutés par les Comités régionaux du Parti pour notre école diplomatique. Il m'avait fallu combattre personnellement pour obliger au réexamen de leur dossier, ce qui par la suite entraîna leur renvoi.

Les référents, à ce propos, écrivent : « X..., Y..., Z..., ont été découverts grâce à la vigilance de la commission des Cadres comme mauvais éléments, au passé douteux, et renvoyés par le Ministère dans leur région. »

De fil en aiguille, la vérité disparaît complètement. Voilà ce qu'elle deviendra au procès :

Le président : « De quelle manière se poursuivit au Ministère des Affaires étrangères, le recrutement des Cadres en provenance des régions? »

A. London : « ... La politique de recrutement des cadres ouvriers fut sabotée de telle façon que le recrutement fut effectué dans les régions où les membres du Centre de conspiration contre l'État avaient une grande influence, surtout dans celles de Brno, Ostrava, Pilsen et Usti-nad-Labem. Là, les partisans de Slansky ont recruté les cadres de façon à ce qu'ils ne puissent accomplir aucun travail, soit par inaptitude ou parce qu'ils étaient des éléments dont on cachait les insuffisances ou le passé chargé. C'est pourquoi de nombreux aspirants durent être renvoyés après un enseignement d'un an, du fait qu'on ne pouvait pas compter politiquement sur eux. En effet, il y avait parmi eux des membres d'organisations fascistes, des volontaires de l'armée fasciste, des participants aux combats contre les partisans et ainsi de suite. En définitive, pas un cadre vraiment ouvrier ne parvint à une fonction importante, soit dans la centrale du ministère des Affaires étrangères, soit dans les postes diplomatiques... »

D'autres fois, on vous fait signer le procès-verbal, page par page. Vous signez sans savoir ce qu'il y a sur la page suivante. Même si un détail vous semble inexact ou infléchi, vous finissez par signer car vous renoncez à vous battre pour un détail dénué pour vous d'importance. Cela peut se répéter plusieurs fois avant d'en arriver à la page dont le texte éclaire cette façon de procéder. Mais il est alors trop tard...

Sur l'introduction frauduleuse de qualificatifs criminels accolés à des noms apparaissant dans mes procès-verbaux, voici quatre exemples :

Questionné sur les liaisons de Fischera (qui pendant la guerre avait travaillé avec Dubina au Centre d'aide tchécoslovaque, à Marseille) avec Lumir Čivrny, poète et travailleur de la culture, j'explique que lors d'un voyage officiel en 1945-1946, il fut reçu par Čivrny dans son bureau du Comité central du P. C., à Prague. Je l'avais su par lui. Le référent formule ma réponse ainsi :

« Lumir Čivrny, qui a travaillé pour la Gestapo pendant la guerre... »

Je proteste n'avoir jamais eu personnellement connaissance d'une telle collaboration, le référent rétorque :

« Mais nous, nous le savons et en avons les preuves. »

Et dans mon procès-verbal administratif, Čivrny est

qualifié « agent de la Gestapo », comme si cette affirmation venait de moi.

La même chose pour Peschl, un de mes vieux amis de la jeunesse, militant du Parti à Ostrava, dont le référent affirme qu'il a avoué « s'être mis au service de la Gestapo après avoir été parachuté en Tchécoslovaquie pendant la guerre ».

La formulation sur Smrkovsky sous la direction duquel j'avais milité, au début des années 1930, dans la jeunesse des Syndicats rouges dont il était le responsable national, a été introduite dans mon procès-verbal de la manière suivante : interrogé par un référent sur mon travail dans la jeunesse, j'avais, entre autres, mentionné qu'en 1935, lors du Congrès du K. I. M., à Moscou, Smrkovsky avait soulevé des problèmes politiques concernant le travail du Parti parmi les jeunes. Le référent transpose : « Le passé trotskyste de Smrkovsky ». Comme je proteste, il réplique qu'il s'agit d'une chose connue et que Smrkovsky, qui se trouve dans la même prison — ce que j'ignorais — a lui-même signé de nombreux procès-verbaux à ce sujet. Le référent poursuit : « Nous aurions bien pu écrire qu'il était un agent de la Gestapo. Vous ne l'avez pas entendu dire? C'est pourtant un fait connu. Vous avez sans doute dû l'oublier. D'ailleurs, lui-même nous l'a avoué. » Cependant, ce dernier qualificatif ne sera pas inscrit, il s'en tiendra au « passé trotskyste ».

Quand je suis interrogé sur Eduard Goldstücker, la question m'est ainsi posée : « Savez-vous qui a été placé par Ripka au ministère des Affaires étrangères, à Londres? », je réponds par la négative. « Mais si, voyons, c'est Goldstücker! Si vous l'ignorez, ça ne fait rien. Voilà le procès-verbal où lui-même l'avoue. » Le référent me donne à lire des passages des « aveux » de Goldstücker. Puis, il inscrit cette affirmation dans mon procès-verbal, comme venant de moi-même.

La confiance en leur pouvoir absolu est si grande, que les meneurs de jeu de Ruzyn n'hésitent pas à faire inscrire

22

par les référents, dans les procès-verbaux, des activités et tâches normales, en les baptisant « crimes ».

C'est, par exemple, le cas de la lettre de service que m'avait envoyée Kavan, notre attaché de presse à l'ambassade de Londres, concernant l'offre faite par Zilliacus d'un article pour *Tvorba*, hebdomadaire du Parti communiste tchécoslovaque et ma réponse télégraphique. En voici les circonstances :

Kohoutek me fait un jour amener dans son bureau et m'interroge avec beaucoup d'insistance sur les relations entre Kavan et Zilliacus. Je lui dis les ignorer. Il devient agressif et me soumet la copie d'une lettre que Kavan m'avait envoyée début 1949. Il y faisait part de la proposition de Zilliacus d'écrire un article pour *Tvorba* et demandait s'il devait ou non l'accepter. A cette copie est jointe celle de mon télégramme où j'indiquais que *Tvorba* n'était pas intéressé par cet article.

« Je ne me souviens absolument pas de cet échange de correspondance, mais je ne vois pas en quoi il est répréhensible. Il faisait partie de nos tâches de services à tous deux. »

Ce fait absolument légal devient « crime » dans l'acte d'accusation du procès. Le procureur présentera au tribunal « *la copie de la lettre du 5 février 1949 écrite par Pavel Kavan et la réponse télégraphique de London à Kavan qui prouvent que London était en relation hostile à l'État avec Zilliacus* ».

De plus, cette accusation contre Kavan a été construite à la suite d'une falsification. Quand, plus tard, j'aurai l'occasion de lui parler, à la Prison centrale de Léopoldov, de cet échange de lettre et télégramme, il m'apprendra que c'était l'ambassadeur à Londres, Kratochvil, et non lui qui avait envoyé cette lettre et que j'avais répondu à Kratochvil. Et pourtant c'est le nom de Kavan qui figure dans la copie que me soumet Kohoutek...

Mais voici la suite : à la fin de 1951, ou au début de 1952, Kohoutek m'interroge sur Zilliacus.

« N'y avait-il pas dans la correspondance envoyée par voie diplomatique à Londres des lettres de Geminder à Zilliacus? »

Je me souviens d'une lettre que Geminder m'avait transmise pour Zilliacus. Le nom de ce dernier était mal orthographié : un K à la place du C. Deux ou trois « choses » concernaient encore Zilliacus mais je n'arrive pas, sur le moment, à préciser mes souvenirs.

Kohoutek se met à écrire à la machine un rapport qu'il se dicte à haute voix : « Je déclare avoir reçu trois ou quatre lettres pour Zilliacus. » Je l'interromps alors et lui répète ne me rappeler que d'une seule lettre. Il me rabroue en disant que ce rapport est une information intérieure, que sa formulation ne regarde que lui, que d'ailleurs ma déposition n'a pas grande valeur, car le nombre de lettres envoyées à Zilliacus sera fixé par Geminder.

Deux jours plus tard, Kohoutek m'interroge de nouveau, il me dit que Geminder avoue avoir envoyé une dizaine de lettres. Ainsi les « choses » dont je garde un souvenir imprécis doivent être des lettres; il faut que je m'en souvienne.

J'admets donc que ce pouvait être des lettres mais, que personnellement je ne peux jurer de rien.

Quelque temps après, Kohoutek revient à la charge quant au nombre de lettres envoyées à Zilliacus. Je lui répète ma version des faits. En ce qui concerne le nombre, dit-il, il y a contradiction entre Goldstücker, Geminder et moi-même. Il me lit, puis me montre les passages de leurs procès-verbaux où ils reconnaissent l'existence d'une dizaine de lettres.

Je lui dis que les seuls à pouvoir donner de telles précisions sont Goldstücker, qui recevait le courrier à l'ambassade de Londres, et Geminder, qui me faisait transmettre le courrier du Parti dans de grandes enveloppes cachetées

dont j'ignorais le contenu. S'il y avait d'autres lettres à
l'intérieur, je l'ignorais également, de même que les noms
des destinataires.

Quand, cette fois, Kohoutek écrit dans le procès-verbal
« trois ou quatre lettres », je ne proteste pas.

Et puis, voilà que le souvenir me revient. Les trois ou
quatre « choses » que j'avais oubliées étaient des télégrammes envoyés à Paris, à notre ambassade, en 1949, au
moment du premier Congrès de la Paix. Nous réclamions
la bande de magnétophone du discours prononcé par Zilliacus au Congrès de Paris, pour le retransmettre au Congrès
qui se tenait parallèlement à Prague avec les délégués n'ayant
pu obtenir le visa pour la France. Un deuxième télégramme
demandait le texte de ce discours pour la rédaction de *Rude
Pravo* qui désirait en publier des extraits. Malgré mes précisions, le procès-verbal reste inchangé.

Quelques jours après, un référent écrit avec moi un projet
de procès-verbal de deux petites pages double-interligne.
« Vous le signerez un autre jour, avant je dois le soumettre
à mon chef », me dit-il. Quatre jours plus tard, quelques
minutes avant six heures, le référent me fait amener dans
son bureau et me présente un texte à signer, qu'il doit, pré-
cise-t-il, remettre à six heures pile à son chef. Je lui fais
remarquer que le texte est plus long que celui rédigé
ensemble et que j'ignore son contenu. Il répond avec impatience : « Les interlignes sont plus grands, autrement tout
est conforme à ce que vous avez lu la première fois. Signez
donc et vous le lirez demain. Je suis pressé et n'ai pas de
temps à perdre. » J'insiste encore sur le nombre de pages
plus important et sur le fait qu'il doit y avoir sûrement des
changements. « Non, pas en ce qui vous concerne. Il n'y a
que quelques formulations pour mieux caractériser la
personnalité de Zilliacus. D'ailleurs vous le verrez bien en
le lisant. Signez, je dois partir. Je suis déjà en retard. » Je
signe.

Quelques jours plus tard, sur mon obstination, on me permet de prendre connaissance de ce procès-verbal. Je constate alors qu'à côté de passages caractérisant politiquement Zilliacus il y en a d'autres me concernant, entre autres « mon aveu » d'avoir transmis ces lettres en « sachant pertinemment que c'était une correspondance secrète contre l'État ». Je proteste auprès du référent contre le procédé malhonnête dont il a usé pour m'extorquer ma signature. Il essaie de me tranquilliser et comme il n'y parvient pas il fait appel à son chef, Kohoutek.

Ce dernier me dit que ce que je considère comme un « aveu n'en est pas un, puisqu'on précise que les lettres que je recevais étaient fermées et que j'en ignorais le contenu exact. Que j'avais tort de m'inquiéter pour un détail pareil. Que je ne devais pas avoir peur d'être condamné plus sévèrement pour ça. Qu'après tout je n'avais contre moi que deux inculpations d'espionnage : Field et Zilliacus — alors que d'autres inculpés en avaient dix et plus à leur actif et combien plus graves que les miennes... Que mon rôle à côté du leur était mineur... Et que, de toute manière, que cela me plaise ou non, il fallait en finir avec cette question et que le procès-verbal resterait tel quel!

J'ai encore, au cours des jours suivants, deux sérieux accrochages avec Kohoutek à ce sujet, mais rien n'y fait. Après d'autres retranscriptions, ce procès-verbal sera encore aggravé dans ses termes, élargi à d'autres accusés — Kratochvil et Goldstücker — et c'est ainsi qu'il sera intégré dans le procès-verbal pour le tribunal et repris dans l'acte d'accusation du procès.

Voici maintenant le récit réel de mes rapports avec Zilliacus :

Au début de 1949, tout ce que je savais de Zilliacus c'est qu'il était membre de l'Association de gauche du Labour Party et qu'il jouait un rôle important dans la campagne internationale d'aide pour la Grèce démocratique. Unitaire,

il collaborait avec le mouvement communiste international.
Je savais aussi, la presse en avait suffisamment parlé, qu'en
août 1948 il avait accepté une invitation en Yougoslavie et
qu'après son retour il avait continué à militer en faveur de
la Grèce. C'est tout.

En mars 1949, j'avais reçu la visite, dans mon appartement, de Pierre Villon, membre du Comité central du
P. C. F., de Darbousier et Jean Laffitte, militant tous les
trois du Mouvement de la Paix. Ils prenaient alors part, à
Prague, à une réunion préparatoire du Premier Congrès
international du Mouvement de la Paix.

En parlant du déroulement de ce Congrès, ils avaient
mentionné Zilliacus comme une personnalité importante
de Grande-Bretagne et ajouté qu'ils comptaient beaucoup
sur sa participation active dans le Mouvement de la Paix.
Commentant son récent voyage en Yougoslavie ils avaient
été d'avis que, comme socialiste, il était normal qu'il eût
accepté cette invitation.

J'ai déjà expliqué l'échange de lettres et de télégrammes
avec l'ambassade de Londres au sujet d'un article pour
Tvorba; avec celle de Paris pour la bande magnétophone du
discours de Zilliacus.

C'est par la voie normale que ces télégrammes avaient été
expédiés. Comme pour chaque télégramme expédié par le
ministère des Affaires étrangères, les doubles étaient envoyés
aux autres vice-ministres, au président du Conseil et au
président de la République.

Pour donner à cet échange de télégrammes un caractère
illégal, on écrit dans le procès-verbal qu'ils ont été *envoyés
comme télégrammes secrets et chiffrés*, alors que chaque
télégramme de service expédié aux ambassades et leur réponse sont toujours chiffrés et portent la mention « secret ».

Puis l'ont fait de moi « *un maillon de la chaîne d'espionnage unissant Slansky et Geminder à l'ancien agent de
l'Intelligence Service, Koni Zilliacus. Ce dernier était le*

personnage le plus important qui assurait le contact du
Centre de conspiration contre l'État avec les milieux dirigeants des impérialistes occidentaux... »

Voici le texte que je dois dire au procès :

« *Dès le début, j'ai prêté attention aux lettres de Geminder
envoyées à Londres, par le courrier, pour Kratochvil et
Goldstücker. Elles étaient adressées à Koni Zilliacus. Je
me souviens même que sur l'enveloppe, il y avait écrit Zil-
liakus — avec K — au lieu de Zilliacus.* »

Le président : *Combien de lettres semblables avez-vous
expédiées précisément à Zilliacus, au moyen du courrier
diplomatique ?*

London : *Je me souviens de trois, peut-être de quatre...
je n'enregistrais pas cette correspondance pour qu'il n'en
reste aucune trace.*

Le procureur : *Connaissiez-vous le contenu de ces lettres ?*

London : *Non, mais lorsque Geminder me dit qu'il s'agissait là du courrier de la conspiration destiné à Zilliacus,
il me fut clair que c'était une correspondance secrète contre
l'État. Autrement il n'aurait pas été nécessaire de camoufler
cette correspondance.*

Le président : *Vous avez dit que vous vous souveniez de
trois ou quatre lettres expédiées de cette manière. Ne pouvait-il pas y en avoir davantage ?*

London : *Cela se peut. J'admets qu'il a pu y en avoir dix.*

Je passe insensiblement, au fil des mois, du stade où l'on
part de ce que je dis pour le retravailler, le reformuler, le
transcrire, le déformer, au stade où l'on m'oblige purement
et simplement à apprendre par cœur les formulations des
référents et de leurs maîtres. C'est la préparation au procès où nous serons les acteurs d'une pièce inventée à partir
de nous, contre nous.

De transcription en transcription, les référents prennent
de plus en plus de distance avec les faits. Il ne leur importe
absolument plus que les faits réels puissent être vérifiés

par n'importe qui, comme c'est le cas pour mon origine
sociale. Ils me feront déclarer que je suis de famille et
d'éducation bourgeoise. Je n'ai même plus l'espoir que cela
choquera, fera comprendre à quoi je suis forcé. Il en ira
de même pour ma prétendue activité trotskyste au sein du
mouvement ouvrier français. Des dizaines de militants
responsables dans les Partis communistes français et espagnol, sans compter les Tchécoslovaques, connaissent ce que
j'ai réellement fait. Cela non plus ne comptera pas.

Instruits par une expérience de plus de quinze années
qui ne s'est, jusqu'ici, jamais démentie, les conseillers soviétiques calculent que celui qui sait la vérité sur un point
se taira. D'abord parce qu'il ne connaît pas — et pour
cause — les autres points de l'accusation, et que l'énormité de ces derniers le retiendra d'attacher trop d'importance
à des détails; ensuite parce qu'ils partent du principe qui fut
celui de Gœbbels, que plus gros est le mensonge, plus il a de
chance d'être cru. Enfin, parce qu'ils comptent sur la discipline des communistes, sur leur confiance dans le Parti.
Comment engager le débat avec son Parti sur des appréciations partielles, paraître prendre fait et cause pour un
traître... surtout dans l'atmosphère de chasse aux sorcières
qui règne partout à notre propos?

Au début de 1952, donc, Kohoutek donne l'ordre à ses
référents d'écrire un procès-verbal succinct de toutes mes
activités « criminelles » afin de le transmettre au Parti.
Mais comme on est jamais mieux servi que par soi-même,
finalement c'est Kohoutek qui le rédige en dix-sept pages.
Il est formulé d'une manière incroyable. Les accusations
qu'il contient ne correspondent même plus aux « témoignages », « aveux » extorqués, aux falsifications antérieures.
Elles sont bien pires! Sans se préoccuper de ma présence,
il écrit des pages entières de questions et réponses. Quand il
me le donne à signer, et bien que j'aie signé d'autres
« aveux », devant la gravité qu'ont prise les accusations dans

leur formulation nouvelle, je proteste avec indignation.

Kohoutek tente de me calmer. Il dit que la direction du Parti a exigé un procès-verbal très concis, mais qui reflétera bien l'ensemble de mes activités « ennemies ». Il s'est donc vu obligé de fondre plusieurs procès-verbaux en un seul. Cette concentration donne un tour plus violent à l'exposé des faits. Je dois m'y résigner, dit-il, car, en écrivant ainsi, il n'a fait que suivre les directives du Parti et des conseillers soviétiques.

Je rétorque qu'un tel procès-verbal, c'est la corde pour moi. Il dit que j'ai tort de le prendre ainsi. Que ce n'est d'ailleurs qu'un simple procès-verbal « informatif », nullement destiné au tribunal, en quelque sorte une base de travail à usage interne. Et, d'ailleurs, il aurait très bien pu l'écrire sans m'en informer.

Pour finir de me convaincre, Kohoutek me lit certains passages des procès-verbaux établis avec Geminder et Clementis en me faisant remarquer que les formulations sont encore beaucoup plus dures que dans le mien. Et que j'aurais tort de refuser ma signature...

Chaque fois que je tenterai de m'y opposer, et cela jusqu'à mon jugement, je vais être toujours tenu sous le coup de cette menace : « Le sort de votre tête dépend de votre attitude. Sachez que votre condamnation ne dépend pas du degré de votre culpabilité. Le Parti peut vous faire condamner comme il veut : à une peine très sévère avec très peu de matériel contre vous ou à une petite peine, avec beaucoup de matériel. Votre seule chance de sauver votre tête est de vous en remettre entièrement à la grâce du Parti. »

Du moins, maintenant, les choses sont claires.

XI

Dans la deuxième quinzaine de mars 1952, Kohoutek me fait conduire dans son bureau pour m'annoncer que le

lendemain je vais être confronté avec Slansky. Il me donne
alors un texte tapé à la machine, lequel comporte les déclarations que Slansky va faire à ladite confrontation et les
réponses que je dois fournir à ces déclarations. Rien n'est
laissé au hasard, à Ruzyn! Kohoutek me recommande de
tout apprendre par cœur, mais pour plus de sûreté, les référents me font répéter et Kohoutek lui-même vient contrôler
si j'ai bien appris ma leçon...

Un samedi, Kohoutek me fait à nouveau conduire chez
lui pour m'apprendre que dans quelques minutes je vais
être confronté avec Slansky.

« Surtout, monsieur London, vous devez répéter votre
texte mot à mot. De votre comportement au cours de cette
confrontation, votre avenir dépend pour beaucoup! »

Une fois encore, il me fait réciter le texte. Il m'informe
que Slansky a déjà été confronté avec de nombreux accusés
pour préciser certains détails dans ses « aveux ». A quoi
riment de telles confrontations? A donner un semblant
de légalité à toute cette comédie, en les faisant figurer dans
les dossiers du procès? Elles font partie du système des
aveux, comme les transcriptions, les formulations successives et le reste... Ce luxe de précautions me paraît presque
exagéré...

Sur ces entrefaites, Doubek entre dans la pièce. Kohoutek
lui rend compte qu'il m'a fait passer un examen de récitation et que je connais très bien mon texte. Doubek me répète
alors la même recommandation que Kohoutek :

« Attention! Votre attitude au cours de cette confrontation va être déterminante pour le jugement que portera le Parti sur vous. En conséquence, efforcez-vous de
répéter le plus exactement possible le texte que vous avez
appris. »

Et en cours de route, Kohoutek qui me conduit au lieu
de la confrontation met au point les derniers détails de la
mise en scène. « Vous devez regarder Slansky dans les

yeux, parler lentement, ne pas vous laisser troubler, et surtout vous en tenir au texte. »

Je ne me fais même pas la réflexion que, décidément, l'auteur n'est pas sûr de sa pièce. Je suis tellement accoutumé à cette minutie laborieuse dans la formulation, à cette appréhension servile de ne pas aboutir à un résultat auquel les conseillers soviétiques, les « véritables chefs », ne trouveront rien à redire, que j'y prête à peine attention.

Me voici devant Slansky. Il a les traits tirés et paraît très fatigué. Avec quels yeux me voit-il, lui ? Il a dû calculer, avant que j'arrive, que cela fait déjà plus de quatorze mois que je suis dans le trou. Je n'ai jamais eu, depuis, l'occasion de me regarder dans un miroir, mais je puis imaginer mon aspect en voyant le sien !

Slansky parle : il avoue, selon le texte, être le chef de la conspiration contre l'État en Tchécoslovaquie, mais voilà que, tout à coup, quand vient ce qui me concerne, il s'en écarte. Il dit qu'il n'est pas possible que je fasse partie de cette conspiration, étant donné ma très longue absence du pays.

Je suis suffoqué. Pendant un instant, je vacille. Que vais-je faire ? Si j'écoute mon premier mouvement, je dois profiter de cette occasion pour clamer mon innocence. Mais je me méfie. Quel sens cela aurait-il de m'emparer de cette déviation du texte convenu, puisque nous sommes seuls, lui et moi, devant le référent qui s'occupe de lui, Doubek et Kohoutek. Que va-t-il se passer si je sors de mon rôle ? Je n'ai ni le temps, ni les moyens de réfléchir. On m'a si bien conditionné à ce qui doit se passer qu'on a créé presque des réflexes. Je ne peux pas m'en dégager plus qu'un conducteur d'auto devant une situation imprévue sur la route. Les ordres d'apprendre par cœur, de bien m'en tenir, quoi qu'il arrive, au texte. L'intérêt, le jugement du Parti. Mon sort qui dépend de mon attitude au cours de cette confrontation. Peut-être avaient-ils prévu...

J'ai signé mes « aveux ». Je sais qu'il existe contre moi
une montagne de « preuves », de « déclarations » d'anciens volontaires des Brigades et aussi de mes nouveaux
coaccusés Geminder, Goldstücker, Dufek, Clementis,
Švab...

Dans de telles conditions, revenir sur mes « aveux » ne
servira à rien qu'à aggraver mon cas.

Voilà sans doute ce que je me suis dit. Quel intérêt peut
avoir en cet instant Slansky à me ménager? Et surtout à
s'écarter de ce texte, qu'il a appris par cœur tout comme
moi, si ce n'est pas pour se défendre lui-même d'avoir
été en rapport avec moi, sachant tout ce que l'on me
fait porter comme responsabilités dans le prétendu « centre
trotskyste », dans « l'espionnage américain ». Toutes
accusations qu'il a, en quelque sorte, ratifiées du temps qu'il
était encore secrétaire général du Parti... Et qui, peut-être
maintenant, mais trop tard, le gênent...

Je récite donc, comme un automate, en m'en tenant
rigoureusement au texte : « Je faisais partie de la conspiration contre l'État dirigée par Slansky... »

Je suis ensuite reconduit dans le bureau de Kohoutek qui
m'y retrouve au bout d'un quart d'heure. « Vous avez très
bien fait de répondre comme vous l'avez fait », dit-il.
« Une autre attitude de votre part aurait eu des conséquences funestes pour vous. » Et il ajoute que les « amis »
et le Président ont demandé à être informés du déroulement
de cette confrontation.

Puis, il commente l'attitude de Slansky comme une tentative de dégager sa propre responsabilité des actes d'espionnage qui me sont imputés ainsi qu'à d'autres accusés,
afin de limiter son rôle à une direction idéologique du
Centre. C'est aussi ce que dira Doubek plus tard.

Un mois après environ, Kohoutek me fait, une fois de
plus, amener dans son bureau. Il me dit que Slansky doit
être confronté avec Geminder et Goldstücker au sujet

de Zilliacus. A la fin de cette confrontation, je serai convoqué et n'aurai rien d'autre à dire que d'avoir reçu des lettres de Geminder destinées à Zilliacus, via Goldstücker.

Il me remet un texte avec les questions et les réponses de Geminder et Goldstücker. Je peux ainsi me rendre compte de l'étendue de leurs « aveux » concernant la correspondance qu'ils ont échangée avec Zilliacus et *leurs* rapports avec lui. Kohoutek me confie ensuite à la garde d'un de ses référents. Après une attente de près d'une heure, le téléphone sonne et l'ordre est donné de me conduire dans la pièce où a lieu la confrontation.

Quand la porte s'ouvre sur moi, j'aperçois, assis autour d'une grande table, en présence de Doubek, Kohoutek et d'autres référents, mes trois coaccusés. Ils ont le regard éteint, l'air résigné. Comme moi, ils doivent se demander à quoi rime toute cette comédie...

Eduard Goldstücker! Cela fait dix-huit mois que nous nous sommes vus. Il était passé au Palais Cernin avant de regagner son poste à Tel Aviv où il était notre ministre plénipotentiaire. C'était un de nos plus jeunes diplomates et des plus brillants. Nous nous connaissons depuis le VIᵉ Congrès du K. I. M. à Moscou en 1935 où il assistait comme un des dirigeants des étudiants communistes. Sa vivacité d'esprit sans pareille, son talent de conteur d'histoires animaient nos débats et nos conversations. Après la guerre qu'il avait vécue en Angleterre, nous nous sommes retrouvés à Paris où il appartenait à notre ambassade. Nommé conseiller à Londres, il avait été choisi pour représenter notre pays auprès du jeune état d'Israël en 1950. Et le voilà, maintenant...

Bedrich Geminder! Ses yeux sont absents. Il est recroquevillé sur lui-même comme un animal qu'on a battu. Je l'ai connu de tout temps : son père était l'ami du mien. Malgré la différence d'âge, nous sommes très liés depuis que nous nous sommes retrouvés à Moscou où il travaillait depuis

1935 au bureau de presse du Komintern. C'était un des proches collaborateurs de Georges Dimitrov. Pendant la guerre, il a dirigé les émissions en langues étrangères de Radio-Moscou.

Bien qu'originaire d'Ostrava, il fait partie de la minorité allemande qui a été presque entièrement transférée en Allemagne après la victoire de 45. Il a choisi, en ce temps-là, de rester à Moscou où il avait pris l'habitude de vivre. Il a fallu toute l'insistance de ses vieux camarades et d'abord de Gottwald et de Slansky pour le décider à revenir au pays en 1948. Il a pris alors la direction de la Section internationale du Comité central.

Célibataire, il habitait dans la famille de Slansky. Il ne sortait guère du cercle de ses vieux amis et entretenait des relations très étroites avec Gottwald. Cela lui donna aux yeux des gens l'air d'une éminence grise du Kremlin, d'autant qu'il cachait sa timidité sous une brusquerie qui indisposait ceux qui ne le connaissaient pas assez pour savoir quel fond de gentillesse, de générosité et de sensibilité il cachait en lui. Pauvre Bedrich! Que se passe-t-il en lui maintenant, quand il repense à sa vie à Moscou, à l'affection de Gottwald...

Rudolf Slansky, assis entre les deux, est dans le même état physique que lors de notre première confrontation. Des trois, c'est lui que je connais le moins, bien qu'il ait milité à Ostrava, lui aussi, mais c'était dans les années 20. Avant de partir pour Moscou, en 1933, je l'ai rencontré à deux reprises au siège du Comité central, mais nous n'avons échangé que quelques mots. C'est après la guerre seulement que je l'ai approché, notamment dans les réunions de la Commission des « Cinq » pour les Affaires étrangères qu'il dirigeait.

Chacun lui reconnaissait et appréciait ses qualités de dirigeant, le respectait et le craignait en même temps. D'un abord froid, il était difficile d'établir avec lui un contact

humain. Dirigeant du Parti depuis les années 20, proche
collaborateur de Gottwald, il se trouvait, avec ce dernier,
à Moscou, pendant la guerre. Il avait d'abord travaillé à la
Section tchécoslovaque du Komintern puis, en 1944, il
était devenu membre du Haut État-Major des Partisans du
front d'Ukraine. Envoyé par la suite, avec Šverma, en
Slovaquie il avait participé à la direction de l'insurrection
nationale slovaque.

Sa femme et lui avaient vécu un drame personnel terrible
à Moscou. Pendant l'automne 1943, on leur avait kidnappé
leur petite fille, laissée couchée dans son landau, à la garde
du frère aîné, devant le bâtiment de la radio pendant que
la maman faisait une émission en direction de la Tchécoslovaquie occupée. Toutes les recherches n'avaient abouti à
rien... Était-ce le souvenir de cette tragédie qui jetait ce
voile de tristesse sur son visage?

Ainsi nous voilà dans cette pièce, quatre militants du
Parti, deux vétérans, Slansky et Geminder dont l'engagement remontait à la naissance même du Parti communiste
tchécoslovaque, et puis deux représentants de la génération
suivante, Goldstücker et moi-même, venus au Parti au
sortir de l'enfance. Nous sommes là, chacun ayant avoué
avoir conspiré contre l'État socialiste à la création duquel
nous avons consacré toute notre existence... Nous sommes
là pour cette confrontation absurde qui n'est dans le fond
que la répétition d'un tableau du drame qui se jouera dans
quelques mois.

Parmi les camarades détenus et mêlés à ce procès en fabrication, nous sommes 90 % de militants d'avant-guerre...

Dans l'été 1952, Kohoutek m'apprend que je vais de
nouveau me trouver en présence de Slansky. « Cette fois,
dit-il, il ne s'agit pas d'une confrontation, mais simplement de répéter devant lui ce que vous avait dit Šverma, à
Paris, en 1939. »

Me voici dans le bureau de Doubek où se trouve déjà

Slansky. Je répète : « A Paris, en 1939, Šverma m'a dit que Slansky n'aimait pas les gens de l'entourage de Gottwald. »

C'est fini ! On me fait reconduire dans ma cellule. Voilà comment sont mises en scène les « confrontations » qui intéressent Ruzyn. Mais celles que je réclamais à cor et à cris avant mes « aveux », avec Zavodsky, Field, Svoboda et les autres m'ont toujours été refusées. Jamais on n'a accepté d'organiser les confrontations que les accusés réclamaient désespérément, car on ne voulait pas que la lumière soit.

Maintenant, seize années après tout ce cauchemar, on publiera à Prague un récit des propres interrogatoires de Doubek, lorsqu'il fut arrêté en 1955 pour son « travail » à Ruzyn [1]. J'y découvrirai qu'en effet si Slansky avoua tout de suite avoir été le chef de la conspiration contre l'État, il résista le plus longtemps possible aux accusations d'espionnage. Ce qui explique sa déviation du texte convenu lors de notre première confrontation.

Au début de septembre 1952, Kohoutek m'annonce qu'on va commencer à écrire le procès-verbal pour le tribunal. Pratiquement, je n'y prends aucune part.

Je suis bien présent dans la pièce où les référents tapent ce procès-verbal, mais à la manière d'une potiche. Je n'ai rien à voir avec ce qui s'écrit. Kohoutek apporte parfois des pages entières déjà tapées que ses référents copient et incluent dans leur propre ouvrage. Ils remettent au fur et à mesure leur œuvre à Kohoutek. Ce dernier ramène dans les jours suivants les feuillets qu'il a dûment corrigés « à la demande du Parti et des amis », en renforçant encore les termes des accusations ou en incluant des faits nouveaux.

De la montagne de procès-verbaux administratifs établis, pendant des mois, de la manière qu'on sait, on retient un certain nombre d'accusations et on en laisse tom-

1. *Reporter*, hebdomadaire de l'Union des Journalistes, Prague, mai 1968.

ber d'autres. C'est là une tactique bien réfléchie. On accable d'abord l'accusé sous une pyramide d'accusations allant des déviations et fautes politiques, aux activités d'espionnage et aux crimes crapuleux pour ne choisir finalement que celles qui cadrent avec le rôle qui lui est imparti dans le procès. On a d'ailleurs le soin de lui faire remarquer : « Vous voyez bien que nous ne voulons pas vous anéantir. De tout ce tas nous n'avons retenu que quelques accusations. Les autres, on vous en fait cadeau ! »

Šling, par exemple, avait été accusé dans un discours de Kopecky [1] au Comité central, en 1951, de matricide, accusation soi-disant établie par l'investigation. Au procès, il n'y a pas eu une seule allusion à ce fait.

Les accusés — je le sais par moi-même — ressentent un véritable soulagement lorsque des accusations crapuleuses, ignominieuses qui les auraient placés sous un jour abominable, sont élaguées du procès-verbal.

Qui ne préférerait pas une accusation d'espionnage ou de délits politiques à des histoires de malversations, de vols, de délation, de meurtre ? Celle qui me pèse le plus, avoir envoyé Klecan en Tchécoslovaquie pendant la guerre avec la mission de livrer à la Gestapo le Comité central illégal, avec Fučik et Černy, a été retirée de la sorte. On peut s'imaginer combien cette accusation m'accablait. Quand Kohoutek m'annonce qu'elle ne sera pas retenue contre moi, il ajoute : « C'est Reicin qui l'a prise à son compte ! » Pour moi, c'est certain, je préfère dix accusations d'espionnage avec Field, Zilliacus, et qui l'on voudra d'autre, que répondre du crime le plus monstrueux qui soit : avoir livré mes camarades à la hache d'Hitler. C'est là un moyen très efficace pour faire accepter à l'accusé de signer le

---

1. Ministre de l'Information et de la Culture. Il a joué un rôle politique très important dans la préparation du procès et tenté de lui trouver une justification idéologique.

procès-verbal pour le tribunal. En tout cas cela a joué pour
moi.

Cependant, avant le procès, Kohoutek me remet en
présence de la montagne de procès-verbaux administratifs
portant ma signature, de déclarations des coaccusés et
témoins à charge et m'avertit : « Si jamais vous avez l'idée
de changer quoi que ce soit dans votre déposition au tribunal, voyez ce que nous avons en réserve et que nous
n'hésiterions pas à utiliser contre vous. Agissez en conséquence! »

Quand ce procès-verbal est terminé, Kohoutek le soumet
aux conseillers soviétiques, qui ont formé — d'après ce que
je comprends des indiscrétions de Kohoutek — une commission de coordination pour vérifier qu'aucune discor-
dance n'existe entre tous les procès-verbaux des accusés et
les dépositions des témoins. C'est ainsi que dans le mien on
modifie encore les passages concernant Field et que l'on
inclut des faits, des noms nouveaux dont il n'avait jamais été
fait mention jusqu'ici dans aucun de mes procès-verbaux
administratifs. Il faut en effet que, dans l'acte d'accusation
et dans votre déposition, votre personnage s'intègre bien
dans le cadre de la farce tragique que l'on s'apprête à jouer.
Tous les conspirateurs doivent être trempés dans le même
bouillon de crimes.

Il m'arrive encore de me rebiffer et de protester lorsque
j'entends un référent lire à haute voix ses nouvelles formulations. Kohoutek, que l'on fait venir, me dit alors : « Si
vous refusez que votre procès-verbal soit écrit ainsi — et
nous sommes seuls juges de ce qui convient ou non — vous
risquez fort de ne pas être jugé avec le groupe de Slansky.
A ce procès, du fait que vos activités sont sans commune
mesure avec celles d'autres accusés, vous n'êtes plus à la
première place. Ainsi, vous avez des chances de sauver
votre tête. Par contre, si nous décidons de vous juger comme
tête du groupe trotskyste des anciens volontaires des Bri-

gades internationales, vous savez très bien ce que cela signi-
fiera pour vous. »

Après des arguments si convaincants, je laisse écrire tout
ce que l'on veut. Et les référents incluent encore, dans une
rédaction nouvelle, ma prétendue activité d'espionnage dans
le mouvement ouvrier, en France, « en faveur de Slansky »
et d'autres accusations qui n'avaient pas été retenues.

Quand on me présente le procès-verbal refaçonné, je ne
peux taire mon indignation. Kohoutek me dit alors : « Vous
n'êtes pas le seul à qui cela ne plaît pas. Mais tous ont fini
par se soumettre. Geminder, depuis qu'il a signé son procès-
verbal, ne fait que pleurer. »

Kohoutek prend la nouvelle mouture du procès-verbal
et la soumet au dernier contrôle d'en haut. C'est après
qu'on me l'apporte pour le signer, ce que je fais sans même
le lire.

Une nouvelle étape commence. On me fait savoir que je
dois maintenant apprendre par cœur mon procès-verbal
pour le tribunal. Pendant six semaines, jusqu'au jour du
procès, on me mène chaque jour chez le référent où je fais
mes classes. Il me fixe des normes : « Jusqu'à samedi, ces
dix pages... », « Jusqu'à jeudi, ces quinze pages... »

Je reçois une meilleure nourriture, du café noir et des
cigarettes... Tous les jours on me conduit à la promenade.
Subitement, on prend le plus grand soin de ma santé. Le
docteur Sommer recommande des séances de rayons ultra-
violets. Je reçois des piqûres. C'est du calcium. Je le sais
car je connais l'effet : cette chaleur qui envahit le corps
quand le piston de la seringue est poussé jusqu'au bout.
En un mot, on est vraiment aux petits soins pour moi !

A ce régime, je me remplume, mon visage a dû prendre
le teint doré d'un vacancier des neiges ! A Kohoutek qui,
un jour, me contemple d'un air satisfait, je demande s'il
croit que je me laisse prendre à sa sollicitude : « Ce n'est
pas votre souci pour mon état de santé qui me vaut ces

soins actuels. Vous voulez que j'aie bonne mine lorsque je comparaîtrai devant le tribunal. Cela me fait penser à ma grand-mère quand elle gavait ses oies pour la Noël... » Il se met à rire et dit que : « C'est à la fois pour ça et pour ça ! »

Jusqu'au procès, Kohoutek me répète sur tous les tons : « Estimez-vous heureux d'avoir été inclus dans le procès de Slansky. C'est votre seule chance de vie... Surtout, pas de bêtises ! »

Pour pallier une « défaillance » de ma part, de très nombreux témoins à charge contre moi sont préparés, me dit-il encore. Et c'est l'attitude que j'adopterai devant le tribunal qui déterminera le nombre de ceux qui seront appelés à la barre. Un autre jour, il me montre une liasse épaisse de feuillets en soulignant que ce sont là les dépositions de vingt témoins prêts à témoigner contre moi « si je tentais de sauter du train en marche » ! Et, complaisamment, il me donne lecture de nombreux passages choisis au hasard. Un autre jour, il me lit les parties des dépositions de mes coaccusés concernant ma collaboration et ma complicité avec eux.

Quatre, cinq jours avant le procès, Kohoutek m'annonce qu'il vient de parler avec le procureur. Que ce dernier lui a dit avoir pris connaissance de mon dossier et qu'il considère que l'ensemble de mes activités ennemies n'est pas d'une telle gravité pour justifier que je figure dans le procès. Il aurait évalué ma peine à quinze ans maximum. « Vous voyez, je vous l'avais bien dit ! C'est votre chance, ce procès ! Surtout, tenez-vous bien ! »

Vavro Hajdu m'apprendra plus tard, lorsque nous nous retrouverons quelques mois après notre condamnation, qu'à ce même moment Kohoutek lui avait prédit dix-huit ans.

C'est là, sans doute, une autre tactique de la Sécurité. Et je ne sais pas dans quelle mesure les référents sont de bonne ou de mauvaise foi. Disent-ils cela seulement pour

calmer l'appréhension des détenus et les rendre plus dociles ?
Ou croient-ils vraiment que ceux-ci sauveront vraiment leur
tête à condition de se soumettre aux directives, au vœu du
Parti ?

Kohoutek m'annonce, un matin, que Doubek contrôlera
personnellement si je connais bien mon procès-verbal par
cœur. On me conduit dans son bureau. A côté de lui est
assis un homme que je n'ai jamais vu et qui écoutera très
attentivement ma récitation, sans prononcer une seule
parole. Un des « vrais » chefs ? Doubek, quant à lui, se
déclare satisfait : j'ai passé mon examen avec succès.

Le soir, Doubek entre dans la pièce où je me trouve avec
mon référent. Un civil l'accompagne qu'il nous présente
comme étant le docteur Novak, président du tribunal d'État.
Ce dernier me demande si je veux lire moi-même l'acte
d'accusation ou si je préfère que le référent m'en donne
lecture. Je demande que ce soit le référent qui le lise. Tout
m'est tellement égal !

Le lendemain, le docteur Novak revient accompagné
d'un assesseur, pour me poser des questions sur mon état
civil : nom, âge, etc. Il m'interroge : « Avez-vous déjà subi
des condamnations ? — Oui, au cours de la Première République, dans les années 1931-1933, et puis pendant la
guerre, en 1942, à Paris par le tribunal d'État. » L'assesseur
prend note de mes réponses. Le docteur Novak poursuit :
« Pour quelles raisons avez-vous été condamné ? — Pour
activités communistes et pour ma participation à la lutte
armée contre l'occupant nazi en France » ; il ordonne alors
à son assesseur : « Non, ça c'est inutile de l'inscrire ! »

Le même jour, le référent m'annonce que je verrai mon
avocat, le docteur Ružička. Quelques jours auparavant,
Kohoutek m'avait demandé si je désirais choisir un défenseur. J'avais répondu par la négative : « Puisque vous
m'avez tant de fois répété que c'est le Parti qui me juge,
pourquoi choisirais-je un avocat ? » Il m'avait objecté que

la loi prévoyait la présence obligatoire d'un défenseur au tribunal et qu'il m'en sera donné un d'office. Il ajoute : « Même si vous l'aviez choisi, ça ne changerait guère. Il n'y a qu'une dizaine d'avocats autorisés à assumer la défense devant le tribunal d'État. »

On me conduit, les yeux bandés, jusque dans la pièce où m'attend mon défenseur. Notre conversation sera très courte et, pendant ce temps, le référent, c'est-à-dire un de ceux qui dressent l'accusation, se trouve à nos côtés, ce qui est une violation supplémentaire de la légalité et du droit de l'accusé à sa défense. Comment, devant un tel témoin, l'accusé oserait-il infirmer l'acte d'accusation ? Comme dit le proverbe tchèque : « C'est comme si l'on faisait d'un bouc un jardinier ! »

L'avocat me dit avoir pris connaissance de l'acte d'accusation, il m'en souligne la gravité pour moi.

« Vous risquez la peine capitale. C'est la peine que prévoit notre loi pour les délits dont vous êtes accusé. Vous n'avez qu'un moyen d'espérer obtenir une condamnation moins lourde, c'est de plaider coupable et d'avoir une bonne attitude devant le tribunal. »

C'est là le langage même que me tiennent les référents !

Je n'ai pas revu mon avocat jusqu'au procès. Lorsque je serai conduit à la prison de Pankrac, où se déroulera le procès pendant sept jours, je le réclamerai en vain. Il ne viendra me trouver qu'après que le verdict sera prononcé.

A la fin de notre première entrevue, je l'avais prié de voir ma femme et de la préparer à l'idée de ce procès et du sort qui m'attendait. Je lui avais également demandé de lui dire de ne pas assister au procès car si je la savais présente dans la salle je n'aurais pas la force de répéter mes dépositions.

Il m'avait promis de la voir, mais ne l'a pas fait. Lorsque je le reverrai, après ma condamnation, il me promettra à nouveau d'aller voir ma femme pour la réconforter, mais il ne le fera pas davantage...

XII

Pendant tant de mois, ce qui m'a tenu, c'est la pensée de pouvoir, au cours du procès, dénoncer publiquement les illégalités. Mais, maintenant que j'approche de la date du procès, je me rends compte que cette issue m'est désormais refusée. Je comprends à présent pourquoi tous ceux qui m'ont précédé n'ont pas profité eux non plus des procès pour parler, pour dire tout haut ce qu'ils avaient subi. Nous sommes dans le fond du trou. Nous y sommes tous. Et je ne suis pas le seul à reconstituer dans ma mémoire les procès de Moscou, pour tenter d'y découvrir des moyens de résistance, ou plutôt les pièges qu'on peut encore nous tendre. Je crois voir clair désormais dans l'attitude de Slansky lors de notre première confrontation. Il voulait —me semble-t-il, se placer sur le même terrain de défense que Zinoviev ou Boukharine, prêts à reconnaître leurs responsabilités politiques, en quelque sorte purement intellectuelles, dans la conspiration, croyant par là se disculper des accusations pratiques d'espionnage. Mais cela ne marche pas. Ceux qui ont inventé la conspiration ont pris soin d'inventer tout ce qui doit l'accompagner, la garnir, l'habiller en fait d'espionnage, d'assassinats et autres crimes. Ce sont des auteurs tatillons. Ils tiennent aux moindres détails de leurs inventions, parce qu'ils savent à merveille que si un mensonge se dévoile, c'est toute leur trame qui sera découverte...

Je revois malgré moi le Moscou du temps des purges et des procès.

Durant les trois années que j'y avais vécu, je m'étais fait de nombreux amis de toutes nationalités : Allemands, Italiens, Polonais, Bulgares, Yougoslaves, Français, Belges,

Anglais, Espagnols. J'avais aussi de nombreux amis soviétiques. Les étrangers étaient ou des réfugiés politiques
ayant trouvé asile ici ou des représentants des Partis communistes et du mouvement révolutionnaire travaillant dans
les organisations internationales, les élèves de l'École
Lénine séjournant à Moscou pour une période plus ou
moins longue, avant de retourner dans leur pays d'origine
reprendre leur place dans le combat.

Les liens de fraternité qui nous unissaient tous étaient
très forts. Le mot camarade était le sésame des cœurs, et
le fait que nous ne parlions pas la même langue n'y chan-
geait pas grand-chose. D'ailleurs nous arrivions vite à nous
comprendre avec quelques mots de russe, quelques mots
de notre propre langue et des emprunts, ici et là, aux autres
langues.

Depuis l'attentat contre Kirov, l'atmosphère avait
changé, les amis se voyaient peu. Les camarades soviétiques
s'étaient éloignés craintivement et évitaient toute rencontre
avec nous. D'éminentes personnalités que j'avais rencontrées à l'hôtel Lux ou dans les couloirs du Komintern,
Bela Kun, Heinz Neumann et tant d'autres dirigeants
connus du mouvement communiste mondial disparaissaient
les uns après les autres. On chuchotait avec stupeur que
quelque chose avait été découvert sur leur compte, quelque
chose de grave dont on se devait pas parler pour l'instant;
qu'il fallait attendre les explications. Mais ces explications
n'étaient jamais venues. Et d'autres personnes continuaient
de disparaître.

Je me rappelle le premier procès contre Zinoviev et
Kamenev, le choc que chacun avait eu en voyant d'anciens
compagnons de Lénine sur le banc de l'infamie. Et puis,
bientôt, leur deuxième procès et leur condamnation à mort.
Nous cherchions, au cours de longues discussions, à nous
expliquer comment des hommes ayant un tel passé avaient
pu tomber si bas, devenir des agents de l'impérialisme et

commettre les actions les plus abominables contre leur pays, leur peuple, leurs frères de combat, leur Parti.

Je me souviens encore avec quelle émotion, un soir, mon ami Sécotine m'avait narré le meeting auquel il venait d'assister et où Yejov avait parlé. Il me racontait comment ce petit homme avait soulevé la salle d'enthousiasme quand il avait demandé le châtiment le plus implacable pour tous les traîtres. Sécotine était content. Comme lui, tout le monde pensait que maintenant que les vrais coupables avaient été découverts, tout irait mieux et que les camarades injustement arrêtés seraient relâchés. Hélas, les choses allèrent en empirant.

Sveridiouk, venu à Moscou de Prague où il avait vécu comme émigré polonais et milité dans l'appareil du Parti communiste tchécoslovaque, nous rendait visite à la colonie tchécoslovaque où nous étions de moins en moins nombreux. Un jour, il disparut avec sa femme. On m'apprit qu'il avait eu des difficultés à cause de son frère, l'un des dirigeants du Parti communiste polonais, condamné à mort. Je n'ai jamais plus entendu parler de lui.

Marthe, que j'avais connue dans la colonie française, disparut également un beau jour. Les gens se croisant dans les couloirs avaient peur de se saluer et encore plus de se parler. A mon étage, des femmes restaient seules, leurs maris ayant reçu des affectations hors de Moscou, du moins on le disait. Au bout d'un certain temps, elles aussi s'en allaient avec leurs bagages, quelque part dans des régions éloignées. Par Sécotine, je savais qu'en réalité leurs maris avaient été arrêtés. Sécotine, qui les avait connus autrefois, en Pologne, dans le travail illégal, s'efforçait d'agir en leur faveur, il écrivait des lettres, faisait des démarches personnelles au N. K. V. D., recueillait sur eux des témoignages positifs, convaincu qu'il s'agissait là d'erreurs. Il m'expliquait qu'une conspiration dirigée par les pays capitalistes était en train de s'organiser avec l'aide des forces

oppositionnelles de l'intérieur en U. R. S. S. : trotskystes
et autres, dans le but de renverser le régime et que, dans le
combat mené par la police soviétique pour mettre à nu
cette conspiration et liquider ses promoteurs, on pouvait
commettre certaines erreurs. Mais, lui aussi, mon ami
Sécotine, disparut dans cette tourmente et plus jamais je
n'ai entendu parler de lui.

Lorsque j'avais retrouvé Lise à Valence, je lui avais
décrit cette atmosphère pesante de Moscou dans la dernière période. Je lui parlais de mon trouble, lorsque des
camarades disparaissaient du jour au lendemain. Pourquoi ?
Je lui parlais des procès où avaient été condamnés des
compagnons de Lénine. Lise n'en connaissait que ce qu'elle
en avait lu dans la presse. Les accusés avaient trahi, ils
avaient eux-mêmes reconnu leurs crimes...

Et puis, quelques mois plus tard, il y avait eu le procès
du « Bloc des droitiers et des trotskystes antisoviétiques »,
dont j'achetai le compte rendu sténographique peu après
mon retour à Paris.

Je me souviens combien j'avais été impressionné alors
par le cas de Krestinski. Quand Vychinski, avant que la
cour ne commence ses travaux, posait aux vingt et un accusés la question habituelle s'ils se reconnaissaient coupables,
tous avaient répondu : OUI , sauf lui.

« Je ne me reconnais pas coupable. Je ne suis pas trotskyste. Je n'ai jamais fait partie du Bloc des droitiers et des
trotskystes dont j'ignorais l'existence. Je n'ai pas commis
non plus un seul des crimes qui me sont imputés, à moi
personnellement; notamment je ne me reconnais pas coupable d'avoir entretenu des relations avec le service d'espionnage allemand. »

A Vychinski, qui lui fait remarquer qu'il avait signé ses
aveux à l'instruction préalable, Krestinski avait répondu :

« Avant que vous m'interrogiez, les déclarations que
j'ai faites à l'instruction préalable étaient fausses... Puis

je les ai maintenues parce que ma propre expérience m'a
convaincu que je ne pourrais plus, jusqu'à l'audience de
la cour — si audience il y avait — les infirmer. J'ai estimé
que si je racontais ce que je dis aujourd'hui — que tout
était faux — ces déclarations ne seraient jamais arrivées
aux chefs du Parti et du gouvernement. »

Tout le long de son interrogatoire, dans cette deuxième
séance du procès, il s'était battu, pas à pas, réfutant toutes
les accusations. Et Vychinski avait alors fait appel aux coaccusés de Krestinski pour qu'eux confirment la culpabilité
de leur complice. Parmi les témoins à charge, il y avait
son coaccusé Bessonov qui soutenait avoir reçu de Krestinski
des directives pour son travail d'espion trotskyste, lors d'une
rencontre en Allemagne. Et comme il souriait, Vychinski
lui avait demandé la signification de ce sourire. Bessonov
avait répondu :

« Je dois sourire parce que si je suis là, à cette place, c'est
que Nicolas Nicolaievitch Krestinski m'a indiqué comme
homme de liaison avec Trotsky. Et à part lui et Piatakov,
personne n'en savait rien. Et si, en 1933, Krestinski ne
s'était pas entretenu avec moi à ce sujet, je ne serais pas,
aujourd'hui, au banc des accusés. »

Le plus navrant, c'est que le lendemain, ramené au tribunal, Krestinski avait alors confirmé tous ses « aveux »
faits à l'instruction préalable.

Et quand Vychinski lui avait reproché son attitude de la
veille qui ne pouvait être considérée autrement que comme
une provocation trotskyste, Krestinski répondit : « Hier,
sous l'empire d'un sentiment fugitif et aigu de fausse honte...
je n'ai pu dire la vérité, dire que j'étais coupable... Je prie
la cour d'enregistrer ma déclaration : je me reconnais coupable, entièrement et sans réserve, et je revendique la
pleine responsabilité pour ma félonie et ma trahison... »

Et dans ses dernières paroles, au tribunal, quelques
jours plus tard, il avait rappelé son ancien travail révolu-

tionnaire véritable et prié qu'on lui laisse la vie pour lui donner la possibilité de racheter, sous n'importe quelle forme, au moins en partie, ses crimes graves.

Dans les discussions que nous avions dans les organisations du Parti, l'attitude de Krestinski était taxée comme celle d'un ennemi particulièrement acharné parce qu'il avait tenté, encore au cours du procès, de discréditer la direction du Parti bolchevik et la juridiction soviétique.

Je me souviens aussi des dernières paroles de Boukharine, qui à l'époque m'avaient perturbé sans toutefois m'amener à douter de la vérité du procès.

Je comprends maintenant que les procès de Moscou étaient les précurseurs des nôtres. Avec la seule différence que, là-bas, les principaux accusés avaient manifesté auparavant des divergences avec la ligne officielle du Parti et avaient représenté des courants d'opposition. Ce qui dans une certaine mesure avait justifié notre crédulité.

Je me rappelle, beaucoup plus proche, le procès de Sofia. Kostov avait aussi tenté de récuser, devant le tribunal, tous les aveux qu'il avait faits auparavant, pendant l'instruction. On lui avait immédiatement coupé le micro. Et puis on avait fait défiler devant le tribunal de nombreux témoins à charge qui l'avaient accablé. Pour finir, il avait écrit cette lettre à la direction du Parti, dont le livre sur le procès que j'avais eu entre mes mains avant mon arrestation, reproduisait le fac-similé du manuscrit avec sa signature. Cette lettre où il suppliait le Parti de lui pardonner son attitude ennemie de la veille, où il écrivait qu'il se repentait et qu'il espérait que la vie lui serait laissée afin qu'un jour il puisse se racheter... Lettre combien poignante maintenant que je sais ce qu'elle veut dire et quand je pense à la souffrance qu'a dû ressentir Kostov, innocent, en l'écrivant!

Je suis de plus en plus convaincu qu'une tentative semblable de ma part avortera de la même façon. D'autant que les référents m'avertissent : « Ne pensez surtout pas que vous pourrez revenir sur vos aveux ou que vous pourrez vous écarter de votre texte devant le tribunal. Dans le cas où vous choisiriez de faire le malin, tout est prévu. On ne vous entendra plus dans la salle et la parole sera donnée aux vingt témoins à charge qui sont préparés! »

J'apprendrai plus tard que la répétition, avant le procès, de la déposition que l'on nous faisait apprendre par cœur, était enregistrée sur bande. Un système de signalisation reliait le Président du tribunal à un groupe de référents qui pouvait ainsi lui donner l'ordre d'interrompre la séance dans le cas où l'un des accusés s'écarterait de son texte.

Je suis sûr que, si je me récuse, il y aura d'abord le même hallali, puis plus tard, autour de mon nom, les mêmes discussions auxquelles j'avais assisté, jadis, sur Krestinski et Kostov, les mêmes commentaires dans la presse communiste du monde entier sur mon comportement criminel. Je serai celui qui, jusqu'au dernier moment, jusque sous la potence, a craché sur le Parti, tenté de le discréditer devant l'opinion mondiale.

Et lorsque, deux-trois jours avant le procès, je suis amené dans une pièce où je me trouve devant le membre du Bureau politique du Parti, le ministre de la Sécurité, Karol Bacilek, en grande tenue de général, qu'il me parle, non en son nom personnel, mais comme il le dit : « Au nom du Parti, au nom du camarade Gottwald », je sais que les jeux sont faits...

Je l'entends m'expliquer que le Parti fait appel à moi pour que je m'en tienne à ma déposition telle qu'elle est formulée dans le procès-verbal du tribunal, qu'en faisant cela je rendrai un grand service au Parti. Il ajoute que, dehors, la situation est très grave, que la guerre menace et que le Parti attend de moi que je me laisse conduire par SES intérêts et que si j'agis ainsi, il m'en sera tenu compte...

Cela m'ancre dans l'idée que si je prends devant le tribunal une attitude de négation, si je clame mon innocence, personne ne me croira, je ne serai pas cru et je serai pendu.

Et puis, bien que vous sachiez que vous êtes la victime innocente et impuissante entre les mains d'hommes criminels, sans conscience, dont les efforts machiavéliques ne tendent qu'à vous vider de votre contenu humain, de votre conscience d'homme libre et de communiste, vous savez qu'au-delà de cette salle de tribunal, de ces référents, de ces conseillers soviétiques, se trouvent le Parti avec sa masse de militants dévoués, l'Union soviétique et son peuple, qui a consenti tant de sacrifices à la cause du communisme. Il y a le camp de la paix, les millions de combattants qui poursuivent dans le monde entier la lutte pour le même idéal socialiste auquel vous avez consacré toute votre vie. Vous savez que la situation internationale est tendue, que la guerre froide bat son plein, que tout peut être utilisé par les impérialistes pour que la guerre tout court soit déclenchée. Votre conscience de communiste n'accepte pas, dans ces conditions, d'être « objectivement complice » des impérialistes.

Alors, on en arrive à la conclusion que, perdu pour perdu, il vaut mieux taire son innocence et plaider coupable.

Mon état physique s'est beaucoup amélioré au cours de ces dernières semaines. Je le regrette, car il doit être tellement plus facile de se laisser passer le nœud coulant autour du cou quand on se sent faible et misérable!

Que de fois j'imagine ce dernier instant? Je rêve de potence. Et quand, dans mon sommeil, la couverture frôle mon cou, cet attouchement déclenche automatiquement le même cauchemar.

J'essaie de chasser ces pensées, mais, au fur et à mesure que le jour du procès approche, j'en suis obsédé. On me donne de la lecture. Je m'efforce de lire. Ce n'est pas le texte que j'ai sous les yeux que je lis, mais entre les lignes, mon adieu définitif à ce monde, les conditions difficiles

qu'auront les miens et qui marqueront mes enfants jusque
dans leur vie d'adulte. Pour moi le drame sera fini... Mais
Lise et les enfants en porteront les stigmates leur vie durant. Et même si, par extraordinaire, j'échappe à la potence, jamais on ne me laissera sortir de prison, surtout
pas après un tel procès...

On vient de m'apporter un *Don Quijote*. En le lisant, et
bien que ce soit pour la quatrième fois, j'arrive à faire
abstraction de mes pensées. Me voilà loin de ma cellule,
je suis transporté dans le monde de Cervantès et je me sur-
prends tout à coup à rire franchement aux reparties de
Sancho Pança, qui me fait tellement penser à mon beau-
père Ricol. Le personnage de Don Quijote ne m'a jamais
autant ému que cette fois.

Voici venue la dernière nuit. Je ne dors pas. Je devine
plutôt que je les entends les pas feutrés dans le couloir.
Le judas est resté ouvert afin que je ne puisse me rendre
compte de la surveillance. A intervalles réguliers, l'œil
du gardien bouche le trou du judas. Il est aussi précis que
le mouvement d'une montre...

Quelle tragédie vivront demain Lise et ses parents! C'est
plus tard que les enfants en saisiront toute la portée. Pourvu
qu'on les laisse vivre! De combien de courage devront-ils
faire preuve et pendant combien d'années, peut-être leur
vie entière, pour faire face aux difficultés qui, au-delà de
ma tombe, rejailliront sur eux...

Bacilek m'a promis que le Parti parlerait avec ma femme
pour la préparer au procès. Quand je lui ai dit mes craintes
pour l'avenir des miens, déjà tellement isolés en pays
étranger, il m'a promis que le Parti veillerait à ce que ma
famille n'ait pas à souffrir des conséquences du procès.
Je ne crois guère à ces promesses, mais tout de même, on
me les a faites...

Je me retourne vers ma propre enfance. Ma prise de
conscience avait commencé avec l'affaire Sacco-Vanzetti,

quand cramponné à la main de mon père, j'essayais de
chanter, à l'unisson des centaines d'hommes et de femmes
qui m'entouraient, l'*Internationale* dont je commençais
à connaître les paroles. On avait assassiné Sacco et Vanzetti
malgré l'immense cri de protestation qui avait secoué le
monde : ils étaient innocents!

Dans quelques heures, c'est notre procès qui commencera. Combien tout est différent pour nous! Le souvenir
de ces deux martyrs qui m'ont marqué à l'aube de ma
vie d'homme, de communiste, ne s'est jamais effacé en
moi.

Dois-je regretter mon engagement?

Je me suis si souvent posé cette question depuis les deux
ans que je suis ici. Et toujours la réponse a été : Non, je
suis fier de mon passé.

La lutte menée par nos aînés, nos propres combats pour
un idéal internationaliste de fraternité, de justice et de paix
demeurent justes.

C'est la déformation bureaucratique du socialisme, le
dogmatisme, l'abandon des principes démocratiques et leur
remplacement par des méthodes arbitraires de commandement, c'est l'étouffement de la critique, la déification du
Parti par l'abus des formules : « Le Parti a toujours raison »,
« Le Parti te demande », qui nous ont menés sur une mauvaise voie conduisant à tous les abus. Combien y a-t-il eu
d'injustices, d'arbitraire et de brutalités dans la façon
d'agir avec les membres du Parti! On a cultivé systématiquement la suspicion dans nos rangs. Pour l'appréciation
des cadres, on a utilisé les informations de police. On a
permis ainsi le développement, dans le Parti et le pays,
d'une atmosphère de méfiance, de peur, puis de terreur,
la création et la croissance de ce chancre monstrueux tout-
puissant, qui sous couvert de la sécurité de l'État, porte le
pic du démolisseur dans le Parti et l'édifice du socialisme,
en application de la conception stalinienne de l'accentua-

tion de la lutte de classe pendant la construction du socialisme...

Combien de choses j'aurais à dire à ma femme, à mes enfants, à mes amis et compagnons de lutte. Jamais je ne me suis senti aussi proche de tous. Et dire que, demain, ils me maudiront, ils me considéreront comme un traître... Et pourtant, je ne peux que plaider coupable! Il en a déjà été ainsi pour ceux qui nous ont précédés à Moscou, à Budapest et à Sofia.

Encore une pensée à Sacco et à Vanzetti : enfant, j'avais pleuré en lisant leur dernière lettre, leur adieu. Innocents... exécutés... leur souvenir est resté pur... Ils sont des héros...

Ça y est! La porte s'ouvre. Le gardien dit : « Préparez-vous. » Ma vie s'achève. Il me faudra beaucoup de courage pour tenir quelques jours encore.

J'ai la fièvre. Je demande à boire. Je reconnais, en les passant, les vêtements que l'on m'a donnés. Ils viennent de chez nous! L'avocat aura vu les miens. Il les aura préparés à la tragédie qui les attend!

On me bande les yeux et on me guide vers la cour où attend le panier à salade. Et puis c'est un trou noir : je m'évanouis. Quand je reviens à moi, je vois les référents penchés sur mon visage. Ils semblent inquiets. Le docteur Sommer vient, me tâte le pouls, m'ausculte le cœur, donne des cachets.

Je monte dans le panier à salade. Il démarre.

QUATRIÈME PARTIE

Procès à Pankrac

I

Il fait encore nuit quand nous arrivons à Pankrac. C'est la vieille prison traditionnelle dans un quartier populaire de Prague, quelque chose comme la Santé de Paris, à quoi l'on aurait joint la Souricière et le Palais de Justice. On n'a pas à sortir de Pankrac pour aller aux cabinets d'instruction ou pour être jugé.

Encadré par des gardiens et les référents, je suis conduit, mains enchaînées, par de longs couloirs, dans un souterrain où de chaque côté se trouvent des cellules. Me voici enfermé dans l'une d'elles. Le guichet reste ouvert, comme en France pour les condamnés à mort. Un gardien se tient en permanence devant la porte. Dans un coin de la cellule, une paillasse; dans l'autre une chaise. Durant toutes les nuits que je passerai là, un gardien occupera cette chaise. Décidément, on veut nous garder vivants jusqu'au verdict.

Kohoutek m'informe qu'aujourd'hui, 20 novembre 1952, le procureur va donner lecture de l'acte d'accusation, en présence des quatorze accusés, après quoi commenceront les auditions, la première devant être celle de Slansky. En ce qui me concerne, je vais être à ce moment-là reconduit à Ruzyn. On ne me ramènera à Pankrac que lorsque mon tour viendra d'être interrogé. Après ma déposition, je

devrai prendre place au banc des accusés et y demeurer
jusqu'au verdict.

Avant l'ouverture du procès, le docteur Sommer, accompagné d'une infirmière, m'ausculte. Il prend ma tension
et me fait avaler des pilules. Il va ainsi, de cellule en cellule.
Et ce rituel se poursuivra chaque jour pendant toute la
durée du procès, parfois même aussi pendant les interruptions de séance.

Un peu avant neuf heures, on me sort de la cellule. Les
portes des cellules voisines s'ouvrent et mes coaccusés
sortent à leur tour dans le couloir. Nous sommes alignés
les uns derrière les autres. Entre chacun de nous se trouve
un gardien — ce sont nos gardiens de Ruzyn. C'est la première fois que nous sommes ainsi tous réunis. Le seul que
je ne connaisse pas personnellement c'est Frejka.

Notre file se met en marche. En tête, il y a Slansky,
après lui Geminder et Clementis. Puis moi, suivi de Hajdu,
André Simone, Frejka, Frank, Löbl, Margolius, Fischl,
Švab, Reicin et Šling.

Tous les visages sont fermés, tendus. Les traits sont
tirés, mes compagnons ont l'air absent. Nous n'échangeons
aucun regard entre nous.

De nouveau, un long dédale de couloirs, des escaliers.
Et, tout à coup, nous débouchons dans une vaste salle
fortement éclairée, remplie par un nombreux public.
J'évite de regarder la salle. J'ai peur de reconnaître ma
femme dans la foule. J'espère que l'avocat l'aura vue,
comme il me l'a promis, et qu'il aura su la convaincre de
ne pas assister au procès.

Par hasard, en passant devant les journalistes, mon regard accroche l'un d'entre eux que j'ai connu dans le
temps à Ostrava.

On nous fait prendre place sur le banc de l'accusation.
Entre chacun de nous, il y a un gardien. Quelques instants
après, la Cour fait son entrée.

J'ai l'impression de me trouver, avec mes treize camarades et les membres du tribunal, sur une scène de théâtre. Chacun de nous est prêt à interpréter son rôle dans la pièce à grand spectacle, soigneusement mise en scène par les spécialistes de Ruzyn. Pas un détail n'a été oublié. Le lever du rideau se passe sans accroc. On sent le doigté sûr que les maîtres de l'imposture ont acquis par une longue expérience et par la mise au point des nombreux procès qui ont précédé celui-ci. Les micros sont installés partout. Les projecteurs, les câbles électriques qui serpentent sur le sol..., tout renforce l'impression d'une grande première!

Le Président de la Cour, le docteur Novak, ouvre les débats. Selon le rite, il s'adresse à nous en demandant le plus sérieusement du monde si les délais prévus par la loi en vue de notre comparution à l'audience ont bien été respectés. Nous répondrons, comme il se doit, par l'affirmative, chacun à notre tour. Il nous recommande ensuite de suivre attentivement la lecture de l'acte d'accusation, ainsi que le déroulement des débats et de faire usage de notre droit d'exprimer notre avis sur les divers éléments de preuve. Il va jusqu'à nous rappeler que nous avons le droit de nous défendre de la manière que nous jugerons convenable. Puis, il donne la parole au premier Procureur Urvalek, qui accuse :

... *de ce qu'en tant que traîtres, trotskystes-titistes-sionistes, nationalistes bourgeois et ennemis du peuple tchécoslovaque, du régime de démocratie populaire et du socialisme, ils ont créé, étant au service des impérialistes américains, et sous la direction d'agences de renseignements occidentales ennemies, un centre de conspiration dirigé contre l'État, ils ont cherché à saper les bases du régime de démocratie populaire, à entraver l'édification du socialisme, à nuire à l'économie nationale, se sont livrés à une activité d'espionnage, ont tenté d'affaiblir l'unité du peuple tchécoslovaque et la capacité de défense de la République, afin de la détacher de son alliance solide avec*

*l'Union soviétique et de l'arracher à son amitié avec
l U. R. S. S., afin de liquider le régime de démocratie populaire en Tchécoslovaquie, d'y restaurer le capitalisme, d'entraîner de nouveau notre République dans le camp de l'impérialisme et de détruire sa souveraineté et son indépendance
nationale* [1].

Pas un des accusés ne bronche en écoutant le long exposé
qui reproduit de nombreux « aveux et déclarations » de la
plupart d'entre nous, notamment de Slansky, Frejka et
Frank, ainsi que des dépositions de nombreux témoins et
extraits de rapports des commissions d'experts sur les problèmes économiques et industriels. L'éventail de nos crimes
va de la haute trahison à la trahison militaire, en passant
par l'espionnage et le sabotage...

Ces accusations portées par Urvalek, au nom du peuple
tchécoslovaque, affirment *que les conspirateurs s'appliquaient autant que possible à empêcher la fourniture de nos
marchandises à l'U. R. S. S. et aux États démocratiques et
populaires, sans tenir compte des contrats, en demandant pour
ces marchandises des prix beaucoup plus élevés que les prix
courants sur le marché mondial. Au contraire, dans les États
capitalistes, ils envoyaient les mêmes marchandises à des
prix considérablement réduits par rapport aux prix pratiqués
pour l'U. R. R. S. et notablement inférieurs au niveau des
prix du marché mondial.*

. . . .
Urvalek lit des dépositions de Slansky :
*Nous avons entravé le développement du commerce exté-
rieur avec l'U. R. S. S. en commandant et en important, par
exemple, des machines importantes et des appareils à des
États capitalistes, quoique les mêmes machines et appareils*

---

1. Cet extrait de l'acte d'accusation, ainsi que tous les autres
extraits sur les débats du procès sont repris du livre *Procès des dirigeants du centre de conspiration contre l'État dirigé par Rudolf
Slansky*, déjà cité.

*fussent fabriqués en U. R. S. S. où on pouvait les acheter à
meilleur marché. Un grand nombre de commandes soviétiques étaient refusées sous prétexte que l'industrie tchécoslovaque ne fabriquait pas les produits demandés, alors qu'en
réalité elle les fabriquait.*

*Dans d'autres cas, le commerce avec l'Union soviétique
était freiné par les hauts prix fixés intentionnellement, ou bien
ses commandes étaient acceptées seulement en partie sous le
faux prétexte que la capacité de l'usine n'était pas suffisante
et on a saboté les délais de fournitures fixés... D'une manière
analogue, on a procédé avec les commandes des États de
démocratie populaire et les relations commerciales avec ces
pays étaient ainsi réduites...*

Urvalek arrive à la fin de l'énoncé de tous nos crimes
contre l'État et le peuple :

*La perfidie et le caractère redoutable de l'attaque contre
la liberté, la souveraineté et l'indépendance de la patrie,
tramés par ces criminels, sont d'autant plus considérables
qu'ils ont abusé de leur appartenance au Parti communiste de
Tchécoslovaquie et de la confiance du Parti cher à nos travailleurs, abusé des hautes fonctions qui leur avaient été
confiées pour s'allier à nos ennemis les plus opiniâtres, les
impérialistes américains et leurs auxiliaires, pour rejeter notre
patrie dans l'esclavage capitaliste. Les conspirateurs n'ont
pu se livrer à leurs activités criminelles qu'en simulant leur
accord avec le programme et la politique du Parti communiste
et en dissimulant leur visage derrière un masque d'habile
fourberie afin de n'être point découverts. Lors même que
les premiers membres du Centre de conspiration dirigée contre
l'État étaient déjà démasqués et incarcérés, Rudolf Slansky,
ce rusé Janus au double visage, tentait de détourner l'attention de lui-même en tant que chef du complot et feignait de
devoir être lui-même victime de l'activité de subversion des
Šling, Švermova et autres.*

Toutefois, bien que les conspirateurs et Slansky à leur tête aient réussi à édifier des positions importantes dans les organes du Parti et de l'État... ils ne sont pas parvenus, comme Tito en Yougoslavie, à subjuguer les organes suprêmes du Parti et de l'État, à usurper le pouvoir et par là à atteindre leurs buts criminels.

Grâce à la vigilance, à la clairvoyance et à l'esprit de décision du camarade Klement Gottwald, guide du peuple tchécoslovaque, grâce à l'unité et à la cohésion fraternelle du Comité central du Parti communiste, fermement serré autour du camarade Klement Gottwald, grâce à l'indéfectible fidélité et à l'attachement de tout le peuple de Tchécoslovaquie au Parti, au gouvernement et au camarade Klement Gottwald, grâce à l'inaltérable fidélité de nos peuples à l'Union soviétique, la conspiration a été brisée et les attentats des criminels anéantis... Fidèles au peuple, au gouvernement, au Parti et au camarade Klement Gottwald, les organes de la Sécurité d'État ont arrêté à temps la main criminelle des conspirateurs...

Sur la base des faits mentionnés :

RUDOLF SLANSKY, *né le 31-7-1901, d'origine juive, d'une famille de commerçants... ancien secrétaire général du Parti communiste de Tchécoslovaquie, avant son arrestation vice-président du Conseil des ministres de la République tchécoslovaque.*

BEDRICH GEMINDER, *né le 19-11-1901, d'origine juive, fils d'un commerçant et restaurateur... ancien dirigeant de la section des relations internationales du Comité du Parti communiste de Tchécoslovaquie.*

LUDVIK FREJKA, *né le 15-1-1904, d'origine juive, fils de médecin... ancien dirigeant de la section économique de la chancellerie du président de la République tchécoslovaque.*

JOSEF FRANK, *né le 15-2-1909, Tchèque, d'une famille ouvrière... ancien secrétaire général adjoint du Parti communiste de Tchécoslovaquie.*

VLADIMIR CLEMENTIS, *né le 20-9-1902, Slovaque,*

d'une famille bourgeoise... ancien ministre des Affaires étrangères.

BEDRICH REICIN, *né le 29-9-1911, d'origine juive, d'une famille bourgeoise... ancien vice-ministre de la Défense nationale.*

KAREL ŠVAB, *né le 13-5-1904, Tchèque, d'une famille ouvrière... ancien vice-ministre de la Sécurité nationale.*

ARTUR LONDON, *né le 1ᵉʳ-2-1915, d'origine juive, fils de commerçants... ancien vice-ministre des Affaires étrangères.*

VAVRO HAJDU, *né le 8-8-1913, d'origine juive, fils du propriétaire des bains de Smrdaky... ancien vice-ministre des Affaires étrangères.*

EUGEN LÖBL, *né le 14-5-1907, d'origine juive, fils de commerçants en gros... ancien vice-ministre du Commerce extérieur.*

RUDOLF MARGOLIUS, *né le 31-8-1913, d'origine juive, fils de commerçants en gros... ancien vice-ministre du Commerce extérieur.*

OTTO FISCHL, *né le 17-8-1902, d'origine juive, fils de commerçants... ancien vice-ministre des Finances.*

OTTO ŠLING, *né le 24-8-1912, d'origine juive, fils de fabricants... ancien secrétaire du Comité régional du Parti communiste de Tchécoslovaquie, à Brno.*

ANDRÉ SIMONE, *né le 27-5-1895, d'origine juive, fils de fabricants... ancien rédacteur au journal* Rude Pravo.

sont accusés de...

Pendant les trois heures que dure la lecture de l'acte d'accusation, un silence absolu règne dans la salle. De temps en temps nous sommes éblouis par la forte lumière des réflecteurs. On est en train de nous filmer! Ainsi nous passerons en spectacle dans les salles obscures, avant la projection du grand film...

La séance est suspendue et nous sommes reconduits dans notre cellule. Dans l'après-midi, je suis ramené à Ruzyn.

Je me sens absolument éteint, apathique, passif. Je suis pris
dans l'engrenage et n'ai pas plus de réaction que la pièce
mécanique que le tapis roulant de la chaîne pousse inexorablement entre les dents de la machine qui la broiera.

Le surlendemain, 22 novembre, on vient me chercher.
C'est mon tour de déposer. Entre-temps j'ai encore dû
répéter mon texte. Je connais aussi par cœur à quel moment
précis je serai interrompu par le procureur et par le président
du tribunal, quelles seront leurs questions.

Alors que j'attends dans les coulisses, assis dans un box,
mon tour d'entrer en scène, Kohoutek vient me voir. Il
m'informe que la direction du Parti suit avec attention le
déroulement du procès, qu'elle espère que tous les accusés
se montreront à la hauteur. Il me dit encore de ne pas
oublier les paroles du ministre Bacilek ; que de mon attitude
dépend aussi mon sort. Kohoutek se livre alors à des pronostics sur les condamnations qui seront prononcées. Elles
seront sévères, d'après lui, mais il n'y aura pas de peine de
mort. Même dans le cas où, par extraordinaire, une ou deux
seraient prononcées, il y aura le recours en grâce... « Je
vous répète — dit-il avec insistance — que ce dont le Parti
a besoin, dans la situation présente, ce ne sont pas des têtes,
mais un procès politique de haute tenue... »

Il cite en exemple, de façon détaillée, le Procès du Parti
Industriel de Moscou. Les condamnations graves prononcées,
y compris les peines de mort, contre les accusés ont,
par la suite, été transformées en peines relativement petites.
Il me parle de Ramzin, l'accusé principal, qu'il compare à
Slansky. Condamné à mort, sa peine fut commuée par le
Parti en dix ans de prison dont il ne fit que la moitié. Cinq
ans après, il était relâché pour bonne conduite. Il ajoute
même que Ramzin avait reçu une des plus hautes décorations de l'U. R. S. S. pour son travail réalisé pendant sa
détention.

Ses paroles ont sur moi l'effet d'un tranquillisant, d'au-

tant plus qu'il parle avec beaucoup de conviction et qu'il
semble croire ce qu'il dit. Moi aussi, je veux y croire. Pour
me convaincre, je me dis : au cours des deux années que je
viens de vivre, Kohoutek et tous les autres référents ont
montré une ignorance absolue de l'histoire passée. Dans la
mesure où ils essayaient d'en parler, ils le faisaient à la
façon d'écoliers récitant des leçons mal apprises, en répétant des bribes de conversations saisies entre les conseillers
soviétiques; s'il me dit cela, il ne l'a pas inventé. C'est
certainement l'opinion des conseillers qu'il répète!

II

Me voici introduit dans la salle, devant le micro, face au
tribunal. Sur le banc des accusés trois seulement sont assis :
Slansky, Geminder, Clementis. Ils ont déjà fait leurs dépositions.

A la demande du président si j'ai compris l'acte d'accusation, je réponds par l'affirmative. Il me demande alors en
quoi je me reconnais coupable. Je récite ma longue leçon,
sans bavure! Je dis mon texte froidement, avec application,
comme si cela ne me concernait pas. J'ai même le sentiment
d'assister en témoin à l'audition de mon double.

« J'avoue être coupable d'avoir fait partie activement
depuis l'année 1948, jusqu'au jour de mon arrestation, du
centre de conspiration contre l'État en Tchécoslovaquie,
formé et dirigé par Rudolf Slansky...

« ... Je reconnais pleinement ma culpabilité dans le fait
d'avoir assuré et négocié, en qualité de membre de la conspiration, les relations d'espionnage de Slansky avec l'agent
anglais Zilliacus et d'avoir, à cet effet, employé le courrier
diplomatique du ministère des Affaires étrangères. Ceci
mis à part, j'étais moi-même en relation d'espionnage avec

l'agent américain Noël Field et je lui communiquais des informations d'espionnages. »

Le procureur : « Qu'est-ce qui vous a amené à travailler activement en ennemi contre la République démocratique populaire tchécoslovaque?

— J'ai été élevé dans un milieu bourgeois. Les masses travailleuses me sont toujours restées étrangères et je me suis laissé diriger par mon instinct bourgeois et égoïste, qui était d'assurer ma carrière et mon bien-être personnel. Mais c'est surtout mon séjour de plus de onze ans à l'Ouest qui m'a complètement rendu étranger à la Tchécoslovaquie, de sorte que je ne connaissais vraiment pas le peuple tchécoslovaque, ses coutumes et sa lutte pour la liberté. Pendant mon séjour à l'Ouest, je suis devenu cosmopolite et je suis passé tout à fait dans le camp bourgeois. Cela m'a conduit, en France, en 1940, dans le groupe trotskyste des Brigades internationales d'Espagne; ce groupe fonctionnait à Marseille et était subventionné par l'organisation américaine Y. M. C. A. et sa section tchécoslovaque, le « Centre d'Aide tchécoslovaque », organe du service d'information américain, sous le commandement de l'espion Lowry et du trotskyste Dubina. »

Le procureur Urvalek : « Donnez-nous quelques informations détaillées sur le groupe trotskyste avec lequel vous êtes entré en relation en France, en 1940?

— En 1940, j'ai travaillé comme émigré à l'organisation M. O. I. Là, j'ai appris l'existence d'un groupe trotskyste à Marseille, composé d'anciens membres tchécoslovaques des Brigades internationales. Je suis entré en relation avec ce groupe; j'ai exercé mon influence sur lui, et grâce à mes relations en France et je l'ai entraîné à Paris.

« ... A ce groupe appartenait Oswald Zavodsky, Laco Holdoš, Antonin Svoboda et d'autres. Tous ces gens sont venus en Tchécoslovaquie à la fin de la Deuxième Guerre mondiale et grâce à l'aide directe de Slansky ont occupé des postes importants dans l'appareil du Parti et de l'État, ainsi que dans l'Armée.

« ... Slansky agissait ainsi parce qu'il était lui-même trotskyste, qu'il se plaçait tout à fait sur des positions bourgeoises et qu'il attirait à lui des personnes de son espèce, comptant sur elles pour réaliser ses plans de trahison. C'est justement par suite du groupement d'une pareille caste de gens que le centre de conspiration de Slansky s'est formé... »

Je récite que c'est au cours du VIIIe Congrès du Parti, en 1946, que Slansky... « à la suite d'un entretien qui dura deux jours avec des intervalles »... m'avait mis au courant de ses projets criminels et offert de collaborer avec lui. Que « pour me forcer la main, il avait combiné cette affaire de lettre du ministère de la Défense dont son complice Mikše, attaché militaire à l'ambassade à Paris, m'avait menacé... »

Que « Slansky m'a ordonné de saper et d'espionner le mouvement progressiste français. A l'accomplissement de la même tâche travaillaient Geminder et Zavodsky... »

Que « je suis revenu à Prague à la fin de la cure de santé en Suisse... Placé par les soins de Slansky au ministère des Affaires étrangères, je devais y travailler en collaboration étroite avec les autres complices, Clementis, Hajdu... »

Que comme moi « des dizaines d'autres éléments, également factieux, complices de Slansky, ont reçu dans l'appareil de l'État des fonctions d'une importance analogue... »

Que « sur la proposition de Geminder, j'ai dirigé mon activité vers l'important secteur de la politique des Cadres au ministère des Affaires étrangères... » Que « j'abusais du courrier diplomatique à des fins d'espionnage pour le centre de conspiration contre l'État. J'étais un maillon de la chaîne d'espionnage unissant Slansky et Geminder à l'ancien agent de l'Intelligence Service, Koni Zilliacus. Ce dernier était le personnage le plus important qui assurait

le contact du centre avec les milieux dirigeants des impérialistes occidentaux... en vue d'opérer le renversement
du régime en Tchécoslovaquie... »

Je continue :

« ... En Angleterre, c'était l'ambassadeur de la République, Kratochvil, le conseiller d'ambassade Goldstücker
et Pavel Kavan qui étaient en contact avec Zilliacus.
C'étaient eux qui remettaient à Zilliacus la correspondance
secrète que Geminder et Slansky lui envoyaient par le
courrier diplomatique. »

Le procureur : « Parlez à présent de vos relations avec
l'agent américain Noël Field.

— Je suis entré en contact avec l'agent américain bien
connu, Noël Field, en 1947, à Genève, en Suisse...

« Sous le voile d'action de secours et d'aide entreprise
par l'organisation américaine Unitarian Service Committee,
le service d'information américain tentait, avec l'aide de
divers éléments d'Europe orientale, de pénétrer dans les
pays de démocratie populaire et d'y mettre en action des
forces subversives et d'espionnage. Field, en offrant à
plusieurs individus des secours divers et une aide financière,
se faisait des connaissances et des relations. Il se les attachait
et créait des conditions propices pour les engager à son
service et les faire travailler pour l'espionnage américain.
Ainsi Field se procura de très importantes sources d'informations pour l'espionnage contre les pays de démocratie
populaire, ce qui a été démontré lors du procès Rajk, en
Hongrie. Ce réseau d'agents travaillant pour l'espionnage
américain avait été constitué par Field dans les rangs de
personnes qui à leur retour dans leur pays de démocratie
populaire étaient parvenues à de hautes fonctions dans
l'organisation de l'État et du Parti... »

Le président : « Avez-vous parlé à quelqu'un de vos
relations d'espionnage avec Field?

— Oui, j'en ai parlé plusieurs fois à Slansky, à Geminder,

et plus tard à Karel Švab. Ce dernier me fit comprendre par de fines allusions que c'était seulement grâce à Slansky, Geminder et à lui-même que ma collaboration avec Field restait sans conséquence. »

Le procureur : « Cela signifie qu'en tant que collaborateur, Slansky, Geminder et Švab vous ont protégé et ont empêché que vous soyez dévoilé?

— Oui, il en est ainsi. Ceci m'attacha encore davantage à Slansky. Et partant de là, j'appliquais encore plus activement sa politique criminelle contre la Tchécoslovaquie... »

Je poursuis la liste de mes « méfaits » accomplis à mon poste de vice-ministre des Affaires étrangères. Profitant que je faisais partie de la « Commission des Trois », je plaçais « des cadres hostiles à l'État aux postes moyens et subalternes du service diplomatique à l'étranger ».

Le président : « Avec qui étiez-vous en relation directe au ministère des Affaires étrangères, lors de votre activité factieuse?

— Après mon entrée au ministère des Affaires étrangères, je me suis mis en contact avec Hajdu, Dufek et Clementis d'après les instructions de Geminder. Avec Clementis, aidé par Geminder, j'ai réussi à obtenir que le Comité de l'organisation du Parti soit en majorité constitué par des gens qui nous étaient dévoués, ce qui nous permit d'exercer notre activité d'ennemi au Ministère. Lors de l'épuration réalisée vers la fin de 1949, nous avons consolidé la position de nos gens ; nous les avons placés aux fonctions importantes, tandis que nous déplacions les personnes qui étaient gênantes pour nous. »

Le procureur : « Pourquoi cherchiez-vous dans vos projets hostiles, aux Affaires étrangères, à vous emparer systématiquement du Comité de l'organisation du Parti?

— L'activité du groupe trotskyste au Ministère était déterminée par la politique criminelle du Centre dirigée contre l'État. En nous rendant maîtres de l'organisation

25

du Parti, nous assurions et facilitions l'exécution d'une politique hostile, et nous simplifiions le placement de nos cadres. C'est pour cette raison, également, que notre groupe trotskyste était en collaboration étroite avec Clementis, ce qui nous permettait de ne pas être dévoilés. Pour arriver à ce but, nous avons dressé vers la fin de février 1949 une liste de candidats aux fonctions de membres du Comité du Parti. Elle comprenait des personnes qui collaboraient avec nous et subissaient notre influence. Nous ne sommes pourtant pas arrivés à faire prévaloir ces candidatures à la réunion. C'est pour cela que Geminder déclara alors les élections non valables. Il fit venir les conspirateurs dans le bureau de Clementis et déclara qu'il fallait imposer la liste des candidats au Comité du Parti et placer à sa tête le trotskyste Dufek... Ce qui fut fait et « ainsi nous avions la voie libre pour l'exécution de notre activité hostile au ministère des Affaires étrangères... »

Le président : « Jusqu'à présent vous n'avez pas expliqué comment a été formé le groupe trotskyste au ministère des Affaires étrangères ni qui en formait le noyau.

— Je n'étais pas présent lors de la fondation de ce groupe. Cependant... j'ai appris qu'il avait été formé aussitôt après les événements de février 1948, sur l'ordre de Slansky et de Geminder... Le passé chargé de ses membres représentait pour Slansky une garantie pour ses projets dirigés contre l'État. Au début c'était Hajdu et Dufek qui étaient le noyau de ce groupe... ils recevaient de Geminder des instructions pour l'accomplissement de leur activité hostile à l'État... Après ma nomination au Ministère, en 1949, je suis devenu membre de ce noyau du groupe trotskyste... Sur l'ordre de Geminder nous avons profité de la réorganisation pour retenir dans la Centrale des éléments partisans de Beneš et des trotskystes favorables à nos desseins contre l'État, et leur confier presque toutes les fonctions décisives... »

Je poursuis que sur l'ordre de Clementis nous avons formé des commissions, ayant la même compétence que les sections spéciales. Pour les former nous n'avions pas besoin de l'approbation du gouvernement. C'est ainsi que nous avons pu mettre aux postes de direction des gens désignés spécialement par Clementis, qui lui étaient dévoués et jouissaient de sa pleine confiance.

J'explique aussi comment j'ai saboté le recrutement des cadres ouvriers pour le Ministère...

Le procureur : « Dites-nous à présent avec quels trotskystes vous étiez en rapport au cours de votre activité de conspiration au ministère des Affaires étrangères ?

— Avec des trotskystes qui furent membres des Brigades internationales, comme Josef Pavel, Osvald Zavodsky, Oskar Valeš, Antonin Svoboda, Otakar Hromadko, Hoffman... tous assurant pour Slansky des secteurs importants dans l'appareil du Parti et de l'État... Nos réunions se tenaient souvent dans le bureau ou dans l'appartement de l'un d'entre nous, et au cours de ces réunions nous tenions conseil sur le placement de nos partisans, anciens membres des Brigades internationales, dans l'appareil d'État pour affirmer les positions de notre Centre... »

Le procureur : « Que s'est-il passé lors de votre réunion conspiratrice en janvier 1951 ?

— ... Nous eûmes des craintes pour notre sort. C'est pour cela que nous tînmes conseil, au début de janvier 1951, sur les mesures à prendre pour nous assurer contre une découverte éventuelle... Nous nous sommes entendus pour nous appuyer sur Slansky qui, tant qu'il serait en fonction, nous défendrait dans tous les sens. Nous en étions d'autant plus convaincus que Slansky nous avait déjà protégés une fois. »

Le procureur : « Quand était-ce et comment cela s'est-il passé ?

— C'était peu de temps après le procès Rajk, en Hongrie, environ vers la fin de l'été 1949, à l'époque où le Parti faisait l'examen du passé et de l'activité de quelques anciens membres des Brigades internationales en Espagne et en France. A ce moment-là, nous avons, sur l'instigation de Pavel, établi une liste des anciens volontaires dont le passé était chargé. Ainsi nous avons détourné l'attention de la sombre activité trotskyste que nous avons exercée en Espagne et plus tard en France. Grâce à cela nous avons réussi à nous cacher... »

Le président : « Avez-vous tout dit de votre activité de conspiration dirigée contre l'État?

— Oui, je n'ai rien caché, ni durant l'instruction ni devant le tribunal. J'ai tout dit sur ma participation au Centre de conspiration dirigé contre l'État et mené par Slansky, j'ai même avoué le fait qu'en tant que conjuré j'exerçais une activité factieuse au ministère des Affaires étrangères avec mes complices Clementis, Geminder, Hajdu, Dufek et d'autres. Je faisais partie du groupe trotskyste au ministère des Affaires étrangères, groupe dont l'activité tendait au renversement de l'appareil de cette administration centrale. J'étais aussi en contact avec l'agent américain Noël Field et je lui transmis, en 1947, des informations d'espionnage. »

Le président : « Nous nous sommes cependant assurés du fait qu'au début de l'instruction vous avez caché quelque chose. De quoi s'agissait-il?

— Pour conclure, j'attire l'attention sur le fait que j'ai, au début de l'instruction, caché mon crime principal : ma participation à la conspiration. J'agissais ainsi parce que je savais que la tête de la conspiration — Rudolf Slansky — était en liberté et qu'il occupait l'une des plus hautes fonctions dans l'État. Je comptais sur lui et j'espérais son aide. Au cours de l'instruction je me suis rendu compte de l'inutilité d'une telle façon d'agir, parce que le secours attendu ne venait pas. C'est pourquoi je me suis décidé à tout avouer de mon activité hostile à l'État ainsi que celle de mes com-

plices, y compris la tête du centre de conspiration dirigé
contre l'État, Rudolf Slansky, et je l'ai fait en toute sincérité. »

Dans ma déposition, je cite les noms de mes coaccusés
comme « mes complices », de même que chacun d'eux me
citera dans la sienne comme « son complice ».

A la barre défileront comme témoins à charge contre
moi des codétenus, Goldstücker, Kavan, Klinger, Hor-
vath, Dufek, Hajek, Zavodsky, et un témoin libre, Borek,
vice-ministre en place aux Affaires étrangères.

Voici dans les dépositions de mon coaccusé Švab et du
témoin à charge Zavodsky, détenu, quelques passages édi-
fiants sur notre complicité dans le crime :

Le procureur : « Quels étaient concrètement ces personnes qui composaient ce centre de conspiration contre
l'État? »

Švab : « ... A part Rudolf Slansky, qui dirigeait toute
cette activité ennemie, et moi-même qui, en tant que criminel de guerre et saboteur de l'édification du corps de la
Sécurité nationale, avais pour mission de veiller à ce que
l'activité du centre de conspiration ne soit pas démasquée,
le noyau directeur de ce centre comprenait en outre Vladimir Clementis, agent qui avait pris des engagements envers
les services d'espionnage français, et nationaliste bourgeois
slovaque; Bedrich Geminder, cosmopolite et nationaliste
bourgeois, juif; ensuite Bedrich Reicin, saboteur de l'édification de l'Armée tchécoslovaque et nationaliste bourgeois
juif, et Josef Frank, gros trafiquant du marché noir et le
plus proche collaborateur de Slansky; le trotskyste Artur
London, nationaliste bourgeois juif et espion; Ludvik
Frejka, nationaliste bourgeois juif, espion et collaborateur
de l'agent américain Emanuel Voska ; Otto Šling, nationaliste bourgeois juif ; Eugen Löbl, espion formé dans
la clique réactionnaire de Beneš à Londres ; Otto Fischl,
nationaliste bourgeois juif et agent de l'État impérialiste

d'Israël et André Simone-Katz, nationaliste bourgeois
juif et espion...

« Je couvrais aussi de la même manière d'autres membres
du centre afin qu'ils ne soient pas démasqués, c'est-à-dire
en remettant à Slansky les documents compromettant et
en avertissant individuellement les membres du centre qui
se trouvaient menacés. »

Le président : « — De qui s'agit-il ? »

Švab : « Il s'agit d'Artur London, dont Slansky et moi
savions qu'il était trotskyste et collaborateur de l'espion
américain Noël Field. Malgré cela, Slansky lui confia, en
1948, un poste important au ministère des Affaires étrangères. C'était Bedrich Geminder qui influençait le fonction-
nement de l'activité ennemie dans le secteur de la politiqe
étrangère. Il détenait cette influence du fait de son poste de
chef de la Section internationale du Secrétariat central du
Parti communiste de Tchécoslovaquie. C'était Slansky qui
avait placé Geminder à ce poste... »

Le procureur : « Comment Slansky et vous-même avez-
vous saboté l'enquête sur l'activité ennemie déployée en
Tchécoslovaquie par l'espion américain Noël Field ? »

Švab : « L'espion américain Noël Field, démasqué lors
du procès de Hongrie, déclara dans sa déposition qu'il
avait formé un réseau d'espionnage en Tchécoslovaquie
et que ce réseau déployait une vaste activité... »

Le président : « Comment avez-vous dissimulé ce que
vous saviez sur Field ? »

Švab : « Du moment que Slansky et moi nous ne pouvions supprimer cette déposition, Slansky ordonna que
l'enquête sur les différents membres du Centre que cela
concernait soit effectuée de façon formelle. Au cours de
l'enquête, ils furent tous informés du contenu de la déposition de Field afin de pouvoir préparer leur défense... »

Le président : « — Sur qui Slansky s'est-il particulièrement appuyé ? »

Švab : « — Il s'appuyait tout particulièrement, comme Tito, sur un groupe trotskyste bien organisé, composé d'anciens volontaires ayant été en Espagne, qui se couvraient l'un l'autre, groupe dirigé par les trotskystes Josef Pavel, Osvald Zavodsky et l'espion London... J'ai empêché que ces groupes soient démasqués et j'ai intentionnellement détourné l'attention de l'appareil de Sécurité de tous les éléments trotskystes, en prétendant que les trotskystes n'étaient pas dangereux ... »

Le procureur : « Slansky vous a-t-il donné des instructions sur ce que vous aviez à faire à votre poste à la Sécurité? »

Švab : « Oui. J'ai demandé moi-même à Slansky comment je devais procéder. Il me conseilla de lire le livre d'un ancien ministre de la Police française, Fouché, et d'en tirer des enseignements. C'était encore avant mon passage à la Sécurité. Dans son livre, Fouché, qui se disait spécialiste, décrit une interminable série d'intrigues, de fraudes, de complots, l'organisation de groupes dans le but de provocation, la mise en scène de procès pour écarter et compromettre des personnes gênantes, ceci même au moyen d'assassinats. Finalement, dans son livre, l'auteur montre comment il se trouvait souvent en disgrâce malgré ses fidèles services au roi et comment il parvenait à nouveau à rentrer dans ses faveurs. Je compris clairement que Slansky voulait ainsi me montrer que je devais agir de la même manière... »

De quelle impudence, de quel cynisme font preuve ici ceux qui ont mis dans la bouche de Švab leur propre profession de foi!

De même qu'ils obligeront, avec la même impudeur, sa propre sœur, Švermova, à témoigner de sa culpabilité en tant que membre de la conspiration contre l'État : « *Dans la Sécurité, Slansky se servait, pour son activité ennemie, de Karel Švab. La possession de ces secteurs* (Affaires étrangères et Sécurité) *de premier plan dans l'appareil de l'État était*

*très importante pour la préparation de la conspiration contre
l'État...* »

Tandis que j'écoute la déposition de Karel Švab, je
retrouve en moi ce qu'il m'a fait subir, les mois de tension,
de démoralisation, d'angoisse, la peur. J'avais fini par le
considérer comme un des artisans principaux de mon malheur, un des porteurs dans le Parti des méthodes policières
et terroristes. Sa froideur, sa manière d'aborder chacun
comme un suspect en puissance, la brutalité de ses propos
et sa conduite envers moi m'avaient ancré dans cette idée.

Puis, quand j'ai appris au cours des interrogatoires qu'il
avait été lui aussi arrêté, j'ai commencé d'oublier le bourreau pour la victime. Ainsi, les conseillers soviétiques auxquels il faisait si aveuglément confiance pour « manier le
glaive de la justice prolétarienne » l'avaient éliminé. Ils
l'avaient abusé, manipulé, s'étaient servi de lui, avant de
l'arrêter à son tour, de le torturer et, au bout du compte,
le joindre au procès Slansky, puisqu'il y fallait un représentant des forces ennemies dans la Sécurité...

Karel Švab était un ouvrier, fils d'un vieux militant socialiste, ouvrier lui aussi. En 1918, à quatorze ans, en Allemagne où vivait alors sa famille, tel Gavroche, il ravitaille
en munitions les combattants spartakistes. En 1929, il
passe un an en U. R. S. S. comme élève de l'Internationale
Sportive Rouge. Il en garde une admiration sans borne
pour le pays du socialisme. Lors de l'arrivée des hitlériens
à Prague, il est un des premiers arrêtés et il va passer toute
la guerre dans les prisons et les camps nazis. A Sachsen-
hausen-Oranienburg, il sera, dans l'organisation de résistance, le compagnon de Zapotocky et de Dolansky.

Maintenant, on lui fait « avouer » — comme on l'a aussi
fait « avouer » à Frank — que, de ce fait, il a été un criminel de guerre, un instrument de la Gestapo dans les camps.
Et ses camarades de déportation et de combat au camp,
Zapotocky, président du Conseil, Dolansky, vice-président

du Conseil, tous deux membres du Bureau politique, laissent dire et se taisent...

Au moment d'achever ce livre, je saurai par des membres de la famille de Švab qui, lors de la réhabilitation juridique de 1963, ont eu accès au dossier, que Karel Švab, en dépit de la confiance absolue qu'il faisait aux conseillers soviétiques, avait refusé en novembre 1950 de faire foi à la Commission centrale de Contrôle du Parti et émis des doutes sur les résultats de son enquête sur les ennemis à l'intérieur du Parti. Vice-ministre de la Sécurité, il aurait même refusé de donner suite aux propositions d'arrestation de ladite commission, qui de politique était devenue policière. Certains de ses membres étaient d'ailleurs versés à la Sécurité et directement aux interrogatoires. Mon premier tortionnaire, Smola, était du nombre. En fait, cette commission était déjà entièrement noyautée par les services soviétiques.

Švab avait de la sorte signé sa condamnation. Au début de décembre 1950, à la demande conjointe des conseillers soviétiques et de la Commission de Contrôle, il était mis en congé par son ministre, Kopřiva. Le 16 février 1951, il était arrêté.

Une remarque de sa sœur Anna est venue confirmer l'hypothèse que j'ai émise sur la raison des aveux immédiats de Zavodsky. Švab était vice-ministre de la Sécurité, donc au niveau politique. Zavodsky, chef du service, était lui au niveau technique, pratique. La sœur de Švab écrit : « Tout témoigne que s'il avait connu les véritables méthodes d'investigation, il n'aurait pas cherché à affronter des interrogatoires aussi épouvantables, il n'aurait pas, comme il l'a fait, révoqué à plusieurs reprises ses « aveux ». Il aurait accepté d'avouer tout de suite, tout ce que l'on exigeait de lui... »

Cela n'aura rien changé dans l'échelle des souffrances et du martyre entre Zavodsky et lui. Zavodsky aura attendu dix-huit mois de plus la corde du bourreau.

C'est ensuite au tour de Zavodsky à témoigner contre son ancien chef Švab et moi-même.

Le président : « Que savez-vous de l'activité de Karel Švab? »

Zavodsky : « Je savais que Švab était un homme qui travaillait avec dévouement pour Rudolf Slansky et qu'il faisait partie des ennemis groupés autour de lui...

« J'ai moi-même aidé Karel Švab, sur l'ordre direct de Slansky, à couvrir l'activité d'Artur London, démasqué comme agent américain. »

Le président : « De quelle façon cela s'est-il produit? »

Zavodsky : « En 1949, au cours de l'enquête sur l'espion américain Noël Field, il se révéla incontestablement que les relations entre London et Field étaient de véritables relations d'espionnage. Ce fait irréfutable était connu de Slansky, d'après les informations que lui fournissait Karel Švab. Malgré cela, Slansky ne donna aucun ordre pour que des mesures soient prises contre London, mais il couvrit, au contraire, son activité d'espionnage et celle d'autres personnes... Slansky couvrait London en tant que saboteur faisant partie du centre de conspiration contre l'État en Tchécoslovaquie. Slansky fut en rapport avec London à partir du moment où il avait fait venir de France en Tchécoslovaquie le groupe d'anciens volontaires d'Espagne, démoralisé et miné par le trotskysme, groupe dont il plaça les membres dans l'appareil d'État. Comme je l'ai déjà indiqué, London dirigeait ce groupe en France. London fournissait à Slansky des informations détaillées et complètes sur l'activité de notre groupe ennemi en France, et en outre, sur chacun d'entre nous, c'est-à-dire sur chaque membre de notre groupe. »

Le président : « London vous a-t-il encore dit quelque chose à ce sujet? »

Zavodsky : « London me dit alors que Slansky cherchait à le persuader de rester en Tchécoslovaquie et qu'il lui offrai un poste lucratif à la Section des Cadres du C. C. du Parti communiste de Tchécoslovaquie. Il lui promettait également de s'occuper de sa famille.

« Quand il rentra définitivement en Tchécoslovaquie, vers la fin de 1948, époque où Slansky et Geminder le placèrent à un poste important, comme vice-ministre des Affaires étrangères chargé des questions de cadres, London, avec Josef Pavel, reprit à nouveau la direction du groupe ennemi des anciens volontaires d'Espagne, et sous sa conduite ce groupe se reconstitua en un tout organisé, formé de personnes qui se soutenaient mutuellement. De la sorte, nous avons, en fait, soutenu les objectifs du centre de conspiration contre l'État, dans l'appareil de l'État et du Parti...

« En 1946, au cours d'une conversation que j'eus avec London au Secrétariat central du Parti communiste, il me confia qu'il s'apprêtait à travailler en France pour Slansky et Geminder et m'avertit qu'il allait, par mon intermédiaire, faire parvenir des renseignements confidentiels à Slansky et Geminder, avec lesquels j'examinais cette question dans le détail.

« London m'envoya des renseignements à l'intention de Geminder jusqu'en 1947, date à laquelle il quitta la France pour aller se soigner en Suisse où il fit de l'espionnage pour le compte de l'agent américain Noël Field, collaborateur d'Allan Dulles, chef des services d'espionnage américains pour l'Europe. J'étais au courant de ce fait très grave par les renseignements dont disposait la Sécurité d'État. Ce fait était également connu de Rudolf Slansky à qui l'on présentait tous les renseignements de cette nature. Les renseignements que nous avions vérifiés prouvaient clairement qu'Artur London était un très proche collaborateur de l'espion Noël Field. »

Le texte des dépositions de tous les témoins à charge a été soigneusement préparé par Ruzyn, comme le seront

plus tard les « témoignages » que je serai moi-même contraint de faire dans certains procès.

Tout se passe comme Kohoutek me l'avait expliqué. Les
questions du procureur et du président du tribunal sont
bien posées juste au moment indiqué préalablement dans
mon procès-verbal. Elles répètent mot par mot celles que
j'ai apprises en étudiant mon texte et qui ont été formulées
par les hommes de Ruzyn. Pas un mot de changé, pas une
hésitation. Eux aussi ont bien appris leur texte!

Pas de questions posées par mon défenseur. Cela n'est pas
prévu dans le scénario! Ils ne mentaient pas, nos référents,
quand ils disaient : « Le tribunal fera ce que nous lui dirons
de faire... » Le tribunal l'a fait.

Comment est-il possible que des juristes, parmi les plus
responsables, ces hommes dont la fonction et le devoir
sont justement de faire respecter la loi et appliquer la législation en vigueur, aient pu accepter avec cette servilité
d'être les instruments conscients de l'illégalité et de l'arbitraire? Les Droits des citoyens inscrits dans la Constitution, et pour la conquête desquels des générations ont versé
leur sang, sont inséparables de la Démocratie et encore
plus du Socialisme. Ceux qui avaient prêté serment de s'en
faire les champions ont accepté de pactiser avec nos bourreaux et de donner à la chasse aux sorcières, aux débats de
ce tribunal qui sent le fagot, une couverture légale.

Ils ne sont pas simplement dociles. On ne peut nier leur
zèle.

Dans le cas de Geminder — j'étais absent de la salle
quand il a déposé — les larmes me viendront aux yeux
quand j'aurai l'occasion de lire avec quel zèle le Président et
Urvalek se sont prêtés à humilier l'homme sans défense
qui se trouvait devant eux.

Le président : « Quelle est votre nationalité? »

Geminder : « Tchèque. »

Le président : « Vous parlez bien le tchèque? »

Geminder : « Oui. »

Le président : « Voulez-vous un interprète? »

Geminder : « Non. »

Le président : « Vous comprenez les questions et vous serez capable de répondre en langue tchèque? »

Geminder : « Oui. »

Le président : « Voyez-vous clairement et comprenez-vous le délit dont vous êtes accusé selon l'acte d'accusation du procureur général? »

Geminder : « Oui, je me reconnais coupable sur tous les points de l'accusation. »

Le procureur : « Quelles étaient vos dispositions vis-à-vis du peuple travailleur tchécoslovaque? »

Geminder : « J'étais indifférent aux intérêts du peuple tchécoslovaque, je n'ai jamais été lié à ce peuple. Ses intérêts nationaux me sont toujours restés étrangers. »

Le procureur : « Quelle école avez-vous fréquentée? »

Geminder : « J'étais à l'école allemande d'Ostrava. Dès 1919 j'ai quitté la Tchécoslovaquie et j'ai terminé mes études secondaires à Berlin où j'ai passé le baccalauréat. Après la fin de mes études, j'ai fréquenté aussi des milieux petit-bourgeois, cosmopolites et sionistes, où j'ai rencontré des personnes de nationalité allemande, ce qui a aussi contribué au fait que je ne connais pas à fond la langue tchèque.

Le procureur : « Et durant toute cette période vous n'avez pas appris à bien parler le tchèque, ni même en 1946, lorsque vous êtes venu en Tchécoslovaquie et avez occupé des fonctions responsables dans l'appareil du Parti communiste? »

Geminder : « Non, je n'ai pas appris à bien parler le tchèque. »

Le procureur : « Quelle langue connaissez-vous parfaitement? »

Geminder : « L'allemand. »

Le procureur : « Vous connaissez réellement bien l'allemand? »

Geminder : « Il y a longtemps que je n'ai plus parlé l'allemand mais je possède cette langue. »

Le procureur : « Vous possédez l'allemand à peu près comme le tchèque? »

Geminder : « Oui. »

Le procureur : « Ainsi, à vrai dire, vous ne connaissez convenablement aucune langue. Vous êtes un cosmopolite typique. Avec une telle qualité, vous vous êtes faufilé dans le Parti communiste. »

Geminder : « Je suis entré au Parti communiste tchécoslovaque en 1921 et j'en suis resté membre jusqu'au moment où je fus démasqué en 1951. »

Ainsi on veut nier l'appartenance de Geminder à la communauté tchécoslovaque, parce qu'il est né de parents juifs, dans la région frontalière — la mienne — où les droits de la langue de la minorité allemande étaient reconnus par la République de Masaryk! La Tchécoslovaquie s'enorgueillit, à juste titre, de compter dans son patrimoine culturel d'admirables penseurs, historiens, écrivains, artistes, journalistes d'expression allemande. Faut-il rappeler Kafka, R. M. Rilke, Werfel, E. E. Kisch, Max Brod, Weisskopf, Fürnberg...

Gottwald, Kopřiva, Bacilek, Široky, Kopecky, Dolansky, Köhler ont entériné tous les faux des conseillers soviétiques et de leurs hommes à Ruzyn, travestissant notre activité de militants sous leurs ordres et leur contrôle en autant d'actes de trahison et de crimes. Nous avons tous eu, les uns et les autres, l'espoir fou qu'ils s'apercevraient un jour de l'énormité des aveux qu'on nous arrachait. En réponse, ils nous ont envoyé Bacilek pour avouer en quelque sorte qu'ils savaient la fausseté de nos aveux et nous demander au nom du Parti de nous y tenir, cela accompagné d'un chantage à la vie sauve.

Et les magistrats qui nous jugent trahissent les devoirs de leur profession en se couvrant derrière les ordres reçus de la direction du Parti. J'avais connu en France les juges de Pétain qui avaient, eux aussi, accepté, sous l'occupation nazie, la juridiction d'exception, la destruction des droits de la défense. Mais c'étaient des juges de l'appareil de répression bourgeois. Et ils ne se faisaient pas si crûment, si platement les auxiliaires de la police. Ils gardaient, au moins pour la forme, l'idée de la présomption de l'innocence des prévenus. Ils ne faisaient pas leur loi de l'affirmation de Vychinski que « l'aveu constitue à lui seul la preuve de la culpabilité ». Même les défenseurs commis d'office au dernier moment essayaient, sur le plan juridique, de prêter assistance à leurs clients. Après notre arrestation en 1942, et bien que déférés au tribunal d'État, ma femme et moi avions eu le droit de préparer avec notre avocat notre défense.

Là, à Pankrac, rien de tel. Procureurs et juges n'ont pas l'excuse de s'abriter derrière nos aveux, puisqu'ils ont appris par cœur, comme nous, le scénario des conseillers soviétiques et des hommes de Ruzyn. Ils savent donc la farce. Mais ils y collaborent. Non seulement quand ils nous forcent à dire que les garanties légales ont été respectées, alors qu'ils les ont eux-mêmes violées, mais surtout parce qu'ils se font à chaque instant les auxiliaires du mensonge.

Que fait d'autre le président Novak quand il fait sauter de mon interrogatoire d'identité les motifs de mes divers emprisonnements en 1931, 1932, 1933, à Ostrava, en août 1942, à Paris, ma déportation à Mauthausen, comme toute mon activité antifasciste, parce qu'il s'agissait de forger mon personnage d'espion, en laissant planer de surcroît l'idée d'un passé louche?

Il n'y a donc pas à s'étonner qu'ils prennent pour argent comptant tout le matériel que leur soumet la Sécurité, en l'authentifiant sans le plus petit contrôle.

Ils acceptent comme preuve de mon « infamie » les lettres, documents de travail tout à fait légaux, retirés des archives du ministère des Affaires étrangères ou de ceux de la Section internationale du Parti et ils les produisent comme « pièces à conviction pour l'accusation » au cours du procès.

Le procureur : « Je remets au tribunal un document qui prouve l'activité contre l'État de l'accusé London. Il s'agit de la photocopie d'une lettre du 10-7-46 que London a écrite, de Paris, à Slansky, et qui prouve des relations avec lui dirigées contre l'État. Ensuite, je présente l'original de la lettre du 7-11-46 que London a écrite, à Paris, à Geminder. Elle prouve ses relations ennemies avec Geminder. La photocopie de la lettre écrite et envoyée par Rudolf Slansky, à Paris, prouve également les relations d'ennemi de London avec Slansky. Je présente la photographie de l'espion américain Noël Field, sur le dos de laquelle London, lui-même, de sa propre main, certifie ses relations d'espionnage avec Field... »

Ensuite viennent les documents dont j'ai déjà parlé, échangés avec les ambassades de Londres et de Paris au sujet de Zilliacus et d'autres lettres échangées avec Goldstücker et autres employés du Ministère, concernant certains problèmes de visas et de cadres, et pour finir... « l'original de la lettre du 23-3-1950, écrite par Miloš Nekvasil à London, et qui prouve les relations hostiles à l'État de London avec le groupe trotskyste des anciens membres des Brigades internationales ».

Le moindre examen sérieux des documents contenus dans mon dossier et présentés comme preuves à conviction montrerait qu'il s'agit d'une simple correspondance amicale dans le cas de ma lettre à Geminder, de la lettre d'accompagnement d'un article pour la revue *Svetove Rozhledy*, à laquelle j'avais accepté de collaborer, d'une lettre de service à Goldstücker. La lettre que m'avait

envoyée Slansky à Paris était une simple recommandation pour le nouveau et jeune correspondant de l'Agence
de Presse Tchécoslovaque (Č. T. K.), Jirka Drtina, qui venait d'être nommé à Paris. La dernière était une lettre
personnelle que m'avait envoyée Nekvasil, remplie de fiel
contre certains de nos anciens compagnons de combat
dans les Brigades...

Dans le cas de tous les accusés, les pièces à conviction
présentées aux jurés sont du même acabit. Au cours de la
déposition de Vavro Hajdu, voici une des pièces devant
faire la preuve « irréfutable » de son antisoviétisme et
de sa collusion avec les impérialistes anglo-américains :

Le procureur : « Je soumets au tribunal le document N° 1.
C'est l'un des discours radiodiffusés de la B. B. C., du 4 mai
1945, dans lequel vous vantez avec flagornerie les Anglo-
Américains en tant qu'instrument de la défaite de l'Allemagne nazie, et vous ne signalez pas même d'un mot le
rôle de l'Union soviétique qui, dans la réalité, avait la plus
grande participation dans cette défaite. Dans ce discours,
vous avez dit textuellement : « Le mérite de loin le plus
grand dans cette victoire revient aux héroïques Armées
américaine et anglaise qui sous la conduite du grand maréchal Alexander ont lutté dans des combats acharnés jusqu'au but final, jusqu'à l'écrasement de l'ennemi et sa
capitulation. »

Détachée ici de son contexte, cette phrase fait partie
d'un discours écrit par Vavro Hajdu, pour être diffusé
à l'adresse du peuple de la Tchécoslovaquie occupée, célé-
brant la défaite des troupes de l'Axe en Italie et leur reddition le 2 mai 1945 aux armées alliées commandées par le
maréchal Alexander.

Peut-on imaginer une manière plus impudente et cynique d'abuser, au grand jour, de la crédulité publique! De
bafouer la justice! Quel mépris cela suppose pour les
hommes...

26

Lorsque, pendant mon séjour à Moscou, j'avais eu l'occasion de visiter la colonie de rééducation des *bezprizornis*, à Kuntzevo, située dans des bois non loin de Moscou, le directeur nous avait longuement parlé des méthodes, à la fois sévères et humaines, appliquées par l'appareil de la justice soviétique pour aider à dégager de sa gangue contaminée, l'homme véritable. De tout temps chez moi et tous les communistes sincères, avait existé la croyance qu'il ne peut y avoir de véritable démocratie socialiste sans droit, sans légalité et sans sécurité juridique, de même qu'il ne peut y avoir de droit juste sans démocratie socialiste...

Qui de nous n'a pas fait, à un moment de sa vie, son livre de chevet de l'œuvre si profondément humaine de Makarenko : *Les Drapeaux sur la tour*, qui n'a pas pleuré en voyant sur l'écran cette œuvre merveilleuse *Les Chemins de la vie*? C'est justement pour cela que je — que nous — mes camarades, ne pouvions pas douter au départ des procès de Moscou.

Comme à tous ceux qui ont subi de longues années de prison pour leurs idées, vu la réalité des prisons, subi l'arbitraire de la justice bourgeoise et son inhumanité foncière, le communisme était aussi pour moi cette nouvelle justice. Et maintenant, notre procès va s'ajouter à la liste si longue de ceux qui l'ont précédé et qui ont déshonoré notre idéal de communiste. Mes treize compagnons et moi sommes victimes de cette honte, de cette dégénérescence. Mais vous, camarades, vous continuerez dans votre illusion. Vous allez voir maintenant en moi, en eux, en ceux qui vont suivre notre chemin plus tard, les pires ennemis. Alors que ceux qui nous déshonorent, nous, avant de nous tuer, vous, parce qu'ils vous font applaudir à notre assassinat, ceux-là se pavanent non seulement à la tête du Parti, mais à la tête de notre mouvement tout entier...

Comment avons-nous pu glisser à semblable aliénation

de pensée? N'avais-je pas, tout le premier, combattu, des années durant, ceux qui accusaient Staline d'imposture? Et maintenant, je pense aux procès qui vont venir, à ces centaines de noms en réserve dans les procès-verbaux administratifs de Ruzyn. D'ailleurs, les mots que Slansky prononcera, tout à la fin de sa dernière déclaration, et qui seront supprimés de tous les documents officiels, donneront corps à ma crainte. A notre stupéfaction, Slansky, en effet, récitera : « Notre centre de conspiration contre l'État comptait des centaines de membres... » Comme, témoins compris, nous ne sommes que soixante-dix ou quatre-vingts à être impliqués de quelque façon dans cette affaire, cela promet de beaux jours pour les référents de Ruzyn et leurs meneurs de jeu...

III

Le public, trié sur le volet, est composé dans sa majorité de fonctionnaires du ministère de la Sécurité, en civil, de délégués choisis dans les usines et les ministères. Ces derniers reçoivent des entrées valables pour une seule journée du procès. Ils se relaient donc chaque jour. Il y a aussi des journalistes tchécoslovaques et les représentants des organes centraux des Partis communistes étrangers. Certains me connaissent, comme Pierre Hentgès. C'est pour cette raison d'ailleurs qu'il sera d'autant plus dur pour moi dans ses comptes rendus de séance. Ne suis-je pas venu — pour parler dans les termes de *La Marseillaise* — jusque dans leurs bras égorger leurs filles et leurs compagnes!

Les familles des accusés n'ont pas été prévenues de la tenue de ce procès. C'est par la lecture du journal ou par la radio qu'elles apprendront que, le jour-même, s'ouvre le procès où leur père, mari, frère ou fils seront jugés. Cela ne s'est jamais vu!

Pendant les interruptions de séance, les gardiens nous ramènent dans un couloir contigu à la salle du tribunal. Du côté où je me trouve, il y a huit boxes en contre-plaqué. En face, deux cellules dont les portes restent constamment ouvertes, occupées par Slansky et Clementis, et à la suite, quatre autres boxes. Devant chaque box et cellule se tiennent nos gardiens de Ruzyn, pour éviter que nous puissions communiquer entre nous. Je suis placé entre Geminder et Hajdu, vis-à-vis de la cellule occupée par Clementis. Nous nous voyons très bien et, dès le premier jour, nous échangeons des signes d'amitié. Par hochements de tête, regards, gestes, nous établissons un dialogue silencieux.

Nous ne réagissons pas tous de la même manière. Geminder, par exemple, a l'air absolument absent. Il se tient figé, plongé dans ses pensées, et marche comme un automate, reste assis, sans bouger, très discipliné dans son box. Il ne répond à aucun sourire, à aucun signe d'amitié. Alors qu'une si vieille amitié le liait à Slansky, qui se trouve dans la cellule face à la sienne, il n'essaiera jamais de communiquer d'un signe avec lui, et, au contraire, détournera la tête chaque fois qu'il l'apercevra. Ses yeux ne voient personne. C'est en vain que moi-même j'essaie d'accrocher son regard. Et pourtant nous nous connaissons depuis les jours lointains de notre jeunesse !

Je vois Slansky chaque fois qu'il regagne sa cellule. En apparence, malgré son visage aux traits tendus, il est calme. Il passe devant tous ses coaccusés, fixant quelque chose droit devant lui, sans un regard pour aucun de nous. De temps à autre, nous apercevons un des chefs de Ruzyn — son référent — qui le rejoint dans sa cellule avec une assiette dissimulée entre deux dossiers. Peut-être son état de santé exige-t-il une nourriture spéciale ?

Pendant les interruptions, André Simone, qui souffre de diarrhée, passe souvent devant mon box pour se rendre aux W.-C. Il a très mauvaise mine. Son visage est très différent de celui que je lui connaissais. C'est celui d'un vieillard. Ses mâchoires sont affaissées et son menton se relève en galoche. Comme je ne peux masquer l'étonnement que m'inspire sa vue, mon référent m'explique que son dentier s'est cassé en prison, d'où la déformation de son visage et, qu'étant donné qu'il ne peut pas mâcher sa nourriture, il est affligé d'une diarrhée persistante. Lui qui avait tant d'allure, et toujours le mot pour rire, qu'en ont-ils fait? D'ailleurs, lorsque Vilem Novy, avec lequel il a longtemps travaillé à la rédaction de *Rude Pravo*, est venu à la barre témoigner contre lui, et que le président lui a demandé de désigner André Simone parmi les accusés, Novy s'est tourné de notre côté, nous passant tous en revue du regard, sans s'arrêter sur l'homme qu'il cherchait. A la deuxième inspection, il a sursauté, et son visage a marqué le saisissement le plus complet, en reconnaissant, enfin, André Simone dans cette caricature du brillant journaliste d'autrefois.

Quant à mon ami Hajdu, il est là, dans son box, à côté du mien, renfrogné, fumant nerveusement une cigarette après l'autre. Quand son référent lui apporte une tasse de café, il dit d'un air bourru : « Passez-la à London! » comme il avait coutume de faire quand nous déjeunions jadis ensemble. Il n'est pas beaucoup porté sur ce breuvage et sait que, contrairement à lui, moi j'en raffole. Pendant les séances, je ne suis séparé de lui que par un gardien. Je le regarde. Il est crispé et se gratte les paumes de la main. Il marmonne, lui le juriste, des insultes, quand il entend les énormités proférées par les membres du tribunal. Lors de la plaidoirie de son avocat, il aura de la peine à contenir sa colère : « Espèce de con, idiot, salaud, imbécile! » Plusieurs fois, le gardien qui nous sépare sur le banc des accusés, lui donne des coups de coude pour le rappeler à l'ordre et le faire taire...

Margolius est très digne. Il sait dominer ses sentiments,

de même que Frejka et Frank, dont les visages restent
impassibles. Fischl, au contraire, donne l'image d'un
homme effondré. Löbl est calme, maître de lui. Il parle
abondamment avec son référent pendant les interruptions
de séance.

Reicin et Švab sont attentifs à tout ce qui se passe autour
d'eux. Šling est, de nous tous, le plus décontracté, le plus
vif. Quand il m'a vu, il m'a salué en souriant et chaque fois
qu'il passe devant moi, il fait des signes d'amitié. N'était
qu'il a tellement maigri depuis ces deux années en prison,
c'est lui qui est resté le plus semblable à lui-même.

Pendant sa déposition, Šling, en gesticulant, n'aura pas
le temps de retenir son pantalon — trop large à cause de sa
maigreur — qui tombe en tire-bouchon sur ses pieds. Le
spectacle comique de notre camarade en caleçon déclenche
parmi nous un rire homérique, hystérique. Notre ami
Šling pouffe de rire tout le premier en relevant son pantalon et a bien du mal à poursuivre sa déposition.

Clementis est l'un de ceux qui rient le plus. Il tente en
vain de se calmer en serrant, à l'en casser, sa pipe entre ses
dents. Slansky en pleure... et son corps en est tout secoué.
Le seul à rester imperturbable est Geminder.

Le rire gagne l'assistance et les membres du tribunal.
Le procureur dissimule son visage derrière un journal largement ouvert. Les membres du tribunal plongent la tête
dans leurs dossiers. Les gardiens glapissent en essayant de
se retenir.

Ce rire, dont l'accident arrivé à notre camarade n'a été
que le prétexte, permet un défoulement collectif aux acteurs de la tragédie épouvantable qui est en train de se
jouer.

Le président se voit dans l'obligation de suspendre
l'audience.

Kohoutek et les référents sont outrés. Pendant l'interruption, ils nous affirment que Šling a choisi sciemment de

faire le clown. En se baissant pour relever son pantalon il a ainsi réussi à montrer, irrévérencieusement, son derrière à la salle! Ce geste prouve — disent-ils et c'est l'opinion qui sera propagée par la Sécurité — que Šling est un voyou de la pire espèce, qui se fiche de tout et de tous...

Pendant la semaine que dure le procès, tout l'état-major de Ruzyn, Doubek en tête, est mobilisé à Pankrac.

Nous recevons une nourriture meilleure que d'habitude, du café et des cigarettes. Quand la séance se prolonge, des sandwichs nous sont distribués.

Il y a un va-et-vient incessant dans les coulisses du tribunal pendant les interruptions de séance, ainsi que dans le couloir souterrain où se trouvent nos cellules. Les chefs de Ruzyn visitent plusieurs fois par jour les accusés dont ils sont responsables, dans le but de maintenir le moral de « leurs clients ».

Comme à son habitude, Kohoutek est prolixe et se laisse aller à parler plus qu'il ne devrait. Il affirme que le Parti est satisfait, que nos « amis » se sont entretenus avec la direction du Parti qui suit jusque dans les moindres détails toutes les péripéties du procès. Son pronostic pour les condamnations est encore plus optimiste qu'avant l'ouverture des débats. J'essaie de saisir des bribes de ce que disent Doubek et d'autres chefs de référents, à mes codétenus. D'après ce que j'en capte, toutes les conversations se déroulent sur ce sujet.

Quand les chefs s'en vont, les référents reviennent encore sur le problème. Ils nous confient que leur opinion se base sur les entretiens qu'ils ont eus préalablement avec leurs chefs. Šling, d'après eux, aura une des peines les plus sévères : 20 ans, Hajdu : 12 ans, Löbl : 12 ans, Clementis et Geminder : de 15 à 18 ans, Slansky : 20, au pire 25 ans, Margolius : 10 ans, quant à moi, 12 ans...

Mais, au fur et à mesure que les audiences s'écoulent, rien n'y fait, le pessimisme nous gagne. Angoissés, nous

prenons conscience que la tragédie dont nous sommes en
train de jouer le dernier acte, s'achèvera sur un dénouement beaucoup plus sinistre que celui qu'on nous a fait
miroiter jusqu'ici.

Le docteur Sommer, diligent, passe parmi nous et nous
fait absorber des calmants. La nuit, dans la cellule, je ne
peux dormir. Je me lève, je marche de long en large, de
temps à autre le gardien m'offre des cigarettes, essaie de
m'apaiser. La même scène doit se jouer dans les treize
autres cellules, car j'entends des bruits de pas et des sons
de voix étouffée.

Dans la salle, l'hostilité est de plus en plus marquée
Sa composition doit être orientée d'après le degré où sont
arrivés les débats. Une lourde atmosphère de haine plane
sur nous. Et puis, il y a les témoignages dont le plus terrible est celui de Gusta Fučikova, accusant Reicin d'avoir
provoqué l'arrestation de son mari par la Gestapo. Sa
péroraison qui reprend les dernières paroles de Fučík dans
son livre *Écrit sous la potence* est accueillie par les applaudis-
sements frénétiques de la salle :

« *Celui qui a fidèlement vécu pour l'avenir et qui est tombé
pour sa beauté, est une figure taillée dans la pierre. Mais celui
qui a voulu, avec la poussière du passé, dresser un barrage
contre le courant de la révolution, n'est qu'un pantin de bois
pourri, même si ses épaules étaient dorées de galons.
Hommes, je vous aimais tant, soyez vigilants!* »

Le jour avant que le procureur ne prononce son réquisitoire, pendant une suspension de séance, Kohoutek me
demande mon opinion sur les peines qui seront requises.
Je lui réponds que ce procès coûtera la vie à tous les accusés.
Il me regarde alors avec des yeux inexpressifs, en hochant
lentement la tête : « C'est pas possible! ils ne peuvent
pourtant pas vous pendre tous! Ils seront bien obligés d'en
laisser quelques-uns en vie. Et vous avez des chances d'être
de ce nombre, étant donné que les accusations qui pèsent

sur vous sont moins lourdes que celles des autres. Même si les peines qui vous seront infligées sont élevées, ce qui compte, comme dans tous les procès politiques, c'est de rester vivant. Ne perdez pas l'espoir... » Même un homme comme Kohoutek, qui a été pourtant un artisan zélé de ce procès, semble dépassé par la tournure tragique que prennent les débats dans ce prétoire.

Le soir, jusqu'à tard dans la nuit, et le matin, avant que ne reprennent les séances, nous entendons, dans notre souterrain, le crépitement des machines à écrire. Par indiscrétion de mon référent, j'apprends que, même ici, on continue d'interroger et de faire des procès-verbaux sur des personnes en liberté.

Parfois, pendant une interruption de séance, on apporte à un accusé une feuille de papier pour qu'il prenne note de noms supplémentaires qu'il devra ajouter dans sa déposition. Mon oreille capte ceux du général Svoboda, du ministre Gregor et d'autres encore. Par la suite, lorsque, libéré, j'aurai l'occasion de feuilleter la presse de cette époque ainsi que le compte rendu sténographique du procès, je m'apercevrai que les expressions antisémites les plus outrageantes n'y figurent pas, ainsi que de très nombreux noms, des passages entiers de nos dépositions. Ce matériel de réserve est conservé pour les besoins d'éventuels procès à monter ultérieurement.

C'est Kohoutek lui-même, qui, en m'annonçant que ma déposition — le 22 novembre au matin — est repoussée à une heure plus tardive, m'apprendra que : « Le Parti, après avoir examiné la déposition d'hier de Clementis, a pris la décision de le faire comparaître une deuxième fois, ce matin, pour qu'il fasse une déclaration supplémentaire concernant le nationalisme bourgeois slovaque. »

C'est donc au cours de la nuit que le dernier procès-verbal pour le tribunal a été rédigé avec Clementis. Il a dû ensuite apprendre son texte par cœur afin d'être prêt pour l'ouverture de la séance, qui commençait par sa déposition.

La veille du jour où le procureur doit prononcer son réquisitoire, Kohoutek m'apporte, dans ma cellule de Pankrac, un papier et un crayon en me demandant d'écrire ma dernière déclaration avant le verdict : « Vous devez vous en tenir à la ligne de vos « aveux » et prouver au Parti que vous vous maintenez jusqu'au bout dans l'attitude qu'il attend de vous. » Un peu plus tard, je lui remets le projet que j'ai rédigé. Il part ensuite pour aller consulter « ses chefs ». Très tôt, le lendemain matin, il revient et me remet le texte dûment corrigé. Trois phrases ont été barrées, d'autres ajoutées. Il me reproche de ne pas m'être cassé la tête pour pondre ce texte. « Et maintenant, apprenez votre déclaration par cœur. Et surtout n'en changez rien. Sinon vous pourriez le regretter. » Toujours au nom du Parti, bien sûr!

Heureusement que le texte est court, car ma tête ne m'obéit plus. Les derniers jours j'arrive très difficilement à suivre les débats. Mon cerveau n'en capte que des bribes, autrement j'ai l'impression de baigner dans un brouhaha cotonneux. J'ai de plus en plus ce sentiment d'un dédoublement de ma personne : acteur, je suis en même temps spectateur du procès. Une pensée m'obsède : « Alors c'était ainsi aux procès de Moscou, de Budapest, de Sofia... Comment ai-je pu alors, et avec moi tant de communistes, tant de gens honnêtes dans le monde, croire avec tant de bonne foi à de telles mises en scène? »

IV

Le septième jour, après que les quatorze inculpés et les trente-trois témoins à charge ont fait leurs dépositions sans une fausse note, tant la mise en scène et les acteurs sont au point, Josef Urvalek, premier procureur, prononce le réquisitoire :

« Citoyens juges :

« De mémoire d'homme, aucun de nos tribunaux démocratiques et populaires n'a eu à délibérer sur un cas semblable à celui des criminels qui sont venus s'asseoir sur le banc des accusés et que vous devez juger aujourd'hui.

« La physionomie morale de ces criminels, nous avons pu l'observer dans toute sa monstruosité. Nous nous sommes rendu compte du péril qui nous avait tous menacés. Les crimes dévoilés nous ont fait connaître les causes réelles de graves défauts qui s'étaient révélés dans de nombreux secteurs de l'activité de notre Parti, de notre État et de notre économie... Telles des pieuvres aux mille tentacules, ils s'étaient collés au corps de notre République, pour en sucer le sang et la moelle...

« L'indignation profonde qui s'est emparée de notre peuple montre bien que celui-ci est décidé à écraser tout individu qui attenterait à la liberté et à l'indépendance de notre patrie, qui essaierait de porter la main à notre édification socialiste, qui voudrait supprimer la liberté que l'Union soviétique et sa glorieuse Armée nous ont conquise...

« Ce centre de conspiration naquit en Occident déjà au cours de la Seconde Guerre mondiale et visait d'ailleurs aux buts d'asservissement que poursuivaient les impérialistes occidentaux dans cette guerre. On ne sait que trop bien que la marche et l'issue de la guerre étaient toutes différentes des plans et des préparatifs des impérialistes occidentaux. Ils ont misé sur une mauvaise carte lorsqu'ils ont essayé, en se servant d'Hitler, de détruire l'Union soviétique. Ils n'ont pas réussi... La prophétie géniale du camarade Staline se réalisa. Voici ce qu'il prédit en 1934 : « Il ne peut y avoir de doute que la deuxième guerre contre l'Union soviétique n'amène la défaite totale de l'agresseur, la révolu-

tion dans quelques pays d'Europe et d'Asie et l'écrasement
des gouvernements bourgeois et des grands propriétaires
fonciers de ces pays. »

« L'Union soviétique a écrasé le " Troisième Reich "
nazi aussi bien que le Japon du Mikado... Par suite de la
victoire de l'U. R. S. S. et de sa glorieuse armée libératrice,
les gouvernements bourgeois des grands propriétaires
fonciers ont été écrasés, après 1945, dans de nombreux
pays d'Europe et d'Asie ainsi que chez nous...

« Les impérialistes américains, ces successeurs sauvages
d'Hitler... s'efforcent d'empêcher leur chute que leur prédit
l'évolution historique...

« Déjà pendant la Seconde Guerre mondiale, les impérialistes anglo-américains entretenaient une agence —
toute une série de gouvernements réactionnaires composés
d'émigrés des pays occupés par les nazis — appelée à leur
assurer, après la défaite de l'Allemagne nazie, la reconsti-
tution dans ces pays de leurs positions dirigeantes... la
transformation de ces pays en places d'armes pour une
nouvelle guerre de pillage contre l'U. R. S. S...

« Cette première agence, composée d'éléments bourgeois
nationalistes et fascistes les plus réactionnaires, se trouva
écrasée.

« Cependant, on vit bientôt que les impérialistes, qui
avaient engagé une partie dont le destin des peuples libérés
par l'Armée soviétique était l'enjeu, avaient voulu refiler
une fausse carte. Les résolutions prises en 1948 et 1949,
par le Bureau d'Information des Partis communistes et
ouvriers qui démasquaient dans toute sa profondeur la
trahison de la clique de Tito, en Yougoslavie, ont bien
démontré, à l'exemple de la Yougoslavie titiste même,
quelle carte c'était et ce qu'il y avait de dangereux dans
cette carte truquée. Ces résolutions ont montré que la bourgeoisie restait fidèle à la vieille habitude d'embaucher
des espions et des provocateurs au sein même des Partis de la

classe ouvrière... de décomposer ces Partis de l'intérieur et de les subordonner à eux. En Yougoslavie, ils y ont réussi. Mais les résolutions du Bureau d'Information ont porté un coup foudroyant non seulement à la clique de Tito, mais avant tout aux impérialistes occidentaux. La clique de Tito, à laquelle on réservait l'ignoble rôle de traître à jouer au moment où les impérialistes auraient déchaîné une guerre contre l'Union soviétique... a été démasquée et ses desseins dévoilés devant le monde entier, grâce à la grande expérience que le Parti communiste de l'U. R. S. S. a accumulée au cours de son histoire.

« ... Peu à peu ces agences, qui s'étaient implantées au sein même des Partis communistes et ouvriers au pouvoir dans les pays de démocratie populaire, ont fini par être démasquées. Grâce à la vigilance du peuple travailleur et des Partis communistes, ont été dévoilées et mises hors d'état de nuire la bande de traîtres de Laszlo Rajk, en Hongrie, celle de Traitcho Kostov, en Bulgarie, celle de Kotchi Dzodze, en Albanie, de même que celle de Patrascanu, en Roumanie et celle de Gomulka, en Pologne..

« Les protecteurs impérialistes de la république bourgeoise d'avant Munich n'ont, depuis le commencement de la Deuxième Guerre mondiale... pas négligé de créer dans notre pays leur réserve stratégique au sein même du Parti dirigeant. Est-ce vraiment un hasard, si en dehors de plusieurs autres espions embauchés plus tard, six parmi les accusés reviennent dans notre pays en qualité d'espions engagés aux services d'espionnage étrangers pour accomplir des tâches de longue haleine : Clementis, Löbl, Šling, Frejka, Hajdu et André Simone... Et ce n'est pas non plus un hasard si c'est justement Herman Field, espion avéré, collaborateur intime d'Allan Dulles qui se trouve à la tête du Service de renseignements américain en Europe centrale et orientale, qui recrute ses agents par le Trust Fund, organisation qui se dit de bienfaisance et n'est, en vérité, qu'une organisation d'espionnage qui, au début de l'occupation de la Pologne, y avait attiré les émigrés. Une autre organisation d'espionnage servant de couverture, la U. S. C., fonctionnant en Suisse, est au service de Noël Field...

« Sur l'ordre des impérialistes américains, Slansky a groupé autour de lui toute cette vaste bande de conspirateurs, dont il est devenu « l'ataman », c'est-à-dire le chef indiscuté...

« Il ressort de la déposition du témoin Oskar Langer, agent sioniste international, que Slansky était le vrai chef de tous les nationalistes bourgeois juifs et que, dans un entretien avec lui, Slansky avait souligné la nécessité de mettre aux postes clefs de la vie économique, politique et publique des sionistes et des nationalistes bourgeois juifs. A son avis, ces gens nous seraient indispensables et il n'y aurait pas lieu de tenir compte de leur appartenance, à l'origine, à la classe exploiteuse. Et d'ailleurs qui étaient ses amis intimes, depuis la jeunesse, jusqu'à nos jours? Nous les retrouvons dans ce prétoire, devant le peuple! Geminder, Frejka, Reicin, Šling et compagnie — tous de vieux agents sionistes et avec eux une cohorte entière d'autres sionistes haut placés. C'est en vain que Slansky avait essayé de cacher son visage de nationaliste bourgeois juif!... il termine sa carrière devant le tribunal du peuple, accusé des crimes les plus graves que connaisse notre Code pénal... Ces odieux traîtres se sont faufilés dans les secteurs les plus importants de l'appareil du Parti et de l'État, grâce à leur patron Slansky; chacun à son tour a pris soin de caser dans les postes responsables de son secteur des individus ennemis à leur ressemblance...

« ... Quels sont les hommes et les groupes d'hommes parmi lesquels Slansky recrute ses suppôts pour le Centre de conspiration contre l'État?... Ce sont les trotskystes qui lui sont les plus proches, même après la libération de la

République... Après l'expérience historique qu'a faite l'U. R. S. S. et dans laquelle la classe ouvrière du monde entier puise son enseignement, ils ne pourraient jamais présenter aux masses une plate-forme mensongère. Voilà pourquoi ils font semblant d'accepter les justes décisions du Parti et du gouvernement et de s'y soumettre, mais Slansky les réalise à sa façon, en les sabotant...

« Le troisième groupe important, dans lequel Slansky recrutait les malfaiteurs pour son Centre étaient les sionistes. Je crois nécessaire de m'occuper d'un peu plus près du mouvement appelé sioniste. Tout d'abord parce qu'il y a parmi les accusés onze adeptes des organisations sionistes qui se sont mis au service de l'impérialisme américain. Mais il y a une autre raison : le procès montre à tous les partis communistes et ouvriers, le danger dont les menace le sionisme en tant qu'agence de l'impérialisme américain. Depuis toujours les organisations sionistes se sont trouvées rattachées par les milliers de fils des intérêts de classe au capitalisme mondial. Elles ont été, en conséquence, des organisations dangereuses pour la lutte libératrice de la classe ouvrière.

« Le danger dont les organisations sionistes internationales menacent le monde est devenu plus grand depuis l'établissement du Protectorat américain — du soi-disant État d'Israël. Même après la fondation de l'État d'Israël, le siège principal des organisations sionistes continue d'être en Amérique, où les sionistes comptent de nombreux adhérents parmi les monopolistes américains qui déterminent toute la politique d'agression des États-Unis... Ainsi les agents sionistes du Centre de conspiration de Slansky rendaient par leurs agissements criminels des services, non au peuple travailleur d'Israël, mais surtout aux desseins des impérialistes américains visant à la domination mondiale et à la guerre. Leur cosmopolitisme va de pair avec le nationalisme bourgeois juif; ce sont vraiment l'avers et le revers de la même médaille frappée à la Monnaie de Wall Street...

« Les criminels que vous voyez au banc des accusés ont impudemment mis à profit la répugnance que les peuples tchèque et slovaque ont toujours ressentie envers l'antisémitisme, surtout après la Seconde Guerre mondiale où les hitlériens, atteints de rage raciste, exterminaient en masse les Juifs dans les camps de concentration et dans les chambres à gaz. Mercantis, fabricants, éléments bourgeois juifs de toute nature en profitèrent pour se faufiler dans le Parti où, refusant toute critique, ils pouvaient, en mettant en avant les souffrances endurées par les Juifs à l'époque où les nazis étaient déchaînés, masquer leur profil d'ennemis jurés de la nation.

« Notre peuple sait très bien que notre Parti ne renoncera jamais à l'internationalisme prolétarien et que, même dans ce procès, nous ne jugeons que les criminels qui ont attenté à la sûreté de l'État, les mercantis sionistes de haut vol, les agents des impérialistes occidentaux.

« Il est évident, et d'ailleurs logique, que Slansky ait placé de préférence des sionistes dans les secteurs les plus importants de l'économie de l'État et de l'appareil du Comité central du Parti communiste de Tchécoslovaquie...

« Le procès nous montre, dans toute son acuité, le péril dont le sionisme nous menace. Mais il a aussi une portée internationale, car ce n'est pas seulement à notre Parti communiste mais aussi aux autres Partis communistes et ouvriers que cet avertissement est adressé, de ne pas laisser envahir leurs rangs par cette dangereuse agence des impérialistes américains.

« Sionistes, trotskystes, valets de la bourgeoisie sous la Première République, et laquais des impérialistes américains dans son évolution postérieure, Slansky groupe autour de lui des gens qui lui ressemblent... et il sait où les trouver : parmi ceux qui, après la guerre, sont rentrés des pays occi-

dentaux où ils avaient noué des rapports d'espionnage et
d'amitié avec les représentants du monde impérialiste,
parmi les sionistes, les trotskystes, les nationalistes
bourgeois, les collaborateurs et les autres ennemis du peuple tchécoslovaque...

« Le premier soin de Slansky et de ses acolytes a été
d'assurer la domination absolue du Parti et de faire de cet
instrument de la classe ouvrière pour l'édification du socialisme, un instrument pour la restauration du capitalisme.
Ils ont violé tous les principes fondamentaux donnant une
force révolutionnaire à notre Parti, le rendant capable
d'agir et de se faire aimer de tous les travailleurs. Ils ont
subordonné les organes élus à l'appareil du Parti... Rejetant
les méthodes de persuasion patiente et systématique et du
travail politique dans les masses, ils préféraient mener tout
le monde à la baguette. Ils sabotaient et opprimaient les
principes du centralisme démocratique, de la démocratie
à l'intérieur du Parti, la critique et l'autocritique. Profitant
de leur position dans l'appareil du Parti, ils se proposaient
de faire faire au Parti, au bon moment, une volte-face, de
l'entraîner, à l'exemple de Tito, dans le camp des traîtres
au socialisme et de faire passer la République tout entière
sous la tutelle des impérialistes américains... Les secrétaires
et dirigeants de l'appareil du Parti, dans les régions
industrielles, sont des aventuriers sionistes, étrangers et
hostiles au Parti et au peuple...

« Mais je tiens à souligner que les conspirateurs ont eu
beau s'efforcer de s'emparer du Parti, d'en changer le
caractère révolutionnaire et de le rendre incapable de jouer
son rôle historique, ils n'ont pas atteint leur but... Le Parti,
avec Klement Gottwald en tête, a été, dès le début, en lutte
constante avec eux. Peu à peu il arriva à démasquer divers
éléments criminels pour finir par les découvrir tous.
Aujourd'hui, tout ce ramassis de criminels au service de
Slansky est obligé de rendre compte de ses méfaits. Le

27

Parti est sorti victorieux de cette lutte, il ne pouvait en être
autrement. Le Parti et ses dirigeants bolcheviks continueront à conduire notre peuple sur le chemin triomphal du
socialisme...

« Les débats ont révélé les buts communs de Tito et de
Slansky. Ils ont aussi clairement montré que tous les pil-
lages et sabotages de l'économie de notre pays visaient à
atteindre ce que la mission de l'U. N. R. R. A. n'avait
pas réussi à faire et ce qu'a amené dans les pays satellites
le plan Marshall : créer dans un pays appauvri les conditions pour la restauration des monopoles américains. C'est
ainsi qu'ils ont pris part à la réalisation de la grande conspiration contre l'U. R. S. S. et aux préparatifs d'une nouvelle guerre...

« Le présent procès a une fois de plus montré le caractère criminel des plans des impérialistes occidentaux visant
au déclenchement d'une nouvelle guerre mondiale destructrice contre l'U. R. S. S. et les pays du camp de la paix...
Faisant face à ces plans déments, le Parti et le gouvernement, en accord avec tous les honnêtes gens, consacrent
tous leurs soins à notre Armée, armée de paix, pour qu'elle
soit capable, de même que l'invincible Armée soviétique,
sa grande alliée et inspiratrice, selon la tradition glorieuse
des armées hussites, d'écraser complètement les Croisés
modernes qui oseraient violer les frontières sacrées de notre
pays et attenter à notre liberté. Notre armée, qui est une
armée vraiment populaire, est l'objet de l'affection et la
fierté de notre peuple.

« C'est pourquoi notre peuple a appris avec indignation et juste colère que les conspirateurs avaient dirigé
leurs efforts criminels même vers l'Armée, pour la rendre
incapable de défendre notre sol, notre indépendance et
notre bonheur...

« La force de notre Parti a déjoué ces plans infâmes et
notre armée, grâce à ses nouveaux chefs, est devenue une

armée redoutable. Notre peuple, fortement cuirassé, est prêt à recevoir l'agresseur, armé de pied en cap...

« Les conspirateurs s'étaient aussi assuré les positions clés dans l'appareil de la Sécurité pour pouvoir dissimuler leurs méfaits, brouiller les traces et faire en sorte qu'ils ne soient pas démasqués... faciliter l'activité subversive des services de renseignements impérialistes et des éléments réactionnaires les plus divers... Karel Švab... nommé par Slansky à la Sécurité... était parfaitement renseigné sur tous les postes occupés dans les différents secteurs par le Centre de conspiration ainsi que sur les activités subversives... Il transmettait bien tous ces rapports et dénonciations à Slansky, le renseignait minutieusement, mais — sur l'ordre de ce dernier — protégeait ces malfaiteurs... Lorsqu'on eut établi que les services d'espionnage américains et titistes possédaient un vaste réseau d'espionnage en Tchécoslovaquie, c'est Švab qui fut chargé de le découvrir. Il avait constaté que Field collaborait avec Frejka, Goldmann et Löbl... établi aussi de nouveaux faits d'importance prouvant la collaboration de Field avec d'autres traîtres au peuple tchécoslovaque. Seulement, sur l'ordre de Slansky, il ne poursuivit son enquête que pour donner le change, pour empêcher la découverte des conspirateurs. Les espions et les traîtres sont alors restés aux postes qu'ils occupaient. Švab permit ainsi à de nombreux trotskystes... et au groupe trotskyste des anciens membres des Brigades internationales, ou bien aux trotskystes du ministère des Affaires étrangères, de se livrer à leur activité criminelle... Ceux qui avaient tenté de jeter le discrédit sur notre appareil de la Sécurité et d'en abuser, aujourd'hui, sont au banc des accusés.

. . . .

« Slansky, son groupe de conspiration et d'autres éléments criminels associés à ce groupe... dès le début étaient au service et travaillaient selon les instructions des impé-

rialistes occidentaux qui dirigeaient leur activité par des
ordres et des agents secrets, plus que nombreux. Parmi tous
ces agents, Koni Zilliacus détient une position toute spéciale : maître jongleur en politique. Cet honorable, du
moins à première vue, gentleman voyage à travers toute
l'Europe... il se présente sous le masque d'un travailliste
progressiste. Il n'a pas manqué de visiter bien des fois la
Tchécoslovaquie. Mais il n'y reviendra plus. Son rôle est
terminé... Nous conseillons amicalement aux travailleurs
anglais de surveiller avec attention ce monsieur.

« Slansky savait très bien qui était Koni Zilliacus. Il
savait que Zilliacus était un espion de vieille date ayant
déjà fait ses preuves...

« La première entrevue entre Slansky et Zilliacus eut lieu
en 1946, la seconde en automne 1947... Dès la première
entrevue des relations suivies s'établirent entre Slansky
et Zilliacus. A cet effet, Slansky fit usage des courriers
diplomatiques du ministère des Affaires étrangères, de ses
complices dans l'appareil de ce ministère, de ses complices
dans l'appareil du Parti, comme Geminder, Goldstücker,
Kratochvil, Kavan et d'autres encore...

« Mais Zilliacus avait à « s'occuper » non seulement de
la Tchécoslovaquie mais encore de la Pologne démocratique
populaire où il était en relation avec l'agent impérialiste
Gomulka, et de la Yougoslavie où il collaborait avec Tito
et ses complices... C'est lui aussi qui défendit à cor et à cri son
protégé Tito, lorsque ce dernier fut démasqué comme
traître à la suite de la résolution du Bureau d'Information.
Et même après que Zilliacus eut déjà ouvertement défendu
Tito, ni Slansky ni son Centre de conspiration contre
l'État n'interrompirent leurs relations avec lui. Zilliacus
personnifie le lien le plus solide qui reliait le groupe Slansky
aux impérialistes occidentaux...

« Dans le procès en cours, onze des quatorze accusés sont
inculpés d'espionnage. L'espionnage, un des crimes contre

l'État les plus exécrables, est indissolublement lié à la haute
trahison au point de se confondre avec elle...

« En ce qui concerne les véritables buts poursuivis par le
Centre, Slansky reconnaît lui-même : " J'ai travaillé à créer
des conditions favorables à la prise du pouvoir par le
Centre... J'ai trompé Klement Gottwald, j'ai essayé de
l'isoler, je me suis efforcé, en tant qu'ennemi, de nuire de
toute façon... "

« Slansky ne s'est même pas arrêté devant Klement Gottwald. Il avait déjà pris ses dispositions pour mettre fin à la
vie du guide bien-aimé du peuple. Il laissa au président
Gottwald comme médecin traitant le docteur Haškovec,
franc-maçon, collaborateur et ennemi! S'il avoue : " Je
comptais qu'au cas où nous nous emparerions du pouvoir,
il serait nécessaire de nous débarrasser de Klement Gottwald "..., c'est qu'il ne peut le nier. " J'aurais pu me servir
du docteur Haškovec pour me défaire de Klement Gottwald et pour parvenir au pouvoir ", reconnaît Slansky
et il est hors de doute qu'il l'aurait fait...

« Tous les chefs d'accusation ont été confirmés par les
preuves produites au cours du procès et par les aveux des
accusés, aussi bien en ce qui concerne les éléments, les délits
incriminés en même temps que leur qualification, cités dans
l'acte d'accusation,

« Avant de conclure, il faut que je réponde encore à une
question. Comment a-t-il pu se faire que ces saboteurs aient
pu miner d'une manière si dangereuse les bases de la République et dissimuler leurs crimes au Parti, aux organes de
la Sécurité, au peuple?... Il n'a certes pas été facile de les
démasquer, ils occupaient des postes de première importance... Mais ils n'ont pas réussi à mettre la main sur le
cœur et le cerveau de notre Parti. Ce n'est que dans une in-
fime proportion qu'ils ont pénétré dans le Comité central
du Parti. Ils ont pu pendant un certain temps fausser la
juste politique de notre Parti, falsifier les rapports, les

chiffres, les dossiers des cadres, tromper la direction gottwaldienne du Parti et même tromper avec insolence jusqu'au
Président lui-même. Mais tout a des limites...

« Ils trichaient avec le travail des cadres, dans les questions économiques, dans l'élaboration des pactes internationaux, en un mot, ils trompaient toujours et partout.
Et quand cela était nécessaire, ils savaient aussi se dissimuler derrière un rideau de fumée. Lorsque dans la population se firent entendre des protestations contre les sionistes, ils poussèrent les hauts cris sur le danger de l'antisémitisme, pour cacher qu'ils défendaient les intérêts de
classe de la bourgeoisie juive et qu'ils étaient liés par l'intermédiaire du sionisme mondial à l'impérialisme américain.

« Mais ce n'est pas tout — loin de là! Ils se cachaient
derrière la carte de membre du Parti communiste, derrière
ce livret rouge chanté par un de nos poètes. C'est en vain
qu'ils se masquaient. Le Parti... avec à sa tête le président
Gottwald a écrasé à temps cette bande de traîtres... Notre
peuple ne saura jamais être assez reconnaissant au camarade
Gottwald d'avoir déjoué systématiquement les tentatives
criminelles des conspirateurs complotant contre la République...

« La Tchécoslovaquie ne sera pas une nouvelle Yougoslavie!

« Citoyens juges!

« Au XIXᵉ Congrès du Parti communiste de l'Union
soviétique le camarade Malenkov a souligné l'extrême
importance qu'avait eu pour la victoire du pays des
Soviets, dans la grande guerre patriotique, la lutte implacable que le Parti communiste (b) de l'U. R. S. S. avait
menée contre les gredins de la clique de Trotsky-Boukha-
rine, l'extrême importance qu'avait eu leur écrasement.
Nous avons justement affaire à d'ignobles traîtres et vendus
de cet acabit. Cette bande se préparait elle aussi à enfoncer
sa dague dans le dos du peuple au cas où notre pays serait

attaqué par l'ennemi et à servir ainsi les impérialistes américains. Ces criminels sont non seulement les ennemis de notre pays, mais aussi ceux de l'humanité pacifique tout entière. C'est pourquoi, s'ils ont été arrêtés et mis hors d'état de nuire, c'est non seulement une victoire de notre pays, mais en même temps une nouvelle et lourde défaite des impérialistes américains et une nouvelle victoire du camp de la paix et de la démocratie...

« Les conspirateurs ont causé à notre pays d'immenses pertes se chiffrant par milliards et pourtant nous accomplissons victorieusement les tâches du plan quinquennal et édifions une vie nouvelle, une vie radieuse pour nous aussi bien que pour les générations qui nous suivront. L'effort infatigable des masses de millions de travailleurs fait face à une poignée de conspirateurs. Par milliers, des lettres pleines d'indignation révoltée sont arrivées ces jours derniers au tribunal, exprimant la ferme décision de nos travailleurs de réparer, dans un minimum de temps, tous les dommages que nous ont causés ces vendus à l'impérialisme... Toujours plus vigilant, toujours plus ferme et plus serré autour de ses dirigeants et de Klement Gottwald, notre Parti communiste conduit le peuple vers un avenir radieux.

« Citoyens juges!

« Au nom de nos peuples, à la liberté et au bonheur desquels ces criminels ont attenté, au nom de la paix contre laquelle ils ont conspiré d'une manière infâme, je demande la peine de mort pour tous les accusés. Que votre jugement tombe sans la moindre pitié sur leurs têtes, tel un poing de fer! Qu'il soit le feu qui brûlera jusqu'à la racine cet arbre gangrené de trahison! Mais qu'il soit une cloche sonnant à travers notre belle patrie tout entière pour de nouvelles victoires dans sa marche vers le soleil du socialisme! »

V

Pendant que le procureur prononce son réquisitoire, un
silence absolu plane sur toute la salle. La gorge serrée
j'écoute avec une attention soutenue. Le dénouement est
proche. Il y a vingt-deux mois que j'ai été arrêté, arraché
aux miens, à mes camarades, enfermé avant l'heure dans
un tombeau...

Le procureur Urvalek parle avec conviction. Il a des
trémolos dans la voix lorsqu'il évoque le Parti, le guide du
peuple Klement Gottwald. Ses accents d'indignation montent
pour dénoncer la bande de traîtres et de criminels qu'il
livre à la vindicte populaire. Ils arrivent juste quand il le
faut, prouvant qu'il a très bien appris son rôle. Je pense :
Comment peut-il feindre une telle indignation, jouer si bien
la comédie ? De même, d'ailleurs, que les juges qui l'écoutent
avec un tel recueillement ? Ils savent pourtant qu'ils ne
seront pour rien dans le verdict qu'ils prononceront demain
au nom de la République. Ils attendent les ordres émanant
de la Présidence de la République et de la direction du
Parti.

C'est horrible, j'ai envie de vomir. Je regarde mes compagnons. Ils sont comme moi. Pâles et tendus, suspendus
aux lèvres du procureur.

La séance est levée. Les gardiens nous ramènent dans
nos cellules souterraines où je passerai une nouvelle nuit
sans sommeil. J'en viens à envier le sort des chrétiens livrés
aux fauves du cirque... la fin venait plus vite ! Demain, il y
aura les plaidoiries et ensuite chaque accusé devra prononcer sa dernière déclaration. Je l'ai apprise, Kohoutek me
l'a fait répéter, je m'en remets à la grâce de D..., non, du
Parti !

Aujourd'hui, 26 novembre, la parole est à la défense. Je
n'ai pas encore réussi, malgré mes nombreuses réclama-

tions, et bien que nous arrivions à la fin du procès, à obtenir de pouvoir parler avec mon avocat. Je suis obsédé par cette pensée : A-t-il vu et préparé Lise, comme il me l'a promis? Le Parti aura-t-il pris contact avec elle comme s'y est engagé Bacilek à la fin de l'entrevue qu'il a eue avec moi?

Je suis soulagé de savoir par Kohoutek et les référents que Lise n'est pas dans la salle, et qu'au moins ce spectacle lui est épargné.

Nous assistons maintenant à la représentation donnée par les avocats « de la défense » qui viennent, tour à tour, réciter leur leçon apprise.

Leurs plaidoiries, qui se valent toutes, auraient à elles seules suffi comme acte d'accusation et réquisitoire...

Chaque avocat assume la défense de trois accusés, sauf le docteur Bartoš qui assume celle de Slansky et de Margolius.

Voici quelques-unes des perles les plus typiques de la plaidoirie de ce dernier :

Docteur Bartoš : « ... Ni dans le cas de l'accusé Slansky, ni dans celui de l'accusé Margolius, je ne m'occuperai, dans ma plaidoirie, des détails de leurs activités criminelles, puisqu'il n'y a pas de doutes que leur culpabilité, telle que l'a définie le procureur d'État ne soit clairement prouvée. Leur activité ne saurait se défendre, et les deux accusés ont d'ailleurs complètement reconnu leur culpabilité.

« Et c'est là justement que réside la plus grande difficulté de la défense, à savoir : qu'au point de vue juridique, il est impossible, en effet, de s'opposer à l'accusation, ni en ce qui concerne la désignation des crimes, ni en ce qui concerne leur qualification.

« Les pièces qui figurent au dossier et qui ont été rassemblées pendant l'instruction, les dépositions des témoins, ainsi que les aveux détaillés des deux accusés, corroborés par les autres preuves, confirment dans l'ensemble, sans

qu'il puisse y avoir de doute, l'état de cause non seulement
de la partie de l'acte d'accusation qui concerne immédiatement mes deux clients, mais aussi l'état de cause de l'accusation entière... »

Écoutez encore le docteur Pošmura, défenseur de Löbl,
Švab et Geminder, parlant de ce dernier :

« ... Slansky, qui n'a pas tardé à s'apercevoir que Geminder était un homme de caractère faible, pouvant devenir
un instrument docile entre ses mains, a mis à profit les
défauts et l'éducation bourgeoise de son ami. Geminder
a avoué avoir été à la remorque de Slansky depuis 1930 et
avoir été introduit au cœur du Centre de conspiration dans
la seconde moitié de 1948. On pourrait donc dire, qu'au
moins pendant quelque temps il a résisté aux séductions de
Slansky et que, s'il a fini par y succomber, c'était imputable,
d'une part, à son ambition d'arriviste et, d'autre part, à sa
lâcheté personnelle. Ces mobiles sont visibles dans tous les
aveux faits par l'accusé Geminder.

« Je ne sais que trop bien que ces défauts ne diminuent
aucunement la culpabilité de l'accusé qu'on ne peut pas
mettre en doute et qui était corroborée et prouvée ; seulement, il est de mon devoir, aux termes de l'article 19 du
Code pénal, d'attirer sur eux votre attention... »

Mon défenseur, le docteur en droit Ružička, est chargé de
présenter en une seule et unique plaidoirie la défense de
Ludvik Frejka, André Simone et moi. Écoutez-le, en ce qui
me concerne :

« ... Quant à l'accusé Artur London, sa culpabilité a été
prouvée, et l'accusé a fait des aveux complets. Il ne me reste
donc qu'à dire quelques mots sur les circonstances qui ont
amené London à devenir trotskyste, à se mettre à la solde
de Noël Field, à devenir membre du Centre de conspiration
et à déployer son activité criminelle.

« En 1937, London partit pour l'Espagne où il s'enrôla
comme volontaire dans les Brigades internationales.

Il apparaît des débats que la situation politique dans les Brigades internationales n'était pas en tout point satisfaisante. On comprend donc facilement que London, originaire d'un milieu petit-bourgeois et qui n'avait que vingt-deux ans et avait séjourné depuis longtemps à l'étranger, y ait noué des amitiés douteuses avec des " membres des Brigades " démoralisés : Zavodsky, Holdoš, Svoboda, et en ait rapporté des opinions trotskystes,

« Après sa libération du camp de concentration de Buchenwald [1], en 1945, une maladie pulmonaire s'est de nouveau déclarée chez London. Il partit pour se faire soigner, en Suisse; et c'est là, au sanatorium, qu'il se laissa enrôler par Noël Field.

« Voilà ce qu'en dit London : " Mes relations personnelles avec l'espion américain Noël Field ont pour origine l'aide et les subsides qu'il me procura sur les fonds de l'Unitarian Service Committee. Depuis 1947, Field a payé mon séjour au sanatorium suisse et m'a demandé, en échange, des informations de caractère secret. "

« L'aveu de London est confirmé, à cet égard, par les résultats du procès Rajk... l'accusé Artur London a été le dernier en date à collaborer avec Slansky, il ne s'y est décidé que sous une forte pression et par crainte d'être inquiété pour ses actions passées...

« Je vous prie donc, citoyens juges du tribunal d'État, de ne pas infliger, dans le cas de l'accusé Artur London, la peine suprême qu'on vous demande de prononcer, et de vous décider pour la peine d'emprisonnement qui lui permettrait d'expier sa faute grave par le travail. »

Les voilà, les chevaliers des temps modernes, champions des innocents, des faibles, des veuves et des orphelins! Si de très nombreux magistrats et juristes tchécoslovaques

---

1. Ce n'est pas à Buchenwald mais au camp de Mauthausen que i'ai été déporté.

ont préféré se faire laveurs de voitures ou mineurs, métallur-
gistes ou concierges plutôt que se parjurer — pour ceux
qui ont accepté la législation nouvelle en matière de justice
instaurée par les meneurs de jeu de Ruzyn, nulle différence
ne peut être établie entre eux et les « juges » qui commu-
niquent les peines.

Après les plaidoiries, tour à tour, nous sommes appelés,
tous les quatorze, à la barre pour prononcer notre dernière
déclaration.

De même que les référents ont insisté pour que nous pré-
sentions nos dépositions en donnant une impression de
sincérité, ils nous ont recommandé de prononcer cette
dernière déclaration en employant un ton de repentir sincère. Et surtout, de ne pas marquer d'hésitation, d'aller
jusqu'au bout et de « faire confiance au Parti »!

Slansky termine par ces mots : « Je ne mérite pas une
autre fin de ma vie criminelle que celle que propose le procureur d'État... » Geminder : « J'ai conscience que si rigou-
reuse que soit la peine — qui sera juste de toute manière —
je ne peux plus compenser ni réparer les grands dommages
que j'ai causés... » Frejka : « Je me suis rendu si gravement
coupable que j'accepte d'avance tout jugement du tribunal
comme un juste châtiment des mains du peuple travailleur
de Tchécoslovaquie... » Frank : « ... Je demande au tribunal d'État de juger sévèrement la profondeur et l'étendue
de ma culpabilité et de prononcer un verdict dur et vigoureux. » Clementis : « ... C'est pourquoi également le verdict
sur la peine que le tribunal de la Nation doit prononcer sur
mon activité ne peut être, si dur soit-il, qu'un châtiment
juste. » Reicin : « ... Je suis conscient de mériter le châtiment le plus sévère pour ces crimes dont je me suis rendu
coupable. » Švab : « ... Je prie, en conséquence, le tribunal
d'État d'apprécier et de condamner ma trahison avec le
maximum de sévérité et de fermeté. » London : « ... Je
sais que le verdict rendu sera équitable. » Hajdu : « ...

Je regrette sincèrement tout ce que j'ai fait et j'ai conscience de mériter un châtiment sévère et juste. » Margolius : « ... Je veux seulement exprimer mon regret pour ces crimes perpétrés. » Löbl : « ... Je ne puis que demander le châtiment le plus rigoureux. » Fischl : « ... Aussi je demande un verdict en rapport avec ma lourde culpabilité. » Šling : « ... Je suis méprisé à juste titre et je mérite la peine la plus élevée et la plus dure. » Simone : « ... C'est pourquoi je prie le tribunal d'État de m'infliger le châtiment le plus rigoureux. »

Le Président lève alors l'audience et déclare qu'elle reprendra le lendemain, à neuf heures trente, avec la proclamation du verdict.

Voici arrivé le matin du 27 novembre 1952 qui marquera la fin du procès. Les gardes n'ont pas eu besoin de nous réveiller, car pas un de nous n'a fermé l'œil de la nuit. Les référents se présentent dans les cellules peu avant l'heure de l'ouverture de la séance. Kohoutek et mon référent évitent d'engager la conversation. Ils ont le visage grave et tendu. Les gardiens qui relèvent ceux de la nuit ont des gestes feutrés; ils ne parlent pas.

On nous fait sortir dans le couloir. Chacun de nous a la mine défaite. Nous nous regardons, nos yeux sont éteints, sans la moindre étincelle de vie. J'ai l'impression, d'après ce que je ressens et en voyant mes camarades, que notre corps n'est plus que le réservoir d'un fond immense d'angoisse et de peur.

Nous nous mettons en marche, comme des automates. Nous prenons place à notre banc d'infamie. Nous attendons...

La salle est silencieuse. La Cour fait son entrée. Il est neuf heures trente, exactement. Le président Novak annonce : « L'audience est reprise. Levez-vous et écoutez la lecture du jugement ! »

Les gardiens nous poussent du coude et nous tirent pour nous faire lever.

Debout j'entends, comme dans un rêve... « ... Jugement. Au nom de la République!

« Le tribunal d'État à Prague a entendu, du 20 au 27 novembre 1952, les débats au sujet de l'affaire criminelle des dirigeants du Centre de conspiration contre l'État, RUDOLF SLANSKY ET SES COMPLICES, pour les crimes de haute trahison, d'espionnage, de sabotage et de trahison militaire.

« A la suite des résultats des débats le tribunal a statué comme suit... »

Cette lecture du verdict me semble longue, longue... Je ne comprends pas les mots que prononce le Président, seul un brouhaha confus parvient jusqu'à mes oreilles.

Pourquoi m'est venue la pensée de ce camarade de la Résistance — dont on m'a conté l'histoire — et avec lequel je m'identifie en cet instant : convoqué un jour à un rendez-vous dans les forêts des Landes avec des responsables F. T. P. de son secteur, il s'était tout à coup rendu compte que ses camarades se trouvaient là pour l'abattre, parce qu'ils le soupçonnaient d'être un traître. Horrifié, il prend conscience que plus rien ne peut le sauver. Après avoir reçu la balle qui mettra fin à sa vie, il a encore la force de crier en tombant : « Vive le Parti communiste! » et dans un ultime murmure : « Camarades... Camarades... Cam...! »

Subsiste-t-il un autre espoir que celui que nous avons mis dans le Parti, pour les millions d'êtres humains qui, de par le monde, voient en lui la fin de leurs maux et la possibilité d'enfanter une société de justice et de lumière? Si nous avions dénoncé et dévoilé l'imposture, n'aurait-ce pas été trahir nos camarades, nos amis... Dans ce monde qui se trouve au seuil d'une nouvelle guerre? Cette question est d'ailleurs absurde puisque, de toute façon, il ne nous

était pas possible de le faire! A la fois, pour ces considérations morales, et aussi parce que nous n'en n'avions pas la
simple possibilité pratique.

Je repense à l'Union soviétique. Je revois son peuple
admirable, courageux, que j'ai appris à aimer et que
j'aime; qui a supporté et supporte tant de sacrifices; qui
a consenti à la cause de la révolution plus qu'aucun autre
peuple ne l'aurait pu. L'U. R. S. S., patrie de la révolution
prolétarienne, espoir des peuples, deuxième patrie des
communistes du monde entier, pour laquelle tant d'entre
eux ont donné leur vie... et dont Staline a été le plus grand
fossoyeur!

Je transpire à grosses gouttes, je sens des rigoles de sueur
dégouliner le long de mon corps; bientôt mes souliers en
sont remplis... J'ai des éblouissements... Je m'efforce de
surmonter cet état pour pouvoir entendre et comprendre
ce que dit le Président. Je capte à plusieurs reprises mon
nom, LONDON, mêlé à celui d'autres de mes coaccusés
dans l'énoncé des crimes, mais ce n'est pas encore les
condamnations... Et puis ce sont des numéros d'articles
du Code pénal, des numéros d'alinéas du recueil des lois
et encore des noms avec lesquels le mien est à nouveau
mêlé... Mais ce ne sont pas encore les condamnations... Et puis j'entends et alors je redouble d'attention :

　　« ... Et sont condamnés pour ces faits
　　I. Les accusés Rudolf Slansky, Bedrich Geminder, Lud-
vik Frejka, Josef Frank, Vladimir Clementis, Bedrich Reicin,
Karel Švab, Rudolf Margolius, Otto Fischl, Otto Šling et
André Simone, d'après l'article 78, 3ᵉ alinéa du Code pénal,
compte tenu, sauf pour Karel Švab, des dispositions de
l'article 22, 1ᵉʳ alinéa du Code pénal,

　　　　A LA PEINE DE MORT

II. Les accusés Artur London et Vavro Hajdu, d'après l'article 78, 3° alinéa du Code pénal, compte tenu de l'article 22, 1ᵉʳ alinéa du Code pénal,

Eugen Löbl, d'après l'article premier, 3° alinéa de la loi n° 231/48 du Recueil des lois, compte tenu des dispositions de l'article 34 du Code pénal de 1852; pour tous compte tenu des dispositions de l'article 29, 2° alinéa du Code pénal, pour Eugen Löbl, compte tenu des dispositions de l'article 12 du Code pénal,

A LA PEINE DE PRIVATION
DE LIBERTÉ A PERPÉTUITÉ

Dans le cas de tous les accusés, la déchéance de la nationalité est prononcée, conformément à l'article 42 du Code pénal et à l'article 78, 4° alinéa du Code pénal.

Aux termes de l'article 23 du Code pénal, le temps qu'Artur London, Vavro Hajdu et Eugen Löbl ont passé en détention préventive, à cause de leurs actes criminels, est déduit de leur peine de privation de liberté. »

Après l'énoncé du jugement, le silence qui règne montre que le public, bien que sélectionné soigneusement, est lui aussi dépassé par ce verdict exceptionnellement sévère.

Qui aurait pu penser qu'en Tchécoslovaquie, pays de vieille civilisation, de traditions démocratiques, on irait plus loin encore qu'en Hongrie, en Bulgarie, en Pologne, en Roumanie : onze condamnations à mort! Trois à perpétuité!

Pas un seul applaudissement, aucune manifestation d'approbation... Au contraire, on a l'impression qu'un souffle de terreur, un froid glacial s'est abattu, dans la salle, sur les gens qui plient le dos... Personne n'est fier de ce dénouement épouvantable.

Le président interrompt alors la séance pour donner aux quatorze accusés un temps de réflexion. Nous pourrons consulter nos avocats avant de décider si, oui ou non, nous acceptons notre peine. Le procureur se réserve, quant à lui, le droit légal de préciser son point de vue.

Le public debout, figé, les yeux braqués sur nous, nous regarde sortir de la salle, toujours sans réagir.

Encadrés de nos gardiens, anéantis, nous regagnons nos boxes. Nous ne voyons rien autour de nous. Nous avions pourtant souvent envisagé que seule la mort serait le couronnement du procès, mais nous nous accrochions à chaque fêtu d'espoir que nous transmettaient les seuls êtres avec lesquels nous étions en contact, les référents; ceux qui, pour nous, représentaient le Parti.

Nous avions fini par tout accepter, même notre propre condamnation à mort. Il n'y avait pas d'autre issue : accepter comme l'avaient fait avant nous les vieux compagnons de Lénine, les accusés de Budapest, de Sofia, de Bucarest... de jouer un rôle dans le procès et confirmer ainsi l'accusation.

Dans le couloir, nous ne retrouvons pas nos gardiens de Ruzyn. Ils ont été changés. Mais ce qui est pire, c'est que nous ne retrouvons pas non plus nos référents.

Pendant toute la durée du procès, ils ne nous ont pas quittés. Pendant les interruptions des séances, nous avions l'habitude de les retrouver, près de nos boxes. Ils bavardaient avec nous, nous encourageaient. Et puis voilà que, maintenant, après ce verdict qui envoie onze des nôtres à la potence, ils se sont volatilisés.

Leur disparition, au dernier tableau, était-elle aussi prévue dans la mise en scène macabre du procès?...

Je vois, en face de moi, dans sa cellule, Clementis. Il a perdu tout ressort. André Simone qui, malgré son état

physique déficient, semblait sûr de lui, jusqu'au dernier
moment, est maintenant une loque... Je lis dans les yeux
de tous mes camarades leur désarroi de ne pas retrouver
leurs référents, de n'avoir auprès d'eux, en ce moment,
que des gardiens inconnus. Et voilà que tous, nous réclamons de voir nos référents.

Nos référents! Pendant les mois, les années que victimes et bourreaux nous avons vécu journellement ensemble, des liens difficilement explicables et, en dépit de
tout, certains contacts humains, se sont créés entre nous.

Les référents ne nous avaient-ils pas promis, au nom du
Parti, un autre sort si nous acceptions d'avoir une attitude
conforme aux intérêts du Parti? Quand ils affirmaient que,
si nous nous en remettions à la volonté du Parti, celui-ci
nous en tiendrait compte, je ne pense pas que, pour eux
tous, cela ait constitué un simple piège policier. Certains y
ont cru. Ils n'étaient pas tous des bourreaux-nés! Avant de
devenir les instruments dociles des « meneurs de jeu de
Ruzyn », eux aussi ont été mis en condition. J'ai déjà dit
que certains appliquaient tous les ordres aveuglément,
persuadés d'agir, ce faisant, en véritables communistes...

En les observant, n'avais-je pas souvent fait un retour
en arrière sur notre propre comportement? La déformation du principe du centralisme démocratique par l'élimination de la démocratie au bénéfice du centralisme, nous
avait peu à peu conduits, dans le passé, à désapprendre de
penser par nous-mêmes à attendre tout du « Parti », du
guide suprême. Nous en avions oublié le droit de réflexion
et de contestation. Devant certains problèmes, nous n'a-
vions pas toujours réagi assez humainement. Chez nos référents, la mise en condition a été si loin qu'ils ont accepté
de violer, au nom du Parti et de l'U. R. S. S., les droits
les plus sacrés de l'homme.

Mais dans le même temps, certains d'entre eux croyaient
aux protestations du Parti touchant la morale communiste,

la rééducation, la clémence... Ils croyaient dur comme fer que leur brutalité, leur violence constante à notre égard avaient un sens, une justification finale. Peut-être même que c'était de l'humanisme prolétarien, ou du moins, une façon de le servir.

Maintenant, ils savent tout. Comme nous.

A présent, tous nous réclamons de voir nos référents. Nous voulons savoir ce qui se passe. Mes camarades condamnés à mort sortent de leur box, accrochant ces gardiens inconnus par le bras : « Où est mon référent! Appelez mon référent! Dites-moi où est mon référent! Je veux voir mon référent! » Leur dernière chance de vivre est cachée dans ces fonctionnaires qui les ont broyés heure après heure, jour après jour, mois après mois, année après année, mais leur parlaient, les nourrissaient d'espoirs, de promesses, leur servaient d'intermédiaire avec le monde extérieur, le Parti, Gottwald.

Et soudain, plus cet espoir, plus ce recours. Plus ce truchement. Plus rien. Chacun seul avec sa mort. Quand ils revendiquent leur référent, ils revendiquent l'intercesseur capable de renouer avec la direction du Parti, avec Gottwald... Avec, peut-être, la vie. Le référent, c'est la lente torture des « aveux », la réfection ininterrompue des procès-verbaux. Les chantages. L'infamie. Les pires brimades et violences. Mais n'est-ce pas autant de gages de leur pouvoir, de l'efficacité de leurs liaisons avec les meneurs de jeu anonymes qui ont fait le procès dont ils nous menaçaient, comme on nous disait qu'ils le feraient, faisant ingurgiter même leçon aux juges qu'aux victimes.

La disparition des référents est le signe que tout est fini. Il n'existe plus que les « aveux » et non ceux qui les ont rédigés; les « aveux » et la condamnation que ces « aveux » portent en eux. Plus de promesses. Les condamnés ont tenu leur engagement jusqu'à l'ignominie. Le Parti ignore, renie le sien.

Je crois, à la réflexion, que la dernière étape du jeu macabre qu'on a fait jouer aux référents de Ruzyn, échappe à leur responsabilité personnelle et qu'elle incombe entièrement aux meneurs de jeu soviétiques et aussi aux dirigeants du Parti, Gottwald et les membres du Bureau politique de l'époque qui portent la terrible responsabilité de ce drame parce qu'ils ont accepté d'abdiquer leur droit de contrôle, qu'ils ont laissé violer la justice, et décidé, en dernier ressort, du droit de vie ou de mort pour les accusés. Ils se sont bouché les yeux et les oreilles, ils s'en sont lâchement, corps et âme, remis à cette police parallèle, État dans l'État, qui agissait selon la volonté démoniaque de Staline et Béria! Et qui les dévorait, au besoin.

Hajdu et moi, sans nous soucier des gardiens qui veulent nous en empêcher, sortons la tête du box et nous consultons : « Qu'allons-nous faire? » Tous deux nous sommes du même avis : la comédie a assez duré, nous allons faire appel contre le jugement...

C'est à ce moment-là qu'arrivent les avocats. Premiers contacts des défenseurs avec leurs clients... Quand ceux-ci sont déjà condamnés! J'entends des bribes de phrases qui montrent que les avocats tentent de calmer leurs clients :... « lettre au Président »... « recours en grâce »... « ne perdez pas l'espoir »... Mon avocat me demande mes intentions : « Je n'accepte pas le verdict, je veux faire appel. » J'entends Hajdu dire la même chose au sien.

Après m'avoir informé qu'il n'a eu le temps ni de voir ma femme, ni de lui téléphoner, l'avocat me quitte en disant que l'audience va bientôt commencer.

Au bout de quelques instants, l'avocat d'Hajdu, suivi du mien, revient, tout essoufflé d'avoir couru. Avec un débit rapide, ils nous disent qu'ils viennent de consulter les personnalités les plus compétentes et qu'ils nous déconseillent vivement de faire appel. « Vous ne vous rendez pas compte de la situation qui existe à l'extérieur. Il y a des camions remplis de résolutions qui arrivent de tous les coins de la République, émanant des usines, des administrations, des villages, qui exigent la peine de mort pour les quatorze. De plus, la situation internationale n'est-elle pas très grave? Eisenhower vient d'être élu président des États-Unis. Nous sommes au seuil d'une nouvelle guerre. Le procureur s'est réservé trois jours de réflexion pour préciser son point de vue. Et si vous faites appel, il fera également appel à son tour et alors vous n'aurez plus une seule chance d'échapper à la corde! »

Sur ce, Hajdu et moi, décidons d'accepter le verdict.

Au moment de me quitter, mon avocat me promet, une fois de plus, de se mettre en contact avec ma femme et de venir ensuite me rendre visite en prison. Je l'attends encore...

C'est la reprise de l'audience : la dernière. Le Président fait l'appel de nos noms. A tour de rôle nous nous levons et allons à la barre. Tous, d'une voix monocorde et étouffée, nous déclarerons la même chose : « *J'accepte ma condamnation et je renonce à faire usage de mon droit au recours.* »

Le spectacle est terminé.

Le rideau tombe.

Kohoutek m'avait dit un jour : « C'est d'un procès que le Parti a besoin et non pas de têtes! » Le Parti a eu le procès et les têtes avec...

Nous sommes reconduits dans le couloir souterrain de Pankrac. Nous nous tenons atterrés, silencieux, en attendant que les gardiens nous ouvrent nos cellules. Le premier à quitter notre groupe est Šling. Avant d'entrer dans la cellule, il se retourne vers nous, ses lèvres esquissent un sourire. Il nous salue de la main. Je ne sais que penser : Šling, mon camarade, que signifiait ce sourire en nous quittant?

Un silence sépulcral règne dans le couloir souterrain. Pendant les deux heures que Löbl, Hajdu et moi resterons dans nos cellules, jusqu'à ce qu'on vienne nous chercher pour nous reconduire à Ruzyn, je pense à mes onze camarades, j'en oublie mon propre destin.

Quand, en quittant ces lieux, nous avons tous trois longé le couloir, passé devant les cellules où restaient les onze condamnés à mort, quel terrible sentiment a été le nôtre!

En quittant le couloir souterrain, nous avons vraiment l'impression de sortir d'un tombeau.

Le souvenir de mes onze camarades me persécutera longtemps dans mes prisons. Et pourtant, je n'ai su que bien plus tard qu'ils avaient été exécutés. J'espérais toujours que la grâce leur aurait été accordée par Gottwald. C'est d'ailleurs la première question que je poserai au référent qui me fait conduire dans son bureau, quelques semaines plus tard, pour je ne sais plus quelle raison. Il ne me répond pas. Quelques mois s'écouleront avant que j'apprenne, par ma femme et lorsque je descendrai au commando de travail de Ruzyn, qu'ils ont tous été pendus. Pour me le prouver — car je me refuse encore à le croire — un de mes codétenus me montrera une coupure de journal qui annonçait l'exécution de la sentence pour les onze condamnés.

Plus tard, j'apprendrai que tous, excepté Rudolf Slansky, ont écrit, avant de mourir, des lettres à leurs proches, et aussi à Klement Gottwald [1]. Dans cet ultime adieu ils clament leur innocence et affirment avoir accepté de faire des « aveux » uniquement dans l'intérêt du Parti et du socialisme.

Otto Šling : « Je déclare, avant l'exécution, en toute vérité, que jamais je n'ai été espion... »

Karel Švab : « J'ai avoué parce que j'ai considéré que c'était mon devoir et une nécessité politique... »

---

1. *Nova Mysl*, revue théorique et politique du Comité central du Parti communiste tchécoslovaque, juillet 1968.

Ludvik Frejka : « J'ai avoué parce que j'ai essayé de toutes mes forces de remplir mon devoir envers le peuple travailleur et envers le Parti communiste tchécoslovaque... »

André Simone : « Je n'ai jamais été un conspirateur, un membre du Centre de conspiration contre l'État de Slansky, jamais un traître, jamais un espion, jamais un agent des services occidentaux... »

C'est seulement lorsque la réhabilitation éclatante de tous les innocents sera prononcée, pendant le *Printemps de Prague*, au début de 1968, que ces lettres retrouvées dans les archives du ministère de la Sécurité sont enfin parvenues à leurs destinataires : les veuves et les orphelins.

J'apprendrai aussi, pendant que j'écris ce livre, avec un sentiment de douleur et de révolte accru, en lisant la presse de mon pays [1], quelle fut la fin abominable de mes compagnons :

« *Lorsque les onze condamnés ont été exécutés, le référent D. se trouva, par hasard, à la prison de Ruzyn, chez le conseiller (soviétique) Galkin. Au rapport étaient présents le chauffeur et les deux référents qui avaient été chargés de la liquidation des cendres. Ils annoncèrent qu'ils les avaient mises dans un sac à pommes de terre et qu'ils étaient partis dans les environs de Prague dans l'intention de disséminer les cendres dans les champs. Apercevant la chaussée verglacée, ils eurent alors l'idée d'y répandre les cendres. Le chauffeur riait en racontant qu'il ne lui était encore jamais arrivé de transporter quatorze personnes à la fois dans sa « Tatra », les trois vivants et les onze contenus dans le sac... »*

---

1. *Reporte*, n° 26, année 1968.

CINQUIÈME PARTIE

Les miens

I

Me voici de nouveau à Ruzyn. Je ne réintègre pas l'infirmerie et on me remet dans une cellule du bâtiment neuf,
toujours à l'isolement complet, exactement comme avant.
J'ai l'impression que le verdict qui nous a laissé la vie n'est
qu'illusoire; que Löbl, Hajdu et moi-même ne sortirons
pas vivants d'ici. Un peu plus tôt ou un peu plus tard nous
serons liquidés. On ne peut pas risquer de laisser en vie des
témoins comme nous... Devrai-je rester entre ces quatre
murs à vivre d'une vie végétative, en attendant que la mort
veuille de moi ou que l'on décide de me faire crever?

Le soulagement immense que j'avais ressenti au moment
du verdict lorsque j'ai saisi que je m'en tirais avec la vie
sauve, fait peu à peu place à la pensée que, dans le fond, il
aurait mieux valu en finir d'un coup.

L'isolement est de plus en plus pesant. Il n'y a plus
d'interrogatoires. A de rares intervalles, un référent vient
me faire chercher pour répondre à une quelconque question
d'un quelconque organisme de l'Intérieur ou du ministère
de la Justice. Je ne reçois aucune lettre de ma famille. J'ai
demandé l'autorisation d'écrire. Au bout d'un mois, on
me l'a accordée. J'écris. Un mois plus tard, j'écris une
deuxième lettre. J'apprendrai plus tard qu'aucune de ces
deux lettres n'est jamais parvenue aux miens.

Chaque fois que je vois un référent, je lui demande de me donner des nouvelles de ma femme et de mes enfants. Chaque matin, au rapport, je demande à être convoqué par un référent pour qu'il m'informe sur le sort de ma famille.

Je dis aux référents que je suis sûr qu'en m'entendant à la radio, ma femme a dû réagir et prendre position contre moi. Ils répondent qu'ils ne sont au courant de rien. Je la connais trop bien, ma Lise, pour ne pas prévoir ce qu'a été sa réaction. Je suis sûr qu'elle a dû faire une déclaration. Je suis sûr, connaissant comme moi sa fidélité absolue envers le Parti et l'U. R. S. S., qu'elle ne veut plus avoir rien de commun avec le traître que je suis maintenant pour elle. Dans toutes les lettres qu'elle m'a écrites, avant le procès, elle a cherché en vain, à provoquer une dénégation de ma part sur une hypothèse de cette sorte : « S'il s'avérait que tu sois un traître, alors malgré tout mon amour pour toi, sache qu'entre nous le lien serait à jamais rompu! » Et j'ai plaidé coupable... et elle m'a entendu le faire à la radio...

Lise, si tu savais!

On ne me soigne plus, maintenant qu'on n'a plus besoin de me montrer. Je n'ai plus de pneumothorax depuis longtemps déjà... Je suis seul avec moi-même, avec mes pensées qui tournent toujours autour de Lise, des enfants et des parents.

Comme un animal en cage, je tourne dans mon cube de béton, en proie à mes pensées. En marchant, je remâche sans cesse les péripéties du procès, les longs mois de mise en condition pour m'amener, inexorablement, au banc des accusés, et jusqu'à la barre pour « plaider coupable ».

Nous étions quatorze accusés : tous — à part Margolius qui a donné son adhésion pendant la guerre, en pleine lutte contre le nazisme — membres du Parti depuis de très longues années, certains même depuis sa fondation..

Nous étions quatorze accusés, tous militants responsables et conscients, ayant donné nos preuves d'attachement les plus sincères au Parti. Tous, sans faillir, nous avions connu les temps difficiles remplis de dangers et persécutions qu'a entraînés notre engagement dans le combat pour le communisme...

Et tous, nous avons plaidé coupable et déclaré sur nous les choses les plus infâmes. Depuis les crimes de droit commun, vol, assassinat, jusqu'aux crimes de guerre, extermination des déportés dans les camps nazis, jusqu'aux crimes d'espionnage et de haute trahison...

Et Ruzyn nous a conduits à un tel degré de conditionnement que s'il avait fallu avouer d'autres crimes encore, Ruzyn l'aurait obtenu!

Nous étions quatorze accusés : chacun de nous représentait un secteur de la vie politique ou économique du pays. Nous formions, en quelque sorte, la plate-forme où, ultérieurement, d'autres procès pourront être accrochés.

Nous étions quatorze accusés; quatorze boucs émissaires chargés de tous les péchés, de tous les malheurs, naturels et publics, victimes expiatoires... sacrifiées à l'autel du socialisme!

Il me semble que, dans notre procès, on est allé au-delà de la crédibilité du public. Jamais il n'y a eu une tendance antisémite aussi violente, des faux aussi grossiers, des mensonges aussi énormes. Quel mépris pour les masses, quel dédain du Parti et de ses militants... Et ils se sentent forts, ces fossoyeurs du socialisme pour pouvoir se permettre de défier ainsi le bon sens de notre peuple et l'opinion mondiale.

Et les militants des Partis communistes des pays capitalistes, eux qui en toute bonne foi nous vouent aux gémonies, sont loin de se douter que contre leurs dirigeants — parmi les meilleurs — sont constitués méthodiquement des dossiers avec les « preuves » de leur trahison que les « meneurs de jeu » mettent en conserve précieusement, jusqu'au jour où ils auront l'opportunité de les ressortir... Comment leur faire savoir?

Et ici, à Prague, ceux des dirigeants qui gardent leurs responsabilités et les nouveaux qui ont pris la place des boucs émissaires... sont loin aussi de se douter que contre eux aussi il existe désormais des dossiers avec des « déclarations » et « preuves » qui les accablent et dont certaines ont été extorquées à ceux que l'on envoyait à la potence, encore à Pankrac, pendant que se déroulait le procès.

En ce qui me concerne, quelques jours avant le procès, Kohoutek m'avait interrogé sur Antonin Novotny, et notamment sur son attitude au camp de concentration, à Mauthausen. J'avais eu l'impression que c'était avec délectation que Kohoutek me posait ces questions. J'étais loin, alors, de soupçonner que Novotny était le nouveau premier secrétaire du Parti, à la place de Slansky.

A Mauthausen, je n'avais pratiquement eu aucun contact avec Novotny, qui était toujours resté à l'écart du travail de l'organisation clandestine de résistance du camp, ce qui lui valait la critique de nombreux camarades. C'est tout ce que je pouvais dire...

Qui a mis en marche cette machine infernale et par qui et quand sera-t-elle enfin brisée? Pour moi, il est devenu clair que le coupable c'est Staline et l'appareil monstrueux qu'il a créé dans ce but. Après avoir sacrifié les cadres du Parti bolchevik, il a étendu ce travail de sape aux autres partis. Mais c'est en vain que je me pose la question : pourquoi? Je ne trouve pas de réponse. Je ne distingue pas « le but qui justifie ces moyens ». Tenter d'expliquer ce phénomène, comme le font certains, en disant qu'il faut accepter une révolution dans son ensemble, avec et y compris le fait qu'indubitablement chaque révolution mange ses propres enfants, me paraît absurde. Au contraire, c'est justement le signe de sa dégénérescence qu'une révolution retourne la terreur dirigée contre ses ennemis en terreur contre ses propres créateurs.

Un jour, deux jours, dix jours, un mois, deux mois... Je me rends compte de l'égrènement du temps car, dans un coin de ma cellule, sur le mur le plus sombre, avec le jour nouveau je trace un trait nouveau.

Autrement, rien ne pourrait différencier un jour de l'autre. Jamais le reflet d'un rayon de soleil ne vient jouer sur mes murs... Lever, corvées, rapport, distribution de nourriture, coucher, et les longues nuits interminables des prisonniers... Cinq cigarettes par jour et quelques livres que, pour la plupart, je relis pour la nième fois...

Il y a déjà plus de trois mois que le procès a eu lieu. Et je ne sais toujours pas ce que sont devenus les miens.

Et puis, au début de mois de mars 1953, un référent vient me chercher. Il me conduit devant deux hommes : un juge du tribunal civil de Prague et son assesseur. Ils m'informent que ma femme a présenté une demande en divorce, le lendemain même de ma déposition au tribunal. Ils paraissent surpris de mon ignorance. Ils expriment à mon référent leur étonnement qu'aucune des lettres qui ont été envoyées par le tribunal pour instuire cette demande ne me soit parvenue. Ils veulent savoir si je ne fais aucune objection. Non, au contraire, j'exprime mon accord, car indépendamment de ma compréhension du motif qui a poussé ma femme à faire cette demande, je sais que c'est l'unique issue pour elle, le moyen — peut-être — de vivre en paix avec nos enfants et ses parents.

Le juge, compréhensif, me dit qu'il va essayer d'obtenir l'autorisation pour moi de voir mes enfants. Je m'accroche immédiatement à cet espoir; et qui sait, un jour, par eux, de revoir Lise aussi.

Quelque temps après, on m'a conduit dans le bureau d'un référent. Je le connaissais bien. Il avait participé, au début, à mes interrogatoires, à Koloděje, et n'avait

pas utilisé, alors, la manière douce. Je ne l'avais pas revu
pendant de longs mois. C'est aujourd'hui la deuxième fois
que je me retrouve en face de lui, après mon jugement.
L'homme n'est plus le même que celui que j'avais en face
de moi il y a deux ans. Il se montre, d'une certaine façon,
humain à mon égard. La dernière fois, déjà, il m'avait
remis des livres en disant : « Tenez, prenez-les, je sais que
vous lisez beaucoup. » C'est d'ailleurs lui, qui, par la suite,
s'excusera d'avoir été brutal à mon égard au cours des
interrogatoires : « Notre commandant (Smola) était une
brute et dès qu'il n'entendait pas des cris et des hurlements
dans une salle d'interrogatoire, il nous rappelait à
l'ordre... »

Aujourd'hui, là, devant moi, je le sens indécis, troublé.
Il m'offre une cigarette, me fait asseoir. Et puis il me lâche
d'un coup : « J'ai une lettre pour vous. C'est une lettre
terrible, je me demande si je dois vous la donner. Lisez-la
d'abord, et puis nous verrons si je puis faire quelque chose
pour vous. »

C'est une lettre de Lise. Plus tard, elle m'apprendra
dans quelles circonstances elle l'avait écrite. Je m'en empare avidement, bien que je sache par les paroles du référent que ces nouvelles ne seront pas bonnes pour moi.

Le 13 mars 1954.

Gérard,

*Hier, je suis allée devant le Sénat chargé de régler la situa-
tion de nos trois enfants en relation avec le divorce. Il m'a
été indiqué que tu avais le droit de voir tes enfants dans le
cadre du règlement des prisons. J'ai donc signé un procès-
verbal stipulant que « dans le cas où le père en fera la demande
je ne ferai pas opposition à ce qu'il voie ses enfants ». Mais
plus j'y réfléchis, plus je pense que ce ne serait pas juste.
C'est vrai, il y a pour toi l'aspect humain et ne crois pas que
j'y suis insensible. Mais il y a l'autre aspect humain repré-*

senté par l'avenir des enfants : ils auront beaucoup à lutter,
beaucoup à travailler dans leur vie pour faire oublier qu'ils
sont les enfants de London. Ne leur complique pas encore la
vie en alimentant en eux une dualité entre la haine qu'un communiste doit éprouver pour les traîtres et l'amour, la pitié
qu'ils ne peuvent pas ne pas ressentir pour leur père.

Je sais par expérience comme il est difficile de dénouer les
liens d'amour tissés le long des ans, même lorsqu'on sait
qu'ils aboutissent à un homme qui a failli sur tous les points,
combien il est dur de rejeter les sentiments de pitié qui vous
oblige à voir, quand même, en cet homme, celui qu'on a cru
connaître et qui fut tant aimé. Je suis adulte et communiste
de longue date et il me faut pourtant faire preuve de beaucoup
de force pour dominer ces sentiments et poursuivre sur la
voie que je sais seule juste. Mais des enfants, c'est plus fragile.

La vie ne s'arrête pas là, Gérard. Si comme je le souhaite
ardemment tu es pleinement conscient de tes fautes et si,
d'ores et déjà, tu t'es engagé sur le chemin de ta rédemption,
il faut que tu comprennes que, dorénavant, c'est en toi-même
que tu dois puiser les forces et la volonté de redevenir un
homme utile à la société. L'Union soviétique nous a donné
maints exemples de ce genre. Inspire-toi d'eux et alors, plus
tard, si tu en es digne, tes enfants, j'en suis sûre, ne refuseront pas de te voir.

Voilà, Gérard, ce que je voulais te dire et je suis sûre que
tu seras d'accord avec moi.

                                                      Lise.

J'avais pourtant cru avoir déjà bu le calice jusqu'à la
lie ! Je reste là, sur ma chaise, incapable de la moindre réaction. « Oh ! non, pas ça ! C'est trop ! » C'est tout ce que je
trouve à dire. Et les larmes coulent le long de mes joues.

Le référent essaie de me consoler : « Je vous comprends
bien, monsieur London. Je vais essayer de vous aider.

On n'a pas le droit de vous priver de voir vos enfants. Je vais parler à mes supérieurs. Je les informerai et leur demanderai l'autorisation de voir votre femme. Je ne sais pas si on me l'accordera. Mais je vous promets de tout faire pour cela. Et quand je la verrai, je la convaincrai de vous amener les enfants. »

Quelques jours après, il me fait revenir et m'apprend qu'il a vu ma femme et Françoise et que j'aurai une visite d'elles deux et des garçons, après Pâques, c'est-à-dire dans quelques jours. Je n'essaie pas de raisonner. C'est la première éclaircie dans ma nuit.

II

Les jours traînent encore plus qu'avant et n'en finissent pas depuis que j'attends cette visite. Trop longtemps que je suis à l'isolement, qu'il n'y a aucun terme précis dans ma vie. Et là, tout est changé, bousculé. C'est comme un vin trop fort. A mon impatience s'ajoute l'angoisse : « Comment vais-je les retrouver ? Quel accueil vont-ils me faire ? Que vais-je pouvoir dire à Lise, puisqu'il m'est interdit, sous peine de mort, d'expliquer... » Et si cette visite, au lieu d'aider à mettre les choses au point, ne servait qu'à les brouiller ? On nous a jetés dans une situation si inextricable, si abracadabrante, si absurde... Comment espérer me faire comprendre, me faire croire... Et si j'y parviens, persuader en même temps Lise de divorcer... Cette semaine déchirée entre l'espoir et les craintes est une des pires à vivre.

Enfin, le mercredi 8 avril 1953, le coiffeur vient me raser dans ma cellule, bien que ce ne soit pas son jour habituel. La visite est donc pour aujourd'hui. Il y a déjà plus de vingt-six mois que je n'ai pas revu Lise. Vingt-six mois de tortures continuelles, d'infamies.

J'ai bien deviné. Au début de l'après-midi, mon référent
vient me chercher. Il m'amène à la lingerie pour changer
ma tenue de détenu contre des vêtements civils. On me
bande les yeux, on me fait monter dans une voiture. Surpris, je m'enquiers auprès du référent du lieu où se tiendra
la visite. Il me répond que nous allons à la Bartolomejska,
en plein cœur de Prague, où se trouvent plusieurs services
de la Sécurité et de l'Intérieur. Avant d'arriver, il m'ôte le
bandeau. Nous traversons le pont des Légions. En face
de moi, j'aperçois le Théâtre National. Les gens vont,
viennent dans les rues, se croisent sur les trottoirs, entrent
et sortent des maisons et magasins. Pour eux, rien ne s'est
passé. Le monde a continué de tourner, alors que, pour
moi, il s'est arrêté depuis si longtemps.

Nous voici arrivés dans la petite rue Bartolomejska.
La voiture s'engage sous un porche. Je monte un étage,
accompagné de mon référent. Nous suivons un couloir
au plafond élevé. Le référent ouvre une porte, s'efface
pour me laisser entrer. Ils sont là! Je regarde Lise : elle
se tient droite, je la sens très émue. Malgré l'expression de
tristesse de son visage, je la trouve encore plus belle
qu'avant, avec ses cheveux tirés et ramassés sur la nuque
par un grand nœud. Françoise! Elle est aussi grande que sa
mère, ses longs cheveux blonds et bouclés tombent en cascade sur ses épaules : qu'elle est jolie avec le tendre sourire
qu'elle a pour moi en s'approchant, la première, pour
m'embrasser. Gérard — un grand garçon déjà — a toujours son air espiègle et déluré. Il reste timidement auprès
de sa mère. Et Michel? C'est lui que je trouve le plus changé :
il était un bébé faisant ses premiers pas quand je l'ai quitté.
Et maintenant, il a plus de trois ans. Il me regarde avec
étonnement, de ses grands yeux noirs, empreints de cette
expression de tristesse qu'il avait, tout petit, et qu'il gar-
dera encore pendant de longues années.

Lise pousse les garçons vers moi. Gérard m'embrasse :

« Bonjour Papa! » Je l'embrasse à mon tour. Michel s'approche. Il sort de ses poches deux œufs durs, coloriés, comme on a la coutume de le faire à l'occasion des Pâques. Il les tient dans ses menottes et me les tend : « C'est pour toi, Papa. C'est mon cadeau! »

Son geste m'émeut aux larmes. Je m'accroupis pour me placer à son niveau. Et je le serre dans mes bras. Lise se tient près de nous. Elle regarde notre groupe d'un air à la fois sévère et attendri. Je lève les yeux sur elle : « Tu me trouves bien changé et vieilli, n'est-ce pas? » Son visage s'illumine d'un sourire et elle dit : « S'il n'y a que cela qui te tracasse, Gérard, c'est bon signe! »

J'ai envie de la prendre dans mes bras, de l'embrasser, mais je n'ose pas. Le référent nous dit que nous avons une heure de visite et nous demande de ne parler que le tchèque.

Il s'installe derrière un grand bureau qui se trouve dans un coin de la vaste pièce où nous nous trouvons. Dans le milieu du panneau du fond se trouve un coin-salon, avec un canapé de trois places contre le mur, une table ronde et deux fauteuils. Lise me pousse vers un des fauteuils. Je suis assis le dos tourné au référent. Lise me fait face, installée avec Françoise et Gérard sur le canapé. Michel ne me lâche pas.

Pendant que Lise me donne des nouvelles des parents, je la vois qui pousse du coude Françoise. Ma fille se lève. Le petit Gérard se lève à son tour, prend Michel sur son dos et commence à caracoler autour de la salle : « Hue coco! Hue coco! » J'entends Françoise bavarder avec le référent; elle l'a vue la semaine d'avant avec sa mère, elle le connaît donc et ils ont une conversation animée dont les bribes me parviennent. Elle lui raconte, avec beaucoup de vivacité les histoires de son école, le film qu'elle a vu, les dernières anecdotes. Je l'entends rire aux éclats. Toute la pièce est remplie de bruits, de rires, de cris et aussi, de temps en temps, des pleurs de Michel que son cheval jette à terre. Lise m'explique que toute cette mise en scène a été soigneusement préparée par elle et notre fille pour que nous puissions bavarder tranquillement en français.

Quand Lise, qui lui fait face, se rend compte que le référent s'intéresse à nous et tente de capter le sens de notre conversation, elle passe immédiatement au tchèque et parle de problèmes de famille.

Ma femme essaie de dominer l'expression de son visage. Elle arbore un sourire stéréotypé, même en parlant des sujets les plus tristes et bouleversants pour nous deux.

« Qu'as-tu pensé de la lettre que j'ai écrite à Gottwald et au président du tribunal, au moment du procès?

— Quelle lettre?

— Comment, tu n'es pas au courant? On ne t'en a pas donné connaissance?

— Non. Mais j'avais bien deviné. J'étais sûr que tu en avais écrit une. J'ai posé au moins cent fois la question et on m'a toujours dit : non! Un mensonge de plus! C'est comme pour les deux lettres que l'on m'a permis de t'écrire et qui ne t'ont jamais été expédiées! »

Comme ils ont joué jusqu'au bout avec nous! Smola a commencé de me faire croire que Lise m'avait renié alors qu'elle se battait pied à pied avec Slansky, avec Köhler, avec Široky, avec Gottwald. Puis, après mes « aveux », Kohoutek a empêché que Lise puisse y être préparée, ne me laissant écrire dans mes lettres rien qui l'éclaire tant soit peu, non sur la vérité, bien sûr, mais sur ce qui allait se passer. Et pourquoi m'avoir dissimulé l'existence de cette lettre dont ma femme est la première à me parler? Elle m'en cite les termes, de mémoire. C'est exactement ce que j'imaginais.

Michel revient près de moi : « Papa, j'ai faim. Tu me fais cadeau d'un œuf? » Lise est obligée de rire en voyant notre fils, sérieux comme un pape, casser et éplucher son

œuf, puis s'en délecter. Il fait un petit tour, puis revient
s'appuyer sur mes genoux d'un air câlin. Il demande :
« Papa, tu me donnes encore l'autre ? » Françoise est revenue près de nous. Sa mère lui demande à voix basse
d'augmenter le bruit : « Occupe-toi un peu plus de tes
frères. Il faut absolument que je puisse parler avec papa ! »
Et c'est alors un véritable cirque.

Lise me regarde droit dans les yeux et doucement elle
m'interroge : « Gérard, comment est-il possible que tu
aies pu nous mentir ainsi ? » Je crois qu'elle veut parler
de la blessure que je lui ai causée, et que je regrette tant :
« Tu y penses encore, Lise. Cela n'a eu rien à voir avec
mon amour pour toi... » Elle m'interrompt : « Mais non,
Gérard. Tout cela maintenant a si peu d'importance. Je
parle du procès. Tu as avoué. Tu nous as donc trompés. »
Je la fixe intensément et avec la tête je fais un léger mouvement de négation et mes lèvres esquissent un NON silencieux. « Mais ce que tu as dit pour Field ? » — Nouveau
mouvement de dénégation de ma part. Elle me harcèle : « Et
pour Zilliacus ? — NON. — Et le travail de sape contre
le Parti français ? — NON. » Je m'affole et du regard j'essaie de faire comprendre à Lise en fixant d'abord le lustre
au-dessus de nos têtes, puis la table, et en faisant de l'index
un mouvement de rotation, qu'il peut y avoir des micros.

Les questions de Lise continuent de fuser : « Alors
toutes les accusations contre toi étaient fausses ? — Oui. —
Pourquoi donc as-tu plaidé coupable ? » Je suis effrayé
des conséquences que cette conversation peut avoir pour
moi et la famille, mais il m'est impossible de mentir à Lise.
Je réponds à voix très basse : « Oui, tout est faux. Je suis
entièrement innocent. — Tout ? Tout est faux ? — Oui,
tout ! — Mais alors qu'est-ce que tu attends pour te battre ?
Pourquoi n'as-tu rien dit au procès ? — C'était impossible. »

Dès le premier contact qui s'est établi entre nous après
mon entrée dans la pièce, dès le premier regard de Lise

sur moi, je savais que je n'avais pas perdu l'amour de ma femme. Et je me rends compte maintenant que ce « NON », à sa demande si j'étais coupable, elle l'attendait de tout son être. Elle le pressentait, mais elle voulait me l'entendre dire...

Elle dit : « Si tu savais combien j'ai dû lutter contre moi-même pour tenter de me persuader de ta culpabilité. Parce que tu as plaidé coupable... La nuit quand je me retrouvais au lit, j'avais l'impression de ta présence dans la pièce, tu te penchais sur moi et j'entendais — mais j'entendais vraiment — ta voix me murmurer : « Lise, crois en moi, je suis innocent! » C'étaient de véritables hallucinations qui me brisaient nerveusement. J'avais honte de moi : tu es toujours en train d'évoquer ta fidélité au Parti... Cependant ton amour est plus fort que ton esprit de Parti. Tu es prête à écouter tes sentiments de pitié et d'amour pour l'homme qui a trahi... Tu devrais avoir honte!... Et une pensée m'obsédait sans cesse : Te revoir, ne fût-ce qu'un instant, mais te revoir. Pour te poser la question et pour t'entendre toi-même me dire si oui ou non tu es coupable! »

Lise murmure : « Gérard, il faut que tu aies confiance. J'ai une bonne nouvelle pour toi... » Et elle m'explique en quelques mots l'histoire des « Blouses blanches », de ces médecins soviétiques accusés d'avoir faussement perpétré des assassinats d'hommes politiques. Et comment elle venait d'apprendre que le procès qui se préparait contre eux avait été monté de toutes pièces... Elle raconte :

« Quand le capitaine de la Sécurité — le référent qui est maintenant avec nous — nous a annoncé que nous te reverrions après les fêtes de Pâques, nous avons laissé éclater notre joie, Françoise et moi, dès que nous nous sommes retrouvées dans la rue : nous allions te revoir! nous allions enfin savoir!

« Pour le week-end, je suis allée avec petit-Gérard chez

nos amis Havel, à Luby. C'était le plus beau cadeau d'anniversaire que je pouvais faire à notre fils pour ses dix ans.
Tu sais combien il raffole de la campagne.

« Le soir, à la gare de Luby, Tonda Havel nous attendait avec une voiture à chevaux. Grande joie pour notre
Gérard qui pour la première fois peut jouer vraiment au
cow-boy, en tirant sur les rênes des chevaux et en faisant
claquer son fouet. Je suis assise près de Tonda. La première chose qu'il me demande, c'est si j'ai entendu les
informations à la radio.

« Non, pourquoi?

« Avant de venir vous chercher, la radio a donné un
communiqué sur la réhabilitation des médecins soviétiques. »

« Ce " complot des Blouses blanches " avait fait beaucoup de bruit. Entendre dire maintenant qu'ils ont été
réhabilités, me gonfle le cœur d'espérance. Dans ce cas,
Gérard... Tout heureuse, j'apprends à Havel qu'après
mon retour à Prague j'aurai une première entrevue avec
toi. En entendant cela, Tonda pousse un véritable cri de
joie : « Il est innocent, je l'ai toujours su. Tu verras qu'on
devra le relâcher bientôt! » Et il commence à égrener ses
souvenirs sur toi : vos conversations où tu te montrais
toujours si simple et compréhensif, ta gentillesse... « Non,
ajoute-t-il, un homme comme lui ne peut être ni un men-
teur ni un traître! »

« Le lendemain, c'est la fête du village voisin. Havel
veut absolument nous y conduire, sa fille Hanka et moi.
De sa part, me conduire au bal du pays, c'est un geste de
fierté, de défi aussi aux autorités locales qui l'ont persécuté, chassé de son emploi, exclu avec sa femme du Parti
parce qu'il comptait parmi ses amis plusieurs anciens d'Espagne. On était allé jusqu'à monter l'accusation que c'était
dans sa ferme que les volontaires des Brigades, détenus,
s'entraînaient au tir... en vue du complot bien sûr!

« Et Havel était fier de me faire valser, danser la polka et la mazurka à la façon du pays. Les gens ont d'abord marqué de l'étonnement et puis j'ai été adoptée gentiment. Le chef des gardes forestiers est venu me prier pour une valse. Tu te souviens de lui? Sans aborder ton problème, il s'est enquis de la santé des enfants et des parents. Havel était si heureux qu'il trinquait et retrinquait avec des chopes de bière dûment arrosées de rhum.

« Et le retour! Hanka d'un côté, moi de l'autre, le tenant par le bras. Et lui, au milieu, chantant à tue-tête sa joie et son bonheur. Il y avait cette nuit-là un ciel noir où les étoiles brillaient comme autant de petits soleils. Il faisait bon. Une brise légère soufflait et le père Havel commença tout à coup à déclamer des vers! Combien je regrette que ma connaissance du tchèque ait été trop imparfaite pour pouvoir recueillir ces poèmes improvisés où il évoquait les yeux de mon Gérard, purs comme ces étoiles qui brillent dans les cieux. Son poème s'achevait sur ta joie quand tu serais de retour parmi nous... Puis de grosses larmes coulèrent le long de son visage quand il parla du long calvaire que tu as dû endurer.

« C'est ainsi que nous avons accompli les quatre kilomètres qui nous séparent de la ferme. Sa femme nous attend auprès du portillon. Elle éclate de rire quand elle voit « son vieux » dans cet état, et en lui parlant gentiment, comme une mère à son enfant, elle l'emmène pour le coucher.

« Rien n'a plus de valeur, en ce monde, qu'un cœur pur et généreux. Et c'est parmi les gens les plus simples que se cachent les plus grands trésors d'amour et de bonté. »

Ainsi des hommes condamnés en U. R. S. S. ont pu être publiquement réhabilités! Cette nouvelle m'ahurit. Je ne peux pas le croire. Lise insiste : « Mais oui, puisque je te dis que c'est officiel! Non seulement la radio l'a annoncé, mais tous les journaux ont reproduit la nouvelle.

Je voulais même t'apporter une coupure de presse, mais
Renée, la sœur d'Hajdu, m'a dit que ce pourrait être
imprudent et nous causer tort à toi comme à moi. » Je ne
me remets pas du choc que me donne cette nouvelle. Lise
poursuit : « Tu vois bien que tout n'est pas perdu, qu'il
faudra se battre! Tu ne vas tout de même pas rester dans
la peau d'un coupable, si tu es innocent. Et je veux me
battre avec toi. Je vais aller au Parti parler avec Široky
et Köhler...

— Surtout, Lise, ne fais pas ça. Si tu m'aimes encore
assez pour désirer que je reste en vie, je te prie de ne tenter
aucune démarche. »

Lise me regarde gravement : « Mais enfin, Gérard,
n'oublie pas : Ceux qui vivent sont ceux qui luttent!

— Dans ce cas, cela signifierait ma mort. Je te demande
de me laisser le choix de l'heure. Surtout, crois-moi
quand je te dis que tu ne peux rien actuellement pour moi,
et qu'au contraire tu me perdrais et tu te perdrais, si tu
tentes d'intervenir. Tu ne peux pas comprendre, mais tu
dois me faire confiance. Par contre, ce que je te demande
c'est de t'en aller, de retourner en France avec tes parents
et les enfants. Tu dois absolument partir. Après, j'aurai
les mains libres. »

Lise essaie d'avoir un visage serein, de sourire en parlant
mais son regard, qu'elle ne peut pas dominer, exprime à
quel degré elle est bouleversée par tout ce qu'elle entend
Je répète encore :

« Tu dois prendre très au sérieux ce que je te dis. Si tu
fais la moindre démarche pour moi, c'est la fin, c'est ma
condamnation à mort. »

Les yeux de Lise se portent sur les grandes reproduction
de photos de Staline et de Gottwald qui ornent les mur
de la pièce. Elle a soudain conscience que je vis en dehor
du monde et du temps. Elle dit : « Sais-tu que Staline es
mort? » Cette nouvelle me suffoque, je regarde Lise le

yeux arrondis par la surprise : « Non, mais tant mieux! »
C'est au tour de ma Lise de me regarder, interloquée, et
je ris encore en pensant au regard noir qu'elle me lance :
« J'espère que tu es resté communiste! — Mais oui, c'est
parce que je le suis que je te répète : tant mieux! » Lise
poursuit : « Gottwald aussi est mort. Le sais-tu? — Non,
mais crois-bien que je ne le pleurerai pas! » Ma femme ne
peut pas comprendre mes réactions, elle me regarde en
silence.

Sur ces entrefaites, le référent s'approche de nous. Lise
parle en tchèque de toutes les difficultés qu'elle rencontre
depuis ma condamnation. Elle a été renvoyée de son usine,
et dans la nouvelle où elle a été affectée son travail est très
pénible et mal payé. Elle ne sait pas comment, financièrement, elle pourra s'en tirer avec ce salaire de misère.
On lui a aussi retiré sa carte du Parti et les lettres qu'elle
a envoyées à la direction du Parti à ce sujet restent sans
réponse.

Ainsi, c'est bien ce que je craignais, ma famille n'a pas
été ménagée. Je dis à Lise : « Écris tout de suite au ministre
Bacilek. Il m'a vu avant le procès et il a promis que vous
ne supporteriez pas les conséquences de ma condamnation.
Que le Parti veillera à ce que les familles ne soient pas
rendues responsables. Ne te laisse donc pas faire, écris!
Et s'il le faut, demande une audience... »

Lise me parle ensuite des parents : « Maman avait une
folle envie de te voir. Elle voulait venir avec nous, mais
papa n'a pas voulu. Il lui a dit : « Le Parti l'a condamné,
il ne faut pas avoir de contact avec lui. Si Lise y va, ça la
regarde, mais toi tu resteras ici, avec moi. » Je dois sourire
car c'est pour ce trait de caractère aussi que j'aime mon
bon père Ricol...

Ma femme demande alors au référent — qui y consent —
si elle peut me remettre le colis qu'elle m'a préparé :
saucisson, jambon, fromages, gâteaux secs, des friandises,

un pain de Savoie que Mémé a fait pour moi et puis...
« la cartouche entière de gauloises que j'ai toujours con-
servée avec tes affaires dans l'espoir qu'un jour tu les
fumerais. J'avais raison de le croire puisque aujourd'hui
je peux te les donner ». Elle est si contente, ma Lise, de
pouvoir me donner ces gauloises, mon tabac préféré.

Je ne veux pas prendre ce colis car je me doute combien
la vie doit être difficile pour les miens : « D'accord pour
les cigarettes, mais pour ce qui est des vivres, garde-les
pour les enfants. » Lise se fâche : « Tu nous feras de la
peine si tu ne l'acceptes pas. Nous serons heureux de savoir
que tu penseras à nous en mangeant ce que nous avons
préparé pour toi. »

Le référent nous presse car l'heure est passée depuis
longtemps déjà. Nous sommes près de la porte. Je prends
ma femme dans mes bras. Je l'embrasse. Elle me dit :
« Dès demain je retirerai ma demande en divorce. » J'essaie
de la dissuader en disant que pour elle et les enfants il sera
beaucoup mieux qu'elle soit divorcée et même qu'elle
change le nom des enfants : Ricol au lieu de London.
Elle répond : « Non, Gérard. Maintenant je considère
que ce divorce n'a plus de raison d'être. Je crois en toi.
Je reste avec toi. » Nous avons du mal à nous quitter.
Je l'embrasse une dernière fois. Puis, Lise et les enfants
disparaissent derrière la porte. Je ne vais vivre maintenant
que pour la prochaine rencontre!

III

Trop de nouvelles, trop de changements d'un coup.
Impossible d'en faire la somme. Est-ce qu'il y a rapport
entre la mort de Staline, celle de Gottwald et le fait qu'on
m'ait enfin permis de revoir les miens? Et la réhabilitation
des médecins soviétiques? Et, en même temps, ce que

j'apprends de la vie des miens, de leur persécution? Ainsi, ce que Bacilek est venu promettre solennellement, dans son grand habit de général, n'était que pour nous duper un peu plus, nous pousser à maintenir jusqu'au bout nos « aveux ». En quoi le Parti peut-il être intéressé à laisser ainsi souffrir une femme avec trois enfants et deux vieux parents? En quoi? Et au nom de quoi justifier pareille conduite?

Ce qu'a été la vie des miens, depuis que je les quittai, ce dimanche déjà si lointain — 28 janvier 1951 — c'est à partir de maintenant que je le saurai.

Après mon arrestation, ma femme n'avait dit à personne ce qui s'était passé. Elle continuait à travailler à la section française des émissions étrangères à la radio dont elle était la responsable. Elle continuait d'assister à des réunions et même à des réceptions : « La dernière en date fut à la Présidence de l'Union des femmes tchécoslovaques, en l'honneur de la mère de Zoïa Kosmodemianska [1]. Là, vraiment, je pense qu'Anežka Hodinova [2] ne me l'a jamais pardonné, surtout que j'étais mise à l'honneur comme ancienne dirigeante de l'Union des femmes françaises... »

Peu à peu, cependant, la rumeur de mon arrestation commençait à se répandre dans Prague. La radio et surtout le service où travaillait Lise étaient infestés d'indicateurs. Peu de temps avant mon arrestation, Lise avait été victime d'un vol. Son portefeuille contenant sa paye d'un mois qu'elle venait de toucher, des bons Darex, en quantité assez importante, et surtout ses papiers d'identité — notamment sa carte d'identité française — avaient disparu de son sac. Elle avait porté plainte, était allée aux

1. Jeune partisane — héros de l'Union soviétique — pendue par les nazis en 1941.
2. Député à l'Assemblée nationale et présidente de l'Union des femmes tchécoslovaques. Décédée depuis.

Objets trouvés pour essayer au moins de récupérer ses papiers d'identité, dont en général les voleurs se débarrassent... Mais rien. En 1956, après ma réhabilitation, quand on nous rendra les papiers confisqués chez nous pendant la perquisition, parmi eux se trouvera, dûment classée... la carte d'identité de Lise!

Une nouvelle collaboratrice placée aux côtés du rédacteur en chef et qui tirait son assurance et son arrogance de sa collaboration avec la Sécurité, profita d'une réunion rédactionnelle d'où Lise était absente pour formuler contre elle de graves accusations : Lise aurait passé en contrebande dans les émissions françaises de la propagande anticommuniste, des attaques contre la Tchécoslovaquie... Le lendemain, ma femme, mise au courant par son remplaçant, se rend à la réunion rédactionnelle. Tous les participants de la veille sont présents. Elle demande qu'un procès-verbal précis soit établi sur la réunion qui va se dérouler. Elle se lance ensuite à une attaque en règle contre sa diffamatrice : « Vous avez pensé qu'avec les difficultés que j'ai en ce moment, je me laisserais piétiner par vous, que je me laisserais faire sans réagir, comme l'agneau du sacrifice... Vous vous étiez trompée. Je ne laisserai personne me calomnier et s'attaquer à mon honneur... Et maintenant apportez-les donc les preuves des accusations que vous portiez hier contre moi, en mon absence! »

La provocatrice s'était alors dégonflée. Lise avait eu l'appui des autres représentants des sections étrangères pour demander que la copie du procès-verbal soit envoyée à Bruno Köhler.

C'est peu après qu'elle avait eu cette conversation avec Bruno Köhler, que j'ai déjà mentionnée, et où elle avait été prévenue qu'elle devrait quitter son travail de la radio pour aller à l'usine.

Le haut fonctionnaire de la radio qui l'avait convoquée

pour lui signifier son renvoi la connaissait pour l'avoir vue quelquefois aux réunions de la rédaction centrale. Il avait l'air très gêné de lui faire part de cette décision. Lise le mit à l'aise en lui disant qu'elle était déjà informée par Köhler.

Et comme elle lisait dans les yeux de cet homme une expression de sympathie, elle se laissa aller à lui parler de ses difficultés. Que va-t-elle devenir? Elle doit déménager. Son compte en banque est bloqué. On ne veut pas lui laisser prendre de meubles... Elle parle des parents, des enfants. Elle lui dit aussi sa foi en moi. Elle sort de son sac ma lettre — la première, celle du 1er mai — et la lui donne à lire en disant : « Penses-tu qu'un coupable écrirait ainsi? »

Pendant cette conversation, le service de comptabilité apporte le compte de Lise : on la paie jusqu'à la fin du mois, plus quinze jours de vacances. C'est tout. C'est bien maigre!

Lise raconte :

« Je me lève pour prendre congé. Le camarade me réconforte avec des paroles d'espoir. Il me dit que je dois être forte pour affronter les difficultés, qu'il a confiance en moi, que je suis une bonne communiste et qu'il espère que mes malheurs actuels prendront bientôt fin. Je lui tends la main et en même temps qu'il me la serre je sens qu'il y glisse une enveloppe. Je le regarde étonnée. « Non, ne refuse pas! Je suis content de pouvoir t'aider. Tu me rendras cela quand tu te seras tirée d'affaire. C'est pour tes enfants. Et, toi, continue de marcher la tête haute, tu en as le droit », puis, après une seconde d'hésitation, il ajoute : " Bien sûr, tu sais les temps que nous vivons. N'en parle à personne! "

« Je n'ai aucune notion de la somme qu'il vient ainsi de me glisser dans la main. Mais ma situation est alors si critique que même cent couronnes auraient été les bienvenues. Je ne sais comment remercier ce camarade. Ses bonnes paroles m'ont réconfortée. Enfin j'ai rencontré sur ma route un vrai communiste!

« Arrivée dans la rue, je regarde le contenu de l'enveloppe : 15 000 couronnes [1]. Sans doute son salaire d'un mois qu'il venait de recevoir? C'était pour nous une très grosse somme car, à part les 7 000 couronnes que je devais recevoir de la radio après liquidation de mon compte, nous n'avions pas un sou à la maison.

« Chez nous, lorsque j'ai raconté aux parents le geste de cet homme, nous avons tous les trois pleuré de joie, non pas pour l'argent, mais pour le premier rayon de soleil que ce geste humain faisait resplendir dans notre nuit. »

Maintenant, on sait que je suis arrêté avec d'autres volontaires d'Espagne. Du jour au lendemain le vide s'est fait autour de ma famille. Plus personne ne les connaît. Pour éviter de saluer Lise, nos anciennes relations préfèrent traverser la rue et passer sur l'autre trottoir. Ceux qui, jadis, jouaient aux courtisans, sont les premiers à me jeter la pierre et à se détourner des miens.

Ma cousine Hanka — née London — dont le mari Pavel Urban est médecin à Kolin, est toujours restée fidèle à nos liens de famille et d'affection. Étant donné qu'avec ma sœur Flora, qui demeure à New York, nous étions les seuls London rescapés de la « Solution finale » des nazis, Hanka et son mari nous avaient accueillis, lorsque nous étions arrivés à Prague avec les enfants, comme leur proche famille. Nos liens sont vraiment ceux de frères et sœurs. Après mon arrestation, et bien qu'ils aient su qu'ils auraient à en pâtir, jamais ils n'ont laissé tomber les miens. Quand Lise doit déménager, Pavel lui

---

1. Pour calculer la valeur de la couronne avant la réforme monétaire intervenue en 1953, il faut diviser par cinq. 15 000 couronnes = 3 000 couronnes actuelles.

apporte un jour 15 000 couronnes pour qu'elle puisse acheter quelques meubles. « Ne te fais aucun souci pour le remboursement, lui dit-il, plus tard on verra... » Chaque fois qu'Hanka venait à Prague, elle passait voir Lise, à la fabrique ou à la maison et lui apportait des œufs, de la viande, des fruits. Et puis, surtout, elle donnait à Lise son beau sourire, son amitié et ses paroles d'espoir. Dans ces temps où chacun se détournait de chacun, où les familles vivaient peureusement repliées sur elles-mêmes, dans l'attente et la crainte du malheur, c'était cette chaleur humaine qui avait le plus de prix.

Peu de temps après son emménagement dans la nouvelle maison d'Hanspalka, Lise reçoit un jour la visite de la deuxième cousine que j'ai en Tchécoslovaquie, Štefka Sztogrynova — née Lippe — dont le père était frère de ma mère. Štefka ne connaissait pas du tout notre famille, car jusque-là elle avait vécu en Slovaquie, puis en Moravie avec son mari Miroslav. Ce dernier vient d'être transféré à Prague pour son travail. Elle a patiemment recherché la nouvelle adresse de ma femme pour lui apporter — de la part de ma sœur Flora — 8 000 couronnes. A partir de ce jour, elle et son mari ont montré pour les miens beaucoup de sollicitude, sans se soucier du tort que cette fréquentation pourrait entraîner pour Sztogryn qui occupait déjà une fonction responsable comme ingénieur des Ponts et Chaussées de toute la région de Prague.

Lise a retrouvé la femme d'Otto Hromadko, Věra. Issue d'une grande famille bourgeoise d'Europe centrale — les Valdes —, docteur en Sciences naturelles, elle avait adhéré au Parti communiste, à Prague, alors qu'elle était étudiante, au grand scandale des siens. Après Munich, elle était venue à Paris, où nous l'avions connue Lise et moi, pour y poursuivre ses études. La pension mensuelle que ses parents lui assurèrent durant toute la guerre, servait à alimenter la caisse du groupe de langue tchécoslovaque du Parti communiste dont elle était une militante très active. Dans les périodes difficiles, elle n'avait pas hésité à vendre ses manteaux de fourrure et ses bijoux. Elle avait toujours accompli ses tâches dans la Résistance française avec beaucoup de courage. C'est en 1941 qu'elle avait connu Otto Hromadko qu'elle avait hébergé après son évasion de la caserne des Tourelles, à Paris, et ils s'étaient aimés...

Vera raconte à ma femme que les agents de la Sécurité sont restés dans son appartement pendant plus de trois semaines et qu'il en a été de même chez Valeš et chez Zavodsky. Ensemble, elles tentent des démarches auprès du ministère de l'Intérieur pour essayer de savoir où nous sommes Otto et moi. On les renvoie de bureau en bureau jusqu'à un soi-disant Service de recherches, situé dans une villa de l'avenue des Marronniers, réquisitionnée par le ministère de la Sécurité. Partout elles s'étaient heurtées à un mur de silence. Ici, on prend consciencieusement note de nos noms, âges, adresses, description physique, et on leur dit que dès que nos traces seront retrouvées, elles en seront immédiatement informées...

Věra Hromadkova travaille comme chimiste dans un centre de recherche pour la diététique. Elle a la chance de se trouver dans un bon collectif. Elle réussira à conserver — c'est un vrai miracle — sa carte du Parti et son emploi jusqu'au retour d'Otto.

Elle vient souvent à la maison avec ses deux petites filles qui voient dans nos parents leurs pépé et mémé. Věra est très courageuse. Au début c'est elle qui traduit, pour moi, les lettres de ma femme.

De tous nos anciens amis, une seule est restée, dès le début, fidèle à Lise et à la famille. Et pourtant elle est boursière du gouvernement tchèque. C'est Lien, qui depuis le départ de son mari Danh au Viêt-nam, vit seule à Prague avec la filleule de Lise, la petite Marianne-Pra-Ha.

C'est à la fin de l'été 1952 que Lien retournera à son tour à Hanoi, après avoir terminé ses études au Conservatoire de musique. Elle y retrouvera Danh qui mourra quelque mois plus tard d'une rechute de tuberculose, sans connaître le fils que Lien portait alors en son sein.

Après une éclipse de quelques mois, Antoinette, Tchèque née et ayant vécu en France jusqu'en 1946, qui était la grande amie de Lise, reprenait contact avec ma famille. Elle avait entre-temps été renvoyée de la Section internationale du Comité central, où elle travaillait comme rédactrice française, et versée dans une administration d'État. Elle était très malheureuse, prise dans ce tourbillon, sans pouvoir réaliser ce qui arrivait. Tous ses copains de France, Otto, Tonda, Ossik, Laco, Gérard... étaient arrêtés et elle ne pouvait croire en leur culpabilité. Jusqu'au bout elle restera liée à Lise, misant comme elle sur mon innocence et le juste retour des choses.

Deux mois après mon arrestation, mon ami Hajdu avait été arrêté à son tour. Étant donné tout le matériel tendancieux qui m'avait été présenté à Kolodĕje et à Ruzyn contre lui, le définissant comme mon complice ou vice versa moi comme le sien aux Affaires étrangères et la grande amitié qui nous unissait, je le croyais arrêté en même temps que moi. Mais « ILS » avaient préféré attendre deux mois pour le faire, le temps sans doute de lui trouver une accusation qui aille dans la mise en scène générale. Et aussi pour donner le temps aux indicateurs et mouchards de la Sécurité infiltrés aux Affaires étrangères d'orchestrer la campagne de calomnies, d'accusations contre lui, laquelle avait trouvé son point culminant lors de l'assemblée de l'organisation du Parti du ministère, présidée par Široky lui-même qui conduisait la curée. Vavro avait été cloué au pilori, avec moi, et exclu du Parti. C'est tout de suite après qu'il avait été arrêté. Signe symptomatique : la réunion préparatoire de l'assemblée générale des commu-

nistes chargée de prendre des mesures contre un des collaborateurs d'Hadju comptait des éléments équivoques qui
n'avaient pas lieu d'être là, notamment une jeune femme
juriste, Fab..., qui justifia sa présence à cette réunion en
disant qu'elle était spécialiste des questions juives.

C'est après l'arrestation de Vavro, que ma femme est
entrée en rapport avec la famille Hajdu. Elle m'explique,
au cours d'une visite :

« Je ne me souviens pas à quelle date j'ai su l'arrestation
d'Hajdu. Un matin est arrivée chez nous une jeune femme,
toute menue et brune comme un grillon provençal, avec
des yeux noirs qui pour l'instant reflétaient le plus grand
désarroi et la tristesse. C'était Renée, la sœur de Vavro.

« Elle me raconta comment son frère avait été arrêté.
Sa belle-sœur, Karla, en avait eu un tel choc qu'elle avait
dû s'aliter. Elle restait seule, aussi avec trois enfants.

« Où dois-je m'adresser pour savoir ce que mon frère
est devenu? »

« Je ne pouvais, hélas, lui être d'aucun secours, puisque
je n'avais pas encore réussi à savoir où tu te trouvais,
après plus de deux mois. Renée travaillait à ce moment-là
au ministère du Commerce extérieur. Comme son frère,
elle avait fait, à l'exemple de son père, avocat libéral de grand
talent, des études en Droit. Pendant la guerre, elle avait
échappé aux persécutions raciales en se cachant, avec sa
mère, sous une fausse identité, à Budapest. D'une modestie
sans pareille, très droite, elle ne sait pas mentir. Elle se
dévoue corps et âme à ceux qu'elle aime. On ne peut la
connaître sans l'aimer. Elle me dit son intention de démissionner et d'aller se faire embaucher dans une usine...
avant qu'on la chasse. Après mon départ de la radio, nous
avons décidé de chercher ensemble un emploi.

« Nous nous présentons d'abord au Comité national du
district au service de la main-d'œuvre. Nous recevons quelques adresses. Usine de récupération de vieux papiers...

C'est décevant. Le directeur qui nous reçoit dit : « Mais non, Mesdames, ce n'est pas un travail pour vous. Vous avez une qualification pour autre chose! Regardez un peu cette saleté. Et puis les salaires sont très bas. » C'est vrai que la vue de toute cette poussière nous a fait peur. Deuxième adresse : un petit atelier où l'on fabrique des thermomètres. Les gens sont très gentils et disent qu'ils peuvent nous embaucher. Nous sommes un peu rassérénées par l'accueil qui nous a été fait. Mais, nous pensons que si nous trouvions à nous employer dans une grande usine, nous ferions ainsi la preuve de notre volonté de participer activement à la construction du socialisme. Le Parti ne pourrait pas ne pas tenir compte de notre comportement dans son jugement sur nous...

« Et nous voici parties en tram pour Č. K. D.-Sokolovo, la plus grande entreprise métallurgique de Prague. Mais nous roulons, roulons depuis déjà près d'une heure et nous ne sommes pas encore arrivées à destination. La distance commence à nous effrayer. A ce moment-là nous apercevons des affichettes sur les vitres du tram annonçant qu'on embauchait à Č. K. D.-DUKLA, à Karlin, un quartier proche du centre de la ville. Nous sommes toutes deux de l'avis que Č. K. D. pour Č. K. D., celui de Karlin nous conviendra beaucoup mieux car nous gagnerons plus d'une heure de transport par jour. Arrivées à l'adresse que nous avons relevée, il y a deux entrées. Celle que nous choisissons nous mène à la direction régionale de l'entreprise *Autorenova* où Renée a la surprise de reconnaître une de ses connaissances, justement au service des Cadres, par lequel s'effectuent les embauches. Elle lui explique notre situation : " Vous avez bien fait de vous tromper de porte, car pour vous *Autorenova* sera préférable à Č. K. D. Voici un mot de recommandation pour l'usine de Sokolovska, à deux pas d'ici, c'est là que vous avez les meilleures chances de vous faire un bon salaire. "

« C'est ainsi que je me trouvai, peu après, en présence de Karel Berger, directeur de cette usine. Nous lui présentons la lettre du service des Cadres de la direction centrale. Il lit mon nom : " London! vous êtes la femme d'Artur, le volontaire des Brigades? — Oui, vous le connaissez? " — Ses yeux me regardent avec compassion : " J'ai beaucoup entendu parler de lui! "

« Je lui raconte alors que je me trouve à Prague avec trois enfants et mes parents. La vie nous est dure. On m'a renvoyée de la radio. J'ai besoin de travailler le plus vite possible et de gagner ma vie, car je suis absolument démunie de ressources.

« Vous avez bien fait de venir ici, justement un de mes ouvriers vient de partir pour le régiment et je dois le remplacer. Le chef d'équipe est un excellent garçon, un de nos meilleurs spécialistes. Il vous apprendra vite le métier et vous pourrez gagner un bon salaire. »

« Il me conduit à l'atelier, me présente à mon futur partenaire, Çara; au président du Comité d'entreprise et au responsable de l'organisation du Parti. Nous croisons un homme grand et maigre, que Karel Berger me présente comme un ancien d'Espagne. Quand ce dernier entend mon nom et que j'avance la main, je sens chez lui une hésitation.

« C'est le 1ᵉʳ août que j'ai commencé à travailler ici. Par la suite, j'ai su que Karel Berger avait dû se battre pour faire accepter mon embauche et convaincre certains membres du Comité d'entreprise et de l'organisation du Parti qu'une autre attitude envers moi, dans ma situation, serait condamnable au point de vue humain. »

Renée s'était fait embaucher dans l'autre usine *Auto-renova* voisine, où travaillait son amie. Par la suite, son mari Lada Křižkovsky, après avoir été chassé de l'École du Parti ou il était aspirant, se fera embaucher à l'usine Č. K. D.-DUKLA, proche de celle où travaillait sa femme.

Lise raconte en riant : « Notre pauvre Lada ! Il était si maladroit devant sa machine que c'était souvent que je le retrouvais — nous faisions tous trois la route ensemble — avec des pansements aux doigts, au bras, à la tête.. Il y mettait pourtant beaucoup de bonne volonté et malgré ses blessures il était toujours souriant et confiant de faire mieux la prochaine fois ! »

Quand ma famille a déménagé dans le quartier d'Hanspalka, elle était presque voisine avec la maman d'Hajdu avec qui habitaient Renée et son mari. Ils se voyaient journellement. C'est Renée qui traduisait en tchèque les lettres que Lise m'envoyait ainsi que toutes celles qu'elle envoyait aux organes du Parti et du Gouvernement pour se battre pour moi et le droit de vivre des miens. Cette amitié leur a été d'un grand réconfort.

IV

Il y avait quinze mois passés que Lise travaillait en usine, lorsque, le 18 novembre 1952, un coup de téléphone anonyme de la Sécurité lui demanda d'être présente, le lendemain, vers dix heures, à la maison. Un civil vint lui dire de lui remettre pour moi un costume, du linge, une chemise et une cravate. Lise essaya de lui soutirer des nouvelles, mais il resta très évasif, se contentant de dire que j'allais bien.

« Le fait qu'on était venu chercher ces vêtements pour toi, me dit Lise, m'avait remplie d'espoir. Je me suis persuadée qu'on allait te relâcher. A mon travail, en nettoyant et remontant mes magnétos, je chantais. J'étais sûre que nous allions enfin te récupérer. Antoinette, qui s'est fait embaucher dans mon usine, partage mon enthousiasme : « Il sera peut-être là quand tu rentreras chez toi... »

Le surlendemain, jeudi 20 novembre, Lise prend comme tous les jours le tram de cinq heures du matin. Elle remarque

qu'au lieu de somnoler comme à l'accoutumée, les gens
sont plongés dans la lecture des journaux. Tous ont à la
« une » un gros titre sur cinq colonnes. Comme Lise est
myope, elle se rapproche d'un voyageur qui tient le *Rude
Pravo* à bout de bras afin de pouvoir le lire par-dessus la
tête de ses voisins. Elle déchiffre *Procès des dirigeants du
centre de conspiration contre l'État dirigé par Rudolf Slansky.*
Elle trouve là une explication. On ne pouvait pas me libérer
avant que le procès ait lieu. Puis son regard est accroché
par un encadré noir. Elle lit les noms des quatorze inculpés.
Le mien. C'est ainsi qu'elle apprend la nouvelle. La foule
du tram la retient de tomber.

Lise raconte :

« En arrivant à l'atelier, mes compagnons de travail
n'osent ni me dire bonjour, ni lever les yeux sur moi. Ils
ont lu et ne savent comment m'aborder. Depuis plus d'un
an que je travaille avec eux, ils m'ont prise en affection.

« Antoinette arrive. Elle est pâle, ses traits sont décom-
posés. " As-tu pris connaissance de l'acte d'accusation?,
me demande-t-elle. — Non, pas encore — Il contient des
accusations terriblement graves contre Gérard... " Je lui
emprunte son journal et cours m'enfermer dans les cabinets
pour essayer de déchiffrer les passages où ton nom se trouve
indiqué. J'ai du mal à comprendre — je lis si mal le tchèque
— mais je saisis que tu es accusé d'espionnage avec Field et
Zilliacus et aussi de complicité avec Slansky dans son travail de sape et de trahison.

« Comme une automate, je retourne à mon établi et
essaie de me mettre à l'ouvrage. Mais je vois trouble et
distingue à peine la pièce que je dois limer. A part le bruit
des machines, on n'entend pas une voix dans l'atelier,
d'habitude si plein d'interpellations bruyantes d'un établi
à l'autre, de cris et de rires. Chacun se tait pour respecter
ma peine.

« Au bout d'un moment, le vieux contremaître vient me

voir : " Madame London, nous comprenons combien il doit vous être pénible d'être au travail aujourd'hui. Vous serez mieux chez vous, parmi les vôtres. Nous vous donnons congé jusqu'à lundi. '' Je le remercie et je pars aussitôt.

« En arrivant à Prašny-Most, où je dois changer de ligne, je me trouve nez à nez avec Françoise qui attend le tram pour se rendre au lycée. Elle se jette à mon cou et c'est là seulement que je laisse libre cours à mes larmes. Et c'est ma fille, habituée à voir en sa mère une femme forte, un soutien sans faille, qui me console maintenant. Elle le fait comme elle me l'a vu faire bien des fois pour calmer un gros chagrin de ses frères ou d'elle-même. " Non, maman. Tu ne dois pas pleurer. Bien sûr, c'est dur pour toi, pour nous. Mais tu verras, un jour ces larmes de douleur se transformeront en larmes de joie. Tout s'expliquera et papa nous reviendra. Ce n'est qu'un cauchemar, ne pleure pas, maman! ''

« Nous nous sommes séparées. Françoise, qui est très fière, qui a du caractère — elle l'a déjà prouvé en refusant de changer de lycée après ton arrestation — a décidé d'aller aujourd'hui en classe. Quand j'essaie de l'en dissuader, elle me répond : " Ne t'inquiète pas pour moi maman, je ne laisserai personne me chercher noise ou me provoquer... ''

« Arrivée à la maison, je trouve les parents effondrés, Françoise les a déjà mis au courant. Maman pleure, papa te maudit! A midi, lorsque petit Gérard rentre de l'école pour déjeuner il me pose candidement la question : " Dis, maman, n'est-ce pas que le London du procès n'a rien à voir avec notre famille? — Non, mon petit! '' Et lui alors, avec un soupir de soulagement : " Je leur avais bien dit à mes copains! '' Je lui ai menti parce que j'espère encore... l'impossible!

« Jeudi... Vendredi... Toute la journée la radio émet les débats du procès. Samedi, ce sera ton tour... J'attends impatiemment ta déposition, car dans le fond de mon cœur j'espère encore que, devant le tribunal, tu t'expliqueras et, qui sait, que c'est ton innocence que tu clameras. Hélas...

« Groupés autour du poste, nous attendons le moment fatidique où nous t'entendrons. Il y a Antoinette, la maman Hajdu, Renée et son mari, nos parents assis l'un près de l'autre, comme pour s'appuyer mutuellement. Françoise a la fièvre, elle est allongée sur le divan et me tient la main. Michel et Gérard jouent dans une autre pièce.

« La voix de la speakerine s'enfle soudain : " Maintenant nous poursuivons la retransmission du procès... Et voici d'abord les dépositions de deux témoins dans l'affaire Clementis qui seront suivies par l'interrogatoire d'Artur London et de Vavro Hajdu, tous deux ex-vice-ministres des Affaires étrangères. " Françoise me serre encore plus fort la main...

« Et puis ta voix! C'est toi que nous entendons. Bien que j'aie beaucoup de mal à comprendre quand j'écoute les voix sans visage de la radio, il n'y a pas de doute, j'ai bien compris! A la demande du président : " Vous reconnaissez-vous coupable? " tu as bien répondu : " J'avoue être coupable... " Coupable! Il plaide coupable! Je ne sais que dire ces mots. Le reste de ta déposition, je ne la comprends presque pas. Par-ci, par-là j'en saisis une bribe : contacts d'espionnage avec Field... Zilliacus.

« Sans doute que si j'avais mieux connu la langue tchèque, certaines tournures de phrases, la façon même dont tes aveux sont construits, toutes choses que je verrai plus tard, m'auraient rendue sceptique. Mais le détail m'échappe complètement, c'est globalement que je comprends tes affirmations de culpabilité. Nous sommes tous effondrés.

« C'est atroce. Je pense : S'il s'avoue coupable, c'est qu'il est coupable! Je connais ton attitude pendant la guerre, lorsque nous avons été arrêtés par la Brigade spéciale antiterroriste et que nous étions interrogés jours et nuits. Tu es resté muet. Tes tortionnaires n'ont pu t'arracher aucune information, aucun détail sur ton activité dans la Résistance. Ils ont toujours ignoré qu'ils tenaient entre leurs mains une grosse prise : Gérard, le dirigeant du T. A. (Travail Allemand), recherché dans toute la France par la Gestapo qui aurait payé chez pour t'avoir!

« Comment aurais-je pu penser qu'un homme capable, comme toi, de tenir dans des conditions pareilles, peut se reconnaître coupable si ce n'était pas vrai ?

« Comment aurais-je pu imaginer qu'il existe des méthodes permettant de fabriquer un coupable d'un innocent? Une telle pensée ne pouvait même pas m'effleurer. Pour cela il eût fallu que je soupçonne le Parti. J'en étais alors incapable.

« Une autre raison de ma crédulité était celle-ci : tu savais que nous entendrions ta déposition. Je me disais que par amour pour moi, pour les enfants et les parents, jamais tu n'aurais accepté de plaider coupable en étant innocent. La souffrance que nous causerait une telle déclaration t'aurait interdit de le faire. Plutôt mourir!

« Je me souviens avoir dit à notre pauvre Françoise qui grelottait de fièvre et aussi d'émotion : " C'est ton père qui avoue. Tu l'entends, c'est bien sa voix. Il ne faut pas que nous oubliions qu'il a manqué à tous ses devoirs, qu'il est coupable... " Et puis, il me faut dire à notre petit Gérard la vérité. Je n'oublierai jamais son expression alors : il me regarde avec ses grands yeux qui se remplissent de pleurs et il a l'air de m'implorer : " Non, maman, c'est pas vrai, pas mon papa! " Les larmes roulent, lourdes et serrées et il s'enfuit de la pièce pour aller cacher son chagrin. A la maison, il ne parlera plus de toi, mais j'apprendrai, par la suite, qu'il s'est souvent battu contre des garnements de son âge qui lui lançaient ton nom, comme une insulte...

« Après t'avoir entendu, j'ai réagi comme je te le prédisais dans mes lettres, comme je l'avais si souvent écrit à la direction du Parti quand je me battais pour toi : je ne resterai pas la femme d'un traître, d'un espion. Comme communiste, il ne peut y avoir le choix entre toi, coupable, et le Parti. Aussi dur que cela puisse être au point de vue humain, je me tiens indéfectiblement auprès du Parti!

« Sous l'impression du choc que je viens de recevoir en t'entendant plaider coupable, j'écris une lettre au président Gottwald et au président du tribunal. Elle a été ensuite honteusement exploitée dans la presse, après avoir été tronquée et châtrée de son côté humain. La voici :

Prague, le 22 novembre 1952.

Au Président Gottwald

Après l'arrestation de mon mari, avec les éléments que je possédais sur sa vie, son activité, je pensais qu'il avait été la victime de traîtres cherchant à dissimuler, derrière le « cas London », leur activité criminelle dans le Parti.

Et jusqu'au dernier moment, c'est-à-dire jusqu'à ce jour où je viens de l'entendre à la radio, j'espérais que s'il avait pu commettre des fautes, elles étaient réparables et que, même s'il devait en répondre devant le Parti et le tribunal, il saurait par la suite les racheter et rentrer de nouveau dans la famille des communistes.

Hélas, après la lecture de l'acte d'accusation et l'audition de ses aveux, mes espoirs se sont effondrés : mon mari n'a pas été une victime, mais un traître à son Parti, un traître à son pays. Le coup est dur. Auprès de moi et des miens, tous communistes de longue date, un traître a donc pu vivre à notre insu. Pendant l'occupation mon père disait : « Je suis fier de savoir que mes enfants sont emprisonnés pour leur fidélité à leurs idéaux et au Parti communiste. Par contre, je préférerais les voir morts que de les savoir traîtres. » Et maintenant, nous voyons le père de mes trois enfants comparaître devant le tribunal du peuple comme traître. J'ai le douloureux devoir d'informer mes deux aînés de la

*réalité. Ils m'ont promis de se conduire toujours comme de
véritables communistes.*

*Bien que je sache que les liens entre père, frère, mari,
enfant doivent céder le pas à l'intérêt du Parti et du peuple,
ma peine est grande, et c'est humain. Mais, comme communiste, je dois me féliciter, dans l'intétêt du peuple tchécoslovaque et de la paix mondiale, que le Centre de conspiration contre l'État ait été découvert et me joindre à tous
les honnêtes gens du pays pour réclamer un juste châtiment
des traîtres que vous jugez.*

Lise London.

« Ma deuxième réaction a été de déposer, dès le lundi
matin, alors que le procès continuait, une demande en
divorce devant le tribunal civil de Prague. Motif : impossibilité pour une communiste de continuer à être l'épouse
d'un traître à son Parti, à son pays.

« Ce même jour, cinquième du procès, je suis retournée
à l'usine. Après l'intersection, Karel Berger, qui travaille
maintenant comme simple ouvrier à l'usine (on l'a chassé
quelques mois auparavant de la direction, sous le prétexte
qu'il n'est pas d'origine ouvrière et qu'il était en Occident
pendant la guerre), monte dans le tram. Il vient s'asseoir
auprès de moi. Son visage est grave. Après m'avoir affectueusement serré la main, il me dit : " Lise, ne crois pas
surtout que je te fais des reproches. Je sais combien tu es
sincère et que tu as écrit ce que te dictait ta conscience.
Mais tu n'aurais pas dû le faire car ton mari est innocent ! "

« Je le regarde hébétée : " Mais tu l'as pourtant entendu,
comme moi, plaider coupable, samedi à la radio?

« — Oui, je l'ai entendu. Mais je ne crois pas à ce
procès. Toutes les dépositions, l'acte d'accusation sonnent
faux...

« — Mais enfin, Karel, c'est le Parti qui est derrière
le procès. Il a dû vérifier au préalable les accusations. Quel

intérêt aurait le Parti à faire un tel procès si ce n'était pas la vérité?

« — Cette question, je me la pose constamment. Le Parti n'agit pas toujours bien, il n'y a d'ailleurs qu'à voir l'attitude qu'il a eue envers toi et ta famille. L'aviez-vous méritée? Non. Je crois que le Parti n'est plus ce qu'il était avant. Il s'est déshumanisé. Tu ne comprends pas bien le tchèque, autrement tu ne t'y laisserais pas prendre! Il y a, par exemple, des relents d'antisémitisme dans l'acte d'accusation, dans les débats aussi, que je ne peux pas admettre. Et puis comment s'expliquer que du jour au lendemain, les héros de la veille deviennent des traîtres, des espions? Comme je ne le comprends pas et que je ne suis pas d'accord, j'ai décidé de renvoyer ma carte du Parti. "

« Il est remarquable que dans une telle période d'hystérie collective un homme, à contre-courant, a eu le courage — car il en fallait pour cela à cette époque — de démissionner du Parti en justifiant son acte par ces raisons :

Mon frère était avant la guerre un des dirigeants des étudiants communistes, à Prague. Déporté pendant la guerre à Auschwitz, il est mort là-bas. J'étais très jeune au moment où il militait au Parti, mais je l'admirais et c'est son exemple qui m'a appris à respecter les idées communistes.

Réfugié en France, après l'entrée des hitlériens dans notre patrie, j'ai été incorporé dans l'Armée tchécoslovaque, reconstituée à Agde. J'avais alors dix-huit ans. Là, pendant plusieurs mois j'ai vécu côte à côte avec des anciens volontaires des Brigades internationales. J'ai appris à les estimer, à les aimer, à leur faire confiance. Je retrouvais en eux la pureté, le courage de mon frère. Je les ai pris pour modèle et je voulais marcher sur leurs pas.

Dans le procès, ces hommes ont été cloués au pilori. Je ne comprends pas, et comme les explications ne m'ont pas satisfait, je trouve qu'il ne serait pas honnête de rester membre du Parti qui les a condamnés. C'est pourquoi j'ai le regret de devoir vous renvoyer, ce jour, ma carte du Parti... [1].

« Je sais combien son geste est lourd de conséquences. Déjà il a été destitué de son poste de directeur. Mais pour lui, le plus important, c'est la paix de sa conscience...

« Plus les doutes sur ta culpabilité m'assaillent au fur et à mesure que Renée ou Antoinette me traduisent ta déposition et le reste des textes du procès, plus j'essaie de me tenir fermement aux côtés du Parti. On ne peut mieux exprimer mon état d'esprit d'alors qu'en le comparant à celui d'une religieuse craignant la tentation du diable, qui redouble ses prières, ses exercices de mortification. J'ai peur que mon amour pour toi m'aveugle. Il n'est pas possible que *moi* j'aie raison contre tout le Parti.

« Et puis, je subis mon isolement en terre étrangère. Le vide complet des camarades français autour de moi. Lorsqu'il m'est arrivé d'en voir après ton arrestation, au hasard d'une promenade, et que j'ai commencé à parler en ta faveur, ils se sont aussitôt détournés. J'apprends qu'une camarade du Mouvement de la Paix a informé Paris que mon attitude est très mauvaise; que je me place sur une plate-forme anti-parti, que je réagis davantage comme la femelle qui défend son mâle que comme une communiste. Les responsables du Mouvement m'ont demandé de ne plus remettre les pieds à leur siège et ont donné l'ordre aux camarades de ne plus m'adresser la parole. Le responsable de la section française à la radio avait agi de même. J'étais une lépreuse. Il ne me manquait plus que la clochette.

« A force d'affirmer que si le Parti me donne les preuves de la trahison de mon mari, je saurai me conduire en véritable communiste, je me sens devenir prisonnière de mon personnage. Je me dois pour moi, pour les enfants,

1. En juin 1968, Karel Berger a été élu, au vote secret, par 9 000 travailleurs, président du conseil de son entreprise. Dans la lettre qu'il nous a écrite à cette époque, il disait : « Le printemps de Prague a redonné au socialisme toute sa valeur. J'ai décidé de redemander mon adhésion au Parti. »

pour les parents, de rester sur une position intransigeante. Surtout que, quand le doute commence à souffler, c'est tout l'édifice qui est en danger. Je pensais : « Lise, tu files un mauvais coton » ou « Attention, Lise, celui qui commence à se demander s'il est encore un bon communiste est déjà en train de descendre la pente qui le mènera dans le marais de la réaction... » Ah, ces slogans qui finissent par vous imprégner, vous ôter votre propre jugement...

« Du matin jusqu'au soir, les haut-parleurs diffusent, dans les ateliers, la retransmission des débats. Les questions du président et des procureurs, les dépositions des accusés et des témoins. C'est cauchemardesque! Je ne capte que quelques mots et les noms qui me sont connus. Je ne sais vraiment pas comment j'ai pu résister et me tenir à mon établi dans une telle atmosphère. Et puis arrive le jour du réquisitoire et des dernières déclarations des accusés.

« Depuis quelque temps les gens font des pronostics sur les condamnations qui seront infligées. Ils disent maintenant qu'elles seront très lourdes. Mais quand, le lendemain matin, après la lecture du jugement, le président commence l'énoncé des condamnations, c'est la stupeur : onze fois la peine de mort est prononcée... et puis voici ton nom et ceux de Vavro Hajdu et Eugen Löbl. Je suis appuyée sur l'établi, la tête entre les mains, je ne veux pas entendre. Mais on me crie : " Perpétuité! " Ce sont mes voisins qui ont compris dans quel état j'étais. Tu restes en vie! Je respire profondément, je pleure, je n'ai pas la force de me redresser...

« Antoinette qui travaille dans un atelier voisin accourt et crie : " Il a sauvé sa tête! " Elle m'embrasse en pleurant. Les ouvriers se taisent. Deux d'entre eux, qui naguère travaillaient au ministère des Affaires étrangères, et te connaissaient, viennent me trouver et me serrent la main sans rien dire. Karel Berger arrive à son tour : " Je suis heureux pour lui, pour toi, pour les enfants! "

« Mon nouveau chef — on m'a en effet changée d'atelier depuis que le procès a commencé — un quinquagénaire râblé et jovial, tout à fait dans la tradition chveïkienne, me dira deux ou trois jours plus tard : " Le principal, madame London, c'est que votre mari soit vivant. Vous vous retrouverez un jour à nouveau réunis. " A mon regard étonné, il ajoutera : " Tout n'a été que comédie et mensonges dans ce procès! Vous ne connaissez pas assez le tchèque pour comprendre. Rappelez-vous bien de ma prévision : vous revivrez un jour ensemble. Je suis prêt à en faire le pari avec vous... "

« Le soir du verdict, lorsque nous nous sommes retrouvés réunis, c'est presque gaiement que Françoise s'est écriée en me sautant au cou : " Il est vivant, c'est le principal! " Maman pleurait de joie et papa cachait son émotion sous un air bourru, en tirant nerveusement sur le bout de sa moustache blanche.

« La seule chose que mon père n'a pas pu admettre dans le procès, c'est l'antisémitisme. Quand nous lui avons traduit la présentation des accusés avec le qualificatif, pour onze d'entre eux : " d'origine juive ", il est d'abord resté sans voix, puis il a poussé un juron : " Nom de Dieu! Mais qu'est-ce que cela a à voir! Depuis que je suis au Parti, j'ai toujours entendu dire que l'antisémitisme est l'arme de la réaction pour attiser la discorde dans le peuple. Alors pourquoi faire intervenir ici ce facteur? Juif? Juif, et alors? Qu'est-ce que cela change? Dit-on des autres s'ils sont d'*origine* protestante ou catholique? " Et il ne décolérait pas. Pour le reste : condamnation comme traître, espion et tout ce qui s'ensuit, il ne lui vient pas à l'idée de mettre en doute un jugement venant du Parti, même s'il s'agit de son gendre. »

Quelques jours après le procès, Lise, qui était de l'équipe d'après-midi, regagnait la maison, après son travail. Accablée par le poids de toutes ses tristes pensées, elle faisait les cent pas, à l'intersection de Prašny-Most où elle devait changer de tram. Il était près de vingt-trois heures. Tout à coup elle aperçoit une silhouette petite et menue, revêtue d'une robe de soirée, s'avancer vers elle, la tête enveloppée dans une mantille noire. Et puis la silhouette prend vie quand elle reconnaît dans la femme qui sanglote à son cou Léa, la femme de l'ambassadeur de la R.D.A. à Prague, Fritz Grosse [1]. En rentrant en voiture d'une réception, elle avait reconnu Lise et ordonné à son chauffeur de la déposer, un peu plus loin, sous prétexte qu'elle voulait un peu marcher jusqu'à sa villa.

Je connaissais Fritz et Léa des temps lointains de notre jeunesse lorsqu'ils étaient, l'un et l'autre, militants de la Jeunesse communiste allemande.

Pendant la guerre, Léa, qui avait été arrêtée par les hitlériens, avait réussi à s'évader d'une forteresse allemande et à se réfugier, après de nombreuses péripéties, à travers la Pologne où elle avait été aidée par des partisans, en U.R.S.S. où elle était restée durant toute la guerre. Quant à Fritz, il était resté, pendant plus de dix années, enfermé au secret dans une prison et pour tout le monde — sa femme y compris — il était mort. Grande avait été ma stupéfaction et ma joie de le retrouver vivant lorsque je suis arrivé à Mauthausen, où lui-même se trouvait depuis déjà quelques mois. Nous étions très amis et liés car il participait activement au travail clandestin de la Résistance, au camp.

Après la nomination de Fritz à l'ambassade de la R.D.A. à Prague, nous nous voyions souvent.

Léa demande à Lise des nouvelles des enfants et des parents pour lesquels elle avait une très grande affection. Et elle lui raconte combien Fritz et elle souffraient de ce qui se passait présentement en Tchécoslovaquie. Le procès.

---

1. Mort en 1957, des suites de sa détention sous Hitler.

Pourquoi, pourquoi cet antisémitisme? Pour Geminder,
c'était affreux comment on l'avait traité. (Pendant la guerre
elle avait été une de ses proches collaboratrices. Il dirigeait
alors les émissions de Radio-Moscou pour tous les pays
occupés. Léa travaillait dans la section pour l'Allemagne.)
Il y avait tant de choses fausses aussi dans ce procès...
Elle ne veut plus rester ici. Elle veut partir, regagner Berlin.
Son mari a demandé son rappel. Elle s'enquiert de la nouvelle adresse de Lise et, avant de quitter le pays, elle lui
fait parvenir un colis anonyme de vivres et de friandises.

V

Le début de mars 1953 avait été empli par le deuil de
Staline suivi de celui de Gottwald. Seul programme à la
radio, des marches funèbres. L'exposition du corps de
Gottwald au château, le long cortège des fidèles... Lise
apprend par la presse que la délégation du Parti communiste français sera conduite par Raymond Guyot. Pour
les parents Ricol, coupés de tout puisqu'ils ignorent le
tchèque, cette visiste de leur gendre est une aubaine. C'est
ne pas compter avec les précautions de la Sécurité. Raymond Guyot ne parviendra pas à les joindre malgré son
insistance et il sera embarqué pour l'aérodrome sans avoir
pu saluer ses beaux-parents.

Quand ceux-ci s'en rendent compte, leur chagrin fait
peine à voir. Ils avaient tant attendu de cette visite, tant
espéré... En les voyant si malheureux, Lise éprouve une
flambée de colère contre moi : « Pourquoi nous a-t-il
entraînés ici? C'est à cause de lui que mes parents souffrent
à ce point! »

« Ma colère s'expliquait d'autant plus, me dira-t-elle
plus tard, que je savais qu'Hajdu non seulement écrivait
à sa famille mais avait également droit aux visites. Mais

nous, rien, pas un seul mot de toi depuis le procès. Ce qui me faisait supposer que tu n'osais plus nous écrire maintenant que tu t'étais publiquement reconnu coupable.

« Alors j'ai pris la plume et j'ai commencé cette lettre que tu as reçue. Je l'ai recommencée à plusieurs reprises car, sans pouvoir me contrôler, les mots que j'alignais étaient des mots d'amour. Ma haine, ma rage, prenait sur le papier la couleur de mes sentiments réels pour toi, de mon [amour... Et tous les textes me semblaient trop doux, entachés de ma faute de t'aimer en dépit de tout. Et je me fâchais contre moi-même, surtout que nous avions été terriblement secoués par la mort de Staline... et que je me faisais le reproche de m'être montrée trop faible envers toi. En effet, aux jurés qui instruisaient notre divorce, j'avais répondu, au cours de l'audience dont je te fais mention dans ma lettre, qu'en aucun cas je n'accepterais que l'on te retire le droit de paternité sur tes enfants, que tu payais lourdement tes fautes et que l'humanisme socialiste n'exige pas l'écrasement de l'individu, mais au contraire, de l'aider à se racheter... »

Maintenant, je suis vraiment content que Lise ait écrit cette lettre. Car c'est sûrement grâce à cela qu'il nous a été possible de nous revoir. En effet, jusqu'ici nous étions sans nouvelles l'un de l'autre, les deux lettres que je lui avais écrites ne lui étaient jamais parvenues.

Je n'ai jamais élucidé pourquoi il y a eu contre moi ce surcroît de cruauté, ce raffinement de bloquer mes lettres alors que l'on expédiait celles de mes codétenus. Pourquoi s'est-on ainsi acharné contre moi et les miens?

Les meneurs de jeu de Ruzyn voulaient sans doute empêcher que nous reprenions contact. Ils craignaient que, par Lise, pourraient filtrer certaines informations à Raymond Guyot, et par lui à la direction du Parti français?

En tout cas, lorsque cette lettre de Lise, concernant les enfants, est parvenue entre les mains des référents, et par

eux aux conseillers soviétiques, son contenu leur a donné
de Lise l'image d'une communiste conditionnée à un point
tel qu'ils ont cru pouvoir se permettre de paraître magna-
nimes et s'offrir le luxe d'autoriser sans danger le contact
entre ma femme et moi.

Il y avait aussi ces faits nouveaux qui s'étaient produits
en U.R.S.S. et en Tchécoslovaquie, après les morts de
Staline et de Gottwald, qui ne pouvaient pas ne pas avoir
de conséquences politiques. La révision de l'affaire des
Blouses blanches, qui devait se terminer par une réhabilitation des accusés, était un des éléments présageant un
nouveau cours en U.R.S.S., ce cours qui devait conduire,
en février 1956, au XXᵉ Congrès.

Je crois que, dans cette période, il s'est fait jour, chez les
dirigeants tchécoslovaques du Parti et de la Sécurité, une
certaine inquiétude. Ils se sont posé des questions concernant l'attitude à avoir vis-à-vis du procès dont nous étions
les survivants. Dans la conjoncture présente, nous nous
trouvions représenter un facteur politique dépassant largement nos personnalités propres.

La suite des événements a montré que mes déductions
étaient justes. Nous connaîtrons, pendant quelques mois,
une amélioration de nos conditions d'emprisonnement, vite
suivie d'ailleurs — quand ces mêmes hommes, poussés par
les conseillers soviétiques qui reprenaient du poil de la
bête au fur et à mesure qu'ils se convainquaient que l'on
ne toucherait pas au procès et que les choses en resteraient
là — d'une détérioration de ces conditions, jusqu'à nous
rendre même notre vie de prisonniers plus pénible que celle
des véritables ennemis du régime ou des pires criminels
de droit commun.

Peu de jours après le départ de Raymond Guyot, ma
famille reçut une lettre express-recommandée, de Paris,
où mon beau-frère écrivait son regret de n'avoir pu les
voir, malgré le grand désir qu'il en avait. Il expliquait qu'il

avait laissé à un camarade de la Section internationale du Comité central un paquet de friandises pour les Pâques des enfants et qu'il espérait que nous l'avions déjà reçu...

Lise me dit : « Nous n'avions pas reçu de paquet. Je téléphone à plusieurs reprises au responsable de cette section pour le réclamer. On trouve toujours une excuse ou une autre pour me faire prendre patience. C'est seulement au bout de trois semaines qu'on nous apporte — enfin! — le cadeau de Raymond : la poule, le poisson et l'œuf en chocolat, remplis de bonbons, sont réduits en mille morceaux! La Sécurité, sans doute, recherchait le message secret que Raymond Guyot aurait pu faire passer dans le chocolat... »

Depuis le procès, c'est toute une avalanche de malheurs qui s'abat sur les miens. Lise mutée, pendant le procès, de l'atelier où elle réparait les magnétos pour avions militaires, dans un autre effectuant la réparation des pièces de moteurs d'autos et de camions civils, a, de ce fait, vu ses feuilles de paye considérablement baisser. C'était, en effet, un nouvel apprentissage...

« Et puis, voilà que le matin du 13 mars 1953 », dit Lise, « les haut-parleurs ont annoncé que les camarades Hrbacova (Antoinette) et Londonova devaient se rendre dans le bureau du directeur. Nous y trouvons Karel Berger qui a été convoqué de son côté. Nous sommes en face des membres du Comité d'entreprise, du président de l'organisation du Parti et du directeur de l'usine. Ils sont tous assis, en rang d'oignons, et n'ont pas l'air d'être fiers d'eux. Que se passe-t-il encore?

« Le président du Parti parle : " Après discussion commune sur votre cas à tous les trois, il a été décidé que vous deviez quitter l'usine sur-le-champ. "

« Pourquoi cette décision? Karel Berger est coupable de m'avoir embauchée, lorsqu'il était directeur, Antoinette d'être mon amie et moi d'être la femme de London...

« Antoinette commence à sangloter. Karel se tient très digne et fixe sévèrement, dans les yeux, ses anciens compagnons de travail. Je me suis levée et j'interpelle tour à tour les membres du Comité d'entreprise dont font partie mon chef actuel et des ouvriers avec lesquels j'ai travaillé de longs mois côte à côte, dans le meilleur esprit de camaraderie : " Toi, Untel, tu me connais bien. As-tu un reproche à formuler contre moi ? Et toi... Et toi... Et toi... avez-vous une seule critique à faire quant à mon travail ou à mon comportement à l'usine, dans le syndicat, dans l'organisation du Parti ? Vous vous érigez en mes juges. De quel droit ? Même si mon mari s'est personnellement rendu coupable envers le parti et son pays, en quoi suis-je coupable, moi et ma famille ? Pourquoi mes parents et mes enfants — que vous connaissez — devraient-ils en souffrir, car en me renvoyant de cette usine, vous me condamnez à ne pas pouvoir les nourrir. Votre comportement ne s'explique ni au point de vue humain ni de la morale socialiste à quoi on se réfère à tout propos. Un jour, c'est avec repentir que vous vous souviendrez de votre attitude d'aujourd'hui. Le rouge de la honte vous montera aux joues en vous ressouvenant... "

« J'étais absolument déchaînée et mon vocabulaire tchèque s'était subitement enrichi, comme dans ces rêves où vous vous entendez tenir de grands discours dans une langue étrangère...

« Je parle aussi de Karel Berger : " Il m'a embauchée, parce qu'il savait que j'avais cinq personnes à ma charge et que j'étais sans ressources, étrangère au pays. Cet homme, vous le renvoyez parce qu'il s'est montré bon et humain... Et Antoinette que lui reprochez-vous ? Qu'elle soit mon amie, qu'elle m'ait conservé son amitié quand tant d'autres se détournaient de moi ? C'est vrai qu'elle continue de me faire confiance, car elle sait que je n'ai pas démérité... Et c'est pour cela que vous la chassez ! "

« Nos juges ne sont pas fiers. Seuls le président de l'organisation du Parti et le directeur — celui qui a succédé à Karel Berger — ont une attitude hostile.

« L'usine où nous avons été mutées, Antoinette et moi, est d'un type absolument différent de celle que nous avons quittée. On y fabrique des pièces détachées. Je dois donc apprendre de nouveau un métier. Pendant l'apprentissage, mon salaire va de nouveau en pâtir! Mais je ne me doute pas de ce qui m'attend. Étant donné que je suis la dernière embauchée, et de plus, pensez donc, la femme de London, on me refile les travaux les plus pénibles et mal payés, que chaque ouvrier essaie de refuser.

« Ma première tâche consiste à poncer des pièces sur une machine ne comportant aucun écran de protection. Les poils métalliques de la brosse sphérique qui tourne à grande vitesse se détachent et bientôt j'en ai le visage criblé. Il perle des gouttes de sang. J'en pleure de rage. Je vais voir le directeur : " Voyez dans quel état j'ai le visage! Comment pouvez-vous me mettre à travailler sur une machine pareille. Si le service de protection du travail voyait les conditions qui existent ici, il vous en coûterait cher! "

« Les jours passent. Je demande à travailler sur une machine. Mais on continue à m'attribuer l'ouvrage dont personne ne veut. En travaillant comme un forçat, je gagne à peine le quart de mon salaire précédent. Pour la famille, c'est catastrophique!

« J'ai beau insister auprès du contremaître, du délégué syndical, ils font la sourde oreille. C'est, au fond, tellement pratique d'avoir enfin trouvé la victime à qui refiler tous les travaux relégués dans un coin, mais qui, à la fin des fins, doivent être également faits.

« Un beau jour, je décide que cela a assez duré. Je pointe, comme d'habitude, puis je me présente à mon contremaître : " Je viens pour faire acte de présence, car je sais qu'en en tant que chef de famille l'abandon du travail où j'ai été affectée serait répréhensible. Cependant, je suis décidée à faire la grève des bras croisés jusqu'à ce que vous me donniez un travail qui me permette de nourrir mes trois enfants et mes parents! "

« J'ai pris un tabouret et me suis assise au milieu de l'atelier. Le délégué syndical, les représentants de la direction sont venus en me demandant de reconsidérer mon attitude : " Je ne refuse pas de travailler, mais je veux un travail qui m'assure un salaire décent. Mattez-moi servir une machine où je pourrai gagner ma vie! "

« L'après-midi, le contremaître vient me trouver et m'annonce que le lendemain matin, un ouvrier m'apprendra à manipuler une polisseuse. J'ai gagné la partie. J'ai rapidement appris le maniement de diverses machines-outils. Peu à peu ma feuille de paye a remonté. »

VI

Maintenant, dans ma cellule, je ne suis plus tout seul. J'ai l'impression de me trouver enfermé dans un kaléidoscope dont chaque fragment est formé d'une des images ou impressions que je ramène de mes visites, et sans cesse, ces images et impressions changent et laissent la place à d'autres.

Un jour, Kohoutek me fait venir dans son bureau pour m'annoncer que j'ai le droit d'écrire. Il est là, devant moi, en uniforme de commandant. Ainsi ce procès lui a valu un galon. Une nouvelle décoration brille sur sa poitrine...

Il parle, à son habitude, avec volubilité, de l'importance politique que le procès a eue. A ma demande : « Me laisserez-vous longtemps encore dans cet isolement terrible, vivre entre ces quatre murs? » il répond que rien n'est encore décidé en ce qui concerne Hajdu, Löbl et moi-même.

Qu'il y a encore d'autres cas à régler avant de s'occuper de nous. Puis, il prend un air très sérieux et d'un ton solennel me dit : « N'oubliez jamais la gravité de votre cas. Faites attention et n'essayez jamais de jouer au plus malin. C'est seulement quand le Parti sera sûr de votre comportement et de l'attitude que vous adopterez, qu'il pourra statuer sur votre sort ultérieur. »

Peu de temps après, je suis de nouveau, à ma grande surprise, conduit à un interrogatoire. C'est Kohoutek lui-même qui le conduit et les questions portent exclusivement sur ma femme. La façon dont Kohoutek formule les questions, en me nommant des gens qui me sont inconnus et dont il dit que ce sont des relations de ma femme, me fait très peur. Que cherche-t-il encore ? Où veut-il en venir ?

Ainsi que je l'écrirai plus tard à Lise, lorsque je réussirai à lui transmettre clandestinement un rapport sur ma situation : D'abord tenir toujours suspendue au-dessus de ma tête la menace de l'arrestation de ma femme, pour mieux me mater. Ensuite, tout faire pour la discréditer, afin d'obtenir, le cas échéant, l'autorisation de procéder à son arrestation. La Sécurité cherche aussi à discréditer les autres membres de ma famille, notamment la sœur de ma femme, Fernande, épouse du membre d'un Bureau politique d'un Parti frère, qu'ils calomnient bassement. Par ce procédé, ils veulent sans doute prévenir une démarche éventuelle en ma faveur, venant de ma femme ou d'un membre de sa famille, et s'en garantir...

Maintenant que tous mes projets sont concentrés sur le retour des miens en France, je crains aussi que Ruzyn, en constituant ce dossier contre Lise et les siens, cherche à empêcher qu'elle quitte un jour la Tchécoslovaquie. En quelque sorte, ils veulent prendre, sur elle, une assurance pour eux.

Je suis obsédé par l'idée qu'il faut que Lise parte au

plus vite d'ici. D'autant plus qu'à la fin de l'interrogatoire, Kohoutek a lancé la menace habituelle : « Pensez à votre famille, monsieur London! »

Après la première visite que nous avons eue, un sentiment d'angoisse m'a assailli; n'ont-ils pas réussi à enregistrer une partie de notre conversation?

C'est inspiré par cette peur que, dans la première lettre que l'on m'avait autorisé à envoyer à ma famille, j'ai écrit d'abord pour la censure : « J'ai été profondément touché quand tu m'as raconté comment tu avais expliqué aux enfants la magnanimité dont a fait preuve le Parti envers moi en me permettant de revoir mes enfants... »

Mais, dans le même temps, parce que je voulais qu'elle crût en moi, je glissais pour Lise des mots qui confirmaient ce que je lui avais dit concernant le procès, en espérant que le camouflage dont je les enveloppais les masquerait aux yeux des censeurs.

« J'ai parlé, j'ai agi au cours des investigations comme le Parti me l'a demandé et l'attendait de moi. Au procès, j'ai continué dans cette attitude et dans cette attitude je continue. Je me suis efforcé de me laisser conduire uniquement par les intérêts du Parti en laissant de côté mes intérêts personnels... Je reste fermement sur les déclarations que j'ai faites au tribunal, en commençant par Field et en finissant par Zilliacus... »

Cette lettre était restée trois semaines dans le tiroir du référent. Elle a quand même fini par passer et Lise la recevra juste la veille de notre deuxième visite. Elle m'avait dit alors : « J'ai été folle de joie lorsque j'ai reçu cette lettre par la voie officielle, au courrier. Je puis donc en faire état, le cas opportun. Pour quiconque lira ce passage, aucun doute ne pourra subsister : seul un innocent peut l'avoir écrit! Cette lettre est pour moi comme une première preuve ÉCRITE de ton innocence. »

C'est au cours de sa troisième visite que Lise m'a raconté

dans quelles circonstances elle avait été exclue du Parti.

« J'ai été convoquée, le 20 mai 1953, à assister à une réunion de mon ancienne cellule d'entreprise. Le Président de l'assemblée annonce qu'il n'y a qu'un seul point à l'ordre du jour : mon exclusion, conformément à la demande formulée par le Comité central. Ces mots tombent dans un silence absolu.

« Je demande la parole : " Je veux connaître, ainsi que m'en donne droit l'article 14 des statuts du Parti, les motifs de cette exclusion, afin de pouvoir présenter ma défense. "

« Tout le monde a les yeux braqués sur moi. Je donne lecture de la lettre que j'avais écrite, quatre jours avant, au camarade Novotny, premier secrétaire du C. C., concernant mon appartenance au Parti. J'aperçois de nombreux assistants donner des signes d'approbation. Et puis une main se lève. C'est mon antagoniste, un ancien volontaire des Brigades internationales, qui demande la parole. Il s'est toujours montré outrancier dans ses opinions concernant ses camarades des Brigades arrêtés. J'avais eu avec lui de nombreuses altercations à ce sujet. Un jour, il s'était fâché quand je lui avais dit : " Si je te comprends bien, il n'y a que deux catégories de volontaires valables : toi, et les morts... " Depuis, nous nous contentions de nous saluer. Qu'allait-il dire? J'écoute curieusement et ma surprise est aussi grande que ma joie.

« " Camarades, vous nous dites que c'est sur la demande du C. C. que nous devons voter l'exclusion de la camarade London. Mais vous ne nous donnez aucune raison justifiant cette exclusion. Nous la connaissons comme une excellente ouvrière, d'ailleurs ne l'avons-nous pas plusieurs fois désignée comme la meilleure ouvrière de l'usine? Nous la connaissons comme une bonne mère, comme bonne camarade. Nous n'avons qu'à nous louer de son comportement, y compris comme communiste. Il nous est donc difficile de nous prononcer sur son exclusion. Peut-être que le C. C. a pour cela des raisons dont il ne veut pas nous informer. Mais dans ce cas, camarades, il serait juste que ce soit le C. C. qui prononce lui-même son exclusion sans nous demander de le faire pour lui. "

« Le président lui coupe la parole et crie furieux : " Cette intervention montre l'influence néfaste de Londonova dans notre collectif. C'est une tentative de s'opposer au centralisme démocratique. Si le C. C. nous demande d'exclure Londonova, c'est qu'il a ses raisons et nous n'avons pas à demander d'explication. Nous ne tolérerons pas davantage de telles interventions et si elles devaient se répéter, nous saurions prendre les mesures qui s'imposent. Et maintenant je vous demande de voter, à mains levées, l'exclusion de la camarade London. "

« Les gens commencent alors, avec hésitation, les uns après les autres, à lever la main et mon exclusion est votée à l'unanimité, y compris la voix du camarade des Brigades qui est le dernier à lever la sienne.

« Je déclare alors : " Je vous informe que je fais appel contre cette exclusion. Je tiens à déclarer devant vous qu'en ce qui concerne les activités de mon mari, Artur London, je n'ai jamais été ni interrogée ni sanctionnée. J'ai la conscience pure, la certitude de m'être toujours conduite en communiste... Pour moi l'exclusion qui vient d'être prononcée n'a aucune valeur. Avec ou sans ma carte du Parti, je continuerai toujours à me conduire en communiste... "

« Le président me demande à quitter les lieux. Je me dirige vers la porte. Tous mes anciens compagnons et compagnes de travail se lèvent, les uns après les autres, pour me donner une dernière poignée de main. Je lis dans leurs yeux le regret et aussi la honte. Chez certaines ouvrières avec lesquelles j'étais particulièrement liée je vois qu'elles pleurent. Je les rassure : " Je ne vous en veux pas,

je sais que vous ne pouviez pas faire autrement. Je vous
considère toujours comme des amis ! '' »

Lise sort alors de son sac une feuille de papier et me dit :
« Je vais te lire la lettre de protestation que j'envoie au
Comité central (elle est datée du 27 mai 1953) :

« Je fais appel contre la décision de l'assemblée de l'organisation du Parti de l'entreprise C. S. A. O., Usine 0104,
Prague Karlin, par laquelle j'ai été exclue du Parti, le 20
mai dernier. Cette décision, ainsi que la manière dont elle
a été réalisée, est en contradiction flagrante avec les statuts du Parti. Mercredi 20 mai j'ai été convoquée à l'assemblée du Parti de l'entreprise mentionnée. Le président a
communiqué une lettre du Comité du Parti du district de
Prague 3, dans laquelle il était dit que ma carte du Parti,
qui m'avait été enlevée au moment du procès, ne doit pas
m'être rendue, et que selon l'ordre du Comité central je
dois être exclue. Aucune raison justifiant cette mesure
n'a été mentionnée. J'ai élevé une protestation, car malgré
mes demandes répétées, je n'ai jamais été entendue par
aucun organisme du Parti. De plus, étant donné qu'aucune
raison n'était indiquée pour justifier mon exclusion du
Parti, il m'était difficile de me défendre, comme j'en ai le
droit selon les statuts du Parti. J'ai lu à l'assemblée la
lettre que j'avais écrite le 16 mai au camarade Novotny,
Secrétaire du C. C., concernant mon appartenance au
Parti. Un camarade de l'assemblée a demandé ensuite que
mon cas soit renvoyé au C. C. qui possède, sans doute,
les informations nécessaires et les connaissances suffisantes
pour pouvoir juger de mon cas. Le président de l'organisation a rejeté cette proposition en déclarant que c'était
en opposition avec le principe du centralisme démocratique. Que si le C. C. a donné l'ordre, l'organisation de
base ne peut rien faire qu'exécuter cet ordre, sans discussion. Il a ajouté que je pourrais toujours, par la suite, faire
appel contre cette décision.

« Selon mon opinion, ce procédé est tout à fait illogique et illustre le proverbe français : " Mettre la charrue devant les bœufs! " Les statuts, article 14, du Parti disent : " Dans le problème de l'exclusion du Parti on doit assurer la plus grande circonspection, sollicitude et camaraderie, et une analyse précise doit être faite du fondement des accusations contre un membre du Parti. " Donc le procédé utilisé contre moi ne peut être juste et valable : on exclut d'abord quelqu'un et c'est seulement après qu'on lui offre la possibilité de se défendre en faisant appel contre la décision.

« Les membres de l'organisation de l'entreprise présents à l'assemblée ont voté mon exclusion par esprit de discipline, étant donné qu'on la leur a présenté comme un ordre émanant du C. C. Ils l'ont fait sans connaître les raisons de cette exclusion... »

Le référent — c'est celui qui a parlé avec ma femme et Françoise et chez lequel j'ai noté le changement qui s'est produit au cours des derniers mois — écoute médusé toute cette conversation. Pas un moment il n'est intervenu. Son désarroi se lit dans son regard. Est-ce là la visite entre un traître condamné par le Parti et sa femme? Ça ne répond pas à l'image d'Épinal qu'on lui avait fait connaître! Les vrais communistes sont-ils vraiment parmi ses chefs? Parmi les meneurs de jeu?

Bien sûr, je sais que Lise se bat et qu'elle se battra encore beaucoup plus pour ce qu'elle considère « sa » vérité, « son » image du Parti. Mais je sais qu'elle n'arrivera à rien. Au contraire, j'ai peur que l'on profite de la moindre occasion pour l'arrêter.

J'utilise une diversion créée par Françoise. Je mets Lise en garde : « Fais attention, tu as des mouchards branchés sur toi qui font des rapports sur tes faits et gestes. » Elle me regarde, interloquée. « J'ai lu de mes propres yeux le début d'un de ces rapports sur la table d'un référent.

Dernièrement, on m'a encore interrogé sur toi et les personnes que tu fréquentes, y compris sur Antoinette. Il
faut absolument que tu partes pour la France, car il n'est
pas exclu que l'on tente de t'arrêter. — Qu'ils y viennent,
je les attends de pied ferme, ils auront affaire à forte partie! » Je réponds à Lise : « Tu dis des bêtises, tu ne les
connais pas! »

Avant de me quitter, Lise m'annonce qu'elle a reçu
du tribunal civil tous ses papiers et la confirmation que sa
demande en divorce a été annulée.

Bien sûr le geste de Lise me fait plaisir, mais je crains tellement que cela n'entraîne pour elle de nouvelles difficultés,
car par ce geste elle a exprimé nettement qu'elle se tenait
à mes côtés...

VII

Quelques jours après cette troisième visite, on me change
de cellule. Le gardien qui m'y accompagne m'annonce,
avant de fermer la porte : « Dans cette cellule, la chasse
d'eau est mise en fonction par nous, de l'extérieur. Lorsque
vous voudrez boire ou aller aux toilettes, vous vous pla-
cerez devant le judas en levant le doigt et en désignant la
cuvette. » J'en suis surpris. Cette cellule est identique aux
nombreuses autres dans lesquelles je suis déjà passé. Les
installations sanitaires existent! On se rend compte qu'on
leur a fait subir certaines modifications. Je suis si curieux
que je fais tout de suite l'essai. Je lève le doigt, comme on
me l'a indiqué, et la chasse d'eau se déclenche automatiquement. Un peu plus tard, je lève de nouveau le doigt
et montre la prise d'eau. Je veux boire. L'eau se met à
couler et s'arrête automatiquement.

Je suis intrigué et j'examine la cellule sous toutes ses
coutures. Elle est très propre, fraîchement repeinte. Je

remarque au-dessus du water, sur le mur et au plafond,
une surface maculée assez grande. Cela déclenche chez moi
un souvenir. Un jour que j'étais en visite chez Pavel, après
qu'il avait été relevé de ses fonctions de vice-ministre de
l'Intérieur, nous nous sommes mis à parler du népotisme
qui était en train de se développer chez nous, et dont le
meilleur exemple était donné par le cas de Čepička, dont
le mariage avec la fille de Gottwald l'avait propulsé aux
plus hautes fonctions dans l'État et le Parti. Présentement,
il était ministre des Armées...

Comme je me lançais dans cette discussion, Pavel me fit
signe de me taire. Il m'entraîna dans la salle de bains où il
ouvrit grands les robinets de la baignoire et du lavabo
en disant : « Je ne sais pas si mes anciens collègues ne sont
pas branchés sur moi! Des conversations de ce genre, il
vaut mieux les tenir en se promenant dans la rue ou alors
dans la salle de bains avec les robinets ouverts, car quand
l'eau coule, s'ils écoutent ils en seront pour leurs frais! »

Et tout devient encore plus clair pour moi lorsque, le
lendemain, Kohoutek m'appelle pour m'annoncer qu'un
premier pas dans l'amélioration de ma situation s'accomplit : mon isolement va prendre fin. On va mettre un détenu
avec moi.

Avec ce compagnon de cellule, je n'aborderai évidemment
jamais un sujet délicat : ni qui je suis, ni rien sur l'affaire
qui m'a conduit ici.

Une quinzaine de jours plus tard, un samedi de juin
1953, je suis appelé chez Doubek. Il m'annonce que sur
l'ordre du président Zapotocky, une nouvelle mesure
d'allégement de la détention vient d'être prise pour moi,
Löbl et Hajdu. Nous serons transférés tous les trois dans
le commando de travail de la prison de Ruzyn, c'est-à-dire
que, dorénavant, nous serons mêlés aux autres détenus.

En remontant dans ma cellule pour ramasser mes affaires, je pense que je ne me suis pas trompé avec l'histoire

32

du micro dans ma cellule. C'était une mise à l'épreuve
pour juger de mon comportement devant d'autres détenus.
Quelques heures plus tard, dans la conversation que nous
avons avec Löbl et Hajdu, le premier me dira que pour lui,
la même chose s'était passée.

Un gardien vient me chercher. Il me bande les yeux et
il me conduit, par des couloirs, escaliers, ascenseur, quelque part à l'air frais. Quand il m'ôte le bandeau, j'aperçois le portail d'entrée du bâtiment de la prison où je viens
de passer vingt-huit mois. Il me serait impossible de
décrire de l'intérieur ce bâtiment, car, à part mes cellules
successives, et les bureaux des référents où j'étais conduit,
toujours les yeux bandés, j'ignore à quoi il ressemble...
Même par la suite, quand Hajdu, Löbl et moi-même seront
appelés chez un référent pour une raison quelconque, on
nous bandera toujours les yeux avant de pénétrer dans ce
bâtiment qui nous restera jusqu'au bout inconnu.

Toujours accompagné par le gardien, je traverse la cour.
Nous pénétrons dans un bureau, au rez-de-chaussée d'un
autre bâtiment. C'est le siège de la direction du petit commando de travail de Ruzyn. Je croise Hajdu qui en ressort.
Un sourire heureux éclaire son visage quand il me voit
et ma joie de le voir est également grande. Maintenant
que nous serons ensemble, notre vie sera plus facile à supporter.

Une demi-heure plus tard, nous nous retrouvons réunis
dans la cour avec Löbl.

Nous étions depuis une heure en train d'échanger nos
premières impressions lorsque nous sommes rejoints par
le chef de Ruzyn en personne, Doubek. Il nous fait asseoir,
avec lui, sur un banc. Nous sommes stupéfaits de sa conduite
à notre égard. Il nous apprend qu'il a été convoqué par le
président Zapotocky qui lui a donné l'ordre de nous placer
dans ce commando de travail et de prendre des mesures
pour améliorer notre détention. Des avantages vont nous

être accordés pour faciliter notre existence... Pour terminer, il nous demande de faire appel à lui chaque fois que nous aurons une requête à présenter. Que les ordres de son ministre et du président sont formels!

En l'écoutant, nous avons l'impression d'entendre un conte des Mille et Une Nuits!

Nous allons pouvoir recevoir la visite de nos familles dans les jardins de Ruzyn, chaque semaine, recevoir des colis et des lettres... et il a même ajouté qu'une partie de nos biens confisqués sera rendue à nos familles! Nous n'en croyions pas nos oreilles...

Et quand il nous quitte — en nous serrant la main — alors là, nous en restons abasourdis! Nous les pelés, les galeux...

Nous nous regardons tous les trois : qu'est-ce qui se passe? Nous commençons à faire des tas de suppositions sur les changements qui sont en cours depuis la mort de Staline. Peut-être que maintenant la roue va tourner? Mais nous décidons d'être prudents. Nous ne devons pas oublier que nos bourreaux sont là, que nous vivons à portée de leurs mains, sous leur coupe et derrière eux se tiennent toujours les meneurs de jeu, dont nous venons de voir passer deux d'entre eux, porteurs d'une grande serviette.

Kevic, ancien vice-consul yougoslave à Bratislava, dont nous venons de faire la connaissance, nous a informés que ce sont là des conseillers soviétiques.

Si je confronte aujourd'hui la date de ce revirement avec ce qui se passait en Union soviétique, je crois que ce qui frappe c'est la coïncidence avec ce changement politique, après le 17 juin 1953 à Berlin, qui se manifeste par la convocation de Rakosi à Moscou et son remplacement par Imre Nagy à la tête du gouvernement hongrois. Il n'était pas possible que des faits de cette importance ne donnent pas à réfléchir à ceux qui chez nous avaient suivi la ligne de Rakosi. Mais il dut apparaître très vite que ces changements ne portaient pas sur le système même des procès. Béria, arrêté, n'est pas mis en cause nettement comme patron de la Sécurité. Rakosi demeure secrétaire général du Parti. C'est du moins de la sorte, qu'avec le recul, je m'explique ce qui s'est produit pour nous en juin, juillet 1953, et d'abord ce placement dans le commando de travail, cette fin de notre isolement.

Notre arrivée crée l'animation dans le commando, éveillant la curiosité des autres détenus à notre égard. Ils sont moins d'une centaine : certains sont des collaborateurs des nazis, mais la plupart des criminels de droit commun. Il y a aussi quelques détenus politiques.

Les prisonniers sont affectés à l'entretien des bâtiments de la prison, au nettoyage des bureaux, des couloirs, aux cuisines, au lavage et au repassage du linge, aux travaux de jardinage, etc.

Quelques détenus nous abordent en disant qu'ils ont réussi, en nettoyant les bureaux des référents, à subtiliser des journaux parlant de notre procès et qu'ils nous les donneront.

Par Kevic, condamné à perpétuité, et qui se trouve ici depuis déjà plusieurs mois, nous apprenons à connaître la vie du commando, ses habitants, les différents dangers et formes de provocation auxquels nous pouvons nous attendre, et il nous désigne les « moutons » dont nous devons nous méfier.

Jusqu'au lundi, nous profitons de chaque moment pour échanger nos expériences de ces deux dernières années. Hajdu me dit : « Hé, Gérard, qu'est-ce que tu en dis? Il faut être passé par là pour y croire! Quand je pense que je gardais comme un complexe de culpabilité le fait qu'avant-guerre je me refusais à croire aux procès de Moscou! »

Nous constatons que le processus de nos pensées depuis notre emprisonnement a été identique. Nous prenons la décision de toujours agir en commun : chaque fois qu'une nouveauté interviendra pour l'un, il devra le communiquer aux autres. Ce principe de solidarité, c'est notre seul moyen de défense.

En descendant au commando, on m'a rendu la cartouche de gauloises que ma femme m'avait donnée lors de sa première visite et qui jusqu'ici était restée au greffe, sans doute pour un examen plus qu'approfondi...

Je sors un paquet, les yeux de mon ami Hajdu brillent de convoitise — il est comme moi grand amateur de ces cigarettes. Hélas, à la première goulée profonde, nous faisons tous deux une affreuse grimace... Lise m'avait dit qu'elle avait conservé précieusement ce tabac avec mes affaires, dans une armoire... bourrée de napthaline.

Dans nos conversations avec Löbl, Hajdu et Kevic sur la question de l'emploi de drogues dans l'arsenal des moyens illégaux pour extorquer les aveux, l'ancien consul yougoslave affirmait qu'il était personnellement convaincu d'avoir été drogué. Il m'a demandé si je n'avais jamais reçu, comme dîner, des pommes de terre cuites à l'eau, arrosées d'une sorte d'huile qui avait un goût amer. Je me suis effectivement souvenu avoir reçu une telle nourriture, à plusieurs reprises. Il affirmait qu'elle contenait de la scopolamine, drogue utilisée sur Van der Lubbe, accusé par Hitler et Goering d'être l'incendiaire du Reichstag, en 1933, et jugé avec Dimitrov au procès de Leipzig.

En dehors de Kevic, d'autres détenus soutenaient la même chose. Je connais Kevic comme un homme sage, réaliste, dépourvu de cette mythomanie qui règne souvent chez les prisonniers; de plus il s'était lié d'amitié avec une infirmière qui travaillait avec le docteur Sommer. Cependant, sans pouvoir rien affirmer, je ne suis pas convaincu que nous ayons été drogués. Il est vrai que nous recevions des médicaments sans jamais savoir leurs composants et leurs effets, que nous devions les absorber en présence de l'infirmière et parfois du gardien qui attendaient que

nous déglutissions et ensuite vérifiaient si nous ne les dissi-
mulions pas sous la langue ou dans un coin de la bouche.

Il est vrai que j'ai reçu des piqûres dont j'ignore toujours
les effets qu'elles étaient censées avoir. Que pendant les
interrogatoires j'étais parfois dans un état d'abrutissement
absolu, que j'ai eu des hallucinations nombreuses... Des
périodes d'apathie complète où je subissais toute chose
comme si elle ne me concernait pas, où tout m'était égal,
où je me fichais de ce que les référents pouvaient écrire.

C'est d'ailleurs ce qui m'avait amené à me poser à
moi-même la question, pendant la période d'isolement,
si oui ou non la Sécurité utilisait des drogues avec nous.
Le souvenir de Van der Lubbe m'était revenu et de ce que
la presse écrivait à l'époque.

Je ne crois pourtant pas qu'il était nécessaire à nos
tortionnaires d'utiliser la drogue, le système de Ruzyn
étant beaucoup plus sûr au bout du compte. Leurs méthodes
étaient en quelque sorte une application pratique de la
science de Pavlov sur le conditionnement et la psychologie.

Ce système — et la pratique l'a prouvé — est plus
efficace que n'importe quelle drogue. Il a été mis à l'essai
au cours des procès de Moscou, de Sofia, de Budapest
et en maintes et maintes autres occasions, avec des résultats
étonnants. Leur technique, appliquée pendant des mois,
et même des années sur le même individu, est bien plus
précise qu'une piqûre de scopolamine. De plus, l'intérêt
des meneurs de jeu était d'amener dans un grand procès
public des hommes dont l'aspect extérieur dissimule les
souffrances morales et physiques endurées depuis leur
arrestation, des hommes jouissant de toutes leurs facultés
intellectuelles et ayant un comportement d'hommes
normaux, et surtout pas des espèces de Van der Lubbe
abrutis, bavant et présentant les stigmates de la folie.

Et dans cet art de préparer l'accusé, les meneurs de jeu
de Ruzyn sont passés maîtres ès Sciences...

Lundi et mardi, Vavro et moi sommes affectés à la corvée des pommes de terre, dans une cave. Notre tâche consiste à dégermer les pommes de terre et à éliminer celles qui sont pourries. Assis sans surveillance dans la pénombre, malgré l'odeur infecte du lieu, le travail répugnant que nous accomplissons, ces retrouvailles, en tête-à-tête, nous permettent pendant des heures et des heures d'avoir un échange de vues sur les conditions dans le Parti et le pays qui ont permis un tel procès. Dieu sait le nombre d'hypothèses que nous avons fait sur l'avenir!

Mercredi nous sommes affectés à l'équipe de jardinage où se trouve déjà Löbl. Malgré le travail à l'air libre et au soleil, et sans doute à cause même de cela, cette journée est terrible pour nous. La longue détention et le régime subi depuis trente mois m'ont à ce point affaibli que le soir on me ramène à bout de forces, fiévreux et incapable de me traîner. Deux jours plus tard, c'est le tour d'Hajdu d'abandonner le commando. L'exposition de son visage au grand air et au soleil, après être resté si longtemps à l'ombre, lui a provoqué des brûlures au deuxième degré. Son visage est boursouflé et déformé. Il n'y a que Löbl, arrêté pourtant près d'un an avant nous, qui tient le coup mais au prix d'un immense effort de volonté.

On m'expédie à l'infirmerie de la prison de Pankrac pour passer des visites. A mon retour, Kohoutek me fait conduire dans son bureau. Il me demande quelle a été la réaction des détenus de l'infirmerie de Pankrac à mon arrivée ainsi que celle des détenus du commando lorsqu'ils nous ont vus Löbl, Hajdu et moi parmi eux. Quelles questions nous ont-ils posées et quelles ont été nos réponses?

Je lui dis que notre arrivée avait causé, le premier jour, beaucoup de remue-ménage. Que les détenus doutent de la véracité du procès et de notre culpabilité.

Kohoutek me dit alors qu'il fallait que nous nous

efforcions de nous fondre dans la masse des détenus et de défendre toujours la ligne du procès. « N'oubliez pas que vous êtes condamné pour crime de haute trahison et que vous devez entrer dans la peau de votre personnage. »

Me regardant d'un air solennel, il ajoute que ce n'est pas en son nom qu'il me parle. Il a été chargé de le faire par « ses chefs ». Il me demande de mettre au courant Löbl et Hajdu de cet avertissement, lorsque je les rejoindrai au commando.

« Si un jour vous voulez sortir vivant de la prison, vous devez toujours avoir l'attitude que je vous indique. N'oubliez jamais que vous devez maintenir vos aveux en toutes circonstances, toujours et devant n'importe qui : que ce soient les organes ou représentants de l'État, du Parti, les tribunaux où vous serez amenés pour témoigner contre vos complices qui ont déposé contre vous... Je répète : que ce soit devant le procureur général, le Secrétaire du Parti et même devant le Président de la République, vous devez toujours vous en tenir à vos aveux... »

De cette conversation avec Kohoutek, que nous savons être l'homme de confiance des conseillers soviétiques, nous en déduisons que les promesses faites par Doubek, sur l'ordre de Zapotocky, sont annulées par les meneurs de jeu de Ruzyn. Que reste-t-il de tous les avantages promis! des lettres et des visites, d'abord chaque mois, mais très vite à des intervalles plus espacés. Toutefois avec l'avantage de ne pas être séparés de notre famille par un double grillage.

Au début, on nous a laissés en paix dans le commando où nous sommes maintenant affectés, Vavro et moi, à la corvée de blanchissage. Par la suite, Kohoutek intervient de nouveau pour nous forcer à nous aligner davantage encore sur les autres détenus. La pression s'accentue sur nous. Kohoutek nous dit cyniquement : « Nous ne pouvons pas permettre que des doutes surgissent sur le procès.

Il ne faut pas oublier qu'il y a ici des détenus condamnés à des petites peines, qui sont remis en liberté. Il faut se soucier — dans l'intérêt du Parti — de ce qu'ils diront quand ils se retrouveront en liberté! »

Au bout de quelque temps, nous comprenons que la tactique des meneurs de jeu et de leurs hommes de confiance de Ruzyn est d'essayer d'étouffer en nous la moindre velléité d'utiliser le développement des événements en U. R. S. S. pour tenter de remettre en question le procès. Le traitement qui nous est appliqué se dégrade de plus en plus dans les mois qui suivent.

Le chef du commando de travail vient, d'être changé. Son remplaçant a visiblement reçu l'ordre de nous faire subir un régime de plus en plus discriminatoire par rapport aux autres détenus : nous sommes des criminels dangereux, des ennemis politiques de premier ordre!

Exposés maintenant à toutes sortes de brimades, on crée autour de nous une atmosphère de provocation, on branche sur nous des mouchards. De nombreux gardiens ont été changés. Les nouveaux pensent qu'il est de leur devoir de membres du Parti d'être particulièrement vigilants et durs avec nous.

Ce nouveau retournement de la situation nous inquiète profondément. Nous essayons d'en détecter les raisons. Nous avons des échanges de vues pour essayer de faire le point sur notre situation.

Avec Hajdu et Löbl, nous en déduisons que notre sort est soumis aux fluctuations politiques actuelles en U. R. S. S. Notre procès est un coin enfoncé dans le système et sa direction. Nous trois, en tant que survivants de ce procès, sommes devenus un facteur politique sensible et important, surtout maintenant, à la veille d'une ouverture possible vers un changement de la situation. Cela amène certains dirigeants du Parti ou de la Sécurité à essayer de couvrir leurs arrières en nous réduisant à l'im-

puissance et, qui sait, en nous liquidant; d'autres à prendre
des assurances pour l'avenir en allégeant notre sort.
Nous sommes ballottés entre ces deux courants. Pour
l'instant, c'est la force occulte des conseillers soviétiques
qui a eu le dernier mot. Nous sommes hélas toujours entre
leurs mains et nous y resterons jusqu'en mai 1954.

Pour s'en convaincre, il n'y a qu'à voir comment maintenant Doubek nous fuit quand, par hasard, il nous croise
dans la cour!

Nous devons nous attendre au pire et être extrêmement
prudents, ne donner prise à aucune provocation, essayer,
coûte que coûte, de gagner du temps.

Au fur et à mesure que chez les meneurs de jeu et leurs
hommes de Ruzyn grandit l'assurance qu'il n'y aura pas
en Tchécoslovaquie un retournement des choses, que le
procès est « intouchable », la préparation des procès,
appendices du nôtre, reprend. Plus de soixante personnes
arrêtées en liaison avec le « Centre de conspiration contre
l'État » sont toujours en détention préventive.

Au printemps 1953, le ministre de la Sécurité, Bacilek,
a soumis au secrétariat politique du Comité central un
plan pour liquider ces « restes » : les détenus seront parta-
gés en sept groupes, celui des Économistes, avec comme
chef de file Goldmann; le groupe trotskyste Grand Conseil,
avec Vlk; celui des Nationalistes bourgeois slovaques,
avec Husak; le groupe de la Sécurité, avec Zavodsky; celui
de l'Armée, avec Drgač; et enfin le groupe du ministère
des Affaires étrangères, avec Goldstücker. Il y aura aussi
quelques procès individuels, comme par exemple ceux
contre Smrkovsky, Outrata, Novy, Pavel, etc.

Les actes d'accusation de tous ces procès ont été discutés
par le secrétariat politique et les condamnations déter-
minées par lui. A ce moment-là, les membres du secrétariat politique étaient : Antonin Zapotocky, président
de la République après la mort de Gottwald, Široky,

devenu président du Conseil, Bacilek, Novotny, devenu premier secrétaire du Parti, Čepička, gendre de Gottwald et ministre des Armées, Dolansky, vice-président du Conseil et Kopecky, ministre de l'Information et de la Culture.

A part le procès contre le groupe du ministère des Affaires étrangères, qui se déroula en mai — après la mort de Staline et de Gottwald —, les autres auront lieu à la fin de 1953 et en 1954, alors que Beria avait été depuis longtemps arrêté et condamné à mort et que des milliers de réhabilités rentraient des prisons et des camps sibériens dans leurs foyers...

Et Osvald Zavodsky sera le dernier exécuté, sa grâce lui ayant été refusée en mars 1954!

Au cours de notre longue détention, quand la possibilité nous a été donnée de prendre contact les uns avec les autres, nous n'avons eu de cesse de chercher à nous expliquer comment de tels procès ont pu être organisés chez nous, pays d'une vieille civilisation avec de grandes traditions démocratiques...

Nous avons confronté nos souvenirs de militants, nos expériences dans les différents secteurs de la vie économique, politique, sociale où nous avions travaillé avant notre emprisonnement, avec nos opinions et appréciations des méthodes de travail des conseillers soviétiques et de leurs exécutants, les référents...

Nous avons réussi, en recollant ensemble tous ces fragments, à dresser un tableau qui se rapproche de celui qui, plus tard, sera brossé par les historiens du Parti.

Lors de la réunion constitutive du Kominform [1] l'idéo-

1. Bureau d'information des Partis communistes et ouvriers créé en septembre 1947, dont les membres étaient les Partis communistes et ouvriers d'U. R. S. S., de Bulgarie, de Tchécoslovaquie, Hongrie, Pologne, Roumanie, France, Italie et jusqu'en 1948 aussi la Yougoslavie. Son rôle devait être de faciliter l'échange des expériences et de coordonner l'activité des Partis membres. Son siège

logue du Parti communiste de l'U. R. S. S., Jdanov, affirmait que la préparation de l'agression impérialiste contre l'U. R. S. S. et les démocraties populaires s'accompagne d'attaques politiques et idéologiques qu'il faut combattre dans tous les domaines de la vie politique et sociale, d'où la nécessité d'un front idéologique commun, sous la direction du Parti communiste de l'Union soviétique.

La volonté manifestée par la Yougoslavie d'aller au socialisme par ses propres voies, s'est heurtée en 1948, à la conception stalinienne du monolithisme du camp socialiste sous la houlette de l'U. R. S. S. Ce différend entre deux États socialistes passa rapidement dans le mouvement communiste mondial, et la réunion, en juin 1948, du Kominform, consacra la rupture avec la Yougoslavie et la mise au ban du Parti communiste yougoslave. On lit dans la résolution adoptée à ce sujet :

« Dans leur politique à l'intérieur du pays, les dirigeants du P. C. yougoslave abandonnent les positions de la classe ouvrière et la théorie marxiste de classe et de la lutte de classes. Ils nient la réalité que des éléments capitalistes se développent dans leur pays et qu'en liaison avec cela s'accentue la lutte de classes dans le village yougoslave. Cette négation découle de l'opinion opportuniste selon laquelle la lutte de classes ne s'accentue pas à l'époque du passage du capitalisme vers le socialisme, comme l'enseigne le marxisme-léninisme, mais qu'au contraire elle s'éteint, comme l'affirmaient des opportunistes du type de Boukharine qui répandaient la théorie du passage pacifique du capitalisme vers le socialisme... »

Le Bureau d'information considérait que le seul critère pour juger de la fidélité au socialisme était l'attitude envers l'Union soviétique. De plus, il condamnait la politique

était à Belgrade jusqu'en 1948, puis à Bucarest jusqu'à sa dissolution, en 1956.

des voies spécifiques au socialisme comme une déviation nationaliste bourgeoise et lui déclarait une guerre à mort.

En septembre 1949 a lieu, en Hongrie, le procès Rajk où trois des accusés étaient condamnés à mort. Il avait été fabriqué de toutes pièces par les conseillers soviétiques avec la complicité de la Sécurité hongroise, pour faire la preuve éclatante de la trahison titiste, de l'infiltration de ses agents dans tous les pays de démocratie populaire, et pour donner corps à la thèse stalinienne de l'accentuation de la lutte de classes pendant la construction du socialisme.

Pour rester dans les bonnes traditions des procès de Moscou, les différends politiques étaient portés par Staline sur un plan crapuleux de trahison et d'espionnage. La résolution du Kominform de novembre 1949 qualifiait la « trahison titiste au service des impérialistes » comme une conspiration « des fauteurs de guerre anglo-américains contre l'U.R.S.S. et les démocraties populaires, par l'intermédiaire de la clique fasciste et nationaliste de Tito, devenue l'agence de la réaction impérialiste internationale.

La preuve : « La clique de Belgrade, assassins et espions, s'est ouvertement mise d'accord avec la réaction impérialiste et à son service, ce que le procès Rajk-Brankov de Budapest, a prouvé avec une clarté absolue...

« La trahison de la clique de Tito n'est pas due au hasard, elle a été la suite de l'ordre qu'elle a reçu de ses patrons, les impérialistes anglo-américains, auxquels elle s'est vendue... La clique de Tito a fait de Belgrade un centre américain d'espionnage et de propagande anticommuniste... En conséquence de la politique contre-révolutionnaire de Tito-Rankovic — qui se sont emparés du pouvoir dans le Parti et dans l'État — s'est instauré en Yougoslavie un régime policier anticommuniste de type fasciste... »

Et le Bureau d'information sonne le branle-bas d'alarme dans le mouvement communiste international en faisant adopter dans sa résolution que « l'une des tâches les plus importantes des partis communistes contre la « clique d'espions et d'assassins de Tito », est le renforcement par tous les moyens de la vigilance dans leurs rangs pour démasquer et extirper les agents bourgeois et nationalistes, ainsi que ceux de l'impérialisme, quelle que soit la bannière derrière laquelle ils se cachent ». Rechercher l'ennemi à l'intérieur du Parti : c'était sonner l'hallali des militants...

Il fallait un procès Rajk dans les pays de démocratie populaire pour pouvoir accentuer le rôle dominant de l'U. R. S. S., la mise au pas de leurs gouvernements et Partis, l'abandon des intérêts nationaux — qualifiés de déviation nationaliste — au nom de la solidarité du camp socialiste et de l'internationalisme prolétarien.

La préparation de ces procès avait commencé au début de 1949, parallèlement à celle du procès Rajk. C'est ainsi que, sur la demande de Rakosi présentée à Gottwald, la Sécurité tchécoslovaque arrêtait, en mai 1949, Noël Field, Pavlik et sa femme et les remettait aux mains de la Sécurité hongroise. Quelques mois plus tard, Rakosi demandait l'arrestation de dizaines de militants communistes et hauts fonctionnaires tchécoslovaques parmi lesquels je figurais ainsi que Clementis, Löbl, Frejka, Šling, Goldstücker, Holdoš...

Le 5 septembre, Rakosi informait Gottwald qu'au cours du procès Rajk — qui allait s'ouvrir — la preuve publique serait faite de la ramification du complot en Tchécoslovaquie. Deux jours plus tard, il lui faisait dire par Švab, qui assurait la liaison avec la Sécurité hongroise, qu'il avait acquis la certitude que des espions occupaient de hautes fonctions en Tchécoslovaquie, et qu'il fallait les rechercher notamment parmi ceux qui pendant la guerre étaient à Londres, et aussi parmi les anciens volontaires des Brigades internationales. Selon Rakosi, il était préférable d'arrêter des innocents que de courir le risque de laisser des coupables en liberté. Les conseillers soviétiques qui se trouvaient à Budapest tenaient le même langage à Švab.

Les dirigeants du Parti polonais, Bierut et Zambrowski, informaient à leur tour Gottwald d'avoir procédé en Pologne à l'arrestation de cinquante personnes, compromises dans l'affaire Rajk, et dont beaucoup avaient des liaisons avec des citoyens tchécoslovaques haut placés. Ils insistaient auprès de lui pour que des mesures d'épuration soient prises le plus rapidement possible chez nous.

Au cours du procès Rajk deux des accusés, Szönyi et Brankov (de nationalité yougoslave) déclarèrent qu'en Tchécoslovaquie « le travail des ennemis était meilleur qu'en Hongrie et leur groupe plus efficace et mieux organisé ».

On assistait en décembre 1949, en Bulgarie, au procès de Kostov, et à sa condamnation à mort; en Pologne, à l'emprisonnement de Gomulka...

Mais en Tchécoslovaquie, la direction du Parti se montrait réticente à donner suite à la demande des Hongrois et des Polonais de chercher, chez nous, les mailles du complot.

Je me souviens d'une conversation que j'ai eue, à cette époque-là, avec Široky. C'était avant qu'il ait pris ses distances avec moi. Après m'avoir expliqué que les Hongrois nous poussaient à découvrir chez nous un complot similaire à celui de Rajk, il ajoutait : « Notre situation n'a rien de commun avec la leur. Nous ne sortons pas d'une longue illégalité comme eux. Notre direction est homogène et travaille sous la direction de Gottwald depuis 1929. Chacun de ses membres est connu et a fait ses preuves. Ce n'est tout de même pas pour faire plaisir aux Hongrois que nous allons maintenant inventer un procès! »

Mais pour persister dans cette attitude, il eût fallu le courage de Tito et de la Ligue des communistes yougoslaves. Hélas, ce ne fut pas le cas chez nous.

La pression exercée sur Gottwald était très forte. Menacé de voir aligner la Tchécoslovaquie sur la Yougoslavie et d'être publiquement dénoncé comme prenant une attitude hostile à l'ensemble du camp socialiste, il finit par céder.

Il est significatif de voir que ce n'était pas le Parti soviétique ni Staline qui exerçaient directement cette pression, mais qu'ils faisaient agir à leur place des dirigeants d'autres démocraties populaires, notamment Rakosi...

Étant donné que, même en utilisant les plus fortes lanternes, la Sécurité tchécoslovaque ne parvenait pas à découvrir des conspirateurs, Gottwald, auquel Rakosi avait fait l'éloge de l'efficacité du travail des conseillers soviétiques dans la découverte du complot Rajk, adressait à Staline une demande d'aide.

Les conseillers commencèrent d'arriver en 1949. Rapidement s'est constitué un appareil tout-puissant, ne répondant de ses actes qu'à son chef Béria. Là se trouvaient Likhatchev et Makarov, qui venaient de faire leurs preuves au cours de la préparation du procès Rajk.

Ils procédèrent immédiatement à la mise en place, dans la Sécurité de l'État, d'un organisme spécial pour la recherche de l'ennemi à l'intérieur du Parti. Plus tard une section spécialisée pour la lutte contre le sionisme sera également créée.

Profitant de leur auréole et de l'autorité qu'ils ont sur les fonctionnaires de la Sécurité, avec lesquels ils collaborent, ils recrutent parmi eux des hommes de confiance, qui leur sont dévoués corps et âmes, les considèrent comme leurs véritables chefs et exécutent leurs ordres en dehors de la voie et de leurs chefs hiérarchiques.

Dans la Sécurité de l'État s'est développée ainsi très rapidement, dans tous les services, une police parallèle, véritable État dans l'État, dont l'activité échappait totalement aux instances du Ministère et à la direction du Parti. C'est ainsi qu'ont pu être préparées dans le secret le plus absolu les arrestations des anciens vice-ministres, chefs de services et autres responsables de secteurs clefs du ministère de la Sécurité — Švab, Zavodsky, Valeš et de nombreux autres — en qui les conseillers voyaient un obstacle pour l'accomplissement de leurs plans futurs.

Même des militants de l'appareil du Parti et des fonctionnaires d'autres administrations d'État que la Sécurité s'adressaient directement aux conseillers.

Officiellement les conseillers n'avaient aucun pouvoir, en réalité leur autorité et leur influence étaient plus grandes que celles des ministres et des dirigeants du Parti.

Bien informés, les conseillers savaient également trouver les éléments douteux, tarés, qu'ils pourraient manier à leur gré et leur confier n'importe quelle besogne.

A cette époque où la guerre froide battait son plein, la situation intérieure était très compliquée. Des agents des services étrangers pénétraient illégalement dans le pays, des actions de sabotage étaient organisées, des tracts hostiles diffusés, il y eut même des assassinats politiques.

L'économie nationale connaissait de grandes difficultés et les insuffisances du ravitaillement étaient aggravées par la mauvaise récolte. Le mécontentement commençait à se développer parmi la population.

Sur cette toile de fond, tout le travail du Parti était influencé et orienté par les résolutions du Bureau d'information de 1948 et 1949. L'hystérie provoquée et entretenue autour de l'affaire yougoslave, les procès en trahison de Budapest, Sofia et les mesures de répression prises contre des militants haut placés en R. D. A., Pologne, Roumanie, avaient donné naissance à la suspicion généralisée.

La démocratie déjà limitée disparaissait de plus en plus de la vie intérieure du Parti, faisant place à l'obéissance inconditionnelle et à la discipline aveugle. Le pouvoir se concentrait de plus en plus dans les mains d'un nombre limité de dirigeants, le Comité central était devenu une instance d'enregistrement qui approuvait passivement les décisions et la ligne politique fixées par cette minorité.

Cette situation a facilité aux conseillers soviétiques épaulés par leurs hommes de confiance et le réseau de mouchards, et provocateurs en place dans tous les secteurs de la vie sociale et politique — de lancer une campagne de discrédit contre un grand nombre de militants, de ramasser contre eux du matériel en suscitant des centaines, des milliers de lettres d'accusations, de rapports et d'informations tendancieuses...

La chasse aux sorcières était ouverte. La route aux procès était libre! Sous prétexte de débusquer les ennemis cachés dans le Parti, la Commission de contrôle et la Section des Cadres du Comité central travaillaient en collaboration étroite avec les conseillers soviétiques. Ces derniers avaient la mainmise sur tous les dossiers des cadres. Le service spécial au sein de la Sécurité, elle-même entièrement dominée par les conseillers soviétiques, échappait à tout contrôle des organismes réguliers du Parti. Ils avaient maintenant le champ libre pour appliquer chez nous les méthodes, condamnées plus tard par le XX⁰ Congrès, qui ont anéanti les meilleurs cadres du Parti communiste soviétique, de l'Armée, de la Science, des Arts, les ouvriers et les paysans les plus courageux. Ce sont ces hommes et ces méthodes qui ont sali l'emblème du socialisme aux yeux des travailleurs du monde entier.

VIII

Par les lettres de ma famille et au cours des visites j'apprends les nouvelles brimades dont les miens font l'objet. Cette fois, c'est à ma fille qu'on s'en prend. Elle a quatorze ans. Elle termine la huitième classe de l'école et passe avec succès son examen terminal. Elle désire poursuivre ses études et en a fait la demande. Elle est convoquée avec sa mère devant la Commission qui doit informer les familles des résultats des examens et aussi de la décision prise en ce qui concerne l'avenir des enfants. Le président de la Commission leur annonce que la demande de Françoise de poursuivre ses études a été rejetée, sous prétexte « qu'il faut auparavant qu'elle fasse oublier son passé!... » Un passé de quatorze ans! et elle en avait onze quand j'ai été arrêté...

On lui propose d'abord de faire un apprentissage comme ramoneur. Puis on tente de lui faire signer un engagement de cinq ans dans le bâtiment : deux ans d'apprentissage et trois années de travail. Cela signifierait pour elle s'exiler de Prague, vivre dans un internat à Šumperk, loin de sa famille. Pour la première fois, ma femme se laisse aller au découragement : elle est allée partout, à la mairie, au service des écoles, au ministère de l'Éducation nationale. Elle a tiré des sonnettes, essayé de faire intervenir d'anciennes connaissances... mais partout elle s'est heurtée à un mur d'indifférence ou même pire.

Ma fille a pris son sort en main. Pour elle, le principal est de rester à Prague. Elle s'est arrangée avec une de ses compagnes de classe qui avait reçu les papiers d'inscription pour l'école d'apprentissage de l'usine Č. K. D.-Sokolovo, à Prague-Libeň, les a remplis et s'est fait inscrire à sa place. Munie de son engagement signé, Françoise met ensuite la Commission et le directeur de son école devant le fait accompli. C'est ainsi que ma fille a commencé à apprendre le métier d'ajusteur-outilleur.

Françoise a eu la main heureuse. Dans ce centre elle est entourée de l'affection et de la sollicitude de ses professeurs, notamment du contremaître Miroslav Turek, qui dirige sa classe à l'atelier, et aussi de l'amitié de ses camarades d'étude.

Françoise avait demandé son adhésion à l'organisation

de la jeunesse, le Č. S. M., comme tous ses camarades. Sa carte lui est refusée sous le prétexte qu'elle est française (alors qu'elle avait la double nationalité et possédait sa carte d'identité tchécoslovaque). Tous ses camarades de classe et de nombreux dans les autres classes se solidarisent avec elle et font savoir, au cours d'une assemblée générale, en utilisant les statuts de l'organisation, que si la carte lui était refusée aucun d'eux ne prendrait ou ne conserverait la sienne. Et ma fille reçut sa carte...

Lors de la quatrième visite de ma famille, j'étais accompagné par un jeune référent, tout nouveau dans le service, ce qui ressortait des questions qu'il posait au chauffeur pendant le parcours.

Ce jour-là, à mon émotion et ma joie de retrouver Lise et les enfants se mêle une lueur d'optimisme. Depuis quelques jours, je me retrouvais parmi des êtres humains, et surtout j'étais avec mon ami Vavro. De plus, la veille, des détenus nous avaient apporté le *Rude Pravo*, trouvé dans la corbeille d'un référent, qui reproduisait les « Thèses du Parti communiste bolchevik pour son cinquantième anniversaire ». Nous n'avions pas manqué Löbl, Vavro et moi, de déceler à cette lecture des éléments politiques extrêmement importants, présageant un tournant d'une grande portée et une mise en question de nombreux aspects de la politique de Staline et de sa personne elle-même.

Cet aspect de la signification des thèses n'avait pas non plus échappé à Lise qui, dès le début de la visite, m'en parle, croyant que je ne les avais pas lues. Le référent essaie à deux ou trois reprises de nous interrompre : « Ne parlez que des questions de famille ! » Alors, Lise se tourne vers lui et, candidement, dit : « Mais voyons, Monsieur le référent, ces thèses ont été publiées hier dans le *Rude Pravo !* » Timide, inexpérimenté, visiblement inoffensif, il est désarçonné par cette réponse.

La visite prend fin. Lise s'en va avec les enfants. Un

quart d'heure plus tard, je monte avec le référent dans la voiture qui nous attend dans la cour. En sortant du portail, où le chauffeur marque un court arrêt avant de s'engager sur la chaussée, la voiture est prise littéralement d'assaut par Lise et les trois enfants. Ma femme se penche vers le chauffeur et lui dit avec son plus beau sourire : « Comme vous allez à Ruzyn et que j'habite à moitié chemin, ne pourriez-vous pas me prendre avec les enfants jusqu'au terminus du tram ? »

Le chauffeur, un homme jeune et sympathique, sans même demander l'avis du référent qui se trouve derrière, avec moi, ouvre la portière en répondant : « Mais bien sûr ! Entassez-vous dans la voiture. Il y aura bien de la place pour tous ! »

Lise s'asseoit à mes côtés, avec Michel sur ses genoux, Françoise et Gérard montent devant auprès du chauffeur.

Lise se serre contre moi, elle est radieuse. Nous roulons. A plusieurs reprises, le référent essaie timidement de protester. « Ne vous en faites pas, camarade référent — dit le chauffeur — ils habitent sur notre route. On ne pouvait tout de même pas les laisser aller à pied puisque nous allons par là ! »

Je suis à la fois médusé et amusé du toupet de Lise. Celle-ci me glisse à l'oreille : « Il nous amènera peut-être jusqu'à la maison et ainsi tu verras où nous habitons. »

Pendant ce temps, Françoise bavarde joyeusement avec le chauffeur. Au lieu de continuer sur la route de Ruzyn qui passe à côté de la tête de ligne du trolleybus qui va à Hanspalka, le quartier où habite ma famille, le chauffeur bifurque à droite, monte la colline et par un dédale de rues aboutit juste devant leur maison.

Lise reste dans la voiture et dit à Françoise : « Monte vite chercher Pépé et Mémé — et, se tournant vers le référent —, elle dit, en me montrant : « S'il est déjà là, qu'il puisse au moins embrasser mes parents qui sont trop âgés

pour se déplacer. » Le référent essaie, cette fois avec un peu
plus d'énergie, de mettre un terme à cette entorse grave au
service. Le chauffeur le calme : « Puisque nous sommes déjà
là, c'est une question de cinq minutes! »

Mémé est déjà auprès de moi. Je sors de la voiture pour
pouvoir l'embrasser. Elle est très émue et les larmes plein
les yeux elle dit : « Cette nuit j'ai rêvé de toi. On frappait
à la porte. Et c'était toi. Et tout à l'heure j'étais en train
de penser : Et si on me l'amenait? Et tu es là! »

Et voilà maintenant que j'aperçois mon beau-père qui
s'avance lentement dans notre direction. Il ne sait pas
pourquoi Françoise le fait descendre. Il a été dérangé dans
sa lecture. Je le trouve très vieilli, voûté, ses gestes sont
plus lents. Il avance, sa casquette sur la tête, ses lunettes
sur le bout du nez et son *Humanité* dépliée dans la main.
Je suis touché de le voir ainsi et en même temps curieux
de sa réaction quand il me reconnaîtra. Jusqu'ici, il était
resté catégorique dans son refus de me voir.

Arrivé près de moi, il lève la tête et ses yeux expriment
alors la plus grande surprise. « Tiens! Toi ici? » Il s'approche et nous nous embrassons affectueusement. Je lui
demande : « Comment te sens-tu, Pépé? » Et il répond,
comme lui seul pouvait le faire : « Je suis en train de lire
les thèses pour le cinquantième anniversaire du Parti bolchevik. Tu les as déjà lues? » Et quand je lui réponds affir-
mativement, il ajoute : « C'est parce que Lise m'a dit ce
matin que quelque chose ne va pas avec Staline. Qu'on en
parle pas beaucoup. Pourtant j'ai trouvé son nom en deux
endroits. Je pense que c'est assez pour un document comme
ça. Que ça ne signifie pas qu'il y a quelque chose avec
Staline! » Et en relevant l'épaule et en me donnant un coup
de coude complice : « Qu'est-ce que tu en penses toi? Hein,
que j'ai raison? »

Je suis bouleversé de le voir ainsi, devant moi, si vieux,
si usé, et en même temps je me sens désarmé devant tant

de candeur et de pureté. Je n'ai que le temps de lui dire :
« Fais confiance à Lise. Elle t'expliquera! », d'embrasser
une derrière fois les miens. Le référent apeuré me tire par
le bras pour me faire réintégrer la voiture qui démarre
aussitôt. Le chauffeur me fait un clin d'œil réjoui.

Pendant tout le trajet, le référent ne fait que répéter :
« Surtout, surtout monsieur London, ne dites jamais à
personne ce qui vient de se passer car on me mettrait
en tôle! » Le chauffeur se retourne et lui dit : « Ne vous
en faites pas, camarade référent, personne n'en saura rien! »

Arrivé au commando de travail, je repasse, ému, les
souvenirs si beaux pour moi de la visite et de mon voyage
improvisé à Hanspalka. En même temps je ne peux m'empêcher de rire et je me hâte de retrouver Vavro pour lui
raconter mon aventure. Vavro lui aussi rit aux larmes quand
il entend les paroles prononcées par mon beau-père qui,
en retrouvant son gendre arrêté, jugé comme traître et
espion, condamné à perpétuité, cherche auprès de lui,
qu'il revoit pour la première fois, après une si longue
absence, un appui contre le doute que sa fille essaie de
jeter dans son esprit sur Staline!

Longtemps cette histoire fera nos délices à Vavro et moi!

SIXIÈME PARTIE

La vérité vaincra

I

Je sais combien ma situation est précaire dans ce commando de Ruzyn et comment la moindre imprudence peut me perdre. Cependant, je suis décidé à trouver, coûte que coûte, le moyen de faire savoir la vérité à l'extérieur. Je dois me préparer à cette éventualité sitôt que ma famille sera à l'abri et que moi-même je me trouverai hors de la portée directe des meneurs de jeu de la prison. Je suis hanté par cette idée et dans chacune de mes lettres, lors de chacune de nos visites j'insiste pour que Lise active son départ. Il faut, en effet, d'abord que ma famille échappe aux pressions pour que le chantage exercé sur moi tombe. Une fois cela gagné, je pourrai passer à une nouvelle phase de la bataille. C'est désormais ce qui me donne une raison de vivre. Faire connaître ce qu'on a fait de nous, comment on nous a contraints aux aveux.

Je n'ai pour moi que mon innocence et celle de mes camarades. Mais, je suis sûr qu'un jour viendra où, malgré tout ce qui nous accable présentement et dont nous ne voyons pas la fin, on nous rendra justice. Justice posthume, hélas, pour beaucoup d'entre nous.

Et avec les mois qui passent mon inquiétude grandit. Si on me fait disparaître avant que la vérité n'échappe? Sans doute, au cours de nos premières visites, j'ai réussi à expliquer à Lise quelques aspects du mécanisme des aveux fabriqués et de la construction même du procès. Mais, ce que nous avons vécu est si monstrueux, si loin de tout ce qu'on peut croire, que je mesure combien j'ai encore dit peu de choses. C'est beaucoup plus difficile encore à faire comprendre que notre vie dans les camps hitlériens, et nous avons si mal réussi à la faire connaître...

En outre, et c'est le plus important, il ne servirait à rien que Lise essaie de dévoiler la vérité, uniquement en affirmant tenir ses informations de moi. Il faut qu'elle puisse utiliser un document écrit de ma main, apportant des explications claires — même sommaires — des précisions irréfutables sur le mécanisme des aveux, sur la fabrication du procès, dénonçant le vrai visage de la Sécurité et le rôle joué par les conseillers soviétiques. Ainsi, même si je viens à disparaître, la vérité se fera jour! J'ai maintenant un but immédiat : écrire! Je réussis à me procurer du papier et un crayon, aussi un petit bout de lame pour en affûter la mine. Mais, avant de mettre à exécution mon projet, je dois trouver le moyen de cacher mes écrits pour les soustraire aux fouilles fréquentes.

J'ai de très bons rapports avec Kevic. C'est un camarade charmant, dévoué et, de surcroît, débrouillard. Sans lui confier mon véritable projet, je lui dis que j'ai l'intention de rédiger des notes sur mon procès, notes qu'il me faudra dissimuler soigneusement car leur découverte aurait des conséquences incalculables pour moi. Je le prie de me faire fabriquer, par un de ses amis qui travaille à l'atelier de menuiserie, une petite boîte en bois, comme en ont les prisonniers pour y mettre leur tabac et leurs mégots. Je lui explique de façon détaillée comment elle doit être. Au bout d'une semaine, Kevic me remet cette boîte (je la conserve toujours comme une précieuse relique). Le couvercle est creux et dans sa cavité je peux dissimuler mes papiers.

Le seul à connaître mon dessein et qui m'aidera à le réaliser est mon ami Hajdu, pour qui je ne puis avoir de secret, car il est un deuxième moi-même!

Je ne peux écrire que lorsque je me trouve dans ma cellule, après le travail et le dimanche, mais pendant un temps limité seulement. En effet, je ne suis plus seul. Je partage ma cellule avec un droit commun, condamné à vingt-trois années de prison pour tentative d'assassinat. C'est un personnage horrible qui se fait une gloire d'avoir nargué la justice à deux reprises. Il est arrêté pour la troisième fois. « Les deux premières, on n'a pas pu prouver ma culpabilité! »

Il travaille aux cuisines et rentre le soir plus tard que moi. Le dimanche il est de service et moi de repos.

Nous sommes maintenant de plus en plus surveillés, dans la journée, au commando. Et quand nous sommes bouclés dans la cellule, les gardiens nous contrôlent fréquemment par le judas. J'ai bien mis au point ma technique. Je m'installe pour lire. On s'est habitué à me voir dévorer des tas de bouquins. Entre les pages de mon livre, je place le papier qui a la grandeur d'une demi-feuille de machine à écrire. Chaque fois que j'entends des pas s'approcher de ma cellule, je tourne la page. Entre-temps, j'écris avec une calligraphie minuscule et cependant lisible, de façon à pouvoir dire le maximum de choses sur un minimum de place. A la fin de chaque ligne il me faut affûter ma mine.

Lorsque mon codétenu est sur le point d'arriver, je plie mon papier et le dissimule dans le couvercle de ma boîte. J'ai passé de nombreuses fouilles avec celle-ci sans qu'elle ait jamais attiré l'attention.

Quand j'ai une feuille écrite recto-verso, je la plie soigneusement aux mesures d'une feuille à cigarette pliée en deux, comme elles sont dans les cahiers Riz la †, qui nous sont vendus à la cantine. Au fur et à mesure que je noircis des feuilles et que ma boîte devient insuffisante à les contenir toutes, je les dissimule au milieu des feuilles à cigarettes.

Pour qu'elles fassent corps avec elles, je les place, pliées à bonne grandeur, entre les rouleaux de la calandre dont mon ami Hajdu tourne consciencieusement la manivelle. A cette époque, affectés à la laverie, nous repassons en effet le linge à l'aide d'une calandre à main. Pour m'épargner de trop gros efforts physiques, c'est Vavro qui tourne la manivelle et moi qui fait passer le linge entre les rouleaux.

Lise sait que je dois lui passer un message à la première occasion. La prochaine visite aura lieu dans la première quinzaine de février 1954. Par lettre, je demande à ma femme de m'apporter un paquet de tabac et un cahier de feuilles à cigarettes Riz la † car je prétends préférer maintenant rouler mes cigarettes.

Et c'est ainsi qu'à la visite, tout en bavardant et en fumant, j'ai pu facilement, malgré la présence du référent, faire l'échange de mon cahier Riz la † avec celui que ma femme avait posé sur la table.

Lise m'apprend la présence de sa sœur Fernande à Prague. Elle est venue l'aider à soigner ses parents, tous deux très gravement malades.

L'hiver 1953-1954 est terriblement rigoureux à Prague. Les conditions d'habitat de ma famille, malgré les apparences, sont très mauvaises : un étage d'une villa leur a été attribué. Deux autres familles se partagent les autres habitations. L'attribution de charbon est nettement insuffisante pour chauffer toute la maison. Il est impossible de circuler dans les pièces sans être enveloppé de manteaux, de couvertures. Le cousin Mirek Sztogryn parvient à procurer aux miens un petit fourneau autour duquel s'assemble toute la famille. Quand il pleut, les fissures de la terrasse laissent passer l'eau qu'il faut recueillir dans des bassines...

C'est dans ces conditions que la mère de Lise tombe gravement malade. Transportée une première fois à l'hôpital de Krč où on n'arrive pas à diagnostiquer son mal, elle rentre — sur l'insistance de ma femme — pour la Noël à la maison où elle est installée dans la seule pièce chauffée. Après une légère amélioration, elle a rechuté avec une grosse fièvre et son état a empiré rapidement. Il y a à Prague une épidémie de grippe pernicieuse qui cause des ravages. Les hôpitaux sont archibondés. Un ami de ma femme, le docteur Gregor, se rend auprès de ma belle-mère et lui procure des cachets de pénicilline. C'est par téléphone qu'il continue à la soigner, car il est en permanence mobilisé dans son service de l'hôpital Charles. Le mari de ma cousine Hanka, le docteur Pavel Urban, propose de la faire hospitaliser à Kolin où il pourra veiller sur elle. Ma femme organise par taxi le transport de sa mère, enveloppée dans des couvertures, avec des bouteilles d'eau chaude autour d'elle. Elle reçoit les soins les plus diligents, entourée de la sollicitude de mes cousins et du personnel de l'hôpital où elle a été admise.

Au début, les pronostics sont alarmants, on s'attend à une issue fatale. Lise téléphone à Paris, à sa sœur, lui demandant de se rendre le plus vite possible, avec son frère, au chevet de leur mère. Fernande et Frédo Ricol demandent un visa. Mais, malgré leur insistance, le visa se fait attendre. C'est seulement un mois plus tard, après une protestation de Jacques Duclos auprès de l'ambassadeur de Tchécoslovaquie à Paris contre la non-délivrance du visa à la femme du membre du Bureau politique, Raymond Guyot, pour se rendre auprès de sa mère malade, qu'il lui sera enfin accordé. Mon beau-frère, lui, n'obtient pas le sien.

Après les obstacles que l'on avait faits à Raymond Guyot pour l'empêcher de prendre contact avec ma famille, à Prague, lorsqu'il était venu aux obsèques de Gottwald, ces difficultés pour délivrer un visa à ma belle-sœur et le refus de l'accorder à mon beau-frère sont des preuves supplémentaires que l'on veut ici, empêcher que ma femme puisse renouer directement avec sa famille.

Comme je l'écrirai à Lise, dans la deuxième partie de mon message secret :

« Tu sais que depuis le début de mon arrestation on n'a pas cessé de proférer les insultes et les accusations les plus ignobles sur toi et les autres membres de la famille. Tu sais ce que l'on a voulu me faire avouer, à coups de poing, sur Raymond : qu'il était au courant de mon activité trotskyste et la soutenait activement (je lui mentionne ensuite les différentes accusations portées par les référents contre Raymond et dont j'ai déjà parlé).

« Sur toi, certains détenus ont déclaré que tu étais au courant de nos activités antiparti, que tu étais présente à nos réunions clandestines... Sur Fernande, on a également porté des accusations, et plus encore sur Frédo que l'on prétend être un exclu du Parti et dont on affirme que, tout comme moi, son évacuation de Mauthausen par la Croix-Rouge internationale est la preuve qu'il est un agent des services américains.

« Toutes ces calomnies contre toi et les membres de ta famille sont la tentative de la Sécurité de jeter sur vous tous le discrédit et ainsi de se protéger des démarches que vous pourriez entreprendre en ma faveur.

« Tu pourrais, par exemple, expliquer comment tout s'est passé en vérité entre Field et moi. Mais comme auparavant on t'a rendue suspecte, tes explications ne seraient pas prises en considération. Il est probable qu'on essaiera d'utiliser tout cela contre toi pour empêcher ton départ pour la France, en te calomniant auprès du Parti communiste français et en l'amenant à se désintéresser de ton sort. »

Quand Fernande arrive à Prague, ma belle-mère se trouve de nouveau à la maison, alitée et en proie à la fièvre. Elle a rechuté. Il faut recommencer le traitement à la pénicilline. Mon beau-père qui — ancien mineur — est atteint de silicose, d'asthme et d'emphysème, est également terrassé par une pneumonie. Il est couché près de sa femme. Nos trois enfants sont également alités avec des angines couenneuses. Lise a dû abandonner son travail pour se transformer en garde-malade. Elle vit avec l'argent que lui versent quelques amis restés fidèles et mes cousins. Nouvelle catastrophe : les tuyauteries ont éclaté. Il n'y a plus d'eau à la maison, et il en faut beaucoup avec cinq malades! La veille de l'arrivée de sa sœur, Lise frise la dépression nerveuse. En remontant deux seaux d'eau qu'elle est allée chercher de l'autre côté de la rue, elle tombe dans les escaliers et l'eau se répand sur elle et jusqu'au rez-de-chaussée. Le jeune couple qui habite en bas est très gentil pour les miens. Lui, Jan Poláček est aspirant physicien; elle, Marie, institutrice. Cette dernière, assise dans les escaliers, près de Lise, tente de la consoler et finit par pleurer avec elle. Et puis elle l'aide à éponger toute l'eau...

C'est dans cette situation que Fernande retrouve sa famille. Elle en éprouve une peine immense car, à Paris, chacun s'imaginait que si je suis un traître, justement condamné, la famille vit respectée et ne manque de rien. Lise ne s'est en effet jamais plainte dans ses lettres, n'a jamais fait mention des difficultés auxquelles elle se heurte, n'a pas dit qu'elle a été exclue du Parti et qu'on la tient à l'écart comme une pestiférée... Comme elle explique : « D'abord à cause de la censure à Prague, et puis pour celle de France. Pourquoi réjouir l'adversaire en exposant les sévices subis par un communiste dans un pays socialiste... »

Lors de la dernière visite, Lise me disait combien elle aspirait à la venue de sa sœur, elle avait besoin de son aide pour soigner ses cinq malades, mais aussi son appréhension : « J'ai peur en même temps de sa réaction lorsqu'elle apprendra tout à la fois : que je suis exclue du Parti, que je n'ai pas divorcé, que j'ai repris contact avec toi et te rends visite avec les enfants... Comment réagira-t-elle quand je lui dirai que c'est parce que je crois en ton innocence que j'agis ainsi? N'aura-t-elle pas le réflexe — normal pour une communiste ignorant les dessous de l'affaire — que j'ai perdu pied? Que par faiblesse, par amour pour toi je me suis retrouvèe du côté de l'ennemi? »

Le soir de son arrivée, Fernande, assise au chevet de ses parents, pleure : « Comment aurions-nous pu imaginer que vous viviez dans de telles conditions! » Et elle s'en prend à moi : « C'est lui le responsable de toutes vos misères! Comme je le hais! » Lise n'a pas encore eu d'explication avec sa sœur, elle attend le moment propice. Mais c'est sa mère, étendue, pâle et sans force sur ses oreillers qui parle la première : « Fernande, ne parle pas de Gérard ainsi. Les responsables sont ceux qui l'ont mis dans la situation où il se trouve, ceux qui s'acharnent sur ta sœur. Elle ne te l'a pas encore dit : ils l'ont exclue du Parti, la persécutent... Et pourtant combien elle s'est toujours montrée courageuse, loyale... »

Fernande est abasourdie. Elle regarde sa sœur : « Tu es exclue du Parti? » Alors Lise lui raconte le calvaire qu'elle a subi. Les combats qu'elle a menés, pied à pied, pour moi, avant le procès. Et après le jugement, lorsqu'elle avait cru un moment en ma culpabilité, puisque moi-même je plaidais coupable, sa lettre où elle se plaçait résolument aux côtés du Parti, contre moi... Mais son attitude irréprochable, sans faille, ne l'avait pas préservée, ni non plus les parents et les enfants, de l'acharnement de ceux qui se présentent comme les serviteurs de l'humanisme socialiste.

Lise explique ensuite que depuis le mois d'avril elle me revoit et me visite chaque mois avec les enfants. Qu'elle est persuadée maintenant de mon innocence. Elle lui parle de la lettre que je lui ai écrite après notre première rencontre. Elle lui donne, traduit en français, le passage où je dis avoir agi et fait mes déclarations selon la volonté du Parti, avoir eu devant le tribunal l'attitude que le Parti attendait de moi et fait abstraction de mes intérêts personnels à ceux du Parti...

Ma belle-sœur n'est vraiment pas préparée à se trouver dans une telle situation. Son cerveau devait alors être le siège d'une tempête de sentiments contradictoires... Un jour Lise lui demande, tout de go, dans le tram qui les conduit dans le centre de la ville : « Fernande, regarde-moi droit dans les yeux! Tu me connais bien n'est-ce pas? Penses-tu que je puisse être une ennemie du Parti? » Fernande avait marqué une seconde d'hésitation et répondu : « Non, Lise, je ne le croirai jamais en ce qui te concerne! »

La visite tombait ce jour-là, par hasard, à la date de mon anniversaire, le 1er février. Depuis quelques mois déjà, les visites se déroulent à Ruzyn, dans la salle de garde, sous le contrôle d'un référent. Lise m'a préparé un colis de friandises et avant qu'elle ne quitte la maison Fernande a sorti de son sac deux paquets de gauloises et dit : « Tiens, tu les donneras à Gérard... » Sa conviction de ma culpabilité commence à être ébranlée!

Après que Lise m'a raconté ses discussions avec sa sœur, j'insiste auprès d'elle pour qu'elle lui demande de l'aider afin que la famille puisse retourner vivre en France.

Fernande devait déjà envisager cette solution pour mettre un terme à cette vie de souffrances et de discriminations contre les siens, car lorsque ma femme lui en parle elle répond qu'en aucun cas elle ne voulait que les parents continuent de vivre dans de telles conditions et que leur sort ne pouvait pas être dissocié du sien et de celui des enfants. Elle ajoute que dès son retour à Paris elle parlera avec Raymond dans ce sens.

A la fin de février, Fernande écrit à ma femme une lettre où elle lui annonce : « J'ai la grande joie de te faire savoir, ma petite sœur, que Raymond est allé hier voir votre ambassadeur à Paris pour demander officiellement que toutes facilités vous soient accordées afin que toute la famille, les parents, toi et les enfants, puissiez revenir en France. Ici

la vie vous sera plus facile. Nous sommes heureux à la
pensée que bientôt nous serons à nouveau réunis... »

II

La première partie de mon message est déjà dans les
mains de Lise. Au cours de la visite suivante, trois mois
plus tard, je lui passe la deuxième partie. En tout il y a sept
demi-feuilles de papier, écrites recto-verso. Après retranscription à la machine à écrire, cela représentera plus de
soixante pages normales, à doubles interlignes.

Le message commence par ces mots : « L'investigation
n'est pas menée dans le but d'établir la culpabilité ou l'innocence de l'accusé. La culpabilité est admise d'avance, et
la décision du Parti qui a permis votre arrestation en constitue la preuve. Les interrogatoires sont menés afin de
prouver la justesse de cette décision, c'est-à-dire la culpabilité de l'accusé... »

Ensuite vient l'explication succincte que j'ai déjà donnée
des méthodes illégales et inhumaines de la Sécurité et de
la façon de construire le procès. Et, plus loin, je dénonce
les meneurs de jeu :

« ... Les conseillers soviétiques ont leurs hommes de
confiance parmi les enquêteurs. Celui qui a dirigé longtemps
mes interrogatoires était l'un d'entre eux (c'est de Kohoutek qu'il s'agit là)... Dans les rapports et informations
envoyés par la Sécurité à la direction du Parti, l'avis et
l'influence des conseillers soviétiques sont décisifs. Ils
voulaient coûte que coûte voir en moi et faire de moi un
dirigeant de la IVe Internationale... Leur acharnement
contre moi a été ma perte. Dans leur plan me concernant,
l'insensé voisinait avec le fantastique. Ils ont concentré
en ma personne toutes les théories et thèses sur le complot
des puissances impérialistes contre l'U. R. S. S. et les démo-

craties populaires. C'est dans ce sens qu'ils ont voulu monter un procès préliminaire, préparant l'opinion à celui de Slansky. Ils pensaient qu'en moi étaient réunies toutes les possibilités : Juif, volontaire des Brigades internationales, long séjour à l'Occident, Field et mes nombreuses relations à l'étranger. Ces dernières permettaient, et permettront peut-être, d'élargir leur conception à d'autres pays et surtout à d'autres personnes à l'Ouest, ce qu'ils ont d'ailleurs déjà essayé de faire. Il n'est pas exclu qu'ils gardent encore cette possibilité pour l'avenir. Peut-être pourront-ils utiliser un jour, contre certaines personnes, le fait de m'avoir connu !... »

. . . .

Voici comment je reconstitue la technique des conseillers et de leurs exécutants tchécoslovaques de la Sécurité pour monter le procès :

« Les détenus appartiennent à une catégorie d'hommes qu'on veut éliminer de la vie politique et économique (Juifs, émigrés de Londres, volontaires des Brigades internationales, etc.). On choisit ensuite, parmi eux, ceux qui devront former un groupe. Puis on met au point la conception politique du procès que l'on fera à ce groupe. Cette conception dépend de la situation politique du moment et des buts politiques poursuivis. Ensuite, on décide de prendre comme tête du groupe celui des détenus dont l'origine, le passé, etc., conviennent le mieux à la conception établie... »

J'écris encore :

« Depuis notre procès la situation a changé en U. R. S. S. et aussi sur le plan international. Non seulement leur tactique n'exige plus aujourd'hui d'autres procès spectaculaires, mais au contraire elle les rend inopportuns. C'est pourquoi a été abandonnée la ligne de notre procès : le faire suivre d'une série d'autres, comme en U. R. S. S., avant la guerre, et faire tomber les têtes des groupes suivants.

« C'est cette première ligne qui avait déterminé le choix

des quatorze accusés qui devaient représenter toutes les
tendances et tous les secteurs de la vie publique et politique
de la nation afin de les compromettre. Par la façon dont
notre procès s'est déroulé, il a rendu difficile la poursuite
de cette ligne... Et puisqu'on n'envisage plus de tels procès
publics, les méthodes d'investigation ont changé ; le traitement actuellement infligé aux prévenus s'est amélioré.
D'après les informations qui filtrent jusqu'à nous, ici, il
n'y a plus d'interrogatoires ininterrompus de jour et de
nuit, plus de station debout prolongée, plus de cachot noir,
plus de supplices physiques et d'humiliations. Un semblant
de légalité se rétablit. Actuellement, on relâche même des
détenus, sans leur infliger de condamnation. D'autres sont
condamnés à des peines moins graves que celles prévues
préalablement. Même vingt, vingt-cinq ans sont des condamnations mineures pour ceux qui, dans une situation inchan-
gée, auraient été envoyés à la potence...

« Cela n'est pas dû au fait qu'ils « aient tenu le coup »,
« refusé de signer des aveux », mais bien parce que — dès
le début — ils n'ont pas été choisis pour jouer un rôle
dans les procès prévus. En conséquence, la Sécurité n'a
pas concentré le maximum d'efforts contre eux.

« La première vague passée et les méthodes répressives
s'étant émoussées, certains ont même eu la possibilité de
modifier et même de révoquer leurs anciens aveux et dépositions, ou alors ont vu le poids de l'accusation et leur
condamnation affaiblis par décision du Parti. A la conférence du Parti, qui a eu lieu après notre procès, Bacilek a
déclaré dans son discours : " C'est le Parti qui décidera qui
est criminel ou qui ne l'est pas... qui a collaboré avec
Slansky dans un but criminel ou qui a été seulement trompé
par lui et entraîné dans l'erreur... "

« C'est ainsi que cela s'est passé. Cette nouvelle ligne
de conduite explique les condamnations moins lourdes
et les libérations actuelles.

« Dans le cas de N..., qui ne s'est pas seulement borné à me désigner comme le responsable du groupe trotskyste mais a fait d'autres déclarations très graves contre moi et d'autres anciens d'Espagne..., je trouve dégoûtant de s'attribuer un mérite personnel de sa libération et de tenir, dehors, des propos calomnieux contre nous... Je t'ai déjà expliqué comment j'ai été acculé aux aveux par les dépositions qu'il a faites contre moi, de même que d'autres volontaires arrêtés. Certaines d'entre elles, surtout celle de Zavodsky, auraient suffi à me faire pendre cinq fois...

« Il est vrai que dans le passé récent je les ai tous haïs... Naturellement, maintenant que je comprends mieux les choses, je ne garde rancune à aucun d'entre eux. Ils ont été forcés de faire ces déclarations, ils ont été mystifiés, leurs procès-verbaux ont été interprétés et falsifiés, comme ce fut le cas pour moi...

« Si je n'avais pas nié durant six mois, ce qui a par la suite modifié la situation, on nous aurait fait un procès peu après notre arrestation... trois au moins d'entre nous auraient été pendus et les autres auraient écopé de très hautes peines...

« Pendant tous les mois que j'ai nié, il (Zavodsky) s'est acharné... à me convaincre de toutes sortes de crimes. Même plus tard, lorsqu'on l'a fait témoigner contre moi au procès, il a protesté avec véhémence qu'on lui permettait seulement un texte de six pages au lieu des dix-huit prévues au début. Son témoignage n'a pas été entièrement publié dans la presse à cause d'une mention qu'il a faite concernant l'arrestation de Noël Field à Prague, arrestation tenue secrète. Son témoignage constituait en même temps un aveu public de sa propre culpabilité.

« Lorsque j'ai été forcé par la suite à témoigner contre lui à son procès, je l'ai entendu entre autres déclarer : " Je savais déjà, avant notre arrestation, que London était un espion... "

« La Sécurité m'ayant forcé, sur la base des témoignages de mes codétenus, à faire mes " aveux " qui n'étaient que la confirmation de tous les faux élaborés contre moi, m'oblige maintenant à répéter ces « aveux », sous forme de témoignage contre ceux des accusés qu'elle a décidé de juger... Il m'est impossible de refuser de témoigner... cela comporterait des risques trop grands étant donné que nous sommes toujours les otages des hommes de Ruzyn...

« En témoignant, je me suis efforcé de minimiser les faits en m'écartant du texte écrit par la Sécurité, et que je devais réciter. A différentes reprises, j'ai encouru le danger, grave pour moi, de placer certains faits sous leur vraie lumière. J'ai ensuite invoqué auprès des référents l'excuse de trous de mémoire, de trac et de nervosité devant le tribunal...

« Comme je te l'ai déjà expliqué, les témoignages sont, comme d'ailleurs tout le reste des procès, une comédie puisque les décisions sont prises à l'avance... »

En définitive, comme je l'écris à Lise, nous sommes tous victimes du même carrousel inhumain, ceux qui ont avoué dès la première heure et ceux qui ont avoué les derniers, ceux qui sont morts, ceux qui ont reçu de lourdes peines de prison, et même ceux qu'on a jugés plus tard, qui ont pu révoquer leurs aveux...

« Maintenant, je veux t'écrire sur le problème de ton départ en France. Tu comprends sans autre explication ce qu'il signifie pour moi. J'y ai beaucoup réfléchi ces derniers temps et je m'efforce de faire dominer la raison sur les sentiments. Malgré ce qu'il m'en coûte, ma conclusion est toujours la même. Tu dois repartir pour la France. Je veux que tu partes pour la France et que tu emploies tous les moyens pour y parvenir.

« Ma situation, dont je dois te dire encore quelques mots, est la suivante : Certainement que d'ici peu de mois, peut-être pas plus que deux ou trois, je serai transféré dans une autre prison, loin, vraisemblablement à Léopoldov, en Slovaquie. Les visites là-bas sont autorisées tous les cinq mois, pour une durée de quinze minutes et se déroulent dans des conditions pénibles, derrière des grilles épaisses, en ayant à peine la possibilité d'échanger quelques mots. Il est aussi probable que dans le cas d'une aggravation de la tension internationale, les visites soient annulées tout à fait. La joie de pouvoir te voir peut-être, de temps à autre (les enfants n'ont pas l'autorisation), serait payée à un trop grand prix. Pour ce prix-là, toi, les parents et nos enfants devez vivre loin de vos proches, dans un milieu étranger et hostile envers vous, dans des conditions de discrimination continuelle, dans une atmosphère de soupçons et de méfiance entretenue autour de toi et les autres membres de la famille (les difficultés de visas pour Fernande et Frédo en sont une preuve), dans l'obligation de supporter les humiliations, etc.

« Non, ma Lise, ce prix vous ne devez pas le payer. De vous savoir vivre ainsi ne peut que rendre mes souffrances morales insupportables. Je me fais maintenant le reproche de ne pas avoir encore assez insisté auprès de toi. Mais c'était sans doute parce que je voulais, malgré tout, m'accrocher à l'espoir dont tu me berçais sans cesse, que quelque chose se produirait, modifiant mon sort, et, qu'en attendant, on ne t'empoisonnerait pas la vie.

« Il faut que tu t'en ailles, ma Lise. Et tu disais justement, à la dernière visite que, là-bas, en France, tu pourras faire quelque chose pour moi. Et, qui sait, m'aider à me sauver, quoique cela me semble de plus en plus difficile.

« Tant que vous serez ici, la peur de votre sort m'empêche d'essayer de faire renouveler mon procès.

« Je ne sais pas comment l'éventualité de ton retour en France a été accueillie, ici, après la demande formulée par le Parti communiste français. J'espère que tout va bien. Mais il se peut qu'on essaie de t'empêcher de partir

de peur que tu puisses faire une campagne contre la Tchécoslovaquie, etc. (Tu ne connais pas encore suffisamment
la peur maladive de la Sécurité et des « amis conseillers »
qui peuvent être consultés, pour avis, sur ce problème.)
Dans le cas où l'on tenterait de te faire des difficultés, ou
qu'on aille jusqu'à écrire au P. C. F. qu'il est impossible
de te laisser partir, sous le prétexte que tu es toi-même compromise, afin d'essayer de désintéresser le P. C. F. de ton
sort, il faut que tu luttes pour ton départ. Écris à Maurice
(Thorez) personnellement. Demande que soit renouvelée
par le P. C. F. la demande de votre retour; écris à Raymond de venir et d'intervenir personnellement. Écris au
Président de la République d'ici. Fais valoir le fait que,
te retenir ici, contre ta volonté, est une illégalité commise
au moment où l'on parle tant de la nécessité de maintenir
la légalité et d'appliquer les lois. Tu es française selon le
droit français et international et l'on n'a pas le droit de
te retenir ici, si tu luttes pour partir... »

Je suis tellement imprégné par mes souvenirs radieux
des années de travail et de lutte au sein du Parti communiste français, de mes contacts fraternels avec des camarades
dont j'appréciais l'amitié, le courage, la sincérité, que constamment c'est vers ce passé que je me tourne pour puiser
des forces. Et c'est ainsi que jamais ne s'est éteinte tout à
fait, dans ma nuit noire, la confiance dans la force et la
pureté de notre idéal communiste. Je m'accrochais tellement à cet espoir que, pas une minute, l'idée me venait
que l'on puisse mettre en doute le récit de Lise.

Nous supposions que, lorsque Maurice serait informé
de problèmes d'une telle gravité, et surtout lorsqu'il saurait que des militants de la direction du Parti français, et
que toute une tranche de la vie politique du Parti sous l'occupation étaient mis en cause, il ne pourrait pas ne pas
intervenir pour demander des explications.

Pour moi, l'intervention extérieure de Maurice Thorez

était primordiale, car elle était, en même temps, une certaine assurance que l'on ne pourrait plus me faire disparaître sans bruit, lorsque je passerais, de mon côté, à l'action pour demander la révision du procès. Et même si mes bourreaux parvenaient à me liquider, j'aurai déjà tiré le signal d'alarme, clamé mon innocence, fourni des preuves de toute la criminelle machination ourdie avec la bénédiction de Staline par Béria et son appareil, avec l'appui de leurs complices en Tchécoslovaquie. De toute manière, l'action que nous avions décidée avec Lise ne pouvait que conduire à faire éclater la vérité, à mettre à nu le chancre qui s'était développé dans le mouvement communiste et ainsi contribuer à l'extirper.

Au cours des différentes visites que nous avions eues, Lise et moi, nous avions mis au point tout un plan de la façon dont nous resterions en liaison, après son départ pour la France, et quel vocabulaire nous utiliserions dans nos lettres pour communiquer.

Tout d'abord, Lise avait obtenu l'accord de ma cousine Hanka de rester, après son départ, en liaison officielle avec moi, comme ma parente. Dans les lettres qu'Hanka serait autorisée à m'écrire, elle me transcrirait le contenu des lettres de ma femme. Elle avait été mise au courant de notre code :

La transmission du contenu de mon message secret à Raymond et à Maurice Thorez deviendrait dans ses lettres : « Nous avons parlé avec son oncle de l'adoption de Michel. » Le début de l'action de Lise en ma faveur : « Michel est adopté. » « La maison », c'est Moscou. « L'ami de Joseph », c'est Béria; « ses hommes », les conseillers soviétiques, etc. Moi, je suis indifféremment Gérard, Émile ou Michel, étant donné que, pour la prison et la Sécurité, je m'appelle de mon prénom légal Artur.

III

Combien j'ai eu raison de ne pas attendre davantage pour faire parvenir à Lise mon message. Elle n'aura pas la fin que je lui avais promise pour la prochaine visite, mais elle aura tout de même l'essentiel.

Deux jours après la dernière visite, fin mai 1954, nous sommes transférés, avec Hajdu et Löbl, à la prison centrale de Léopoldov, en Slovaquie. Dans l'autocar où s'entassent une quarantaine de prisonniers, Vavro et moi sommes enchaînés ensemble : les seuls d'ailleurs, selon l'ordre spécial qui a été donné. C'est après la dernière étape du voyage, Illava, où nous passons la nuit, que Löbl sera lui aussi enchaîné.

Dans la matinée, nous parvenons à Léopoldov, énorme forteresse, d'un aspect sinistre, et dont la seule évocation provoquait chez les prisonniers qui la connaissaient, crainte et angoisse. Cette forteresse a été construite à la fin du XVIIe siècle, par la monarchie austro-hongroise comme une partie de l'ensemble des ouvrages fortifiés contre les Turcs. Mais, elle n'a été achevée que bien après la défaite définitive des Turcs. Étant donné qu'elle existait et que sa construction avait coûté une fortune, la monarchie décida de lui trouver une utilisation. Et c'est ainsi qu'à partir des années 1700, elle est devenue prison d'État. Ses premiers occupants furent les prisonniers politiques de l'époque : les évangélistes qui, par la suite, furent vendus, comme galériens, aux Italiens...

Tout le long du voyage, nous nous félicitons, Vavro et moi, que mon message soit en mains sûres, car de cette nouvelle prison, il eût été impossible de pouvoir communiquer quoi que ce soit à l'extérieur.

Léopoldov. L'impression de vivre en dehors du monde est encore plus grande ici que partout ailleurs. On ne peut absolument rien distinguer des alentours, car les remparts s'élèvent beaucoup plus haut que le faîte de la forteresse. Nous sommes dans un trou sale, où les conditions hygiéniques sont épouvantables, où l'eau est denrée rare. Dans les ateliers, au lieu de cabinets, il y a des seaux hygiéniques. Les douches-éclairs ont lieu toutes les six semaines environ. La nourriture est nettement insuffisante, et les visites — ainsi que j'en avais prévenu Lise dans mon message — ont lieu une fois tous les cinq mois.

Dans la première cellule où l'on nous enferme, nous sommes quatre-vingts. Dans le fond deux cabinets turcs, une dizaine de robinets où, matin, midi et soir, coule, pendant cinq minutes, un mince filet d'eau qui doit servir à la fois pour la toilette, la boisson et le lavage des gamelles.

Avec Hajdu et Löbl, nous sommes versés dans un atelier où nous devons effiler des plumes pour faire du duvet. A côté de nous, on prépare les cordes pour lier les gerbes de blé.

Dans notre atelier, qui n'est pas grand, nous sommes environ soixante-dix détenus entassés. Les fenêtres sont continuellement fermées, ainsi que les portes, pour éviter que le courant d'air fasse envoler le duvet. Les plumes que nous recevons sont à l'état brut avec, accrochés à la penne, des morceaux de chair pourrie où les asticots pullulent.

Les détenus qui travaillent dans les ateliers de métallurgie vivent un peu mieux. L'argent qu'ils gagnent leur permet d'améliorer leur ordinaire par l'achat, à la cantine, de saindoux et de pain.

Le manque d'hygiène et les conditions dans lesquelles nous travaillons et vivons, font que de nombreux prisonniers sont affligés d'eczéma, de boutons, de conjonctivites purulentes. Le médecin soigne invariablement tous ces maux avec du mercurochrome et des pommades de différentes couleurs. Ce qui fait que, lors de notre première

ronde de prisonniers, qui rassemble dans la cour tout l'ef-
fectif des ateliers, et où le martèlement des centaines de
godasses soulève un épais nuage de poussière, la vision
que nous avons, Hajdu et moi, est dantesque : c'est une
véritable ronde d'épouvantails vivants, dont les visages
sont maculés par les rouge, noir, bleu, blanc, marron des
médicaments et pommades qu'on leur a mis, des pansements collés avec du sparadrap. Et, pour couronner le
tout, les crânes rasés et les barbes hirsutes...

A ce spectacle, nous restons bouche bée. Puis je m'exclame : « Nous sommes tombés dans la Cour des Miracles ! », ce qui fait s'esclaffer Vavro.

On nous rase une fois par semaine. Une petite cuvette
remplie au tiers environ d'eau, dans laquelle sont trempés
les deux blaireaux qui servent à savonner, à tour de rôle,
nos cent quarante joues, sans aucune désinfection et sans
pouvoir nous rincer avec de l'eau propre après avoir été
rasés !

Nous avons des normes pour notre travail qui sont pratiquement irréalisables, ce qui nous prive des maigres
avantages que promet leur accomplissement. Avec mon
gain, je dispose au maximum de six à sept couronnes par
mois, ce qui me permet d'acheter un tube de dentifrice,
deux paquets de tabac de très mauvaise qualité, surnommé
par les prisonniers « vengeance de Staline », du papier à
cigarettes et deux paquets de papier hygiénique. D'après
les anciens détenus, les conditions étaient encore pires
auparavant. Pourtant, telles qu'elles sont actuellement,
elles sont aussi mauvaises que celles de la prison centrale
de Poissy, datant du XIIIe siècle, que j'ai connue pendant
l'occupation et qui avait, en France, la réputation d'être
la plus épouvantable.

Je suis versé dans cet atelier malgré ma maladie pulmonaire. Je ne reçois pas le supplément de nourriture — qui
consiste autant que je m'en souvienne en un gobelet de

lait tous les jours —, aucun médicament, et mes efforts pour passer une visite médicale n'aboutissent à rien.

Avec Hajdu, nous réussissons à rester ensemble, d'abord dans la cellule et ensuite à l'atelier. Löbl a été versé ailleurs, mais néanmoins nous gardons le contact avec lui. Nous avons retrouvé ici un grand nombre de compagnons de misère, condamnés dans les procès qui ont suivi le nôtre. Les premiers que je vois sont Otto Hromadko, condamné à douze ans, Svoboda à quinze, Valeš à vingt-deux, Josef Pavel à vingt-cinq. J'apprends qu'Holdoš se trouve dans une autre partie de la prison et qu'il a reçu treize ans. Je retrouve aussi les camarades du ministère des Affaires étrangères, Pavel, Kavan, Richard Slansky, Edo Goldstücker et de nombreux autres détenus. De temps en temps, j'aperçois mon ami Kevic, qui a été également transféré ici.

Les premiers contacts entre coaccusés ne sont pas toujours très chauds. Ils sont marqués par les années d'intoxication subie à Ruzyn, quand les référents avaient réussi, comme je l'ai expliqué, à nous dresser les uns contre les autres et à faire croire à chacun qu'il était la victime de l'autre. En plus, certains détenus n'ont pas encore compris la machination dont nous sommes les victimes. Aussi incompréhensible que cela puisse paraître à qui me lit aujourd'hui, certains condamnés, comme je l'ai déjà dit, conservent leur sentiment de culpabilité. Ils nous parlent, ils agissent avec nous comme si vraiment ils avaient commis des actions répréhensibles, méritant le châtiment du Parti... Cela ne nous gênerait pas s'ils agissaient ainsi uniquement en ce qui les concerne, mais ils sont si bien intoxiqués qu'ils essaient d'étendre aux autres cette culpabilité. Par exemple, un haut fonctionnaire de la direction politique de l'armée se considère comme coupable et voit en Hromadko un trotskyste de vieille date qui a toujours fait un travail ennemi dans l'armée. Dans sa naïveté candide, il va jusqu'à rapporter des propos, jugés par lui anti-

parti, de notre ami Hromadko qui a la langue bien pendue
et l'habitude d'un franc-parler.

Dans l'ensemble, les vieux liens d'amitié se renouent
vite entre nous tous. En outre, nous avons désormais la
possibilité de confronter et compléter notre vision du
drame que nous venons de vivre. La confiance renaît. Nous
avons bien besoin de resserrer notre solidarité, car nous
vivons entourés d'un monde hostile. Parmi les détenus
se trouvent des criminels de droit commun, des criminels
de guerre allemands, des collaborateurs tchèques et slovaques, des espions et agents de diversion envoyés — réellement ceux-là — par les services de renseignements de
l'Ouest. Et puis, il y a aussi une grande masse de trans-
fuges arrêtés à la frontière, de détenus politiques benešistes, sociaux-démocrates, catholiques, des ecclésiastiques,
dont certains ont réellement accompli un travail opposi-
tionnel, dont d'autres sont victimes de provocations policières ou ont été impliqués innocemment dans des procès
politiques, plus ou moins fabriqués. Tous ont un trait
commun : des peines démesurément élevées et aussi l'expérience des méthodes inhumaines pour leur extorquer les
aveux.

Lorsque ces hommes nous ont vus arriver parmi eux,
leur première réaction envers nous a été d'hostilité. Pour
eux, nous étions non seulement des communistes, donc des
adversaires politiques, mais aussi les auteurs de ce régime
dont ils étaient victimes.

Là aussi, les contacts humains ont permis une certaine
amélioration de la situation. Dans ma deuxième cellule,
je me suis trouvé seul communiste parmi quarante détenus. Chaque soir, après le couvre-feu, avait lieu malgré
l'interdiction une prière collective précédée d'un court
sermon. Nous n'étions que deux, un Yougoslave et moi,
à ne pas y participer. Le troisième jour, tout le monde
savait qui j'étais.

Les deux jours suivants, je ne suis pas arrivé à manger car, comme par hasard, chaque fois que je recevais ma gamelle remplie quelqu'un me bousculait et le contenu se répandait sur le sol. J'ai été mis en quarantaine, et ceux qui me parlaient ont été menacés par les autres de subir le même sort. Le seul à faire face à cette menace et à me manifester de la sympathie est Klima, ancien député de droite du Parti démocrate-national qui, en 1938, avant Munich, avait formé avec Gottwald et Rašin, un autre député de droite, une délégation auprès du président Beneš pour lui exprimer la volonté de la nation de résister à la menace hitlérienne. Klima ne me l'a jamais dit, mais je suis sûr que c'est grâce à son intervention que mes codétenus, à partir du troisième soir, changèrent d'attitude à mon égard. J'ai aperçu Klima discuter un long moment avec le jeune homme qui prononçait habituellement le sermon. Celui de ce soir-là fut le commentaire du verset : « Et que celui qui n'a jamais péché, même en pensée, lui jette la première pierre! »

Un peu plus tard, je me suis retrouvé de nouveau en cellule avec Hajdu et aussi avec mon vieil ami Otto Hromadko. La tristesse et la grisaille de notre existence connaissent parfois des éclaircies où le rire retrouve son droit grâce à lui. Les boutades qu'il décoche à ses codétenus font mouche à chaque fois. Gentiment hâbleur, il nous raconte des histoires savoureuses dont il est immanquablement le héros et qui se modifient au fur et à mesure qu'il en reprend le récit. Un jour qu'il nous raconte la troisième ou quatrième version d'un de ses exploits pendant la guerre, en Espagne, Vavro Hajdu l'interrompt : « Voyons mon petit Otto, hier tu nous l'as raconté autrement », Hromadko part d'un grand éclat de rire en disant : « Mais c'est plus intéressant ainsi! »

Faisant fi des mouchards qui nous entourent, il envoie des flèches contre la direction du Parti. Pavel a eu vent de ses propos et craint les conséquences pour Hromadko et nous tous. Un jour, alors que nous sommes réunis à la promenade, Svoboda, Hromadko, Hajdu et moi, nous apercevons Pavel qui nous regarde de la fenêtre de sa cellule. Il fait à l'adresse d'Otto des signes de remontrance et agite son index pointé. Étonnés, nous demandons à notre ami ce que voulait par là dire Pavel. Sans se démonter le moins du monde, Otto nous répond : « Je ne sais pas! Il veut peut-être m'exclure du Parti! »

Dans cette forteresse, l'antisémitisme a également droit de cité. Un gardien interrogeant Eduard Goldstücker sur son identité lui pose la question : « Mais auparavant, comment vous appeliez-vous? — Depuis que je suis né je m'appelle Goldstücker! — Vous mentez! Les gens de votre espèce se sont toujours appelés d'un autre nom, avant... »

Otto Hromadko, tchèque de pure race, est doté d'un nez proéminent et busqué, tel qu'on en affuble les Juifs dans les caricatures antisémites. Et à cause de son nez, il est la cible des dépisteurs de Juifs. D'ailleurs, avec son tempérament moqueur et ironique, il est le premier à provoquer les mauvais esprits et monte des canulars : « Moi, voyez-vous, avant de m'appeler Hromadko, je m'appelais Kleinberg! » (Jeu de mots : Hromadko, en tchèque, signifie « petit tas » et en allemand Kleinberg signifie « petite montagne ».) Mais un jour son nez, s'il a sauvé la vie de Goldstücker, a bien failli lui coûter la sienne! Lorsqu'en 1955, tous deux furent transférés avec d'autres détenus des procès politiques de Léopoldov à Jachimov, pour travailler dans les mines d'uranium, un complot avait été ourdi par des prisonniers antisémites déjà sur place contre Goldstücker dont ils avaient appris la venue. Après l'arrivée du convoi, c'est sur Hromadko que la meute s'est jetée, ayant cru, à cause de son nez, qu'il s'agissait de Goldstücker. Après s'être acharnés sur lui, ils le laissèrent sur le terrain, ensanglanté et sans connaissance.

A Léopoldov aussi, des scènes de ce genre se sont produites contre des Juifs et des communistes. Les anciens gardes fascistes de Hlinka, les collaborateurs, les criminels de guerre allemands s'en donnaient à cœur joie quand ils avaient un Juif à se mettre sous la dent.

Malheureusement, les gardiens font partie du même monde hostile. Ce sont même les plus irréductibles, à part quelques exceptions qui confirment la règle. La théorie, répandue chez eux comme chez les référents de Ruzyn, c'est que les gardes de Hlinka, les anciens nazis, et même les agents des services étrangers, ne sont que des ennemis qui ont combattu à visage découvert. Alors que nous, nous sommes la pire espèce de criminels, car nous combattions sous le masque de communiste.

C'est de justesse que nous avons échappé, Hajdu et moi, à une provocation montée par un gardien, surnommé « Monsieur le Bœuf », par les prisonniers, à cause de sa stupidité et sa brutalité. Dans notre cellule et aussi à l'atelier il y a un légionnaire, ancien d'Indochine, qui s'était laissé enrôler par les services de renseignements américains et envoyer en mission d'espionnage et de sabotage en Tchécoslovaquie. Arrêté au cours de sa deuxième mission, il a été condamné à une peine de vingt-cinq ans de prison qu'il purge à Léopoldov. D'un caractère très violent, costaud et exercé aux combats au corps à corps, il hait les communistes et les Juifs. Il a donc toutes les qualités requises pour servir d'instrument au noir dessein que trame contre nous Monsieur le Bœuf. Mais voilà : depuis peu nous avons engagé la conversation et mon légionnaire, en apprenant que j'ai combattu dans les Brigades internationales, me respecte. Il me pose de très nombreuses questions sur l'Espagne et s'est mis en tête d'apprendre l'espagnol. Je suis donc devenu son professeur. Aussi quand Monsieur le Bœuf lui propose, en nous désignant

du doigt Vavro et moi : « Vous voyez ces deux, là-bas?
Si vous les balancez par-dessus la rampe de l'escalier, je
n'aurai rien vu. C'est avec joie que je verrais ramasser et
emporter leurs morceaux dans un drap! », notre légionnaire le remet vertement en place. Depuis ce jour-là,
ostensiblement, il prend place dans les rangs près de nous.
Nous avons trouvé un défenseur...

Si dur que soit cet emprisonnement pour moi, je trouve
un adoucissement et un réconfort dans le fait d'avoir
renoué les liens d'amitié et de fraternité avec mes vieux
copains d'Espagne, de pouvoir échanger, chaque fois que
l'occasion s'en présente, des signes et des mots d'amitié
avec Pavel, Valeš, Goldstücker, que nous apercevons de
loin, derrière les grilles des fenêtres de leurs cellules,
lorsque nous sommes à la promenade.

Je maigris. Heureusement la décision vient d'être prise
de distribuer un supplément de pain aux prisonniers. Cependant, mon état de santé se détériore de plus en plus.
J'ai la fièvre. Je finis par obtenir d'être conduit à l'infirmerie pour passer la visite. Le médecin constate ma fièvre
mais se contente de m'ordonner trois jours de repos, de
l'aspirine, sans demander le changement de travail ni
l'octroi du supplément en lait auquel j'ai droit comme
tuberculeux.

Je pense beaucoup à Lise. A-t-elle enfin réussi à organiser son départ pour la France? Lorsque je l'ai vue, la dernière fois, elle m'avait informé que le Secrétariat du Parti
essayait de faire pression sur elle pour qu'elle reste en
Tchécoslovaquie. Baramova, responsable maintenant de
la Section des Cadres du Comité central, qui l'avait
convoquée lui avait dit de bien réfléchir avant de prendre
la décision de partir : « Tu es tout de même l'épouse d'un
traître et d'un espion condamné par le tribunal du peuple.
Tes anciens camarades du Parti, en France, se détourneront
de toi. D'autant plus que tu es absente de là-bas depuis

longtemps déjà et qu'ils t'ont, en partie, oubliée. Lise avait répondu : « Mes camarades m'ont connue dans des temps et circonstances qui ne trompent pas sur la valeur d'un individu. Je n'ai pas la moindre crainte qu'ils me tournent le dos! »

Baramova avait poursuivi : « Ici nous prendrons des mesures pour améliorer votre situation : nous avons une forte colonie espagnole à Ustinad-Labem, si vous vous ennuyez trop à Prague et vous sentez trop isolés, nous pourrions vous transférer là-bas!!! » (Les camarades espagnols avaient été purement et simplement exilés à Usti après 1951. On essayait donc d'en faire autant avec les miens en couvrant cette entreprise sous de belles paroles...)

On lui avait dit aussi que les services de renseignements américains tenteraient de se brancher sur elle. A quoi ma femme avait tranquillement répondu : « Dans ce cas il faut être deux, celui qui offre et celui qui accepte ou refuse... » Alors on avait brandi la menace : « Et si pour te faire chanter les services américains kidnappaient tes enfants? Cela s'est déjà vu! » A toutes les objections, Lise trouvait des réponses pertinentes. Nous en étions là quand on m'avait transféré à Léopoldov.

Nous étions convenus qu'au cas où je quitterais Prague, elle ferait l'impossible pour me voir avant de partir pour la France. Et maintenant, je ne vis que dans l'attente de cette visite.

Le 30 mai 1954, peu après mon arrivée à Léopoldov, j'avais reçu le droit exceptionnel — comme tout nouvel arrivant — d'écrire une lettre pour informer ma famille de ma nouvelle adresse et de la réglementation des visites et correspondances dans ma nouvelle prison : Une visite tous les cinq mois, une lettre tous les trois mois.

« ... Je pense, ma Lise, que le mieux sera de demander le droit de me rendre visite au Ministère lorsque tu auras

déjà terminé les préparatifs de ton déménagment... Plus
tôt, ça n'a aucun sens car je n'aurai une autre visite que
cinq mois plus tard et je veux parler avec toi de la façon de
régler toutes nos affaires personnelles. Je continue à penser que, plus vite tu déménageras, en même temps que tes
parents, mieux cela vaudra pour vous... Mais avant, nous
devons nous entretenir du problème de l'adoption de notre
fils. Je pense que tu auras de nouveau l'aide de ta sœur,
de Jeanne et de son mari (c'est-à-dire Maurice Thorez). Je
considère comme inutile de parler avant le déménagement
avec M. Keler (il s'agit de Bruno Köhler). Cela ne servira
à rien et ne t'aidera pas dans la réalisation de ton déménagement. Lorsque tu seras installée avec la famille dans ta
nouvelle maison, il te sera alors beaucoup plus facile de
régler tous les problèmes familiaux... Je ne pourrai t'écrire
à nouveau que dans trois mois, mais j'espère qu'entre-
temps, nous aurons une visite, ce qui voudra dire que le
déménagement sera déjà prêt. Ne tiens compte d'aucune
promesse qui pourra t'être faite de te donner un meilleur
travail, etc. (passage censuré par le greffe) pour l'adoption
de notre fils, c'est la meilleure façon... »

Le 29 juillet, j'ai droit à la première lettre régulière à ma
famille. De nouveau je fais mes recommandations à
Lise : « ...J'espère que bientôt seront réglées toutes les
formalités en liaison avec votre déménagement. En ce qui
concerne l'adoption de Michel avec laquelle je suis pleinement d'accord, je n'exclus pas certaines difficultés. Mais
je sais combien sont énergiques Jeanne et son mari (Maurice Thorez) et je suis convaincu qu'ils réussiront à surmonter toutes les difficultés éventuelles à la maison (Moscou).
Je pense qu'il sera bien, lorsque tu t'occuperas de l'adoption du petit, de faire valoir la mauvaise influence qu'avait
l'ami de Joseph (Béria) sur l'éducation de notre enfant
et à quel point lui et ses hommes (les conseillers soviétiques) se sont mal conduits envers notre Michel (moi).

Et, puisque nous sommes en train de régler définitivement
nos questions familiales, il faudrait, en même temps, régler
avec la maison (Moscou) les affaires de Raymond. J'ai
été surpris que non seulement Gérard (moi) mais ses con-
disciples (mes coaccusés) aient eu tant de désagréments
avec cette affaire dont vous me parlez.

« ... Lorsque tu demanderas le droit de visite, demande
à ce qu'on te l'accorde plus longue qu'habituellement. »
(J'ajoute ensuite des commissions que mon ami Vavro
me chargeait régulièrement de faire transmettre par Lise
à sa famille.)

« Pour moi, rien de neuf, j'ai eu une bronchite mais je
suis déjà rétabli. Ne te fais pas de soucis. Sache combien
je pense à vous et combien je t'aime, ma Lise... »

Au début d'octobre, un jour, un gardien vient me chercher et me conduit dans une cellule du quartier des trans-
ferts, qui se trouve dans le nouveau bâtiment de Léopoldov.
Je n'ai pas le temps de communiquer avec Vavro et Otto
avant mon départ. Je sais bien qu'ils l'apprendront par
mes codétenus, et que je n'aurais pu leur donner aucune
explication sur la destination où j'allais, mais je me doute
de l'inquiétude qu'ils auront de mon sort. Chaque déplacement ou changement dans notre situation actuelle est
inquiétant. Je passe la nuit, seul, dans une cellule. Le lendemain matin, très tôt, on me fait revêtir des vêtements civils.
On m'enchaîne les bras et les jambes. Je prends place dans
une voiture dont les vitres sont mates, entre deux gardiens
qui m'escortent. Nous partons vers une destination qui
m'est inconnue.

Ce n'est qu'après un arrêt à Olomouc que les gardiens
m'apprennent que nous allons à Prague. Pourquoi? Ils ne
le savent pas. Ils me disent, cependant, que ce transfert
s'effectue sur l'ordre du ministère de l'Intérieur. Je les
prie de m'ôter les chaînes. Ils s'excusent poliment de ne
pouvoir le faire, car, m'informent-ils, l'ordre me concer-

nant porte une mention spéciale sur l'obligation de me faire voyager enchaîné. Il fait déjà très froid à cette période de l'année. Je grelotte tout le long du voyage, dans cette voiture qui, pour une raison inconnue, n'est pas chauffée. Je me sens fiévreux.

IV

Arrivé le soir à Prague, à la prison de Pankrac, on m'ôte mes chaînes et on me conduit dans une cellule où je passe la nuit dans l'isolement, sans nourriture. Je ne peux dormir et m'interroge sur la signification de ce transfert. A côté de toutes les explications pessimistes que j'envisage, il y en a une que je n'ose évoquer : une visite avec ma famille avant son départ pour la France! Mais je n'ai jamais imaginé que cette visite d'adieu puisse se dérouler à Prague. J'avais toujours cru que Lise viendrait me faire ses adieux à Léopoldov.

Toute la nuit, je marche dans ma cellule. Au fur et à mesure que la matinée s'avance, rien ne se produit et je suis de plus en plus nerveux. J'ai l'impression que la fièvre augmente. Finalement, après une éternité, un gardien vient me chercher. Il me guide par un dédale de couloirs souterrains, véritable labyrinthe, dont j'ai l'impression que nous ne sortirons jamais, jusqu'à un escalier débouchant sur un palier étroit. Il me fait placer face au mur en disant : « Attendez! » Au bout d'un moment qui me semble interminable, le gardien vient me chercher et me conduit dans une cage séparée en deux par un double grillage. Je suis dans le parloir. En face de moi, j'aperçois Lise, nos enfants, Mémé. Et, pour la première fois en prison, Pépé.

C'est donc bien le départ pour la France! Je suis si heureux de les revoir tous et, dans le même temps, bouleversé car l'idée me vient que c'est peut-être pour la dernière fois!

Lise me dit : « Gérard nous partons après-demain pour la France. J'ai demandé au Comité central du Parti d'appuyer ma demande au ministère de l'Intérieur pour que cette visite d'adieu ait lieu à Prague, afin que tu puisses nous revoir tous. Mais il n'a jamais été prévu que nous nous verrions dans de telles conditions! » et, se tournant vers le gardien, elle lui dit : « Je pars avec toute ma famille en France. Jusqu'ici nous n'avons jamais vu mon mari derrière des grilles et on voudrait que cette dernière visite se passe ainsi! Non, nous refusons une pareille visite. Je veux parler au directeur. » Puis, se retournant vers moi, elle dit : « Gérard, ne reste pas une minute de plus ici. Quitte cette cage. Nous nous verrons, je te le promets, mais pas ainsi! A tout à l'heure, Gérard! » Elle sort en poussant devant elle les enfants et les parents. De mon côté, je demande au gardien, interloqué, de me reconduire aussi, et je sors de la cage.

Je me retrouve sur le palier, en haut de l'escalier où quelques détenus attendent leur visite. Je suis la proie des pensées les plus contradictoires : Les reverrai-je? En tout cas, ils partent et c'est l'essentiel. Je me rappelle ma Lise et son regard noir quand elle exposait son point de vue au gardien. Elle est têtue et tenace. Je me doute qu'elle ne ménagera aucun effort pour que nous puissions bavarder et nous embrasser avant leur départ! Je ne remarque même pas qu'on me tire par la manche. C'est seulement lorsque je reçois un coup de coude dans les côtes que je prends conscience qu'à côté de moi se trouve Rudolf Peschl, un de mes vieux copains d'Ostrava, vêtu de la tenue de bure. Originaire de Bilovec, région de minorité allemande, il y était responsable de la Jeunesse communiste. Nous avions milité longtemps ensemble, car j'étais instructeur régional de la jeunesse pour son district. Nous siégions également, côte à côte, au Comité régional de la Jeunesse communiste. Ensemble nous avions organisé la première grève de jeunes dans la grande usine de wagons qui se trouvait dans son district. Quelle rencontre! Il me sourit et comme s'il répondait à mon interrogation muette, dit : « Alors, tu te croyais le seul vieux communiste, ici, à Pankrac? Tu ne me reconnais plus? »

Après mon départ d'Ostrava, en 1933, nous nous étions rencontrés, une fois par hasard, en 1935 ou 1936, dans les rues de Moscou. Nous avions longuement bavardé, attablés devant un plat de harengs saurs et une bouteille de vodka, sur sa vie à l'École Lénine. En 1949, à l'occasion de la conférence régionale du Parti, je l'avais de nouveau revu à Ostrava. Il m'avait alors raconté son activité pendant la guerre et l'aventure qui lui était survenue : Il avait été parachuté — soi-disant — au-dessus de la région d'Ostrava, où il devait participer au travail illégal du Parti communiste. L'atterrissage s'était bien passé. Mais quand il s'était orienté pour déterminer son point de chute exact, il avait découvert avec stupeur qu'il se trouvait à quelques centaines de kilomètres d'Ostrava... dans la grande banlieue de Varsovie! Après toute une série de péripéties extraordinaires, il était arrivé sain et sauf à son véritable lieu de destination.

Comment se fait-il qu'il soit ici? Il m'explique qu'il a été arrêté, comme de nombreux autres vieux communistes, mais qu'il a eu plus de chance que moi et ceux de mon procès. Il n'a reçu qu'une petite condamnation. Il ne comprend d'ailleurs rien à ce qui se passe. Il me dit avoir écrit à ce sujet à Zapotocky; qu'il comptait bientôt le voir, personnellement, puisque sa peine arrive à expiration. « J'irai lui parler, car il doit ignorer ce qui se passe! »

De ce qu'il me raconte sur ses interrogatoires, j'en déduis que les méthodes utilisées contre lui n'ont rien de commun avec ce que nous avons subi à Koloděje et à Ruzyn. Il me demande de lui expliquer ce qui nous est arrivé, à nous, et ce que représente en vérité le procès. En quelques mots, je lui dis que tout le procès a été une affaire montée et que je suis innocent.

Peschl est appelé pour sa visite. Nous nous embrassons, émus, en proie, sans doute, à la même pensée : « C'est donc là que nous en sommes après vingt-cinq ans de lutte! »

Je suis seul maintenant. Les uns après les autres, tous les détenus ont eu leur visite et ont été reconduits à la prison. Finalement, j'entends qu'on m'appelle. On m'introduit dans une pièce, c'est la salle d'attente pour les visiteurs. Tous les miens sont là. Nous prenons place autour d'une table, en présence de deux officiers de la prison.

Lise m'explique, très fière de son succès, qu'elle a vu le directeur et protesté contre une telle visite. Qu'elle lui avait demandé à être mise en contact téléphonique avec le ministre de l'Intérieur et le Secrétariat du Parti pour leur demander que nous puissions nous voir, normalement, sans grillage entre nous. La direction de la prison était en pleine révolution. On n'avait jamais vu ça! Je sais comment elle est quand elle est déchaînée, ma Lise, une vraie lionne... Le directeur ne savait où donner de la tête. Ma femme, avec son parler russo-franco-tchèque, exigeait ses communications téléphoniques. Il s'est absenté un moment, sans doute pour demander des ordres. Peu après, il revenait et lui demandait de patienter. Après la fin des visites, l'entrevue entre nous sera organisée.

Et nous voilà! Lise est assise près de moi. Nous nous tenons les mains. Les garçons sont intimidés, mais au bout d'un instant, ils viennent m'embrasser. Françoise me raconte combien elle est triste de partir. Ému, je contemple mes beaux-parents : que serait devenue ma femme, sans eux, pendant ces années terribles! Grâce à eux, mes enfants

auront eu une chaude ambiance familiale, malgré mon sort
et le travail harassant de Lise à l'usine.

Pépé essaie de plaisanter avec moi, mais derrière son
sourire je sens les larmes proches. Pépé : je le revois à la
Brigade spéciale — après notre arrestation à Paris en
1942 — avec son courage et sa bonne humeur malgré les
circonstances. Et puis, lorsque nous avions été transférés
au Dépôt de la préfecture, il occupait une cellule au-dessus
de la mienne et nous nous parlions par le soupirail. A
l'aide d'une ficelle, il me faisait passer des cigarettes...
Et quand on nous conduisait à la promenade dans les
courettes séparées les unes des autres, je l'entendais me
crier des encouragements. Ensemble, nous appelions Lise
qui, accrochée aux barreaux du soupirail de sa cellule,
nous répondait avec amour à tous les deux.

Et Mémé avec son visage de Mater dolorosa! Combien
de souffrances aura-t-elle connues dans sa vie! Après notre
arrestation pendant la guerre, elle s'était retrouvée seule
avec notre Françoise, alors âgée de trois ans. Elle avait
à la fois son mari, son fils, son gendre et sa fille en prison.
Mon beau-frère, Frédo, emprisonné depuis octobre 1941,
à la suite des coups reçus pendant les interrogatoires
avait dû subir une grave opération à la tête et se trouvait
alors hospitalisé à l'infirmerie de la prison de Fresnes.
Chaque semaine, notre Mémé allait de prison en prison en
portant des colis et en traînant derrière elle, accrochée à
son jupon, notre petite Françoise qui trottinait et pleurait
parfois de fatigue. C'est ainsi que toutes deux allaient du
Dépôt où se trouvait Pépé à la prison de la Santé où
j'étais; de la Roquette où se trouvait Lise à la prison de
Fresnes où était Frédo... Parfois, c'était pour déposer des
colis de vivres ou de linge; d'autres fois, pour nous rendre
visite... Et jamais une parole de plainte, toujours le mot
pour nous encourager et les dernières nouvelles du front
à nous communiquer... Et c'est dans de telles conditions

qu'elle aidait encore à préparer l'évasion de Frédo. Évasion qui échoua au dernier moment, le responsable ayant été arrêté à la suite d'une rafle, la veille même du jour où le coup devait être tenté.

Les voilà devant moi ceux que je considère comme mes deuxièmes père et mère. Merci à vous d'avoir choisi de rester auprès de ma Lise et des enfants dans un pareil moment! Merci à vous d'avoir, par votre présence, servi de bouclier à ma famille! Il est certain que si vous n'aviez pas été auprès de Lise — vous êtes aussi les parents de Fernande et de Raymond — rien n'aurait pu empêcher que ma femme soit arrêtée, que mes enfants soient envoyés dans des orphelinats...

C'est à tout cela que je pense, face à mes beaux-parents.

Lise me raconte leurs préparatifs de départ. Le déménagement des affaires s'effectuera par voie ferrée. Toute la famille rejoindra Paris par avion. Elle me confirme qu'Hanka Urbanova maintiendra — à sa place — le contact avec moi, aussi bien pour la correspondance, les colis que les visites. Lise en a informé la direction du Parti afin de mettre les cousins à l'abri de conséquences possibles. Au ministère de l'Intérieur, elle a exigé qu'un procès-verbal soit écrit sur cette notification de sa part, afin que personne ne puisse s'en prendre aux Urban de maintenir des contacts de famille avec moi.

Ainsi, j'aurai de leurs nouvelles par Hanka et, inversement, c'est par elle qu'ils continueront à recevoir les miennes. Lise me fait part de l'inquiétude que lui cause mon aspect physique : elle trouve que j'ai beaucoup maigri et que mes traits se sont creusés depuis que j'ai quitté Ruzyn pour Léopoldov, il y a cinq mois. Oui, j'ai été malade, je ne me sens pas très bien!

« Dès que je serai arrivée à Paris, la première chose que je ferai, ce sera de convaincre son oncle d'adopter notre

petit Michel C'est mon seul but, me dit-elle, et le pourquoi
de mon départ. »

La demi-heure autorisée passe trop vite. Il faut nous
quitter. Je sais que les minutes sont comptées et je veux
conserver leur image en moi. Maintenant la vérité se saura!
Mais j'ai très peu d'espoir de pouvoir tenir jusqu'à ce que
tout soit réglé! Lise refrène difficilement ses larmes. Elle
veut me cacher son chagrin : « L'essentiel, actuellement
pour toi, me dit-elle, c'est de tout faire pour prendre soin
de ta santé. Pour le reste tout ira bien. Aie confiance! »

J'embrasse Pépé, Mémé, ma Françoise et mes deux
garçons. Et puis je tiens ma Lise serrée contre moi et je lui
murmure à l'oreille : « Les conditions de vie à Léopoldov
sont, à la longue, mortelles pour moi. Je ne reçois aucun
soin et je me sens de plus en plus mal. Je ne crois pas
pouvoir tenir longtemps dans de telles conditions. Tâche
d'agir le plus vite possible. De mon côté, je suis prêt à
passer à l'action. »

Lise me sourit à travers ses larmes... Ils sont partis!

Je reste seul dans une cellule de Pankrac. Le départ des
miens me libère de mon souci majeur. Dès que je serai
de retour à Léopoldov, je pourrai commencer à me battre
pour la vérité.

Deux jours plus tard, on me ramène à la Centrale, avec
un grand convoi de détenus. Je suis le seul à porter les fers.
Je me sens de plus en plus malade. Ma température a dû
encore monter. Ce voyage aller-retour, dans le froid,
insuffisamment vêtu, n'a fait qu'aggraver mon état de
santé. A Léopoldov, on m'a placé dans une nouvelle
cellule qui compte une quarantaine d'occupants dont je
ne connais personne. Le lendemain, je dois retourner au
travail. A midi, j'entrevois furtivement Vavro qui passe
devant ma cellule et lui communique la raison de mon
déplacement à Prague.

La fièvre monte. Tout tourne autour de moi. L'après-

midi, je m'évanouis. Un infirmier vient. J'ai 41° de température. Il me donne des aspirines et m'inscrit pour la
visite médicale du lendemain. Je passe une nuit épouvantable, en proie à des cauchemars, provoqués par la
fièvre qui ne baisse pas. Je transpire, j'ai froid, j'ai chaud...
Je ne peux pas respirer, j'ai l'impression que je vais
mourir...

Le lendemain, je suis incapable de me lever pour me
rendre à l'atelier d'où, normalement, je dois ensuite aller
à la visite médicale. Le gardien insiste, mais il m'est impossible de poser un pied par terre. Deux heures plus tard
on vient me chercher, dans la cellule, pour me transporter,
sur une civière, à l'infirmerie. Je suis au bout du rouleau!

Le médecin-détenu qui, en fait, dirige l'infirmerie, me
prend la température. Elle est toujours aussi élevée. Aussitôt il m'ausculte et me fait passer un examen complet, très
sérieux. Il constate que je fais une broncho-pneumonie
avec réactivation bilatérale du processus tuberculeux.
Il ordonne mon hospitalisation immédiate. C'est ainsi
que je suis maintenant dans une cellule de l'infirmerie où
je reçois des soins énergiques, notamment des piqûres de
streptomycine et de pénicilline.

V

C'est le 6 octobre 1954 que ma famille a quitté Prague.
Le départ avait traîné en longueur car il avait fallu attendre
le visa français pour les parents, dont les passeports
Nansen étaient périmés. C'est après de multiples démarches et interventions de Raymond, jusqu'auprès du
ministre de l'Intérieur d'alors, François Mitterrand, que
le visa leur a enfin été accordé. Pour ma femme et les trois
enfants, le consulat français leur a facilité toutes les formalités pour le départ.

Le dernier repas à Prague réunissait les miens chez
Antoinette. Léopold Hoffman et sa femme Libuše étaient
venus spécialement de Budejovice, leur pays natal, où ils
étaient retournés vivre après la libération de Leopold,
en 1952, pour prendre congé d'eux. Hoffman sait que Lise
a l'intention d'entreprendre, dès son arrivée à Paris, des
démarches en vue de la révision de mon procès et il l'encourage : « Quand le Parti français saura, alors il t'aidera ! »

« Nous avons porté un toast à ton prochain retour
parmi nous ! » me dira Lise en me racontant les événements
de leur vie, quand, plus tard, nous nous retrouverons.

Renée et sa famille, Véra Hromadkova, sont également
venus prendre congé des miens. Chaque départ est attris-
tant, mais celui-ci est gros de promesses. Au revoir et à
bientôt !

Malgré la peine de me laisser si loin d'eux, les miens
sont heureux de voir prendre fin une étape de leur vie si
douloureuse. Maintenant, ils en abordent une nouvelle
dont ils ne doutent pas qu'elle se terminera par le triomphe
de la vérité.

Fernande et Raymond, ainsi que Frédo et sa jeune
femme Monique, accueillent les miens à l'aérodrome. Ils
sont logés chez Raymond, sauf Lise qui, le soir, va coucher
chez son frère, à Ivry. Mon message secret se trouve dans
un des meubles expédiés avec le déménagement. Lise a
bien fait de ne pas le prendre avec elle, car à l'aérodrome
de Prague les douaniers ont fouillé soigneusement tous
les bagages et sacs à main, et confisqué tout ce qui était
écrit. Sans doute avaient-ils reçu des instructions de la
Sécurité !

La sœur de ma femme lui a trouvé une place de secrétaire
chez un confectionneur. La vie des miens est assurée.

Lise a informé oralement Raymond de la situation dans
laquelle je me trouve et expliqué tous les fils de la construction que la Sécurité a montée contre moi, ainsi que les

attaques ignominieuses contre le Parti français et certains
de ses militants. Pour mon beau-frère, c'est un choc.
Trois semaines plus tard, Lise récupère mon message dans
le garde-meuble où le déménagement restera encore de
longs mois, jusqu'à ce que ma famille reçoive un logement
à Paris.

Raymond conseille à Lise d'écrire à la direction du
Parti pour demander sa carte de membre du Parti communiste français, ce qu'elle fait aussitôt.

Le traitement qui m'a été ordonné, à l'infirmerie, comporte des piqûres qui doivent être administrées toutes les
quatre heures, jour et nuit. Dans la journée c'est facile :
c'est le médecin ou l'infirmier qui me les font. Mais le soir,
ils ne sont pas là et ces piqûres ne peuvent être interrompues. Le gardien a demandé dans la cellule où je suis
hospitalisé, si, parmi la douzaine de malades qui s'y
trouvent, quelqu'un serait capable de faire des piqûres.
Un prisonnier se présente et propose de s'occuper de moi.
Les gardiens conviennent avec lui que toutes les quatre
heures ils lui feront passer la seringue par le guichet.

Cet homme me soigne avec un grand dévouement.
J'ai toujours plus de 40° de fièvre et suis au plus mal.
Il se tient à mon chevet, m'appliquant des compresses
d'eau froide aux tempes et aux poignets. Il me donne à
boire et me fait mes piqûres. Il me raconte sa vie : il est
originaire de Spišska Nova/Ves. Il était membre du Parti
national-socialiste. Pendant la guerre, il a combattu dans
la division S. S. *Das Reich*, dont il était un des lieutenants.
Il termine son récit en disant : « Tu vois où nous avons
abouti tous les deux? Chacun de nous paye sa confiance,
moi en Hitler et toi en Staline! » Et il commente : « Si
Hitler n'avait pas été aussi bête, s'il n'avait pas attaqué
l'U. R. S. S., s'il ne s'était pas livré à de tels massacres

36

dans les pays occupés, surtout en Russie, et s'il n'avait pas zigouillé les Juifs, nous n'aurions pas perdu la guerre. Et tout cela c'est plus, qu'une faute. Jamais je ne pourrai et avec moi beaucoup d'Allemands, pardonner à Hitler d'avoir agi ainsi. Non seulement cela n'a servi à rien, mais au contraire ces actes barbares et criminels ont fait de nous, aux yeux de l'opinion mondiale, des assassins. Et c'est pourquoi nous avons perdu la guerre. »

Une autre fois il dit : « C'est drôle que nous nous retrouvions ici, alors que nous étions aux deux pôles l'un de l'autre, dans la même prison, dans la même cellule, moi condamné à trente ans comme criminel de guerre et toi, à la prison perpétuelle, comme communiste... »

Il s'est vraiment bien occupé de moi jusqu'à ce qu'on m'enlève de l'infirmerie. Je ne l'ai plus jamais revu. Plus tard j'ai appris qu'il avait été libéré au cours d'un échange de prisonniers avec l'Allemagne de l'Ouest.

Il m'a toujours dit n'avoir aucun crime à se reprocher. Il avait été arrêté, d'après lui, à la suite d'une lettre de dénonciation où il était présenté comme un nazi enragé. Et il ne niait pas avoir, en effet, été un membre actif du parti hitlérien.

Il y avait une semaine environ que je me trouvais à l'infirmerie lorsque, vers le 20 octobre, je suis conduit, un après-midi, dans une pièce où m'attendait un procureur militaire que j'avais eu l'occasion de voir au procès de Zavodsky.

Il se présente comme procureur du Tribunal suprême militaire et il commence à m'interroger sur Pavel. Je suis étonné, car je sais que Pavel est déjà condamné. Je réponds d'abord à côté des questions en essayant de gagner du temps pour comprendre où il veut en venir. En même temps, je me ramasse sur moi-même, comme l'athlète pour prendre son élan, afin de lui dire — enfin — ce que je pense de tous les procès.

Mon parti est pris. Je lance : « Toutes les accusations contre Pavel sont fausses. Il est innocent ! » Le procureur me regarde surpris : « Et c'est aujourd'hui que vous me le dites ? » Il élève la voix et je lui dis : « Ne criez pas. Je vous dis cela aujourd'hui et j'ai encore beaucoup d'autres choses à vous dire. Si je ne l'ai pas encore fait c'est que jusqu'ici j'étais dans l'impossibilité de le faire. » Je lui explique alors les menaces qui ont été faites à Ruzyn contre ma famille et moi-même si je revenais sur mes aveux. « Qui vous a menacé ? » me demande-t-il. Je lui donne alors le nom de Kohoutek et je lui fais la description physique de celui-ci. J'ajoute : « Étant donné que ma famille se trouve déjà hors du pays et à l'abri des mesures répressives contre elle, et que, pour la première fois, je me trouve enfin en présence de quelqu'un qui n'est pas de la Sécurité, avec un procureur, il m'est enfin possible de vous faire cette déclaration. En même temps je vous demande de prendre des mesures de sécurité concernant ma vie, car je vous le répète : des menaces ont été proférées à mon encontre, me faire crever comme un rat, si je me récuse. »

Le procureur est pâle comme un mort. Il demande : « Et en ce qui concerne les autres volontaires d'Espagne ?

— Pour tous, il en est de même. Je puis vous affirmer que toutes les déclarations et « aveux » qui m'ont été extorqués sur eux sont faux, comme sont fausses aussi toutes les accusations formulées par eux à mon encontre. Aucun n'a jamais agi en tant qu'ennemi du Parti, bien au contraire. »

Il reste de nouveau silencieux. Puis il demande : « Et vous ?

— Je suis innocent comme les autres. Tout le procès Slansky a été monté de toutes pièces ! »

Il en laisse choir la pipe qu'il est en train de fumer. Il se lève, appelle le gardien. Il est si énervé qu'il en tremble littéralement. Il demande que l'on me sorte et garde dans le couloir.

Après une demi-heure, il me fait de nouveau reconduire auprès de lui. Il se promène nerveusement de long en large : « Monsieur London, ce que vous venez de me dire est une révélation terrible, de la plus haute gravité, et je me vois dans l'obligation d'en référer à mes supérieurs.

— C'est bien dans cette intention que je vous ai parlé. C'est moi qui vous prie de faire part à vos supérieurs, au président de la République et à la direction du Parti de notre conversation. Je vous prie également de me donner la possibilité d'avoir des interrogatoires réguliers où je pourrai m'expliquer en détail. Mais je vous renouvelle ma demande de prendre des dispositions pour assurer ma sécurité. »

Là-dessus, je suis reconduit à l'infirmerie. Le lendemain, je demande une autorisation spéciale pour écrire une lettre au procureur général. On me permet d'écrire une simple feuille. En quelques lignes j'explique que c'est par l'utilisation de moyens de violence physiques et psychiques que j'ai été obligé de faire de faux « aveux » sur moi et d'autres accusés.

C'est fait! La lettre a été ramassée. Il ne me reste plus qu'à attendre la suite des événements.

Je réussis à faire parvenir un message à Hajdu et à Hromadko pour les informer du déroulement de mon entrevue avec le procureur et de ma demande, par écrit, de révision du procès. Je dis à Hajdu qu'il me semble le moment venu pour lui aussi d'en faire autant.

C'est sur ces entrefaites, le 24 octobre 1954, que je reçois la visite de ma cousine Hanka. C'est pour moi une occasion inespérée de faire connaître immédiatement à l'extérieur la démarche que je viens d'accomplir.

Cette visite, trois semaines après celle que j'ai eu à Prague avec ma famille, est le fait d'un heureux hasard. D'après la réglementation de la prison j'ai droit à une visite tous les cinq mois et le permis en a été automatiquement envoyé par l'administration pénitentiaire à ma cousine qui est mon répondant à l'extérieur. Mon transfert à Prague, aller-retour, sur ordre du ministère de la Sécurité, ne compte pas ici comme une visite.

Hanka m'apprend que ma famille est bien arrivée en France où elle est installée chez Raymond Guyot.

Sans tenir compte de la présence du gardien près de moi, je décide de la mettre au courant des faits nouveaux qui sont intervenus. Ainsi, par Hanka, Lise sera informée dans quelques jours.

Je lui explique que j'ai vu le procureur, que j'ai retiré toutes mes déclarations et « aveux » et demandé par écrit, au procureur général, la réouverture de mon procès, « car toutes mes dépositions et aveux ont été obtenus par des pressions physiques et psychiques illégales ».

Le gardien est tellement suffoqué de m'entendre parler ainsi — il sait qui je suis et de quel procès il s'agit —, il est si curieux de connaître la suite de mes propos, qu'il ne met aucun obstacle à la poursuite de cette conversation.

Hanka se réjouit de cette nouvelle. Dans le même temps elle est très inquiète, car je lui fais part aussi de ma grave rechute tuberculeuse et de mon état de santé précaire. Elle promet d'écrire, dès son retour à Kolin, une lettre à ma femme pour la tenir au courant. Ce qu'elle fit.

Voici ce que Lise me racontera plus tard de la suite qu'elle a donnée à cette lettre de ma cousine, reçue par elle au début de novembre.

« Au reçu de cette lettre, ma première pensée, atroce, a été que la maladie menaçait de t'enlever à tout jamais à nous, et cela juste au moment où tu avais demandé la révision de ton procès. Quel sentiment terrible! Je me rends compte que c'est une véritable course contre la montre qui s'engage, dont ta vie est l'enjeu. Je me souvenais de ton expression en me quittant : « Fais vite, Lise. Ne perds pas de temps. Je ne résisterai pas longtemps à ce régime de Léopoldov! »

« J'ai mis immédiatement Raymond au courant des mauvaises nouvelles reçues concernant ta maladie et aussi de la lutte que tu venais d'engager pour prouver ton innocence. Je lui dis que j'ai l'intention de m'adresser par lettre, le même jour, aux plus hautes autorités du Parti et de l'État tchécoslovaque pour demander que toutes mesures soient prises, notamment ta mise en liberté conditionnelle, pour empêcher que tu ne meures, loin de nous.

« Raymond me conseille de ne poser pour l'instant que le problème humain : ta santé. Ne pas chercher à polémiquer en parlant de ta lutte pour ta réhabilitation et par là, empêcher peut-être que ne soit prise une mesure immédiate en faveur de ta santé. Son raisonnement me paraît juste. Il me dit : " Pour l'instant le problème majeur c'est de sauver Gérard ! "

« J'ai donc envoyé des lettres, personnellement, à Novotny, premier secrétaire du Parti, à Zapotocky, Président de la République, au ministre de la Justice. Voici celle que j'ai envoyée au Président :

Paris le 9 novembre 1954.

A Monsieur le Président de la République
tchécoslovaque
Antonin Zapotocky
Prague

Monsieur le Président,

C'est au nom de mes trois enfants Françoise, Gérard, Michel et en mon propre nom que j'ai l'honneur de solliciter de votre haute bienveillance une liberté conditionnelle pour leur père, mon mari Artur LONDON, détenu actuellement à la prison de Léopoldov, dont l'état de santé s'est aggravé dans la dernière période, mettant sa vie en danger. Je viens

*en effet d'être informée par lettre, par la cousine de mon mari,
Hanka Urbanova, qu'elle avait été autorisée à lui rendre
visite le dimanche 24 octobre dernier, et qu'elle l'avait
trouvé hospitalisé à la suite d'une broncho-pneumonie,
contractée sans doute au cours du voyage qu'il effectua,
début octobre, à Prague, pour assister à la visite d'adieu
autorisée par le Ministre de l'Intérieur pour mes parents,
mes enfants et moi-même avant notre départ pour la France.
Cette maladie peut avoir les suites les plus graves pour
mon mari...*

*En 1946, après le retour de déportation, mon mari avait
fait une rechute tuberculeuse que l'on craignait mortelle —
nouvelles cavernes et péritonite tuberculeuse — dont il avait
réchappé par miracle mais qui a laissé sur lui des traces
indélébiles. Sa capacité respiratoire était inférieure à 50 %
en 1948, ce qui, à cette époque déjà, faisait de lui un invalide.
C'est donc à juste titre que, devant une nouvelle broncho-
pneumonie, nous craignons le pire et que dans de telles conditions, ses enfants et moi-même sollicitons pour lui une
libération conditionnelle. Cette demande est basée sur un
sentiment humanitaire...*

*Avec le renforcement de la République démocratique,
je pense, Monsieur le Président, que ce souci de sauver
l'homme ne peut qu'être plus grand encore et c'est pourquoi
j'ai l'honneur de vous demander de faire accorder une liberté
conditionnelle à un homme aussi malade et dont la vie est en
danger.*

*Monsieur le Président, je connais les sentiments élevés
qui vous animent, votre honnêteté de communiste et d'homme
d'État qui vous fait respecter de tous, votre profonde humanité, et c'est avec confiance que je m'adresse à vous comme
mère et comme femme, car ce serait une douleur bien grande
de voir mourir, en prison, le père de mes trois enfants, mon
époux.*

Monsieur le Président, je sais que ce n'est pas en vain

que je m'adresse à vous en cette circonstance et je vous
remercie d'avance, en mon nom et en celui des enfants.

                              Lise Ricol-Londonova.

« Je prends contact par téléphone avec l'ambassadeur
de Tchécoslovaquie à Paris, Soucek, et je lui demande un
rendez-vous urgent. Il me le fixe pour le lendemain. Je
peux dire qu'il s'est montré très chic. Je lui ai remis les
trois lettres en lui demandant de les transmettre le plus
rapidement possible, parce que c'est pour toi une question
de vie ou de mort. Il me dit qu'un courrier partait le lendemain et que mes lettres seraient le même jour à Prague.
Ce sera donc le 11 novembre 1954. Le jour où notre Françoise fête ses seize ans! »

VI

Quelques jours après avoir expédié ma lettre au procureur
général, ordre est donné de me renvoyer de l'infirmerie.
Les protestations du médecin sont sans effet. On lui interdit
même de me donner des médicaments à emporter. On me
conduit dans le nouveau bâtiment. Je pense qu'il peut s'agir
d'un transfert consécutif à l'envoi de la lettre. Va-t-on me
ramener à Ruzyn? C'est ce que je crains le plus. Mais, bien
vite, je comprends que ce n'est pas le cas. Au lieu d'aller
en direction des cellules de transfert, on me fait monter des
étages et je me retrouve, enfermé, dans une cellule d'isolement.

Depuis quelque temps déjà, le bruit circulait à Léopoldov
qu'un quartier d'isolement avait été créé dans ce nouveau
bâtiment de la Centrale. Avant d'aller à Prague, pour la
visite avec les miens, j'avais appris que les condamnés du
procès dits « des nationalistes bourgeois slovaques » s'y
trouvaient ainsi que les secrétaires régionaux du groupe de

Švermova. Après mon retour, j'ai su que d'autres détenus avaient été envoyés dans ce quartier, notamment Pavel, Valeš, Kevic. Cette mesure avait été suivie par tous les détenus avec un sentiment d'inquiétude car les raisons leur en échappaient.

Me voilà maintenant avec Kostohryz, intellectuel bien connu, condamné à une lourde peine, en liaison avec le procès de l'Internationale Verte [1]. Il me fait un accueil amical et m'informe tout de suite de nos conditions de vie. Nous sommes isolés du reste de la Centrale. Un nombre très restreint de gardiens a accès à ce quartier qui reste interdit aux autres. Entre les étages, la coupure est complète. On tente aussi de maintenir l'isolement entre les cellules, ce qui est difficile car nous parvenons à communiquer entre nous en tapant sur les murs et aussi pendant la promenade, où les détenus de plusieurs cellules vont en même temps. C'est ainsi que je parviens à voir Goldstücker, Kevic, Pavel, Valeš, Hašek et d'autres encore.

Avec surprise, j'apprends qu'Hajdu a été également transféré dans ce quartier, presque en même temps que moi. A notre grande satisfaction mutuelle, il occupe la cellule contiguë à la mienne. Löbl, par contre, est resté dans le vieux bâtiment.

Mon codétenu m'apprend que Pavel est homme de corvée à l'étage. Il se manifeste d'ailleurs, dès la première distribution de soupe qui suit mon arrivée. Habilement, en même temps qu'il fait passer les deux gamelles par le guichet, il me glisse un crayon, un morceau de papier, et aussi un petit mot : « J'ai besoin de savoir si tu as déjà été interrogé à mon sujet et comment cet interrogatoire s'est passé. » En rendant les gamelles vides, je lui murmure : « Ce soir ! » Durant l'après-midi, pendant que mon codétenu fait le guet près du judas, j'écris, pour Pavel, le récit de mon en-

1. Ce procès englobait les partis politiques de droite, notamment les Agrariens.

trevue avec le procureur, la révocation de tous mes « aveux »
et déclarations sur moi-même et les autres accusés — lui y
compris — ainsi que ma demande de révision, faite oralement et par écrit, de mon procès. Le soir, avec le ramassage
des gamelles, Pavel, avec une véritable adresse de prestidigi-
tateur, fait disparaître mon billet !

J'essaie de communiquer avec mon ami Vavro. Mais il
ignore l'alphabet des vieux bolcheviks que j'utilise. Grâce
au crayon de Pavel je peux lui faire parvenir, dès le lendemain, au cours de la promenade, l'explication de cet alphabet. Nous pouvons ainsi maintenir le contact entre nous,
en usant de beaucoup de prudence. Il me fait savoir qu'il
préfère attendre encore un peu avant de formuler la demande en révision de son procès.

Alors qu'à l'infirmerie j'étais énergiquement soigné,
comme je l'ai dit, avec des antibiotiques et d'autres médicaments P. A. S. et I. N. H., depuis que je suis ici, rien ! Chaque
jour je demande à aller à la visite médicale et à recevoir
des médicaments. En vain ! La seule chose que j'obtiens,
c'est un supplément en lait. Les jours passent, ma fièvre
augmente à nouveau. Je me sens mal et je commence à penser qu'on veut me faire crever, dans ce trou, comme un rat.
C'est sans doute la mise en pratique de la menace des
hommes de Ruzyn !

Un après-midi, tard, juste avant le couvre-feu (c'était
autour du 10 décembre 1954), le gardien-chef vient personnellement m'ordonner de me préparer pour un transfert.
J'essaie de communiquer la nouvelle à Vravro, mais dans
la hâte, nous ne parvenons pas à nous comprendre. En
prenant congé de mon codétenu, avec lequel j'avais vécu
en excellente entente, je le prie de faire savoir à Vavro ce
qui m'arrive.

Quelques instants après, je me retrouve dans une cellule
du rez-de-chaussée, seul, sans avoir eu aucune explication.
Une heure plus tard environ, un homme de corvée gratte à

la porte et me chuchote, à travers le judas, qu'on vient d'amener Löbl dans une cellule de ce quartier. Il doit être transféré ailleurs. Löbl me fait demander où je vais. Je réponds n'en rien savoir et m'enquiers si quelqu'un sait ce que devient Hajdu. L'idée m'est en effet venue, en apprenant que Löbl est ici, que tous trois allons être transférés à Ruzyn, à la suite de la lettre que j'ai écrite.

Jusqu'au matin, je rumine dans ma cellule, me préparant à toutes les éventualités auxquelles j'aurai à faire face.

Le lendemain matin, on me fait sortir dans le couloir mais on me tient à l'écart d'un groupe de détenus également préparés pour être transférés. J'aperçois Löbl, mais Vavro, non! Löbl réussit peu à peu, en changeant de place avec ses codétenus, à se rapprocher de moi. Il me demande ce qui se passe. En quelques mots je l'informe de mon entrevue avec le procureur et de ma lettre. Il est surpris. Ai-je bien réfléchi sur les conséquences que peut entraîner mon acte? Je lui dis que je suis décidé d'aller jusqu'au bout et que je lui conseille d'en faire autant : « C'est maintenant le moment ou jamais! »

L'ordre est donné à tous de rentrer dans les cellules. J'en profite pour me rendre dans celle de Löbl. Nous avons ainsi quelques précieuses minutes pour parler. Il s'informe des conditions existant dans le quartier d'isolement, de qui s'y trouve et de l'opinion des détenus sur la situation actuelle.

Je lui transmets le peu que j'ai appris pendant mon séjour et notamment de mon insistance auprès d'autres coaccusés de faire une démarche semblable à la mienne. Löbl est perplexe : « Et que dit Goldstücker? » Je l'informe que ce dernier est en train de peser la question et que je pense qu'il le fera.

Nous sortons des cellules, mais contrairement à ce que je pensais, je ne pars pas avec Löbl et les autres. Ces derniers montent en effet dans un autobus alors que moi on m'installe

dans une ambulance, couché, enchaîné, sur la civière.
Un gardien est assis près de moi et un autre à côté du
chauffeur. Cette différence de traitement à mon égard
m'inquiète.

J'ignore alors que ma femme, déjà informée par la lettre
de ma cousine Hanka, a commencé, de son côté, à faire
des démarches parallèles aux miennes.

En cours de route, je me rends compte que nous nous
dirigeons sur Prague. Où? A Ruzyn ou ailleurs? Nous
arrivons vers les minuit. Nous sommes à la prison de
Prankrac! On me conduit dans une section. On m'ordonne
de me déshabiller. La chose qui m'étonne, c'est de constater
que très peu de cellules sont occupées et que, devant celles
qui le sont, les vêtements des détenus sont pliés, près de la
porte. C'est la première fois que je vois ça.

La cellule où je me trouve est très propre, peinte à neuf.
Il y a des inscriptions sous la peinture mais elles ont été
soigneusement grattées, pour les rendre illisibles.

La paillasse est placée directement sous la porte. Quand
je suis couché, ma tête est à un mètre de celle-ci, face à la
fenêtre. On m'a retiré les vêtements, mais laissé mon tabac.
Je n'arrive pas à m'endormir, car je suis en proie à des
pensées obsédantes : « Que va-t-il m'arriver maintenant? »,
et toujours l'idée qu'on va me supprimer...

La lumière reste allumée au plafond. Ne pouvant m'endormir, je décide de fumer une cigarette. En l'allumant, je
m'aperçois tout à coup que le guichet de la porte est ouvert
et que derrière se trouve un gardien qui m'observe. Je pense
d'abord que c'est l'heure de la ronde. Au bout d'un moment
je me lève pour allumer une seconde cigarette et vois que le
guichet est toujours ouvert et le gardien à la même place.
C'est alors que me vient l'idée que cette surveillance continuelle existe généralement dans le quartier des condamnés à
mort. Maintenant, je comprends pourquoi les vêtements
devant les portes, la cellule si propre, soigneusement

repeinte et les inscriptions grattées : je me trouve dans le quartier des condamnés à mort.

Je m'adresse directement au gardien et l'interroge : « Où suis-je? — Vous devez le savoir! — Je sais que je me trouve à Pankrac, mais pourquoi dans ce quartier des condamnés à mort? — Vous devez savoir ce que vous avez fait! Ce n'est pas pour rien qu'on vous a amené ici! — Mais je suis condamné à perpétuité pas à mort! — Vous n'aurez qu'à poser la question, demain, au rapport. »

Le matin, je demande à être conduit auprès du directeur où du gardien-chef pour avoir une explication. Personne ne vient me chercher ni me voir. Par contre, on me sort à la promenade. Avant de me faire quitter la cellule, le gardien frappe dans ses mains et crie : « Que tout le monde disparaisse du couloir et entre dans les cellules! » Je me retrouve seul dans une petite cour intérieure. Avant de me ramener dans la cellule et pénétrer dans le couloir, le même cérémonial s'accomplit : frappement des mains du gardien et commandement : « Tous dans les cellules! », adressés aux détenus de corvée.

La même chose se reproduit un peu plus tard, lorsqu'on me conduit aux douches. Je n'ai plus aucun doute, c'est bien là le régime des condamnés à mort. Et toujours pas de directeur et de gardien-chef pour pouvoir leur parler.

Le troisième jour, je refuse toute nourriture et déclare faire la grève de la faim. Les gardiens viennent me parler pour me convaincre de renoncer à ce projet. « Je n'ai rien à faire dans ce quartier. Je ne suis pas condamné à mort mais à la prison perpétuelle. Je veux savoir ce qui se passe avec moi! »

Le lendemain, je suis conduit auprès du directeur de la prison. Il me demande pourquoi j'ai décidé de faire cette grève de la faim. Après m'avoir écouté, il me recommande d'y mettre fin. « Je me suis informé de votre cas auprès de la Sécurité d'État. Il m'a été répondu que prochainement vous seriez entendu par un de ses représentants. » Il ajoute encore de me tranquilliser sur mon sort, car je suis entre les mains de l'administration pénitentiaire de Pankrac et de prendre patience jusqu'à cette entrevue.

Je recommence à manger en attendant, à la fois avec impatience et inquiétude, ce premier interrogatoire. Mais je continue à subir le même régime et personne ne vient. Le 24 décembre, je refuse de nouveau la nourriture. Au milieu de l'après-midi, un lieutenant vient dans ma cellule et m'informe : « Vous allez quitter ce quartier. On vous emmène ailleurs. » Où me conduit-il? Nous voilà dans le quartier où se trouve l'infirmerie, et que je connais car j'y suis venu, une fois, de Ruzyn. Mais je sais aussi que juste derrière l'infirmerie est le lieu où l'on exécute les condamnés à mort... Je ne me sens rassuré que lorsque l'officier ouvre une cellule et dit : « Entrez, nous sommes arrivés! »

Je me trouve à l'infirmerie. Je respire. Dans cette cellule qui comporte une dizaine de lits, il n'y a que deux occupants : un tzigane et un Yougoslave. Je viens de franchir, avec succès, une étape critique. J'ai révoqué mes aveux et je suis vivant! Plus tard je saurai que c'est l'action menée, parallèlement, par ma femme, de Paris, alertant la direction du Parti, qui a fait pencher la balance...

C'est pour moi un beau Noël, un Noël d'espoir. Je me sens revivre!

VII

Durant la deuxième quinzaine de décembre, ma femme lit dans un petit entrefilet du *Monde* une nouvelle qui la remplit de joie : Noël Field vient d'être réhabilité officiellement par le gouvernement hongrois. Peu avant, son frère Herman l'avait été par le gouvernement polonais. Elle m'a raconté cette journée :

« C'est en me rendant aux obsèques de Madeleine Chaumeil (j'avais bien connu son premier mari, Petit-Louis, mort en Espagne, en combattant dans les Brigades internationales), que j'ai lu cette nouvelle dans le métro. Je me sentais tout excitée et impatiente de me retrouver auprès de Raymond pour lui dire qu'enfin, maintenant, existait le fait juridique nouveau me permettant de demander la révision du procès, et que, dès le lendemain, je ferais une demande de visa pour me rendre à Prague.

« L'ambassadeur me reçoit. Je lui expose les faits en lui demandant de bien vouloir transmettre à Prague ma demande. »

C'est ainsi qu'arrive, pour les miens, la fin de l'année avec les fêtes de Noël et du Nouvel An. Ma femme écrit presque chaque jour à Prague à Hanka, à Renée et à Antoinette, de façon qu'en réunissant leurs lettres, elles puissent comprendre, malgré la censure, les démarches qu'elle effectue, et qu'Hanka m'en tienne au courant.

Le 26 décembre, dans une grande lettre, elle fait comprendre, au milieu du récit du réveillon célébré en famille chez sa sœur et Raymond, la réhabilitation des frères Field et la nouvelle démarche faite auprès de l'ambassadeur pour se rendre à Prague afin de faciliter la révision de mon procès. Elle poursuit : « la dernière lettre d'Hanka où elle nous donne des nouvelles d'Émile (moi) ne sont pas bonnes et le souci que nous crée sa santé est grand. Par contre le fait qu'il ait quitté sa demeure (Léopoldov) pour retourner dans son ancienne ville (Prague) nous semble un fait très positif. C'est sans doute la réponse à la demande formulée en novembre par sa famille. Nous espérons que maintenant' il recevra les soins dont il a besoin et que bientôt il connaîtra des jours plus heureux. »

Ils savent donc que j'ai été transféré à Prague!

Le 1er janvier, Lise écrit de nouveau : « De toute façon, après les fêtes, je compte retourner voir le docteur (l'ambassadeur tchécoslovaque) que j'ai consulté, il y a plus d'un mois, et m'enquérir des suites données à ma demande...

« ... J'ai longuement parlé avec le mari de Fernande au sujet de l'éducation des gosses. Il est content du travail effectué par Gérard (elle veut parler de la lettre que j'ai écrite pour le renouvellement de mon procès). Il est de l'opinion qu'il ne pourra y avoir un résultat positif pour lui que s'il continue d'agir personnellement, encore davantage. A l'heure actuelle, il y a de grandes chances pour que sa thèse remaniée soit enfin acceptée. Et après la porte lui sera ouverte pour le professorat (ma réhabilitation)...

« ... Le père de Jean (Maurice Thorez) n'est pas à Paris. Il passe l'hiver en Provence à cause de sa santé. Sa femme est venue nous rendre visite deux fois avec ses garçons, elle nous a montré beaucoup d'amitié. Son mari s'intéresse — je sais — à la santé et au moral de mon grand. Il a conseillé qu'il se fasse opérer (que je fasse ma demande de réhabilitation). Un malade ne peut être guéri que si lui-même montre la volonté de lutter pour vivre. La semaine dernière il m'a fait transmettre, ainsi qu'aux parents et aux gosses, ses affectueuses pensées.

« ... Chez Tonca (c'est-à-dire en Tchécoslovaquie), les choses sont longues à se régler, alors que partout ailleurs elles sont en train de l'être, me disait dimanche Raymond. Il s'en étonne beaucoup avec son ami Jean (Maurice Thorez), et se demande ce qu'ils foutent! Pour leurs questions, ce n'est pas en tout cas chez elle qu'ils iront les résoudre, mais de préférence avec la Maison mère (Moscou). C'est leur affaire... »

N'ayant reçu aucune réponse ni à la première lettre demandant ma mise en liberté conditionnelle, ni à sa demande orale de visa, Lise décide alors de présenter, sans plus attendre, une demande officielle de révision de mon procès au président de la République, A. Zapotocky, qu'elle remet, le 22 février 1955, à l'ambassadeur Soucek.

« Le 10 novembre 1954, je me suis adressée à vous, pour qu'une libération conditionnelle soit accordée à mon mari, Artur London, emprisonné depuis janvier 1951...

« Depuis que je vous ai présenté cette demande, un événement nouveau est intervenu qui, juridiquement, remet en cause le jugement prononcé contre mon mari, et me donne le droit d'exiger la révision de son procès. Le principal motif d'inculpation porté contre lui : être l'agent stipendié du chef d'espionnage américain Noël Field, tombe. En effet, après la réhabilitation de Herman Field par le gouvernement polonais, à son tour son frère, Noël, emprisonné en Hongrie pendant cinq ans, a été libéré et réhabilité d'une façon éclatante par le gouvernement hongrois, qui de plus, lui a offert le droit d'asile. Les communiqués portant connaissance de ces faits à l'opinion publique mondiale, soulignent que cette histoire d'espionnage des frères Field a été l'œuvre d'ennemis de la démocratie et que les auteurs de ces crimes contre la vérité et le droit humain seront châtiés comme il convient.

« Ces éléments nouveaux... font un devoir à la justice tchécoslovaque de réviser la sentence prononcée contre Artur London. (On peut imaginer les pressions criminelles, les méthodes policières illégales qui furent utilisées pour obtenir de mon mari qu'il se reconnaisse publiquement coupable d'un crime dont il était innocent !)

« Étant donné que vous représentez la plus haute instance de la République, je m'adresse à vous pour que vous preniez en main la révision du cas A. London, afin de faire éclater toute la vérité et de permettre à un innocent, et de surcroît, un grand malade, de retrouver la liberté, sa famille et qu'il puisse recevoir les soins que nécessite son état de santé.

« Je vous informe que je fais parvenir, par la même voie, une longue lettre à la direction du Parti tchécoslovaque, où j'expose un certain nombre de points sur lesquels était

37

basée ma conviction de l'innocence de mon mari, déjà
avant la révélation de l'innocence de Field.

« Je vous réitère la proposition, faite à la direction du
Parti communiste tchécoslovaque, que je suis prête à me
rendre à Prague pour aider de toutes mes forces la direction
du Parti et le gouvernement à faire la lumière sur le cas
London en communiquant tous les documents et informations que je possède et qui peuvent être d'une très grande
utilité pour mener à bien une nouvelle enquête... »

Dans sa lettre au Parti, adressée à Antonin Novotny,
elle récapitule toutes les contre-vérités contenues dans
l'acte d'accusation et ma déposition au procès, à commencer
par « mes relations d'espionnage avec Noël Field », mes
« activités trotskystes », mon « sabotage du mouvement
ouvrier français ». Puis elle rappelle brièvement quel fut,
en réalité, mon travail de militant dans les Brigades internationales, à la M. O. I. pendant et après la guerre, et aussi
ma participation active dans la Résistance illégale dans les
prisons et au camp de Mauthausen. Dans ce dernier passage
elle écrit :

« Dans toutes les prisons et les camps où il fut détenu,
la confiance et l'estime de ses camarades l'ont toujours
placé à la direction des organisations illégales du Parti et
de la Résistance. Au camp de Mauthausen, son esprit
d'internationalisme en a fait un des organisateurs et des
animateurs du Comité international du camp — ce dont
peuvent témoigner les camarades tchécoslovaques qui se
trouvaient avec lui au camp, par exemple les camarades
Antonin Novotny, Jiři Hendrych, tous deux membres du
Secrétariat du Parti, et Léopold Hoffman, de Budejovice,
et tant d'autres... »

Cependant, les semaines passent et Lise commence déjà
à perdre patience. Jusqu'ici elle s'est tenue à l'écart, évitant
de revoir ses anciens camarades pour n'avoir pas à répondre
aux questions qu'ils ne manqueraient pas de lui poser sur

moi, sur le procès. Elle sait qu'elle doit agir avec beaucoup
de prudence, qu'elle ne doit pas permettre à la presse de
s'emparer de notre situation et de l'exploiter. Cela me
causerait beaucoup plus de tort que de bien.

Mais maintenant, étant donné qu'elle ne reçoit aucune
réponse, ma femme a décidé d'agir de manière plus ouverte
et d'entraîner des amis à soutenir son action. Le mercredi
9 mars 1955, doit avoir lieu à Paris la première du spectacle
des marionnettes d'Hurvinek et Spejbl. Son amie, Janine
Chaintron, lui dit que son mari a reçu des billets d'invitation pour cette soirée et qu'il lui offre sa place. Et c'est
ainsi qu'elle est présente à cette soirée. Son arrivée dans
le hall du théâtre ne passe pas inaperçue. Il y a là nombre
de ses camarades et amis d'autrefois qui lui font fête : les
Hilsum, les Wurmser, les Daquin, les Magnien, les deux
frères Soria... L'ambassadeur tchécoslovaque arrive, alors
qu'elle est très entourée, et lui serre la main. Dans le compte
rendu qu'elle fait de cette soirée dans une lettre à Prague
elle écrit :

« Avec Janine, nous étions très bien placées aux fauteuils
d'orchestre. Aragon et Elsa Triolet se trouvaient dans une
loge d'avant-scène. Quand ils m'ont vue, ils m'ont saluée et
fait signe de les rejoindre. Je suis alors allée dans leur loge.
Ils m'ont embrassée et manifesté un grand plaisir de me
revoir. Nous avons bavardé en attendant le lever du rideau
et, à leurs questions, j'ai répondu sans aucune réticence... »

Lise m'a plus tard raconté qu'ils lui avaient alors appris
que lorsqu'ils s'étaient trouvés à Prague, en 1954, en transit
pour Moscou où Aragon devait présider la remise des
Prix Lénine, ils avaient demandé avec insistance à la rencontrer. Mais qu'ils n'étaient pas parvenus à rompre le
barrage autour d'elle.

Dans la loge vis-à-vis, se trouvaient l'ambassadeur et sa
femme. Pendant tout le temps qu'elle était avec les Aragon,
Lise pensait : Demain, Prague sera informé de l'accueil que

j'ai eu ce soir, ici! Elle a accepté toutes les invitations à déjeuner et dîner qui lui furent faites ce soir-là.

VIII

Le 15 avril 1955, ma femme entreprend une nouvelle démarche. Elle remet à l'ambassade une lettre adressée, cette fois, à William Široky, président du Conseil :

« Cher camarade,... Le 10 novembre 1954, dès que j'ai eu connaissance de la grave maladie de mon mari j'ai adressé, par l'intermédiaire de l'ambassade, à Paris, une demande de libération conditionnelle pour raison de santé au Président de la République, le camarade Antonín Zapotocky, et j'informais en même temps le Secrétariat du Parti tchécoslovaque de cette démarche.

« C'est peu de temps après cette demande que fut diffusée la nouvelle, d'abord de la libération, puis de la réhabilitation complète des frères Herman et Noël Field, par les gouvernements polonais et hongrois. Juridiquement, ce fait nouveau est de nature à faire réviser la sentence prononcée contre mon mari. C'est pourquoi j'ai adressé, le 22 février dernier, au Président de la République, une demande de révision de son procès et à la direction du Parti communiste tchécoslovaque, une longue lettre où j'explique, de façon détaillée, les raisons sur lesquelles je m'appuie pour formuler cette demande. Je te joins les doubles de ces deux lettres. Or, jusqu'ici je n'ai obtenu aucune réponse ni à ma première ni à ma seconde lettre, pourtant les problèmes posés sont suffisamment graves pour justifier une réponse. Aussi je me pose la question, à savoir si les lettres sont bien parvenues à leurs destinataires ou si elles ont été arrêtées en route, par des fonctionnaires « trop zélés ».

« Je sais que mon mari a demandé, de son côté, par deux fois la révision de son procès — la première, en novembre, si je ne me trompe, la deuxième par une lettre en date du 22 février dernier, adressée au Secrétariat du Comité central du P. C. Tch. Il n'a reçu non plus aucune réponse, ni à sa première ni à sa deuxième demande, qui n'ont, peut-être, jamais atteint leur destinataire.

« Cher camarade, ce n'est pas seulement comme épouse et comme mère que je fais cette démarche. J'ai conscience d'accomplir aussi mon devoir de communiste. Dans le passé, toute mon attitude a clairement prouvé qu'au-dessus de mes sentiments personnels et de mon amour pour mon mari, prédomine mon esprit de Parti. Mais, une fois acquise la conviction que mon mari n'est pas un coupable, mais une victime, mon devoir est de tout mettre en œuvre pour aider à faire éclater la vérité, et cela non seulement dans un intérêt personnel mais aussi dans l'intétêt du Parti. La lutte pour la vérité et la justice fait partie de la lutte pour le communisme. L'Union soviétique a démontré, devant l'opinion publique mondiale, qu'elle n'avait pas peur de la vérité. Elle a donné un exemple éclatant de la façon dont elle s'efforçait de réparer le mal causé par la bande de Béria en réhabilitant les victimes, en instituant des « présidiums », indépendants des autorités judiciaires, chargés d'étudier les demandes de révision des sentences, y compris dans les affaires de haute trahison et d'espionnage... »

Le frère de ma femme, Frédo, auquel me liait une amitié et une fraternité sans pareilles, nées non seulement de nos liens familiaux mais aussi de notre travail dans le Parti et la Résistance, de notre vie commune dans les prisons de France et au camp de Mauthausen, a terriblement souffert lorsque Lise lui a fait savoir mon innocence et le calvaire que j'avais enduré. Il envoie à Hanka un petit mot pour qu'elle me le lise lorsqu'elle me rendra visite en prison : « En ce jour anniversaire du petit Gérard — 3 avril 1955 — j'ai la grande joie de t'écrire ce mot. Je suis si heureux de te savoir innocent. Dans le fond de moi-même, je n'ai jamais cru vraiment. Mais pour moi, communiste, il était beaucoup plus difficile de refuser à croire en ta culpabilité. Tandis que ceux qui n'étaient pas du Parti et te connaissaient, Fichez, Souchère, tant d'autres — se sont toujours refusés à y croire. Si tu savais toutes les questions que nous nous posions quand nous nous rencontrions! Je suis dans le même temps si malheureux d'être impuissant devant cette situation. Mais les choses avancent. Aie confiance, mon Gérard chéri, si tu savais combien de gens qui t'aiment sont avec toi. Le cauchemar finira et alors tu verras combien nous saurons t'entourer d'affection et d'attentions quand tu retrouveras le milieu qui est le tien. Je t'embrasse, mon Gérard, aussi fort que lorsque, quittant Blois, enchaînés, nous ignorions que l'on nous dirigeait à Compiègne. »

Par lui, Lise a renoué avec les anciens déportés de l'Amicale de Mauthausen, notamment avec son secrétaire général, Émile Valley, avec lequel j'avais été très lié dans le passé. Quand ma femme lui dit que j'étais innocent, il n'avait marqué aucun étonnement : « Je ne l'ai jamais cru vraiment coupable. Je ne comprenais rien, mais j'attendais. Nous essaierons de tout faire pour l'aider. »

Dans une lettre datée du 3 mai, Lise écrit à Prague : « Depuis les dernières nouvelles sur la santé de mon Grand, hélas confirmées par une lettre de ma cousine, je ne vis plus, je ne dors plus. Ce 1er mai a été bien triste pour moi. J'étais à Vincennes, au milieu des manifestants endimanchés et je ne voyais que lui, je n'entendais que lui. Je me souvenais qu'il y avait dix ans, il participait à la manifestation, avec le premier groupe de déportés revenus des camps de la mort. Il paraît qu'il neigeait ce jour-là... »

C'est au cours de ce défilé que ma femme apprenait d'Émile Valley que l'Amicale éditait l'ouvrage du professeur Michel De Bouard sur Mauthausen, où mon rôle en tant qu'organisateur et membre du premier Comité international clandestin de la résistance au camp était mentionné, ainsi d'ailleurs que celle de Léopold Hoffman. C'était là une excellente nouvelle. Ce témoignage détruisait la fameuse accusation de mon rôle ennemi à Mauthausen. Mimile — comme chacun appelle le secrétaire de l'Amicale — lui fait parvenir le lendemain plusieurs exemplaires de cet ouvrage pour qu'elle puisse verser ce document au dossier pour ma réhabilitation. Lise obtient, quelques jours après, une entrevue avec l'ambassadeur auquel elle remet deux exemplaires de la brochure, avec la demande de les faire parvenir à la direction du Parti, à Prague. Une fois de plus, elle réitère sa demande de visa.

Frédo et Mimile réunissent plusieurs camarades de déportation, parmi ceux qui m'ont le plus connu au camp, et leur demandent d'intervenir en ma faveur, en rappelant le rôle que j'avais joué à Mauthausen et l'aide considérable que j'avais apportée aux déportés français. Le professeur De Bouard fait une intervention personnelle auprès de Jacques Duclos pour demander qu'une action soit entreprise en ma faveur. Le docteur Fichez, vice-président de l'Amicale, de son côté, sollicite une audience à l'ambassadeur de Tchécoslovaquie. Il lui exprime le point de vue de mes camarades de la Résistance et de la déportation et demande, avec insistance, qu'il soit tenu compte de mon attitude exemplaire au camp — qui a permis de sauver un grand nombre de déportés — pour que me soit octroyée, comme première mesure humanitaire, une libération conditionnelle pour raison de santé.

De mon côté, de l'infirmerie de Pankrac j'ai écrit, en janvier, une nouvelle lettre à la direction du Parti où je demande à être entendu par un de ses représentants, afin d'exposer toutes les méthodes illégales utilisées par la Sécurité pour extorquer de faux aveux et déclarations. Toujours pas de réponse!

Par les lettres de ma cousine, j'apprends que ma femme

continue d'agir en faveur de ma libération. Au cours d'une visite qu'elle me fait, accompagnée de son mari, elle me dit que ma femme lui a écrit qu'un fait nouveau est intervenu : la réhabilitation de Field. C'est pour moi un nouveau stimulant et encouragement. Je les informe — afin qu'ils puissent le faire savoir à Lise — que de mon côté je fais tout ce qui est en mon pouvoir pour intéresser la direction du Parti au problème des procès; que j'ai écrit une lettre depuis que je suis ici et que je viens de demander, ce jour, une autorisation, à titre exceptionnel, pour écrire à la direction du Parti, une fois de plus.

Au cours de cette visite, c'est très librement que nous parlons. Loin d'essayer d'y mettre un frein ou de nous interrompre, non seulement le gardien qui se tient près de moi, mais également ses deux collègues abandonnent leurs détenus pour se joindre à lui et écouter ce que nous disons. Ils sont si visiblement intéressés de savoir quelque chose concernant les procès, qu'ils laissent même passer la durée réglementaire.

Le hasard veut que ce soit le 22 février, le jour même où ma femme remettait à l'ambassade de Paris ses lettres pour A. Zapotocky et Novotny demandant la révision de mon procès, que j'écrive cette nouvelle lettre au Comité central, adressée cette fois à Villiam Široky. Je réitère ma demande de pouvoir parler avec un responsable du Parti. Toujours pas de réponse.

La seule nouveauté dans ma situation, c'est la notification qui me sera faite de la réduction de ma peine à vingt-cinq ans, dans le cadre de l'amnistie proclamée à l'occasion du dixième anniversaire de la Victoire.

Ma vie continue, sans changement à l'infirmerie, où je reçois les soins qu'exige mon état de santé. Laquelle ne s'améliore pas pour autant. L'examen radiologique révèle des cavernes et foyers bilatéraux en pleine évolution. D'autre part, je souffre de crises d'asthme et d'emphysème et de complications, d'origine nerveuse, qui se manifestent par une insomnie tenace et une gastrite ulcéreuse.

J'apprends, par une confidence du médecin-détenu, qu'un rapport détaillé sur mon état de santé vient d'être demandé par les plus hautes instances. Au même moment, un codétenu me confie avoir été convoqué par l'officier de service de l'infirmerie et interrogé de façon détaillée sur moi, mon comportement dans la cellule et les propos que je tenais. Il m'assure qu'il a fourni les meilleurs renseignements. Cela me fait penser qu'il y a anguille sous roche... Mais quoi? Nous sommes déjà en mai.

Au cours d'un repas chez les Wurmser, Lise a l'occasion de s'entretenir avec Ilya Ehrenbourg. Il lui dit que personnellement il n'a jamais cru au procès et à ma culpabilité. Lise l'informe de toutes les démarches qu'elle a entreprises et de sa volonté de taper à toutes les portes pour faire pression et accélérer mon procès de réhabilitation : « Si tu savais combien je souffre. Il n'y a pas de mots pour exprimer mon état d'âme. Tu comprends, si je n'étais pas aussi profondément communiste et sûre que notre cause est juste, et que rien ne doit être fait qui puisse lui porter tort, alors j'agirais comme une simple femme, et je crierais bien haut ma conviction de l'innocence de mon mari. Je ferais connaître les documents et preuves que je possède de son innocence, je porterais le débat sur la place publique... » Ehrenbourg l'approuve et dit qu'à son avis l'action entreprise par elle est la meilleure qui soit : faire intervenir le plus possible de camarades en ma faveur.

Louise Wurmser se fait accompagner par ma femme et ma fille à une réception du C. N. E., donnée en l'honneur d'Ehrenbourg. Il y a beaucoup de monde et Lise renoue avec de nombreux autres amis et connaissances. Elle écrit à Antoinette à ce propos : « Pierre Daix m'a parlé, des larmes plein les yeux, de Gérard en me demandant ce qu'il pouvait faire pour lui. Je lui ai dit comment l'aider... »

Le dimanche suivant 15 mai, elle assiste en compagnie
de son père et de son frère au banquet organisé par la ville
d'Ivry qui célébrait le trentième anniversaire de la muni-
cipalité communiste, et que présidait Maurice Thorez.
Ce dernier embrasse mon beau-père et lui dit qu'il le verrait
bientôt, avec tous les miens. L'accueil que font à ma
femme tous ses anciens camarades, notamment Laurent
Casanova, est pour elle d'un grand réconfort.

Quelques jours plus tard, elle reçoit un coup de téléphone de Marcel Servin, alors secrétaire d'organisation
du Parti. Il l'informe, avec une intonation de joie, que sa
carte d'adhérente du Parti lui sera remise officiellement
d'ici peu. Pour Lise la question de son appartenance au
Parti est très importante car elle veut retourner à Prague —
où elle a été exclue du Parti tchécoslovaque — comme une
communiste de plein droit.

Avec beaucoup d'émotion, Lise m'a raconté le déroulement de la réunion de la cellule du quartier de la République où sa carte lui fut remise. Le secrétaire avait préparé
un gentil discours pour la présenter aux camarades présents, rappelant qu'elle était une militante de longue date,
qu'un séjour à l'étranger avait interrompu son appartenance au Parti français qui la comptait de nouveau, avec
grand plaisir, parmi ses membres.

Son émotion était grande car elle se souvenait de cette
autre réunion de cellule, à Prague, où elle avait été exclue
et des paroles qu'elle avait alors prononcées : « J'étais, je
suis et je resterai communiste avec ou sans votre carte... »

Le 2 juin 1955, elle est avisée par l'ambassade que son
visa pour Prague était arrivé et qu'elle pouvait le retirer
quand elle voudrait. Le lendemain elle prend l'avion pour
Prague où elle est accueillie à l'aérodrome de Ruzyn par
mes cousins Urban et Sztogryn, Antoinette et Renée.
Son retour signifie le début d'une nouvelle étape que tous
espéraient décisive, non seulement pour moi mais aussi

pour Vavro et tous les autres. Sa première visite est pour
la maman d'Hajdu qui se jette à son cou en pleurant
de joie.

IX

Je commence mon sixième mois à l'infirmerie de Pankrac. Par des codétenus ayant été arrêtés récemment ou
transférés d'un camp de travail où ils ont le droit de lire
les journaux, je complète ma connaissance des événements
que le monde a connus depuis que je suis coupé de la vie.
J'apprends des détails nouveaux sur l'affaire Beria, qui
a entraîné des procès notamment contre Abakoumov et
Rioumine, les changements qui ont suivi la mort de Staline
en U. R. S. S.; la destitution de Malenkov et son remplacement par Khrouchtchev, l'institution de la direction
collégiale, le rapprochement avec la Yougoslavie... Cette
évolution politique est très encourageante. Les journaux
chez nous sont pleins d'articles sur la légalité socialiste
et vitupèrent les infractions à la loi... Mais je reste sans
réponse à mes lettres.

Les nouvelles de Lise, transmises par Hanka, me récon-
fortent : je sais que le Parti français a été informé, que
Lise a présenté une demande de révision de mon procès,
qu'elle attend maintenant son visa pour venir me voir et
entreprendre des démarches sur place, en ma faveur.

De Löbl et de Hajdu, je n'ai aucune nouvelle. Je ne sais
pas où ils se trouvent. A Léopoldov? Dans un camp de
travail?

J'attends! Les jours s'étirent, sans fin.

A la fin du mois de mai, un gardien me conduit dans un
bâtiment assez éloigné de l'infirmerie et m'introduit dans
un bureau. Derrière une table, trois hommes sont assis.
Ils me disent qu'ils font partie de la commission spéciale

auprès du Comité central chargée de vérifier les infractions
à la légalité socialiste. L'un d'eux se présente personnellement : c'est Ineman. J'ai entendu parler de lui, avant mon
arrestation. Je sais qu'il est un vieux militant du Parti et
que, pendant la guerre, il a été déporté à Buchenwald.

Enfin, ils sont là! J'ai du mal à maîtriser mon émotion.
Les trois se comportent correctement et me parlent aima-
blement. Ils me posent des questions sur Pavel et Valeš.
Je leur donne les meilleurs renseignements sur l'un comme
sur l'autre. Je leur explique les méthodes illégales, les
violences physiques et morales utilisées à Koloděje et à
Ruzyn pour extorquer de faux « aveux » et « déclarations »,
des déclarations mensongères des uns contre les autres.
Et, immédiatement, j'élargis le problème à l'ensemble des
anciens volontaires condamnés. Les représentants de la
commission me font rentrer dans les rails plus étroits de
leur investigation : « Pour l'instant nous étudions uniquement les cas de Pavel et Valeš, tu dois t'en tenir à eux! »
Ils sont visiblement intéressés par ce que je leur raconte,
ils prennent soigneusement note de mes réponses.

Quand je les vois prêts à partir, sans poser d'autres
questions, je leur dis : « Je tiens à déclarer que tout ce que
je vous ai dit ne concerne pas seulement Pavel et Valeš
mais aussi tous les autres volontaires condamnés! — Pour
ceux-là, on verra plus tard, répondent-ils, la situation n'est
pas simple. La commission se trouve placée devant un
complexe de problèmes très embrouillés. Il faudra du
temps pour les éclaircir et les régler. » Ils ont fini de ranger
leurs papiers dans leur portefeuille, ils sont debout, ils
vont s'en aller... Alors je leur lance : « Et pour moi? J'ai
écrit à plusieurs reprises à la direction du Parti pour que
mon cas soit examiné. Quand vous occuperez-vous de
moi? »

Ineman me parle alors très crûment, sans chercher à me
celer la vérité : « En ce qui concerne le Grand Procès,

il est impossible de rien changer pour l'instant. Je ne veux pas que tu te fasses des illusions, cela peut durer encore longtemps! Tu es l'un des quatorze dirigeants du centre de conspiration condamnés au cours de ce procès qui a été public, dont toute la presse — pas seulement ici mais dans le monde entier — a beaucoup parlé. Même des livres ont été publiés! Le Bureau politique a décidé de ne pas revenir sur ce procès. » Voyant mon regard angoissé, il me dit quelques mots d'encouragement : « Tu ne dois cependant pas désespérer. Il te faut faire preuve de patience. Tout est fonction du développement de la situation intérieure et internationale. Un jour on sera obligé de revenir sur ce procès aussi, mais quand, comment et sous quelle forme, je n'en sais rien! »

Je retourne à l'infirmerie, accablé par cette réponse. Je pense alors à la justesse de l'analyse sur nos perspectives que nous avions faite avec Hajdu et Löbl à Ruzyn, puis à Léopoldov, lorsque nous avions constaté les prémisses d'un changement de la situation. Nous disions alors : un jour, on sera obligé de réviser les procès, sauf le nôtre, car on ne voudra pas faire ressusciter les fantômes des onze innocents condamnés à mort. Le remettre en question c'est aussi soulever des problèmes touchant au système et aux hommes. C'est pourquoi on veut à tout jamais l'entériner!

Je me sens très déprimé : ainsi pour moi, Löbl et Hajdu il n'y a pas d'issue? Au bout de deux-trois jours, je parviens cependant à surmonter ma dépression et à examiner la question sous un autre angle : il doit bien cependant y avoir une issue! Quand on commence à examiner les procès — que l'on s'y prenne par un cas ou un autre — c'est tout l'édifice qui tôt ou tard est remis en cause. Ils seront bien obligés un jour d'en arriver à nous. Comme l'a dit Ineman : l'important c'est de savoir patienter. Mais, malade comme je le suis, combien de temps pourrai-

je personnellement tenir? Je suis toujours B. K. positif,
malgré les hautes doses d'antibiotiques et autres médicaments qui me sont administrés. Je me fixe un délai d'un
an et j'examine comment je vais m'organiser, en attendant.

Quelques jours plus tard, toujours plongé dans des
pensées peu optimistes, on vient me chercher, juste avant
la fermeture des cellules. On me fait revêtir une tenue
propre, on me rase et on me conduit dans un bureau où
je me trouve face à face avec le vice-ministre de l'Intérieur,
Jindra Kotal. Il est responsable pour les prisons. Je l'ai
connu à Mauthausen comme un camarade simple, modeste,
courageux. Il participait au travail de l'organisation clandestine de résistance avec beaucoup d'abnégation. Nous
avions les meilleurs rapports. Après mon retour en Tchécoslovaquie, je l'ai revu à plusieurs reprises, il travaillait
alors au Comité régional du Parti, à Prague, avec Antonin
Novotny.

Plus tard je l'ai revu aussi, à la Centrale de Léopoldov,
revêtu de son uniforme d'officier supérieur, lorsqu'il est
venu faire une tournée d'inspection. Il se promenait dans
les ateliers, accompagné du commandant et de toute la
direction de la prison. C'est ainsi que j'ai appris les nouvelles fonctions qu'il assumait. Assis devant mon tas de
plumes à effiler, j'ai alors capté son expression narquoise
à mon endroit. Ses lèvres esquissaient un petit sourire
ironique. Je n'étais d'ailleurs pas le seul de ses connaissances dans cet atelier... Les conditions d'emprisonnement
abominable à Léopoldov étaient donc connues de l'ancien
déporté qu'il est! Comment peut-il permettre qu'existent,
dans un État socialiste, des conditions de vie pareilles dans
ce qu'on appelle pompeusement les Instituts de Rééducation par le Travail? Et comment pouvait-il passer ainsi,
sans frémir de honte et de douleur, auprès de nous, ses
anciens camarades de combat et de souffrance? Ce que

ce système a pu faire d'hommes, à l'origine bons et
humains!

Il est là, maintenant, assis en face de moi. Poli, il me
vouvoie, comme s'il ne m'avait jamais vu de sa vie. Il
s'informe de mon état de santé. Ai-je un désir à lui exprimer? Je suis sidéré. Que m'arrive-t-il? Je réponds que
mon seul désir c'est de voir mon cas s'éclaircir et de recou-
vrer la liberté! Je lui rappelle les demandes orales et écrites
que j'ai déjà présentées dans ce sens et lui parle de l'entrevue que j'ai eue, peu de temps avant, avec des représentants de la commission spéciale auprès du Comité central.
Il me dit qu'en ce qui concerne ces problèmes, il est absolument incompétent. Par contre, il désire connaître mes
autres désirs. — « Je n'en ai pas d'autres! » Il me fait alors
des propositions : « Voulez-vous que nous vous procurions
des livres? — Certainement, la lecture me manque et je
serai toujours heureux d'en recevoir! » — Qu'est-ce qui
me ferait encore plaisir? Peut-être une meilleure cellule? —
« Non, je n'y tiens pas. Mais je vous prie de faire savoir
au camarade Ineman de revenir me voir le plus vite possible
afin que je puisse lui expliquer, dans les détails, la façon
dont ont été fabriqués les accusations, les procès, tous les
problèmes concernant les anciens volontaires des Brigades
et les méthodes utilisées par la Sécurité contre nous! »
Il promet de transmettre ma commission puis il insiste
de nouveau : « Que puis-je encore faire pour vous? »
C'est alors que me vient l'idée de Lise en train d'attendre
son visa à Paris pour venir me voir. « Faites accorder le
visa que ma femme a sollicité pour pouvoir venir me rendre
visite. — Votre femme! Justement! Pourquoi lui écrivez-
vous, comme vous le faites, sur votre état de santé? De
toute manière elle ne peut rien pour vous et vous la tra-
cassez inutilement. Pourquoi lui donner encore plus de
souci qu'elle n'en a? » Je ne m'attends vraiment pas à cela!
« Ainsi vous croyez que mon devoir est de cacher aux

miens mon véritable état? Je suis d'opinion contraire, je n'ai pas le droit de les laisser se forger des illusions à mon égard! » Et comme, coupant court, il me demande à nouveau de lui exprimer mes vœux, je lui réponds en termes concis : « La révision de mon cas, un visa pour ma femme et si vous le voulez bien, des livres. » En souriant il dit : « On verra tout ça! » et il prend congé de moi.

Reconduit dans ma cellule je me demande à quoi rime cette visite. Est-ce là une mesure dictée par la commission spéciale? Considère-t-elle que dans l'impossibilité de me rendre la liberté il faut au moins tâcher d'adoucir ma détention? Je rumine toute la nuit sur ce sujet. Le matin, je suis transféré dans une cellule où je suis seul. On m'apporte des livres. Le gardien que j'interroge n'a aucune explication à me donner. Me retrouver de nouveau à l'isolement n'a pas de quoi me réjouir, au contraire!

Trois jours se passent à mijoter dans mon jus. Je demande une autorisation spéciale d'écrire à la direction du Parti et au Président de la République et à recevoir un nombre illimité de feuilles de papier. Ma décision est prise : je vais coucher sur papier tout ce qui s'est passé avec nous, toutes les méthodes inhumaines et illégales des hommes de la Sécurité, tout, tout... Mentalement, je dresse le plan du rapport que je veux écrire de la façon la plus compréhensible et convaincante possible. Le couvre-feu a déjà eu lieu depuis près d'une heure, je suis couché lorsque j'entends qu'on tire le verrou et tourne la clef dans la serrure de la porte. » C'est le capitaine qui dirige l'infirmerie. « Levez-vous, — me dit-il — on va vous raser. On va vous apporter des vêtements propres. Mais surtout ne perdez pas de temps! » Je suis déjà debout, le coiffeur arrive, il me rase et me chuchote à l'oreille : « Que se passe-t-il avec toi? Où t'emmène-t-on? » Je l'ignore...

On me conduit dans un bureau situé dans un autre bâtiment. On me dit de me retourner, face au mur, et

d'attendre. Près de moi un gardien est assis. Brusquement
une porte s'ouvre dans mon dos et une voix ordonne :
« Retournez-vous! Venez! » J'obéis. L'officier qui se tient
dans l'encadrement de la porte me fait signe de passer
devant lui. Et je me retrouve devant ma femme, radieuse,
souriante, les yeux pétillants de bonheur. Elle se jette dans
mes bras : « Enfin, me voilà! Už jsem tady! »

Mon entrevue avec Kotal n'avait donc d'autre but que
de préparer ma rencontre avec ma femme.

La commission spéciale auprès du Comité central
fonctionne depuis le début de l'année 1955. La direction
du Parti sait donc déjà à quoi s'en tenir sur le rôle joué par
la Sécurité dans les années cinquante. C'est sous la pression
des événements extérieurs, en U. R. S. S. d'abord, où les
déportés rentrent des camps sibériens, puis en Pologne
et en Hongrie avec la réhabilitation des frères Field, la
révision du procès Rajk, et enfin le changement specta-
culaire intervenu dans les relations avec la Yougoslavie,
que la direction du Parti est obligée de revoir certaines
accusations formulées dans les procès et contredisant ce
cours politique nouveau. Mais l'avenir reste encore marqué
par l'incertitude et le désarroi.

Lise est venue, en principe, pour une quinzaine de jours.
Après son arrivée elle a été logée, à son grand étonnement — à l'hôtel du Parti. Et chaque jour elle me rend une
visite d'une heure à la prison de Pankrac. Cette situation
paradoxale exprime bien la situation confuse de cette
époque.

Le soir-même de son arrivée, Baramova, qui est maintenant responsable de la Section internationale du Comité
central, lui téléphone pour l'informer que lundi elle sera
reçue, à 15 heures, par Barak, ministre de l'Intérieur « qui
a manifesté le désir de te voir ».

En ce dimanche ensoleillé, qui doit précéder nos retrouvailles, Lise aperçoit pour la première fois le monument de

Staline achevé après son départ de Prague. Énorme, laid, il écrase la ville du haut de la colline de Letna. La représentation, sans doute involontaire du sculpteur, donne à son œuvre l'image d'un Staline conduisant en terre un cercueil recouvert d'un drapeau... Comme dit Lise, la mise au tombeau du communisme! Et dire que cette horreur géante a été inaugurée alors que commençait la dénonciation publique du « culte de la personnalité ». C'est encore là un fait paradoxal de cette époque!

Lundi, ma femme est reçue par Barak. Ce dernier commence à lui donner des explications sur le problème des violations de la légalité et de l'existence de la commission spéciale chargée d'examiner ces problèmes. Lise entre dans le vif du sujet : « Les méthodes de la Sécurité pendant l'investigation étaient telles et telles... Les « aveux » et « déclarations » étaient extorqués de la façon suivante... Les accusations étaient entièrement fabriquées... La construction des procès-verbaux se faisait ainsi... Les dépositions au procès étaient des leçons apprises par cœur par les accusés, le président du tribunal, les procureurs, les avocats... »

Le ministre écoute ma femme, médusé, pendant plus d'une heure sans l'interrompre. Il lui dit : « Mais, camarade, tu en sais beaucoup plus que moi! D'où tiens-tu toutes ces informations? »

Lise lui explique comment je l'avais informée oralement et par écrit sur toute l'affaire, en tirant profit de notre expérience du travail clandestin et de notre vie de prisonniers pendant la guerre.

Barak s'enquiert du lieu où se trouve actuellement le message. Ma femme répond qu'après avoir informé de son contenu son beau-frère et Maurice Thorez, selon la demande que je lui en avais faite, elle l'a laissé à Paris. A la fin de la conversation, Barak annonce à Lise que dès le lendemain elle sera reçue par la commission spéciale du Comité central pour être entendue par elle. « Moi, vois-tu ajoute-t-il alors en faisant le geste de se laver les mains, je n'ai jamais trempé dans toutes ces affaires. Je suis pour que la lumière se fasse sur tout... »

Ma femme exprime alors au ministre le désir de pouvoir me rendre visite le jour-même. Malgré l'heure tardive, Barak accède à son désir. Et c'est ainsi que Lise est arrivée à Pankrac, une demi-heure plus tard, et que j'ai pu la serrer dans mes bras.

Chaque jour, en me rendant visite, Lise m'apporte un petit colis de vivres. C'est son dîner qu'elle fait mettre chaque soir dans le frigidaire de la cuisine de l'hôtel. C'est ainsi que condamné à perpétuité, pour trahison, prisonnier à Pankrac, j'ai droit à mon panier quotidien venant tout droit de l'hôtel du Parti.

Au début, un homme de la Sécurité, en civil, se trouve en tiers entre ma femme et moi. Son attitude est celle d'un homme buté, grossier et brutal. Il veut s'opposer à ce que je tienne, entre les miennes, la main de Lise et que nous parlions de sujets qu'il juge tabous. Imperturbables et bien décidés à ne pas nous en laisser imposer, nous poursuivons tranquillement nos conversations. Il en écume de rage et menace constamment d'interrompre la visite. Par la suite il change de tactique et, les yeux mi-clos, il écoute en nous observant. Ma femme se plaint de la présence de cet individu à nos entretiens et nous avons la satisfaction de le voir remplacer par un gardien de la prison, qui se conduit correctement à notre égard. Par la suite, Ineman me dira que c'était un homme de confiance des conseillers chargé de faire contre nous des rapports.

Ma femme est entendue à plusieurs reprises par la commission spéciale. Elle donne, avec encore plus de détails, le contenu de mon message secret et l'usage qu'elle en a fait. Bien qu'on le lui demande, ma femme ne veut se séparer en aucun cas de ce message qu'elle considère comme un moyen de pression pour obliger à l'examen et la révision de mon cas.

Ineman lui expose sans ambages qu'à la Sécurité se trouvent toujours les mêmes hommes qui ont trempé dans les procès; ils accumulent les difficultés pour empêcher la commission d'avoir accès aux archives. Ils font tout pour rendre impossible la révision des procès. Il demande à ma femme de se montrer prudente dans ses communications téléphoniques et, en général, dans toutes les conversations qu'elle peut avoir.

De toutes les accusations qui étaient formulées contre moi, au procès, que reste-t-il? Noël Field a été réhabilité et l'accusation d'avoir été son agent stipendié a fait long feu. On a rendu justice à la Yougoslavie, reconnue comme étant toujours restée socialiste, donc mon « titisme » tombe à l'eau. Zilliacus a été réhabilité et ainsi est annulée la deuxième accusation d'espionnage. On a révisé le procès Rajk, ce qui détruit en même temps la majeure partie des accusations portées contre moi et les anciens d'Espagne... Chaque jour, de nouvelles lézardes apparaissent dans l'édifice si soigneusement monté par les meneurs de jeu soviétiques et leurs hommes de Ruzyn.

Que reste-t-il donc? La décision du Bureau politique de ne remettre en question, en aucun cas, notre procès. C'est avec angoisse que nous voyons s'approcher le terme du séjour de Lise. Un jour, juste à la fin d'une visite de ma femme, Ineman et ses deux camarades sont introduits dans la pièce où nous nous trouvons. Ils m'informent : « La commission vient d'être chargée de s'occuper maintenant de ton cas! »

Ainsi, malgré la décision initiale du Bureau politique, voilà que maintenant on est quand même obligé d'examiner mon affaire. Pourquoi? Je pense qu'à côté de l'écroulement des principales accusations, il y a sans nul doute les démarches que n'a certainement pas manqué de faire

Maurice Thorez, démarches dont j'ignore le caractère concret mais dont l'attitude adoptée à l'égard de Lise et de ma famille témoigne... Les démarches, aussi, de mes camarades de déportation et des amis contactés par ma femme pendant son séjour à Paris. Et puis, il y a aussi l'existence de mon manuscrit... en lieu sûr à Paris !

Le Secrétariat du Parti tchécoslovaque demande à Lise d'annuler son départ pour la France et de prolonger son séjour à Prague jusqu'à la fin de la révision de mon affaire. Cette décision, dictée sans doute par le souci d'éviter des indiscrétions, à l'étranger, est accueillie par elle avec joie. Elle sera à mes côtés durant cette dernière épreuve.

X

Pendant ce temps, à Paris, c'est ma belle-sœur et son mari qui continuent à s'occuper de ma famille. Ma femme est logée maintenant dans un appartement, annexe de l'hôtel du Parti.

Du fait du maintien de la décision de ne pas toucher au procès dans son ensemble, la commission cherche comment découper mon cas. Il faut trouver le moyen d'ôter un pilier de la construction sans qu'elle s'écroule ! C'est une illusion, tôt ou tard l'édifice déséquilibré s'effondrera malgré tous les étais pour tenter de le consolider. Toujours franc envers moi, Ineman me confie que certains membres du Bureau politique — sans les nommer — s'opposent à la révision de mon cas. Comme me le dira un jour mon ami Oskar Valeš, en me parlant de l'équipe dirigeante du Parti : « Ils ne nous pardonnent pas leurs erreurs ! », ils cherchent, sur notre dos, à se trouver des circonstances atténuantes : « Il n'y a pas de fumée sans feu — ils n'ont bien sûr pas commis tous les délits dont on les a accusés, MAIS... » ou même à nous rejeter la responsabilité de leur attitude en cette période : « Leur sort, ils l'ont cherché! Ils nous ont induits en erreur en plaidant coupable et ils ont créé des difficultés pour le Parti! »

Aux membres de la commission, qui un jour me sortent ces arguments, je réponds : « Et voilà! les coupables, maintenant, ce seront les victimes! » Je leur rappelle la réhabilitation éclatante en U. R. S. S., des « Blouses blanches », le châtiment des coupables... jusques et y compris Béria! Et l'une des victimes, Vinogradov, ne vient-elle pas de recevoir l'ordre de Lénine! Pourquoi ne pas l'avoir plutôt renvoyée en prison?

On tente aussi de briser le front uni des victimes — et certains camarades ont mordu un moment à l'hameçon — en flattant les uns et vitupérant les autres, selon la résistance plus ou moins longue opposée à leurs bourreaux. On tente même d'introduire cette notion dans l'opinion publique pour jeter le discrédit sur nous.

Ils ont belle mine, ceux qui ont été les suppôts des procès et ceux qui ont voté des deux mains les résolutions demandant le châtiment suprême pour les traîtres, d'argumenter doctement aujourd'hui, entre la poire et le fromage, avant de siroter leur café, sur les « aveux ». Ceux qui déclarent bêtement : « Moi, jamais on n'aurait pu m'obliger à les signer... » Ceux qui parlent après coup, alors qu'ils connaissent les tenants et aboutissants, et font de ce drame un fait divers, en oubliant qu'il y a peu de temps encore ils prenaient toutes les déclarations du Parti pour argent comptant, ou alors se taisaient hypocritement...

Pourquoi ne pas nous faire un deuxième procès en faux témoignage pour nous punir d'avoir succombé aux méthodes les plus illégales et inhumaines de la Sécurité, aux mystifications, escroqueries et chantage au nom du Parti? Et pendant que vous y êtes, décorer les promoteurs des procès et les bourreaux [1]!...

1. En relisant les épreuves de ce livre, j'apprends par la lecture

Avant de commencer à réviser mon cas — me dit la commission, il faut déblayer d'abord le terrain en partant des cas moins importants que le mien, jugés à huit clos ou dans des procès secondaires, sans plublicité, de tous ceux dont les motifs d'inculpation s'imbriquaient avec les miens : anciens volontaires des Brigades, fonctionnaires du ministère des Affaires étrangères. Seulement après, on pourra s'attaquer vraiment à mon affaire.

Il faut, dit-elle encore, agir avec précaution, le moindre faux pas pouvant être exploité par ceux qui, dans le Bureau politique, s'opposent aux réhabilitations. La commission ne nous cache pas qu'elle n'a aucun pouvoir de décision, que son travail est limité par les décisions des instances supérieures du Parti.

Ma femme, voyant que la solution de mon cas peut encore traîner en longueur, présente, sans m'en informer — pour m'éviter la désillusion dans le cas d'un refus — une demande de libération conditionnelle, afin que je puisse être soigné en sana. Aussi, quelle surprise et quel bonheur lorsque, le 20 juillet, je me retrouve au greffe de la prison de Pankrac, en présence de Lise et de deux camarades de la commission venus assister à ma levée d'écrou.

du quotidien des syndicats tchécoslovaques *Prace*, du 5 octobre 1968, que la *Literatournaya Gazeta* de Moscou, du 2 octobre 1968, s'est livrée à une attaque abjecte contre Eduard Goldstücker, président de l'Union des Écrivains tchécoslovaques. Victime de la répression stalinienne, condamné à vie en 1953, on l'accuse maintenant d'avoir été un dénonciateur et un des témoins à charge principaux dans le procès Slansky. Une telle campagne d'infamie, qui rejoint celle lancée peu de temps avant contre l'ancien ministre des Affaires étrangères Jiri Hajek, accusé d'être un vieux social-démocrate, agent de la Gestapo et « sioniste » alors qu'il n'est même pas juif (il a été baptisé pour cela du nom d'un vieux militant du Parti, impliqué également dans le procès : Hajek-Karpeles), prouve que malgré le XXᵉ Congrès et les réhabilitations, les anciens bourreaux survivants, aidés par les néo-staliniens, n'hésitent pas à puiser dans la fange des procès fabriqués par eux des arguments et à utiliser de nouveau les mêmes accusations ignobles et criminelles contre les hommes qu'ils considèrent comme des obstacles pour leur politique.

Me voilà maintenant installé au sanatorium de Pleš. Mon lieu de résidence doit être tenu secret, personne, en dehors de ma femme et de mes cousins Urban, n'a le droit de me voir. Je jouis en quelque sorte d'une résidence surveillée.

Après quatre ans et demi d'un terrible emprisonnement je me retrouve enfin en liberté — restreinte sans doute — mais combien appréciable pour moi! Facile à supporter! Extraordinaire! La seule ombre à mon bonheur c'est la pensée qui m'obsède et m'obsédera longtemps de mes camarades, tout aussi innocents que moi, et qui restent en prison. Lise m'a appris que la plupart d'entre eux ont quitté Léopoldov pour les mines d'uranium, à Jachimov ou Příbram. J'essaie de me dire que leur sort, dans un camp de travail, est moins pénible que la vie infecte à Léopoldov, surtout pour ceux d'entre eux qui étaient à l'iolement, mais c'est une piètre consolation... Pas un instant je ne les oublie!

Un samedi après-midi du mois d'août, ma femme arrive au sana toute bouleversée : « Devine qui j'ai rencontré dans l'autobus? La veuve de Margolius! Jamais je ne pourrai oublier ce qu'elle m'a dit. » Peu après le départ de la gare des autobus, ma femme avait senti le regard insistant sur elle d'une jeune femme blonde dont une partie du visage était cachée par des lunettes noires. Elle l'avait dévisagée à son tour et, après une seconde d'hésitation, elles s'étaient levées et jetées dans les bras l'une de l'autre. « Londonova? Toi ici? Je te croyais en France! » Ma femme l'informe alors des circonstances de son retour quelques semaines avant. Malgré l'interdiction d'en parler, elle la met au courant du lieu où je me trouve et de la contre-enquête que mène la commission spéciale auprès du Comité central en vue de ma réhabilitation. Heda Margolius lui dit combien elle est heureuse que pour nous, au moins, le dénouement ait été heureux. Lise l'encourage alors à présenter au Comité central une demande de réhabilitation de son mari. Heda dit : « Cela ne le fera pas revivre. Mais je le ferai, pour son fils... » Elles se sont ensuite raconté quel avait été leur destin durant ces dernières années. « Quand ton mari a été arrêté — explique Heda à Lise — Rudolf en avait été très affecté. Il avait pour vous deux beaucoup de sympathie. Combien de fois ne m'a-t-il pas raconté les circonstances de votre rencontre à Paris quand il y accompagna son ministre Gregor, en 1948. Il t'aimait beaucoup, tu sais, et nous nous sommes souvent interrogés sur ton sort lorsque tu t'es retrouvée seule, avec la charge de trois enfants et de tes parents. Il ne s'est jamais douté qu'un an plus tard, le 11 janvier 1952, ce serait son tour ! »

Après l'arrestation de son mari, Heda Margolius avait été chassée de la maison d'édition où elle travaillait comme dessinatrice et rédactrice d'art. On l'avait ensuite affectée dans une maison d'assurance comme perforatrice des cartes individuelles. Son salaire était très bas. Elle avait tenté de se faire embaucher ailleurs sous son nom de jeune fille. Mais après très peu de temps, toujours dès que son identité était connue, elle était chassée.

Pendant le procès, elle se trouvait, très gravement malade, à l'hôpital Boulovka de Prague. Le lendemain de la déposition de son mari devant le tribunal, le docteur responsable du service où elle était hospitalisée lui annonça, en s'excusant, avoir reçu l'ordre de lui signer, le jour même, sa feuille de sortie, alors que l'infection qui la tenait clouée au lit depuis des semaines était loin d'être guérie et que la série de piqûres qui lui était administrée n'était pas terminée. Heureusement qu'une infirmière, outrée de ces procédés, s'était offerte d'aller journellement chez elle pour lui continuer les piqûres.

Le 3 décembre 1952, deux hommes de la Sécurité s'étaient présentés et l'avait informée que, l'après-midi, elle était autorisée à rendre à son mari une visite d'adieu, à la prison de Pankrac. Elle était encore alitée avec de la fièvre. Le coup était terrible pour elle : Rudolf allait être exécuté, elle le reverrait pour la dernière fois. Elle n'avait jamais douté de son innocence et maintenant il allait mourir. « Je me suis habillée le plus coquettement possible, je me suis bien coiffée et maquillée pour dissimuler ma pâleur et ma mauvaise mine. Je voulais qu'il emporte de moi l'image de notre amour. Je voulais qu'il sache qu'à sa dernière heure il n'était pas seul, que j'étais avec lui avec toute ma confiance et mon amour... »

Elle s'était retrouvée devant son mari, séparée de lui par un double grillage épais, dans le parloir de Pankrac. Dans la demi-pénombre qui régnait, elle avait du mal à distinguer ses traits. Elle s'efforçait de parler avec enjouement de leurs proches et surtout de leur fils. Elle avait amené sa dernière photo et elle la lui montrait à travers les grillages. Mais il ne voyait pas bien. Alors, elle avait prié le gardien de la lui faire passer, ce qu'il avait refusé. Elle lui redisait sa confiance, elle était sûre qu'il n'avait jamais commis d'actes criminels. Elle lui rappelait leur vie commune, leur bonheur... Il demandait plus de détails sur leur fils. Avant de la quitter, il dit : « Quand il sera plus grand et pourra comprendre tu lui diras de ma part de lire *Les Hommes à la conscience pure*. C'était son dernier message à son fils. Quel drame terrible de se trouver ainsi, impuissante, devant l'être aimé qui va à la mort, « la conscience pure » !

Pendant un an, elle avait tenté, en vain, d'obtenir l'avis officiel du décès de son mari. A tel point qu'elle avait fini par croire qu'il était toujours vivant, que tout cela n'avait été qu'une mise en scène macabre pour atteindre un but politique qu'elle ne comprenait pas. Elle s'imaginait que les onze condamnés à mort se trouvaient internés, quelque part, en attendant que l'oubli se fasse et qu'un jour, elle retrouverait son Rudolf. C'est le 3 décembre 1953, un an après son exécution, qu'elle avait reçu l'avis de décès...

Elle avait vécu misérablement avec son fils, jusqu'au jour où elle avait rencontré un homme qui pour l'épouser avait choisi de sacrifier sa carrière de professeur et travailler à l'usine, « car en m'offrant de partager sa vie et de m'aider à élever le fils de Margolius, il se damnait ». Elle avait recommencé à vivre mais marquée, à tout jamais, par sa tragédie. A ce point de son récit, elle s'était alors tournée vers un voyageur qui se tenait avec tact à l'écart, et elle l'avait présenté à Lise : « Mon mari, le professeur Kovaly. »

Margolius! J'avais toujours eu d'excellents rapports avec lui depuis que nous avions fait connaissance, à Paris. Il était jeune, brillant, pétillant d'intelligence, profondément honnête. Sa femme et lui avaient été déportés dans les camps hitlériens. C'est là qu'ils avaient appris à connaître les communistes et à les respecter. Margolius disait que ce qu'il avait admiré en eux, c'était leur faculté, même dans les conditions tragiques du monde concentrationnaire, de s'oublier eux-mêmes pour pratiquer la solidarité envers autrui et de se tourner vers l'avenir. Le premier acte de Margolius et de sa femme, après leur libération du camp, en 1945, avait été de donner leur adhésion au Parti communiste tchécoslovaque.

Margolius, l'homme à la conscience pure!

Au sana, le personnel médical m'a fait un bon accueil. Les religieuses qui travaillaient ici comme infirmières, sont très serviables et dévouées pour moi. Elles ferment les yeux lorsque Lise, passant par un trou du mur d'enceinte, s'introduit dans le sana, en dehors des jours réglementaires de visite, et aussi plus tard, lorsque c'est moi qui « fais le mur » pour rejoindre ma femme dans la pièce qu'elle loue dans une maison solitaire, à l'orée de la forêt.

La commission, qui me visite régulièrement, me demande d'écrire un rapport sur mes activités dans le Parti et tout ce qui touche à mon arrestation, ma détention et ma condamnation. En même temps, elle me conseille de ne pas toucher au procès en soi, auquel cas mon rapport ne sera pas accepté. En six semaines, jusqu'à la fin de septembre je dicte à ma femme, en français, plus de trois cents pages. Le soir, Lise retourne à Prague, avec le travail de la journée, et le dicte à Renée, qui le traduit directement en tchèque, afin de pouvoir remettre les parties du rapport, au fur et à mesure que je l'écris. C'est grâce à cela que j'ai pu en conserver une copie qui, jointe au message secret de Ruzyn, m'a fourni le matériel pour écrire ce livre.

Ce rapport est terminé et aux mains de la commission plusieurs mois avant le XXe Congrès. Malgré les avertissements, je ne m'en suis pas tenu à mon expérience personnelle, j'ai essayé (tout en ménageant certains tabous) de faire l'autopsie de l'ensemble des méthodes criminelles ourdies par les hommes de Ruzyn, sous la direction de leurs « véritables chefs ».

J'ai parlé des Brigades internationales, de l'activité réelle de tous mes coaccusés, anciens d'Espagne, et leur participation à la Résistance en France. Dans cette partie du rapport, la place que je leur consacre est beaucoup plus grande que la mienne.

Dans la partie concernant mon séjour à Koloděje et à Ruzyn, je fais revivre ce que fut mon existence, et celle de mes camarades en ce temps-là. A travers mon propre cas c'est le mécanisme tout entier des procès qui est mis à nu, à travers mon innocence celle de tous mes coaccusés qui se fait jour.

Je saurai plus tard, par Ineman, que mon rapport a considérablement aidé à comprendre et reconstituer la fabrication des procès.

Je me souviens du soir où j'ai eu un moment d'hésitation et de crainte, avant que ma femme ne remette la partie du rapport où je dénonce le rôle des conseillers soviétiques. Elle avait en effet appris, par Věra Hromadkova, qu'un ancien fonctionnaire de la Sécurité — dont j'ai oublié le

nom — revenu de Léopoldov à Pankrac pour l'examen de
son cas, avait écrit à la direction du Parti que parmi les
condamnés dans le groupe Abakoumov et Rioumine, figu-
raient Likhatchev et Makarov, conseillers soviétiques
qui avaient participé activement à la préparation et réalisation des procès. Peu après l'envoi de sa lettre, il a été
renvoyé à Léopoldov et l'examen de son cas stoppé.

Devais-je remettre cette partie du rapport telle quelle?
ma conclusion a été que la vérité doit être dite, quoi qu'il
arrive! Les véritables instigateurs de toutes les arrestations,
de tous les procès doivent être dénoncés, autrement il
serait impossible de comprendre le processus de cette affaire.

Je terminais ainsi ce rapport :

« J'ai tâché d'expliquer le plus clairement possible ce
qui me paraît essentiel à la compréhension de mon cas et,
à travers lui, l'ensemble des méthodes antilégales et terroristes utilisées par la Sécurité pour obliger un honnête
militant du Parti à se reconnaître coupable de crimes qu'il
n'a pas commis.

« Il est très difficile de raconter et faire comprendre
tous les côtés complexes de mon calvaire de façon à les
rendre accessibles à ceux qui ne sont pas passés par là.
De même qu'il fut très difficile, au retour des camps, en
1945, de rendre compréhensible la vie concentrationnaire
à ceux qui n'avaient pas la moindre idée de ce qu'avait
été la déportation en Allemagne.

« Beaucoup de détails que j'ai donnés peuvent, à première vue, paraître insignifiants. Je l'ai fait pour permettre
aux camarades qui me liront de mieux comprendre la technique des tortures physiques et surtout morales qui m'étaient
infligées et de s'imaginer quel aurait été leur propre comportement s'ils s'étaient trouvés, durant des mois et des années,
dans une situation semblable.

« Peut-être avec le recul du temps ai-je oublié certains

faits pouvant avoir leur importance et qui peuvent me revenir par la suite! Mais dans l'essentiel, je crois avoir tout dit.

« A ceux des camarades qui disent : " Il aurait fallu tenir ! " je rappelle que j'étais entre les mains du Parti, accusé, jugé, condamné par lui... Dans de telles conditions comment se battre si l'ennemi qui est devant vous est le Parti et les conseillers soviétiques et que *toute lutte est considérée comme une lutte contre le Parti et l'Union Soviétique?*

« Ce n'est que plus tard, après mon jugement, que j'ai eu des éléments politiques (d'une part par ma femme qui m'informa au cours de sa première visite du cas des " Blouses blanches ", d'autre part en lisant plus tard les communiqués soviétiques concernant Béria, Rioumine, Abakoumov) me permettant de comprendre le drame que je vivais et quels étaient les ennemis qui avaient manigancé toute cette macabre comédie, en se cachant sous le manteau du Parti.

« C'est en prenant connaissance de la dénonciation par le Parti communiste de l'U. R. S. S. de la campagne antisémite menée autour du procès des Blouses blanches, que j'ai compris la source de l'antisémitisme et de l'esprit de pogrome dont j'ai été témoin et victime à Ruzyn.

« C'est en apprenant la condamnation de Béria et de ses complices, la dénonciation des méthodes antilégales, terroristes, utilisées par les services de la Sécurité soviétique contre d'honnêtes militants du Parti, que j'ai compris que j'avais été, comme tant d'autres, victime de Béria et de ses émules en Tchécoslovaquie.

« L'Union soviétique vient de donner un exemple éclatant de courage politique et civique en dénonçant, devant l'opinion publique mondiale, des infamies commises, au nom du communisme, par les ennemis camouflés au sein du Parti communiste de l'U. R. S. S., et en réparant le mal fait par eux.

« Avec la compréhension du problème, j'ai retrouvé ma confiance envers le Parti et l'U. R. S. S. Je savais que la vérité était en marche et qu'elle éclaterait bientôt.

« J'espère que mon récit honnête contribuera à aider le Parti à faire toute la lumière sur l'ensemble de ces problèmes. »

Quelques mois après avoir écrit et transmis ces dernières pages, le discours prononcé par Khrouchtchev, en février 1956, au XXᵉ Congrès du Parti communiste de l'Union soviétique, confirmera le contenu de mon rapport.

A ce moment-là, je voyais, en ce XXᵉ Congrès, le torrent purificateur qui nettoierait les écuries d'Augias. Je ne pensais pas que les forces bureaucratiques et rétrogrades dans le mouvement communiste seraient encore assez fortes pour élever un barrage afin de contenir ses flots. Et que dans mon pays des centaines de condamnés croupiraient des années encore, mourraient même en prison, bien qu'on les sache innocents...

En octobre, la commission m'annonce que le Bureau politique statuera prochainement sur mon sort. Mais les semaines passent, nous sommes déjà en décembre et aucune solution n'est encore intervenue. J'apprends la libération de Pavel et de Valeš, je sais aussi que la réhabilitation de Dufek, Goldstücker et Kavan est en bonne voie et qu'on envisage maintenant d'examiner le cas de Vavro Hajdu. Ces nouvelles me réjouissent et confirment que la révision entreprise en ma faveur en entraîne forcément d'autres.

Chaque fois que je reçois la visite de membres de la commission j'en profite pour leur parler en faveur de Hromadko, Svoboda, Holdoš, Erwin Polak, Vavro Hajdu et d'autres... Pour Hromadko ils disent que des rapports signalent sa mauvaise attitude en prison. Je les informe longuement des conditions de vie à Léopoldov et je leur nomme l'auteur — que nous étions plusieurs à connaître et dont nous nous méfiions — de ces libelles. Leur silence est une approbation. Je leur dis : « Vous connaissez le caractère de Hromadko, il a une grande gueule! Et vous ne voudriez tout de même pas que, condamné innocent à douze ans, se trouvant dans les conditions dégradantes de Léopoldov, connaissant les difficultés auxquelles se heurtent sa femme et ses enfants, il fasse encore les louanges de la direction du Parti? »

Ineman reconnaît que tout ce que je dis est vrai mais qu'il y a des personnes qui s'empressent de s'emparer de ces faits pour empêcher que le cas de Hromadko soit réglé.

Fin décembre, Ineman et deux camarades de la commission se présentent inopinément au sana et, d'un air soucieux, m'informent qu'au dernier moment des difficultés sont soulevées par Köhler et Široky qui maintiennent que, dans leurs cas, pendant la guerre en France, j'ai agi contre eux avec préméditation.

Ainsi il ne leur suffisait pas d'avoir participé activement à la chasse aux sorcières, de nous avoir laissé arrêter, accuser et condamner; maintenant pour essayer de se justifier ils tentent de falsifier la vérité. Ils lancent une dernière peau de banane sur le chemin de ma réhabilitation. Dans l'ambiance de l'époque, peu propice à la révision de mon cas, le maintien de leurs accusations peut influencer le Bureau politique et empêcher une décision en ma faveur. Heureusement, je n'ai pas de difficultés à faire preuve de mon honnêteté devant la commission. Ackerman et sa femme qui habitent la R. D. A. et qui utilisèrent les passeports refusés par Köhler sont deux témoins vivants... Široky ne saurait nier devant moi et des témoins de l'époque que c'est lui-même qui m'a demandé de procurer un autre passeport à Köhler et à sa femme en raison des craintes manifestées par Köhler lui-même. Quant à l'histoire de l'erreur de train commise par Široky, elle est par trop bête pour qu'on puisse la retenir, à moins de vouloir recommencer les falsifications de Ruzyn!

Le mois de janvier s'écoule sans amener de nouveauté dans ma vie. Le 2 février, nous avons convenu avec ma femme que je me rendrai à Prague pour le week-end (bien entendu sans autorisation). Je viens de franchir l'enceinte du sana et je marche sur la route qui, à travers la forêt, conduit à la station d'autobus. J'aperçois dans le vallon, se traçant un chemin dans l'épaisse couche de neige vierge, une silhouette qui avance difficilement en faisant de grands signes. Des cris me parviennent. Je m'arrête et je reconnais, étonné, la voix de Lise. « Gérard! Gérard! » Je vais au-devant d'elle, inquiet. Je prête l'oreille, mais je ne comprend pas ce qu'elle me crie. Et puis, tout à coup, j'entends : « Gérard, tu es libre! Tu es libre! » La voilà maintenant tout près de moi. Elle pleure et rit en même temps. Elle se jette dans mes bras et m'embrasse : « Libre! Gérard, tu es libre! » Et elle m'explique : « J'ai téléphoné ce matin à la commission pour savoir s'il y avait du nouveau pour toi. Et imagine-toi qu'on m'apprend qu'il y a deux jours déjà que la décision concernant ta réhabilitation a été prise. On a tout simplement oublié de nous en informer! »

Paris-Biot, avril-août 1968.

DOUZE ANS APRÈS

Douze ans après la date où prend fin ce récit, a éclos ce qui, désormais, pour l'Histoire, se nomme le Printemps tchécoslovaque. 1968 a vu, en effet, éclater le corset de forces rétrogrades qui retenait notre Parti et notre société de s'ouvrir aux flots purificateurs du XXe Congrès de la déstalinisation.

Douze années pleines pour s'en prendre à un passé odieux, pour que les réhabilitations — la mienne comprise — soient enfin prononcées comme doivent l'être les réhabilitations, avec un éclat qui nie le crime. Douze années pour qu'on puisse écrire, dire chez nous que le socialisme est fait pour l'homme, a visage d'homme; pour que les Tchèques et les Slovaques unis comme doigts d'une main puissent pareillement, également y croire; y puiser cette foi en leur commune destinée qui remue les montagnes.

Et puis, le jour même où je suis arrivé à Prague avec ma femme, afin de remettre mon manuscrit à la maison d'édition de l'Union des Écrivains tchécoslovaques, j'ai dû vivre l'invasion de mon pays par 600 000 hommes, 6 000 tanks des armées du Pacte de Varsovie. J'étais depuis cinq heures à Prague quand l'invasion a commencé. Il y avait donc dans ma vie ce chapitre, pire peut-être du point de vue moral que ceux que j'avais déjà connus : la première agression dans l'histoire du mouvement ouvrier contre un pays socialiste par des pays socialistes. Contre un pays socialiste coupable d'avoir voulu restaurer la confiance de ses peuples dans le socialisme.

Il m'a donc été donné d'être le témoin de l'attitude admirable de mon peuple, témoin de sa haute conscience civique, de son extraordinaire sens politique, de son courage.

J'ai vu, dans la matinée du 21 août, ce groupe d'une centaine de jeunes garçons et filles s'arrêter devant le ministère de l'Intérieur investi par les parachutistes soviétiques et leurs tanks. Je les ai entendus crier : « Vive Pavel! Nous sommes avec vous! » J'ai pensé que nous n'avions pas vécu en vain. J'ai pensé... Mais ils l'ont dit plus haut que moi, déployant notre drapeau trempé dans le sang du premier tué de ce matin-là, chantant à l'adresse des soldats soviétiques bouleversés le vieux chant révolutionnaire :

> *Le voilà, le voilà, regardez!*
> *Il flotte et fièrement il bouge*
> *L'étendard aux longs plis déployés*
> *Osez, osez le défier*
> *Notre invincible drapeau rouge*
> *Rouge du sang des ouvriers!*
> *Rouge du sang des ouvriers!*

Ils disaient aux soldats : « Pourquoi êtes-vous là, frères? On vous a trompés! Les contre-révolutionnaires, c'est nous, notre peuple entier! Nous qui sommes la révolution! » Ils disaient la vie, le socialisme et la liberté. Le sens de tout ce que j'ai tenté, de tout de que j'ai rêvé; de tout ce que nous avons tenté, rêvé. De tout ce qui, enfin, se réalisait dans notre pays.

En cette fin de septembre, je sais déjà que mon pays a remporté une très grande victoire. S'il avait cédé, s'il avait laissé les occupants remplir les prisons, permis qu'on promette aux procès le moindre de ses fils, accepté que tourn

nouveau le moulin, quand ce n'eût été que pour un seul
de ceux dont les Soviétiques demandent la tête, quelles
n'auraient pas été les conséquences, non seulement en
Tchécoslovaquie mais chez les cinq envahisseurs ! Combien
d'innocents auraient payé la nouvelle répression...

Quand bien même l'espoir qui est né chez nous en janvier
1968 n'aurait produit que cette réhabilitation du mot socialisme, ce nouveau respect des valeurs humaines qu'il
implique, les peuples tchèque et slovaque auraient déjà
bien travaillé pour le mouvement ouvrier tout entier. Mais
cet espoir, pour menacé qu'il soit, n'est déjà plus si fragile,
déjà il s'est répandu si bien qu'aucune force brutale ne
pourra plus l'éteindre à moins de faire régner une paix des
cimetières. Le peuple de Jean Huss a réhabilité sa devise :
« La vérité vaincra », la mariant pour toujours à l'*Internationale*.

Paris, le 30 septembre 1968.

ANNEXES

REPÈRES
CHRONOLOGIQUES ET BIOGRAPHIQUES

En décembre 1954, la *Pravda* annonça le procès et l'exécution d'Abakoumov, le ministre de la Sécurité adjoint de Béria et de certains chefs des conseillers soviétiques qui ont monté le procès Slansky, notamment Likhatchev.

En 1955, Kohoutek et Doubek sont arrêtés et condamnés à des peines de prison. Profitant des réductions de peines et amnisties ils sont libérés en 1958. Kohoutek est mis à la retraite, Doubek est nommé à un poste responsable à l'Agence officielle de voyages Čedok et fera partie de la représentation tchécoslovaque à l'Exposition internationale de Bruxelles, alors que nombre de leurs victimes des années 1950 resteront encore plus de deux ans en prison.

Contre Smola et d'autres référents, des mesures administratives sont prises, mais sans grande gravité.

Le procureur général Urvalek et le Président du tribunal Novak n'ont subi — et cela beaucoup plus tard — que des sanctions administratives.

Ladislav Kopřiva fut exclu du Parti en 1963 par le Comité central en même temps qu'Alexander Čepička, gendre de Gottwald et ancien ministre des Armées.

Karol Bacilek fut alors suspendu de sa fonction de membre du Présidium du Parti et dut abandonner son poste de premier secrétaire du P. C. slovaque, où il fut remplacé par Alexander Dubček. De même Bruno Köhler fut relevé de sa responsabilité de secrétaire du C. C. du P. C. tchécoslovaque.

Bacilek et Köhler ne furent exclus du C. C. et suspendus de leur appartenance au Parti qu'à la réunion du C. C., en mai 1968 en même temps que Novotny et Široky.

Une première commission de réhabilitation présidée par Rudolf Barak, alors ministre de l'Intérieur, présenta son rapport en septembre 1957. Dans la quasi-totalité des cas, elle confirmait les condamnations. Il considéra même que le fait que Slansky eut été « démasqué » avait « beaucoup aidé le Parti » et que sa condamnation était « juste et équitable ».

Une seconde commission, présidée par Drahomir Kolder, fut créée en 1962. Elle rendit son rapport l'année suivante, en avril. A l'inverse de la première, elle conclut que les procès reposaient sur des accusations inventées, demanda que les verdicts fussent cassés et se prononça pour les réhabilitations juridiques des condamnés. Le C. C. écarta la réhabilitation au Parti de Rudolf Slansky, Otto Šling, Bedrich Reicin, Otto Fischl, Karel Švab...

Ce n'est qu'en 1968 que la question des réhabilitations a été considérée dans toute son ampleur et toutes ses implications. A l'occasion du 1er mai, les condamnés du procès Slansky et des autres procès analogues recevront les plus hautes décorations de l'État tchécoslovaque.

Parmi ceux qui jouent un rôle dans ce livre, cinq des survivants ont tenu une place importante dans le processus de démocratisation : Josef Smrkovsky, présentement président de l'Assemblée nationale tchécoslovaque; Gustav Husak, premier secrétaire du Parti communiste slovaque ; Eduard Goldstücker, président de l'Union des Écrivains tchécoslovaques; Josef Pavel, ministre de l'Intérieur de mai 1968 à la fin août, où il dut démissionner sur la demande des Soviétiques; Léopold Hoffman, président de la Commission de l'Assemblée nationale pour l'Armée et la Sécurité.

REPÈRES HISTORIQUES

Le 25 février 1948, le président de la République Tchécoslovaque, Bénès, accepte, après plusieurs semaines de confusion politique, la démission des ministres non communistes du gouvernement de Front National; il charge Klement Gottwald, principal dirigeant du Parti, de la formation d'un nouveau ministère dont la moitié des membres, douze sur vingt-quatre, serait communiste. C'est l'épisode que l'Occident a fait connaître, puis, pris au jeu de ses propres formules, connaît sous le nom de « coup de Prague ».

Rien pourtant n'y faisait figure de coup d'État. La tradition communiste était ancienne dans les vieux centres industriels de Bohême-Moravie : né en 1921 de la classique scission de la social-démocratie sur l'entrée dans la III⁶ Internationale, le Parti tchèque n'avait jamais connu la clandestinité avant l'invasion allemande de 1938; parti d'opposition, il avait toujours conservé un caractère profondément national, même lorsque le grand tournant des années 1928-29 eût marqué le regroupement de l'Internationale communiste autour de Moscou. Gottwald, Slansky, qui assurèrent la réorganisation du parti sur le modèle soviétique d'un centralisme plus strict, la nouvelle génération de cadres communistes qui allait désormais se former à Moscou, allaient tous se retrouver à tous les niveaux de la résistance contre l'Allemagne nazie, ou combattre aux côtés de l'Armée rouge. En 1945, le prix payé pour la délivrance du pays les autorisait à attendre, comme dans bien d'autres pays de l'Europe libérée, un rôle nouveau; or tout vient soudain amplifier ces ambitions gouvernementales.

La libération du pays se fait dans le désordre : l'Armée rouge et le Parti communiste en sont longtemps les seules forces organisées, et dans les territoires libérés s'organisent progressivement, sous leur contrôle, des Comités Nationaux qui, pendant plusieurs mois, détiendront la réalité du pouvoir. Rien n'empêche alors les communistes tchèques de prendre le pouvoir : les voix qu'ils recueilleront en Bohême et en Moravie aux premières élections d'après guerre (38 et 43 % des suffrages) font voir que les partis bourgeois divisés n'auraient guère pu les arrêter. L'expérience va pourtant être ajournée pendant trois ans. En effet, le partage de Yalta a placé la Tchécoslovaquie parmi les démocraties de l'Europe de l'Est qui entreront dans l'aire d'influence soviétique; définition très imprécise et qui connaîtra de multiples et diverses applications pratiques. La solution tchécoslovaque sera pourtant la plus fidèle à l'esprit de Yalta : en politique internationale, l'habile jeu diplomatique mené par Bénès pendant la guerre prépare un rapprochement avec l'U. R. S. S. qui n'exclurait pas les traditionnelles fidélités occidentales; en politique intérieure, la formule du Front National, regroupant (comme Moscou l'avait souhaité dès 1941) toutes les forces politiques patriotiques et résistantes, trouve une première expression dans le programme de Kosice (mars 1945) et dans la formation d'un gouvernement provisoire qui compte près d'un tiers de communistes : Gottwald et Siroky y sont vice-premiers ministres, tandis que le slovaque Clementis est adjoint de Jan Masaryk aux Affaires étrangères.

Cet équilibre fragile est pourtant rapidement mis à mal. Très tôt se pose le problème de la reconstruction économique du pays. En 1947, le Plan Marshall vient lui donner une couleur politique : l'U. R. S. S., qui craint une soumission de l'Europe centrale aux intérêts américains, contraint la Tchécoslovaquie hésitante à refuser l'aide occidentale; en même temps des accords commerciaux et diplomatiques avec l'U. R. S. S., puis entre les pays de l'Est tissent une nouvelle solidarité que vient sanctionner, en septembre 1947, la création du Kominform, bureau d'information chargé de coordonner l'action des 9 grands P. C. européens. En Tchécoslovaquie comme ailleurs, c'est l'année 1947 et le renforcement de la guerre froide qui marquent plus que le « coup de Prague » en 1948, le grand virage de l'après-guerre. De fait, lorsque l'U. R. S. S. engage les différents partis communistes à prendre le pouvoir dans leurs pays respectifs, rien ne s'oppose à l'action du P. C. tchèque. Contrôlant, avec Zapotocky, l'organisation syndicale unique et beaucoup des traditionnelles associations nationales, seule force organisée dans une période de malaise politique et de difficultés économiques, jouissant de la neutralité bienveillante du ministre de la guerre, le général Svoboda, partout présent dans l'administration et dans la police, le Parti est, comme le reconnaît Bénès, « loin avancé sur le chemin du pouvoir réel ». Devant cette force positive, le problème de la constitutionnalité du « coup de Prague » devient secondaire : la multiplication des Comités d'Action révolutionnaires à l'appel du Parti, entre le 21 et le 25 février 1948, le soutien des Comités d'entreprise, font mesurer l'ampleur de la mobilisation du pays derrière les communistes, au moment où ils prennent le pouvoir.

Cette masse conquérante et unie ne va pourtant pas tarder à se diviser et à se déchirer, s'insérant par là dans la grande crise des partis communistes entre 1949 et 1953. Plus encore que la détérioration de la situation internationale, la division du monde communiste qui en est concomitante permet de comprendre cette évolution. En juin 1948, la condamnation de la Yougoslavie par le Kominform vient sanctionner un pays frère coupable d'avoir marqué son indépendance à l'égard des projets politiques et économiques de Moscou; dès lors Tito, jadis le lieutenant le mieux aimé de Staline, devient le symbole de l'ennemi de l'intérieur dont la figure paraîtra si souvent dans l'imagerie des procès des années 1950. Contre ces velléités de « communisme national », Staline met à l'ordre du jour l'intensification de la lutte des classes après la prise du pouvoir en même temps que la bolchevisation des partis communistes : dans tous les cas, il s'agit de poursuivre l'ennemi chez soi, d'épurer le parti, d'en assurer la soumission aux directives du Kominform.

En Tchécoslovaquie, un regain d'opposition des partis non gouvernementaux, dès l'automne 1948, et la persistance d'une opposition nationale slovaque a, plus tôt qu'ailleurs, déterminé un durcissement dans l'attitude du parti; Slansky, secrétaire général du P. C. et Geminder ont été chargés de mettre en appli-

cation un plan dit « de lutte des classes » : tous deux seront
parmi les condamnés de 1952. Ainsi, dans une atmosphère de
suspicion et de délation, se précisent les thèmes politiques qui,
orchestrés par Moscou, deviendront des actes d'accusation;
thèmes traditionnels revivifiés comme le trotskisme, l'espionnage au profit de l'Occident ou le « déviation-
nisme bourgeois », thèmes récents comme le titisme, le
« nationalisme bourgeois slovaque », l'insuffisante vigilance.
Enfin dans ce monde clos et qui s'observe, l'expérience
politique individuelle devient un facteur de discrimination :
ceux qui, comme London, ont combattu en Espagne, ou dans
les mouvements de résistance occidentaux sont suspects aux
exilés de Russie et aux résistants de Tchécoslovaquie; bien plus,
l'antisémitisme renaissant de la fin de la période stalinienne
vient compléter l'acte d'accusation. Il reste à coordonner ces
thèmes : le procès du ministre des Affaires étrangères Rajk
en 1949, l'affaire des frères Field donnent à la fois le modèle et
fournissent la trame des procès futurs. D'un procès à l'autre,
d'un aveu à l'autre se retrouvent les mêmes allusions et les
mêmes implications. A Prague, après que Gottwald ait hésité
un moment, on découvre ainsi plusieurs centres de « sabotage » :
aux Affaires étrangères et à la direction du commerce extérieur
(London, Hajdu, Loebl, Margolius), dans le P. C. slovaque
(Sling, Clementis, Husak), parmi les hauts fonctionnaires du
Parti (Geminder, Svab, Simone et surtout Slansky, arrêté le
dernier en novembre 1951). Les principaux accusés du « Centre
de Conspiration contre l'État » seront jugés, et condamnés en
décembre 1952. Le Parti tchécoslovaque satisfait ainsi les désirs
d'autorité et de reprise en main du mouvement communiste
exprimés par Moscou; en septembre 1951, six nouveaux secrétaires du Comité Central remplacent Slansky dont le secrétariat
unique est supprimé, et tous les Six apprécient la « ligne dure
bolchévique » : parmi eux, Antonin Novotny. En même temps,
des responsables ont été trouvés aux difficultés économiques,
industrielles et alimentaires du pays. Rhétorique de la guerre
froide, règlements de comptes dans l'appareil du Parti, déchire-
ments du monde communiste, exigences de Moscou alimentent
ainsi l'épuration.

Malgré la période confuse et d'hésitation qui suit la mort de

Staline, malgré le rapport Khrouchtchev de 1956, la direction du P. C. tchèque ne rouvrira que très lentement les dossiers du procès de Prague. Une commission spéciale est alors chargée de vérifier l'enquête, mais son rapport ne sera jamais divulgué; on commence pourtant à libérer discrètement quelques-uns des condamnés. L'équipe dirigeante survit aux soubresauts de 1956 et à la déstalinisation et ce n'est qu'en 1961 que l'on commença à réhabiliter les survivants. En avril 1963, Novotny doit communiquer au Comité Central le rapport préparé par une nouvelle commission au sujet des onze principaux condamnés de 1952 : expurgé, divulgué avec réticence, le rapport reconnaît les forfaitures juridiques et l'inanité de tous les actes d'accusation. Acquittés sur le plan pénal, certains des condamnés ne le sont pas encore sur le plan politique : Posthumement, Slansky, Sling et Fischl restent exclus du P. C., Clementis du Comité Central. La réhabilitation complète ne sera acquise qu'au printemps de 1968.

L'Éditeur.

TABLE

COLLECTION FOLIO

Dernières parutions

1631. Pierre Gripari · *L'incroyable équipée de Phosphore Noloc et de ses compagnons...*
1632. Mme de Staël · *Corinne ou l'Italie.*
1634. Erskine Caldwell · *Bagarre de juillet.*
1635. Ed McBain · *Les sentinelles.*
1636. Reiser · *Les copines.*
1637. Jacqueline Dana · *Tota Rosa.*
1638. Monique Lange · *Les poissons-chats. Les platanes.*
1639. Leonardo Sciascia · *Les oncles de Sicile.*
1640. Gobineau · *Mademoiselle Irnois, Adélaïde et autres nouvelles.*
1641. Philippe Diolé · *L'okapi.*
1642. Iris Murdoch · *Sous le filet.*
1643. Serge Gainsbourg · *Evguénie Sokolov.*
1644. Paul Scarron · *Le Roman comique.*
1645. Philippe Labro · *Des bateaux dans la nuit.*
1646. Marie-Gisèle Landes-Fuss · *Une baraque rouge et moche comme tout, à Venice, Amérique...*
1647. Charles Dickens · *Temps difficiles.*
1648. Nicolas Bréhal · *Les étangs de Woodfield.*
1649. Mario Vargas Llosa · *La tante Julia et le scribouillard.*
1650. Iris Murdoch · *Les cloches.*
1651. Hérodote · *L'Enquête, Livres I à IV.*
1652. Anne Philipe · *Les résonances de l'amour.*
1653. Boileau-Narcejac · *Les visages de l'ombre.*

Impression Bussière à Saint-Amand (Cher),
le 3 janvier 1986.
Dépôt légal : janvier 1986.
1er dépôt légal dans la collection : janvier 1972.
Numéro d'imprimeur : 3319.
ISBN 2-07-037721-0. / Imprimé en France